잃어버린 시간을
찾아서 6

게르망트 쪽 2

À LA RECHERCHE DU TEMPS PERDU
LE CÔTÉ DE GUERMANTES

잃어버린 시간을
찾아서 6

게르망트 쪽 2

마르셀 프루스트 김희영 옮김

민음사

일러두기

1 이 책은 Marcel Proust의 *Le Temps retrouvé, A la recherche du temps perdu* (Gallimard, "Bibliotheque de la Pleiade", 1989)를 번역했다. 그리고 주석은 위에 인용한 책과 *Le Temps retrouvé*(Gallimard, Collection Folio, 1990), *Le Temps retrouvé*(Le Livre de Poche, 1993), *Le Temps retrouvé*(GF Flammarion, 2011)를 참조하여 역자가 작성했다. 주석과 작품 해설에서 각 판본은 플레이아드, 폴리오, 리브르드포슈, GF-플라마리옹으로 구분하여 표기했다.

2 총 7편으로 이루어진 프루스트의 『잃어버린 시간을 찾아서』를 원고의 길이와 독서의 편의를 고려하여 13권으로 나누어 편집했다. 1편 「스완네 집 쪽으로」 (1, 2권), 2편 「꽃핀 소녀들의 그늘에서」(3, 4권), 3편 「게르망트 쪽」(5, 6권), 4편 「소돔과 고모라」(7, 8권), 5편 「갇힌 여인」(9, 10권), 6편 「사라진 알베르틴」(11권), 7편 「되찾은 시간」(12, 13권)

3 작품명 표기에서 단행본은 『 』, 개별 작품은 「 」, 정기간행물은 《 》로 구분했다.

2부

1

할머니의 병 ─ 베르고트의 병 ─ 공작과 의사 ─
할머니 병의 악화 ─ 할머니의 죽음

산책자들로 가득 찬 군중 속을 가로질러 우리는 가브리엘
대로를 다시 건넜다. 할머니를 긴 의자에 앉히고 나서 합승 마
차를 찾으러 갔다. 아무리 형편없는 인간을 판단할 때조차 나
는 언제나 할머니의 입장에서 생각했는데, 이런 할머니가 지
금 내게 닫힌 채로 외부 세계의 일부가 되었고, 그리하여 나는
할머니의 상태에 대해 내가 아는 것을 지나가는 행인들에게
보다도 할머니에게 말해 줄 수 없었으며, 내 불안한 마음도 침
묵할 수밖에 없었다. 할머니에게 내 생각을 말하는 것이 낯선
여인에게 하는 것보다 더 자신 없었다. 어린 시절부터 늘 할머
니에게 털어놓았던 생각이나 슬픔을 이제 막 할머니가 다시
내게로 돌려주신 것이었다. 아직은 할머니가 돌아가시지 않
았지만 나는 이미 혼자였다. 할머니가 게르망트네 사람들이
나 몰리에르에 대해 하셨던 암시나, 베르뒤랭네 작은 패거리

에 대한 우리 대화를 넌지시 비치신 것조차 아무 근거도 이유도 없는 거의 환상적인 색채를 띠었다. 이런 암시들은, 내일이면 아마도 더 이상 존재하지 않을 사람, 그에게서 더 이상 아무 의미도 없는 — 그 말을 생각할 수조차 없는 — 그런 사람의 무(無)로부터 나왔으며, 이제 할머니는 다시 그곳으로 돌아가려 하고 있었다.

"안 된다고 말하기는 싫지만 당신은 나와 만날 약속을 하지 않았고 번호표도 갖고 있지 않잖소. 게다가 오늘은 내가 진찰을 보는 날이 아니오. 당신네 주치의를 보러 가도록 하시오. 내가 대신 해 줄 수는 없소. 그 주치의가 진찰하는 자리에 날 부른다면 또 모를까, 이건 직업상의 윤리 문제요."

합승 마차에다 손짓을 하는데, 문득 가브리엘 대로에 살고 있으며, 아버지와 할아버지의 친구라고 할 수 있는, 어쨌든 두 분과 잘 아는 사이인 유명한 E 교수를 만나고 싶다는 생각이 들었다. 그래서 마침 그분이 집에 들어가려 하기에, 이분이라면 아마도 할머니를 위해 좋은 조언을 해 줄 거라는 생각에 그분의 발걸음을 멈추게 했다. 하지만 그분은 바쁜 일이 있는지 우편함에서 편지를 꺼내고는 나를 돌려보내려 했고, 그래서 나는 그와 함께 승강기를 타고 올라가면서 말할 수밖에 없었는데, 그는 승강기 조종을 자신에게 맡겨 달라고 부탁했다. 그의 괴벽이었다.

"박사님, 지금 당장 할머니를 진찰해 달라고 부탁드리는 건 아닙니다. 제 말을 듣고 나면 이해하시겠지만, 할머니는 여기 오셔서 진찰받을 상태가 아닙니다. 그러니 삼십 분 후에 저의 집으로 왕진하러 와 주세요. 그때쯤이면 할머니가 집에 돌아와 계실 겁니다."

"당신 집에 들러 달라고요? 그게 무슨 의미인지 모르는 모양이군요. 난 상공부 장관 댁 만찬에 가야 해요. 그에 앞서 다른 한 곳을 방문해야 하고, 곧 옷도 갈아입어야 하오. 설상가상으로 내 검정 양복 두 벌 중 하나는 찢어졌고, 또 다른 하나에는 훈장을 꽂을 단춧구멍이 없다오. 제발 부탁이니 승강기 버튼에 손대지 마시오. 당신은 조종할 줄 모르잖소. 모든 일에는 신중해야 하오. 단춧구멍 때문에 더 늦어지겠군. 여하튼 당신네 가족에 대한 우정으로 할머니가 지금 당장 오신다면 진찰해 드리리다. 하지만 미리 말해 두지만 할머니에게 내드릴 수 있는 시간은 딱 십오 분뿐이오."

승강기에서 나오지 않은 채 의혹의 눈초리로 바라보면서도 E 교수는 손수 운전해서 나를 아래층으로 내려다 주었고, 나는 곧바로 발길을 돌렸다.

우리는 흔히 죽음의 시간이 불확실하다고 말하지만, 이런 말을 할 때면 그 시간이 뭐가 막연하고도 먼 공간에 위치한 것처럼 상상하는 탓에, 그 시간이 이미 시작된 날과 관계 있다고는 생각하지 않으며, 또 죽음이 — 혹은 우릴 먼저 부분적으로 차지하고 나서 그 후엔 결코 손에서 놓아주지 않는 — 이렇게 확실한 오후, 모든 시간표가 미리 정해진 오후에 일어날 수 있다는 생각은 결코 하지 않는다. 우리는 한 달 동안 필요한 신선한 공기 전부를 마시려고 산책하기를 열망하면서도, 입고 나갈 외투나 우리가 부를 마부를 고르면서는 망설이고,

그런 후 합승 마차에 오르면 하루가 당신 앞에 온전히 놓인 듯 보이지만, 여자 친구를 맞이하려고 때맞춰 집에 돌아가기를 바라기에 하루가 짧다고 느끼고 다음 날에도 날씨가 좋기를 바라곤 한다. 그리하여 다른 쪽에서 당신을 향해 걸어오던 죽음이, 무대에 등장하기 위해 바로 그날 몇 분 후 마차가 거의 샹젤리제에 도착할 바로 그 순간을 선택하리라고는 절대 생각하지 못한다. 어쩌면 보통 때는 죽음 특유의 기이함 때문에 그 공포에 시달리던 이들은 이런 종류의 죽음에서 — 처음으로 맞이하는 죽음과의 접촉에서 — 그것이 우리가 아는 일상의 친숙한 모습을 띤다는 사실에 오히려 어떤 안도감 같은 걸 느낄지도 모른다. 죽음은 맛있는 점심을 먹고 난 후에 찾아오기도 하고, 건강한 사람의 외출길에 찾아오기도 한다. 첫 번째 발작에 이어 무개 사륜마차를 타고 귀가하던 중 할머니가 두 번째 발작을 일으켰다. 할머니의 병이 아무리 위중해도, 우리는 6시에 샹젤리제에서 돌아오는 길이었으며, 또 화창한 날씨에 마차 덮개를 연 채 지나가고 있었으므로, 몇몇 사람들은 우리가 인사 정도는 할 수 있다고 생각했을지도 모른다. 콩코르드 광장으로 가던 르그랑댕 씨는 모자를 들고 우리를 향해 인사하다가 깜짝 놀란 듯 길에 멈추었다. 아직 삶에서 초연하지 못했던 나는 르그랑댕이 민감한 사람임을 할머니에게 상기시키면서, 그의 인사에 답했는지 물어보았다. 할머니는 내가 조금 경박하다고 생각했는지 "그게 어떻다는 거냐? 그런 건 전혀 중요하지 않단다." 하고 말하려는 듯이 손을 들었다.

그렇다. 조금 전 내가 합승 마차를 찾는 동안 할머니는 가

브리엘 대로의 의자에 앉아 있었으며, 잠시 후에는 무개 사륜 마차를 타고 지나갔다고 말할 수 있으리라. 그러나 그게 정말 사실이었을까? 길에 놓인 의자는 — 비록 평형을 잡는다는 몇몇 조건에 따르긴 하지만 — 에너지를 필요로 하지 않는다. 그러나 살아 있는 인간이 안정된 자세를 유지하려면, 의자나 마차 안에서 몸을 기댈 때에도, 대기의 압력과 마찬가지로 우리가 지각하지 못하는(모든 방향에서 행사되므로) 어떤 힘의 긴장을 필요로 한다. 어쩌면 몸을 텅 비우고 대기의 압력을 견뎌 낸다면, 우리가 파괴되기 이전 순간에는 더 이상 무엇으로도 무력화하지 못하는 끔찍한 중압감을 느낄지도 모른다. 마찬가지로 병과 죽음의 심연이 우리 몸속에 열릴 때면, 또 세상과 우리 자신의 육체가 우리에게 덮치는 혼란스러운 동요에 더 이상 버틸 힘이 없을 때면, 그때 근육의 무게를 유지하고 골수까지 파고드는 전율을 견디면서 평소에는 그저 사물의 소극적인 자세에 불과하다고 생각하던 그런 부동 자세를 취하는 일이나, 머리를 똑바로 세우고 안정된 눈길을 유지하는 일조차도 모두 생명의 에너지를 필요로 하는 극심한 투쟁이 된다.

그리고 만일 르그랑댕이 놀란 시선으로 우릴 바라보았다면, 바로 그때 거기를 지나가던 다른 행인들과 마찬가지로 합승 마차에 앉아 있는 것처럼 보이는 할머니가 그에게는 뭔가 심연 속으로 빠져 들어가듯, 절망적으로 방석에 몸을 붙이고 흐트러진 머리칼과 초점 잃은 눈으로 추락하는 몸을 간신히 버티면서, 더 이상 눈동자가 담지 못하는 이미지들의 공격에 맞설 힘이 없는 것처럼 보였기 때문이리라. 할머니는 내 옆에 있었지만, 벌써 미지의 세계에 잠겨 내가 조금 전 샹젤리제에서 보았던 흔적을 지니고 있었으며, 모자와 외투는 할머니와 사투를 벌인, 그 눈에 보이지 않는 천사의 손에 의해 망가져 있었다.

나는 그때부터 할머니의 이런 발작 순간이 전혀 기습적인 것이 아니라 어쩌면 오래전부터 예상되었던 것이며, 할머니가 이 순간을 기다리며 살아오신 게 아닌가 하는 생각까지 하게 되었다. 물론 할머니도 이 치명적인 순간이 언제 올지는, 마치 상대방의 정숙함에 엉뚱한 기대와 부당한 의혹을 번갈아 가면서 품는 연인들처럼 확신할 수 없었을 것이다. 그러나 할머니의 얼굴 한복판을 지금 막 강타한 중병은, 병자를 죽이기 훨씬 전부터 병자의 몸 안에 살지 않는 일이 드물며, 또 이런 시기에 '사교적인' 이웃이나 세든 사람처럼 재빨리 자신을 알리지 않는 일도 드문 법이다. 병이 우리에게 야기하는 고통 자체보다는, 오히려 그것이 우리 삶에 결정적인 한계를 부과한다는 그런 낯선 새로움 때문에 이 인식은 더욱 끔찍하다. 이 경우 우리는 죽음에 직면하는 순간이 아닌, 여러 달 전부터, 때로는 여러 해 전부터 죽음이 추악하게도 우리 몸속에 살러 온 그 순간부터 자신이 죽어 가는 모습을 본다. 병자는 낯선 자와 대면하고 낯선 자가 자기 머릿속을 왔다 갔다 하는 소리를 듣는다. 물론 그자의 모습을 눈으로 본 적은 없지만, 그자가 규칙적으로 내는 소리를 들으며, 또 그 습관을 짐작한다. 강도일까? 어느 아침 낯선 자의 소리가 들리지 않는다. 그자가 떠났다. 아! 영원히 떠난 거라면 얼마나 좋을까! 저녁이 되자 그자가 다시 돌아왔다. 도대체 그자의 계획은 무엇일까? 진찰하는 의사에게 물어본다. 그러나 의사는 이런 질문에 마치 사랑하는 여인처럼 어떤 날은 내가 믿을, 어떤 날은 내가 믿지 못할 약속으로 응답한다. 하기야 의사란 애인 역할보다는 질문받는 심부름꾼 역할을 하는 법이니. 그들은 제삼자에 불과하다. 우리를 배신하는 중이라고 의심하며 압박하는 것은 우리 삶 그 자체이다. 이 삶이 더 이상 예전과 같지 않다는 걸 느끼면서도 우리는 여전히 이 삶을 믿고, 삶이 마침내 우리를 버리는 날까지 어쨌든 의혹 속에서 살아간다.

나는 할머니를 E 교수 댁 승강기에 태웠고 잠시 후 의사가 우리에게 오더니 진찰실로 안내했다. 하지만 그 바쁜 와중에도 일단 진찰실에 들어가자 습관의 힘이 얼마나 컸던지 의사는 그 거만한 태도를 바꿨다. 의사는 환자에게 친절했고 게다가 쾌활하게 대하는 습관까지 있었다. 그는 할머니가 매우 문학적 소양이 깊은 분임을 알았으며 또 그 자신도 그러했으므로, 이삼 분 동안 그날 날씨처럼 찬란한 여름날을 노래한 아름다운 시 한 구절을 인용했다. 그는 할머니를 팔걸이의자에 앉히고, 할머니를 잘 볼 수 있도록 빛을 등지고 앉았다. 의사의 진찰이 아주 세밀하게 이어져서 나는 잠시 밖에 나가 있어야 했다. 의사는 진찰을 계속했고, 진찰이 끝나자 예정된 십오 분이 다 돼 가는데도 할머니께 다시 시구절을 인용하기 시작했다. 그는 다른 날 다시 듣고 싶을 정도로 꽤 정교한 농담마저 꺼냈는데, 이러한 의사의 유쾌한 어조에 나는 완전히 마음이 놓였다. 그때 나는 상원 의장 팔리에르* 씨가 여러 해 전 유사한 마비 증세를 일으켰다가 사흘 만에 다시 의장직으로 복귀했으며, 시간이 많이 남았는데도 대통령 입후보를 위한 준비를 미리 시작해서 정적들을 낙담시켰던 일을 떠올렸다. 할머니의 신속한 회복에 대한 나의 믿음은, 팔리에르 씨의 예를 기억하며 비교하다가, E 교수가 자신의 농담을 마무리하려고 터뜨린 호탕한 웃음에 깨어날 정도로 그렇게 완벽했다. 그러다 의사는 시계를 꺼내 오 분이나 늦은 걸 확인하고는 흥분해서 눈썹을 찌푸리며 우리에게 인사를 하더니, 즉시 갈아입을 옷을 가져오라고 초인종을 눌렀다. 나는 할머니를 먼저 나가게하고 문을 닫은 후에 박사에게 진실을 물었다.

"당신 할머니는 가망이 없소." 하고 그가 말했다. "요독증**으로 인한 발작이오. 요독증 자체는 그렇게 치명적인 병이 아니지만, 그러나 이 경우엔 아주 절망적이오. 물론 내가 잘못판단한 거라면 좋겠소. 게다가 코타르가 보살피고 있으니 대단히 유능한 분의 손에 맡겨진 셈이오. 실례하오." 하고 교수는 하녀가 검정 연미복을 팔에 들고 들어오는 걸 보면서 말했다. "알다시피 나는 상공부 장관 댁 만찬에 가야 하고, 그 전에

---

* 총리로 임명된 아르망 팔리에르(Armand Fallières, 1841~1931)는 1883년 국회에서 피곤하다고 휴회를 요구했고 며칠 자리에 누웠다고 한다. 그러나 병에서 회복되자마자 내각을 해산하고 1906년에는 프랑스 11대 대통령이 되었다.
** 프루스트의 어머니도 1905년 이 병으로 사망했다. 신장에 이상이 생겨 노폐물이 몸 안에 쌓이면서 현기증이나 구토, 기억력 저하, 경련 등 다양한 증상이 나타나는 병이다.

다른 한 곳을 방문해야 하오. 아! 당신 나이에 생각하듯이 우리 삶에는 장미꽃만 있는 게 아니라오."

그리고 그는 내게 상냥하게 손을 내밀었다. 다시 문을 닫고 하인의 안내를 받아 할머니와 내가 응접실로 나왔을 때, 교수가 화내며 고함치는 소리가 들렸다. 하녀가 훈장을 꽂을 단춧구멍 뚫는 걸 잊어버렸던 것이다. 그걸 뚫으려면 십 분은 더 걸릴 터였다. 내가, 회복할 가망이 없는 할머니를 층계참에서 바라보는 동안에도 교수는 계속 소리를 질러 댔다. 인간은 누구나 혼자다. 우리는 집을 향해 다시 떠났다.

해가 기울었다. 우리가 사는 거리에 도착하기 전 마차가 쫓아가야 하는 그 끝없는 벽을 불태우던 석양빛은 말과 마차의 그림자를 벽에 투사하면서 마치 폼페이의 구운 점토에 그려진 영구차마냥 붉은 바탕에 검은빛으로 뚜렷이 드러나게 했다.* 드디어 집에 도착했다. 나는 환자를 현관 계단 아래 앉혀 놓고는 어머니에게 알리러 올라갔다. 할머니가 현기증이 나서 좀 편찮은 몸으로 돌아오셨다고 했다. 나의 첫 몇 마디에 어머니의 얼굴은 극도의 절망감에 사로잡힌 듯 보였지만 이내 체념한 표정을 짓는 것으로 미루어, 이미 여러 해 전부터 언제 올지 모르는 마지막 날을 예상하며 마음의 준비를 해 왔

---

* 베수비오 화산 폭발 후 폼페이의 유물에서는 그림이 그려진 도자기는 거의 발견되지 않았다고 한다.(『게르망트』, 폴리오, 705쪽.) 아마도 프루스트는 보다 일반적인, 붉은색 테라코타에 검은색 그림이 그려진 그리스·로마 도자기나 항아리를 환기하는 듯 보인다. 할머니의 죽음이 마치 베수비오 화산의 붉은 불길과 화산재의 검은 잔해로 화자의 머릿속에 떠오르면서 신화적인 울림을 자아낸다.

음을 알 수 있었다. 어머니는 내게 아무것도 묻지 않았다. 나쁜 마음을 가진 사람이 남의 고통을 과장해서 말하기를 좋아하는 것과 마찬가지로, 할머니에 대한 애정 때문에 어머니는 할머니가 중병에 걸렸다는 사실을, 그 병이 특히 지능에 관계되는 병일지도 모른다는 사실을 인정하고 싶어 하지 않는 듯했다. 어머니의 몸은 떨렸고 눈물을 흘리지 않으면서도 흐느끼는 얼굴로 어머니는 의사를 모셔 오라는 말을 전하려고 달려갔다. 하지만 프랑수아즈가 아픈 사람이 누구인지 물었을 때, 어머니는 목이 메어 대답조차 하지 못했다. 흐느낌으로 주름진 얼굴을 지우면서, 어머니는 나와 함께 계단을 뛰어 아래층으로 내려갔다. 아래층 현관의 긴 의자에 드러누워 기다리던 할머니는 우리 발소리를 듣자 곧 몸을 일으키고 똑바로 서서는 어머니에게 즐거운 손짓을 했다. 나는 하얀 레이스 만티야*로 할머니의 얼굴을 반쯤 감싸고는, 할머니가 계단에서 감기에 걸릴까 봐 그런다고 말했다. 그러나 실은 할머니의 일그러진 얼굴과 뒤틀린 입을 어머니에게 보여 주고 싶지 않았던 것이다. 그러나 내 조심스러운 몸짓도 소용이 없었다. 어머니는 할머니에게 다가가 하느님 손에 입을 맞추듯 할머니 손을 붙잡고 부축하면서, 혹시 서툴게 다루다가 할머니를 다치게 하지나 않을까 하는 두려움과, 자격도 없는 사람이 자기가 아는 것 가운데 가장 소중한 것이라도 만지는 듯한 겸손함을 더

---

* 스페인 여자들이 머리에 쓰는 스카프 모양의 머리쓰개로, 주로 레이스로 만들어진다.

하여 지극히 조심스럽게 할머니를 승강기까지 들어 올렸다. 하지만 어머니는 단 한 번도 눈을 들어 환자의 얼굴을 보지 않았다. 어쩌면 자신의 모습을 보고 딸이 걱정하지나 않을까 염려하는 할머니의 슬퍼하는 모습을 상상했는지도 모른다. 어쩌면 감히 직면하고 싶지 않은 격심한 고통이 두려웠거나, 어쩌면 늘 존경심을 가지고 우러러보던 얼굴에서 뭔가 지능이 감퇴한 흔적을 확인하는 걸 용납할 수 없는 불경한 짓으로 여겼거나, 어쩌면 재기와 선함으로 빛나는 자기 어머니의 진짜 얼굴을 나중까지 그대로 간직하고 싶었는지도 모른다. 이렇게 만티야로 얼굴을 반쯤 가린 할머니와, 시선을 다른 쪽으로 돌린 어머니는 나란히 함께 계단을 올라갔다.

그동안 딸이 감히 쳐다보지도 못하는 할머니의 변한 모습에 깜짝 놀라 눈길도 떼지 않고, 무례하고도 나쁜 징조가 담긴 눈길로 바라보는 인물이 있었으니, 바로 프랑수아즈였다. 할머니를 진심으로 좋아하지 않았던 건 아니지만(어머니가 할머니 품에 몸을 던지며 우는 모습을 보고 싶었던 프랑수아즈는 어머니의 냉정함에 실망해서 거의 분노했다.) 프랑수아즈에게는 항상 최악의 상황을 상상하는 습관이 있었고, 또 서로가 배제되는 듯 보이지만 한데 모이면 강해지는 그런 두 가지 특징을 어려서부터 간직하고 있었다. 그중 하나는, 다른 사람의 신체 변화에 의해 야기되는 인상이나 고통스러운 두려움조차 알아차리지 못한 척하는 게 보다 신중한 처신인 줄 알면서도 이런 인상이나 두려움을 숨기려고 하지 않는 교육받지 못한 일반 서민의 태도이며, 다른 하나는 병아리 목을 비틀 기회가 오기 전에 이미 잠자리 날개를 잡아 뜯은 적 있는 시골 여자의 무감각한 투박함으로, 고통받는 짐승의 살을 보면서 느끼는 재미를 감출 줄 아는 수치심의 부족이었다.

프랑수아즈의 완벽한 보살핌 덕분에 침대에 눕자 말문이 쉽게 트이는 걸 깨달은 할머니는 요독증을 일으킨 혈관의 작은 파열이나 막힘이 틀림없이 가벼운 것이라고 생각하셨던 모양이다. 그러자 할머니는 어머니가 아직 겪어 보지 못한 가장 잔인한 순간에 그 곁에 있으면서 그녀를 도와주고 싶었다.

"저런, 우리 딸." 하고 할머니는 한 손으로는 어머니의 손을 잡고 다른 손으로는 어머니의 입에 대면서 몇몇 단어를 발음하는 데 느끼는 작은 어려움이 이런 표면적인 이유 때문이라는 듯 "어미를 이렇게 동정하다니! 넌 소화불량이 얼마나 불쾌한지 모르는 모양이구나!"라고 말씀하셨다.

그제야 처음으로 내 어머니의 눈은, 얼굴 다른 부분은 보지 않으려고 애쓰면서 할머니의 눈을 열정적으로 바라보았고, 지킬 수 없는 거짓 맹세의 목록을 늘어놓기 시작했다.

"엄마는 곧 나아요. 딸인 제가 약속해요."

가장 강렬한 사랑과 어머니가 꼭 낫는다는 의지를 모두 입맞춤에 담아 토로하려는 듯, 어머니는 자신의 온 생각과 온 존재를 입가로 가져가면서 사랑하는 이의 이마에 겸손하고도 경건한 입맞춤을 했다.

할머니는 침대 담요가 늘 왼쪽 다리 쪽에만 쏠려 일종의 모래톱을 만드는 바람에 담요를 들어 올릴 수가 없다고 불평했다. 그런데 정작 본인은 그 원인이 자신에게 있다는 걸 깨닫지 못했다.(그래서 할머니는 날마다 프랑수아즈가 침대를 잘못 '정돈한다'고 나무랐다.) 밀물이 연이어 몰려와(만일 둑을 쌓지 않으면) 금방 모래톱이 되어 버리는 만(灣)의 모래마냥 겹겹이 쌓이는 순모 담요의 거품 이는 파도를, 할머니는 발작적인 동작으로 모두 한쪽으로 걷어차곤 하셨다.

어머니와 나는(통찰력이 뛰어나고 공격적인 프랑수아즈는 우리의 거짓말을 이미 간파했지만) 할머니가 많이 편찮으시다는 말을 하면 마치 적을, 게다가 할머니에게는 있지도 않은 적을 기쁘게 한다는 듯, 또 할머니 상태가 나쁘지 않다고 생각하는 편이 보다 애정 깊은 행동이라는 듯, 요컨대 앙드레가 알베르틴을 진짜로 사랑한다고 하기에는 지나치게 동정한다고 추측하게 했던 그런 본능적인 감정에서 할머니가 중병에 걸렸다는 말을 하기 싫어했다. 커다란 위기의 순간에는 동일한 현상이 개인에서 일반 군중에 이르기까지 나타난다. 전쟁이 일어나면 자기 나라를 사랑하지 않는 사람은, 나쁘게 말하지는 않지만, 나라가 망했다고 믿으며 한탄하고 모든 것을 비관적으로 생각한다.

프랑수아즈는 잠을 자지 않고도 온갖 힘든 일을 해내는 능력으로 우리에게 무한한 도움을 주었다. 여러 밤을 계속해서 선 채로 보낸 후에 겨우 십오 분 만에 다시 어쩔 수 없이 부르는 경우에도, 그녀는 그렇게나 힘든 일을 마치 세상에서 가장 쉬운 일이라는 듯, 그런 일을 할 수 있어 무척이나 행복하다는 듯, 얼굴을 찌푸리기는커녕 만족과 겸손이 담긴 표정을 지었을 것이다. 물론 미사 시간과 아침 식사 시간이 되면, 비록 할머니가 죽어 가는 상태라 해도 늦지 않으려고 자취를 감추었을 테지만. 하지만 그녀가 맡은 일은 하인에게 시킬 수 없고, 그녀 역시 시키고 싶어 하지 않았다. 물론 그녀는 콩브레에서부터 우리 가족 각자에 대해 아주 드높은 사명감을 지니고 있었다. 그녀는 우리 집 하인들 가운데 어느 누구도 우리에게 '무례하게 구는 걸' 용납하지 않았다. 이 점은 그녀를 아주 고결하고 위압적이며 유능한 교육자로 만들어, 우리 집에는 고유의 삶을 수정하고 고유한 삶의 방식을 청산하지 않은 타락한 하인이 한 명도 없었는데, 그들은 장사꾼이 주는 '구전'조차 만지려 하지 않았고, 지금까지는 남의 일을 잘 도와주지 않던 하인들도 내가 작은 짐이라도 들면 피곤해할까 봐 내 손에 든 것을 빼앗으려고 달려들 정도였다. 그러나 콩브레에서와 마찬가지로 프랑수아즈에게는 자기가 하는 일을 남이 도와주는 걸 견디지 못하는 습관이 있었고, 또 그 습관을 파리까지 가져왔다. 그녀에게 있어 남의 도움을 받는 것은 모욕을 받는 것과 다르지 않았으며, 그리하여 하인들이 몇 주 동안 아침 인사를 해도 프랑수아즈가 응답하지 않거나 그들이 휴가를 얻어 떠날 때도 작별 인사를 하지 않는 경우가 있었는데, 그들이 그 까닭을 생각해 보면, 프랑수아즈가 몸이 편치 않던 날 그녀 일을 조금 대신해 주었다는 것 외에는 다른 이유를 찾을 수 없었다. 할머니가 몹시 편찮으신 지금, 프랑수아즈는 할머니 돌보는 일을 특히 자신의 일로 여겼다. 이런 위중한 시기에 공식 책임자인 프랑수아즈는 남이 자신의 역할을 가로채는 걸 원치 않았다. 그래서 그녀로부터 배제된 젊은 하인은 빅토르를 본따 내 책상에서 종이만 가져가는 게 아니라, 내 서재의 시집까지 가져가기 시작했다. 그는 하루의 절반은 시를 쓴 시인들에게 경의를 표하려고 시를 읽었고, 또 다른 절반은 시골 친구들에게 시를 인용하여 장식하려고 편지를 썼다. 물론 이렇게 해서 친구들을 놀라게 해 주려는 것이었다. 그런데 그의 생각에는 일관성이 없었으므로, 그는 내 서재에서 찾아낸 시들이 누구나 다 아는 시이며 그런 시를 인용하는 것도 흔한 일이라고 생각했다. 그래서 자신이 놀래 주기를 기대하는 시골 친구들에게 편지를 쓸 때면, 자신의 고유한 성찰에 라마르틴의 시구절들을 섞곤 했는데, 이런 시구절들이 마치 "때가 오면 알리라." 또는 단지 "안녕."이란 말과 같다고 생각하는 모양이었다.

할머니의 통증 탓에 의사는 모르핀 주사를 허락했다. 불행하게도 이 주사는 고통을 진정시키는 한편, 단백질 양도 증가시켰다. 그래서 할머니 몸속에 자리 잡은 병을 겨냥한 공격은 번번이 빗나갔다. 표적이 된 것은 할머니, 가느다란 신음 소리로 힘겹게 아픔을 호소하면서 가만히 당하고 있는, 거기 놓인 할머니의 애처로운 몸이었다. 게다가 할머니의 몸에 가해진 이 통증은 우리가 그 몸에 할 수 있는 어떤 이로운 결과로도 보상되지 않았다. 우리가 전멸시키고 싶어 하는 그 끔찍한 병은 우리 손이 닿는 순간 오히려 더 악화되었고, 그리하여 포로가 된 몸이 병에 잡아먹힐 시간만을 더 재촉했는지 모른다. 단백질 양이 너무 많이 나온 날 코타르는 잠시 망설이다 모르핀 주사의 투여를 거절했다. 이처럼 보잘것없고 평범한 인간에게도 하나의 치료법과 또 다른 치료법의 위험성을 계량하면서, 그중 하나를 결정할 때까지 깊이 생각해 보는 그 짧은 순간에는 뭔가 장군의 위대함 같은 것이 있었다. 삶의 다른 순간에는 더없이 천박하지만 훌륭한 전술가이기도 한 장군은 위기의 순간이 오면, 잠시 명상에 잠겼다가 가장 현명한 군사적 결정을 내리며 "동쪽에서 적과 맞서 싸웁시다."라고 말한다. 의학적으로 요독증을 완치하리란 희망은 거의 없었지만, 그래도 신장을 지치게 할 수는 없는 일이었다. 하지만 다른 한편으로 할머니는 모르핀 없이는 고통을 견디지 못했다. 할머니는 끊임없이 어떤 동작을 다시 하려 했지만 신음 소리를 내지 않고는 하기 힘들어했다. 대개의 경우, 통증은 우리 몸의 기관을 위협하는 어떤 새로운 상태를 의식하고, 그 기관이 이런 상태에 맞는 감각을 필요로 할 때 발생한다. 우리는 이 통증의 원인을 어떤 불편한 증상에 따라 식별하지만, 모든 사람이 다 그런 증상을 보이는 것은 아니다. 코를 찌르는 냄새가 나는 연기로 가득한 방 안에 둔감한 남자 둘이 들어와 일에 열중한다. 그런데 이들보다 예민한 세 번째 남자는 그 방에서 끊임없이 불편함을 느낄 것이다. 그의 콧구멍은 그가 맡아서는 안 되는 것처럼 느껴지는 냄새를 계속해서 근심스럽게 맡을 것이며, 매번 그것이 정확히 무슨 냄새인지를 알고 그 불쾌한 후각에 익숙해지려고 애쓸 것이다. 바로 이런 이유로 아마도 뭔가에 깊이 몰두하면 치통을 호소하지 않게 되는지도 모른다. 할머니가 이처럼 괴로워할 때면 그 커다란 보랏빛 이마에서는 땀방울이 흘러내렸고 하얀 머리털도 들러붙었다. 우리가 방 안에 없는 줄 알면 할머니는 "아! 끔찍해!" 하고 소리를 지르다 가도, 어머니를 보면 바로 모든 힘을 다해 얼굴에 새겨진 고통 의 흔적을 지우려 애썼고, 아니면 반대로 같은 비명을 내지르 면서도 어머니가 들을 수 있는 것과는 다른 의미의 설명을 뒤 에 붙였다.

"아! 내 딸아, 정말 끔찍하구나. 이렇게 좋은 날, 모두들 산 책하러 가고 싶어 하는 날, 난 이렇게 침대에 드러누워 너희가 따르라고 하는 처방에 화를 내며 눈물만 흘리고 있으니."

그러나 할머니 자신의 눈에서는 신음 소리를 제거할 수 없 었고, 이마의 땀방울과 이내 억제하긴 했지만 팔다리의 경련 성 바동거림도 멈출 수 없었다.

"나는 아프지 않다. 잘못 누워서 신음 소리가 나는 거야. 머 리칼도 헝클어진 것 같고, 구역질도 나고. 벽에 부딪쳤으니."

침대 발치에서 할머니의 고통스러워하는 모습을 지켜보며 꼼짝하지 않던 어머니는, 마치 할머니의 아픈 이마를, 병을 숨 기고 있는 할머니의 몸을 뚫어지게 바라보기만 하면 드디어 는 그 병에 도달해서 병을 물리칠 수 있기라도 한 듯 이렇게 말했다.

"아니에요, 사랑하는 엄마. 엄마가 이렇게 아파하도록 그 냥 내버려 두지 않을 거예요. 뭔가 방법을 찾아낼 거예요. 그 러니 조금만 참으세요. 엄마가 누워 있는 그대로 키스해도 괜 찮죠?"

그러고는 침대에 몸을 기울이며 다리를 굽혀 반쯤 무릎을 꿇었는데, 그렇게 겸손하게 행동하다 보면 하느님께서 자신의 열렬한 선물을 받아 줄 기회가 더 많이 생긴다는 듯, 자신의 모든 삶을 담은 얼굴을, 입맞춤인지 흐느낌인지 또는 미소인지, 정확히 알지 못하는 어떤 끌로 파인, 열정적이고 비탄에 잠긴 부드러운 보조개와 주름살이 도드라진 얼굴을, 마치 성체 그릇에 담아 바치듯이 할머니에게로 기울였다. 할머니 역시 어머니를 향해 얼굴을 내밀려고 애썼다. 할머니의 얼굴이 얼마나 변했던지, 설령 할머니에게 외출할 힘이 있다 해도 사람들은 아마 할머니 모자에 꽂은 깃털밖에는 알아보지 못했을 것이다. 할머니 모습은 마치 조소(彫塑) 시간에 나머지 모든 것은 무시하고 우리가 아는 것과 전혀 닮지 않은 어떤 특별한 모델에 부합되는 모습을 빚으려고 전념하는 것 같았다. 이런 조각가의 작업이 끝나자 할머니의 얼굴은 동시에 축소되고 굳었다. 얼굴을 관통하는 핏줄은 대리석 결이 아닌 꺼칠꺼칠한 돌의 결처럼 보였다. 호흡이 힘들어 늘 앞으로 기울어지고, 피로로 구부정한 할머니의 닳고 오그라든 그 끔찍하게도 표현적인 얼굴은, 원시 시대 혹은 거의 선사 시대 조각에 나오는 거칠고 붉은 머리에 보랏빛이 도는 어느 미개한 묘지기 여자의 절망한 얼굴과도 흡사했다. 그러나 작업은 아직 완전히 완성된 게 아니었다. 이제 할머니는 이런 선사 시대의 조각을 부수고 지금까지 그토록 고통스럽게 단단히 수축된 얼굴에 간직해 왔던 무덤 속으로 내려가야 한다.

속된 말로 어떤 성인에게 매달려야 할지 모르는 순간이 왔을 때, 할머니가 심하게 기침과 재채기를 하자 우리는 X전문의에게 보이면 사흘 안에 병이 낫는다는 친척의 충고를 따르기로 했다. 세상 사람들은 그들이 아는 의사들에 대해 이런 식으로 말하곤 하는데, 우리는 마치 프랑수아즈가 신문 광고를 믿듯이 그 말을 믿는다. 전문의가 아이올로스*의 자루마냥 환자들의 감기를 모두 담은 가방을 들고 왔다. 할머니는 단호하게 진찰을 거부했다. 우리는 헛수고를 한 의사에게 미안해서 우리의 멀쩡한 코를 진찰해 보고 싶어 하는 의사의 말을 따르기로 했다. 그는 우리 코가 아무렇지도 않은 게 아니며 두통이나 복통, 심장병과 당뇨병이 모두 콧병을 오진한 데서 왔다고 했다. 그는 우리 각자에게 이렇게 말했다. "콧구멍 속에 작은 종기가 있는데 다시 볼 수 있으면 좋겠습니다. 그러나 너무 오래 끌지는 마십시오. 소각 요법으로 금방 없애 드릴 테니." 물론 우리 생각은 달랐다. 마음속으로는 '그런데 뭘 없앤다는 거지?' 하고 묻고 있었다. 간단히 말해 우리 집 사람들의 코가 모두 감염되었다는 것이다. 그의 실수는 앞으로 올 병을, 마치 우리가 지금 앓고 있는 것처럼 말했다는 것이었다. 다음 날부터 그의 진찰과 일시적인 치료가 효력을 발휘했다. 우리 모두는 의사 때문에 카타르성 염증**에 걸렸다. 그런데 거리에서 기침을 심하게 하는 아버지를 만난 의사는 무지한 사람이 자기가 진찰한 탓에 병에 걸렸다고 여길지도 모른다고 생각하며 미소를 지었다. 그는 이미 우리가 병에 걸린 후에 진찰했다고 믿은 것이다.

---

* 그리스 신화에 나오는 바람의 신으로 바람을 자루 속에 가두어 두는 힘을 가졌다.

** 코나 목의 기도에 생기지만 조직의 파괴는 일으키지 않는 염증을 말한다.

할머니의 병은 많은 사람들에게 과도하거나 불충분한 동정을 야기했으며, 이는 우리가 한 번도 생각해 본 적 없던 상황이나 우정의 연결 고리를 통해 그들이 만드는 우연과 마찬가지로 우리를 놀라게 했다. 끊임없이 병의 상태를 물어 오는 이들의 관심 깃든 표현이 병의 위중함을 알려 주었는데, 그때까지 우리는 할머니 곁에서 느끼는 수많은 고통스러운 인상과 병 자체를 충분히 분리해서 생각해 보지 않았다. 전보로 소식을 들은 할머니의 여동생들은 콩브레를 떠나려 하지 않았다. 그들은 뛰어난 실내 음악을 연주해 줄 음악가를 찾아내어 그 음악을 듣는 편이 환자의 머리맡에 있는 것보다 훨씬 더 정신의 고통스러운 고양과 명상에 적합하며, 이런 의식이 뭔가 특별해 보이리라고 생각했던 것이다. 사즈라 부인도 어머니에게 편지를 보내왔지만, 갑자기 약혼이 깨지는 바람에(드레퓌스 사건이 파혼의 원인인) 영영 다시는 보지 못할 사람이 쓰는 것 같은 그런 편지를 보내왔다. 대신 베르고트가 매일처럼 와서 나와 함께 몇 시간을 보냈다.

그는 격식을 차리지 않아도 되는 집에 얼마 동안 고정적으로 가기를 좋아했다. 그러나 예전에는 그곳에서 다른 사람의 방해를 받지 않고 혼자서 말하기를 즐겼다면, 지금은 남이 청하지 않는 이상 오랜 시간 침묵을 지켰다. 베르고트 역시 몸이 아팠고, 누군가는 그가 할머니처럼 단백뇨에 걸렸다고 했다. 어떤 이들은 종양이 생겼다고도 했다. 그의 몸은 쇠약해 갔다. 우리 집 계단을 오를 때도 힘들어했고, 내려갈 때는 더 힘들어했다. 난간에 몸을 기대는 데도 자주 비틀거렸는데, 내 생각에는 아마도 외출하는 습관이나 기회를 완전히 잃게 될까 봐 걱정하지 않았다면 집에 그대로 있었을 것이다. 그렇게도 민첩했던 그 '턱수염 남자'와 만난 게 그리 오래전 일도 아닌데 그는 지금 더 이상 앞을 보지 못했고, 말투도 자주 어눌했다.

하지만 동시에 이와는 정반대로, 스완 부인이 미약하게나마 그의 작품이 전파되도록 노력하던 시절에는 문인들 사이에서만 알려졌던 그의 작품이, 이제는 모든 이들의 눈에 그 위상이 커지고 강력해지면서 일반 대중들 사이에서도 엄청난 확산력을 가지게 되었다. 물론 사후에 유명해지는 작가도 있다. 그런데 베르고트는, 아직 살아 있는 동안, 아직 도달하지 않은 죽음을 향해 천천히 걸어가는 동안 그의 작품이 '명성'을 향해 다가가는 것을 목격했다. 죽은 작가는 명성에 지치는 일 없이 명성을 향유한다. 이름의 광휘가 그의 묘석에서 멈춘다. 영원한 잠에 귀가 먹은 그는 '명예'로 인한 시달림을 받지 않는다. 그러나 베르고트에게서 이런 대조는 아직 완성되지 않은 상태였다. 그는 아직 살아 있었고 그만큼 삶의 소요에 시달렸다. 그의 몸은 비록 힘들기는 했으나 여전히 움직이고 있었고, 반면 그의 작품은 우리 사랑을 받지만, 그 통통 튀며 터질 듯한 젊음과 소란스러운 기쁨으로 우릴 지치게 하는 소녀들처럼 그의 침대 발치까지 새로운 찬미자들을 끌어들였다.

나는 그의 최근 방문이 몇 년 늦게 이루어졌다는 인상을 받았는데, 내가 그의 작품에 대해 이전처럼 감탄하는 마음을 갖지 못했기 때문이다. 그렇다고 해서 이런 사실이 그의 명성의 확산과 모순을 이룬 것은 아니다. 한 권의 작품이 완전히 이해되고 성공하려면, 아직 무명인 신인 작가가 보다 까다로운 지식인들 사이에서 마침내 거의 권위를 상실한 옛 작가 대신 새로운 찬미를 불러일으켜야만 한다. 이미 여러 번 읽은 베르고트의 책에 나오는 문장들은 내 눈에 나 자신의 상념이나 내 방의 가구, 거리의 마차만큼이나 명료해 보였다. 모든 것이 우리가 늘 보아 왔던 대로는 아니지만, 적어도 지금 사물을 보는 습관에 의해 쉽게 인지되는 것이었다. 그런데 내가 사물을 연결하는 방식과 아주 다른 책들을 어느 신인 작가가 발표하기 시작했고, 그래서 나는 그가 쓴 책들을 하나도 이해할 수 없었다. 예를 들면 그는 이렇게 썼다. "물뿌리개 호스가 세심한 도로 관리를 찬미하고 있었다."(이 부분은 쉬워서 나는 그 길을 따라 대충 넘어갔다.) "그런데 도로는 브리앙과 클로델로부터 오 분마다 출발했다."*라는 부분은 전혀 이해할 수 없었다. 도시 이름을 기대했는데 갑자기 사람 이름이 튀어나왔기 때문이다. 문장이 잘못 구성된 게 아니라 문장 끝까지 따라갈 힘이나

---

* 여기서 말하는 신인 작가란 극작가이자 소설가이며 외교관인 장 지로두(Jean Giraudoux, 1882~1944)를 가리키는 것으로 프루스트는 지로두가 쓴 단편 소설 「샤토루에서의 밤」(1919년 《NRF》에 게재됨.)의 한 문장을 모작하고 있다. "포슈와 페탱으로부터 부채꼴로 출발하는 도로에는 40킬로미터 내내 프랑스인 외에 다른 인종은 없었다."라는 원문에서 포슈 장군과 페탱 장군이라는 두 군사적 거점을, 외교관이자 정치가인 브리앙과 역시 외교관이자 시인이며 극작가인 클로델로 바꿈으로써, 지로두에게서 삶의 두 거점이 외교관이자 작가임을 환기하고 있다. 이 두 사람은 모두 지로두가 좋아했던 작가로 그의 외교관 경력에 영향을 끼쳤다.(『게르망트』, 폴리오, 705쪽 참조.)

민첩함이 내게 없는 듯 느껴졌다. 나는 다시 열성을 다해 손과 발의 도움을 받아 사물들 사이의 새로운 관계가 보이는 곳까지 가려고 했다. 매번 문장의 절반에 이를 때마다, 나는 나중에 연대에서 횡목* 운동을 할 때처럼 지쳐 쓰러지곤 했다. 마치 체조에서 빵점을 받은 서툰 아이가 자기보다 재주 많은 아이에게 느끼는 그런 감탄을 나는 이 신인 작가에게 느꼈다. 이때부터 나는 베르고트를 그다지 찬미하지 않게 되었고, 그 투명성에도 뭔가 부족함이 있다고 생각했다. 그림을 그린 사람이 프로망탱**이라면 아주 잘 알아보고, 그것이 르누아르라면 알아보지 못하던 시절이 있었다.

　오늘날 취향이 고상한 사람들은 르누아르를 18세기의 위대한 화가라고 말한다.*** 그러나 이런 말을 하면서 그들은 '시간'을 망각하고, 그리하여 19세기 중반까지도 르누아르가 대예술가로 인정받는 데는 많은 시간이 필요했던 사실을 망각한다. 독창적인 화가나 예술가로 인정받기 위해서는 안과 의사처럼 해야 한다. 그들이 그린 그림과 그들이 쓴 산문으로 진행

---

* 장대높이뛰기를 할 때 두 지주(支柱) 사이에 걸치는 나무를 말한다.

** 유진 프로망탱(Eugene Fromentain, 1820~1876). 프랑스 화가이자 작가이며 미술 평론가로 아프리카 풍물을 그려 명성을 얻었으며, 프랑스 심리 소설의 대표작인 『도미니크』의 저자이다. 프루스트는 프로망탱의 그림을 좋아하지 않았으며, 특히 프로망탱이 『옛 거장들』이란 미술 평론집에서 네덜란드 화가인 페르메이르를 언급하지 않은 걸 비난했다.(『게르망트』, 폴리오, 705쪽 참조.)

*** 르누아르가 그린 여인들의 풍만함과 분홍빛 살이 18세기 화가 프랑수아 부셰(François Boucher, 1703~1770)의 그림에 나오는 여인들과 흡사하다는 점에서 르누아르를 18세기 화가라고 칭한 것이다. 르누아르에 대해서는 『잃어버린 시간을 찾아서』 4권 345쪽 주석 참조.

되는 치료가 언제나 유쾌한 것만은 아니다. 치료가 끝나면 의사는 "자, 이제 보세요."라고 말한다. 그러면 세상은(단 한 번만 창조되는 게 아니라 독창적인 예술가의 수만큼 창조되는 세상은) 우리 눈에 과거 세상과는 아주 다르게, 그렇지만 전적으로 투명하게 보인다. 여인들이 거리를 지나간다. 르누아르가 그린 여인들이므로 예전과는 다르다. 우리가 예전에 여인으로 보기를 거부했던 그 르누아르가 그린 여인들이다. 마차 또한 르누아르가 그린 것이며, 물이나 하늘도 마찬가지다. 이를테면 첫날 보았을 때는 결코 숲으로 보이지 않던, 숲 고유의 빛깔이 없이 수많은 빛깔로 아롱지는 장식 융단 같던 숲에서 우리는 산책하기를 열망한다. 바로 이것이 지금 막 창조된 새롭고 덧없는 우주다. 이 우주는 독창성을 지닌 새로운 화가나 작가가 일으킬 다음번 지질학적 대변동 때까지 그대로 존속할 것이다.

내게서 베르고트를 대신한 작가는 사물을 연결하는 비일관적인 방식 때문이 아니라, 따라가기 익숙지 않은, 완벽하게 일관된 새로움으로 나를 지치게 했다. 어려움을 느끼는 부분이 항상 같다는 것은 내가 매일 같은 노력을 해야 한다는 의미였다. 게다가 아주 드문 일이지만 내가 작가의 문장을 끝까지 따라갈 수 있었을 때, 나는 여전히 예전에 베르고트의 책을 읽으며 발견했던 것과 유사한, 하지만 보다 감미로운 형태의 재미와 진실과 매력을 인지했다. 내가 베르고트의 계승자에게서 세상을 새롭게 하는 힘을 기대했다면, 이는 바로 베르고트가 내게 그런 힘을 주었으며, 그것도 그리 오래전 일이 아니었기 때문이다. 그래서 호메로스 시대부터 더 이상 한 발짝도 앞으로 나아가지 못하는 예술과 계속해서 발전하는 과학 사이에, 우리가 늘상 하는 구별에, 어떤 진실이 있는 게 아닌지 물어보기에 이르렀다. 어쩌면 예술은 이 점에서 오히려 과학과 유사하지 않을까? 독창적인 신인 작가가 나타날 때마다, 내 눈에는 그 작가가 전임자를 뛰어넘는 발전을 하는 듯 보였고, 그리하여 이십 년 후 내가 그 신인 작가를 별 피로감 없이 따라갈 수 있게 됐을 때, 또 다른 신인이 나타나 그 앞에서 현재의 신인이 베르고트에 합류하여 사라지게 될지 어떻게 안단 말인가? 나는 베르고트에게 이 신인 작가 얘기를 했다. 베르고트는 그의 기법이 거칠고 안이하며 공허하다고 단언했고, 더욱이 그 작가를 본 적 있는데, 블로크와 거의 구별하기 어려울 정도로 닮았다고 얘기함으로써 나를 불쾌하게 했다. 그때부터 이 이미지가 그의 글이 쓰인 페이지 위에 아롱거려, 나는 더 이상 그의 글을 이해하려고 애쓰지 않게 되었다. 베르고트가 그 작가에 대해 나쁘게 말한 것은 그의 성공을 질투해서라기보다는 작품을 제대로 이해하지 못해서라고 생각했다. 베르고트는 거의 아무것도 읽지 않았다. 그의 상념은 대부분 이미 머리에서 책으로 옮겨졌다. 책을 제거하는 수술을 받은 사람처럼 이제 그는 야위어 갔다. 생각한 것을 거의 모두 밖으로 분출한 지금, 그의 재현 본능은 그를 어떤 활동으로도 인도하지 못했다. 그는 회복 중인 환자나 산모처럼 식물 같은 삶을 살았다. 그의 아름다운 눈은 움직이지 않고 희미하게만 반짝거려, 마치 바닷가에 드러누워 아련한 몽상에 잠긴 채로 작은 물결만을 바라보는 사람의 눈 같았다. 그리고 나는 그와의 담소에서 예전처럼 흥미를 느끼지는 못하면서도 별다른 양심의 가책을 느끼지 않았다. 그는 가장 사치스러운 습관이나 가장 단순한 습관도 한번 몸에 배고 나면 한동안은 떼어 내지 못하는, 습관의 인간처럼 보였다. 그가 어떤 이유로 우리 집에 처음 찾아왔는지는 모르겠지만, 다음에는 바로 전날 왔다는 이유로 매일같이 찾아왔다. 아무도 그에게 말을 거는 일도 없이 그는 혼자서 말을 하기 위해 — 아주 드문 일이긴 했지만 — 카페에 가듯 우리 집에 왔으며, 따라서 이런 그의 열성적인 출현으로부터 뭔가 결론을 도출하고 싶다면, 이는 그가 우리의 슬픔에 마음이 흔들렸거나, 아니면 나와 함께 있으면서 기쁨을 느꼈다고 생각할 수 있었다. 이런 열성은 환자에게 예의를 표하는 일이라면 무엇에든지 민감한 우리 어머니에게는 결코 하찮은 일이 아니었다. 그리하여 어머니는 매일같이 "특히 선생님께 감사 인사 드리는 걸 잊지 말거라."라고 말씀하셨다.

우리는 — 마치 모델이 부동 자세로 포즈를 취하는 동안 화가의 동반자가 내놓는 간식처럼 여인의 섬세한 배려를 보여 주는 — 코타르 부인이 남편의 왕진에 무상으로 제공하는 추가 방문을 받았다. 부인은 우리에게 자기 '시녀'를 보내겠다고 제안하면서, 우리가 남자의 시중 받기를 더 좋아한다면 '전력투구해서' 찾아보겠다고 했다. 우리가 거절하자 그녀는 이것이 적어도 우리에 대한 '패배(défaite)'가 아니기를 바란다고 말했는데, 이 말은 그녀가 사는 세계에서는 초대를 거절할 때 쓰는 거짓 핑계를 의미했다. 집에서는 환자 얘기를 전혀 하지 않는 교수가 이번에는 자기 아내가 아프기라도 한 듯 무척이나 슬퍼한다고 단언했다. 비록 이 말이 사실이었다 해도, 아내에게 매우 불충실하면서도 고맙게 여기는 이런 남편의 말이 동시에 작지만 많은 걸 의미한다는 사실은 나중에 알게 될 것이다.*

유익하면서도 지극히 감동적인 표현의 제안을(드높은 지성과 따뜻한 마음, 그리고 보기 드물게 적절한 표현의 제안을) 나는 뤽상부르-룩셈부르크 대공작 상속자로부터 받았다. 내가 그를 알게 된 것은 그가 나소** 백작에 지나지 않던 시절, 자기 숙모 중 한 분인 뤽상부르 대공 부인을 만나러 왔을 때였다. 그로부터 몇 달 후 그는 엄청나게 부자인 또 다른 뤽상부르 대공 부인***의 아름다운 딸이자 거대한 제분업 회사를 소유한 대공의 외동딸과 결혼했다. 그러자 자식이 없어 조카인 나소를 귀여워하던 뤽상부르 대공작은 그를 대공작 상속자로 공표하기 위해 의회의 허가를 받았다. 그러나 이런 결혼에는 재산이 효과적인 원인이 되는가 하면 장애물이 되기도 한다. 내가 만난 사람들 중 가장 주목할 만한 젊은이였던 나소 백작이 당시 이미 약혼녀에 대한 어둡고 빛나는 사랑 탓에 무척이나 괴로워

---

* 하지만 이런 코타르의 불충실은 『잃어버린 시간을 찾아서』 후편에서 더는 언급되지 않는다.
** 이 가문은 독일 중서부 나사우에 12세기부터 뿌리를 내렸는데, 분열을 여러 번 거쳐 현재는 네덜란드와 룩셈부르크 왕족들의 근간을 이룬다.
*** 뤽상부르 대공 부인에 대해서는 『잃어버린 시간을 찾아서』 4권 100~101쪽 참조.

하던 모습이 기억난다. 할머니가 아프신 동안 그가 연이어 보내온 편지에 나뿐만 아니라 어머니도 무척 감동했는데, 어머니는 할머니가 늘 하시던 "세비녜 부인도 이보다 더 말을 잘하지는 못했을 거다."라는 말을 서글프게 중얼거렸다.

엿새째 되는 날 어머니는 할머니의 애원에 못 이겨 잠시 할머니 곁을 떠나 쉬러 가는 척해야만 했다. 나는 할머니가 주무시도록 프랑수아즈가 꼼짝 않고 그 자리에 그냥 있어 줬으면 했다. 내 간청에도 그녀는 방에서 나갔다. 그녀는 할머니를 좋아했다. 명철함과 비관주의를 토대로 그녀는 할머니가 가망이 없다고 판단했다. 그래서 할머니께 가능한 모든 간호를 다하고 싶어 했다. 그런데 누군가가 전기공이 왔다고 알려 왔다. 이 전기공은 그가 일하는 가게의 고참이자 가게 주인의 처남으로 오래전부터 일하러 오는 이 건물에서, 특히 쥐피앵으로부터 높은 평가를 받았던 사람이다. 할머니가 아프기 전에 프랑수아즈는 이 전기공에게 일을 부탁했던 모양이다. 내가 보기엔 전기공을 돌려보내거나 기다리게 해도 될 것 같았다. 그러나 프랑수아즈의 예의범절은 이를 허용하지 않았고, 그렇게 하면 그 충직한 사람에게 결례가 되므로 할머니 상태를 더 이상 고려의 대상에 올리지 않았던 것이다. 십오 분이 지나도 프랑수아즈가 돌아오지 않자, 나는 몹시 화가 나서 그녀를 찾으러 부엌에 갔다. 그녀는 비상계단 '층계참'에서 문을 열어 놓은 채로 전기공과 얘기를 나누고 있었다. 이런 수법은 만일 우리 가운데 한 사람이 나타나도 이제 막 떠날 것처럼 보인다는 점에서는 유리했지만, 건물 안에 매서운 바람을 들여보낸다는 단점이 있었다. 결국 프랑수아즈는 깜빡 잊은 인사말을 그의 아내와 매부에게 전해 달라고 외치고는 일꾼과 헤어졌다. 콩브레의 특징인 이런 배려를 그녀는 한 국가의 대외 정책에까지 반영했다. 어리석은 자들은 광범위한 사회 현상이 인간의 영혼 깊숙이까지 뚫고 들어갈 수 있는 좋은 기회라고 생각한다. 하지만 이와는 반대로 한 개인의 내면 깊숙이까지 내려감으로써만 이런 현상을 이해할 수 있다는 것을 그들은 깨달아야 한다. 프랑수아즈는 콩브레 정원사에게 전쟁이란 가장 무분별한 죄악이며, 사는 것 이상으로 가치 있는 일은 없다고 수천 번이나 되풀이해 왔다. 그런데 러일 전쟁이 터지자 프랑수아즈는 "우리가 동맹국인데도 불쌍한 러시아 사람들을" 돕기 위해 참전하지 않는다며 러시아 황제에게 미안하게 생각했다. "늘 우리에게 좋은 말씀을 해 주신" 니콜라이 2세*에 대한 도리가 아니라고 여겼다. 프랑수아즈가 "소화에 방해가 되는 줄" 알면서도 쥐피앵이 주는 작은 술 한 잔을 거절하지 못하는 것이나, 할머니의 죽음이 임박한 줄 알면서도 그토록 힘들게 와 준 착한 전기공에게 직접 미안하다는 인사를 하러 가지 않으면 마치 일본에 대해 중립을 지킨 프랑스와 마찬가지로 똑같이 죄를 짓는다고 생각한 것은 모두 그녀가 가지고 있는 동일한 법전의 효과였다.

---

* 러일 전쟁(1904~1905)을 유발한 러시아의 마지막 황제 니콜라이 2세를 가리키는 듯 보인다.(『잃어버린 시간을 찾아서』 3권 24쪽 참조.) 황제로 재위하는 동안(1894~1917) 적극적인 극동 진출로 러일 전쟁을 일으켜 일본에 패했고, 국내에서는 혁명으로 제국이 붕괴되었다.

우리는 다행히도 프랑수아즈의 딸이 몇 주 자리를 비워야
하는 틈을 타 재빨리 그 딸로부터 벗어날 수 있었다. 콩브레에
서 환자의 가족에게 늘 하는 "잠시 여행해 보세요. 공기를 바
꾸면 식욕도 날 텐데."라는 충고에, 프랑수아즈의 딸은 사람
들을 만날 때마다 자신이 특별히 지어낸 거의 유일한 발상처
럼 보이는 말을 지치지도 않고 상대방 머리에 주입했다. "저
분은 처음부터 '근본적인' 치료를 받아야 했어요."라는 말을
되풀이하면서. 그녀는 '근본적인' 치료를 위해서 어떤 치료법
이 특별히 좋다고 권하지는 않았다. 프랑수아즈로 말하자면
그녀는 의사가 할머니에게 약을 충분히 주지 않는다고 생각
했다. 프랑수아즈의 의견에 따르면, 약이란 위를 망가뜨릴 뿐
이라 약을 쓰지 않는 건 다행스러운 일이었지만 그럼에도 그
녀는 수치심을 더 크게 느꼈다. 상대적으로 부자인 그녀의 사
촌이 프랑스 남쪽 지방에 살았는데, 사촌의 딸이 한창 젊은 나
이인 스물세 살에 병으로 사망했다. 몇 해 동안 딸의 부모는
약을 대고 의사를 여럿 부르고 이 '온천'에서 저 온천으로 딸
이 죽을 때까지 움직이느라 거의 전 재산을 탕진했다. 그런데
이런 행동이 부모가 경주용 말이나 성관을 소유하듯 프랑수
아즈의 눈에는 뭔가 사치로 보였다. 부모들 자신은 무척이나
슬퍼하면서도 그토록 과다한 지출을 한 것을 자랑거리로 삼
았다. 이제 아무것도 남은 게 없고 특히 가장 소중한 재산인
딸마저 잃었지만, 그들은 가장 부유한 사람들만큼이나, 아니,
그 이상으로 자신들이 딸을 위해 무슨 일을 했는지 되풀이해
서 말하기를 좋아했다. 그들은 특히 그 불쌍한 딸을 몇 달 동

안 하루에도 여러 번 자외선을 쬐게 한 것에 우쭐해했다. 아버지는 고통 속에서도 뭔가 영광스러운 일이라는 듯 뽐내면서, 때로는 마치 오페라 발레단의 주역 무용수 때문에 재산을 탕진했다는 듯 자기 딸 얘기를 했다. 프랑수아즈는 이런 연출에 무관심하지 않았는데, 할머니의 죽음에 대한 무대 장식이 그녀가 보기엔 시골의 작은 무대에나 어울릴 만큼, 조금은 초라해 보였던 것이다.

어느 한순간 요독증 장애가 할머니 눈에도 나타났다. 며칠 동안 할머니는 전혀 보지 못했다. 할머니의 눈은 장님의 눈이 아닌 예전 그대로였다. 하지만 누가 문을 열고 들어와서 인사하려고 손을 잡으면 어딘가 낯선 미소를 짓는 걸 보며 나는 할머니가 보지 못한다는 걸 깨달았다. 그 미소는 너무 일찍 시작해서 틀에 박힌 듯 입가에 고정되었으나 항상 정면을 향하면서 어느 쪽에서도 보이도록 애쓰고 있었다. 거기에는 더 이상 미소를 조정하고 미소 지을 순간과 방향을 가리키면서 지금 막 들어온 사람의 위치나 표정의 변화에 따라 미소를 다양하게 만드는 시선의 도움이 없었다. 방문객의 주의를 조금은 딴 데로 돌리는 눈웃음도 동반하지 않고 홀로 남은 미소가 어색해 보여 지나치게 중요성이 부각되면서 상냥함이 과장된 듯한 인상을 주기도 했다. 그러다 시력이 완전히 회복되고 몸에 돌아다니던 독소가 눈에서 귀로 옮겨 갔다. 며칠 동안 할머니는 귀머거리가 되었다. 매 순간 문을 열고 들어오는 소리가 들리지 않으면 할머니는 누군가가 갑자기 들어와 놀라게 될까 봐 겁이 난 나머지(벽 쪽을 향해 누웠는데도) 문 쪽으로 느닷없이 머리를 돌리곤 했다. 하지만 목 동작이 서툴렀다. 소리를 보지 못하니 눈으로 듣는 그런 전환 작업이 며칠 만에 갑자기 몸에 익을 리 없었던 것이다. 마침내 통증은 줄어들었으나, 언어 장애는 더 심해졌다. 우리는 할머니가 하는 말을 거의 다시 말하도록 하지 않으면 안 되었다.

이제 할머니는 자기가 하는 말을 남들이 이해하지 못한다는 걸 깨닫고는 한마디 말을 꺼내는 것조차 포기한 채 꼼짝하지 않았다. 내 모습이 눈에 띄자 할머니는 갑자기 공기가 부족한 사람처럼 소스라치게 놀라며 말을 하려 했지만 입에서 나온 것은 알아듣지 못할 소리뿐이었다. 그러다 자신의 무력함에 복종한 할머니는 머리를 떨어뜨리고 침대 위에 똑바로 누워 대리석 같은 엄숙한 얼굴로 시트 위에 손가락을 뻗은 채 꼼짝하지 않거나, 또는 손수건으로 손가락을 닦는 순전히 물리적인 동작에만 전념했다. 할머니는 생각하려고 하지 않았다. 그러다 지속적으로 동요하기 시작했다. 끊임없이 일어나고 싶어 했다. 하지만 우리는 할머니가 자신의 마비된 모습을 보게 될까 두려워, 될 수 있는 한 할머니가 일어나지 못하도록 막았다. 어느 날인가 할머니를 잠시 혼자 둔 적이 있는데, 나는 할머니가 자리에서 일어나 잠옷 바람으로 창문을 열려고 애쓰는 모습을 보았다. 발베크에서 바다에 투신한 한 과부가 원치 않게 구조됐던 날, 할머니는(그토록 어두운 우리의 유기체적 삶의 신비 속에서 그래도 가끔은 우리의 미래를 투영하는 것처럼 보이는 전조를 읽기도 하는데, 할머니는 아마도 그런 전조를 읽고 마음이 움직였던 모양이다.) 절망에 빠진 여인에게서 원하는 죽음

을 박탈하고 고통받는 삶으로 돌려보내는 일만큼 잔인한 짓은 없다고 내게 말씀하셨다

우리는 할머니를 때맞춰 겨우 붙잡을 수 있었고, 어머니에게 무척이나 거칠게 저항하다 이내 포기한 할머니를 강제로 팔걸이의자에 앉혔는데, 할머니는 더 이상 뭔가를 바라거나 후회하는 기색 없이 무표정한 얼굴로 자신의 잠옷 위에 던져진 모피 코트의 털을 조심스럽게 뽑기 시작했다.

할머니 눈빛은 완전히 변했다. 자주 불안해하고 불만이 깃든 그 거친 눈빛은 더 이상 예전의 눈빛이 아닌, 헛소리를 내뱉는 늙은 여자의 침울한 눈빛이었다.

머리를 빗겨 드리기를 원치 않느냐고 여러 번 묻다 보니 프랑수아즈는 드디어 머리 빗질을 부탁한 사람이 할머니 쪽이라고 믿게 되었다. 프랑수아즈는 머리빗과 솔과 화장수와 가운을 가져왔다. 그녀는 말했다. "제가 아메데 마님의 머리를 빗겨 드려도 마님이 피곤하실 리는 없어요. 아무리 몸이 약해도 머리 빗겨 드리는 것쯤은 참을 수 있을 테니까요." 다시 말해 어느 누구도 머리를 빗지 못할 정도로 연약하지는 않다는 의미였다. 그러나 내가 방에 들어갔을 때, 나는 마치 할머니께 건강을 되돌려 드리는 중이라는 듯 기뻐하는 프랑수아즈의 잔인한 두 손 사이에서, 머리빗의 접촉을 견뎌 낼 힘도 없이 축 늘어진 늙은 머리털 너머에서 다른 사람이 시키는 자세를 지탱하지 못하는 머리가, 소진한 힘과 아픔이 교차하는 소용돌이 속에 무너져 가는 모습을 보았다. 나는 프랑수아즈가 빗질을 끝낼 순간이 다가왔음을 느꼈지만, 그녀가 내 말을 따

르지 않을까 겁이 나서 "그만해요."라는 말로 감히 그 순간을 재촉하지도 못했다. 하지만 머리가 얼마나 잘 빗겨졌는지 할머니가 볼 수 있도록, 자기가 하는 짓이 얼마나 잔인한지도 의식하지 못한 채, 프랑수아즈가 거울을 갖다 댔을 때는 펄쩍 뛰며 달려들었다. 혹시라도 잘못해서 할머니가 상상도 할 수 없는 모습을 보게 될까 봐 조심스럽게 모든 거울을 치워 놓았던 그 손에서 할머니보다 먼저 거울을 제때에 빼앗은 나는 처음에는 다행이라고 생각했다. 그러나 슬프게도! 잠시 후에 내가 그렇게도 아름다운 이마, 사람들이 그토록 피로하게 만든 이마에 입을 맞추려고 몸을 기울였을 때, 할머니는 놀라고 의심하며 화난 눈초리로 날 바라보고 있었다. 할머니는 날 알아보지 못했다.

우리 의사의 말에 따르면 뇌혈관이 팽창하면서 나타나는 증상이었다. 이 증상을 제거해야 했다. 코타르는 망설였다. 프랑수아즈는 한순간 정혈용 흡인기*를 사용할 거라고 기대했다. 그녀는 내가 가진 사전에서 그 효과에 대해 찾아보았지만 찾아낼 수 없었다. 그녀가 정혈(clarifié)이라는 단어 대신 사혈(scarifié)이라고 제대로 말했다 해도, 이 형용사를 사전에서 찾기는 힘들었을 것이다. 왜냐하면 그녀가 사전에서 찾아본 단어는 알파벳 c도 s도 아니었으니까. 그녀는 사실 '클라리피에(clarifié)'라고 발음했지만, '에스클라리피에(esclarifié)'라고 썼

---

* 흡각이라고도 불리며, 등이나 기타 부위에 붙여서 입안이나 기도에 있는 분비물과 혈액 따위를 빨아내어 숨을 제대로 쉴 수 있도록 하는 기구이다.

다.(따라서 그렇게 쓴다고 믿었다.)* 코타르는 큰 기대도 없이 거머리 요법**을 택해 프랑수아즈를 실망시켰다. 내가 할머니 방에 들어갔을 때 할머니 목덜미와 관자놀이와 귓바퀴에는 검고 작은 뱀들이 마치 메두사의 머리***처럼 들러붙어 피투성이가 된 할머니의 머리털 속에서 꿈틀거렸다. 그러나 창백하고 평온하며 꼼짝도 하지 않는 할머니의 얼굴에서 나는 커다랗게 뜬 빛나는 고요한 눈을, 예전처럼 아름다운 눈을(말하지도 움직이지도 못하는 할머니는 자신의 생각을 유일하게 눈으로 표현했고, 이 생각은 때로 기대하지 않은 보물을 제공하여 우리에게 커다란 자리를 차지하는 듯, 때로는 아무것도 아닌 것으로 축소되어 몇 방울 뽑아낸 피 덕분에 자발적인 생성으로 다시 살아나는 듯 보여, 어쩌면 병에 걸리기 전보다 훨씬 더 총명함으로 넘쳤다.) 보았으며, 기름처럼 부드럽고 물기 많은 그 눈은 이제 불이 붙어 활활 타오르면서 병든 여인 앞에 다시 포착한 우주를 밝게 비추었다. 할머니의 평온함은 이제 절망의 지혜가 아닌 희망의 지혜였다. 할머니는 병이 점점 나아 간다고 느꼈고, 그래도 신중을 기하기 위해 움직이지 않고 다만 자신의 기분이 좋아졌

---

* 정혈은 피를 맑게 하는 것이고, 사혈은 피를 체외로 빼내는 것이다. 프랑수아즈는 사혈 대신 정혈을 의미하는 '클라리피에'라고 발음하면서도 철자는 '에스클라리피에'(아무 의미도 없는 단어다.)라고 믿는다.

** 뇌혈관이 팽창하고 그 결과 사지가 마비될 때 쓰이는 민간요법으로, 머리에 얼음주머니를 얹고 귓바퀴 뒤쪽 아래로 뻗은 관자 뼈 돌기에 거머리를 얹어 피를 빨게 하는 요법이다.

*** 그리스 신화에 나오는 괴물로 그녀의 눈을 직접 보는 사람은 돌로 변한다는 설이 있으며 흉측한 얼굴에 머리털은 꿈틀거리는 뱀의 형상을 하고 있다.

음을 알리려고 아름다운 미소를 선물로 보내면서 가볍게 내 손을 눌렀다.

나는 할머니가 몇몇 벌레를 보는 걸 싫어하며 하물며 만지는 것은 더더욱 싫어한다는 사실을 잘 알고 있었다. 거머리를 참은 것도 그 탁월한 효험을 고려했기 때문이라는 것도 알았다. 그래서 프랑수아즈가 마치 어린애를 놀리고 싶어 할 때처럼, 작은 웃음소리를 내며 "오! 작은 벌레들이 마님 위를 기어가네요!"라는 말을 되풀이하는 걸 듣자 몹시 화가 났다. 게다가 이 말은 다시 어린애가 된 할머니를 아무 존경심 없이 다루는 걸 의미했다. 그래도 할머니는 금욕주의자의 잔잔한 용기를 보이는 얼굴로 들은 척도 하지 않았다.

아! 슬프게도 거머리를 떼어 내기만 하면 충혈이 점점 더 심해졌다. 할머니가 이토록 아픈데도 프랑수아즈는 끊임없이 자리를 비워 나를 놀라게 했다. 사실 상복을 주문한 상태라, 프랑수아즈는 재봉사 여자를 기다리게 하고 싶지 않았던 것이다. 대다수 여인의 삶에서는 모든 것이, 가장 큰 슬픔마저도 옷을 입어 보는 문제로 귀착된다.

며칠 후 자고 있는데 한밤중에 어머니가 나를 깨우러 왔다. 매우 중대한 상황에서도 깊은 고통에 시달리는 사람이 다른 사람들의 불편함을, 아무리 하찮은 불편함이라 할지라도 배려하는 그런 다정한 주의를 기울이면서 어머니가 말했다.

"자는 걸 방해해서 미안하구나."

"자지 않았어요." 하고 나는 잠에서 깨어나며 말했다.

이 말은 진심이었다. 깨어남이 우리에게 가져다주는 가장 큰 변화는 우리를 명료한 의식의 삶으로 이끄는 것이 아니라, 오히려 우리 지성이 쉬던 곳, 마치 유백색 바다 밑과도 같은 곳에 새어든 빛에 대한 온갖 기억을 잊게 하는 것이다. 조금 전까지만 해도 우리가 표류하던 곳에서 반쯤 가려진 상념은 깨어 있음이라는 이름으로 칭하기에 완벽할 만큼 충분한 움직임을 우리 몸 안에 끌어들이고 있었다. 그러나 잠에서 깨어나면서 우리는 기억의 간섭*이란 것에 부딪친다. 조금 후에는 이런 깨어남을 기억하지 못하며 그래서 우리는 이 깨어남을 잠이라고 부른다. 잠에서 깨어나는 순간 잠든 사람 뒤에서 그의 모든 잠을 비추는 찬란한 별이 반짝일 때면, 이 별은 몇 초 동안 우리가 잠들지 않고 깨어 있었다고 착각하게 한다. 사실을 말하자면 이 유성 같은 존재가 우리의 거짓 삶을, 하지만 꿈과도 흡사한 삶을 그 빛과 더불어 가져가면서, 다만 깨어난 자로 하여금 "잠이 들었었군."이라고 말하게 하는 것이다.

어머니는 내가 아플까 봐 걱정된다는 듯 아주 부드러운 목소리로 자리에서 일어나는 게 힘들지 않으냐고 물으면서 내 손을 어루만졌다.

"불쌍한 내 아들, 네가 의지할 수 있는 사람은 이제 아빠와 엄마밖에 없단다."

우리는 방으로 들어갔다. 침대 위에는 동그랗게 몸을 반쯤 구부린, 할머니가 아닌 어떤 다른 존재가, 짐승과도 같은 존재

---

* 이미 기억하는 것들이 나중에 들어오는 것의 기억을 방해하여 기억할 수 없게 만드는 것을 가리킨다.

가 머리털로 뒤덮인 채 침대 시트 속에 드러누워 헐떡거리고 신음하면서 경련으로 담요를 뒤흔들고 있었다. 눈꺼풀은 감겼고, 아니 열렸다기보다는 꼭 닫히지 않은 흐릿한 눈곱 낀 눈동자 한구석이, 단지 시각 기관에 지나지 않는 눈의 어둠과 내적 고통을 투영하듯 살짝 보였다. 이 모든 동요는 할머니가 보지도, 알아보지도 못하는 우리를 향한 것이 아니었다. 하지만 저기서 몸부림치는 것이 짐승에 불과하다면, 도대체 할머니는 어디로 갔을까? 그렇지만 우리는 이제 얼굴 나머지 부분과 균형을 이루진 못하지만 코끝에 난 점이 그대로 붙어 있는 할머니 코의 형체를 알아보았고, 예전에는 담요가 불편하다는 의미였지만, 지금은 아무 의미도 없는 몸짓으로 담요를 걷어 내는 할머니 손도 알아보았다.

어머니는 할머니의 이마를 적셔 드리려고 내게 물과 식초를 가져오라고 했다. 할머니가 머리칼을 떼어 내려고 애쓰는 모습을 보고 나는 이것이 할머니 기분을 상쾌하게 하는 유일한 방법이라고 생각했다. 그때 마침 누군가가 내게 문 쪽으로 오라고 손짓했다. 할머니의 임종이 임박했다는 소문이 금방 건물 안으로 퍼졌다. 이런 예외적인 기간에는 집안 하인들의 수고를 덜기 위해 '임시 고용인들'을 오게 하는데, 이들이 오면 임종의 고통도 뭔가 축제 같은 분위기를 띤다. 이런 고용인 중 하나가 게르망트 공작에게 문을 열어 주었고, 공작은 응접실에 있으면서 날 보기를 청했다. 나는 그에게서 빠져나갈 수 없었다.

"대단히 불길한 소식을 들었네. 마음의 표시로 아버님께 인

사라도 하고 싶네."

이런 순간에 아버지를 방해하기는 힘들다고 나는 양해를 구했다. 게르망트 씨는 우리가 여행을 떠나려는 순간에 찾아온 셈이었다. 그러나 그는 예의를 표하는 일이 지극히 중요하다고 느꼈는지 다른 것은 보이지 않는다는 듯 그대로 거실로 들어가려 했다. 그에게는 누군가에게 경의를 표하려고 결심하면 그 예절을 완전히 지키는 버릇이 있어, 가방을 쌌거나 관 준비를 끝냈거나 하는 따위에는 별로 신경 쓰지 않았다.

"디욀라푸아*를 오라고 했는가? 아! 큰 실수를 했군. 자네가 내게 부탁했다면 그 사람은 날 위해서라도 왔을 텐데. 내 부탁은 절대 거절하지 않거든. 비록 샤르트르 공작 부인**의 부탁은 거절했네만. 알다시피 혈통에 의한 공주보다는 솔직히 내가 더 높지 않은가. 하기야 우리 모두가 죽음 앞에서는 평등하지만." 하고 그는 할머니가 자신과 평등하게 되었다는 점을 설득한다기보다는, 디욀라푸아에 대한 영향력과 자신이 샤르트르 공작 부인보다 우월하다는 점을 길게 늘어놓는 게 어쩌면 고상한 취미가 아님을 깨달았는지 그렇게 덧붙였다. 게다가 나는 그의 충고를 듣고도 놀라지 않았다. 게르망트네 집에서는 이 디욀라푸아란 이름이 경쟁자가 없는 '단골 거래상'의 이름처럼 노상 인용된다는 사실을(다만 단골 거래상의 이름보다

---

* 조르주 디욀라푸아(Georges Dieulafoy, 1839~1911). 파리 의과 대학 병리학 교수이자 당시 가장 유명했던 명의 중 한 사람이다.
** 여기서 말하는 샤르트르 대공 부인은 아마도 루이필리프 1세의 손녀인 프랑수아즈 도를레앙(Françoise d'Orléans, 1844~1925)을 가리키는 것처럼 보인다.

는 조금 더 경의를 표하면서) 잘 알았기 때문이다. 또 게르망트 태생인 모르트마르* 노공작 부인이(나는 왜 사람들이 공작 부인 얘기를 할 때면 언제나 '노공작 부인'이라고 하고, 반대로 공작 부인 이 젊은 경우에는 섬세한 와토풍 어조로 '작은 공작 부인'이라고 하는지 그 까닭을 알 수 없었다.) 누군가가 중병에 걸리면 거의 기계적으로 윙크하면서 "디월라푸아, 디월라푸아."를 추천했는데, 이는 마치 아이스크림 장수가 필요하면 "푸아레 블랑슈." 또는 비스킷이 필요하면 "르바테, 르바테!"라고 말하는 것과도 흡사했다.** 그런데 나는 아버지가 디월라푸아에게 왕진을 청했다는 사실을 모르고 있었다.

그때 할머니의 호흡을 좀 더 편하게 해 줄 수 있는 산소 용기를 초조하게 기다리던 어머니가, 게르망트 씨가 있는 줄도 모르고 직접 응접실로 들어오셨다. 나는 공작을 어디에든 숨기고 싶었다. 그러나 이보다 더 중요한 일이 없으며, 게다가 어머니를 더 이상 기쁘게 해 주는 일도, 완벽한 귀족으로서의 평판을 유지하는 데 그만큼 필수적인 일도 없음을 확신한 공작은 내 팔을 세차게 붙잡고는, 마치 폭력에 맞서 저항하듯 "공작님, 공작님." 하고 내가 외치는데도 나를 엄마 쪽으로 끌

---

* 프루스트는 이 모르트마르(Mortemart)란 이름을 생시몽의 『회고록』에서 발견했다. 생시몽이 쓴 '모르트마르(프랑스의 유서 깊은 가문으로 '죽은 바다'란 뜻이다.)의 에스프리'에 대해 프루스트는 실망을 감추지 않았지만, 그 구체적인 이유는 밝히지 않았다. 단지 '게르망트의 에스프리'에 대한 글을 씀으로써 일종의 서술적 유희를 한다고 볼 수 있다.(『게르망트』, 폴리오, 706쪽 참조.)
** 푸아레 블랑슈는 파리 7구 센강 좌측 생제르맹 대로에 있던 아이스크림 가게이며, 르바테는 센강 우측 생토노레에 있던 과자 가게이다.

고 가더니 "나를 자네 '어머님'께 소개하는 영광을 베풀어 주지 않겠나?" 하고 '어머님'이라는 말을 다른 말과 분리하면서 발음했다. 이 일이 어머니에게는 무척이나 영예로운 일이라고 생각했는지, 그는 이런 상황에 어울리는 얼굴을 하고 미소를 지었다. 나는 공작의 이름을 말하지 않을 수 없었고, 그러자 즉시 공작 쪽에서는 몸을 구부리고 두 발을 엇갈리면서 하는 완전한 인사 의식 절차가 시작되었다. 그가 아직 대화에 들어갈 생각조차 하지 못했을 때, 고통에 잠긴 어머니는 내게 빨리 오라고 손짓하면서 게르망트 씨의 말에는 대꾸도 하지 않았다. 손님으로 대접받기를 기대했던 게르망트 씨는 자신의 기대와는 달리 응접실에 혼자 남게 되었고, 그래서 그냥 나갈 수밖에 없었는데, 때마침 그날 아침 파리에 도착해서 소식을 듣자마자 달려온 생루가 들어오는 모습을 보았다. "이것 참 잘됐군." 하고 즐겁게 외치면서 공작은 응접실을 통과하는 어머니의 모습에도 아랑곳하지 않고 조카의 단추를 거의 잡아 뜯다시피 끌어당겼다. 생루는 진심으로 슬픔을 느끼면서도 나에 대한 기분 탓이었는지 나를 피하는 게 그리 싫지 않은 눈치였다. 생루는 외삼촌에게 끌려 나갔다. 공작은 생루에게 아주 중요하게 할 말이 있으며, 그 일로 동시에르까지 갈 뻔했는데 그런 수고를 덜게 되어 얼마나 기쁜지 믿을 수 없다고 말했다. "아! 안마당만 건너면 널 볼 수 있다고 누가 말했다면, 난 말도 안 되는 소리라고 생각했을 거야. 아마도 네 친구 블로크라면 '정말 희극적이군.'이라고 말했겠지만." 그리고 그는 로베르의 어깨를 붙잡고 멀어지면서 "아무래도 좋아."라는 말을 되풀이했다. "교수형당한 자의 밧줄에 손을 댄 셈이라고나 할까. 정말 운이 좋군."* 게르망트 공작이 이렇게 말한 것은 교육을 잘못 받아서가 아니라 오히려 그 반대였다. 하지만 그는 남의 입장에서 생각할 줄 아는 사람이 아니었으며, 이 점에서는 대다수의 의사나 장의사의 일꾼들과도 비슷했다. 그들은 이런저런 상황에 어울리는 근엄한 표정을 짓고 나서 "매우 힘든 순간입니다."라고 말하며, 필요하면 상대방을 포용하고 좀 쉬라고 권하는 등, 임종의 고통이나 장례식을 조금은 제한된 사교 모임 정도로밖에 생각하지 않는다. 그런 모임에서 그들은 잠시 즐거운 기분을 억제하고는 시시한 얘기를 하거나 남에게 소개해 줄, 혹은 그들을 '데려다주기 위해' 마차 안 '자리를 내줄' 사람을 찾는다. 게르망트 공작은 자신을 조카에게로 데려다준 그 '순풍'에 기뻐하면서도 내 어머니의 접대에, 하지만 무척이나 이해할 만한 접대에 놀랐는데, 훗날 그는 내 아버지가 예의 바른 사람인 만큼 더욱 어머니의 접대가 불쾌했다고 말하면서, 어머니가 '방심한 탓에' 사람들이 하는 말도 제대로 듣지 못하는 듯했으며, 자기 의견으로는 어머니 몸이 편치 않고 어쩌면 정신까지 몽롱한 듯 보였다고 단언했다. 그렇지만 사람들이 내게 말한 바에 따르면, 그는 이 사실을 어느 정도는 '상황' 탓으로 돌렸고, 어머니가 그 일로 큰 충격을 '받은 듯' 보였다고 말하고 싶어 한다고 전했다. 하지만 그의 다리에는

---

* 프랑스에서는 교수형당한 자의 밧줄에 손을 대면 운수가 대통한다는 속담이 있다.

아직도 그가 끝까지 실행하지 못한 나머지 인사가, 점점 뒤로 물러서면서 하는 경의의 표시가 남아 있었고, 장례식 전날 내게 어머니의 기분을 좀 바꿔 드렸느냐고 물을 정도로 어머니의 슬픔이 어느 정도인지 조금도 이해하지 못했다.

할머니의 시동생 되는 분 가운데 내가 모르는 수도사가 자신의 수도원장이 있는 오스트리아에 전보를 쳐서 특별한 은혜로 허락을 받았다며 그날 우리 집에 왔다. 슬픔에 짓눌린 그는 침대 옆에서 기도서와 묵상록을 읽으며 움푹 들어간 작은 눈을 환자에게서 떼지 않았다. 한순간 할머니의 의식이 없을 때, 나는 수도사의 슬퍼하는 모습에 그만 가슴이 아파 그를 쳐다보았다. 그는 나의 연민에 놀란 듯했다. 그때 이상한 일이 일어났다. 그는 고통스러운 명상에 전념하는 사람처럼 두 손을 얼굴에 모으고 있었는데, 내 눈이 그를 보지 않으려고 시선을 돌리는 걸 느끼자, 손가락 사이를 약간 벌리는 것이었다. 그리고 내 시선이 그를 떠나는 순간, 그의 날카로운 눈길은 손이라는 도피처를 이용하여 나의 슬픔이 진심인지 아닌지 관찰했다. 마치 고해소의 어둠 속에서처럼 그는 그곳에 매복해 있었다. 내가 쳐다보는 걸 눈치채자, 곧 그는 살짝 열린 채로 두었던 철책을 완전히 밀봉했다. 그 후에도 다시 그분을 만났지만 우리 사이에 있었던 이 순간에 대한 얘기는 한 번도 언급되지 않았다. 그가 나를 엿보았다는 사실을 내가 전혀 알아채지 못한 것으로 암묵적인 합의가 이루어진 것이다. 신부에게도 정신병 의사처럼 항상 뭔가 예심 판사 같은 점이 있다. 게다가 아무리 친한 친구 사이라 해도, 우리 공통의 과거에서 친구가 망각했다고 생각하는 편이 더 마음 편하게 느껴질 때가 있지 않은가?

의사가 모르핀 주사를 놓았고 호흡의 고통을 덜어 주려고 산소 용기를 달라고 했다. 어머니와 의사와 수녀님이 산소 용기를 손에 들었다. 하나가 끝나면 곧 다른 하나가 그들에게 전달되었다. 나는 방에서 잠시 나왔다. 다시 방에 들어갔을 때 나는 마치 기적을 보는 것 같았다. 끊임없이 속삭이는 낮은 소리의 반주에 맞춰, 할머니는 빠른 음악의 선율로 길고 행복한 노래를 부르면서 방 안을 가득 채우는 것 같았다. 나는 이 노래가 조금 전의 헐떡임과 마찬가지로 무의식적이며 순전히 기계적인 소리임을 깨달았다. 어쩌면 아주 미약하게나마 그 노래에는 모르핀이 가져다준 편안함이 반영되었는지도 모른다. 특히 공기는 이미 기관지 속을 이전과 같은 방식으로 통과하지 않았는데, 호흡하는 음역에 변화가 생긴 결과였다. 산소와 모르핀의 이중 작용으로 헐떡임에서 벗어난 할머니의 숨결은 더 이상 힘겨워하거나 신음 소리를 내지 않고, 감미로운 흐름을 향해 활기차고 가볍게 스케이트를 타듯 미끄러져 갔다. 어쩌면 갈대 피리에 부는 바람처럼 무감각한 입김에 보다 인간적인 숨결이, 임박한 죽음에서 해방되어 더 이상 지각하지 못하는 이들에게 괴로움이나 행복의 인상을 주는 보다 인간적인 숨결이 몇 개 섞여 있는 이 노래에서, 이제 그 숨결이 가벼워진 가슴으로부터 산소를 찾아 오르고 더 높이 오르다 떨어지고 다시 튀어 오르면서 죽어 가는 사람의 긴 악절에 리듬의 변화를 주지 않고도 한층 더 운율적인 억양을 덧붙였는지도 모른다. 그러다 아주 높은 곳에 이르러 그토록 힘차게 지속되던 노래는 즐거움 속에 애원하는 속삭임과 섞이면서 마치 샘물이 고갈되듯 어느 순간 완전히 멈춘 것 같았다.

프랑수아즈는 큰 슬픔에 직면하면 그 슬픔을 표현하고 싶어 했지만 헛되게도 그것을 표현할 만한 어떤 간단한 기술도 갖고 있지 않았다. 할머니가 전혀 가망이 없다고 판단한 프랑수아즈는, 그녀만의 인상이긴 하지만 그 인상을 우리에게 전하고 싶어 했다. 그런데 정작 그녀가 한 말은 "마음이 아프군요."가 전부였고 마치 양배추 수프를 너무 많이 먹어 "위가 묵직하군요."라고 말할 때와 같은 말투로 그 말을 되풀이했다. 두 경우 다 자연스러운 감정이긴 했지만 그녀는 그렇게 믿는 것 같지 않았다. 이처럼 표현은 미약했지만, 프랑수아즈의 슬픔은 매우 컸고, 더욱이 딸이 콩브레에 붙잡혀 있어(그 젊은 '파리지엔'은 콩브레를 '촌구석'이라고 부르며, 거기서 자신이 '시골뜨기'가 되어 간다고 느꼈다.) 뭔가 대단하리라고 생각되는 장례식에 어쩌면 딸이 못 올지도 모른다고 느끼면서, 그 슬픔은 더욱 커졌다. 우리가 거의 마음을 털어놓지 않는다는 걸 아는 그녀는 만일을 위해 미리 저녁마다 쥐피앙을 불렀다. 그녀는 쥐피앙이 장례식 시간에 자유롭지 못하리라는 걸 알았다. 그래서 적어도 장례식이 끝나 집으로 돌아오면 그 '얘기'를 해 주고 싶었다.

며칠 밤 전부터 아버지와 할아버지, 또 아버지의 사촌 가운데 한 분이 밤샘을 하며 집 밖으로 나가지 않았다. 그들의 지속적인 헌신은 그 얼굴에 무관심의 가면을 씌웠고, 임종의 고통을 둘러싼 기나긴 무위는 오래 이어지는 기차 여행의 필수 항목인 잡담을 불러왔다. 게다가 이 사촌(내 고모할머니의 조카)은 평소 내가 존경하던 훌륭한 분이었으므로 나는 반감을 느꼈다.

중요한 일이 있는 날이면 우리는 언제나 이분을 '발견했고' 또 그는 죽어 가는 사람들 옆에 그토록 빠지지 않고 나타났으므로, 가족들은 건강한 외모와 낮은 목소리, 길고 풍성한 수염에도 그의 체질이 허약하다고 우기면서 줄곧 관례적이고 완곡한 표현으로 장례식에 오지 말라고 간청했다. 큰 고통 가운데서도 다른 사람을 생각하는 엄마가, 언제나 그가 습관처럼 들어 왔던 말을 다른 식으로 표현하리라는 것을 나는 미리 알고 있었다.

"'내일' 오지 않는다고, 약속하세요. '그분'을 위해서도 그렇게 하세요. 적어도 '그곳'에는 가지 마세요. 그분께서도 오지 말라고 했을 거예요."

그러나 소용없는 일이었다. 그는 여전히 우리 '집'에 첫 번째로 왔다. 그는 다른 곳에서는 '꽃과 화환 사절'이란 별명으로 불렸는데, 우리는 이런 사실을 몰랐다. 그는 '모든 일'을 하기 전에 항상 모든 걸 생각해 두었으므로, "당신에겐 감사하다는 말은 하지 않겠어요."라는 인사를 들을 만한 사람이었다.

"뭐라고?" 하고 요즘 귀가 약간 멀어, 사촌이 방금 아버지에게 한 말을 잘 알아듣지 못한 할아버지가 큰 소리로 물었다.

"아무것도 아닙니다." 하고 사촌이 대답했다. "오늘 아침 콩브레에서 편지를 받았다는 말을 했을 뿐입니다. 그곳 날씨가 아주 나쁘다는군요. 여긴 햇살이 너무 따가운데."

"그래도 기압계는 아주 낮아요." 하고 아버지가 말했다

"날씨가 나쁘다는 곳이 어디라고?" 하고 할아버지가 물었다.

"콩브레요."

"아! 놀랄 일도 아니지. 여기 날씨가 나쁘면 콩브레 날씨는 좋고, 또는 그 반대니. 저런, 콩브레라고 하니 생각나는데, 르그랑댕에게는 알릴 생각이냐?"

"그럼요. 걱정하지 마세요. 벌써 알렸어요." 하고 지나치게 많은 수염 때문에 청동 빛으로 보이는 사촌의 뺨에는 그 일을 미리 생각해 두었다는 만족감으로 미세한 미소가 떠올랐다. 그때 아버지가 급히 뛰어가는 걸 보고, 나는 좋은 일이든 나쁜 일이든 여하튼 무슨 일이 생겼다고 생각했다. 그러나 디욀라푸아 의사가 방금 도착했을 뿐이었다. 아버지는 연기를 하러 무대로 나오는 배우를 맞이하듯 거실로 그를 맞으러 갔다. 박사를 청한 것은 치료 때문이 아니라, 거의 공증인처럼 확인하기 위해서였다. 사실 디욀라푸아 박사는 명의이자 탁월한 교수였을 것이다. 그가 탁월한 기량을 보인 이런 다양한 역할에, 그는 사십 년 동안 어느 누구도 필적할 수 없는 또 다른 역할을 추가했는데, 그것은 무대에서 작가가 말하고 싶은 생각과 배경을 설명해 주는 극중 화자나 이탈리아 연극에 나오는 검은 옷차림 어릿광대 또는 점잖은 노인만큼이나 독창적인 역할인 임종의 고통과 죽음을 확인하러 오는 일이었다. 그의 이름은 이미 그가 맡은 역할의 위엄을 예고했으며, 그래서 하녀

가 "디윌라푸아 교수님." 하고 알렸을 때, 나는 마치 몰리에르의 연극을 보는 듯한 느낌이 들었다.* 그의 위엄 있는 태도에는 매력적인 몸매의 유연함이 눈에 띄지 않게 기여하고 있었다. 지나치게 잘생긴 얼굴이 고통스러운 상황에 적합한 표정으로 보완되었다. 우아한 검정 프록코트를 입은 교수는 꾸밈없이 자연스럽게 슬픈 모습으로 들어와 거짓이 빤한 애도의 말도, 요령에 어긋나는 가벼운 실수도 전혀 하지 않았다. 임종의 침상 발치에서는 게르망트 공작이 아닌, 바로 의사가 위대한 귀족이었다. 할머니를 피로하지 않게, 더 나아가 주치의에 대한 예의로 지극히 조심스럽게 검사하고 난 후, 그는 낮은 소리로 아버지에게 몇 마디 하고 나서 어머니에게도 공손히 머리를 숙였는데, 그때 나는 아버지가 어머니에게 "디윌라푸아 교수님이오."라고 말하려다 자제하는 것을 느꼈다. 그러나 교수는 우리를 귀찮게 하지 않으려는 듯 이미 머리를 돌렸고, 단지 그에게 쥐어 준 봉투만을 잡으면서 세상에서 가장 우아한 태도로 나갔다. 그가 봉투를 쳐다보지도 않은 것 같아서 우리는 그의 손에 봉투가 제대로 쥐어졌는지 잠시 생각할 정도였는데, 그만큼 그는 마법사와도 같은 민첩함으로 봉투를 사라지게 했으며, 그럼에도 실크 안감을 댄 긴 프록코트를 입고 고결한 동정심이 가득한 아름다운 얼굴에 깃든 그 위대한 입회

---

* '디윌라푸아(Dieulafoy)'란 이름의 의미는 하느님처럼 깊은 신앙을 가진 사람이란 뜻이다. 몰리에르의 연극 「상상병 환자」에 나오는 의사 디아푸아뤼스(Diafoirus)를 환기한다.

의사*의 근엄함은 더하면 더했지 조금도 훼손되지 않았다. 그의 느린 동작과 활기찬 모습은 그의 왕진을 기다리는 곳이 아직 백 군데나 된다 해도 서두르고 싶어 하지 않는다는 걸 보여 주었다. 그만큼 그는 요령과 총명함과 친절함 그 자체였다. 이 저명한 인물도 이제 존재하지 않는다. 어쩌면 그와 대등하거나 그보다 월등한 다른 의사들이나 교수들도 많았을 것이다. 하지만 그의 학식과 신체적 자질, 높은 교양이 그를 성공으로 이끌었던 '배역'은 그의 자리를 대신할 후계자가 없는 탓에 더 이상 존재하지 않는다. 어머니에겐 디월라푸아 씨의 모습조차 보이지 않았고, 할머니 외에 다른 어떤 것도 존재하지 않았다. 묘지에서(미리 앞당겨서 말해 보면) 어머니가 초자연적인 유령인 양 수줍게 무덤 가까이 다가가서는 이미 그녀로부터 멀리 날아가 버린 존재를 바라보던 순간이 기억난다. 그때 아버지는 "노르푸아 영감이 집이랑 성당과 묘지에도 와 주셨소. 아주 중요한 위원회가 있는데도 참석하지 않고 오셨으니 그분에게 한마디 하구려. 감동하실 거요."라고 어머니에게 말했고, 그러자 대사는 어머니 쪽으로 머리를 숙였으며, 어머니는 기껏해야 눈물도 흐르지 않는 얼굴을 부드럽게 기울였을 뿐이다. 이틀 전 — 죽어 가는 할머니의 침대 옆으로 돌아가기에 앞서 있었던 일을 미리 얘기해 보면 — 돌아가신 할머니를 밤새우며 지키던 중에, 유령의 존재를 완전히 부정하지 않던

---

* 대개는 유명한 전문의로서 주치의의 부탁이나 그의 승낙 아래, 중태에 빠진 환자를 진단하기 위해 방문하는 의사를 가리킨다.

프랑수아즈는 아주 작은 소리에도 겁을 내며 "마님인 것 같아요."라고 말했다. 그러나 이 말이 어머니에게 일깨운 감정은 공포가 아닌 무한한 애정이었으며, 어머니는 망자가 돌아오기를, 이따금 자기 곁에 있어 주기만을 너무도 간절히 바랐다.

이제 다시 임종의 순간으로 돌아가 보자.

"처제들이 전보를 보내온 걸 아는가?" 하고 할아버지가 사촌에게 물었다.

"예, 베토벤이라고 하더군요.* 참 엉뚱한 일이죠. 별로 놀랍지도 않지만요."

"내 불쌍한 아내는 그렇게도 동생들을 사랑했는데." 하고 할아버지가 눈물을 닦으면서 말했다. "처제들을 원망해서는 안 되네. 내가 늘 말해 왔지만 그들은 미쳐도 단단히 미쳤네. 무슨 일인가? 이제는 산소를 더 투여하지 않는 건가?"

어머니가 말했다.

"그러면 엄마의 호흡이 더 나빠져서요."

의사가 대답했다.

"오! 아닙니다. 산소 효과가 아직 얼마 동안은 지속될 테니 곧 다시 시작할 겁니다."

내 생각엔 죽어 가는 사람에게 그런 말을 해서는 안 될 것 같았다. 좋은 효과가 지속된다면 이는 할머니 목숨에 우리가 뭔가를 할 수 있다는 의미였기 때문이다. 산소 용기의 쉬익거

---

* 28쪽 참조. 프루스트는 1920년 어느 지인에게 보내는 편지에서 "할머니의 여동생들은 베토벤 연주를 그토록 잘하는 음악가를 발견했으므로 할머니를 보러 오려고 하지 않았다."라고 쓴 적이 있다.(『게르망트』, 폴리오, 706쪽 참조.)

리는 소리가 잠시 멈췄다. 하지만 다행히도 숨을 쉬는 신음 소리가 가볍게 괴로운 듯 불완전한 채로 솟아오르면서 끊임없이 이어졌다. 이따금 잠든 이의 호흡에 생긴 옥타브의 변화 때문인지, 가사 상태를 촉진하는 마취 효과나 심장 기능의 결함으로 인한 자연스러운 정지 때문인지, 모든 것이 끝난 듯 숨소리가 멈췄다. 의사는 할머니의 맥박을 다시 짚었지만 작은 물줄기가 말라붙은 강물에 물을 대듯 새로운 노래가 중단된 소절을 이어 갔다. 그러자 그 소절도 똑같이 고갈되지 않는 비약과 더불어 다른 음계에서 다시 시작되었다. 할머니는 의식조차 못하는 사이에, 고통으로 짓눌렸던 그토록 행복하고도 다정한 상태가, 마치 오랫동안 갇혀 있던 가벼운 기체처럼 지금 할머니에게서 빠져나간 게 아닌지 누가 알겠는가? 우리에게 말하고 싶었던 것을 분출하듯, 할머니는 장황하고 열의를 다해 모든 것을 토로하는 것 같았다. 침대 발치에 서 있던 어머니는 죽어 가는 사람의 온갖 숨결을 느끼며 경련을 일으키면서도 울지 않고, 그래도 이따금 눈물에 젖은 채로 그저 휘몰아치는 비바람에 나뭇잎이 뒤집히듯, 아무 생각 없이 비탄에 잠겼다. 할머니에게 키스하러 가려 하니 눈물을 닦아야 한다고 했다.

"하지만 이미 보이지 않을 텐데요." 하고 아버지가 말했다.

"알 수 없는 일이죠." 하고 의사가 대답했다.

내가 할머니의 입술에 닿자 할머니의 두 손이 움찔하면서 온몸에 경련이 일었는데, 반사 작용이었는지 아니면 어떤 애정은 지나치게 예민하여 거의 감각을 필요로 하지 않는다는 걸 무의식의 베일을 통해 인식했기 때문인지, 갑자기 할머니가 몸을 반쯤 일으키더니 자기 목숨을 지키려는 사람처럼 격렬한 노력을 했다. 프랑수아즈는 이 광경을 더 이상 참고 볼 수 없었던지 울음을 터뜨렸다. 나는 의사의 말이 생각나 프랑수아즈를 방 밖으로 나가게 하고 싶었다. 그 순간 할머니가 눈을 떴다. 부모님이 환자에게 말하는 동안, 나는 프랑수아즈의 울음을 감추려고 그녀에게 달려들었다. 산소의 쉬익거리는 소리가 그쳤고, 의사는 침대에서 멀어졌다. 할머니께서 돌아가셨다.

몇 시간 후 프랑수아즈는 할머니의 아름다운 머리칼을 마지막으로 아프지 않게 빗길 수 있었다. 희끗희끗 세긴 했지만 그 머리칼은 지금까지 할머니 연세에 비해 젊어 보였었다. 그러나 지금은 오히려 머리칼에만 유일하게 늙음의 관이 씌워졌을 뿐, 그렇게 오랜 세월 동안의 고통으로 새겨진 주름살이나, 오그라들고 부풀어 오른 살, 팽팽하거나 늘어진 살로부터 해방된 얼굴은 이제 다시 젊음으로 돌아가 있었다. 아주 오래전 할머니의 부모님이 남편을 골라 주던 날처럼 할머니의 이목구비는 순수함과 순종으로 섬세하게 새겨져, 뺨에는 세월이 점차 파괴해 버린 순결한 희망과 행복에의 꿈, 결백한 즐거움마저 빛나고 있었다. 할머니로부터 조금씩 물러가던 삶은, 삶에 대한 환멸마저 앗아 가 버렸다. 할머니 입술에 미소가 떠오르는 듯했다. 장례 침상에서 죽음은 중세의 조각가처럼 할머니를 한 소녀의 모습으로 눕히고 있었다.

2

알베르틴의 방문 —— 생루의 친구들과 부유한 결혼에의 전망 —— 파름 대공 부인이 본 게르망트의 에스프리* —— 샤를뤼스 씨에 대한 기이한 방문 —— 점점 더 샤를뤼스 씨의 성격을 이해하지 못하다 —— 공작 부인의 빨간 구두

그날은 어느 가을 일요일에 지나지 않았지만 나는 이제 막 다시 태어난 듯, 내 앞에는 삶이 온전한 상태로 놓여 있었다. 따뜻한 날이 며칠 계속된 후 아침 나절의 차가운 안개가 정오가 돼서야 갰기 때문이다. 그런데 계절 변화만으로도 우리는 세상과 우리 자신을 다시 창조할 수 있다. 예전에 바람 소리가 굴뚝에서 윙윙거렸을 때, 나는 바람이 벽난로 공기 조절용 철판을 때리는 소리가, 마치 C단조 교향곡**이 시작되는 저 유명한 현

---

* 프랑스어의 '에스프리(esprit)'란 생각하고 말하고 보고 행하는 모든 삶의 방식과 관계된다는 점에서 단순한 형식적인 의미에서의 재치와는 다르다. 앞에서는(『잃어버린 시간을 찾아서』 2권 261쪽) 재치라고 옮겼지만, 앞으로는 문맥에 따라 정신이나 재치, 기지, 에스프리로 자유롭게 옮기고자 한다.
** 베토벤의 「운명 교향곡」을 가리킨다.(Proust, *Essais et articles*, Pléiade, 367~372쪽 참조.)

악기의 활 소리처럼 나를 신비로운 운명으로 이끄는 거역할 수 없는 부름인 양 생각되어, 감동 속에서 그 소리를 듣곤 했다. 자연의 모든 급격한 변화는 사물의 새로운 존재 방식에 우리 욕망을 조화롭게 적응시키면서 우리 마음에도 유사한 변화를 제공한다. 안개는 잠에서 이제 막 깨어난 나를 화창한 날씨마냥 원심적인 존재로 만드는 대신, 다른 여인과 벽난로와 침대를 나누기 열망하는 은둔의 인간, 이 다른 세계에서 칩거하는 하와를 찾아 나서는 추위에 민감한 아담으로 만들었다.

아침 나절 전원의 부드러운 잿빛과 한 잔의 초콜릿 차 맛 사이로 일 년 전쯤에 내가 동시에르에 가져갔던 물리적이고 지적이며 도덕적인 삶의 온갖 독창적인 양상을 끼워 넣었을 때, 그 삶은 헐벗은 언덕처럼 길쭉한 모양의 문장(紋章)으로 나타나 — 언덕이 보이지 않을 때도 항상 그곳에 존재하는 — 다른 것과는 완연히 구별되는 일련의 기쁨을 형성했다. 서로서로가 풍요롭게 짜여 있어 조화로운 화음을 이루는 인상들이, 나도 모르게 내가 얘기할 수 있는 사실들보다 더 기쁨을 특징 짓는 것처럼 보여, 친구들에게 말로는 표현할 수 없는 그런 기쁨을 형성했다. 이런 관점에서 이날 아침 안개 속에 나를 잠기게 한 이 새로운 세계는 이미 내가 아는 세계이자(그래서 거기에 더 많은 진실을 부여하는) 얼마 전부터 망각한(그래서 더 상쾌해 보이는) 세계였다. 그리하여 나는 내 기억으로 얻은 몇몇 안개 그림을, 특히 '동시에르의 아침' 그림을 바라볼 수 있었고, 거기에는 병영에서 보낸 첫날과 다른 날 생루가 이웃 성관에서 스물네 시간을 보내려고 나를 데리고 간 날도 들어 있었다.

자리에 다시 눕기 전 새벽녘에 커튼을 걷어 올린 창 너머로 보이는 첫 번째 그림에는 기병이 하나 있었고, 두 번째 그림에는 (연못과 숲의 가느다란 경계에서, 나머지 부분은 모두 단조로운 액체 같은 부드러운 안개 속에 잠긴 가운데) 말고삐를 문지르며 윤을 내는 마부가 있었는데, 그들은 마치 희미한 빛의 신비로운 아련함에 익숙한 눈이라야 겨우 구별할 수 있는, 지워진 벽화로부터 어쩌다 솟아오르는 그런 인물처럼 보였다.

이런 추억들을 나는 이날 침대에 누워서 바라보고 있었는데, 며칠 예정으로 콩브레에 가신 부모님이 안 계신 틈을 이용해서 바로 그날 저녁 빌파리지 부인 댁에서 공연하는 소극을 보러 갈 예정이었으므로 그 시간을 기다리며 누워 있었던 것이다. 부모님이 집에 돌아오셨다면, 아마도 감히 그곳에 갈 생각은 하지도 못했을 것이다. 어머니는 할머니의 추억을 존중하는 조심스러운 마음에서, 할머니에 대한 그리움의 표시가 솔직하고도 진심에서 우러나오기를 바랐으므로, 내 외출을 금지하지는 않았겠지만 그렇다고 동의하지도 않았을 것이다. 그러나 반대로 어머니가 콩브레에 계실 때 여쭤 보았다면, 어머니는 "하고 싶은 대로 해라. 이젠 다 컸으니 해야 할 일은 네가 더 잘 알지 않겠니."라고 서글프게 대답하는 대신, 오히려 파리에 나를 혼자 두고 온 걸 자책하면서 자신의 슬픔에 비추어 나의 슬픔을 판단하고, 어머니 자신이라면 거부했을 오락거리를, 다른 무엇보다도 나의 건강과 신경 안정을 염려하는 할머니라면 권했을 거라며 자신을 설득했을 것이다.

아침부터 새 온수 장치에 불이 지펴져 있었다. 이따금 딸꾹

질 소리처럼 들려오는 이 불쾌한 소리는 동시에르의 추억과는 아무 관계가 없었다. 그러나 그날 오후 그 소리는 내 마음 속에서 그 추억과 만나 친밀한 관계를 맺으면서 그 추억을 연장하여 이 소리에 대한 내 습관을 (조금은) 망각할 때마다 내 귀에 다시 난방 장치 소리를 들리게 하면서 동시에르에서의 추억을 생각나게 했다.

집에는 프랑수아즈뿐이었다. 잿빛 날씨가 가느다란 비로 떨어지면서 쉴 새 없이 투명 그물을 짰고, 그 속에서 일요일 산책자들은 은빛으로 반짝거리는 듯 보였다. 나는 《르 피가로》를 발밑에 내던졌다. 이 신문에 글을 써 보낸 후부터 열심히 사 보았지만, 내 글은 보이지 않았다. 해가 나지 않았는데도 빛의 강도가 아직도 오후 한나절임을 말해 주었다. 창문에 친 망사 커튼이 화창한 날씨에는 볼 수 없는 뿌옇고 부서질 듯한 모양을 하고 있어, 마치 잠자리 날개나 베네치아 유리 제품이 보여 주는 것 같은 부드러움과 깨지기 쉬운 느낌을 뒤섞고 있었다. 아침 나절에 스테르마리아 양에게 편지를 보냈던 만큼 이렇게 일요일에 혼자 있는 게 더욱 무겁게 느껴졌다. 로베르 드 생루의 어머니는 여러 번의 뼈아픈 노력과 실패 후에 드디어 생루와 애인을 헤어지게 하는 데 성공했고, 그 후 생루는 이미 얼마 전부터 사랑하지 않게 된 여인을 잊기 위해 모로코로 보내졌으며, 전날 그는 아주 짧은 휴가를 보내기 위해 곧 프랑스에 도착할 거라는 소식을 편지로 전해 왔다. 그는 파리에 도착하자마자 바로 떠날 예정이었으므로(아마도 그의 가족은 그가 라셀과 다시 맺어질까 걱정했던 모양이다.) 자신이 내 생각을 한다는 것을 보여 주기 위해, 탕헤르*에서 스테르마리아 양, 아니, 결혼한 지 석 달 만에 이혼했으므로 스테르마리아 부인이라고 할 수 있는 여인을 만났다고 전했다. 로베르는 내가 발베크에서 한 말을 기억하고 이 젊은 여인에게 파리에서 나를 대신 만나 달라고 부탁했는데, 그녀는 브르타뉴로 돌아가기 며칠 전 파리에 들를 예정이니, 어느 하루 기꺼이 시간을 내어 나와 함께 식사를 하겠다고 대답했다는 것이다. 생루는 스테르마리아 부인이 틀림없이 파리에 도착했을 테니 서둘러 편지를 보내라고 했다. 할머니가 아프셨을 때, 그는 나의 불충과 배신을 비난했고, 그 후로 소식을 전한 적도 없지만, 나는 생루의 편지에 별로 놀라지 않았다. 나는 당시에 일어난 일을 아주 잘 이해했다. 로베르의 질투심을 자극하고 싶었던 라셸이 — 또 나를 원망할 부차적인 이유도 있었으므로 — 로베르가 없는 동안 내가 그녀와 관계를 갖기 위해 엉큼한 수작을 부렸다고 믿게끔 연인을 설득했던 것이다. 그는 그 말이 틀림없는 사실이라고 계속 믿었을 테지만 더 이상 그녀에게 열중하지 않게 된 후부터는 그게 사실이건 말건 상관 없이 우리 사이에는 우정만 남게 되었다. 한번은 다시 만났을 때, 그의 비난에 대해 말하려 했지만, 그는 상냥하고 다정한 미소만을 지으며 용서를 빈다는 듯 이내 화제를 돌렸다. 그렇다고 해서 그가 얼마 후에 파리에서 이따금 라셸을 만나지 않은 것은 아니다. 우리 삶에서 커다란 역할을 한 존재들이 갑자기 결정적인

---

* 아프리카 대륙 가장 북쪽에 위치한 모로코의 항구 도시이다.

방식으로 빠져나가는 일은 드문 법이다. 그런 존재들은 우리 삶을 영원히 떠나기에 앞서 이따금 그 삶으로 다시 돌아와 그곳에 자리한다.(그리하여 몇몇 사람들은 사랑이 다시 시작되었다고 생각하기도 한다.) 생루와 라셀의 결별도, 라셀이 끊임없이 돈을 요구하면서 마음을 안심시켜 주는 기쁨 덕분에 아주 빠른 시간 안에 고통이 덜어졌다. 우리의 사랑을 연장하는 질투는 다른 형태의 상상력보다 더 많은 요소를 포함할 수 없다. 만일 우리가 여행할 때 서너 개의 이미지들을 가지고 떠난다면 — 어차피 노상에서 잃어버리겠지만(이를테면 베키오 다리의 백합꽃과 아네모네, 안개 속의 페르시아풍 성당* 같은) — 가방은 이미 그것만으로도 가득 찬다. 애인과 헤어진 남자는 그녀를 어느 정도 잊을 때까지는, 그녀를 소유한다고 생각되는, 다시 말해 우리가 질투하는 서너 명의 잠재적인 유혹자들이 그녀를 소유하지 않기만을 바랄 뿐이다. 우리가 그려 볼 수 없는 사람은 아무것도 아니다. 그런데 애인의 빈번한 돈 요구는, 마치 고열을 표시하는 체온 측정 카드가 그녀의 병에 대해 어떤 정보도 주지 못하듯이, 그녀의 삶에 대해 아무것도 가르쳐 주지 않는다. 그래도 체온 카드는 그녀가 아픈 표시이며, 돈의 요구는 사실 막연한 가정이긴 하지만, 버림받은 여인 또는 우릴 버린 여인이 부유한 후원자를 찾지 못했음을 의미한다. 그리하여 돈을 요구하는 행위는 매번 질투하는 자의 고통을 진

---

* 페르시아풍 발베크 성당을 가리킨다.(『잃어버린 시간을 찾아서』 2권 338쪽 참조.)

정시켜 주는 기쁨과 더불어 받아들여지고 곧바로 돈을 보내는 행위로 이어진다. 왜냐하면 그가 조금 마음의 안정을 되찾아 자신을 승계한 자의 이름을 태연하게 들을 수 있을 때까지, 단지 다른 연인을 두는 일만 제외하고는(그가 상상하는 세 연인 중 하나를) 그녀에게 아무것도 부족하지 않기를 바라기 때문이다. 때때로 라셸은 밤늦게 옛 연인을 찾아가 아침까지 그의 곁에서 자게 해 달라고 청했다. 이는 로베르에게 큰 위안이 되었다. 혼자서 침대 대부분을 차지하는데도 그녀가 별 불편 없이 자는 걸 보면서 두 사람이 그래도 그동안 얼마나 내밀하게 지냈는지를 깨닫게 해 주었기 때문이다. 그녀는 그의 육체 가까이 있으면서, 예전에 자신이 알던 방, 자신의 습관에 길들고 그래서 잠이 잘 오는 방에 있기라도 한 듯 — 비록 호텔 방이라 할지라도 — 다른 어느 곳에 있는 것보다 더 편안하게 느낀다는 걸 알게 해 주었다. 그의 어깨며 다리며 그의 온몸이, 불면증으로 또는 할 일 때문에 지나치게 많이 움직일 때도, 그녀는 아주 일상적인 일이라는 듯 조금도 불편을 느끼지 않았으며, 오히려 그 점을 지각함으로써 휴식의 느낌을 더하는 것 같았다.

앞에서 한 얘기로 돌아가 보면, 생루가 모로코에서 보낸 편지에서 나는 그가 보다 분명한 어조로 감히 쓰지 못했던 사실을 행간 사이로 읽을 수 있었으며 그래서 더 혼란스러웠다. "자네는 그녀를 특별 방으로 초대할 수도 있어."라고 그는 내게 말했다. "그녀는 매력적인 젊은 여자이고, 성격도 호감이 가지. 그녀와 자네는 서로를 완벽하게 이해할 테고, 장담하지만 아주 즐거운 저녁 시간을 보낼 수 있을 거야." 부모님은 주말에, 토요일이나 일요일에 돌아오실 예정이었고, 그렇게 되면 매일 저녁 집에서 식사를 해야 했으므로, 나는 즉시 스테르마리아에게 금요일 전에는 언제라도 좋으니, 원하는 날을 말해 달라고 편지를 써 보냈다. 그러자 그날 저녁 8시경 내가 편지를 받게 되리라는 대답이 전해졌다. 이 저녁 시간으로부터 나를 갈라놓는 오후 사이 누군가가 날 도와주기 위해 방문이라도 한다면, 나는 아주 빨리 그 시간에 이를지도 모른다. 얘기에 둘러싸여 시간을 보내다 보면, 시간을 재거나 보지 않아도 그대로 시간은 사라질 테고, 그러다 갑자기 재빨리 도주한 시간이 다시 우리 주의를 끌며 나타날 때면, 그때는 이미 조금 전에 빠져나간 지점으로부터 아주 멀리 떨어져 있으리라. 그러나 우리가 혼자 있을 때면 머릿속을 떠나지 않는 생각이 단조롭고도 빈번한 시계의 똑딱거림과 더불어 우리를 아직도 멀리 있는, 끊임없이 기다려지는 순간을 향해 데려가는 까닭에 친구하고 있으면 세지도 않을 시간을 분으로 나누게, 아니, 차라리 곱하게 된다. 그리하여 끊임없이 되돌아오는 욕망을 애석하게도 며칠 후에야 맛보게 될 스테르마리아 부인과의 뜨거운 쾌락과 비교하면서 홀로 보내는 이 오후 나절이 나는 몹시도 공허하고 울적하게 생각되었다.

때때로 승강기 올라오는 소리가 들렸고 거기에 두 번째 소리가 이어졌지만, 내가 기대하는 것처럼 우리 집 층에서 멈추는 소리가 아니라, 승강기가 계속해서 위층으로 올라가면서 내는 전혀 다른 소리였고, 그 소리는 내가 방문객을 기다릴 때면 대개는 우리 집 층을 그냥 지나친다는 걸 의미했으므로, 훗날 내가 방문객을 기다리지 않을 때에도 그 자체로 고통스러운 소리가 되어 마치 버려지는 선고인 양 울렸다. 잿빛 날씨는 지쳐 단념한 듯 여러 시간에 걸쳐 여전히 아득한 옛날부터 전해져 오는 일에 전념하며 진주모의 장식 끈을 짓고 있었고, 나는 밝은 빛을 보려고 창가에 앉아 일을 하면서 방에 누가 있는지 전혀 신경 쓰지 않는 직공 아가씨만큼이나 날 알지 못하는 여인과 단둘이 마주 앉을 일을 생각하며 서글픈 마음에 젖어 있었다. 그때 갑자기, 초인종 소리도 울리지 않았는데, 프랑수아즈가 문을 열고 알베르틴을 방 안으로 안내했다. 미소를 지으며 조용히 들어오는 통통한 알베르틴의 충만한 몸에는 내가 한 번도 돌아가 보지 못했던 발베크에서의 나날들이 담겨, 내가 그날들을 계속해서 살도록, 그날들이 나를 향해 다가오도록 준비된 듯 보였다. 관계가 변한 상태에서 — 아무리 하찮은 관계라도 — 재회를 한다는 것은 마치 다른 두 시대가 만나는 것과 같다. 그러나 이런 만남을 위해 반드시 옛 애인이 친구로 찾아올 필요는 없으며, 우리가 어떤 삶에서 그날그날 알던 사람이 — 비록 그런 삶을 살지 않은 지 일주일밖에 되지 않는다 할지라도 — 찾아오는 것만으로도 충분하다. 알베르틴의 웃고 질문하고 어색해하는 각각의 얼굴에서, 나는 "빌파리지 부인은요? 또 댄스 선생은요? 과자 가게 주인은?"이라는 질문을 읽을 수 있었다. 그리고 그녀가 앉았을 때, 그 등은 "저런! 여긴 낭떠러지가 없네요. 발베크에서처럼 당신 옆에 앉아도 괜찮아요?"

라고 말하는 것 같았다. 그녀는 내게 시간의 거울을 보여 주는 마법사 같았다. 그런 점에서 그녀는 지금은 자주 보지 못하지만 예전에는 지극히 내밀한 관계로 함께 살았던 사람과도 흡사했다. 그러나 알베르틴에게는 그 이상의 것이 있었다. 물론 발베크에서도 나는 우리의 일상적 만남에서 그녀가 어쩌면 그렇게 변하는지 놀라곤 했다. 하지만 지금은 그녀를 알아볼 수조차 없었다. 그 윤곽을 적시던 장밋빛 안개가 걷히면서 얼굴이 조각상처럼 튀어나왔다. 그녀 얼굴은 달랐다. 아니, 차라리 드디어 얼굴을 가졌다고 해야 할 것 같았다. 몸도 전보다 성숙했다. 그녀를 감쌌던 껍질에는, 또 발베크에서 미래의 형체가 거의 그려져 있지 않던 표면에는 이제 아무것도 남아 있지 않았다.

이번에 알베르틴은 평소보다 조금 일찍 파리에 돌아온 것이었다. 보통 그녀는 봄이 되어서야 돌아왔으므로, 첫 번째로 피기 시작한 꽃에 쏟아진 폭우로 몇 주 전부터 설레던 나는 기쁜 마음으로, 알베르틴과 아름다운 계절이 돌아온 상황을 분리하지 못했다. 그녀가 파리에 있으며 그래서 우리 집에 들른 거라고 누군가가 알려 주었다 해도, 나는 마치 바닷가에 핀 장미꽃을 다시 보는 듯한 느낌을 받았을 것이다. 하지만 그때 나를 사로잡은 감정이 발베크에 대한 욕망이었는지, 아니면 그녀에 대한 욕망이었는지 난 알지 못하며, 어쩌면 그녀에 대한 욕망 자체도 발베크를 소유하려는 나태하고 비겁하며 불완전한 형태가 아니었는지 모르겠다. 마치 어떤 사물을 물질적으로 소유하거나 한 도시에 거처를 정하는 일이 그 사물에 대한 정신적인 소유에 다를 바 없다는 듯, 더욱이 그녀가 내 상상력으로 인해 흔들리면서 바다 수평선 앞에 있지 않고 내 곁에 부동 자세로 앉을 때면, 그녀는 자주 내게, 꽃잎의 결점을 보지 않으려고 또 바닷가에서 향기를 들이마시고 있다고 믿기 위해 눈을 감고 싶어지는, 그런 초라한 장미꽃처럼 보였다.

비록 당시에는 나중에 일어날 일을 알지 못했지만, 여기서 나는 말할 수 있다. 우표나 오래된 코담배 상자 또는 그림이나 조각품조차도 이런 것들의 수집을 위해 자기 삶을 희생하기보다는 한 여인을 위해 희생하는 편이 확실히 더 합리적이라는 사실을. 이런 수집품들의 예는 우리에게 변화를, 한 여인만 아니라 많은 여인을 소유하라고 알려 줄 뿐이다. 한 소녀가 바닷가나 성당 조각상에 새겨진 땋은 머리와 판화, 여러 소녀들 중에서도 특히 그 소녀를 사랑하게 만드는 갖가지 요소들과 매력적으로 어우러지며 혼합을 이루고 있다 해도, 그녀가 한 폭의 그림처럼 당신의 방 안으로 들어오는 모습은 불안정해 보일 수밖에 없다. 한 여자하고만 산다면, 당신은 그녀를 사랑하게 했던 요소들을 더 이상 알아보지 못할 것이다. 물론 분리된 이 두 요소들은 질투로 다시 결합될 수 있다. 오랜 동거 후 내가 알베르틴에게서 마침내 평범한 한 여인만을 보게 된다 할지라도, 그녀가 발베크에서 사랑했을지도 모르는 남자와의 연애담을 떠올리는 일만으로도 그녀를 다시 바닷가와 부서지는 파도와 뒤섞으면서 하나로 합체하기에 충분했으리라. 단지 이 두 번째 결합은 더 이상 우리 눈을 현혹하지 못한다. 그것이 불길하게 느껴지는 것은 우리 마음속에서이다. 기적이 위험한 방식으로 재개되기를 바랄 수는 없다. 하지만 나는 수년 후에 일어날 일을 미리 예상하고 있을 뿐이다. 지금은 단지 내가 여인을 수집하는 데 있어 옛 오페라글라스를 수집할 때처럼 현명하지 못했다는 점을 후회할 뿐인데, 충분히 채워지지 않은 오페라글라스 진열장 뒤에는 늘 새롭고 진기한 것을 기다리는 빈자리가 있다.

평소 휴가를 보내던 습관과는 달리, 그해 그녀는 발베크에서 직접 왔으며, 발베크에도 다른 해보다 오래 머물지 않았다. 그녀를 보지 못한 지도 오래였다. 또 그녀가 파리에서 교제한 사람들이나 그들의 이름조차 모르던 나는, 날 보러 오지 않고 지낸 동안의 그녀에 대해 아무것도 알지 못했다. 그런데 그 기간은 꽤 길었다. 그러다 어느 날 알베르틴이 불쑥 나타났고, 그 장밋빛 출현과 조용한 방문은 그동안 그녀가 했을 일에 관해서는 거의 아무것도 가르쳐 주지 않았으므로, 그 일은 그녀 삶의 어둠 속에 잠긴 채로 내 눈도 꿰뚫어 보려고 하지 않았다.

그렇지만 이번에는 몇 가지 지표가 그녀 삶에 뭔가 새로운 일이 있었음을 가리키는 것 같았다. 어쩌면 그 모든 지표들은 알베르틴의 나이에는 사람이 아주 빨리 변한다는 결론을 이끌어 낼 뿐이었지만. 이를테면 그녀의 지적 능력도 더 나아졌다. 소포클레스가 '친애하는 라신에게'라고 써야 한다고 열렬하게 우기던 날을 내가 상기하자, 그녀는 먼저 기꺼이 웃어 댔다. "앙드레가 옳았어요. 내가 어리석었죠. 소포클레스는 '작가님'이라고 써야 했어요." 하고 그녀는 말했다. 나는 앙드레가 말하는 '작가님'이나 '존경하는 작가님'이 알베르틴이 말하는 '친애하는 라신'이나, 지젤이 말하는 '친애하는 친구' 못지 않게 우습지만, 실은 진짜 어리석은 사람은 소포클레스가 라신에게 편지를 보내리라 생각한 학교 선생님들이라고 말했다.* 이 지점에 이르자 알베르틴은 더 이상 내 말을 이해하지 못했다. 그녀에겐 그들의 어리석음이 보이지 않는 모양이었다. 그녀의 지성은 이제 방긋 열렸을 뿐 완전히 성숙한 상태는 아니었다. 그녀에게는 뭔가 사람의 마음을 끄는 새로움이 있었다. 지금 막 내 침대 옆에 앉은 이 아름다운 소녀에게서 나는 뭔가 다른 것을, 일상적인 의사를 표현하는 얼굴 윤곽이나 눈길의 선에서 어떤 접근 방식의 변화를, 뭔가 반쯤 개종(改宗)한 듯한 모습을 인지했는데, 발베크에서 이미 오래전 그녀가 침대에 눕고 내가 옆에 앉아 지금과는 반대 위치에서 조화로운 한 쌍을 이루던 날 밤 나를 산산조각 나게 했던 그런 저항의 몸짓이 사라진 듯 보였기 때문이다. 나는 그녀가 내게 키스를 허락할지 어떨지 확인하고 싶었지만 감히 시도해 보지도 못한 채로, 그녀가 떠나려고 일어설 때마다 더 있어 달라고 간청했을 뿐이다. 그녀의 허락을 받기는 쉽지 않았다. 그녀는 별로 할 일이 없었지만(그렇지 않았다면 벌써 밖으로 뛰쳐나갔을 것이다.) 시간을 정확히 지키는 사람이었고, 게다가 내게 별로 다정하게 대하지 않는 걸로 보아 나와 함께 있는 게 조금

*『잃어버린 시간을 찾아서』 4권 444~450쪽 참조. 지젤의 선생님들이 준 과제 제목은 "소포클레스가 라신에게 「아탈리」의 실패를 위로하기 위해 지옥에서 보내는 편지"였다.

도 즐겁지 않은 듯했다. 그렇지만 그녀는 매번 시계를 쳐다보고 나서 내 간청에 못 이겨 다시 앉곤 했는데, 아무것도 요구하는 일 없이 그렇게 나는 그녀와 함께 몇 시간을 보냈다. 내가 그녀에게 하는 말들은 조금 전에 한 말에 이어지는 것일 뿐 내 상념이나 욕망에는 전혀 부합되지 않은 채로 끝없는 평행선을 그렸다. 우리의 말과 생각을 닮지 않게 하는 것은 욕망뿐이다. 시간은 촉박한데, 우리는 마음을 사로잡는 주제와는 전혀 무관한 얘기를 나누면서 시간을 벌고 싶어 한다. 입 밖에 내는 말에 이미 어떤 몸짓이 따를 때도 ─ 즉각적인 쾌락을 얻기 위해, 또 그 몸짓이 초래할 반응에 대해 느끼는 호기심을 채우기 위해 ─ 우리는 한마디 말도 하지 않고 어떤 허락도 구하는 일 없이, 마치 그 몸짓을 하지 않은 척 가장하면서 얘기를 계속한다. 실제로 나는 알베르틴을 조금도 사랑하지 않았다. 밖의 안개에서 태어난 그녀는 단지 날씨의 새로운 변화가 내 몸에서 깨어나게 했으며, 또 요리 기술과 기념비적인 건축물에 새겨진 조각 예술이 채워 줄 수 있는 욕망들 중간에 위치하는 그런 상상적인 욕망을 충족해 주었을 뿐이다. 그 욕망은 내 살에 다른 따뜻한 물질을 섞고, 동시에 침대에 누운 내 몸의 어느 부분을 다른 몸에 붙이는 꿈을 꾸게 했다. 발베크 대성당의 로마네스크 부조에서 하와의 몸이 아담의 허리에 간신히 발로 매여 그 몸과 수직을 이루는 모양이 고대 프리즈에서처럼 여성의 창조*를 그토록 고요하고도 고결한 방식

---

* 「창세기」 2장 21~22절.

으로 재현하듯이. 우리는 거기서 성당 정면을 가득 채우며 어디에서나 늘 하느님을 따라다니는 두 명의 사자(使者)인 아기천사 모습에서 — 겨울의 기습을 피한 날개 달린 여름 벌레가방 안을 빙빙 돌아다니는 것처럼 — 13세기에도 여전히 살아남아 지친 모습이지만 기대되는 우아함을 소홀히 하지 않은채로 마지막 비상을 이어 가는 헤르쿨라네움*의 에로스를 알아본다.

그런데 내 욕망을 실현하여 몽상에서 벗어나게 하고, 또 아름다운 여자라면 누구라도 기꺼이 쫓아다녔을 이런 쾌락에대해 — 끝없이 수다를 떨면서도 내 마음속엔 오로지 그 생각뿐이었지만 알베르틴에게는 말하지 않은 — 누군가가 만약 그녀가 내 마음에 들 거라고 생각하는 낙관적인 가정의 근거가 뭐냐고 묻는다면, 아마도 나는 그 가정이(내가 잊고 있었던 알베르틴의 목소리 특징이 그녀 성격의 윤곽을 다시 그려 보이면서) 그녀의 어휘에 속하지 않는, 적어도 그녀가 지금 부여하는의미로 쓰이지 않는 그런 단어의 출현에 있다고 대답했을 것이다. 그녀가 엘스티르에 대해 바보 같다고 말해, 나는 반론을제기했다.

"당신은 내 말을 이해하지 못하는군요." 하고 그녀가 미소를 지으면서 대꾸했다. "내가 하고 싶은 말은 그 상황에서는

---

* 서기 79년 베수비오산의 화산 폭발로 폼페이와 함께 매몰된 헤르쿨라네움이 18세기 중반 에반스에 의해 발굴되면서 로마 미술의 진면모가 드러난다. 헤르쿨라네움의 에로스가 13세기 발베크 성당 정면에도 새겨졌다는 이런 표현은 예술의 영속성에 대한 은유처럼 보인다.

그분이 바보였다는 거예요. 매우 훌륭한 분이라는 건 나도 잘 알아요."

이와 마찬가지로 퐁텐블로 골프장이 우아한 장소라고 말하기 위해 그녀는 이렇게 말했다.

"정말로 선택된 장소예요."

내가 한 결투에 대해서도,* 그녀는 내 증인을 두고 "정말로 선택된 증인이에요."라고 말하면서 내 얼굴을 바라보더니, '콧수염을 기른' 내 모습을 보고 싶다고 고백했다. 맹세컨대 그녀가 작년에 몰랐던 단어 중, 지젤을 만난 지 꽤 '시간이 경과(laps de temps)'했다는 표현까지 있는 걸 보니, 앞으로도 그런 말을 들을 기회가 많을 것 같았다. 내가 발베크에 있을 때, 부유한 집안 태생임을 금방 드러내는 이런 점잖은 표현들의 상속분을 — 이를테면 해마다 딸이 자라면서 어머니가 중요한 기회에 자기 보석을 하나씩 딸에게 물려주듯 — 알베르틴이 가지고 있지 않았다는 말은 아니다. 어느 날 한 낯선 여인으로부터 선물을 받고 감사 인사로 "정말 송구스러워요." 하고 대답하는 알베르틴을 보고, 사람들은 이미 그녀가 어린아이가 아님을 느낄 수 있었다. 봉탕 부인은 남편의 얼굴을 바라보지 않을 수 없었고, 남편은 이렇게 대답했다.

"저런, 저 애도 열네 살이 다 되어 가니까."

알베르틴이 별로 품행이 좋지 않은 아가씨에 대해 "저 여자

---

* 1897년 2월 6일 프루스트는 뤼시앵 도데와 특별한 관계라는 장 로랭의 말에 격분하여 결투를 했다. 프루스트의 증인은 화가 장 베로와 귀스타브 드 보르다였으며 결투는 양쪽 다 별다른 부상을 입지 않고 끝났다.

가 예쁜지 어떤지조차 구별하지 못하겠어요. 얼굴에다 '덕지 덕지 30센티나 연지를' 발랐으니."* 하고 말할 때면 그녀가 시 집갈 나이가 되었다는 사실이 더욱 두드러져 보였다. 누군가 가 얼굴을 찌푸리기라도 하면, 그런 환경과 신분에 맞는 여인 마냥 점잔을 빼면서 "난 보고 싶지 않아요. 나도 그렇게 하고 싶어질 테니까요."라고 말하거나, 누군가가 남의 흉내를 내면 서 재미있어하면 "흉내 낼 때 가장 우스운 점은 당신이 그 흉 내 내는 사람과 닮았다는 거예요."**라고 말했다. 이 모든 것 은 그녀가 받은 사회적 자산에서 꺼낸 것들이었다. 그런데 알 베르틴의 환경은, 바로 우리 아버지가 아직 사귀지는 못했지 만 사람들이 지성이 뛰어난 분이라고 칭찬하는 말을 들은 어 떤 동료에 대해 "아주 훌륭한 분인가 보더라."라고 말할 때 의 미하는 '훌륭한' 점은 갖추지 못한 것 같았다. 그녀가 골프장 에 대해 사용하는 '선택'이란 단어도 시모네 가문과는 어울리 지 않는 듯했는데, 이는 다윈의 연구보다 몇 세기 앞선 텍스트 에서 선택을 '자연'이란 수식어와 함께 쓰면 어울리지 않는 것 과 마찬가지였다.*** '시간의 경과'란 표현은 그래도 괜찮은 징

---

* 원문에는 프랑스의 옛 길이 단위인 '피에(pied)'로 적혀 있으며 영어의 피트에 해당한다. 약 0.3248미터이다.

** 작품 뒷부분에 가면 동일한 구절이 조금 더 교양 있는 게르망트네 사람들로 부터 나오는 것을 보게 된다.(250쪽 참조.)

*** '선택(sélection)'이란 단어는 다윈이 1859년 『자연 선택에 의한 종의 기원 에 관해(On the Origin of Species by Means of Natural Selection)』를 발표한 이 후에야 프랑스인에게 친숙해진 단어로서, 우리말로 '자연 선택'은 자연 도태로 더 많이 알려져 있다.

조로 보였다. 끝으로 내게는 낯설지만 희망을 가지도록 부추긴 급격한 변화의 증거는, 알베르틴의 말에서 자기 의견이 그렇게 무시당할 만한 것이 아니라고 주장하는 사람의 만족감이 느껴졌다는 것이다.

"'내 관점에서는' 그게 최선의 방법인 것 같아요. 가장 나은 해결책이며 가장 멋진 해결책이라고 생각해요."

그렇게도 명백한 새로운 암시가 예전에는 그녀에게 미지로 남아 있던 지대에 대한 변덕스러운 탐색을 짐작케 했으므로, 그녀가 '내 관점에서는'이라고 말하자 나는 그녀를 끌어당겼고, '생각해요'라고 말했을 때는 침대에 앉혔다.

그다지 교양을 갖추지 못한 여인들이 지극히 박학한 남자와 결혼해서 남편이 가져오는 지참금의 일부로 이런저런 표현법을 받는 경우가 있다. 결혼 첫날밤의 변신이 이루어지고 나서 얼마 지나지 않아 그들은 옛 친구들과 거리를 두면서 인사 방문을 시작하는데, 그때 사람들은 그들이 어떤 사람에 대해 지적이라고 평하며 '인텔리전트(intelligent)'란 단어에서 두 l자의 발음을 강조하는 걸 보고 놀라 드디어 여인이 됐구나 하며 주목한다. 하지만 이는 그들이 변했다는 표시로, 내게는 알베르틴이 사용하는 새로운 어휘와 내가 알았던 어휘 사이에 커다란 차이가 있는 것처럼 보였다. 내가 예전에 들었던 알베르틴의 가장 대담한 표현은 어떤 괴상한 사람을 보면 "조금은 특별한 타입이야."라고 하거나, 알베르틴에게 같이 게임을 하자고 제안하면 "난 잃을 돈이 없어." 또는 이런저런 친구가 부당한 비난을 하면 "아! 정말 넌 대단한 애야!" 같은 것이었다. '마니피카트'*만큼이나 오래된 부르주아 전통이 이런 경우에 구술한 표현들로서, 조금 화가 난 소녀가 '아주 자연스럽게', 다시 말해 기도문이나 인사말처럼 어머니로부터 직접 배웠으므로 사용할 권리가 있다고 확신하는 말들이었다. 그녀는 이 모든 표현들을 유대인에 대한 증오심과 마찬가지로, 어느 경우에나 잘 어울리는 품위 있는 빛깔인 검정색에 대한 존경심과 더불어 봉탕 부인에게서 배웠는데, 부인이 정확한 지시를 내린 적이 없음에도, 마치 지금 막 태어난 방울새가 어미 방울새의 지저귐을 흉내 내며 진짜 방울새가 되어 가듯 그렇게 배웠다. 어쨌든 '선택'이란 이 단어는 어울리지 않는 것처럼 보였고, '생각해요'란 말은 내게 용기를 주는 것 같았다. 알베르틴은 더 이상 같은 사람이 아니었으므로, 어쩌면 이전처럼 행동하거나 반응하지 않을지도 몰랐다.

이제 나는 그녀를 사랑하지 않았을 뿐만 아니라, 더 이상 존재하지도 않는 우정을 깨뜨릴까 봐 발베크에서처럼 두려워할 필요도 없었다. 오래전부터 내가 그녀의 관심을 받는 존재가 아니었다는 것만큼은 의심할 수 없는 사실이었다. 그녀를 보며 나는, 내가 처음에는 그토록 그들의 '작은 그룹' 속에 들어가고 싶어 했고, 다음에는 그들 일원이 되는 데 성공해서 그토록 행복했지만, 그들 그룹에는 속하지 않는다는 걸 깨달았다. 그녀 또한 발베크에서처럼 솔직하고 착한 모습이 아니었으므

---

* 흔히 성모 마리아 찬가로 알려진 '마니피카트(Magnificat)'는 '우러러 받들다'라는 의미의 라틴어이다. 「루카 복음」 1장 46~55절에 성모 마리아가 하느님께 찬송하는 노래가 나오는데 바로 그 첫 번째 단어가 '마니피카트'이다.

로 그녀에 대해서도 별로 양심의 가책을 느끼지 않았다. 하지만 내가 결심을 굳힌 것은, 그녀가 최근에 사용하는 언어를 발견하면서부터였다. 나의 은밀한 욕망을 숨기면서 말의 외적 사슬에 새 고리를 계속 이어 가다가 나는 알베르틴을 침대 한 구석에 붙들어 놓았고 작은 그룹의 소녀들 가운데 그녀보다 가냘프지만 그래도 꽤 예쁘다고 생각되던 소녀 얘기를 꺼냈다. 그러자 알베르틴은 "그래요. 개는 작은 '무스메(mousmé)'* 같아요."라고 대답했다. 내가 처음 만났을 때만 해도 그녀는 분명 '무스메'란 단어를 알지 못했다. 만약 모든 일이 정상적으로 진행되었다면, 그녀는 아마도 이 단어를 배우지 못했을 테고, 나 역시 그녀가 그 말을 배우지 않은 데 대해 전혀 불편함을 느끼지 않았을 것이다. 무스메만큼 소름이 돋는 말도 없었으니까. 이 말을 들으면 마치 누가 입안에 커다란 얼음 덩어리를 넣은 듯 이가 아프다. 하지만 알베르틴처럼 아름다운 소녀가 발음하자 무스메란 단어도 그렇게 불쾌하게 들리지만은 않았다. 오히려 그 말은 외적인 깨우침이 아니라면, 적어도 그녀의 어떤 내적인 발전을 보여 주는 듯했다. 불행하게도 그녀

---

* 이 일본어를 프랑스에 처음 들여온 사람은 이국 취향의 작가 피에르 로티(Pierre Loti, 1850~1923)인 것처럼 보인다. 그는 『국화 부인』(1887)에서 "무스메는 소녀 또는 젊은 여자를 가리키는 말로 가장 멋진 일본어 중 하나이다. 이 단어에는 '뾰로통한(moue, 소녀들이 자주 그렇듯이 상냥하면서도 재미있는)'이란 의미와 특히 '쨍긋한(frimousse, 소녀들의 얼굴처럼 쨍긋하게 찌푸린)'이란 의미가 담겨 있다. 나는 이와 유사한 프랑스어 표현을 알지 못하므로 앞으로 자주 이 단어를 쓰고자 한다."라고 말했다.(『게르망트』, 폴리오, 707쪽에서 재인용.) 속어로 정부나 쉬운 여자라는 의미도 있다.

는 저녁 식사에 맞춰 돌아가야 했고, 나 역시 식사에 늦지 않게 일어서려면 그녀에게 작별 인사를 해야 했다. 식사 준비를 하는 프랑수아즈는 우리가 식사에 늦는 걸 싫어했고, 또 알베르틴이 부모님이 안 계신 동안 이렇게 늦게까지 남아 모든 걸 지체시키는 방문을 한 것이 자신의 법전 조항에 위배된다고 생각했을 것이다. 그러나 '무스메'라는 말 앞에서 이런 이유들은 모두 사라져 버렸고, 나는 서둘러 말했다.

"내가 간지럼을 조금도 안 타는 거 알아요? 당신이 한 시간을 태워도 난 전혀 느끼지 못할걸요."

"정말요?"

"약속해요."

그녀는 아마도 이 말이 욕망의 서툰 표현임을 이해했을 것이다. 당신이 감히 부탁도 못하는 추천장을, 하지만 당신이 한 말로 미루어 당신에게 유익할 거라고 생각하고 누군가가 제공하듯이.

"시험해 볼까요?"하고 그녀는 공손한 여인처럼 말했다.

"원한다면요. 하지만 그러려면 당신이 내 침대에 완전히 드러눕는 게 더 편할 거예요."

"이렇게요?"

"아뇨, 더 깊숙이요."

"하지만 제가 너무 무겁지 않나요?"

알베르틴이 이 말을 끝내자 문이 열렸고, 프랑수아즈가 등잔을 들고 들어왔다. 알베르틴에겐 의자에 다시 앉을 틈밖에 없었다. 어쩌면 프랑수아즈가 문밖에서 엿듣다가, 또는 열쇠구멍으로 엿보기까지 하다가, 우리를 꼼짝 못하게 하려고 바로 이 순간을 택한 걸 수도 있었다. 그러나 나는 그런 가정을 할 필요가 없었다. 그녀는 본능적으로 충분히 냄새 맡을 수 있는 일을 눈으로 확인하는 것 따위는 무시했으니, 왜냐하면 나와 우리 부모님과 함께 살다 보니 그녀는 두려움이나 신중함과 주의력과 계략으로, 마침내 우리 가족에 대해 거의 점쟁이 같은 본능적인 지식을, 마치 뱃사람이 바다에 대해, 사냥꾼이 사냥감에 대해, 의사가, 아니면 적어도 더 흔히는 환자가 병에 대해 아는 만큼의 지식을 구비하게 되었기 때문이다. 프랑수아즈가 취득한 지식은, 고대인들이 어떤 정보 수집 수단이 없는데도 몇몇 분야에서 상당히 수준 높은 지식을 보유했던 것과 마찬가지로, 당연히 우릴 놀라게 했다.(프랑수아즈의 정보 수단은 그리 많지 않았는데, 식사 때 우리 식구가 하는 잡담의 20분의 1도 안 되는 몇 마디 말을 집사가 순간 재빨리 포착해서 부정확하게 주방에 전달한 것들이었다.) 또한 프랑수아즈의 오류는 물질적인 정보 부족에 연유한다기보다는, 고대인들의 오류나 플라톤이 믿었던 전설*처럼 그릇된 세계관이나 선입견에서 연유했다. 이렇게 해서 오늘날에도 곤충의 행태에 관한 가장 위대한 발견은 실험실이나 실험 도구 하나 갖추지 못한 학자에 의해 만들어졌다.** 그러나 하인이라는 신분의 불리한 점도, 자신이 발견한 결과로 우릴 꼼짝 못하게 만드는 기술에 필수적

---

* 플라톤이 『향연』에서 말하는 남녀 양성 겸유자나 동성애 이론을 암시하는 것처럼 보인다고 지적된다.(『게르망트』, 폴리오, 707쪽 참조.)
** 초고에는 파브르의 이름이 기재되었다.(『게르망트』, 폴리오, 707쪽 참조.)

인 지식의 취득이라는 궁극적인 목적을 막지 못했으며, 오히려 그런 제약은 더욱 효과를 발휘했다. 거기서 장애물은 그녀의 열광을 마비시키지 않는 데 그치지 않고 강력한 도움이 되었다. 확실히 프랑수아즈는 이를테면 발성법이나 태도와 같은 조력자를 하나도 소홀히 하지 않았다. 그녀는(우리가 그녀에게 한 말이나 그녀가 믿어 주기를 바라면서 한 말은 아무것도 믿지 않았다.) 자기와 신분이 같은 사람이 하는 얘기라면 아무리 터무니없고 우리 견해를 거스르는 얘기라 할지라도 전혀 의심하지 않고 받아들였으므로 우리 주장을 듣는 그녀의 태도는 그만큼 강한 불신을 드러냈는데, 자기 주인을 협박하며 모든 사람 앞에서 '쓰레기 같은 자식'이라고 비방해서 많은 이득을 보았다는 어느 요리사 얘기를 전할 때의 어조를 들으면(그녀는 간접 화법으로 얘기했으므로 아무리 지독한 욕을 해도 처벌받지 않았다.) 그녀가 그 얘기를 복음서의 말씀처럼 받아들이고 있다는 걸 알 수 있었다. 프랑수아즈는 "내가 만약 주인이라면 기분 나빴을 거예요."라는 말을 덧붙이기까지 했다. 우리는 오 층에 사는 그 부인에게 원래 호감이 없었지만, 그래도 사실임 직하지 않은 우화를 들을 때처럼 그토록 좋지 못한 사례를 보여 주는 얘기를 듣고는 어깨를 으쓱했으나 헛된 일이었다. 그 말을 하는 화자의 어조가 이론의 여지 없이 지극히 성가신 단언을 하듯 퉁명스럽고 단호한 말투를 취할 줄 알았기 때문이다.

그러나 특히, 마치 작가나 군주가 시학(詩學)의 속박 또는 운율법이나 국가 종교의 엄격함에 묶이면 정치적 자유나 문학적인 무질서의 체제 아래에서는 갖지 못했던 집중력에 흔히 이르게 되는 것처럼, 프랑수아즈는 자신이 명료한 어조로 대답하지 못할 때면 테이레시아스처럼 말했고, 또 글을 쓴다면 타키투스처럼 썼을 것이다.* 그녀는 자신이 직접 표현할 수 없는 것은 모두, 우리가 스스로를 자책하지 않고는 비난할 수 없는 문장이나, 문장보다는 더 자주 침묵 속에, 또 물건을 놓는 방식에 담을 줄 알았다.

그리하여 내가 부주의하게도 많은 편지들 가운데 프랑수아즈가 보면 거북해할 편지를, 이를테면 프랑수아즈를 비방하는 내용이어서 보내는 사람이나 받는 사람에게서 동일한 감정을 짐작케 하는 편지를 책상 위에 놓고 나갔다가 저녁에 걱정이 되어 집에 돌아오자마자 곧바로 내 방에 가 보면, 순서대로 잘 정리된 편지 더미 위에 그 위험한 편지가 프랑수아즈의 눈에 띄지 않을 수 없을 정도로 먼저 눈에 띄었는데, 프랑수아즈의 손에 의해 맨 위에 거의 별도로 놓인 이 편지는 분명히 어떤 언어이자 웅변인 양, 내가 문을 열자마자 절규처럼 나를 소스라치게 했다. 프랑수아즈가 잠시 후 등장할 때면, 그 자리에 없을 때에도 자기는 모든 걸 다 안다는 걸 구경꾼이 알아차릴 수 있도록 뛰어난 무대 연출 솜씨를 발휘했다. 생명 없는 물건을 말하게 하는 데 있어, 그녀에겐 어빙이나 프레데리크 르메트르 같은 기술, 동시에 천재적이고 인내심 있는 기술

---

* 테이레시아스(Teiresias)는 그리스 신화에 나오는 장님 예언자로 그리스 비극에 자주 등장하는 인물이다. 타키투스(Tacitus, 56~117년경)는 로마의 역사가이자 재무관으로 『역사』와 『게르마니아』, 『연대기』를 저술했다.

이 있었다.* 그 순간 알베르틴과 내 위로 불 켜진 등잔을 쳐들면서, 젊은 여자의 몸이 침대 덮개에 움푹 들어가게 한 아직도 선명한 자국을 어느 하나 놓치지 않고 비추는 프랑수아즈의 모습은, 마치 '죄악을 비추는 정의의 여신'** 같았다. 알베르틴의 얼굴은 이런 조명에도 전혀 손상되지 않았다. 발베크에서 나를 매혹했던 햇빛의 광택이 그녀의 뺨 위로 드러났다. 밖에서는 이따금 얼굴 전체에 푸르스름한 창백함을 띠던 알베르틴의 얼굴은, 이제 반대로 등잔불에 비치면서 그토록 반짝이고 고르게 물들며 탄력 있는 매끄러운 표면이 되어, 몇몇 꽃들의 한결같은 살빛에 견줄 만했다. 그렇지만 프랑수아즈의 느닷없는 등장에 놀란 나는 소리를 질렀다.

"벌써 등잔불이라니? 불빛이 너무 강하잖아!"

나의 목적은 당연히 두 번째 말로는 혼란을 숨기고, 첫 번째 말로는 내가 늦었음을 변명하는 데 있었다. 프랑수아즈는 잔인하면서도 모호한 말로 대답했다.

"불을 '끌까요'?"

---

* 헨리 어빙(Henry Irving, 1838~1905)은 셰익스피어 연기로 유명한 영국 배우이며 프레드릭 르메트르(Frédrick Lemaître, 1800~1876)는 낭만주의 연극으로 유명한 프랑스 배우이다.

** 피에르폴 프뤼동(Pierre-Paul Prud'hon, 1758~1823)의 우의화인 「죄악을 뒤쫓는 정의의 여신과 복수의 여신」(1808)을 암시하는 듯 보인다. 프뤼동의 대표작인 이 그림은 파리 최고 재판소의 중죄 재판정을 장식하기 위해 주문된 작품으로, 검과 저울을 든 정의의 여신 옆에 날개 달린 복수의 여신이 손에 횃불을 든 모습으로 그려져 있다. 프루스트는 프뤼동의 그림 제목에서 '뒤쫓는(poursuivant)'을 '비추는(éclairant)'이란 말로 바꾸었다.(『게르망트』, 폴리오, 707쪽 주석 참조.)

"'끝까요'가 맞지 않나요?"* 하고 알베르틴이 내 귀에 속삭였는데, 나는 그 친숙한 발랄함에 매료되었다. 그녀는 동시에 나를 스승이자 공범으로 간주하면서, 문법 질문을 하는 의문문의 억양에 심리적인 긍정을 넌지시 불어넣었다.

프랑수아즈가 방에서 나가고 알베르틴이 다시 침대에 앉았다.

"내가 두려운 게 뭔지 알아요?" 하고 나는 그녀에게 물었다. "이렇게 계속하다간 당신에게 키스할 수밖에 없을까 봐 두려워요."

"뭐 그까짓 걸 가지고."

나는 이 초대에 바로 응하지 않았다. 다른 사람이라면 그런 초대가 불필요하다고 생각했으리라. 알베르틴의 발음이 너무나 관능적이고 감미로워서 말소리만 들어도 키스를 하는 것 같았기 때문이다. 그녀의 말 한 마디 한 마디가 은총이었으며, 그녀와의 대화는 상대방을 온통 입맞춤으로 뒤덮었다. 그렇지만 나에게 이 초대는 무척 상쾌했다. 그녀 또래의 다른 아름다운 여자가 그런 초대를 했어도, 나는 마찬가지로 상쾌하게 느꼈을 것이다. 그러나 알베르틴이 지금처럼 쉬운 여자가 됐다는 사실은 내게 기쁨 이상의 것을 주었고, 아름다움으로 각인된 여러 다른 이미지들을 대조하게 했다. 나는 우선 해변에서 거의 바다를 배경으로 그려진 알베르틴을 떠올렸는데, 정

---

* 프랑수아즈의 말실수이다. '불을 끄다(éteindre)'라는 동사의 접속법 형태인 éteigne라고 말하지 않고 직설법 현재 시제의 어간을 그대로 살려 éteinde라고 말하고 있다.

말로 곧 무대에 나타날 여배우인지, 아니면 그 순간 그녀를 대신하는 단역 배우인지, 또는 단순한 빛의 투사인지조차 알 수 없는 그런 연극적 환영만큼이나 현실적인 존재감이 없어 보였다. 그러다 실제 여인이 그 빛의 다발로부터 벗어나 내게로 다가왔는데, 그러나 마술적 그림에서 그녀가 가졌으리라고 가정했던 그런 사랑의 가능성을 현실 세계에서는 전혀 가지고 있지 않음을 주지시켰다. 그녀와는 단지 얘기만 할 수 있을 뿐, 만지고 껴안는 일은 불가능하며, 마치 옛 그림에서 먹을 수 없는 장식품인 비취로 만든 포도가 진짜 포도가 아닌 것처럼 내게 있어 그녀는 여자가 아님을 나는 깨달았다. 그러다 세 번째 단계에 이르러 그녀에 대한 내 두 번째 인식에서와 마찬가지로 그녀가 실제로 나타났으며, 더욱이 첫 번째 인식에서처럼 쉬운 여자로 나타났다. 그녀는 쉬운 여자였지만 내가 오랫동안 쉬운 여자라고 믿지 않았던 만큼 더 감미로웠다. 삶에 대한 지나친 지식은(내가 처음 상상했던 것보다 한결같지도 단순하지도 않은 삶에 대한 지식은) 잠정적으로나마 나를 불가지론(不可知論)으로 이끌었다. 처음에 믿었던 것은 가짜이며 세 번째 것이 진짜로 드러나는 현실 앞에서 나는 과연 무엇을 단언할 수 있단 말인가?(그리고 슬프게도 나는 아직 알베르틴을 완전히 발견하지 못한 상태였다.) 어쨌든 우리 삶을 통해 점차적으로 풍요로운 점들이 드러나는 이런 가르침 안에 비록 소설적 매력이(리브벨에서 저녁 식사를 하는 동안 평온한 얼굴에 씌운 삶의 가면들 아래로, 생루의 입술이 예전에 스쳐 갔던 얼굴들을 알아보면서 느끼는 매력과는 반대되는 매력인) 없다 해도, 알베르틴의 뺨에 키스할 수 있음을 아는 자체가 내게는 실제로 키스하는 기쁨보다 더 큰 기쁨을 안겨 주었다. 한낱 살덩어리에 지나지 않는, 단지 우리 몸만이 가닿는 여인을 소유하는 일과, 어느 날 바닷가에서 친구들과 함께 있는 걸 보고 왜 다른 날이 아니고 그날인지 까닭조차 몰라 다시는 보지 못하게 될까 봐 몸을 떨었던 소녀를 소유하는 일 사이에는 얼마나 큰 차이가 있는 것일까? 삶은 친절하게도 이 소녀에 대한 소설을 빠짐없이 드러냈으며, 그녀를 보기 위해 당신에게 하나의 광학 기구*를, 다음에는 다른 기구를 빌려주었으며, 또 육체적 욕망에 그 욕망을 백배나 크게 하고 다양하게 만드는 보다 정신적인, 그러나 덜 쉽게 충족되는 욕망의 반주곡을 덧붙였다. 이런 정신적 욕망은 육체적 욕망이 오로지 살덩어리만 붙잡으려 할 때는 마비되어 빠져나오지 못한 채 그냥 육체적 욕망이 하는 대로 내버려 두지만, 자신이 추방되어 향수를 느끼는 온갖 추억의 지대를 소유하길 원할 때면, 육체적 욕망 옆에서 폭풍우처럼 솟아올라 그 욕망을 커지게 하고, 자신이 추구하는 형태로는 비물질적 현실을 구현하거나 동화할 수 없지만 노상에서 기다리며 추억이 돌아오는 순간 다시 한 번 그 욕망을 동반한다. 첫 번째로 다가온 이의 뺨이 아무리 싱그럽다 할지라도, 이름도 비밀도 매력도 없는 뺨에 키스하는 대신 내가 오랫동안 꿈

---

* 물체를 비추거나 잘 보이게 하는 데 사용되는 기구로 현미경이나 환등기, 망원경, 사진기, 프리즘 등이 있다. 프루스트는 이런 광학 기구 중 환등기(프로젝터의 전신)에 특권적 자리를 부여하며, 만화경과 입체경과 현미경과 망원경에 대해 언급한다.

꾸어 온 뺨에 키스한다는 것은 그토록 자주 응시하던 색깔의 맛과 향기를 알기 위함일지도 모른다. 마치 알베르틴이 바다를 배경으로 펼쳐지듯, 우리가 삶을 배경으로 단순한 이미지에 지나지 않는 한 여인을 만난다면, 다음으로 우리는 이 이미지를 그 배경에서 분리하여 곁에 두고 조금씩 그 부피와 색깔을 마치 현미경 렌즈에 놓고 보듯 바라볼 수 있다. 바로 그런 이유로 조금은 까다롭고 금방 소유할 수 없는 여인, 우리가 과연 소유할 수 있을지 없을지조차도 결코 알 수 없는 여인만이 유일하게 우리의 관심을 끄는 것이다. 왜냐하면 이런 여인을 알고 다가가고 정복하는 일은 바로 인간 이미지의 형태나 크기와 부조를 다양하게 만드는 일이며, 그녀가 삶을 배경으로 다시 가냘픈 실루엣으로 되돌아갈 때면, 한 번 더 만날 수 있으면 기쁘겠다는, 여인의 육체를 평가하는 데 있어 상대성의 교훈을 주기 때문이다. 포주 집에서 처음 알게 된 여인이 우리의 관심을 끌지 못하는 이유는 바로 그들이 변하지 않기 때문이다.

한편 알베르틴은 내게 특별히 소중한 일련의 바다 인상을 그녀 주위에 모두 묶어 놓았다. 나는 소녀의 두 볼에 입을 맞춤으로써 발베크의 바닷가 전부에 키스할 수 있을 것만 같았다.

"정말 내게 키스를 허락한다면 나중에 내가 택할 순간으로 미루고 싶어요. 단, 당신이 허락했다는 사실을 그때 가서 잊지 않도록 '키스 교환권'이 필요해요."

"서명해야 하나요?"

"하지만 내가 지금 곧 그 교환권을 사용한다면, 나중에 또 얻을 수 있을까요?"

"교환권이라니 재미있네요. 가끔씩 다시 만들어 주죠."

"한마디만 더 해 줘요. 저어 발베크에서 내가 아직 당신과 사귀지 않았을 때, 당신은 자주 냉담하고 교활한 눈길을 보였는데 그때 무슨 생각을 했는지 말해 줄 수 있어요?"

"아! 전혀 기억이 나지 않아요."

"저기, 내가 당신을 조금만 도와준다면, 당신 친구 지젤이 노신사가 앉은 의자 위를 발을 모아 뛰어넘던 날 말예요. 그때 무슨 생각을 했는지 잘 기억해 봐요."

"지젤은 우리와 제일 가깝지 않았던 친구예요. 우리 그룹에 속하긴 했지만, 완전히 속했던 것은 아니에요. 난 그 애가 교육을 잘못 받고 자란 평범한 애라고 생각했어요."

"아! 그뿐이에요?"

나는 키스하기에 앞서 우리가 사귀기 전 그녀가 바닷가에서 지녔다고 생각했던 신비로움으로 다시 그녀를 가득 채워 그녀 안에서 예전에 그녀가 살았던 고장을 되찾고 싶었다. 내가 알지 못하는 이런 신비로움 대신에, 나는 적어도 우리가 발베크에서 보낸 온갖 삶의 추억을, 내 창 밑에서 부서지던 파도 소리와 아이들의 고함 소리를 넌지시 밀어 넣을 수 있었다. 그러나 그녀의 동그랗고 아름다운 장밋빛 뺨 위로 내 시선을 미끄러뜨리면서, 부드럽게 구부러진 뺨의 표면이 아름다운 검은 머리칼의 첫 번째 주름 밑으로 사라지고, 머리칼이 구불구불한 산맥마냥 이어지다 가파른 봉우리를 쳐들며 굽이치는 골짜기의 기복을 빚는 모습을 보자, 나는 이렇게 말하지 않을 수 없었다. "발베크에서는 성공하지 못했지만 마침내 알베르틴의 두 뺨의 맛을, 그 미지의 장밋빛 맛을 이제 드디어 알게 되는구나. 우리가 사는 동안 사물이나 존재가 관통하는 동심원은 그리 많지 않으며, 내가 다른 모든 이들 중에서 택한 이 꽃핀 얼굴을 멀리 있는 틀로부터 나오게 하여 새로운 도면에 놓고 마침내 입술을 통해 얼굴의 인식에 도달한다면, 내 삶은 그것만으로도 어느 정도 충족되었다고 할 수 있지 않을까." 내가 이렇게 말한 것은 입술을 통한 인식이 존재한다고 믿었기 때문이다. 장밋빛 살갗의 맛을 알게 될 거라고 말한 것도 성게나 고래보다 확실히 덜 초보적인 피조물인 남자에게는, 하지만 가장 중요한 몇몇 기관이 부족하고, 특히 입맞춤에 유용한 기관은 하나도 없다는 걸 생각해 보지 못했기 때문이다. 이 부족한 기관을 남자는 '입술(lèvres)'로 보충하고, 그렇게 해서 사랑하는 이를 송곳니 같은 뿔로 애무할 수밖에 없는 데 비하면, 조금은 만족한 결과에 이를 수 있을지도 모른다.* 그러나 입술을 자극하는 맛을 입천장에 가져가기 위해 고안된 입술은 자신의 잘못이 무엇인지 이해하지 못하고 실망도 털어놓지 못한 채, 겉에서 빙빙 돌다가 욕망하지만 그 꿰뚫을 수 없는 뺨의 벽에 부딪친다. 게다가 그 순간 살에 닿거나, 또는 보다 전

---

* 크리스테바는 이 부분을, 여성의 성욕을 충족시키지 못하는 남성의 무력감을 표현한다고 설명했다. 남성에게도 여성처럼 '입술'이 있으나 그것은 단지 '뿔', 즉 남근에 집중하기 위한 보조적 수단에 불과하며, 이에 반해 여성의 성욕은 끝도 한계도 없이 분산된 다원적 욕망이라는 것이다.(J. Kristeva, *Le temps sensible*, Gallimard, 1994, 99쪽 참조.)

문적이며 재능이 있다고 가정하는 경우에도 입술은, 자연이 현재 포착하지 못하도록 막고 있는 맛을 아마도 더 많이 음미할 수 없을 것이다. 왜냐하면 입술이 양분을 발견하지 못하는 이 비참한 지대에는, 시선이나 후각이 오래전 입술을 방치한 탓에 입술만이 홀로 남았기 때문이다. 눈길로 먼저 입맞춤을 제안했던 뺨에 입술이 가까워지면서, 내 눈길은 다시 자리를 이동했는데, 그러자 새 뺨이 보였다. 아주 가까이에서 돋보기로 보는 듯한 목은 굵은 결을 보이면서 그 억센 모습이 얼굴의 특성마저 바꾸었다.

최근의 사진 기법을 제외하면 ─ 거의 탑 높이만큼이나 보이는 집들을 대성당 밑에 아주 가까이 눕히고 연대를 일렬로 또는 분산 대형*이나 밀집 대형으로 정렬하듯 동일한 건축물을 연속적으로 조정하거나, 조금 전만 해도 그토록 멀리 떨어져 있던 피아제타 광장**의 두 기둥은 붙이고 가까운 살루테*** 성당은 멀어지게 하며, 또 창백하고 흐릿해져 가는 배경 속의 거대한 지평선을 다리 아치 밑에, 창문의 트인 공간에, 전경에 위치한 나뭇잎들과 보다 강렬한 빛깔 사이에 고정하는 데 성공하면

---

* 전쟁을 할 때 부대원을 넓게 벌리도록 하는 대형으로, 산개 대형이라고도 한다.
** 베네치아의 두칼레 궁전과 마르시아나 도서관 사이에 있는 이 광장에는, 베네치아의 상징인 두 마리 사자와 성 테오도르 조각상이 새겨진 두 기둥이 세워져 있다. 19세기 코로의 그림으로 더욱 유명해졌다.
*** 베네치아에 있는 산타 마리아 델라 살루테 성당을 가리킨다. 이 성당은 베네치아 어느 곳에서도 보이는 거대한 돔으로 유명한데, 피아제타 광장에서 그리 멀지 않다.

서, 동일한 성당의 틀로 온갖 아케이드 기둥들을 차례로 갖다 넣는 — 우리가 한정된 모습으로 알고 있는 사물에 수백 개의 다른 모습을 솟아오르게 하는 것은, 제각각 적절한 원근법과 연관되는 입맞춤뿐이라고 나는 생각한다. 간단히 말해 발베크에서처럼 알베르틴은 내게 자주 다르게 보였는데, 지금 원근법의 변화와 한 인간을 다양한 모습으로 만나 우리에게 제공되는 빛깔의 변화를 엄청나게 가속화하면서 내가 한 인간의 개성을 다양하게 만드는 현상을 실험적으로 재창조하고 그 상자 안에 담긴 온갖 가능성을 하나하나 차례로 꺼내기 위해 그 만남 전부를 단지 몇 초라는 틈 안에 가두고 싶어 한다는 듯, 그녀의 뺨을 향한 내 입술의 짧은 여정에서 내가 본 것은 열 명의 알베르틴이었다. 이 유일한 소녀는 머리가 여러 개인 여신인 듯했으며, 내가 마지막으로 본 머리는 내가 가까이 다가가자 또 다른 머리에 자리를 내주었다. 적어도 내가 만지지 않는 한, 나는 그 머리를 볼 수 있었고 가벼운 향기가 머리에서 내게로 왔다. 하지만 슬프게도 — 우리 콧구멍이나 눈은 입술만큼이나 입맞춤하기에는 적절치 않게 놓였고 또 잘못 만들어졌다. — 갑자기 내 눈은 보기를 멈추었고, 그러자 이번에는 납작해진 코가 어떤 냄새도 맡지 못했으며, 그렇다고 욕망하던 장미꽃의 맛을 더 많이 느끼지도 못했는데, 나는 이 가증스러운 기호들 앞에서 내가 알베르틴의 뺨에 키스하고 있음을 깨달았다.

전에 그녀가 그처럼 엄격한 표정으로 내게 거절했던 것을 이제 이토록 쉽게 허락한 것은, 내가 누워 있고 그녀는 서 있어서 발베크와는 정반대되는 장면을 연출한 탓에(고체의 회전으로 나타나는) 갑작스러운 공격을 피할 수 있고 자기 마음대로 쾌락을 이끌어 갈 수 있다고 생각한 때문이었을까?(내 입술이 가까워짐에 따라 그녀의 이전 안색과 지금 그 얼굴이 짓는 관능적인 표현의 차이는, 아마도 지극히 미세한 선들의 편차에 불과하겠지만, 이런 편차는 부상자의 목숨을 끊으려는 자와 목숨을 구하려는 자의 동작, 또는 훌륭한 초상화와 형편없는 초상화 사이의 차이와도 같은 것이다.) 그녀의 태도가 이렇게 변한 것은 파리나 발베크에서 최근 몇 달 동안 나를 위해 무심코 도와준 은인 덕분이었는데도, 나는 그분에게 감사 인사를 해야 한다는 사실도 알지 못한 채, 우연히 놓인 자세의 위치가 이 변화의 주된 원인이라고 생각했다. 그렇지만 알베르틴은 또 다른 이유를 제시했다. "아! 그때 발베크에서는 내가 당신을 알지 못했고 그래서 당신이 나쁜 의도를 품었다고 믿었어요." 이런 이유는 나를 당혹스럽게 했다. 아마도 알베르틴은 진심에서 말했을 것이다. 여자는 남자 친구와 단둘이 있을 때면 낯선 사람이 계획적으로 자신을 범하려 한다고 생각하고 겁을 내지만, 팔다리의 움직임이나 그녀의 몸이 느끼는 감각 속에서 무의식적으로 성적 욕망을 느끼는 잘못은 좀처럼 인정하려 하지 않는다.

어쨌든 얼마 전부터 그녀의 삶에 일어난 변화가 어떠하든 간에(아마도 어쩌면 이 변화가, 발베크에서는 내 사랑을 끔찍이도 싫어해서 거절했지만, 이제는 일시적이고 순전히 육체적인 나의 욕망을 이토록 쉽게 허락한 사실을 설명해 줄 수 있을지 모르지만) 이날 저녁 자신의 애무가 내게 만족감을 주자마자 알베르틴에게는 더 놀라운 변화가 일어났다. 그녀는 내가 만족해한다는 사실을 틀림없이 알아차렸으며, 나는 이런 내 모습이, 질베르트가 샹젤리제의 월계수 숲 뒤에서 이와 유사한 순간에 느꼈던 혐오감과 모욕당한 듯한 수치심의 작은 움직임을 그녀에게 불러일으키지는 않았는지 두렵기까지 했다.

그런데 이와는 정반대되는 일이 벌어졌다. 그녀를 침대에 눕히고 애무하기 시작하자, 알베르틴은 지금까지 볼 수 없었던 지극히 온순하고 복종하는 듯한 거의 어린애 같은 순진한 표정을 지었다. 쾌락에 앞서는 순간이 이런 점에서는 죽음을 뒤잇는 순간과도 흡사한지, 이 순간은 그녀로부터 평소의 관심사나 잘난 체하는 태도를 지워 버리고, 그리하여 그녀의 얼굴을 죄 없는 유년 시절의 앳된 모습으로 되돌려 놓았다. 아마도 재능이 갑자기 작동하기 시작하면 누구나 겸손하고 열성적이고 매력적인 존재가 되는 모양이었다. 특히 그 존재가 이런 재능으로 우리에게 커다란 기쁨을 줄 줄 알고, 또 이 기쁨으로 그 자신도 행복해지고, 그래서 우리에게 보다 완벽한 기쁨을 주고 싶어 한다면 말이다. 하지만 알베르틴의 얼굴이 보여 주는 이 새로운 표정에는 전문가로서의 의식이나 초연함과 관대함 이상의 것이, 일종의 관례적인 급격한 애정이 담겨 있었다. 그녀는 이제 그녀 자신의 유년 시절이 아니라 자신이 속한 종(種)의 젊음으로 되돌아갔다. 오로지 육체적 욕망만을 진정시키기 원하고 그리하여 목적에 도달한 나와는 달리, 알베르틴의 입장에서는 순전히 물질적인 쾌락에 정신적 감정을 보태는 일 없이 뭔가를 끝내는 것이 조금은 거칠게 느껴지는 모양이었다. 조금 전에는 그렇게 서둘렀던 그녀가 지금은, 키스를 하려면 사랑의 감정을 느껴야 하고, 또 이런 사랑이 다른 어떤 의무보다 앞선다고 생각했는지, 내가 그녀의 저녁 식사 시간을 환기하는데도 이렇게 말했다.

"오! 그런 건 아무것도 아니에요. 시간은 아주 많아요."

그녀는 일을 막 끝낸 후에 자리에서 일어나는 게 예의상 불편했는지 어색해 보였다. 마치 프랑수아즈가 목이 마르지 않은데도 쥐피앵이 주는 포도주 잔을 예의 바른 태도로 기쁘게 받아 마셔야 한다고 생각하고는 그녀가 맡은 임무가 아무리 급해도 마지막 모금까지 다 마시고도 금방 떠나지 못했던 것처럼. 알베르틴은 — 그리고 어쩌면 이것은 나중에 알게 될 또 다른 이유와 더불어 나로 하여금 무의식적으로 그녀를 욕망하게 한 이유 중 하나인지도 모르지만 — 그 모델이 생탕드레데샹 성당에 돌로 새겨진 프랑스 시골 소녀의 화신이었다. 그렇지만 곧 그녀의 치명적인 원수가 될 프랑수아즈와 마찬가지로, 나는 알베르틴에게서 주인과 낯선 이에 대한 예의와 단정함, 침대 예절에 대한 존경심을 알아보았다. 레오니 아주머니가 돌아가신 후 비통한 어조로 말해야만 한다고 믿었던 프랑수아즈도 딸이 결혼하기 몇 달 전에 약혼자와 팔을 붙잡고 산책하지 않는다면 무척 노여워했을 것이다. 내 곁에서 꼼짝하지 않던 알베르틴이 말했다.

"참 고운 머리칼과 아름다운 눈이네요. 당신은 정말 다정해요."

나는 그녀에게 시간이 늦었음을 지적하고는 "내 말을 믿지 않아요?" 하고 덧붙였다. 그러자 그녀는 어쩌면 진실인 듯한 말을, 하지만 이 초 전부터, 또 앞으로 몇 시간 동안만 진실인 듯한 말을 했다.

"난 언제나 당신을 믿어요." 그녀는 나와 내 가족과 내 사회적 환경에 대해 말했다. 그녀는 "아! 나는 당신 부모님이 아주 훌륭한 분들과 사귄다는 걸 잘 알아요. 당신은 로베르 포레스티에와 쉬잔 들라주와 친구죠."라고 말했다. 처음 들었을 때 이 이름들은 내게 아무 의미도 없었다. 그러다 단번에 로베르 포레스티에와 샹젤리제에서 같이 놀던 일이 기억났는데, 그 후에는 한 번도 그를 본 적이 없었다. 쉬잔 들라주로 말하자면 블랑데 부인 조카의 딸로, 그녀 부모의 집에서 열린 댄스 연습에 한 번 간 적이 있으며, 또 아마추어 연극에서 작은 역을 맡은 적도 있었다. 그러나 폭소가, 또 코피가 터질까 두려워 그 후에는 한 번도 그녀를 다시 보지 못했다. 기껏해야 전에 깃털 달린 모자를 쓴 스완네 여자 가정 교사가 그녀의 부모 집에서 일했다고 들은 것 같지만, 그것도 실은 가정 교사의 여동생인지 아니면 친구인지 잘 기억나지 않았다. 난 로베르 포레스티에와 쉬잔 들라주가 내 삶에서 차지하는 자리가 아주 작다고 알베르틴에게 대답했다. "그럴지도 모르죠. 하지만 어머님들께서 서로 친하고 나는 그걸로 당신을 어느 위치에 두어야 할지 안답니다. 메신 거리에서 쉬잔 들라주와 자주 마주치는데 아주 우아한 여자예요." 우리 어머니들은 봉탕 부인의 상상 속에서만 서로 알고 지내는 사이였고, 봉탕 부인은 전에 내가 로베르 포레스티에와 같이 논 적이 있으며, 그에게 자주 시를 낭송해 줬다는 말을 들은 적이 있다고 생각하여, 우리가 집 안의 교제로도 맺어진 사이라는 결론을 내렸던 것이다. 때문에 봉탕 부인은 우리 엄마의 이름이 나오기만 하면 지치지 않고 "그래요. 그분은 들라주와 포레스티에네와 같은 사람들이에요, 등등."이라고 말하면서 내 부모님께 정도 이상의 높은 점수를 부여했다.

게다가 알베르틴의 사회적 관념은 무척이나 비합리적이었는데, 그녀는 n자가 둘 붙은 시모네(Simonnet) 가문이 n자가 하나 붙은 시모네(Simonet)보다 열등하며, 뿐만 아니라 여타의 사람들보다 더 열등하다고 생각했다.* 어떤 사람이 당신과 같은 집안이 아닌데도 이름은 같다면, 그것만으로도 그 사람을 무시할 이유는 충분하다는 것이다. 물론 예외도 있다. 두 시모네(이를테면 무슨 이야기라도 해야 할 필요를 느끼는, 조금은 낙천적인 기분이 드는 그런 모임에 참석했을 때, 예를 들면 묘지에 가는 장례 행렬 같은 따위의)가 서로 이름이 같음을 알고 호감을 느끼며, 조금이라도 혈연관계가 있는지 따져 보지만 아무 성과도 없는 경우가 있다. 그러나 이것은 예외에 지나지 않는다. 대다수 사람들은 존경할 만한 사람이 못 되지만 우리는 그런 사실을 알지 못하거나, 혹은 개의치 않는다. 그러나 동명이인이라는 사실 탓에 편지가 우리에게 잘못 배달되거나, 또는 거꾸로 우리 편지가 잘못 가거나 하면, 우리는 이 동명이인의

---

* n자가 두 개 붙은 시모네(Simonnet)는 시몽(Simon)의 애칭으로 프랑스에서는 흔한 이름이다. n자가 하나 붙은 시모네는 드물긴 하지만 전자와 별 차이가 없다. 그런데도 알베르틴은 거기에 커다란 의미를 부여하고 있는 것이다.

가치를 경계하기 시작하는데, 이 경계는 종종 정당화된다. 우리는 이런 동명이인과의 혼동을 두려워하며,.그래서 이런 혼동을 막기 위해 누군가가 그들의 얘기를 하면 역겹다는 듯 얼굴을 찌푸린다. 신문에서 그들이 우리 이름을 쓰는 걸 읽을 때면, 마치 그들에게 이름을 찬탈당한 듯한 느낌도 받는다. 우리는 사회 조직의 다른 일원들이 저지르는 범죄에 대해서는 무관심하다. 그러나 동명이인에게는 더 무거운 죄를 씌운다. 다른 시모네 가문에 대한 우리의 증오는 그것이 개인적인 감정이 아니라 유전적으로 전해지는 감정인 만큼 더욱 강력하다. 두 세대가 흐르고 나면, 우리는 조부모가 다른 시모네에게 짓던 모욕적인 찡그린 얼굴만을 기억할 뿐 그 까닭은 알지 못한다. 그래서 누군가 그 일이 살인과 같은 동기로 시작되었다고 말해도 놀라지 않는다. 이런 상황은 자주 있는 일로, 마침내 전혀 친척 관계가 아닌, 한 시모네 여자와 한 시모네 남자가 결혼하면서 막을 내릴 때까지 계속된다.

알베르틴은 로베르 포레스티에와 쉬잔 들라주 얘기뿐 아니라, 우리의 육체적인 접근이 적어도 우리의 관계 초기에, 또 동일한 존재에게 특별한 배신과 비밀을 낳기에 앞서 자발적으로 속내를 털어놓는 게 의무라고 생각했던지, 발베크에서는 단 한마디 꺼내는 것도 거절했던 자신의 가족과 앙드레의 한 아저씨에 대해 얘기했다. 하지만 내 눈엔 그녀가 아직도 비밀을 가지고 있는 것으로 보인다고는 생각하지 않는 것 같았다. 지금 그녀는 가장 친한 친구가 내 욕을 해도 즉시 그 욕을 전해 주는 걸 자신의 의무로 삼았을 것이다. 나는 그녀가 돌아가야 한다고 고집했고 그녀 역시 그렇게 했지만, 내 무례한 행동이 상당히 거북했던지 내게 용서를 빈다는 듯 웃음을 터뜨렸는데, 마치 여주인이 재킷 차림으로 방문한 당신을 받아 주기는 하지만 그 사실에 완전히 무관심하지 않음을 표현하는 것 같았다.

"뭣 때문에 웃는 거죠?" 하고 내가 말했다.

"웃는 게 아니에요. 당신에게 미소 짓는 거죠." 하고 그녀는 다정하게 대답했다. "언제 다시 만나죠?" 하고 그녀는, 보통은 우정이 사랑으로 성취된 것으로 간주되는 우리 사이에 지금 막 벌어진 일을, 적어도 커다란 우정의 서곡으로, 이전부터 존재하는 그리하여 우리가 서로를 발견하고 고백해야 하는, 또 그것만이 우리가 지금 막 전념했던 것을 설명해 줄 수 있는 그런 우정의 서곡으로 여기지 않는다는 듯 덧붙였다.

"당신이 허락했으니, 내가 가능할 때 당신을 찾으러 사람을 보낼게요."

나는 차마 그녀에게 스테르마리아 부인을 만날 가능성을 다른 무엇보다도 우선시하고 싶다는 말은 하지 못했다.

"아! 미안하지만 그 일은 불시에 이루어질 거예요. 결코 미리 알지는 못하니까요. 시간이 날 때 저녁에 당신을 찾으러 사람을 보내도 될까요?" 하고 내가 말했다.

"곧 그래도 될 거예요. 난 아주머니 집에서 별도의 출입문을 쓰게 될 테니까요. 하지만 지금은 아니에요. 어쨌든 내일이나 모레 오후에 한번 들러 볼게요. 당신 시간이 될 때 보면 돼요."

방문 앞에 도착해서 내가 자기보다 먼저 키스하지 않자 놀란 그녀가 이제는 키스를 위해서는 어떤 속된 육체적 욕망도 필요하지 않다는 듯 내게 뺨을 내밀었다. 우리가 조금 전에 가졌던 짧은 관계가, 절대적인 내밀함과 가슴의 선택에서 우러나온 것이므로, 알베르틴은 침대에서 나눈 우리의 입맞춤에, 마치 고딕 시대 음유 시인의 노래에서 기사와 기사의 귀부인에게 키스가 상징하는 감정을 즉흥적으로 잠시나마 덧붙이는 게 자신의 의무라고 느꼈던 모양이다.

생탕드레데샹 조각가가 성당 정문에 새겼을 법한 피카르디* 아가씨가 내 방에서 나갔을 때, 프랑수아즈가 나를 기쁨으로 가득 채워 주는 편지 한 통을 가져왔다. 그것은 스테르마리아 부인이 보낸 편지로, 수요일 저녁 식사 초대를 승낙한다는 내용이었다. 스테르마리아 부인, 다시 말하면 현실의 스테르마리아 부인이라기보다는 알베르틴이 도착하기 전 하루 종일 생각했던 여인으로부터 온 편지였다. 사랑의 끔찍한 속임수는 외부 세계의 여인이 아니라, 우리 머릿속에 있는 내적인 인형과 놀이를 시작한다는 점이다. 이 인형은 우리가 마음대로 조종하고 소유할 단 한 사람의 여인으로, 상상력과 마찬가지로 거의 절대적인 추억의 자의성이, 마치 현실의 발베크가 내 몽상 속의 발베크와 달랐듯이 현실의 여인과 다르게 만든 것일 수 있다. 이 인공적인 창조물을 우리는 고통 때문에 조금씩 현실의 여인과 닮도록 강요한다.

---

* 프랑스 북쪽 지방으로 앤과 우아즈와 솜의 세 주를 포함하며, 중심 도시는 아미앵이다.

알베르틴 탓에 얼마나 늦어졌는지, 내가 빌파리지 부인 댁에 도착했을 때는 연극이 막 끝나 있었다. 게르망트 공작과 공작 부인이 이미 별거를 시작했다는 엄청난 소식에 이런저런 평을 하면서 빠져나오는 물결과 반대 방향에서 부딪치고 싶지 않았던 나는 여주인에게 인사할 수 있기만을 기다리면서 두 번째 살롱의 빈 안락의자에 앉아 있었다. 그때, 아마도 첫 번째 살롱의 첫 줄에 앉아 있었던지, 커다란 검정 양귀비꽃 다발이 도드라지는 긴 노란 공단 드레스를 입은 공작 부인이 큰 키에 풍만하고 위엄 있는 자태로 갑자기 나타났다. 부인의 모습을 보고도 내 마음은 더 이상 흔들리지 않았다. 어느 날 어머니는 내 이마에 손을 대고(내 마음을 아프게 할까 봐 걱정하던 어머니가 늘 하던 습관대로) "게르망트 부인을 보려고 외출하는 일은 이제 그만두어라. 너는 집안의 웃음거리가 되고 있어. 게다가 할머니가 아프시잖니. 너한테는 너를 우습게 아는 여자를 길에서 엿보는 일보다 훨씬 중요한 일이 있단다."라고 말하시면서, 단번에 마치 우리가 가 있다고 상상한 먼 나라에서 되돌아오게 하고 눈을 뜨게 하는 최면술사마냥, 또는 의무와 현실의 감정을 떠올리면서 우리가 좋아하는 상상의 병으로부터 낫게 하는 의사마냥, 어머니는 내 오랜 꿈에서 나를 깨어나게 했다. 이 일이 있은 다음 날, 나는 드디어 내가 단념한 이 병에 마지막 작별 인사를 고하기 위해 하루를 바쳤다. 나는 몇 시간을 계속 울면서 슈베르트의 「고별」을 노래했다.

……잘 가요, 낯선 목소리가 그대를 부르오.

천사들의 사랑하는 누이를, 나로부터 멀리.*

그리하여 모든 것이 끝났다. 별로 힘들이지 않고 아침 외출을 그만둔 만큼 나는 앞으로 삶의 여정에서 다시는 여인을 만나지 않는 데 쉽게 익숙해질 거라는 예감을(그것이 잘못된 예감이었음을 나중에 알게 되겠지만) 끌어낼 수 있었다. 그래서 프랑수아즈가 내게 와서 쥐피앵이 사업을 확장하고 싶어 동네에서 가게를 찾는 중이라고 얘기했을 때에도, 그에게 가게를 찾아 주고 싶은 생각에 다시 그 외출을 시작할 수 있었다.(바닷가에서처럼 이미 침대에서도 그 빛나는 외침이 들리는 거리를 거닐면서, 나는 유제품 가게의 열린 철문 뒤로 하얀 옷소매를 걷어붙인 우유 파는 아가씨들을 만날 수 있어 그저 행복하기만 했다.) 게다가 나는 매우 자유로웠다. 게르망트 부인을 만날 목적에서 산책하지 않는다는 걸 의식했으므로, 마치 정부가 있는 동안은 한없이 조심하다가도 사이가 틀어지면 그날부터 자신이 저지른 잘못의 비밀을 남편에게 들킬 위험이 있는데도 정부의 편지를 아무렇게나 굴러다니게 내버려 두고 더 이상 겁을 내거나 죄의식을 느끼지 않는 여인과도 같았다.

내 마음을 아프게 한 것은 거의 모든 집에 불행한 사람들이 살고 있다는 사실이었다. 이 집에는 배신한 남편 때문에 우는 아내가 있고, 저 집에는 반대로 아내 때문에 우는 남편이 있었

* 이 곡은 오랫동안 슈베르트가 작곡한 것으로 알려졌으나, 실은 오귀스트 하인리히 폰 바이라우흐(Auguste Heinrich von Weyrauch)가 1824년 *Nach Osten!* 이란 제목으로 발표한 곡이다.(『게르망트』, 폴리오, 708쪽 주석 참조.)

다. 다른 집에는 부지런한 어머니가 술주정뱅이 아들로부터 폭행을 당하면서도 그 고통을 이웃들 눈에 감추려고 애쓰고 있었다. 거의 인류의 절반이 눈물을 흘렸다. 내가 알게 되었을 때, 그들의 상태는 얼마나 끔찍했던지, 간통한 남편이나 아내가 다른 이들에게는 그토록 매력적이고 충실한 것으로 보아, 나는 그들이 받아 마땅한 행복을 거부당해서 그런 것은 아닌지, 그들이 옳은 것은 아닌지 하는 생각까지 하게 되었다. 곧 나는 이런 아침의 긴 여행이 쥐피앵에게 도움이 될 수 있다는 핑계를 더 이상 댈 수 없었다. 우리 안마당에 있는 가구장이의 작업실과 쥐피앵의 가게는 아주 얇은 칸막이 하나로 분리되어 있었는데, 가구장이가 너무 시끄럽게 망치를 두들기는 바람에 건물 관리인이 내쫓으려 한다는 얘기가 나돌았다. 쥐피앵으로서는 그 이상 바랄 게 없었다. 작업실에는 내장재를 넣어 두는 지하실이 있고, 그 지하실은 우리 집 창고로도 통했다. 쥐피앵은 거기에 석탄을 둘 수 있었으며, 칸막이를 없애 커다란 가게로 만들 수도 있었다. 게르망트 씨가 부르는 임대료가 너무 높다고 생각한 쥐피앵은 공작이 세입자를 찾지 못해 실망한 끝에 단념하고 값을 내려 주기를 기대하면서 사람들이 집을 보러 오는 것도 그냥 내버려 두었는데, 프랑수아즈는 사람들이 보러 오는 시간이 지난 후에도 문지기가 이 임대할 가게 문을 열어 둔다는 사실을 알고는 문지기가 게르망트네 하인의 약혼녀를 유인한 후에(하인과 약혼녀가 거기서 사랑의 은신처를 발견하게 될) 그들을 기습하려고 만든 함정임을 눈치챘다.

여하튼 나는 쥐피앵을 위해 더 이상 가게를 찾지 않아도 됐지만 계속해서 점심 식사 전에 외출했다. 이런 외출 중에 자주 노르푸아 씨와 마주쳤다. 그는 동료와 얘기를 나누면서도 내게 시선을 던져 여기저기 살펴본 다음 다시 상대방에게 머리를 돌리곤 했는데, 마치 나를 전혀 모른다는 듯 미소를 짓지도 인사를 하지도 않았다. 왜냐하면 이런 중요한 외교관들에게서, 어떤 방식으로 상대방을 바라보는가의 문제는 그들이 상대방을 보았음을 알리는 데 목적이 있지 않고, 상대방을 보지 못했으며 동료와 더불어 뭔가 중요하게 의논할 문제가 있음을 알리는 데 목적이 있었기 때문이다. 내가 자주 우리 집 근처에서 마주치는 키 큰 여인은 내게 별로 신중한 태도를 보이지 않았다. 나와 아는 사이도 아닌데 그녀는 내 쪽으로 돌아서거나, 가게 진열창 앞에서 나를 기다리다 — 헛되이 — 미소를 짓거나 했는데, 마치 키스라도 하려는 듯한, 자신을 내맡기는 듯한 몸짓이었다. 그러다가도 아는 사람을 만나면 나에게 다시 냉랭한 표정을 지었다. 이런 아침 산보 중에 나는 이미 오래전에 내가 해야만 하는 일에 따라, 비록 신문을 사는 따위의 의미 없는 일이라 할지라도 가장 가까운 길을 택했는데, 그 길이 공작 부인이 하는 일상적인 산책 코스에서 벗어난다 해도 별다른 섭섭한 마음 없이 택했고, 반대로 부인의 산책 코스에 속한다 해도 나를 환대하지 않는 여인에게서 그녀를 바라보는 은총을 억지로 박탈하는 그런 금지된 길로도 더 이상 보이지 않았으므로, 내 모습을 감추거나 양심의 가책을 느끼는 일 없이 그 길로 접어들 수 있었다. 하지만 나는 내 병의 치유가 나로 하여금 게르망트 공작 부인에 대해 정상적인 태도를 취하게 했다면, 이와 병행하여 부인 쪽에서도 상냥한 태도나 우정을 보일 수 있게 했다는 것은 — 이제는 아무 소용도 없지만 — 꿈에도 생각하지 못했다. 지금까지 나를 부인에게 연결해 주려고 온 세상 사람들이 힘을 모아 애쓴 노력도 불행한 사랑이 던지는 저주받은 운명 앞에서는 그만 소멸되고 말았으리라. 인간보다 더 강력한 요정이 이런 경우에 "이제 나는 사랑하지 않아요."라는 그 마술적인 말을 우리 가슴이 진심으로 말하는 날까지는 아무 도움이 되지 않는다고 선언한 것이다. 나는 생루가 그의 외숙모에게 날 데려다 주지 않았던 것을 원망했다. 그러나 어느 누구든 마법의 주문을 깨뜨릴 수는 없는 법이다. 내가 게르망트 부인을 사랑하는 동안에는, 다른 이들이 보내오는 친절함의 표시나 칭찬의 소리도 나에게는 아픔이 되었다. 그 말이 부인으로부터 오지 않았을 뿐만 아니라 부인이 그런 말을 들을 수도 없었기 때문이다. 물론 부인이 설령 그런 말을 들었다 해도, 전혀 도움이 되지 않았을 것이다. 그러나 우리 애정의 세밀한 부분에서는 사랑하는 사람의 부재나 저녁 식사 거절, 또는 자신도 모르게 보인 엄격함이 화장품이나 아름다운 옷보다 더 유용한 법이다. 만일 이런 방향에서 출세 방법을 가르쳤다면 벼락 출세자가 더 많이 나왔을 것이다.

내가 알지 못하는 친구들에 대한 추억, 어쩌면 잠시 후에 다른 집 저녁 파티에서 다시 만나게 될 친구들 생각으로 가득한 게르망트 부인이 내가 있는 살롱을 지나가다가 안락의자에 앉아 있는 나를, 부인을 사랑하는 동안에는 그토록 무관심한 모습을 보이려고 노력해도 성공하지 못했으나 지금은 부인에게 완전히 무관심한 상태여서 그저 상냥하게만 대하려고 하는 나를 보았다. 부인은 방향을 바꾸어 내 쪽으로 왔고, 그날 저녁 오페라좌에서 보냈던 것과 같은 미소를, 사랑하지 않는 사람의 사랑을 받는 불편한 감정에도 지워지지 않는 미소를 내게 보냈다.

"아뇨, 그냥 앉아 계세요. 잠깐 당신 옆에 앉아도 될까요?" 하고 부인은 그 거대한 스커트를 우아하게 걷어 올리며 말했는데, 그렇게 하지 않았으면 스커트가 안락의자 전부를 채웠을 것이다.

부인은 나보다 키가 큰 데다 옷 부피로 한층 더 커졌으므로, 나는 수많은 미세한 솜털이 금빛 수증기처럼 지속적으로 피어오르는 그 아름다운 벗은 팔에 거의 닿을 뻔했고, 땋은 금발에선 향기가 풍겼다. 앉을 자리가 충분치 않았으므로 그녀는 내 쪽으로 쉽게 몸을 돌리지 못했고, 그래서 내 쪽보다는 자기 앞쪽을 쳐다볼 수밖에 없었는데, 초상화에서처럼 꿈꾸듯 부드러운 표정을 짓고 있었다.

"로베르에게서 소식이 있나요?" 하고 부인이 물었다.

그때 빌파리지 부인이 지나갔다.

"그런데 너무 늦은 시간에 왔군요. 처음 오면서."

아마도 내가 자신의 조카와 말하는 걸 보고는 자기가 아는 것보다 우리가 더 친하다고 생각했던 모양이다.

"오리안과의 대화를 방해하고 싶지 않군요." 하고 빌파리지 부인이 덧붙였다.(친절한 뚜쟁이 역할도 여주인의 임무에 속하니까.) "수요일에 이 사람과 함께 저녁 식사 하러 오지 않겠어요?"

그날은 스테르마리아 부인과 식사하기로 한 날이었으므로 나는 거절했다.

"그럼 토요일은요?"

어머니가 토요일이나 일요일에 돌아오실 예정이었으므로, 저녁 식사를 함께 하기 위해 집에 있지 않으면 어머니가 섭섭해할 것 같아 또 거절했다.

"아! 당신을 집에 초대하는 건 쉬운 일이 아니군요."

"왜 당신은 한 번도 나를 보러 오지 않나요?" 빌파리지 부인이 연주자들을 칭찬하고 인기 여배우에게 장미꽃 다발을 주기 위해 멀어졌을 때, 게르망트 부인이 이렇게 말했다. 꽃다발은 20프랑밖에 되지 않았으므로 가치가 있는 건 꽃다발을 바치는 손뿐이었다.(게다가 이 꽃다발은 노래를 한 번밖에 부르지 않았을 때 받는 최고의 상이었다. 오후 모임이나 저녁 파티에 도움을 준 배우들은 후작 부인으로부터 장미꽃 그림을 받았다.) "다른 사람들 집에서나 만나게 되다니 섭섭하군요. 아주머니 댁에서 식사하기 싫으면 우리 집에서 함께하는 건 어때요?"

이런저런 구실로 가능한 한 오래 남아 있던 몇몇 사람들이 마침내 그곳을 나오다가 공작 부인이, 두 사람이 겨우 앉는 좁은 의자에 앉아 젊은 남자와 얘기 나누는 모습을 보고는 그들이 잘못 들었으며, 나 때문에 공작 부인이 아니라 공작이 별거를 원한 거라고 생각하고, 이 소문을 퍼뜨리기 위해 걸음을 서둘렀다. 나는 누구보다도 그 소문이 틀렸다는 걸 알고 있었다.

그러나 아직 완전히 별거가 시작되지도 않은 이런 힘든 시기에 공작 부인이 혼자 있지 않고, 자기도 잘 알지 못하는 누군가를 곧바로 초대하려고 한다는 게 그저 놀랍기만 했다. 부인이 나를 초대하는 걸 탐탁하지 않게 생각한 사람은 공작 한 사람이었으며, 이제 이런 공작이 부인을 떠나려고 하니, 부인이 자기 마음에 드는 사람들로 둘러싸이는 데 더 이상 장애물이 없다고 여기는 거라고 추측했다.

이 분 전만 해도 누군가가 와서 게르망트 부인이 내게 그녀를 방문해 달라고, 더욱이 저녁 식사에 와 달라고 청한다는 말을 전했다면 나는 너무도 놀랐을 것이다. 게르망트네 살롱이 내가 그 이름에서 추출했던 특별함을 더 이상 줄 수 없음을 안다 해도 마찬가지였을 것이다. 내가 그 안으로 뚫고 들어갈 수 없다는 사실 자체가, 소설 속 묘사나 꿈속에서 본 이미지와 같은 종류의 실존을 이 살롱에 부여하면서 이 살롱이 다른 살롱들과 유사하다고 확신할 때조차도, 나는 이 살롱을 뭔가 아주 다른 것으로 상상했기 때문이다. 나와 살롱 사이에는 현실이 끝나는 분리선이 놓여 있었다. 게르망트 댁에서의 저녁 식사는 마치 오랫동안 욕망해 오던 여행을, 머릿속의 욕망을 내 눈앞에 지나가게 하여 꿈과 친해지는 여행을 시도하는 것과도 같았다. 집주인들이 누군가를 초대하여 "오세요, '완전히' 우리밖에 없어요."라고 말하면서 그들의 친구들이 자기들 사이에 섞인 그를 보며 느낄 두려움을 그 배척받은 자의 탓으로 돌리는 척하면서, 지금까지 그들의 내밀한 친구들에게만 부여해 오던 특권을 본의 아니게 비사교적이고 조금은 호감을 사고 있는 그 따돌림 받는 자에게도 부여하여, 그를 남들이 부러워하는 특권적인 사람으로 변모시키려고 애쓰는 그런 저녁 식사 중의 하나라고 나는 믿었을지도 모른다. 하지만 반대로 게르망트 부인이 다음과 같은 말을 했을 때, 나는 마치 파브리스가 자신의 고모 집에 도착하면서 느꼈던 그 보랏빛 아름다움과, 모스카 백작에게 소개되었을 때의 그 기적 같은 일을 떠올리면서,* 그녀가 가진 최상의 것을 내게 음미하게 하고 싶어 한다고 느꼈다.

"금요일에 혹시 시간 되세요? 아주 작은 모임이에요. 마음에 드실 거예요. 파름 대공 부인께서 오실 텐데 아주 매력적인 분이랍니다. 기분 좋은 분들과의 만남이 아니라면 당신을 초대하지도 않을 테지만요."

지속적인 상승 운동에 전념하는 중간 계층의 사교계에서는 가족과의 관계를 끊지만, 반대로 프티부르주아나 그들만의 특별한 관점에 의해 자신들 위에는 아무것도 없으므로 더 이상 올라가려고 애쓰지 않는 왕족 출신 귀족들로 구성된 부동 계층에서는 가족이 중요한 역할을 담당한다. '빌파리지 아주머니'와 로베르가 내게 표하는 우정이, 언제나 자기들끼리 같은 사단에서만 생활하는 게르망트 부인과 그 친구들 눈에 어쩌면 나란 인간을 내가 꿈에도 생각해 본 적 없는 호기심의 대상으로 만들었는지도 모른다.

* 스탕달의 『파르마의 수도원』의 줄거리에 대해서는 『잃어버린 시간을 찾아서』 5권 169쪽 주석 참조.

부인은 이 두 친척에 대해 우리가 상상하는 것과는 아주 다른, 지극히 친숙하고도 일상적이며 사소한 것도 알고 있었고, 일단 이런 인식 속에 포함되면, 우리 행동은 눈에 들어간 티끌이나 기관지에 들어간 물처럼 빠져나오기는커녕, 우리가 잊어버린 지 오랜 후에도 거기 새겨지고 얘기되고 논평되면서, 마치 궁전에 소장된 진기한 자필 원고 가운데 자기가 쓴 편지를 발견했을 때처럼 그것을 발견한 우리를 놀라게 한다.

단순히 우아한 사교계 인사에 불과했다면 지나치게 밀려드는 손님들을 막기 위해 그들은 문을 닫았을지도 모른다. 그러나 게르망트네 문은 그럴 필요가 없었다. 낯선 사람이 그 문 앞을 지나갈 기회도 거의 없었다. 누군가가 공작 부인에게 이런저런 사람을 가리켜도, 그녀는 그 사람이 사교계에 가져올 가치에 대해 전혀 개의치 않았는데, 바로 그 가치는 그녀 자신이 결정하는 것이지 다른 사람이 결정해 주는 것이 아니라고 믿었기 때문이다. 또 그녀는 그 사람의 실제 자질만을 생각했다. 그런데 빌파리지 부인과 생루가 내게 그런 자질이 있다고 부인에게 말했던 것이다. 또 부인 자신도 그들이 원할 때 결코 나를 오게 할 수 없었으며, 따라서 내가 사교계를 전혀 중요시하지 않는다는 사실을 보지 못했다면 — 공작 부인에게는 낯선 사람이 '기분 좋은 사람들' 무리에 낄 수 있는 유일한 지표로 보이는 — 틀림없이 그들의 말을 믿지 않았을 것이다.

부인이 그다지 좋아하지 않는 여인들 얘기를 하다가 누군가가 그중 한 여인을, 이를테면 그녀의 동서 이름을 꺼내기라도 하면 부인은 즉시 얼굴이 달라졌는데, 그 모습은 꽤 볼만했다. "오! 매력적인 사람이죠." 하고 부인은 확신에 찬 세련된 어조로 대답했다. 그녀가 그렇게 말한 것은 동서가 쇼스그로 후작 부인과 실리스트리 대공 부인에게 소개받기를 거절했다는 단 하나의 이유 때문이었다. 그러나 동서가 그녀, 즉 게르망트 공작 부인에게 소개받기를 거절했다는 말은 덧붙이지 않았다. 그렇지만 그런 일은 일어났고, 그때부터 공작 부인의 정신에선 이 사귀기 어려운 동서의 머릿속에 무슨 일이 있었는지를 알기 위한 작업이 시작되었다. 공작 부인은 동서 집에 초대받고 싶어 안달이 날 지경이었다. 사교계 사람들은 남들이 자기와 사귀고 싶어 한다는 생각에 익숙해 있어, 누군가가 자기를 피하기라도 하면, 그 사람을 불사조인 양 보고 온갖 주의를 집중하는 경향이 있다.

게르망트 공작 부인이(내가 더 이상 그녀를 사랑하지 않게 된 후부터) 나를 초대하려 했던 진정한 동기가 부인의 친척들이 나와 교제하기를 원하는데도 내가 원치 않았기 때문은 아닐까? 잘 모르겠다. 어쨌든 나를 초대하기로 결심한 부인은 자신이 가진 것 중 최고의 것으로 내게 호의를 베풀고자 했고, 내가 다시 부인 댁에 오는 걸 방해할지도 모르는 사람들이나, 부인이 따분한 사람들이라고 여기는 사람들을 멀리하고 싶어 했다. 공작 부인이 그녀 별의 궤도에서 이탈하여 내 옆에 와서 앉고 저녁 식사에 초대하는 모습을 보았을 때, 나는 부인의 이런 진로 변경을 무슨 탓으로 돌려야 할지 알 수 없었다. 그것은 내가 모르는 원인의 결과였다. 그 원인을 가르쳐 주는 특별한 감각을 보유하지 않은 우리는, 우리가 알지 못하는 사람들과 — 내 경우에는 공작 부인과 — 만나는 드문 순간에만 그들이 우리를 생각한다고 상상한다. 그런데 우리를 사로잡았다고 생각되는 이 정신적인 망각 역시 순전히 자의적인 것이다. 그러므로 아름다운 밤의 고요함과도 흡사한 고독한 정적 속에 사교계의 여러 다른 여왕들이 무한히 멀리 떨어진 하늘에서 그들의 길을 계속한다고 상상하는 동안, 저기 높은 곳으로부터, 마치 우리 이름도 모른다고 여겨지는 베누스나 카시오페이아* 같은 별자리로부터 우리 이름이 새겨진 운석이 떨어지기라도 하듯 만찬 초대나 악의적인 험담이 떨어질 때면, 우리는 기쁨이나 거북함을 느끼며 놀라지 않을 수 없다.

「에스더기」**에 따르면 페르시아 왕들은, 이따금 그들을 위해 충성을 바친 신하 이름이 적힌 명단을 읽도록 했다는데, 게르망트 부인이 어쩌면 이런 왕들을 모방해서 그녀에게 호의적인 사람들의 명단을 보다가, 내 이름 앞에서 "아, 저녁 식사에 초대할 만한 사람이네."라고 말했는지도 모른다. 하지만 다른 생각에 정신이 팔렸다가

---

* 베누스(금성)는 지구에서 가장 가까운 별자리이며, 카시오페이아는 에티오피아 왕비 카시오페이아가 거꾸로 앉은 모습을 보여 주는 별자리이다.
** 구약성서에는 페르시아 왕 크세르크세스가 유대인 에스더를 왕비로 삼지만 하만의 간계로 유대인이 몰살당할 위기에 처하자 그녀를 키워 준 사촌 오빠 모르드개의 도움을 받아 유대인을 구한다는 이야기가 나온다.(「에스더기」 6장 1~11.) 「스완네 집 쪽으로」에서 이미 화자는 게르망트 부인을 에스더-에스텔에 비유한 적이 있다.(『잃어버린 시간을 찾아서』 1권 113~114쪽 참조.) 이 책에서 인용되는 성경은 한국천주교주교회의가 2005년에 발간한 것이나, 「에스더기」에 관해서만은 보다 많이 알려진 「에스더기」와 그에 따른 표기를 따르고자 한다.

(혼란스러운 걱정거리에 둘러싸인 왕이고 보니
끊임없이 새로운 대상에 마음이 끌리나니)*

내 모습이 그녀 기억을 새롭게 해서 크세르크세스 왕처럼 선물을 한껏 베풀고 싶었을 수도 있다.

그렇지만 게르망트 부인이 초대한 순간에 내가 느낀 것과는 반대되는 놀라움이 뒤이어 일어났다는 사실도 말해야 한다. 첫 번째 놀라움을 숨기기보다는 오히려 내가 느낀 즐거움을 조금은 과장해서 표현하는 편이 보다 겸손하게 감사의 뜻을 전하는 길이라고 생각하고 있을 때, 마침 다른 집에서 열리는 마지막 저녁 파티를 위해 떠나려던 게르망트 부인이 자기 집에 초대를 받고도 내가 몹시 놀라는 표정을 짓는 걸 보고 자신이 누구인지 잘 모른다고 생각할까 염려했는지 거의 무슨 변명인 양 이렇게 말했다. "난 당신을 매우 좋아하는 생루의 외숙모예요. 게다가 우린 여기서 이미 만난 적도 있죠." 나는 그녀를 알고 있다고 대답하고 샤를뤼스 씨하고도 아는 사이이며 "발베크와 파리에서 그분은 제게 아주 친절했어요."라고 말했다. 게르망트 부인은 놀란 것처럼 보였으며 그 눈길은 마치 확인이라도 하려는 듯, 그녀 마음속에 쓰인 책의 아주 오래된 페이지를 참조하는 것 같았다. "그래요! 샤를뤼스를, 우리 팔라메드를 아세요?" 게르망트 부인의 입에서 나온 이 세

---

* 라신이 쓴 종교극 「에스텔」에서 크세르크세스 왕이 자기를 구해 준 모르드개에게 충분히 상을 주지 않았음을 한탄하는 장면이다.(「에스텔」 2막 3장)

례명은, 매우 뛰어난 사람이지만 그녀에게는 시동생이자 함께 자란 사촌에 지나지 않는다는 그런 본능적인 소박함 때문인지 상당히 감미롭게 들렸다. 팔라메드라는 이름은 내게 흐릿한 잿빛처럼 생각되던 게르망트 공작 부인의 삶 속에 뭔가 소녀 시절 그녀가 게르망트 정원에서 함께 놀던 긴 여름 나절의 밝음 같은 것을 가져다주었다. 게다가 이미 흘러간 지 오래인 이런 삶의 부분에서 오리안 드 게르망트와 사촌인 팔라메드는 그들의 훗날 모습과는 많이 달랐다. 특히 예술적 취향에 전념하던 샤를뤼스 씨가 나중에는 이런 취향을 억제했지만, 그 순간 공작 부인이 펼쳐 보인 거대한 부채에 그려진 노랑과 검정 붓꽃이 실은 샤를뤼스 씨가 그린 것이라는 걸 알고 나는 무척 놀랐다. 또한 부인은 예전에 샤를뤼스 씨가 자기 아내를 위해 작곡한 소나티네 소곡도 내게 보여 줄 수 있었을 것이다. 남작이 한 번도 말한 적 없었으므로 나는 그 모든 재능에 대해 전혀 알지 못했다. 지나는 길에 한마디 하자면, 샤를뤼스 씨는 가족들이 그를 팔라메드라고 부르는 걸 그다지 좋아하지 않았다. 그러니 '메메'라고 불리는 건 더더욱 좋아하지 않았을 것이다. 이런 바보 같은 약칭은 귀족 자신이 그들 이름에 담긴 고유한 시적 정취를 이해하지 못한다는 표시인 동시에(이 점에서는 유대인도 마찬가지다. 뤼퓌스 이스라엘 부인의 조카 중 모세라고 불리는 인물은 사교계에서 통상 '모모'라고 불렸다.) 귀족이란 사실에 그다지 중요성을 부여하지 않는다는 걸 보여 주려는 집착의 표시이다. 그런데 샤를뤼스는 이 점에서 다른 누구보다도 시적 상상력과 오만함을 과시했다. 하지만 그가 메메라는 호칭을 싫어한 것은 그런 이유 때문만은 아니었으며, 팔라메드라는 근사한 세례명도 마찬가지로 싫어했다. 자신을 왕족으로 판단하며 또 그렇게 알고 있는 그는 형이나 형수가 자기를 '샤를뤼스'라고 불러 주기를 바랐다. 마치 마리아멜리 왕비와 오를레앙 공작이 자기 아들이나 손자와 증손자, 또 형제들과 조카들에 대해 '주앵빌, 느무르, 샤르트르, 파리'라고 말할 수 있었던 것처럼.*

"메메는 얼마나 숨기는 걸 좋아하는지 몰라요!" 하고 게르망트 부인이 외쳤다. "우리가 그에게 당신 얘기를 많이 했었는데, 메메는 당신을 전혀 모르는 양 당신하고 사귀었으면 좋겠다고 말했거든요. 그가 좀 괴상하다는 건 인정하시죠! 내가 내 시동생을 무척이나 찬양하고 그 보기 드문 재능에 정말 감탄하면서도 이런 말을 하는 건 별로 친절하지 않지만, 가끔은 그가 조금 미친 것 같아서요."

나는 샤를뤼스 씨를 두고 하는 이 말에 몹시 충격을 받았다. 반쯤 미쳤다는 사실이 어쩌면 몇몇 일들을, 이를테면 블로크에게 자기 어머니를 두들겨 패라는 말을 전해 달라고 내게 부탁하면서** 몹시 즐거워하던 모습을 설명해 주지 않을까 하는 생각이 들었다. 말의 내용뿐만 아니라 그 말을 하는 태도 때문

---

* 루이필리프 도를레앙 공작이었다가 나중에 프랑스 왕이 된 루이필리프 1세와 마리아멜리 왕비 사이에는 자식이 열 명 있었는데, 오를레앙 공작인 페르디낭, 느무르 공작인 루이, 주앵빌 대공인 프랑수아 등이다. 또 장남 페르디낭 슬하에는 샤르트르 공작과 파리 백작이 있었다.
**『잃어버린 시간을 찾아서』 5권 480쪽 참조.

에도 나는 샤를뤼스 씨가 조금은 미쳤다고 생각했었다. 변호사나 배우가 하는 말을 처음 듣는 사람은 그들의 어조가 일상적인 대화의 어조와는 아주 다르다는 점에 놀란다. 하지만 모든 사람이 그걸 자연스럽다고 여기는 걸 알아채고 나면 남에게나 스스로에게 아무 말도 하지 않고 그저 재능의 정도를 음미하는 데 만족한다. 기껏해야 그들은 국립 극장 배우에 대해 '어째서 저 사람은 쳐든 팔을 한 번에 내리지 않고, 조금씩 불규칙한 작은 움직임으로 정지하며 거의 십 분이나 걸려서 내리는 걸까?' 혹은 라보리* 같은 변호사에 대해서는 '어째서 그자는 입만 열면 그토록 단순한 일에도 비극적이고 예기치 못한 소리를 내는 걸까?'라고 생각한다. 그러나 사람들은 이치를 따지기 전에 이미 그 사실을 인정하고 있으므로 그리 충격을 받지 않는다. 마찬가지로 누구나 조금만 깊이 생각해 보면, 샤를뤼스 씨가 스스로에 대해 보통 어조와는 다른, 매우 과장된 어조로 말한다는 걸 알 수 있었다. 매 순간 사람들은 그에게 "왜 당신은 그렇게 소리를 지르죠? 왜 그렇게 불손하죠?"라고 말하고 싶을 정도였다. 단지 모두들 그래도 괜찮다고 암묵적으로 인정하는 듯했다. 그래서 그가 거드름을 피우며 말하는 동안 자신도 그를 환대하는 무리 속에 끼어들었다. 그러나 물론 어느 순간에 이르면 낯선 이는 이따금 미치광이의 고함 소리를 들었다고 믿었다.

---

* 페르낭 라보리(Fernand Labori, 1860~1917). 1883년부터 파리 항소 법원에서 변호사로 일했으며 드레퓌스 사건 때 졸라와 피카르와 드레퓌스를 변호하여 일약 유명해졌다.

"하지만." 하고 공작 부인은 자신의 소박함에 곁들이는 조금은 무례한 말투로 말을 이었다. "혹시 당신이 혼동한 게 아닌지. 확실한가요? 당신이 말하는 사람이 분명히 우리 팔라메드 시동생 맞나요? 아무리 그가 신비주의자라고 해도 이건 좀 지나친 것 같은데요……."

나는 전적으로 확실하다고 단언하면서 샤를뤼스 씨가 내 이름을 잘못 들은 게 틀림없다고 대답했다.

"그렇다면! 당신과 헤어져야겠네요." 하고 게르망트 부인이 뭔가 유감스럽다는 듯 말했다. "리뉴 대공 부인 댁에 잠시 들러야 해요. 거기 가지 않으세요? 아 참, 그렇죠. 당신은 사교계를 좋아하지 않죠. 당신이 옳아요. 지긋지긋해요. 나도 가야 하는 게 아니라면! 하지만 사촌이니 예의가 아니죠. 너무 이기적으로 나만 생각해서 미안해요. 당신을 거기 데려다주고 나중에는 집까지도 데려다줄 수 있어요. 그럼 안녕, 금요일에 뵐 수 있어 기뻐요."

샤를뤼스 씨가 아르장쿠르 씨 앞에서 나에 대해 얼굴을 붉힌 건 그래도 넘어갈 수 있다.* 하지만 그의 형수이자 그를 지극히 높이 평가하는 여인에게, 내가 그의 고모와 조카를 잘 알고 있으므로 지극히 당연한 일인데도 나를 모른다고 부인한 건 전혀 이해가 가지 않았다.

어떤 점에서 게르망트 부인에게는 다른 사람이라면 부분적으로만 지워 버릴 수 있는 것을 완전히 잊어버리는 좋은 점이

---

* 『잃어버린 시간을 찾아서』 5권 486쪽 참조.

있다는 말로 이 얘기를 마치고자 한다. 아침 나절의 산책 동안 그녀를 귀찮게 하고 뒤쫓고 미행하는 나를 한 번도 본 적 없으며, 날마다 하는 내 인사에 지친 나머지 한 번도 응한 적 없으며, 생루가 나를 초대해 달라고 애원했을 때에도 생루를 결코 쫓아 버린 적 없다는 듯이, 부인은 그렇게도 우아하고 자연스럽고 다정한 태도로 나를 대했다. 그녀는 과거의 일을 완곡 어법이나 모호한 미소와 암시적인 말로 애써 설명하려 하지 않았을 뿐만 아니라, 현재의 상냥한 태도에서도 뒤로 돌아가거나 고의로 말을 하지 않거나 하는 일 없이 자신의 위엄 있는 큰 키만큼이나 뭔가 거만한 꼿꼿함 같은 것을 지니고 있었다. 그러나 과거에 누군가에 대해 느꼈을지도 모르는 원한 따위는 완전히 재가 되었고, 이런 재 자체도 그녀의 기억이나 적어도 그녀의 태도에서 아주 멀리 내던져졌으며, 또 다른 사람이라면 불화를 다시 불러일으키는 구실이 되었을지도 모르는 일도 그녀는 지극히 감탄할 만한 단순함으로 처리했으므로, 그때마다 사람들은 그녀의 얼굴에서 일종의 정화 작용을 보는 듯한 인상을 받았다.

그러나 나에 대한 그녀의 마음속에 일어난 변화 이상으로 그녀에 대해 내 마음속에 생긴 더 큰 변화는 얼마나 나를 놀라게 했던가! 부인의 초대를 받기 위해 새로운 계획을 세우면서 나를 초대해 줄 누군가를 찾지 못하면 삶을 다시 시작할 힘조차 내지 못했고, 이런 첫 번째 행복을 얻은 후에도 내 마음은 점점 까다로워지면서 또 다른 행복의 가능성을 찾지 않았던가? 로베르 드 생루를 만나러 동시에르로 떠난 것도 아무것도 발견할 수 없다는 불가능성 때문이었다. 그런데 지금 나는 로베르가 보낸 편지의 여파이긴 하지만, 게르망트 부인이 아닌 스테르마리아 부인 때문에 동요하고 있었다.

그날 저녁의 얘기를 마치기 전에 그때 일어난 일 하나를 덧붙이고자 한다. 며칠 후 거짓임이 밝혀졌지만 날 놀라게 하고 얼마 동안은 블로크와도 멀어지게 한 그 일은 그 자체로도 흥미롭고 조금은 모순된 것으로 이 책 뒷부분(「소돔과 고모라」 1부)에서 설명될 것이다.* 여하튼 빌파리지 부인 댁에서 블로크는 샤를뤼스 씨의 상냥함에 대해 계속 칭찬을 했고, 샤를뤼스 씨와 우연히 길에서 만났을 때 그를 안다는 듯, 사귀고 싶다는 듯, 그가 누구인지 아주 잘 안다는 듯 그런 눈길로 바라보았다고 말했다. 처음 그 얘기를 들었을 때 나는 미소를 지었다. 블로크가 발베크에서 바로 그 샤를뤼스 씨에 대해 아주 심한 말을 한 적이 있었기 때문이다. 그리고 블로크의 아버지가 베르고트에 대해 했던 말처럼, '남작을 실제로 알지 못하면서도' 남작을 안다고 했을 거라고 생각했다. 또 블로크가 상냥한 눈길이라 느낀 것도 실은 남작의 방심한 눈길이 틀림없다고 생각했다. 그러나 블로크는 얼마나 정확하게 세세한 것들을 알았는지, 샤를뤼스 씨가 두세 번 그에게 접근하려고 시도한 것이 확실하며, 빌파리지 부인을 방문한 후 돌아가는 길에 남작이 블로크에 대해 여러 질문을 해서 내가 블로크 얘기를

---

* 1921년 프루스트 생전에 발간된 「게르망트 쪽」 2부에는 「소돔과 고모라」 1부가 함께 수록되었다.

했던 사실이 기억나자, 나는 블로크 얘기가 거짓이 아니며, 샤를뤼스 씨가 그의 이름뿐 아니라 내 친구라는 등등의 사실까지 안다는 생각을 하게 되었다. 그래서 얼마 후에 나는 극장에서 샤를뤼스 씨에게 블로크를 소개해 주겠다고 말하고, 그의 동의 아래 블로크를 찾으러 갔다. 그런데 샤를뤼스 씨는 블로크를 보자마자 놀란 표정을 짓더니 곧 차분해지면서 대신 분노가 번득이는 표정을 지었다. 그는 블로크에게 손을 내밀지 않았을 뿐만 아니라, 블로크가 말을 걸 때마다 가장 무례한 표정과 모욕을 담아 격분한 목소리로 답했다. 이 때문에 지금까지 남작의 미소만을 받아 왔던 블로크는(그의 말에 따르면) 예절에 관한 샤를뤼스 씨의 취향을 아는 내가 친구를 남작에게 소개하기 전에 짧은 대화를 나누면서 자신을 추천하기는커녕 악담을 퍼부었다고 믿었다. 블로크는 마치 줄곧 미쳐 날뛰는 말에 올라타려고 하는 사람처럼, 끊임없이 조약돌 위로 자신을 내던지는 파도에 맞서 헤엄치는 사람처럼 기진맥진한 채로 우리 곁을 떠났고, 그 후 여섯 달 동안 내게 아무 말도 하지 않았다.

스테르마리아 부인과의 저녁 식사를 앞둔 나날은 감미롭기는커녕 견딜 수 없을 만큼 힘들었다. 마음속에 품은 계획으로부터 우리를 갈라놓는 시간이 짧으면 짧을수록 시간은 더 길게 느껴지는 법이다. 그 이유는 우리가 시간을 보다 짧은 단위로 재거나, 아니면 재 보려고 하지도 않기 때문이다. 교황의 재위 기간은 보통 세기로 세며, 또 그 목표가 무한에 있는 까닭에 세 볼 생각조차 하지 않는다고 사람들은 말한다. 내 목표는 겨우 사흘이라는 시간적 간격을 앞에 두고 있었으므로, 나는 초 단위로 시간을 세면서 단지 애무의 시작에 불과한 것을 상상하는 데 몰두했으며, 이런 애무를(다른 것이 아닌 바로 그 애무를) 여인 자신이 채워 주지 못할까 봐 몹시 애를 태웠다. 요컨대 욕망의 대상에 도달하기 힘들다는 어려움이 욕망을 커지게 하는 게 사실이라면(이는 어려움이지 불가능은 아니다. 불가능은 욕망을 폐기하기 때문이다.) 순전히 육체적인 욕망 또한 그것이 정해진 가까운 시간에 실현된다는 확실성 탓에 불확실성 못지않게 우리를 열광시킨다. 우리를 불안하게 하는 의혹만큼이나 의혹의 부재 역시 틀림없이 다가올 쾌락의 순간에 대한 기다림을 견딜 수 없게 한다. 그 까닭은 이 부재가 기다림을 무한한 충족의 순간으로 만들고, 그 순간을 미리 자주 그려 보이게 함으로써, 고뇌 못지않게 시간을 작은 조각으로 나누기 때문이다.

내가 원하는 것은 스테르마리아 부인을 소유하는 일이었다. 며칠 전부터 내 욕망은 끊임없이 활동하면서 이 쾌락을, 오로지 이 쾌락만을 상상 속에서 준비해 왔다. 다른 종류의 쾌락은(다른 여인과 누리는 쾌락은) 준비되어 있지 않았는데, 쾌락이란 단지 우리가 미리 느끼는, 또 언제나 한결같지 않은 성적 욕구의 실현에 지나지 않기 때문이다. 이 성적 욕구는 수많은 몽상의 결합과 추억의 우연한 작용, 우리 기질의 상태, 최근에 성취된 욕망이 그 성취 순간에 느꼈던 환멸을 조금 잊을 때까지 휴식을 취하여 다시 가능해진 순서에 따라 변하는 것이다. 나는 이미 보편적 욕망이라는 큰길을 떠나 보다 개별적인 욕망의 오솔길로 접어들었다. 다른 만남을 바랐다면, 아주 먼 곳으로부터 큰길로 되돌아가 거기서 다시 오솔길로 접어들었어야 했을 것이다. 불로뉴 숲의 섬에서 내가 저녁 식사에 초대한 스테르마리아 부인을 소유하는 것이 매 순간 내가 상상하던 쾌락의 모습이었다. 만일 내가 그 섬에서 스테르마리아 부인 없이 홀로 식사를 해야 한다면, 당연히 그 쾌락은 파기될 테고, 그녀와 함께 식사를 하게 되더라도 그 장소가 불로뉴 숲이 아니라면, 쾌락은 아마도 상당히 감소될 것이다.

그리고 사실 쾌락을 그려 볼 때 우리 몸의 자세는 여인 자신보다, 그 일에 적합한 여인의 유형보다 우선한다. 우리 몸의 자세는 쾌락을 지시하며 그 장소 또한 지시한다. 바로 그런 이유로 그것은 우리의 변덕스러운 마음에서 주중 다른 날이었다면 무시했을 이런저런 여인이나 장소 또는 침실을 번갈아 떠올린다. 그 순간의 우리 자세에서 생겨난 여인들이기에, 몇몇 여인들은 그 곁에서 아늑함을 맛볼 침대가 없다면 불완전하며, 또 어떤 여인들은 보다 은밀한 의도의 애무를 받기 위해 바람에 흩날리는 나뭇잎과 어둠속에 흐르는 물소리를, 그들 만큼이나 가볍고 덧없는 것들을 필요로 하는 것이다.

생루의 편지를 받기 훨씬 전부터, 스테르마리아 부인이 내 삶에 나타나기 전부터, 불로뉴 숲의 이 섬은 내게 쾌락을 위해 만들어진 곳처럼 생각되었고, 그래서 아직 이런 은신처에 숨길 쾌락을 갖지 못했던 나는 슬픔을 음미하러 이곳에 자주 오곤 했다. 아직 바캉스를 떠나지 않은 파리지엔들이 산책하러 오는 이 섬에 이르는 호숫가를, 그해 마지막 무도회에서 만난 아가씨를 연모하게 된 누군가는, 내년 봄이 올 때까지는 어느 저녁 파티에서도 다시 만날 수 없는 그녀를 어디 가면 만날 수 있을지, 그녀가 이미 파리를 떠나지는 않았는지도 알지 못한 채, 혹시 그곳에 가면 지나가는 모습이라도 볼 수 있지 않을까 하여 희망을 안고 배회한다. 사랑하는 이가 떠나기 전날, 어쩌면 떠난 다음 날, 파르르 떨리는 물가에서 마지막으로 핀 장미꽃마냥 이미 붉게 물든 첫 단풍이 피어오르는 아름다운 오솔길을 따라 거닐다가 지평선을 살펴보면, 원형 건물 전경에 배치된 밀랍 인형들이, 배경에 그려진 화폭에 깊이와 부피의 속임수를 주는 파노라마* 기법과는 반대되는 기법에 의해, 우리 눈은 인간의 손길로 가꾸어진 정원에서 뫼동 시와 발레리 앵 산**의 자연 고원까지 일거에 통과하면서, 진짜 들판과 정원의 작업 사이 어디에 경계를 두어야 할지 몰라 이런 들판을 정원에 들어가게 하여 그 인공적인 매력을 멀리 들판 너머로까지 투사한다. 그리하여 식물원에 자유롭게 풀어 기르는 희귀 새들은 날마다 날개를 펼치고 돌아다니다가 이국적인 음악을 들려주기 위해 인접한 숲까지 날아간다. 여름의 마지막 축제와 겨울의 유배 생활 사이에서 사람들은 불확실한 만남과 연인의 우수로 점철된 이 낭만적인 지대를 불안한 마음으로 편

---

* 그리스어로 '모든 것은 보인다'라는 의미의 이 용어는, 둥근 배경에 전경에는 인물이나 다른 모형을 설치하고, 원근법에 따라 원경을 그려 도시나 역사적 전투 장면에 입체감을 부여하고자 한 그림 기법이다. 전경화 또는 회전화로 불리기도 한다.
** 파리 남서쪽에 위치하는 실제 마을이자 산이다.

력하면서 이곳이 지리적인 영역 밖에 위치한다는 사실을 알아도 놀라워하지 않는다. 마치 베르사유 궁의 높은 테라스에 올라가서, 전망대 주위에 반 데르 모일렌* 화풍의 푸른 하늘에 구름이 쌓여 있는, 그토록 자연 밖의 높은 곳으로부터 밑을 내려다보면, 자연이 다시 시작되는 대운하의 저 끝, 바다처럼 눈부신 지평선에서 거의 형체를 알아볼 수 없는 마을들이 자취를 드러내면서 플뢰뤼스 또는 네이메헌**이라고 불린다는 걸 알게 되어도 놀라지 않는 것처럼.

그러다 마지막 마차가 지나가고 나면 사람들은 더 이상 그녀가 오지 않으리라는 고통스러운 느낌을 안고 섬으로 식사를 하러 간다. 저녁 신비에 응답한다기보다는 그 신비를 끝없이 환기하는 듯한 전율하는 포플러 나무 위로, 장밋빛 구름 한 점이 잔잔해진 하늘에 마지막 삶의 빛깔을 투영한다. 몇 방울의 비가 소리 없이 아주 오래된 물 위로 떨어진다. 성스러운 유년 시절에 머물러 있으면서도 계절의 조건에 따라 끊임없이 변하는 빗방울은 줄곧 구름과 꽃의 반사를 망각한다. 더욱 강렬해진 제라늄 꽃의 반짝이는 빛깔이 어두워지는 황혼과 싸워 보려 하지만 아무 소용도 없이 안개가 잠든 섬을 뒤덮으러 온다. 습기 찬 어둠 속 물가를 따라 거니는 동안 사람들은 기껏해야 백조의 고요한 스침에, 마치 밤에 깨어 있으리라

---

* Van der Meulen(1632~1690). 벨기에 브뤼셀 태생 화가로 루이 14세를 따라다니면서 역사적 전투 장면을 많이 그렸다.
** 플뢰뤼스는 벨기에의 도시로 1690년에 벌어진 전투로 유명하며, 네이메헌은 네덜란드의 도시로 1672년 프랑스의 튀렌(Turenne) 장군이 정복한 곳이다.

고 생각하지 못한 아이가 침대에서 한순간 눈을 뜨거나 미소를 짓듯이 그저 놀라워할 뿐이다. 그리하여 그들은 세상에서 멀리 떨어져 있는 듯 외로움을 느끼고, 그만큼 더 사랑하는 이와 함께 있기를 열망한다.

그러나 여름에도 자주 안개가 끼는 이 섬에, 날씨가 나쁜 계절인 가을의 끝자락이 다가왔으므로 지금 그녀를 데려온다면 얼마나 행복했을까! 만약 일요일 이후부터 날씨가 그 자체만으로 내 상상력이 머무르는 고장을 잿빛 바다 풍경으로 만들지 않았다면 — 다른 계절에는 그 고장을 향기롭고 눈부신 이탈리아 풍경으로 만들듯이 — 며칠 후 스테르마리아 부인을 소유한다는 희망만으로도 나는 하루에도 수십 번씩 내 한결같은 향수 어린 상상 속에서 이런 안개 장막을 걷어 내기에 충분했을 것이다. 어쨌든 전날부터 파리에서조차 자욱했던 안개는 내가 초대한 젊은 여인의 고향에 대해 끊임없이 몽상하게 했으며, 뿐만 아니라 도시에서보다 더 짙은 안개가 저녁이 되면 불로뉴 숲, 특히 호숫가를 뒤덮을 듯 보였으므로, 나는 안개가 백조의 섬을 조금은 브르타뉴 섬처럼 만든다고 생각했고, 이런 안개 낀 바다의 대기가 내 눈에는 마치 스테르마리아 부인의 창백한 실루엣을 감싸는 옷처럼 보였다. 물론 어릴 때, 내가 메제글리즈 쪽으로 자주 산책을 다니던 나이에는, 우리의 욕망과 믿음이 한 여인의 옷에 개별적인 특징이나 환원할 수 없는 본질을 부여한다. 우리는 사물의 실재를 추구한다. 그러나 실재는 지속적으로 우리 곁을 빠져나가고, 온갖 시도도 헛되이 우리는 허무를 발견하고, 그러나 그 자리에 뭔가 단단한 것이 남아 있으며 바로 이것이 우리가 추구하던 것임을 알게 된다. 우리가 좋아하는 것이 무엇인지를 구별하고 인식하면서, 설령 인위적인 방법을 써서라도 우리는 그것을 구하려고 노력한다. 믿음이 사라지고 나면 옷이 의도적인 환상이라는 수단에 의해 그 믿음을 대신한다. 집에서 삼십 분 정도 떨어진 곳에서는 결코 브르타뉴를 발견할 수 없다는 걸 난 잘 알았다. 그러나 스테르마리아 부인을 포옹한 채 섬의 칠흑 같은 어둠 속을 거닐면서, 나는 마치 수녀원에 들어갈 수 없는 남자들이 여인을 소유하기에 앞서 그 여인을 수녀복으로 입히는 것처럼 그렇게 행동하려고 했다.

우리의 저녁 식사가 있기 전날 폭우가 몰아쳤으므로, 나는 그 젊은 여인과 더불어 물결치는 소리를 들을 수 있으리라고 기대했다. 섬에 가서 방을 예약하고(이런 철에는 섬이 텅 비고 레스토랑도 한산하겠지만) 저녁 식사 메뉴를 정하려고 면도를 시작하는데, 프랑수아즈가 와서 알베르틴의 방문을 알렸다. 그녀 앞에 검은 턱 같은 흉한 모습을 보여도 상관없다고 생각한 나는 곧바로 그녀를 들어오게 했다. 발베크에서는 그녀 앞에서 내가 충분히 멋지다고 생각되지 않아 지금 스테르마리아 부인 앞에서 느끼는 것과 같은 동요와 걱정으로 시달렸는데. 하지만 이제 내가 바라는 것은 함께 보낼 저녁 식사에서 스테르마리아 부인이 나에 대해 되도록이면 좋은 인상을 가지는 것뿐이었다. 그래서 알베르틴에게 함께 섬에 가서 메뉴 고르는 일을 도와 달라고 부탁했다. 우리가 모든 걸 다 바친 여인이 그토록 빨리 다른 여인으로 바뀌는 걸 보면서도, 우리는 매번 자신이 가진 것 모두를 아낌없이, 장차 되돌려 받으리라는 어떤 희망도 없이 내주는 모습을 보며 놀란다. 나의 제안에 알베르틴의 미소 띤 장밋빛 얼굴은 눈까지 낮게 내려쓴 챙 없는 납작한 모자 아래서 망설이는 듯했다. 다른 계획이 있는 것 같았다. 어쨌든 그녀는 나 때문에 그 계획을 곧 포기했고, 나 역시 나보다 식사를 더 잘 주문할 줄 아는 젊은 살림꾼과 함께 간다는 사실에 많은 중요성을 부여했으므로 매우 만족했다.

알베르틴이 내게 발베크에서와는 전혀 다른 뭔가를 표상한 것은 확실하다. 그러나 사랑하는 여인과의 내밀한 관계란 비록 그것이 그렇게 친밀하지 않다고 판단되는 경우라 할지라도, 당시 우리를 괴롭히던 부족함이나 사랑하는 마음과 사랑의 추억이 사라진 후에도 우리와 사랑하는 연인 사이에 오래 살아남아 뭔가 사회적인 유대감 같은 걸 불러일으키는 법이다. 우리에게서 다른 여인으로 가기 위해 이용하는 수단이나 길에 지나지 않았던 여인의 이름이 지금과는 다른, 과거의 우리에게서 원래 의미하던 것이 생각나면 우리는 놀라고 즐거워한다. 마치 그곳에서 만날 사람만을 생각하며 마부에게 카퓌신 대로나 바크 거리의 주소를 일러 주고 나서, 이 이름들이, 즉 카퓌신 대로가 예전에 카퓌신회 수녀들이 살던 수도원을, 바크 거리가 센강을 건너던 나룻배를 의미한다는 걸 떠올릴 때면 그러하듯이.*

---

* 파리 오페라좌 근처에 위치하는 카퓌신 대로는 성 프란치스코파의 수도사나 수녀들이 속한 카퓌신 수도회에서, 파리 7구의 바크 거리는 강을 건너는 바닥이 평평한 배에서 각기 그 이름이 유래했다.

물론 발베크에서의 내 욕망이 알베르틴의 몸을 그토록 성숙한 상태에 이르게 했으며, 또 그 안에 그토록 싱그럽고도 감미로운 맛을 쌓아 놓았으므로, 우리가 불로뉴 숲에 가는 동안, 세심한 정원사와도 같은 바람이 나무를 흔들며 열매를 떨어뜨리고 낙엽을 쓸어 가는 동안, 나는 마음속에서 생루가 잘못 생각했거나 혹은 내가 그의 편지를 잘못 이해해서 스테르마리아 부인과의 저녁 식사가 그 어떤 것에도 이르지 못할 경우 차라리 같은 날 밤 늦게라도 알베르틴과 만날 약속을 해 놓고, 지난날 내 호기심이 수를 세고 무게를 쟀던 매력이 지금은 온갖 매력으로 넘쳐나는 그런 그녀의 몸을 품에 안고 순전히 관능적인 시간을 보내면서 스테르마리아 부인과의 사랑이 시작될 무렵 느껴지는 감동과 어쩌면 슬픔조차 잊어버리면 어떨까 생각해 보았다. 물론 스테르마리아 부인이 이 첫날 저녁 내내 어떤 사랑의 표현도 하지 않을 거라고 상상이라도 할 수 있었다면, 나는 그녀와의 저녁 시간을 아주 환멸적인 방식으로 그렸을 것이다. 우리가 잘 알지 못하면서도 욕망하고, 아직은 거의 미지의 존재로 남아 있는 그녀 자체보다 오히려 그녀를 에워싸는 그 특별한 삶을 사랑하는 사랑의 초기 단계에는, 이런 여인에 대해 연이어 나타날 사랑의 두 단계가 현실에 어떻게 기묘하게 반영되는지, 다시 말하면 우리 마음이 아니라 그녀와의 만남에 반영되는지 나는 경험상 너무도 잘 알고 있었다. 우리는 그녀와 한 번도 얘기해 본 적 없는데도 그녀가 표현하는 시(詩)에 매혹되어 망설인다. 그녀일까? 아니면 다른 여인일까? 그러다 몽상이 그녀 주위에 고정되면서 그녀와 하나가 된다. 곧 있을 그녀와의 첫 번째 만남은 이런 태어나는 사랑을 반영해야 한다. 그런데 실제로는 그렇지 못하다. 물질적인 삶을 표현하는 데도 첫 번째 단계가 필요하다는 듯, 우리는 이미 그녀를 사랑하면서도 가장 무의미한 방식으로 말한다. "이 섬으로 식사를 하러 오게 한 건 이곳 분위기가 당신 마음에 들 거라고 생각했기 때문이에요. 당신에게 특별히 하고 싶은 말이 있는 건 아니고요. 그런데 날씨가 너무 습해서 당신이 추울까 봐 걱정되는군요." "괜찮아요." "예의로 하는 말씀이겠죠. 부인을 괴롭히고 싶지 않으니, 이렇게 추위와 싸우는 걸 십오 분은 허락하겠지만, 십오 분 후에는 강제로 끌고 갈 거예요. 당신이 감기에 걸리는 건 원치 않으니까요." 이렇게 해서 우리는 사랑하는 여인에게 아무 말도 하지 못한 채 함께 돌아오고, 그녀에 대해 아무것도 기억하지 못하면서 기껏해야 그녀가 바라보는 어떤 방식만 기억하고, 하지만 그녀를 다시 만날 생각만 하면서 돌아온다. 그런데 두 번째 만남은(그녀의 유일한 추억인 시선조차 생각나지 않는, 하지만 다시 그녀와 만날 생각만 하는) 이런 첫 단계를 넘어선다. 그동안에는 아무 일도 생기지 않았다. 그러나 우리는 새로 만난 사람에게 레스토랑의 편안함에 대해 말하는 대신, 그녀가 못생겼다고 생각하면서도 누군가가 그녀에게 삶의 순간마다 우리 얘기를 해 주기를 바라면서(그 사람은 그런 얘기를 들어도 놀라지 않는다.) 이렇게 말한다. "마음속에 쌓인 모든 장애물을 제거하려면 할 일이 많아요. 우리가 성공하리라고 생각하세요? 적을 이기고 행복한 미래를 기대할 수 있다고 생각하세요?" 그러나 처음

보기에 무의미하고 다음으로는 사랑을 암시하는 이런 모순된 대화는 우리의 경우 필요하지 않을 것이다. 나는 생루의 편지를 믿을 수 있었다. 스테르마리아 부인은 첫날밤부터 내게 몸을 맡길 테고 그러니 부득이한 경우를 위해 알베르틴을 밤늦게 집에 부를 필요는 없으리라. 불필요한 일이었다. 로베르는 결코 과장하는 법이 없었으며, 그의 편지는 분명했다.

알베르틴은 거의 입을 열지 않았다. 내가 다른 생각에 몰두해 있다고 느꼈던 모양이다. 우리는 커다란 나무들이 울창한 거의 바닷속 같은 숲의 초록빛 동굴 밑을 걸어갔고, 숲의 둥근 지붕 위로 바람이 부서지면서 빗방울 튀는 소리가 들렸다. 땅바닥에 뒹구는 낙엽을 밟자 낙엽은 조가비마냥 땅속으로 처박혔고 나는 성게처럼 가시 돋친 밤송이를 지팡이로 밀쳤다.

나뭇가지에는 마지막 남은 잎들이 파르르 떨면서 줄기가 허락하는 한 멀리 바람을 쫓아가다 이따금 줄기가 끊어지면 땅에 떨어져 바람을 따라잡으며 굴러갔다. 만일 이런 날씨가 계속된다면 내일은 섬이 더 멀리 있는 듯, 어쨌든 완전히 황량해 보일 거라고 생각하니 무척 기뻤다. 우린 마차에 올랐고, 돌풍이 잔잔해지자 알베르틴은 생클루까지 계속 가자고 졸랐다. 이렇게 발밑에는 낙엽이, 하늘에는 구름이 바람을 쫓아갔다. 분홍, 파랑, 초록이 층층이 겹쳐진 일종의 원추 곡선이 그려진 하늘에는, 철새 같은 저녁들이 보다 아름다운 날씨를 위해 떠날 준비를 하고 있었다. 받침대에서 튀어나올 듯한 대리석 여신상은 온통 그녀에게 바쳐진 듯 보이는 커다란 숲에 홀로 서서 그 격렬한 뜀뛰기 동작으로 반은 동물 같고 반은 성스러운 신화적인 공포로 숲을 가득 채웠고, 알베르틴은 그 여신 상을 좀 더 가까이에서 보려고 작은 언덕에 올라갔으며 나는 노상에서 그녀를 기다렸다. 이처럼 밑에서 쳐다보니 그녀는 더 이상 요전 날 침대에서 가까이 갖다 댄 내 눈이라는 확대경에 목의 결을 드러냈을 때처럼 살찌고 포동포동해 보이지 않았으며 오히려 발베크의 행복한 시간이 녹을 입힌 미세하게 세공된 작은 조각상처럼 보였다. 집에 돌아와 다시 혼자가 되었을 때, 나는 알베르틴과 함께한 오후 외출과 모레 게르망트 부인 댁에서 있을 식사, 질베르트의 편지에 답장해야 하는 일 등 이렇게 내가 사랑하는 세 여인의 일을 생각했고, 그러자 우리의 사회생활이란 것이 예술가의 아틀리에마냥 여기저기 버린 스케치로, 어느 순간 우리의 커다란 사랑에 대한 욕망을 고정할 수 있다고 믿으면서 그리지만 결국은 내팽개친 스케치로 가득한 게 아닐까 하는 생각이 들었다. 그러나 그 스케치들이 너무 오래되지 않았다면 다시 그것으로 돌아가 그것과는 완전히 다른 작품을, 어쩌면 처음 계획했던 것보다 훨씬 중요한 작품을 그릴 수 있다는 생각은 해 보지 못했다.

다음 날, 날씨는 차갑고 맑았다. 겨울이 느껴졌다.(그리고 사실 이미 계절이 깊었으므로 황량한 불로뉴 숲에서 몇몇 녹색이 어린 금빛 지붕을 발견할 수 있었던 건 거의 기적이었다.) 잠에서 깨자마자 나는 동시에르 병영 창문으로 보았던 것과 흡사한, 한결같이 희뿌연 짙은 안개가 즐겁게, 마치 솜사탕처럼 조밀하고도 달콤하게 햇빛에 매달려 있는 모습을 보았다. 그러다 해가 자취를 감췄고 오후가 되자 안개는 더욱 짙어졌다. 해는 일찍 기울었고 나는 옷을 입었으며, 하지만 출발하기에는 너무 이른 시간이었으므로 스테르마리아 부인에게 마차를 보내기로 결심했다. 나와의 동행을 강요하지 않으려고 감히 마차에 타지는 못했지만, 혹시 내가 그녀를 데리러 가도 좋은지 마부에게 쪽지를 보냈다. 그동안 나는 침대에 드러누워 잠시 눈을 감았다가 다시 눈을 떴다. 커튼 위에는 어두워져 가는 날을 에워싸고 있는 가느다란 빛줄기만이 보였다. 발베크에서 어둡고 감미로운 공허의 시간을 알게 되었던, 그 쾌락의 심오한 입구인 무의미한 시간을 나는 알아보았다. 그때 나는 다른 사람들이 모두 저녁 식사를 하는 동안, 지금처럼 내 방에 혼자 남아 커튼 위로 해가 지는 모습을 보았으며, 하지만 북극의 밤처럼 짧은 밤 후에는 이내 리브벨의 불 켜진 방에서 보다 찬란한 빛으로 되살아난다는 것을 알았으므로 별다른 슬픔 없이 바라볼 수 있었다. 나는 침대 아래로 뛰어내려 검정 타이를 매고 머리에 빗질을 했는데, 이는 나 자신을 위한 것이 아니라 리브벨에서 만날 여인들을 생각하면서 발베크에서 했던 때늦은 몸치장의 마지막 몸짓과도 같은 것이었다. 한편 내 방의 비스듬히 기울어진 거울을 통해서는 그 여인들에게 미소를 보냈으며, 그래서 이 몸짓은 빛과 음악이 한데 어우러진 여흥에의 초대를 알려 주는 기호로 남아 있었다. 마술적인 기호로서의 몸짓은 놀이를 환기한다기보다는 이미 실현하고 있었으며, 이런 몸짓 덕분에 나는 콩브레에서 7월 포장공의 망치 소리를 들으면서 어두운 방의 서늘함 속에 더위와 태양을 즐겼을 때처럼, 놀이의 진실에 대해 그토록 확고한 관념을 가질 수 있었고, 우리를 도취시키는 그 경박한 매력도 완전히 향유할 수 있었다.

그러므로 이제 내가 만나기를 열망하는 여인은 더 이상 스테르마리아 부인이 아니었다. 그녀와 함께 저녁을 보내야 하는 지금 부모님이 귀가하시기 전 내가 마지막으로 보낼 수 있는 자유로운 저녁 시간에 리브벨의 여인들을 만나러 갈 수 있다면, 나는 그 편을 더 선호했을지도 모른다. 마지막으로 손을 다시 씻고 기쁜 마음으로 방 안을 거닐다 컴컴한 식당에서 손을 닦았다. 식당은 불이 켜진 응접실 쪽으로 열린 것 같았지만, 실은 반대로 닫혀 있었고, 열린 문틈 사이로 빛이 비쳤다고 여긴 것도 실은 어머니가 귀가하시면 갖다 놓으려고 벽에 기대 놓은, 거울에 반사한 내 수건의 하얀 빛에 지나지 않았다. 이렇게 나는 집에서 발견되는 모든 허상들에 대해 생각했는데, 그 허상들은 시각적인 것만은 아니었다. 왜냐하면 처음 이 집에 도착했을 때 나는 누군가가 부엌 수도꼭지를 틀 때마다 거의 사람 소리처럼 낑낑거리는 소리가 길게 이어지는 것을 듣고 이웃 사람이 개를 기른다고 믿었기 때문이다. 또 층계참 문이 계단에 부는 바람으로 저절로 천천히 닫힐 때마다, 「탄호이저」서곡 끝 부분 「순례자들의 합창」에 겹쳐지는 그 관능적이고 애절하며 끊기는 듯한 악절이 연주된다고 믿었다. 그런데 내가 막 수건을 제자리에 놓았을 때 초인종이 울렸다. 나는 이 아름다운 교향곡 부분을 다시 들을 기회를 갖게 되었다고 생각하며, 대답을 가져온 마부에게 응접실 문을 열어 주려고 달려갔다. 그가 틀림없이 "부인이 아래층에 계십니다." 또는 "부인이 도련님을 기다리십니다."라고 말하겠지 하고 생각했다. 하지만 마부는 손에 편지를 들고 있었다. 스테르마리아 부인이 쓴 편지를 보기 전에 나는 잠시 망설였다. 그녀가 펜을 손에 든 동안은 다른 내용이 담길 수도 있었겠지만, 이제 그녀의 손에서 벗어난 편지는 자기만의 길을 홀로 가면서 그녀로서도 무엇 하나 바꿀 수 없는 그런 운명을 지니고 있었다. 나는 마부가 안개에 대해 불평하는데도 잠시 내려가 기다리라고 말했다. 그가 나간 뒤 봉투를 열었다. 알릭스 드 스테르마리아 자작 부인이라고 인쇄된 명함에 내가 초대한 여인은 이렇게 썼다. "죄송해요. 뜻하지 않은 일이 생겨 오늘 저녁 불로뉴 숲의 섬에서 식사를 못 할 것 같네요. 즐거운 마음으로 기다렸는데. 스테르마리아* 영지에 가면 더 길게 쓸게요. 미안한 마음과 우정을 표하면서." 나는 충격으로 얼이 빠져 꼼짝할 수 없었다. 발밑에는 받은 명함과 봉투가 마치 총포가 발사된 후의 탄피처럼 떨어져 있었다. 나는 편지를 주워 문장을 분석했다. "그녀는 불로뉴 숲의 섬에서 나와 함께 식사할 수 없다고 했어. 그렇다면 다른 곳에서라면 함께 식사할 수 있다는 결론을 내릴 수 있을 거야. 그녀를 찾으러 가는 것 같은 무례한 짓은 하지 않겠지만, 어쨌든 그렇게 이해할 수 있어."

* 브르타뉴의 바다를 연상하는 스테르마리아(Stermaria)란 이름은 작가의 상상력이 만들어 낸 허구의 이름이다. 프루스트는 브르타뉴에 실재하는 케르마리아(Kermaria)를, '성모 마리아의 물'이란 의미를 내포한다고 추정되는 스테르마리아로 변형한 것처럼 보인다. 그러나 이 이름은 또한 '안개 마을의 별'을 뜻하기도 한다고 지적된다.(Enid G. Marantz, *Etudes françaises*, vol. 30, n° 1, 1994, 41-58쪽 참조.)

그리고 그 숲 속의 섬, 내 상념은 사흘 전부터 이미 스테르마리아 부인과 함께 그곳에 자리 잡았으므로 나는 그것을 돌릴 수 없었다. 내 욕망은 무의식적으로 그토록 오랜 시간 전부터 이미 기울어져 있던 쪽을 향했고, 또 욕망을 물리치기에 그 전보는 너무도 최근의 일이었으므로, 시험에 떨어진 학생이 한 번 더 질문에 대답하고 싶어 하듯, 나는 본능적으로 떠날 준비를 했다. 드디어 프랑수아즈에게 아래층으로 내려가 마부에게 돈을 주라는 말을 하기로 결심했다. 복도를 지나도 프랑수아즈가 보이지 않아 식당으로 갔다. 갑자기 내 발소리가 지금까지 그래 왔던 것처럼 마룻바닥에서 울리기를 멈추더니 정적 속에 둔중해졌고, 그 이유를 깨닫기도 전에 그것은 내게 질식과 유폐의 느낌을 주었다. 부모님이 돌아오시기 전에 마루에 깔기 시작한 양탄자 때문이었다. 행복한 아침 나절에는 그렇게도 아름답던 양탄자가 혼란스러운 가운데서도 마치 교외로 식사를 하러 나가자고 데리러 온 친구마냥 태양이 우릴 기다리며 그 위로 숲의 눈길을 던지던 그런 양탄자가, 지금은 반대로 내가 살아가야 하고 가족끼리 식사를 해야 하고 더 이상 자유롭게 외출할 수 없는 겨울 감옥의 첫 도구가 된 것이다.

"도련님, 넘어지지 않게 조심하세요. 아직 못을 박지 않았어요." 하고 프랑수아즈가 외쳤다. "전기를 켜 놓을걸. 벌써 '9얼'* 말이니 좋은 날씨도 끝났어요."

---

* 프랑수아즈는 9월을 의미하는 septembre를 '셉탕부르'가 아닌 '섹탕부르'라고 발음한다.

곧 겨울이다. 창문 구석에는 갈레*의 유리 세공품처럼 단단해진 눈〔雪〕의 줄무늬가 그려지고, 샹젤리제에도 우리가 기다리는 소녀들 대신 참새 떼만이 보이리라.

스테르마리아 부인을 만나지 못한 나의 절망감을 더욱 키운 것은, 내가 일요일 이래 시시각각 이 저녁 식사만을 위해 사는 동안 그녀가 어쩌면 이 저녁 식사에 대해 한 번도 생각해 보지 않았다는 걸 그 대답에서 짐작할 수 있었기 때문이다. 나중에 나는 그녀가 어떤 젊은이와 엉뚱한 연애 결혼을 했다는 걸 알게 되었는데, 이미 그때 그녀는 그 남자를 만나고 있었고 그래서 아마도 내 초대를 잊었던 듯하다. 그녀가 내 초대를 기억했다면, 내가 그녀에게 마차를 보낸다는 약속은 하지 않았으므로, 그날 다른 약속이 있다는 걸 알려 주려고 내 마차를 기다리는 짓 따위는 하지 않았을 것이다. 안개 낀 섬에서 봉건 시대의 처녀를 만나려는 내 몽상은, 아직 존재하지 않는 사랑으로 가는 길을 터 주었다. 이제 내 환멸과 분노, 방금 날 거부한 여인을 다시 붙잡으려는 절망적인 욕망은, 거기에 내 감수성까지 끌어들이면서 지금껏 상상만으로 홀로 힘없이 그려보던 가능한 사랑에 내 시선을 고정시켰다.

얼마나 많은 추억과, 아니, 그보다는 더 많은 망각 속에서, 우리는 소녀들과 젊은 여인들의 여러 상이한 얼굴들이 마지막 순간 우리로부터 빠져나간다는 단 하나의 이유만으로 거기에

---

* 유리 세공가 갈레(Gallé)에 대해서는 『잃어버린 시간을 찾아서』 4권 273쪽 참조.

커다란 매력을 부여하고, 다시 보고 싶어 미칠 듯한 욕망을 덧붙이는가! 스테르마리아 부인의 경우에는 그보다 더 많은 것이 연루되었고, 그리하여 지금 그녀를 사랑하기 위해 내게 필요한 것은 다시 그녀를 만나는 일이며, 그토록 선명하지만 지나치게 순간적인 짧은 인상들을, 그녀가 부재하는 동안 내 기억이 지탱할 힘이 없었던 인상들을 새롭게 하는 일이었다. 그러나 상황은 다르게 돌아갔고, 나는 그녀를 다시 만나지 못했다. 내가 사랑한 여인은 그녀가 아니었으며, 하지만 그녀일 수도 있었다. 내가 오래지 않아 하게 될 그 커다란 사랑을, 어쩌면 보다 잔인하게 만드는 것 중의 하나는 내가 그날 저녁 일을 회상하면서, 그때 조금만 상황이 달라졌다면 이 사랑이 다른 여인, 즉 스테르마리아 부인을 향했을지도 모른다고 생각했다는 점이다. 그 후 얼마 안 가서 내게 사랑을 불어넣은 여인에게 품은 사랑은 따라서 — 내가 그토록 믿고 싶었고 또 믿을 필요가 있었던 — 절대적으로 필연적이고 숙명적인 사랑은 아니었다.

프랑수아즈는 불을 때기 전에 이곳에 머무르는 건 잘못이라고 하면서 날 식당에 혼자 두고 나갔다. 그녀는 식사를 준비하러 갔고, 부모님이 도착하기 전 바로 이날 저녁부터 나는 칩거를 시작했다. 나는 식탁 구석에 아직 둘둘 말린 채로 놓여 있는 커다란 양탄자를 보고는 거기 머리를 파묻고 먼지와 눈물을 삼키면서 흡사 장례 때 머리에 재를 뒤집어쓰는 유대인처럼 흐느껴 울기 시작했다.* 몸이 부들부들 떨렸다. 방이 추

---

* 고대 유대인들은 장례의 표시로 "옷을 찢고 자루 옷을 입은 다음 재를 뒤집

웠을 뿐만 아니라, 눈에서 방울방울 떨어지는 눈물이 마치 몸속에 파고드는, 결코 그칠 것 같지 않은 그 차가운 이슬비처럼 체온을 급격히 떨어뜨렸기 때문이다.(그런 모습을 들킬까 봐 걱정하는 마음과 어쩌면 눈물을 흘리면서 느끼는 가벼운 쾌감에 저항하고 싶지 않은 마음에 맞서) 갑자기 어떤 목소리가 들렸다.

"들어가도 될까? 네가 식당에 있을 거라고 프랑수아즈가 알려 줬어. 어디 나가서 저녁이나 같이하자고. 네가 괜찮다면 말이야. 칼로 자를 듯한 짙은 안개가 꼈으니."

아직 모로코나 바다에 있으리라 생각했던 로베르 드 생루가 아침에 도착해서 찾아온 것이었다.

나는 이미 내가 우정에 대해 어떻게 생각하는지 말한 적이 있다.(발베크에서 바로 로베르 드 생루가 자기도 모르는 사이, 우정에 관한 내 인식에 도움을 주었다.) 즉 우정이란 별 가치가 없으며, 또 몇몇 천재적 인간들, 예를 들면 니체 같은 인간이 순진하게도 우정에 지적 가치를 부여하고, 따라서 지적 존경심이 수반되지 않은 우정을 거부한 점은 이해하기 힘들다고 말했다. 그렇다. 지나친 양심의 가책으로 자신에 대한 진솔함을 끝까지 밀고 나가 바그너의 음악과도 거리가 멀어진 인간이, 일반적으로는 행동에서 또 개인적으로는 우정에서 성격상 모호하고도 부적절한 표현 방식을 통해 진실이 구현될 수 있으며, 또 친구를 만나러 가기 위해 자기 일을 그만두거나 루브르 박물관에 화재가 났다는 잘못된 소문을 듣고는 친구와 더불어 눈물을 흘리는 행동 속에 어떤 의미가 있다고 상상하는 걸 보고 나는 언제나 놀라움을 금치 못했다.* 발베크에서 소녀들과 함께 놀면서 나는 우리의 정신적인 삶에 우정보다 해롭지 않고 적어도 그것과는 무관한 기쁨이 있음을 발견했다. 사실 우정의 온갖 노력은 우리의 유일한 현실인 남에게 소통할 수 없는 부분을(예술이라는 수단에 의거하지 않고는) 표면적인 자아를 위해 희생한다는 데 있다. 이 표면적인 자아 역시 우정처럼 그 자체로는 기쁨을 발견하지 못하지만, 외부의 받침대로부터 보호를 받는다고 느끼거나 낯선 인간으로부터 환대를 받는다고 느끼면 어렴풋이 마음이 움직인다. 다른 사람이 주는 보호에 행복감을 느끼는 이 표면적인 자아는 그 편안함을

———————

* 니체는 바그너에 대해 깊은 우정과 존경심을 갖고 있었지만 『인간적인 너무나 인간적인』이란 저서와 『바그너의 경우』를 출간한 후부터는 바그너를 격렬하게 비난했다. 기독교적 구원과 애국주의와 반유대주의로 표현되는 바그너의 범게르만주의 사상은, 니체의 반기독교적이고 반민족주의적 사상과 대립할 수밖에 없었다. 니체는 『바그너의 경우』의 출간을 비난한 마이젠부르크 양에게 보낸 편지에서 "바그너는 천재이지만 거짓의 천재이며 그와 반대로 나는 진리의 천재이다."라고 말했다. 그러나 프루스트는 "니체가 지적 존경심이 없는 우정을 인정하지 않는다고 한 말은 '거짓의 천재'라고 바그너를 비방한 자에게도 거짓으로 보인다."라고 지적하면서, 니체가 루브르 박물관 화재에 관한 잘못된 소식을 듣고 눈물을 흘렸다는 말도 거짓이라고 비난했다.(1871년 루브르 박물관에 화재가 났다는 소문이 돌자 니체는 바젤 대학의 미술사 교수인 야코프 부르크하르트를 찾아가 같이 울었다고 한다.) 이처럼 프루스트에게서 니체와 바그너의 일화는 추상적이고 가능한 진리, 따라서 거짓인 진리를 구현하는 우정과 철학에 비해, 사유를 강요하는 사랑과 예술이야말로 참된 진리임을 확인하는 계기가 된다.(『게르망트』, 폴리오, 709쪽; 『프루스트의 기호들』, 민음사, 59쪽 참조.)

인정하고 빛나게 함으로써, 만일 자신의 것이라면 결점이라고 부르며 고치려고 했을 것도 장점으로 간주하면서 감탄을 금치 못한다. 게다가 우정을 경멸하는 인간은 어떤 환상도 없이, 하지만 조금은 후회가 없지 않은 채로, 세상에서 가장 좋은 친구가 되기도 한다. 이와 마찬가지로 마음속에 걸작을 품고 있는 예술가는 자신의 의무가 이런 걸작을 위해 일하고 사는 거라고 느끼면서도 이기주의자로 보이지 않으려고, 또는 이기적인 사람이 되는 위험을 감수하지 않으려고, 지극히 하찮은 동기에도 목숨을 거는 경우가 있는데, 목숨을 걸지 않는 편을 선호했을 그 이유들이 그와는 무관한 것이기 때문에 보다 용감하게 목숨을 거는 것이다. 하지만 우정에 관한 내 견해가 어떠하든, 우정이 주는 기쁨, 그토록 평범하여 내게는 피로와 권태 사이의 그 무엇과 흡사해 보이는 그런 기쁨에 대해서만 말해 본다면, 몇몇 상황에서 우리에게 필요한 채찍질과 스스로는 얻지 못하는 따뜻함을 가져다줌으로써 소중하게 느껴지고 위로가 되지 않는 그렇게 치명적인 묘약은 없다고 할 수 있다.

한 시간 전이라면 생루에게 리브벨의 여인들을 다시 만나게 해 달라고 부탁했을지 모르지만 지금의 나는 그런 모습과는 아주 거리가 멀었다. 스테르마리아 부인에 대한 그리움이 남긴 흔적이 그렇게 빨리 지워질 리야 없겠지만, 어쨌든 내 마음속에서 행복해야 할 어떤 이유도 발견하지 못하는 순간에 생루가 들어왔다는 사실은, 마치 선의와 활기에 넘치는 삶이 내 밖에 있다가 다시 내 것이 되기만을 바라며 도래한 듯했다.

생루 자신도 내 감사의 외침이나 감동의 눈물을 이해하지 못한 것 같았다. 외교관이나 탐험가나 비행사, 또는 생루 같은 군인인 친구들보다 역설적으로 더 다정한 이들이 또 어디 있단 말인가? 그들은 다음 날 어느 낯선 곳을 향해 가야 할지도 모르면서 자신들이 머무는 야전지로 돌아가야 하며, 우리와 함께 보내는 그 드물고 짧은 저녁 시간에도 그토록 감미로운 인상을 간직하는 듯 보이면서도 이런 시간을 연장하거나 더 자주 되풀이하려고 하지 않음으로써 우릴 놀라게 한다. 우리와 함께하는 저녁 식사라는 그렇게도 자연스러운 일이, 우리 도시의 대로들이 아시아인들에게 주는 것 같은 그런 낯설고 감미로운 기쁨을 이런 여행자들에게 주는 모양이다. 우리는 저녁 식사를 하기 위해 함께 나섰다. 계단을 내려오면서 나는 동시에르에서 저녁마다 레스토랑으로 생루를 만나러 갔던 일과, 내가 잊었던 그곳의 작은 식당들을 떠올렸다. 그런 식당 중에서 그 후에 한 번도 다시 생각해 보지 못한 식당 하나가 떠올랐는데, 생루가 저녁 식사를 하던 호텔 식당이 아니라, 소박한 여관과 하숙집 중간쯤에 해당하는 식당으로 주인 여자와 하녀 한 명만이 음식을 내오던 곳이었다. 그날 내린 눈 때문에 내 발길은 그곳에 멈추었다. 게다가 그날 저녁은 로베르가 호텔에서 식사를 하지 않을 예정이었으므로 더는 멀리 가고 싶지 않았다. 온통 나무로 된 위층의 작은 방으로 하녀가 식사를 가져왔다. 식사하는 동안 불이 나갔고, 하녀가 두 개의 초에 불을 붙였다. 나는 잘 보이지 않는 척하면서 접시를 하녀 쪽으로 내밀었고 그녀가 접시에 감자를 담는 동안 그녀를 이끌어 준다는 듯 벗은 팔을 꼭 붙잡았다. 하녀가 팔을 뿌리치지 않는 걸 보고 나는 그녀의 팔을 애무했고, 그러다 한마디 말도 하지 않고·내 쪽으로 그녀의 몸을 끌어당기며 촛불을 껐으며, 또 그녀가 약간의 돈을 가질 수 있도록 내 몸을 뒤지게 했다. 그 후 얼마 동안은 육체적인 쾌락을 맛보기 위해서는 하녀뿐만 아니라, 그토록 외따로 떨어진 곳에 나무로 지어진 식당이 필수적인 것처럼 느껴졌다. 하지만 동시에르를 떠날 때까지 매일 저녁 습관이나 우정에 의해 내가 발걸음을 옮긴 곳은 바로 로베르와 로베르의 친구들이 식사하던 식당이었다. 그런데도 그가 친구들과 함께 하숙하던 이런 호텔조차도 이미 오래전에 기억에서 멀어졌다. 우리는 삶을 거의 활용하지 못하며, 여름 황혼이나 겨울 초저녁에 약간의 평화로움이나 기쁨이 깃든 몇몇 시간마저도 미완인 채로 방치한다. 그러나 이런 시간들을 완전히 잃어버린 것은 아니다. 새로운 쾌락의 순간들이 차례로 노래를 부르며 똑같이 미세한 선처럼 스쳐 갈 때면, 이 잃어버린 시간들도 그 순간들에 아주 풍요로운 오케스트라의 화음과도 같은 밀도와 받침대를 부여한다. 이렇게 해서 그것은 우리가 드물게만 발견하는, 그러나 계속 존재하는 행복의 전형적인 유형으로까지 발전한다. 이 경우, 자연의 풍경에 대한 추억의 힘이 여행의 약속을 담고 있는 쾌적한 분위기에서, 우리의 잠든 삶을 자신의 온갖 정력과 애정으로 뒤흔들며, 나 혼자만의 노력이나 사교적인 오락거리로 얻을 수 있는 것과는 아주 다른 감동적인 기쁨을 전달하러 온 친구와 더불어 식사를 하기 위해 나머지는 모두 버린다는 걸 의미했다. 우리는 오로지 친구를 위해서만 존재하며, 이런 시간의 칸막이에서 태어나 시간 속에 갇힌, 어쩌면 다음 날에는 지속되지 않을지도 모를 그런 우정의 맹세를 친구에게 한다. 그러나 나는 생루가 다음 날이면 많은 지혜로운 경험에서 우러난 용기와 우정이 깊어질 수 없다는 예감을 가지고 떠날 것이기에 아무 양심의 가책도 없이 그 맹세를 할 수 있었다.

계단을 내려갈 때는 동시에르의 저녁이 생각났지만, 거리에 나오자 갑자기 안개가 가로등 불마저 끈 듯 아주 가까운 곳만 희미하게 보이는 칠흑 같은 어둠이, 언제인지 정확히 기억은 나지 않지만 콩브레에 도착하던 저녁을 생각나게 했다. 마을은 멀리서만 불빛이 보였고, 우리는 제의용 양초보다도 덜 반짝이는, 타다 남은 초로 여기저기 간신히 별 모양으로 꾸며 놓은 구유마냥 축축하고 미지근하며 성스러운 어둠 속을 더듬는 듯했다. 콩브레에서의 그해, 게다가 어렴풋하기만 했던 그해와 조금 전 커튼 위에서 다시 떠올린 리브벨의 저녁은 얼마나 달랐던가! 만약 내가 이날 혼자였다면, 나는 이 저녁들을 바라보면서 어떤 열광 같은 걸 느꼈을 테고, 또 이 열광은 내게 보다 풍요로운 결실을 맺어 이 작품의 주제인 그 눈에 보이지 않는 문학적 소명 이야기를 공표하기에 앞서 내가 거쳐야만 했던 수많은 불필요한 세월들의 우회를 피하게 해 주었을 것이다. 만약 그날 저녁 그런 일이 일어났다면, 내가 탄 마차는 예전에 마르탱빌 종탑에 관한 짧은 묘사문을 썼던 — 바로 얼마 전에 다시 발견해서 조금 수정한 후에 《르 피가로》에 보냈지만 아직 아무 소식도 없는*──그 페르스피에 의사의 마차보다 더 기념비적인 것이 되었으리라. 이는 우리가 나날의 세월을 연속적인 순서대로 다시 체험하지 않고, 어느 아침이나 어느 저녁의 상쾌함과 햇빛으로 응결된 추억 속에서, 나머지 모든 것으로부터 멀리 떨어진 채로 여기저기 고립되고 가두어지고 움직이지 않고 멈추고 상실된 풍경의 그림자가 어려 있는 추억 속에서 살기 때문일까? 그리하여 우리 밖에서뿐 아니라 우리 꿈과 성격의 발전 과정에서도, 만일 우리가 다른 해에서 뽑아 올린 다른 추억을 떠올리려고 한다면, 우리도 지각하지 못하는 사이에 한 시기에서 아주 다른 시기의 삶으로 넘어가는 점진적인 변화가 삭제되어, 이 두 개의 추억 사이에 존재하는 균열과 망각의 거대한 벽 덕분에 마치 해발이 다른 심연과도 같은, 호흡하는 대기와 주위의 빛깔마냥 서로 비교할 수 없는 두 성질의 불일치 같은 것을 발견하기 때문일까? 그러나 콩브레와 동시에르와 리브벨이 연이어 내게 떠올린 추억들 사이에서 나는 시간 이상의 거리감을, 동일한 질료가 아닌 다른 우주 사이에 존재하는 거리감 같은 걸 느꼈다. 만약 내가 어느 책에서 리브벨의 보잘것없는 추억 속에 새겨진 것처럼 보였던 질료를 재현하고 싶었다면, 지금까지 콩브레의 어둡고 거친 사암석과 유사하다고 생각되었던 질료에 장밋빛 나뭇결무늬를 그려 넣어 단번에 반투명하고 조밀하며 산뜻하고 울림이 큰 것으로 만들어야 했으리라. 하지만 로베르가 마

---

* 『잃어버린 시간을 찾아서』 1권 311쪽 주석 참조.

부에게 지시를 마치고 마차 안에 들어왔다. 그러자 조금 전 내게 나타났던 많은 관념들도 함께 사라졌다. 그것은 고독한 인간에게, 길모퉁이에 서 있거나 또는 잠이 든 방에서조차 이따금 모습을 드러내어, 방문 앞에 선 채로 계시를 내리는 여신과도 같은 존재이다. 그러나 다른 사람과 함께 있으면 그 즉시 사라져 버리고, 사회 속의 인간은 결코 관념을 지각하지 못한다. 나는 우정의 세계로 다시 내던져졌다.

로베르가 도착하여 밖에 짙은 안개가 꼈다고 알려 주었고, 우리가 얘기를 나누는 동안에도 안개는 계속 짙어졌다. 섬으로부터 솟아올라 스테르마리아 부인과 나를 감싸 주기 원했던 그런 옅은 안개는 아니었다. 몇 걸음 걷자 가로등 불이 꺼졌고, 들판 한복판이나 숲 속, 아니, 차라리 내가 가고 싶었던 브르타뉴의 완만한 섬 한가운데 있다고 느낄 만큼 그렇게 밤이 깊었다. 어느 북쪽 바다 연안에서 길을 잃고 여러 차례 죽음의 위험과 부딪친 후에 겨우 외딴 주막에 도착한 기분이었다. 안개는 더 이상 우리가 찾는 신기루가 아니라 맞서 싸워야 하는 위험이 되었고, 그리하여 길을 찾고 안전하게 항구에 도착한다는 것은, 우리가 어려움과 불안을 거쳐 마침내는 안전의 기쁨을, 고향을 떠나 어리둥절해하며 낯설어하는 나그네에게 주어지는 안전의 기쁨을 — 길을 잃을 위험에 처해 보지 못한 사람은 결코 느낄 수 없는 — 맛보는 것을 의미했다. 마차로 산책하는 모험을 하는 동안, 한 가지 사실이 순간적으로 날 놀라게 하고 화나게 하여 그 기쁨을 망칠 뻔했다. "참, 내가 블로크에게 얘기했어." 하고 생루가 말했다. "네가 블로크를

전혀 좋아하지 않으며, 천박하다고 생각한다고 말이야. 바로
이게 나란 인간이야. 난 입장을 분명히 하는 걸 좋아해." 하고
그는 만족한 표정과 반박을 허락하지 않는 듯한 어조로 결론
을 내렸다. 나는 깜짝 놀랐다. 나는 생루와 그의 충직한 우정
을 절대적으로 신뢰했으며, 또 그가 블로크에게 한 말로 그 점
을 거스르긴 했지만, 그래도 그의 단점뿐 아니라 장점, 또 어
느 정도는 솔직함이 부족하다고 여길 정도로 예의를 지키는
교육을 통해 습득한 지식과 뛰어난 자질 덕분에 그가 결코 그
런 짓은 하지 못할 거라고 생각해 왔다. 그의 의기양양해하는
표정은 그렇게 해서는 안 된다는 것을 이미 알고 있는 일을 고
백할 때 느끼는 당혹감을 감추기 위한 것은 아니었을까? 아니
면 자신의 생각을 무의식적으로 드러낸 것일까? 아니면 내가
모르는 단점을 미덕으로 치켜세우려는 어리석음을 드러낸 것
일까? 나에 대한 불쾌한 기분이 일시적으로 폭발해서 나를 떠
나도록 부추기거나, 아니면 블로크에게 화가 나서 뭔가 나를
끌어들이면서까지 불쾌한 말을 하고 싶었던 것일까? 게다가
이런 천박한 말을 지껄이는 동안 그의 얼굴에는 내가 그에게
서 평생 한두 번밖에 보지 못한 처참하게 일그러진 모습이 상
흔처럼 새겨졌으며, 이 일그러진 모습은 처음에는 얼굴 한가
운데를 따라다니다 일단 입가에 닿자 입술을 비틀면서 거기
에 야비함의 추한 표정을, 아마도 유전적인 요인에서 온 듯한
거의 짐승 같은 표정을 일시적으로 부여했다. 틀림없이 이 년
마다 한 번씩 돌아오는 이런 순간에는, 그의 고유한 자아가 사
라지고 어느 조상의 인격이 잠시 스쳐 가면서 투영되는 건지

도 몰랐다. 로베르의 만족스러워하는 태도와 마찬가지로 "난 입장을 분명히 하는 걸 좋아해."라는 말이 같은 의혹을 자아 냈고, 따라서 같은 비난을 받아 마땅했다. 나는 생루에게, 그 토록 입장을 분명히 하는 걸 좋아한다면, 자신에 대해서도 솔 직해져야 하며 다른 사람을 희생해 가면서까지 고결한 사람 인 척 과시해서는 안 된다는 말을 해 주고 싶었다. 하지만 마 차는 벌써 레스토랑 앞에 도착했고, 거대한 정면 유리창의 타 오르는 불빛이 홀로 어둠 속을 꿰뚫고 있었다. 안개 역시 실내 의 아늑한 밝음으로, 식당 주인의 기분을 반영하는 종업원들 의 기쁨과 더불어 보도에서까지 입구를 가리키는 듯했다. 안 개는 가장 미묘한 무지갯빛으로 반짝거리며, 히브리인을 인 도하던 저 빛나는 불기둥처럼 입구를 가리키고 있었다.* 게다 가 손님들 중에는 히브리인이 많았다. 블로크와 그의 친구들 은 커피와 정치적 호기심에 취해 일 년에 단 한 번 행하는 관 례적인 금식 기간만큼이나 굶주린 채로 오랫동안 저녁마다 이 레스토랑에 모여들었다. 모든 정신적인 흥분은 거기 연관 된 습관에 뛰어난 가치와 탁월한 자질을 부여하여 조금만 활 력적인 취미 생활이라면 그 주위에는 사람들이 모이기 마련 으로, 이 모임에서 각자는 그 모임의 다른 회원으로부터 존경 받는 것을 삶의 주된 가치로 알고 추구한다. 예를 들어 아무리 작은 시골 마을이라 할지라도, 당신은 거기서 음악에 열광하

---

* 히브리어를 쓰는 사람으로 이스라엘 지역에 살며 유대교를 믿는 사람을 가리 킨다. 불기둥에 대해서는 『잃어버린 시간을 찾아서』 4권 513쪽 참조.

는 사람을 본다. 그들에게 있어 가장 나은 시간과 돈 대부분은 실내악 연주회나 음악 토론 모임에 쓰이며, 음악 애호가들을 만나고 음악가들과 팔꿈치를 맞대는 카페를 드나드는 데 쓰인다. 또 항공술에 반한 사람들은 비행장 맨 꼭대기에 위치한, 유리로 만들어진 바의 고참 종업원에게 잘 보이고 싶어 한다. 그들은 거기서 등대의 작은 유리방에 있듯이 바람을 피해 그때 마침 비행기를 타지 않은 비행사와 더불어 조종사가 공중 회전 하는 과정을 쫓아갈 수 있으며, 한편 조금 전까지만 해도 눈에 보이지 않던 또 다른 조종사는 갑자기 로크 새*의 날개로 덮치면서 거대한 소음을 내며 착륙한다. 졸라 재판이 주는 덧없는 감동을 연장하고 더 많은 것을 캐기 위해 모인 작은 그룹 역시 이 카페에 큰 중요성을 부여했다. 그러나 이 그룹은 카페 단골손님의 또 다른 부분을 형성하는 귀족들 눈에는 잘 보이지 않았는데, 귀족들은 초록색 화초로 장식된 난간으로 분리된 두 번째 방을 사용했던 것이다. 그들은 드레퓌스와 그 패거리를 배신자로 간주했지만, 이십오 년이 지나 여러 사상들이 분류되고, 드레퓌스주의가 역사에서 어떤 우아한 멋을 가질 날이 오면, 볼셰비키 당원이 된 또는 춤추는 데 정신이 팔린 그 동일한 귀족들의 젊은 후손들은 '지식인들'**의 질문에, 드레퓌스 사건을 잘 알지도 못하면서 — 마치 에드몽 드 푸르탈

---

* 코끼리를 잡아먹는다는 아라비아 전설 속의 새이다. 『천일야화』에서 신드바드는 외딴섬에 버려졌지만 이 로크 새를 타고 섬의 고립된 생활로부터 벗어난다.
** 지식인이란 용어 사용에 대해서는 『잃어버린 시간을 찾아서』 4권 158쪽 주석 참조.

레스 백작 부인이나 갈리페 후작 부인* 또는 다른 미인들이 그들이 태어났을 때는 이미 고인이어서 누구인지 잘 모르는 것처럼 — 만약 그들이 그 시대에 살았다면 자기들도 틀림없이 드레퓌스파가 되었을 거라고 단언했으리라. 왜냐하면 이 안개 낀 저녁, 카페의 젊은 귀족들은 아직 미혼이었지만, 나중에 회고적으로 돌아보면 드레퓌스파에 속한 젊은 지식인들의 아버지가 되었을 테니까. 물론 여기 모인 모든 이들의 가족은 부유한 집안과의 결혼을 기대했지만 아직 누구도 실현하지 못하고 있었다. 여러 명이 동시에 원하는 이 부유한 결혼은, 따라서 여전히 잠재적 가능성으로 남아(몇몇 '부유한 혼처'가 눈에 띄었지만, 어쨌든 막대한 지참금을 소유한 사람의 수는 그걸 원하는 구혼자의 수보다는 적었다.) 이 젊은이들 사이에 경쟁심을 부추겼을 뿐이다.

생루가 마부에게 식사 후에 데리러 오라고 이르기 위해 잠시 지체했으므로, 나는 불행하게도 혼자 들어가야 했다. 그런데 익숙하지 않은 회전식 문으로 먼저 들어가는 순간, 거기서 빠져나올 수 없을 것 같은 느낌을 받았다.(보다 정확한 어휘를 원하는 이들을 위해 덧붙이자면, 회전문은 그 평화로운 겉모습에도 불구하고 영어의 '회전문(revolving door)'에서 차용해 '연발 권총문(porte revolver)'이라 불리기도 한다.)** 이날 저녁 용감하게 밖

---

* 푸르탈레스 부인에 대해서는 『잃어버린 시간을 찾아서』 5권 213쪽 주석 참조. 갈리페 후작 부인은 1901년 사망했으며, 프루스트는 이 사라진 미인들에 대한 글을 발표한 적이 있다.(*Essais et articles*, Pléiade, 360쪽.)
** 권총의 피스톤처럼 회전한다는 의미이다.

에 나가 몸에 비를 맞기도 싫고, 그렇다고 단골손님 곁을 떠나고 싶지도 않았던 레스토랑 사장은, 식당 입구에 가까이 서서는 길을 잃을까 염려하던 사람들이 도착하여 환히 빛나는 얼굴로 만족스럽게 지껄여 대는 즐거운 하소연 소리를 듣는 기쁨을 맛보고 있었다. 그렇지만 그의 웃음 띤 친절한 환대는 유리문에서 빠져나오지 못하는 한 낯선 손님을 보자 그만 사라지고 말았다. 이 명백한 무식함의 표시가, 마치 "들어올 자격이 있다.(*dignus est intrare*.)"*라는 말을 하고 싶어 하지 않는 시험관처럼 그의 눈썹을 찌푸리게 했다. 게다가 운 나쁘게도 내가 귀족 전용 방에 가서 앉으려고 하자, 그는 난폭하게 나를 끌어내면서 무례한 태도로 다른 방 자리를 가리켰고, 그러자 즉시 종업원들도 모두 그의 행동을 따라 했다. 거기 놓인 긴 의자에는 이미 사람들이 가득 앉아 있었고, 또 내 앞 정면에는 회전식 문이 아니라 매번 열리고 닫히는 히브리인 전용 문이 놓여 있어 지독히 차가운 바람이 들어왔으므로, 당연히 마음에 들지 않았다. 그러나 사장은 "안 됩니다. 손님 때문에 모든 분들을 방해할 수는 없습니다."라고 말하면서 다른 자리를 내주기를 거절했다. 게다가 사장은 곧 새로 온 손님들에게 붙잡혀, 늦게 도착한 귀찮은 식사 손님인 나를 잊어버렸다. 새로 도착한 손님은 늘 마시는 맥주나 차가운 닭 날개, 또는 그로그를 주문하기에 앞서(저녁 식사 시간이 꽤 오래전에 지났으므로) 옛 소설

---

* "디그누스 에스트 인트라레.(*dignus est intrare*.)"라는 약간은 속된 이 라틴어 표현은 몰리에르의 「상상병 환자」에서 아르강이 의사 자격증을 받는 졸업식 장면에 나온다.

에서처럼 자신이 방금 빠져나온 곳과 대조를 이루는 이런 열기와 안전함의 피신처, 야영지 모닥불 앞에서 함께 농담을 나누는 즐거움과 우정이 감도는 곳으로 들어오는 순간 저마다 겪은 모험담을 얘기하는 일로 맡은 책임을 다해야 했다.

한 사람은 그가 탄 마차가 콩코르드 다리에 도착했다고 생각하여 앵발리드 주위를 세 번이나 돌았다고 했고, 다른 사람은 마차가 샹젤리제 대로로 내려가려고 하다가 그만 롱푸앵 숲으로 들어가는 바람에 거기서 빠져나오는 데만 사십오 분이 걸렸다고 했다.* 그런 후 안개와 추위와 거리의 죽은 듯한 정적에 대한 하소연이 이어졌고, 내 자리를 제외하고는 따뜻한 방의 아늑한 분위기와, 이미 안개 때문에 보이지 않는 데 익숙해진 눈을 깜박거리게 하는 강렬한 조명과, 귀의 활동을 원활하게 해 주는 이야기의 소음에 이끌려 특별히 활기찬 태도로 그런 이야기를 하거나 듣고 있었다.

이곳에 도착한 이들이 침묵을 지키기란 힘들었다. 저마다 유일하게 체험했다고 생각되는 뜻하지 않은 사건의 특이함 탓에 그들은 말하고 싶어 안달했고, 그래서 대화 상대자를 눈으로 찾았다. 레스토랑 사장도 사회적인 거리감을 잃고 있었다. "푸아** 대공께서는 생마르탱 문에서 오시는 데 세 번이나 길을 잃으셨답니다." 하고 마치 사람을 소개할 때처럼 그 유

---

* 앵발리드에 대해서는 『잃어버린 시간을 찾아서』 3권 208쪽 주석 참조. 롱푸앵은 개선문에서 콩코르드로 이어지는 샹젤리제 대로에서, 콩코르드 광장 가까운 곳에 있는 로터리이다. 공원과 극장, 전시관 등으로 둘러싸여 있다.
** Prince de Foix. 중세까지 거슬러 올라가는 명문가의 자손이다.

명한 귀족을 이스라엘인 변호사에게 가리키면서 웃는 걸 겁내지 않았는데, 그는 여느 때 같았으면 녹색 화초로 꾸며진 분리대보다 더 넘기 어려운 장벽으로 대공과 격리되었던 인물이다. "세 번이나요! 거참." 하고 변호사는 모자를 만지면서 말했다. 대공은 이런 친밀한 어조를 좋아하지 않았다. 그는 무례하게 구는 걸 유일한 소일거리로 삼는 귀족 그룹에 속했고, 상대가 일류 귀족이 아닌 경우에는 귀족에게도 무례하게 굴었다. 인사에 답하지 말 것, 만약 예의 바른 사람이 같은 실수를 되풀이하면 비웃는 태도로 조소하든가 화가 난 듯 머리를 뒤로 젖힐 것, 친절히 돌봐 준 노인을 알아보지 못한 척할 것, 공작이나 공작이 소개하는 친한 친구에게만 악수나 인사를 할 것, 바로 이것이 이들 젊은이, 특히 푸아 대공의 태도였다. 이런 태도는 젊음의 초기에 겪는 혼미 탓에 더 부추겨졌지만(부르주아 계급에서도 아내를 잃은 은인에게 몇 달 동안이나 애도의 말을 써 보내는 걸 잊고 있다가, 보다 간단히 끝내려고 나중에는 인사조차 하지 않는 이런 젊은이는, 배은망덕하고 버릇없는 사람으로 여겨지는 법이다.) 특히 지나치게 계급에 예민한 속물근성의 영향이기도 했다. 나이가 들면 몇몇 신경질적인 애정 표현이 누그러지는 것과 마찬가지로, 이런 속물근성도 젊은 시절 참을 수 없을 정도로 끔찍했던 사람들에게서조차 더 이상 그렇게 적대적인 방식으로 나타나지 않는 법이다. 일단 젊음이 지나가면 계속 오만한 태도 속에 틀어박히는 일은 드물다. 처음에는 오만한 태도만이 존재한다고 믿었지만, 아무리 대공일지라도 갑자기 세상에는 음악이나 문학이 존재하며 또 국회의원이란 것이 있다는 것도 알게 된다. 그래서 인간 가치의 순서가 변하고 예전에는 무섭게 쏘아보던 사람들하고도 대화를 나누게 된다. 이들 중 인내심을 가지고 기다릴 줄 아는 사람이 있다면, 스무 살에는 냉정하게 거부당했던 호의와 환대를 마흔 살에 접어들어 받는 기쁨을 느낄 정도로 그렇게 성격 좋은 이들에게는 — 적절한 표현인지는 모르겠지만 — 행운이 있으리라!

마침 기회가 주어졌으니 푸아 대공에 대해 한마디 해 본다면, 그는 대략 열두 명에서 열다섯 명으로 구성된 그룹과, 보다 제한된 4인방에 속했다. 열두 명에서 열다섯 명으로 구성된 그룹의 젊은이들에게는 각각 이중적인 양상을 보인다는 특징이 있었는데, 내 생각에 대공은 이런 특징에서 벗어난 것처럼 보였다. 빛에 쪼들리는 젊은이들은 기꺼이 "백작님, 후작님, 공작님." 하고 불러 대는 거래상들 눈에는 아무 가치도 없는 인간으로 보였다. 그래서 그들은 '대단한 돈 자루'라고 아직도 일컬어지는 저 유명한 '부자와의 결혼'을 통해 이런 궁지에서 벗어나기 바랐지만 그들이 탐내는, 지참금이 막대한 사람은 네다섯 명밖에 안 되었으므로, 몇몇 이들은 약혼녀 하나를 두고 은밀하게 계략을 꾸미기도 했다. 이런 비밀은 얼마나 잘 지켜졌는지, 그중 한 사람이 카페에 와서 "훌륭하고 좋은 나의 친구들, 내가 자네들을 얼마나 좋아하는지 앙브르사크 양과의 약혼을 알리지 않을 수 없군." 하고 말했을 때 감탄하는 소리가 여기저기서 터져 나왔는데, 그들 그룹의 몇몇은 그녀와의 혼사가 이미 이루어진 걸로 알았다가 그 말을 듣고는 처음 순간 분노와 놀람의 비명을 억제하는 데 필요한 냉정심을 찾지 못했다. "그럼 넌 결혼하는 게 기뻐, 비비?" 하고 샤텔로 대공은 놀라움과 절망으로 인해 포크를 떨어뜨리면서 참지 못하고 외쳤다. 왜냐하면 그는 이 앙브르사크 양의 약혼이 곧 발표될 줄은 알았지만, 그 상대가 바로 자신일 거라고 믿었기 때문이다. 그렇지만 아무도 그의 아버지가 앙브르사크네에게 비비 어머니를 비방하는 얘기를 교묘하게 해 댄 것은 알지 못했다. "그래, 넌 결혼하는 게 재미있어?" 하고 그는 다시 한 번 비비에게 물어보지 않고는 견디지 못했는데, 혼담이 '거의 공식적인' 것이 되었을 때부터 어떤 태도를 취해야 할지 충분한 시간을 두고 준비해 온 비비는 미소를 지으며 대답했다. "결혼을 한다고 해서 만족하는 건 아니지. 난 결혼하고 싶은 생각이 전혀 없었으니까. 하지만 내가 근사하다고 생각하는 데이지 앙브르사크와 결혼하게 되어 만족해." 이 대답이 계속되는 동안 샤텔로 씨는 냉정을 되찾고 되도록이면 빨리 카누르그 양이나 미스 포스터, 다시 말해 대단한 제2, 제3의 혼처 쪽으로 방향을 돌려야 하며, 앙브르사크 양과의 결혼을 기다리는 빚쟁이들에게는 조금만 더 참아 달라고 부탁해야 하고, 또 자신이 앙브르사크 양은 매력적이라고 말했던 사람들에게는 이 결혼이 비비에게는 좋은 일일지 모르지만, 자신이 만약 그 아가씨와 결혼한다면 가족 모두와 사이가 틀어질 거라고 설명해야 한다고 생각했다. 솔레옹 부인이 이 커플을 집에 들이지 않을 거라고까지 말했다고 우길 생각이었다.

그러나 거래 상인이나 레스토랑 사장의 눈에는 별 가치 없는 하찮은 사람으로 보이는 이런 인간들도 사교계에 모습을 드러낼 때는 이중적인 존재로서, 더 이상 파산한 모습이나 파산을 만회하려고 애쓰는 처량한 직업에 의해 평가되지 않았다. 그들은 다시 이런저런 대공이나 공작이 되었고, 4등분한 방패형 문장* 수에 의해서만 평가를 받았다. 거의 백만장자라고 할 수 있고, 모든 것을 한 몸에 가진 듯 보이는 공작도 그들에 비하면 별로 중요하지 않았는데, 이는 가문의 우두머리였던 그들의 조상이 과거에 화폐 주조권을 가졌던 작은 나라의 군주였기 때문이다. 이 카페에서 흔히 한 사람은 또 다른 사람이 들어올 때면 굳이 인사하러 올 필요가 없다는 듯이 시선을 떨구었다. 그 까닭은 그들이 상상 속의 부를 추구하는 작업의 일환으로 한 은행가를 저녁 식사에 초대했기 때문이다. 사교계 인사가 이런 상황에서 은행가와 연루될 때면, 은행가는 그에게 매번 10만 프랑 정도의 손해를 끼치지만, 그렇다고 해서 이 일이 사교계 인사에게 다른 은행가와 거래하는 것을 막지는 못한다. 우리는 계속해서 촛불을 켜고 기도하면서도 의사의 진찰을 받으러 간다.

그러나 그 자신이 부자인 푸아 대공은 열다섯 명의 젊은이로 구성된 우아한 사단에 속했으며, 뿐만 아니라 생루도 가담한 보다 폐쇄적이며 항상 붙어 다니는 4인방 그룹에 속했다. 언제나 함께 초대받는 그들을 사람들은 제비족 4인방이라고 불렀고, 항상 같이 산책하는 모습을 보아 왔으므로 성관에 초

---

* 『잃어버린 시간을 찾아서』 5권 23쪽 주석 참조.

대할 때도 서로 통하는 방을 주었다. 더욱이 이들 4인방이 모두 미남인 탓에 이들이 은밀한 관계라는 소문도 떠돌았다. 나는 생루에 대해서는 가장 단호한 방식으로 그 소문을 부정할 수 있었다. 그런데 신기하게도, 나중에 이 소문이 네 사람 모두에게 사실로 판명되었지만, 이들 각자는 반대로 나머지 세 사람에 관한 소문은 전혀 알지 못했다. 그렇지만 그들은 욕망을, 아니 차라리 원한을 해소하려고, 아니면 상대방의 결혼을 방해하거나 비밀이 발각된 친구를 지배하려고, 상대방에 관한 소식을 알려고 무척 애를 썼다. 다섯 번째 인물이(4인 그룹에는 항상 그 이상의 사람이 있기 마련이다.) 이 플라톤주의자들*의 4인방에 합류했는데, 그는 4인방보다 더 지독한 플라톤주의자였다. 그런데 그룹이 해체되고 오랜 시간이 지난 후에도 그는 종교적 양심에 사로잡혀 결혼을 하고 한 집안의 가장이 되어 다음에 태어날 아이가 남자나 여자아이가 되기를 루르드**에 가서 기도하면서도 그사이 군인들 품에 몸을 던졌다.

대공의 이런 처신에도 불구하고, 변호사가 눈앞에서 그에게 직접 말을 걸지 않았다는 사실이 조금은 대공의 분노를 가라앉혔다.*** 게다가 이날 밤은 뭔가 예외적인 밤이었다. 끝으로

---

* 일반적으로는 플라톤의 사상이나 저술을 추종하는 자들을 가리키나, 여기서는 플라톤이 『향연』에서 개진한 동성애와 소년애를 찬미하는 자들로 풀이할 수 있다.
** 프랑스 남서부 피레네 산맥 근처에 위치한 유명한 가톨릭 성지이다.
*** 153쪽을 보면 대공이 길을 잃었다는 레스토랑 사장의 말해 변호사가 답하는 것으로 나온다.

이 고귀한 귀족을 모셔 온 마부와 마찬가지로 변호사는 더 이상 대공과 교제할 기회를 갖지 못할 것이었다. 그래서 대공은 안개 덕분에, 마치 바람이 휘몰아치거나 안개 속에 파묻힌 어느 세상 끝에 위치한 바닷가에서 만난 길동무처럼 그 대화 상대자에게, 특정 인물이 아닌 아무에게나 말하듯이 거만하게 대답해도 된다고 생각했다. "길을 잃었다는 말만으로는 부족하고, 도대체 길이란 걸 찾을 수 없더군요." 이런 정확한 표현은 레스토랑 사장에게 깊은 인상을 남겼다. 이날 밤 이미 여러 번 그렇게 말하는 걸 들었기 때문이다.

사실 사장은 그가 읽고 들은 것을 자기가 이미 알고 있는 원문과 비교해 보는 습관이 있었는데, 만일 거기서 별 차이를 발견하지 못하면 그제야 비로소 감탄의 마음이 솟구쳐 올랐다. 우리는 이런 정신 상태를 소홀히 해서는 안 된다. 이것이 정치적 대화나 신문 독서에 적용되면 일반 여론을 형성하고 대단히 큰 사건을 일으킬 가능성이 있기 때문이다. 독일 카페 사장 대다수는 그들의 손님이나 신문이 프랑스와 영국과 러시아가 독일에 '싸움을 걸어 온다'고 말했을 때는 그저 감탄하는 정도에서 그쳤으나, 아가디르* 사건 때는 실제로 일어나지 않았지

---

* 모로코에서 프랑스가 세력을 확장하자 이에 불만을 품은 독일은 1911년 모로코 남서쪽 아가디르 항구에 '판테르' 전투함을 파견한다. 이에 프랑스와 영국은 독일과의 전쟁을 불사하면서 함대를 급파한다. 그러자 독일은 프랑스령 콩고의 일부를 배분받는다는 조건으로 프랑스의 모로코 통치에 동의한다. 아가디르 사건은 1차 세계 대전뿐 아니라 중동에서 본격적인 석유 전쟁의 개시를 알리는 서막이었다.

만 거의 전쟁을 일으킬 뻔했다. 국민의 행동을 국왕의 의사에 따라 설명하기를 단념한 역사가들이 틀린 게 아니라면, 이제 국왕의 의사는 개인의 심리나 평범한 개인의 심리로 대체되어야 한다.

정치 분야에 대해 말해 본다면, 내가 방금 도착한 이 카페의 사장은 얼마 전부터 드레퓌스 사건의 몇몇 부분에서 복습 교사의 정신 상태를 나타냈다. 손님들의 말이나 신문 기사에서 자신이 아는 단어를 발견하지 못하면, 기사가 형편없다거나 손님이 솔직하지 않다고 단언했다. 이와는 반대로 푸아 대공에 대해서는 감탄을 금치 못했고, 대공이 말을 마칠 시간도 주지 않았다. "맞는 말씀입니다. 대공님, 정말 맞는 말씀이에요.(이 말은 결국 실수하지 않고 잘 암송했다는 의미이다.) 그렇습니다. 정말 그렇습니다." 하고 그는 『천일야화』에 나오는 표현처럼 "그지없이 만족한 마음으로"* 외쳤다. 그러나 이미 대공은 작은 방으로 사라지고 없었다. 그리고 우리의 삶은 아주 특이한 사건 후에도 다시 계속되는 법이므로, 안개 바다에서 빠져나온 이들 중 몇몇은 음료수를 주문했고 다른 이들은 야식을 주문했다. 이들 가운데 조키 클럽의 젊은이들은 이날의 예외적인 성격 때문에 망설이는 일 없이 큰 방에 있는 두

---

* 조제프 마르드뤼 의사가 프랑스어로 번역한 『천일야화』(1899)에 자주 나오는 표현이라고 지적된다. 화자의 어머니는 「소돔과 고모라」에서 "외설적인 주제와 노골적인 표현" 때문에 화자에게 이 책을 선물한 것을 후회한다.(『게르망트』, 폴리오, 711쪽; 『천일야화』에 대해서는 『잃어버린 시간을 찾아서』 4권 433쪽 주석 참조.)

탁자에 와서 앉았는데 나와 가까운 자리였다. 이처럼 천재지변이, 작은 방에서부터 큰 방에 이르기까지, 안개 낀 대양에서 오랜 시간 헤맨 후 레스토랑의 아늑함으로 기운을 차린 모든 이들 사이에 노아의 방주에 감돌던 그런 친밀감을 감돌게 했으나, 나만은 거기서 예외였다. 갑자기 나는 사장이 몸을 크게 구부리며 인사하고 또 식당 책임자 전원이 달려가는 모습을 보았는데, 이런 모습에 손님들의 시선이 모두 그쪽으로 쏠렸다. "시프리앵을 불러오게. 생루 후작님을 테이블로 모시게." 하고 사장이 외쳤다. 사장에게서 생루는 푸아 대공의 눈에조차 진정한 특권을 가진 대귀족일 뿐만 아니라 사치스러운 생활을 영위하며 이 레스토랑에서도 많은 돈을 쓰는 고객이었다. 큰 방에서 식사를 하던 이들은 호기심 어린 눈으로 생루를 쳐다보았고, 작은 방 손님들은 방금 전 젖은 발을 닦은 그들의 친구를 저마다 앞을 다투며 소리쳐 불렀다. 그러나 작은 방에 들어서려던 생루가 그 순간 큰 방에 있는 나를 보았다. "원, 세상에 어떻게 이런 일이!" 하고 그가 소리쳤다. "거기서 도대체 뭘 하는 거야? 네 앞에 열린 문하고." 하고 그가 사장에게 격노한 눈길을 던지며 말하자 사장은 문을 닫으러 달려가면서 종업원들 핑계를 댔다. "항상 문을 닫으라고 말했건만."

생루에게 가려면 내가 앉은 탁자와 내 앞의 다른 탁자도 움직여야 했다. "왜 자릴 옮겼지? 작은 방보다 여기서 식사하는게 더 좋아? 하지만 이 가련한 친구야, 몸이 다 얼어붙겠어. 이 문을 폐쇄해 준다면 좋겠소." 하고 그는 사장에게 말했다. "즉시 그렇게 하겠습니다, 후작님. 지금부터 오는 손님들은 모두 작은 방을 통해 들어오게 하겠습니다." 하고 그는 열성을 다하는 모습을 보여 주려고, 식당 책임자와 종업원들에게 그 일을 명하고는, 일이 제대로 되지 않으면 끔찍한 협박을 하며 큰 소리로 야단을 쳤다. 그는 내게 과도한 존경의 표시를 하면서, 이런 표시가 내가 도착한 후부터가 아니라 단지 생루가 도착한 후부터 시작되었다는 걸 잊게 하려 애썼고, 또 그것이 부유한 귀족 단골손님이 보인 우정 때문이라고 내가 믿지 않도록 지극히 개인적인 호감을 드러내는 작은 미소를 살며시 보냈다.

뒤에서 들리는 손님의 말소리에 나는 고개를 돌렸다. "닭 날개요, 좋아요. 단맛이 아주 없지 않은 걸로 샴페인도 조금 주세요."라는 말 대신 "나는 글리세린이 좋은데요. 그래요, 뜨겁게요. 아주 좋아요."라는 말이 들려왔다. 나는 이런 메뉴를 주문하는 고행자가 누구인지 보고 싶었다. 그 이상한 식도락가의 눈에 띄지 않으려고 재빨리 생루 쪽으로 얼굴을 돌렸다. 그는 내가 아는 의사였다. 손님 하나가 안개 낀 날씨를 이용해 그를 이 카페에 데리고 들어와서는 진찰을 받는 중이었다. 그리고 의사들은 주식 중개인처럼 '나'라고 말한다.

그동안 나는 로베르를 바라보면서 이런 생각을 했다. 이 카페에는 내가 살면서 알아 온 많은 외국인들과 지식인들과 온갖 화가 견습생들이 있는데, 멋 부린 케이프 코트하며 1830년대풍 넥타이,* 또 그보다는 더 서툰 동작으로 웃음을 야기하는

---

* 목 높이에서 여러 번 감아 앞에서 매듭을 한 모양의 넥타이를 말한다.

데도 그런 것에는 전혀 신경 쓰지 않는다는 걸 보여 주려다가 오히려 웃음을 자아내는 이들이야말로 진정한 정신적 가치와 심오한 감성을 가진 자들 아닌가. 그들은 ── 주로 유대인들로, 물론 동화되지 않은 유대인들을 가리키는데 동화된 유대인들은 문제가 되지 않는다. ── 조금은 이상하고 별난 모습을 참지 못하는 사람들의 마음에는 들지 않았다.(마치 블로크가 알베르틴의 마음에 들지 않았던 것처럼.) 지나치게 긴 머리칼에 지나치게 큰 코와 큰 눈, 조금은 연극적이고 삐거덕거리는 언행을 한다는 단점도 있지만, 겉모습으로 그들을 판단하는 것은 유치한 짓이며, 또 그들이 매우 재치가 넘치고 인정도 많으며 사귀어 보면 깊이 좋아할 수 있는 사람임을 보통은 나중에야 인식했다. 특히 유대인들에게는 자비로운 마음씨와 폭넓은 정신과 진솔함을 갖춘 부모가 있었지만, 이에 비해 생루의 어머니와 게르망트 공작은 그들의 냉담함과, 남의 스캔들을 비난하고 기독교 정신을 찬미하지만 결국에는(그들이 유일하게 높이 평가하는 지성의 예기치 못한 수단을 통해) 막대한 부를 가져다주는 결혼으로 귀착되는 그런 가식적인 종교관이라는 지극히 초라한 도덕적인 형상을 그렸을 뿐이다. 그러나 어쨌든 이런 부모의 단점이 생루에게서 어떤 식으로 배합되어 새롭게 장점을 탄생시켰는지는 모르겠지만, 여하튼 그를 지배하는 것은 가장 매력적인 열린 정신과 마음이었다. 그리고 프랑스 불멸의 영광이라는 관점에서, 이러한 장점이 귀족이건 서민이건 어느 순수 혈통의 프랑스인에게서 발견된다면, 이는 아무리 존경할 만한 외국인도 결코 줄 수 없는 그런 우아함으

로 꽃을 피운다.('만발하다'라고 말한다면 조금은 지나친 표현이
될 것이다. 프랑스인에게는 신중함과 자제력이 계속 존재한다.) 물
론 다른 민족에게도 지적이고 도덕적인 자질이 있으며, 또 이
런 자질이 처음에는 불쾌하고 눈에 거슬리고 웃음을 짓는 단
계를 거쳤다 할지라도 소중하지 않은 것은 아니다. 그러나 온
갖 공정한 평가를 통해 정신과 마음에서 모두 아름답다고 여
겨지는 가치는 먼저 우리 눈에 매력적으로 보이고 그런 후에
우아한 빛깔로 채색되고 정확하게 재단되어 그 질료와 형태
에서 내적인 완벽함을 구현한다는 것은 멋진 일이며, 또 어쩌
면 이것은 뭔가 전적으로 프랑스적인 가치가 아닐까 하는 생
각이 든다. 나는 생루를 바라보았다. 그러자 내적인 우아함에
이르는 입구로 사용되기에 신체적인 결함이 없는 경우, 마치
콩브레 근처 초원의 꽃들 위에 내려앉은 작은 나비 날개마냥
정교하고 완벽한 윤곽을 그리는 콧방울이 무척 매력적이라는
생각이 들었다. 또 13세기 이래 그 비결이 상실되지 않고, 우
리네 성당과 더불어 영원히 소멸되지 않을 진정한 '프랑스의
고딕 예술품(opus francigenum)'*은, 생탕드레데샹 성당에 돌로
새겨진 천사들이 아니라 차라리 저 유명한 대성당 정면에 새

---

* 에밀 말(Emile Mâle, 1862~1954)에 의하면, 독일인은 오랫동안 그들이 고
딕 예술의 발명가라고 자처해 왔으나 1845년부터는 고딕 예술이 프랑스에서 탄
생했음을 인정했다고 한다. 이에 대한 예증으로 "고딕 예술은 독일에서는 프랑
스 고딕 예술 작품을 의미하는 '오푸스 프란시게눔(opus francigenum)'으로 지
칭되지만, 당시 프랑스는 프랑크족의 나라였다."라고 말한 독일 학자 크라우스
를 인용했다.(Emile Mâle, *L'Art allemand et l'Art français du Moyen Age*, Armand
Colin, 1917, 109~114쪽; 『게르망트』, 폴리오, 711쪽에서 재인용.)

겨진 것과 같은 전통적이면서도 창조적인 섬세함과 솔직함으로 새겨진 얼굴의 젊은 프랑스인들, 귀족이나 부르주아나 농민이 아닐까 하는 생각이 들었다.

　문을 폐쇄하는 일과 식사 주문(레스토랑 사장은 가금류가 별로 맛이 없다고 생각했는지 우리에게 '쇠고기'를 들라고 여러 번 권했다.)을 손수 챙기기 위해 잠시 자리를 비웠다 돌아온 사장은, 푸아 대공이 후작 옆 자리에서 식사하는 것을 허락해 달라고 청했다고 전했다. "하지만 자리가 다 찼잖소." 하고 로베르는 내 식탁을 막고 있는 탁자들을 보면서 대답했다. "그거라면 문제 되지 않습니다." 하고 사장이 대꾸했다. "후작님만 좋으시다면 저분들에게 자리를 바꿔 달라고 부탁하는 건 일도 아닙니다. 후작님을 위해서라면 할 수 있습니다." "네가 정해." 하고 생루가 내게 말했다. "푸아는 좋은 인간이야. 널 귀찮게 할지 어떨지는 잘 모르겠지만, 대부분의 인간들처럼 그렇게 바보는 아니야." 나는 로베르에게 그가 물론 내 마음에도 들겠지만, 모처럼 생루와 함께 식사를 하게 되어 무척 기쁘니 우리 둘이서만 했으면 좋겠다고 대답했다. "아! 대공께서는 멋진 코트를 입으셨어요!" 하고 우리가 의논하는 동안 사장이 말했다. "나도 알고 있소." 하고 생루가 대답했다. 나는 로베르에게 샤를뤼스 씨가 자기 형수에게 나와 아는 사이임을 숨겼다고 말하고 그 까닭이 무엇인지 묻고 싶었는데, 푸아 씨의 도착으로 그렇게 할 수 없었다. 생루가 자신의 부탁을 받아들였는지 알아보려고 온 대공이 우리를 아주 가까이에서 바라보고 있었다. 로베르가 날 소개했지만 나와 단둘이서만 할 이야기가 있으니 조용히 있고 싶다고 친구에게 감추지 않고 말했다. 대공은 우리 곁을 떠나면서 하는 작별 인사에, 내게 생루를 가리키며 소개 시간을 더 오래 갖고 싶었지만 이렇게 짧은 건 순전히 생루의 뜻이라고 변명하는 것 같은 미소를 덧붙였다. 그러나 바로 그때 로베르가 갑자기 무슨 생각이 떠올랐는지 "여기 앉아서 식사하고 있어. 곧 돌아올 테니."라고 말하더니 친구와 함께 옆에 있는 작은 방으로 사라졌다. 내가 모르는 멋쟁이 젊은이들이 내가 예전에 발베크에서 알았던 뤽상부르 대공작의 후계자(전에는 나소 백작이었던)에 관해 매우 우스꽝스러운 악의적인 험담을 하고 있었는데, 그 소리를 들으니 마음이 무척 아팠다. 할머니 병환 중에 그는 내게 매우 섬세한 연민의 정을 표했었다. 그들 가운데 하나가 대공작이 게르망트 공작 부인에게 "제 아내가 지나갈 때면 모든 사람이 일어나도록 요구할 거예요."라고 말하자, 공작 부인이 "당신 아내가 지나갈 때 사람들이 일어서야 한다고요? 그렇다면 당신 할머니가 살던 때와는 조금 다르네요. 그때는 남자들이 그녀를 위해 자리에 드러누웠으니까요."라는 대답을 했다고 주장했다.(재치도 없고 정확하지도 않은 얘기였는데, 이 젊은 대공작 부인의 할머니는 아직도 사교계 여인 중 가장 정숙한 여인이었다.) 다음으로 그는 대공작이 금년에 숙모인 뤽상부르 대공 부인을 만나러 발베크에 갔을 때, 그랜드 호텔에 내리자마자 뤽상부르 가문의 작은 기가 방파제에 게양되지 않은 걸 보고 지배인(내 친구인)에게 항의했다는 얘기를 했다. 그런데 이 작은 기는 영국이나 이탈리아 깃발보다 덜 알려지고 덜 사용되었으므로, 기를 구입하는 데 여러 날이 필요한 탓에 젊은 공작으로부터 심한 불만을 샀다고 했다. 나는 이 얘기를 한마디도 믿지 않았지만 그래도 발베크에 가면 순전히 꾸며낸 얘기인지 아닌지 지배인에게 한번 확인해 보기로 마음먹었다.

생루를 기다리는 동안 나는 레스토랑 사장에게 빵을 달라고 했다. "곧 가져오겠습니다. 남작님." 하고 그가 열성적으로 말했다. "저는 남작이 아닙니다." 하고 나는 그를 웃기려고 일부러 슬픈 표정을 지으며 대답했다. "아! 미안합니다, 백작님!" 두 번째 반박하는 말을 들려줄 틈도 없었지만, 만약 그랬다면 나는 틀림없이 '후작님' 소리를 들었을 것이다. 생루는 예고한 대로 매우 빠르게 다시 나타났다. 그는 손에 대공의 커다란 라마 털 코트를 들고 있었는데, 내 몸을 따뜻하게 해 주려고 대공에게 빌렸음을 알 수 있었다. 생루는 멀리서부터 내게 그냥 앉아 있으라는 신호를 보내며 가까이 다가왔다. 그가 앉으려면 내가 앉아 있는 식탁을 움직이든가, 아니면 내가 자리를 바꾸든가 해야 했다. 그러나 그는 큰 방에 들어서자마자 벽을 따라 쭉 놓여 있는 붉은 벨벳 의자 위로 가볍게 올라섰으며, 그곳에는 나 말고도 작은 방에서 자리를 얻지 못한 그가 아는 조키 클럽 회원 젊은이들이 서너 명 더 있었다. 탁자들 사이에는 전선이 약간 높이 쳐 있었다. 생루는 당황하지 않고 마치 경주용 말이 장애물을 뛰어넘듯이 능숙하게 전선을 뛰어넘었다. 이런 동작이 오로지 나를 위해, 아주 작은 움직임도 내게 시키지 않으려는 목적에서 이루어졌다는 사실이 무척 당황스러웠지만, 동시에 내 친구가 이런 공중곡예를 아주 정확히 실행하는 모습을 보자 경탄이 나왔다. 게다가 나 혼자만 감탄한 것도 아니었다. 생루보다 열등한 귀족이나 관대하지 않은 손님들은 아마도 이런 곡예를 그다지 즐기지 않았을 테지만, 레스토랑 사장과 종업원들은 경마장에서 말의 무게를 측정하는 전문가마냥 그 정확함에 빠져들었다. 종업원 하나는 온몸이 마비된 듯, 옆에서 손님들이 기다리는 요리 접시를 손에 든 채 그대로 꼼짝하지 않았다. 그리고 생루가 친구들 뒤를 지나가야 했을 때는, 의자 등 가장자리에 올라가 균형을 잡으면서 앞으로 걸어갔고, 그러자 방구석에서 조심스럽게 박수 소리가 터져 나왔다. 드디어 내 높이에 이르자, 그는 경마장의 어느 군주 좌석 앞에 선 부족의 족장마냥 정확하게 뛰기를 멈추고 몸을 기울이며 공손하고도 순종하는 태도로 내게 라마 털 코트를 내밀고는 바로 내 옆에 앉으며, 내가 조금도 움직일 필요 없이 코트를 가볍고 따뜻한 숄처럼 만들어 어깨에 걸쳐 주었다.

"어쨌든 내가 그 문제를 생각해 보는 동안." 하고 로베르가 말했다. "샤를뤼스 아저씨가 네게 할 말이 있다고 했어. 내일 저녁 아저씨 집으로 널 보내겠다고 약속했어."

"나도 바로 그분 얘기를 하려던 참이야. 하지만 내일 저녁엔 너의 게르망트 숙모 댁에서 식사를 하기로 했는걸."

"그래, 내일 오리안 집에서 아주 즐거운 저녁 식사가 있지. 난 초대받지 않았지만. 하지만 팔라메드 아저씨는 네가 가지 않기 바랄걸. 그 약속을 취소할 수 없을까? 어쨌든 식사가 끝난 후에라도 팔라메드 아저씨 댁에 가 봐. 네가 무척 보고 싶

은 모양이야. 그래, 11시쯤이면 갈 수 있을 거야. 11시야, 잊지
마. 내가 아저씨께 말해 두지. 아저씬 아주 예민해. 만일 가지
않으면 널 원망할 거야. 또 오리안 집에서의 모임은 항상 일찍
끝나니까. 게다가 나도 오리안을 만나야 하고. 모로코 임지에
서 다른 곳으로 옮기고 싶거든. 이런 일에 대해선 아주머니가
친절해. 또 이 일의 성패가 달린 생조제프 장군을 아주머니가
마음대로 다룰 수 있으니까. 하지만 오리안에게는 말하지 마.
파름 대공 부인께 한마디 해 두었으니까, 잘될 거야. 아! 모로
코는 정말 재미있어. 네게 들려줄 말이 많아. 그곳 인간들은
아주 영리해. 지성의 공평함을 느낀다고.”

“그 일로 독일이 전쟁까지 갈 수 있다고 생각하지 않아?”

“아냐, 그들도 그 일 때문에 힘들어해. 그리고 사실은 그들
이 옳아. 하지만 황제는 평화주의자야. 우리에게 전쟁을 포기
하게 하려고 늘 전쟁을 원하는 것처럼 믿게 하는 거라고. ‘포
커 게임’ 같은 거지. 빌헬름 2세의 대리인이라 할 수 있는 모
나코 대공은 우리가 양보하지 않으면 독일이 쳐들어올 거라
고 은밀히 고백했대.* 그래서 우리가 양보한 거고. 하지만 우
리가 거절해도 전쟁 같은 건 일어나지 않아. 오늘날의 전쟁이

---

* 연대기 착오라고 할 수 있는 부분이다. 생루의 레스토랑 장면은 『잃어버린 시
간을 찾아서』의 내적 연대기에 따라 구성해 보면 대략 1898년 12월에 일어난
일로 추정된다. 그러나 모로코가 본격적으로 프랑스와 독일의 대립을 야기한 시
기는 1905년 3월 빌헬름 2세의 탕헤르 방문 후이며, 따라서 약 칠 년의 차이가
있다. 프루스트는 「갇힌 여인」에서 이 사건과 관련된 여러 인물들에 관한 얘기
를 하는데, 그중에서 모나코 대공은 프랑스 정부에 델카세 외무부 장관을 교체
하지 않으면 독일이 전쟁을 일으킬 거라고 협박했다고 서술된다.

얼마나 우주적인 것이 될지는 조금만 생각해 봐도 알 수 있어. 그것은 「대홍수」나 「신들의 황혼」보다 더 큰 재앙이 될 거야.* 그보다 오래 끌지는 않겠지만.”

그는 내게 우정이나 사람들과의 특별한 교감, 그리움에 대해 얘기했다.(자신과 같은 처지에 있는 모든 여행자들처럼 그도 내일이면 다시 떠나 몇 달 동안을 야전지에서 보내야 하고, 파리에는 단지 마흔여덟 시간을 보내러 왔다가 다시 모로코나 다른 임지로 돌아가야 했다.) 그러나 그날 저녁 내가 느꼈던 마음의 열기 속에 그가 내던진 말들은 내 부드러운 몽상에 불을 지폈다. 우리가 나눈 많지 않은 대화, 특히 이날의 대화는 그 후에도 내 기억 속에 어떤 특별한 순간으로 남았다. 나에게나 그에게나 그날 밤은 우정의 밤이었다. 그렇지만 내가 그 순간 느꼈던 우정이 그가 내게 불어넣으려 했던 우정과 다를까 봐 나는 겁이 났다.(이 생각으로 조금은 후회하는 마음도 생겼지만.) 그가 가볍게 속보로 나아가며 우아하게 목표에 도달하는 모습을 보면서 느낀 기쁨으로 아직 충만했던 나는, 이 기쁨이 벽을 따라 놓인 긴 의자 위에서 이루어진 동작 하나하나에서 연유하며, 또 그 의미나 원인이 어쩌면 생루의 개인적인 기질, 아니, 어쩌면 그 이상으로 출생과 교육을 통해 그의 혈통으로부터 물려받은 기질에서 연유한다고 생각했다.

취향의 확실성은(아름다움이 아닌 태도의 측면에서) 우아한

---

* 「대홍수」는 카미유 생상스(Camille Saint-Saëns, 1835~1921)가 1875년 루이 갈레(Louis Gallet)의 성경 운문 대본으로 작곡한 곡이며, 「신들의 황혼」은 바그너가 작곡한 오페라이다.

인간에게 새로운 상황에 부딪치면 — 마치 모르는 작품의 연주를 부탁받은 음악가처럼 — 금방 필요한 감정이나 동작을 파악하고 그에 적합한 기교나 기술에 적응하면서 이 취향을 어떤 다른 요소의 구속도 받지 않고 실현하게 한다. 그러나 많은 부르주아 젊은이들은 이런 구속에, 또 남의 눈에 예의를 지키지 않아 우스꽝스럽게 보이지나 않을까, 친구들 눈에 지나치게 열중하는 모습으로 보이지나 않을까 하는 두려움 때문에 몸이 굳는다. 로베르의 경우 이 두려움은, 마음속에서 한 번도 느껴 보지 못했지만 유전에 의해 그의 몸속에 무의식적으로 스며든 경멸적인 태도로 대체되었는데, 그의 조상들에게서는 친밀한 태도로 나타나 상대를 기분 좋게 사로잡았던 것이다. 끝으로 그토록 많은 물질적 이득을 하나도 고려하지 않는 고결한 관대함이(그는 레스토랑에서 엄청나게 많은 돈을 썼으므로 이곳뿐 아니라 다른 곳에서도 가장 인기 있는 단골손님이자 특별 대접을 받는 손님이었고, 이런 여건에서는 하인들뿐 아니라 가장 뛰어난 젊은이들도 열성을 다해 그에게 접근할 수밖에 없었다.) 그로 하여금 그 이득을 무시하고 짓밟게 했다. 마치 나를 향해 오는 데 있어 가장 근사하고 빠른 길이어서 내 친구의 마음에 들었던 그 화려한 길의 실질적이고 상징적인 존재인 자주색 의자를 짓밟았던 것처럼. 귀족 계급에 본질적인 이 모든 자질들은 그의 몸을 통해, 내 몸처럼 불투명하고도 흐릿한 몸이 아니라 투명하고도 의미 있는 몸 뒤에서 마치 예술 작품을 창조한 근면하고 효과적인 에너지가 작품을 통해 비치듯 드러나 보였으며, 또 로베르가 벽을 따라 보여 준 그 가벼운 달리기 동작을 고대 건축의 프리즈에 새겨진 기병들의 동작마냥 명료하고 매혹적인 것으로 만들었다. 로베르는 이런 생각을 했을지도 모른다. '아! 슬프게도, 내가 출생을 무시하고 오로지 정의와 지성만을 존중하며 출생이 내게 부과한 친구들 외에, 행동이 서투르고 너절한 옷차림을 하고 있어도 뛰어난 말솜씨로 날 설득하기만 하면, 그런 사람을 친구로 택하면서 젊음을 보낼 필요가 있을까? 내 마음속에 유일하게 나타나는 존재가, 내 마음에 소중한 추억으로 남아 있는 존재가 내 의사에 따라 나와 닮은 모습으로 만들려고 애써 온 그런 가치 있는 존재가 아니라, 내 작품이나 나 자신도 아닌, 내가 항상 경멸하고 물리치려고 했던 그런 존재라면? 친구가 내게서 발견하는 가장 큰 기쁨이, 나 자신보다 더 보편적인 뭔가를 발견하는 기쁨이며, 그가 말로는 그렇다고 하지만 진심으로는 믿지 않은 그런 우정의 기쁨이 아니라 지적이고 비타산적인 어떤 예술의 기쁨이라면, 내가 항상 그래 왔듯이 내가 선택한 친구를 좋아하는 일이 과연 가치 있는 일일까?' 생루가 가끔은 그런 생각을 하지 않았는지 오늘 난 두렵다. 행여 그랬다면 그건 잘못된 생각이었다. 생루가 지금까지 해 왔듯이 자기 몸의 타고난 유연성보다 더 고결한 뭔가를 좋아하지 않았다면, 또 그가 오래전에 귀족의 오만함에서 벗어나지 않았다면, 그의 민첩한 행동 자체도 뭔가 애써 만든 것 같은 무거운 느낌을 주었을 테고, 그의 태도도 잘난 체하는 천박한 느낌을 주었으리라. 빌파리지 부인이 그녀의 대화나 '회고록'에서 가벼운 느낌을 주기 위해 그렇게나 많은 진지한 노력을, 결국은 지적인 노력을 필요로 했듯이, 마찬가지로 생루의 몸에 그토록 많은 귀족적인 것이 배어들기 위해서는, 보다 드높은 목적을 향한 생각에서 잠시 빠져나와 이 귀족적인 것이 몸 안에 흡수되고 무의식적인 고결한 선으로 고정되어야 했다. 그렇게 해서 그의 정신적 품위에는 육체적 품위가 깃들었는데, 만일 정신적 품위가 없었다면 이 육체적 품위도 완전하지는 못했을 것이다. 사유의 깊이를 작품에 반영하기 위해 예술가가 직접 작품 속에 자신의 사유를 표현할 필요는 없다. 신에 대한 최고의 찬사는 '창조'가 너무 완벽해서 창조자를 필요로 하지 않는다는 무신론자의 부정에 있다고 하지 않는가. 달리는 모습이 마치 벽을 따라 새겨진 프리즈를 펼쳐 보이는 듯한 이 젊은 기병에게서 나는 내가 예술품만을 찬미하고 있는 게 아님을 알았다. 나 때문에 그가 지금 막 떠나보낸 젊은 대공,(나바르* 여왕과 샤를 7세의 손녀인 카트린 드 푸아의 후손) 그가 내 앞에 머리 숙이게 한 혈통과 재산의 특권, 추위를 잘 타는 내 몸에 라마 털 코트를 입혀 주는 그 확실하고 민첩하며 예의 바른 태도 속에 존속하는 그 오만하고도 유연한 조상들, 이 모든 것들은 그의 삶에서 나보다 더 오래된 동반자들이자 나하고는 영원히 상관이 없다고 믿었던 친구들인데, 이제 그는 이와 반대로 고귀한 지성만이 할 수 있는 선택을 통해, 또 숭고한 자유와 더불어 —— 로베르의 동작이 바로 그 이미지이며, 또 그 안에서 완벽한 우정이 실현되는 —— 나를 위해 이런 친구들을 희생한 것이었다.

---

* 중세 유럽의 한 왕국. 나바르 또는 나바라라고 불린다.

게르망트네 사람들의 친밀함 뒤에 숨어 있는 천박한 오만함을 — 로베르의 경우 유전적으로 물려받은 그 경멸적인 태도가 무의식적으로 우아한 것이 되어 참된 도덕적인 겸손함을 보여 주는 겉옷에 지나지 않았기에 품위를 잃지 않았던 것과 달리 — 나는 내가 지금까지도 잘 이해하지 못하는 성격적 결함을 가진, 거기다 귀족적인 습관이 누적된 샤를뤼스 씨가 아니라, 게르망트 공작에게서 인지했다. 그렇지만 샤를뤼스 씨 역시 그 전체적인 인상에서는 예전에 빌파리지 부인 방에서 만났을 때 우리 할머니를 그토록 불쾌하게 했던 천박함을 풍겼지만, 그래도 오래된 가문이 지닌 위대한 면을 보여 주었고, 생루와 저녁을 함께 보낸 다음 날 샤를뤼스 씨 집으로 저녁 식사 하러 갔을 때는 그 점을 분명히 느낄 수 있었다.

　공작과 공작 부인을 그들 고모 댁에서 처음 만났을 때, 라 베르마를 보러 갔던 첫날 라 베르마와 동료 배우들을 가르는 차이점을 알아보지 못했던 것과 마찬가지로, 나는 그들의 위대한 부분을 보지 못했다. 더욱이 라 베르마의 특징은 사교계 사람들보다는 훨씬 포착하기 쉬웠는데, 왜냐하면 대상이 보다 현실적일수록 그 특징은 보다 뚜렷해지면서 우리 지성에 이해 가능한 것이 되기 때문이다. 그러나 사회적 차이가 아무리 미미하다 할지라도(비록 생트뵈브 같은 진정한 관찰자가 조프랭 부인과 레카미에 부인과 부아뉴 부인의 살롱에 존재하는 미세한 차이를 차례로 보여 준다 해도* 결국에는 살롱들이 다 비슷하게 보여 작가 자신도

---

* 생트뵈브는 『월요 한담』에서 달랑베르가 드나들던 조프랭 부인의 살롱과 샤

모르는 사이에 그의 묘사에서 드러나게 되는 중요한 진실은 살롱 생활의 허무인 것과 마찬가지로) 라 베르마의 경우와 같은 이유로 해서 나는 게르망트네 사람들에 대해 관심을 갖지 않게 되었고, 그들의 독창성을 이루는 지극히 작은 물방울들이 내 상상력에 의해 더 이상 증발하지 않게 되었을 때에야 비로소 아무리 미미한 사회적 차이라 할지라도 그 차이를 거두어 들일 수 있었다.

공작 부인이 자기 고모의 파티에서 남편 얘기를 언급하지 않았고, 또 그들이 곧 이혼할 거라는 소문이 돌았으므로 나는 공작이 만찬에 참석할지 어떨지 생각하고 있었다. 그러나 그 답을 알기까지 오래 기다릴 필요는 없었다. 왜냐하면 응접실에 서서 이런 격변의 이유를 찾는 하인들(지금까지 나를 가구장이 집에서 일하는 젊은이 같은, 다시 말해 어쩌면 그들의 주인보다는 호감이 가지만 주인집에는 결코 초대받을 수 없는 인간으로 틀림없이 간주했을) 사이로 게르망트 씨가 슬그머니 끼어드는 모습이 보였기 때문이다. 그는 내가 도착하는 걸 기다렸다 문턱에서 맞이하며 외투를 직접 벗겨 주었다.

"게르망트 부인이 매우 기뻐할 거요." 하고 공작은 사람들을 능숙하게 설득하는 어조로 내게 말했다. "자네 누더기를 벗겨 드리지.(그는 서민의 언어로 말하는 게 어딘가 양순한 사람으로 보이며 또 재미있다고 생각하는 모양이었다.) 아내는 자네가 약속을 지키지 않을까 봐 약간 걱정했다네. 자네가 정한

토브리앙이 드나들던 레카미에 부인의 살롱을 18세기의 가장 유명한 살롱으로 꼽았다. 부아뉴 부인의 살롱에 대해서는 『신월요 한담』에서 정치인들이 많이 드나드는 살롱으로 평했다.(『게르망트』, 폴리오, 712~713쪽 참조.)

날이긴 하네만. 오늘 아침부터 우리 두 사람은 '그 친구 오지 않을걸.' 하고 얘기를 나누었다네. 게르망트 부인이 나보다는 더 정확히 보았다고 해야겠지만. 자네는 그렇게 쉽게 초대할 수 있는 사람이 아니라, 나는 자네가 약속을 어길 거라고 확신했네."

또 공작이 아주 나쁜 남편이며 난폭하기까지 하다는 소문이 있었으므로, 심술궂은 사람이 어쩌다 상냥하게 굴면 우리가 고마워하듯이, 그가 '게르망트 부인'이라고 말하면 사람들은 그의 이런 말에 호감을 느꼈다. 그가 이 말로 마치 공작 부인과 한 몸이라는 듯 보호의 날개를 부인 위로 펼쳐 보이는 것 같은 인상을 풍겼기 때문이다. 그동안 그는 친숙하게 내 손을 잡고 안내하며 살롱으로 인도하는 것을 의무로 삼았다. 이런저런 일상적인 표현이 농부의 입에서 나오면 그걸 말하는 당사자도 모르는 어떤 지역적 전통의 잔존물이나 역사적 사건의 흔적을 보여 주는 듯하여 우리를 기쁘게 하는 것처럼, 파티가 계속되는 동안 게르망트 공작이 내게 표하는 예절은 마치 몇 세기에 걸친 관습, 특히 17세기 관습의 유물인 양 보여 나를 매혹했다. 지나간 시대의 사람들은 우리로부터 아주 멀리 있는 듯 보인다. 우리는 그들이 공식적으로 표현하는 것 너머에 어떤 깊은 의도가 있는지까지는 감히 추정하지 못한다. 그래서 호메로스의 영웅들에게서 느끼는 것과 거의 유사한 감정을 만나거나, 칸나에 전투* 때 측면 공격을 하도록 내버려

---

* 『잃어버린 시간을 찾아서』 5권 178쪽 주석 참조.

두었다가 기습적으로 적을 포위한 한니발의 교묘한 위장 전술 같은 걸 목격하게 되면 깜짝 놀란다. 이는 마치 이런 서사시의 시인과 장군을 동물원에서 보는 동물마냥 멀리 떨어져 있다고 상상하는 것과도 같다. 루이 14세 궁전의 인물들인 경우에도, 우리는 그들이 자기보다 열등한, 아무 쓸모도 없는 사람에게 보낸 편지에서 어떤 예절의 표시가 담긴 걸 보면 놀라는데, 이 표시가 대영주들이 결코 직접적으로는 표현하지 않지만 그들을 지배하는 온갖 신념의 세계를, 특히 예의 바르게 자신의 감정을 숨기고 아주 세심하게 몇몇 상냥함의 의무를 수행해야 한다는 그런 신념을 느닷없이 폭로하고 있기 때문이다.

과거로부터의 이런 상상적인 멀어짐이 아마도 어떻게 위대한 작가들이 오시안* 같은 형편없는 사기꾼의 작품에서 독창적인 아름다움을 발견할 수 있는지 이해하게 해 줄 것이다. 우리는 고대 음유 시인이 현대적 사유를 할 수 있다는 사실에 크게 놀라며, 게일족**의 옛 노래로 알려진 작품에서 현대 시인에게서나 찾아볼 수 있는 그런 창의적인 발상을 발견하면 감탄을 금치 못한다. 유능한 번역가가 현대 시인의 이름으로 출판

---

* Ossian. 3세기경 스코틀랜드 고지대에 살던 켈트족의 음유 시인이다. 1760년 J. 맥퍼슨(J. Macpherson)이 펴낸 『고지방 수집 고대 시가 단장』을 통해 이름이 알려졌는데, 맥퍼슨이 당시 자료를 모아 창작한 가공의 시인이라는 설도 있다. 이 시인의 우수에 찬 어조는 샤토브리앙을 비롯한 프랑스 낭만주의 시 발전에 큰 영향을 미쳤다.
** Gael. 켈트족의 한 분파로 아일랜드나 스코틀랜드의 고지대에 살았던 종족이다.

했다면 그저 그런 작품으로 평가받았을 작품을, 조금은 충실하게 재구성하여 거기다 어느 고대 시인의 이름이라도 붙이면, 그 즉시 그는 자신이 번역한 시인에게 뭔가 감동적인 위대함을 부여하고, 또 시인은 그렇게 해서 여러 세기에 걸친 건반 위에서 연주를 하게 된다. 만약 그 책이 번역자의 창작물로 출판되었다 해도 번역자는 형편없는 책밖에 쓰지 못했을 것이다. 번역물로 제시되었으므로, 걸작의 번역물로 보인 것이다. 과거는 사라지지 않을 뿐만 아니라 그 자리에 그대로 남는다. 서두르지 않고 가결된 법률은 전쟁이 시작되고 몇 달이 지난 후에야 효력을 발휘하며, 십오 년이 지난 후에야 법관은 미궁에 빠진 범죄를 규명해 줄 단서를 찾는다. 아주 멀리 있는 지역 이름과 주민들의 관습을 연구하던 학자는, 이 세기에서 저 세기로 수많은 세기가 지난 후에야, 기독교가 시작되기 훨씬 전에 이미 이해할 수 없었고, 어쩌면 헤로도토스* 시대에도 잊혔던 전설을, 그리하여 아득한 먼 옛날의 보다 조밀하고 지속적인 발현으로서 현재 속에 머무르는 전설을 바위에 붙인 호칭이나 종교적 의식에서 포착할 수 있을 것이다. 마찬가지로 이보다는 덜 오래됐지만 궁정 생활의 발현이 게르망트 씨의 가끔은 천박한 태도 속에, 적어도 그런 태도를 조종하는 정신 속에 남아 있었다. 나는 이런 발현을 잠시 뒤에 공작을 살롱에서 다시 접하고서야 옛 향기마냥 새롭게 음미하게 될 터였다.

---

* Herodotos(기원전 484~기원전 425). 그리스의 역사학자로 '역사의 아버지'로 불린다.

내가 살롱에 곧바로 들어가지 않았기 때문이다.

　현관을 떠나면서 나는 게르망트 씨에게 그가 소장한 엘스티르 그림을 무척 보고 싶다고 말했다. "자네 명령에 따르도록 하지. 그러니까 엘스티르 씨가 자네 친구란 말이지? 정말 유감이군. 나도 그 사람을 조금 알거든. 상냥한 인간이라네. 우리 조상들이 신사라고 부르던 그런 인간이지. 우리 집에서 식사를 하자고 청할 수도 있었을 텐데. 자네 옆에서 저녁 시간을 함께 보낸다면 틀림없이 좋아했을 거야." 공작은 일부러 구제도의 사람인 척하려고 했을 때는 그렇게 되지 않았지만, 그걸 의식하지 않을 때는 저절로 그렇게 되었다. 그는 내게 그림을 보고 싶으냐고 물으면서 날 안내했고, 각각의 방문 앞에서 우아하게 뒤로 물러섰으며, 길을 가르쳐 주려고 앞장서야 할 때는 미안하다고 사과했다. 게르망트네 사람들 대다수가(게르망트 가문의 한 조상이, 귀족으로서의 시시한 의무를 수행할 때와 같은 그런 세심한 배려로 자기 저택을 방문한 손님들을 대접했다고 생시몽이 얘기한 후부터) 많은 방문객들을 대상으로 틀림없이 연출했을 그런 장면이었다. 내가 잠시 그림 앞에서 혼자 있고 싶다고 하자, 공작은 자신을 만나려면 살롱에 오면 된다고 말하면서 조심스럽게 물러갔다.

　엘스티르의 그림 앞에 홀로 남겨진 나는 저녁 식사 시간을 완전히 잊고 말았다. 발베크에 있을 때처럼 나는 또 한 번 이 위대한 화가에게서, 사물을 보는 특별한 방법의 반사에 지나지 않은 낯선 빛깔의 세계를, 말로 표현할 수 없는 세계의 편린을 바라보았다. 모든 것이 동질적으로 보이는 그림들로 뒤덮인 벽의 부분은 흡사 마술 환등기가 비추는 빛나는 이미지들과 흡사했고, 그 경우 환등기는 화가의 두뇌라고 할 수 있으므로 우리가 단지 인간만을 알았다면 — 다시 말해 등잔에 채색된 슬라이드 판을 끼워 넣기 전에 환등만 씌웠다면 — 그 기이한 모습을 결코 상상해 보지 못했을 것이다. 이런 그림들 가운데서도 사교계 인사들에게 가장 우스꽝스럽게 보인 그림 몇 점이 여타의 그림들보다 특히 관심을 끌었는데, 우리가 이성으로 추론하지 않으면 대상에 대한 인식이 불가능함을 증명하는 착시 현상을 그 그림이 다시 만들어 내고 있었기 때문이다. 단지 우리 앞에서 강렬한 빛을 받은 벽이, 깊이의 신기루를 만들었을 뿐인데도, 우리는 얼마나 여러 번 마차를 타고 우리 앞 몇 미터 되지 않는 곳에서 길게 빛나는 길이 시작되는 듯한 느낌을 받았던가! 그러므로 단순한 상징주의 기교가 아니라 인상의 근원으로 돌아가고 싶은 진지한 욕망에 의해, 섬광 같은 첫 순간 우리가 포착한 사물 그대로 재현하는 편이 더 논리적이지 않을까? 사물의 표면과 부피는 실제로 우리가 사물을 인식했을 때 기억이 붙이는 이름과는 무관하다. 엘스티르는 자신이 느낀 것에서 이미 알고 있는 것을 제거하려고 노력했다. 그의 노력은 우리가 자주 시각이라고 부르는 그 논리적 추론의 집합체를 해체하는 것으로 나타났다. 엘스티르는 놀랍게도 자신이 그린 '흉물'을 싫어하는 사람들, 샤르댕이나 페로노,* 그리고 사교계 인사들이 좋아하는 다른 수많은 화가

---

* 샤르댕에 대해서는 『잃어버린 시간을 찾아서』 4권 21쪽 주석 참조. 페로

들을 찬미했다. 그들은 엘스티르가 실재 앞에서 그 자신을 위해(어떤 유형의 탐색에 대한 취향을 보여 주는 특별한 지표와 더불어) 샤르댕이나 페로노와 동일한 노력을 했으며, 따라서 엘스티르가 자신을 위해 작업하기를 멈출 때면 이들 화가들에게서 자신과 동일한 유형의 시도와 자신의 작품을 예고하는 단편들에 감탄한다는 사실을 알지 못했다. 그러나 사교계 인사들은 그들로 하여금 샤르댕의 그림을 좋아하게 하고 적어도 별다른 거북함 없이 그 그림을 보게 한 '시간'이라는 전망을 생각 속에서나마 엘스티르의 작품에 첨가하지 못했다. 그렇지만 나이 든 사람들은 그들이 살아 있는 동안 앵그르의 걸작이라고 여겼던 것과 '흉물'로 여겼던 것(이를테면 마네의 「올랭피아」 같은) 사이에 놓인 그 극복할 수 없는 거리감이 시간이 지나면서 점차 줄어들어, 드디어 어느 날은 이 두 그림이 쌍둥이처럼 보인다고까지 말하게 되리라.* 그러나 그들은 개별적인 데서 보편적인 데로 이르지 못하고, 늘 과거에 전례가 없는 경험하고만 마주한다고 생각하기 때문에, 거기서 어떤 교훈도 꺼내지 못한다.

나는 두 그림에서(보다 사실적인 초기 화풍의 그림이었다.) 동

노(Jean-Baptiste Perronneau, 1715~1783)는 프루스트가 좋아했던 18세기 화가이다.

* 1865년에 엄청난 스캔들을 야기했던 마네의 「올랭피아」(현재 오르세 미술관에 있는)를 루브르 박물관은 1907년에 구입했고, 그래서 이 그림은 고전으로 간주되는, 앵그르가 하렘의 여인을 그린 「오달리스크」(1814) 옆에 '쌍둥이처럼' 나란히 놓이게 된다. 프루스트는 여러 차례에 걸쳐 일반 대중이 걸작에 친숙해지기 위해서는 '시간'이 필요하다고 강조했으며 그 예로 마네의 「올랭피아」를 인용했다.

일한 신사가 한번은 연미복 차림으로 자기 집 살롱에, 다른 한 번은 재킷 차림에 실크해트를 쓰고 강가에서 벌어지는 서민들의 축제에 나오는 걸 보면서 감탄했는데,* 신사는 축제와 무관한 듯 보였고, 또 그 점이 엘스티르의 그림에 늘 사용되는 일반적인 보통 모델이 아니라, 엘스티르가 특별히 그의 그림에 그려 넣기를 좋아하던 친구나 후원자임을 증명했다. 마치 예전에 카르파초가 베네치아의 저명한 귀족들을 — 게다가 완전히 닮은 모습으로 — 작품에 그려 넣었던 것처럼,** 또는 베토벤이 그가 좋아하는 작품 앞에 존경하는 루돌프*** 대공의 이름을 새겨 놓았던 것처럼 말이다. 이런 강가의 축제에는 뭔가 마술적인 데가 있었다. 경이로운 오후 한나절을 뚜렷이

---

* '보다 사실적인' 이 두 그림은 비록 화자가 조금 뒤 만찬에서 마네 이름을 인용하기는 하지만, 실제로는 르누아르의 그림을 더 많이 환기하는 듯하다고 지적된다. 인상파 화가들은 현대 생활을 소재로 한 그림을 많이 그렸으며, 따라서 이 문단에서 말하는 실크해트를 쓴 남자는 르누아르가 1880년 여름에 그린 「뱃놀이 점심」에 나오는 수집가이자 미술사가이며 은행가인 샤를 에프뤼시(Charles Ephrussi)를 가리킨다. 연미복을 입은 신사는 르누아르의 친구이자 후원자인 출판업자 샤르팡티에를 암시하는 듯 보이지만(더욱이 프루스트가 「되찾은 시간」에서 르누아르의 「샤르팡티에 부인과 아이들」(1878)에 대해 길게 묘사하므로) 문제의 그림에는 단지 샤르팡티에 부인만이 등장하는 까닭에 그 출처가 불분명하다고 지적된다.(『게르망트』, 폴리오, 713쪽 참조.)
** 카르파초의 「성녀 우르술라의 전설」에는 베네치아의 로레단 총독 가문의 사람들이나 베네치아 카니발을 주도하던 '콤파니 델라 칼자'의 회원들이 그려져 있다.(『게르망트』, 폴리오, 714쪽 참조.)
*** 베토벤의 「피아노 바이올린 첼로의 삼중주곡(op. 97)」, 일명 「대공」은 그의 제자이자 후견인이었던 오스트리아의 루돌프 대공을 위해 1811년 작곡되었다.

드러내 보이는 그 사각형 캔버스의 그림에는, 강물이며 여인들의 옷이며 배의 돛들이며 이런저런 요소로부터 나온 수많은 반사광들이 나란히 놓였다. 여인의 옷에서 우리를 황홀하게 한 것이 잠시 더위와 숨막힘으로 춤추기를 멈추고, 같은 방식으로 멈춘 돛의 천과 작은 항구의 물, 나무 부교와 나뭇잎과 하늘에서 아롱거렸다. 내가 발베크에서 본 어떤 그림에는 청금석 빛깔의 하늘 아래서 대성당 자체만큼이나 아름다운 병원 건물이 이론가로서의 엘스티르를, 중세를 사랑하는 훌륭한 안목의 엘스티르를 넘어서는 그런 대담함으로 그려져 "고딕 예술이나 걸작 같은 것은 없지만, 이런 특색 없는 병원이 저 영광스러운 대성당 정면만큼이나 가치 있다."라고 노래하는 듯했다. 마찬가지로 나는 "산책 중인 예술 애호가도 바라보기를 피할 것 같은, 자연이 그의 눈앞에 제시하는 시적 장면으로부터도 배제된 듯 보이는 조금은 천박한 여인 역시 아름답고, 여인의 옷은 배의 돛에 떨어지는 빛과 동일한 빛을 받으며, 조금 더 소중하고 조금 덜 소중한 것은 아무것도 없으며, 평범한 옷이나 그 자체로 아름다운 돛도 모두가 동일한 빛을 반사하는 두 거울일 뿐이다. 모든 것은 화가의 시선에 달려 있다."라고 말하는 소리도 들었다. 그런데 화가는 시간의 움직임을 이 빛나는 순간, 여인이 더워서 춤추기를 멈추고, 나무가 그림자로 주위를 에워싸고 돛이 금빛 바니시 위를 미끄러져 가는 이 빛나는 순간에 영원히 고정시킬 줄 알았다. 그러나 그 순간이 얼마나 강력한 힘으로 우리를 압도했던지, 또 고정된 화폭이 얼마나 덧없는 인상을 주었던지, 우리는 그림 속 여인이 곧 집으로 돌아가고, 배는 사라지고, 그림자는 이동하고, 밤은 다가오고, 그리하여 쾌락의 순간은 끝나고, 삶은 흘러갈 것이며, 나란히 이웃하는 수많은 반사광으로 한꺼번에 조명되던 순간들도 다시는 되찾지 못할 것 같은 느낌을 받았다. 나는 또한 '순간'이란 것의 한 양상을, 물론 전혀 다른 것이긴 하지만, 그 살롱에 장식된 몇 편의 신화적 주제를 다룬 엘스티르의 초기작에 속하는 수채화에서 알아볼 수 있었다.* 사교계의 '진보적' 인사들은 엘스티르의 이런 화풍'까지는' 따라갈 수 있었지만 그 이상은 가지 못했다. 물론 이 작품들은 엘스티르의 작업 가운데 최상은 아니었지만, 그래도 주제를 사유하는 진지함 덕분에 주제의 무미건조함은 피할 수 있었다. 이를테면 그리스 신화에 나오는 뮤즈들은 지금은 화석화된 존재에 속하지만, 신화 시대에는 밤마다 둘 또는 셋씩 짝을 지어 산악지방 오솔길을 따라 지나가는 모습을 보는 일이 그렇게 드물지 않았다는 듯 그려졌다. 때로 동물학자에게 너무나 특별한 개성을 가진 종(種)(어떤 성적 구별도 없는 무성이란 특징을 가진)에 속하는 시인이, 자연계에서는 다른 종에 속하지만 서로 가까운 친구이자 동반자인 뮤즈와 더불어 산책을 하기도 했다. 이런 종류의 수채화 중 하나에는 산에서 오래 걸어 다니다 지쳐 쓰러진 시인을 켄타우로스가 보고 애처로운 마음에 등에

---

* 이 신화적 주제를 다룬 수채화는 귀스타브 모로의 「세상을 밝히기 위해 아버지 아폴론을 떠나는 뮤즈들」(1868)을 가리키는 듯 보인다.(*Pastches et mélanges*, Pléiade, 105쪽; 『게르망트』, 폴리오, 714쪽 참조.) 귀스타브 모로에 대해서는 『잃어버린 시간을 찾아서』 4권 106쪽 주석 참조.

업고 데려가는 장면도 있었다.* 다른 그림에는 광대한 풍경이 (신화적 장면이나 전설적인 영웅들이 미미한 자리를 차지하여 거의 자취를 감춘 듯 보이는) 산꼭대기부터 바다까지, 태양의 경사도나 그림자의 찰나적 순간을 충실히 포착하여 시간은 물론 분까지도 정확히 묘사되었다. 이렇게 예술가는 그가 다루는 전설의 상징적 세계를 어느 특정한 순간으로 재현함으로써, 거기에 일종의 체험한 역사의 현실을 부여하고, 그것을 과거의 어느 정확한 순간에 일어난 일로 묘사하고 얘기한다.

엘스티르의 그림을 보는 동안 저택에 도착한 손님들의 초인종 소리가 울리다 그치다 하면서 날 부드럽게 잠재우는 듯했다. 그러나 초인종 소리에 뒤이어 이미 오래전부터 계속되던 정적이, 마치 린도르의 음악을 뒤잇는 정적이 베르톨로를 잠에서 깨어나게 하듯 ─ 사실은 그보다는 덜 빨랐지만 ─ 몽상에서 나를 깨어나게 했다.** 사람들이 나를 잊어버리고 식탁에 앉지나 않았는지 걱정하며 재빨리 살롱 쪽으로 갔다. 엘스티르의 그림이 걸려 있는 방문 앞에서 노인인지 얼굴에 분칠을 한 건지 잘 모르겠지만 어느 스페인 장관과도 흡사한 하

---

* 귀스타브 모로가 그린 「헤시오도스와 뮤즈들」(1891)과 「켄타우로스가 안고 가는 죽은 시인」(1891)에 대한 암시이다. 켄타우로스는 그리스 신화에 나오는 반인반마의 괴물이다.

** 조아치노 안토니오 로시니(Gioacchino Antonio Rossini, 1792~1868)가 작곡한 「세비야의 이발사」에서 로지나를 사랑하는 알미비바 백작은 이발사 피가로의 충고에 따라 린도르란 이름으로 자신을 소개하고 로지나에게 사랑의 노래를 바친다. 그동안 후견인인 바르톨로는 잠이 들었다가 "그를 잠재웠던 소리가 그치자 깨어난다."(『게르망트』, 폴리오, 714쪽 참조.)

인을 보았는데, 그는 마치 왕의 발밑에서 하는 것 같은 경의를 내게 표했다. 이런 모습으로 보아 한 시간은 더 기다려 줄 것 같았지만, 나 때문에 저녁 식사가 지체될까 봐, 특히 11시에 샤를뤼스 씨 댁에 가기로 한 약속 때문에 나는 무척 걱정이 됐다.

그 스페인 장관이 나를 응접실로 안내했다.(가는 도중에 나는 문지기에게 시달림 받는 하인을 만났는데, 내가 약혼녀 소식을 묻자 그는 행복감으로 얼굴을 환히 빛내면서, 마침 내일이 그와 그녀의 외출일이어서 하루 종일 함께 보낼 수 있게 되었다고 말하며 공작 부인의 친절함을 칭찬했다.) 나는 게르망트 씨가 불쾌해하지나 않았을까 걱정했는데 오히려 공작은 기쁘게 맞아 주었다. 물론 조금은 예의상 가장된 기쁨이었지만, 이 늦어짐이 그의 위를 허기지게 하고 살롱을 완전히 채운 손님들도 이미 초조해한다는 걸 의식한 만큼 진실된 기쁨이기도 했다. 나중에야 나는, 사람들이 나 때문에 거의 사십오 분이나 기다렸음을 알게 되었다. 게르망트 공작은 거기 모인 이들의 고통을 잠시 더 연장해도 별 해가 없다고 생각했거나, 아니면 예의를 지키느라 그랬는지, 식탁에 앉을 순간이 이미 상당히 늦어진 채로 식사를 금방 내오지 않았는데, 내가 그렇게 늦은 게 아니며 그들이 나 때문에 기다린 것은 아니라고 나를 설득할 수만 있다면, 이런 예의가 보다 완벽하게 보일 거라고 생각했던 모양이다. 그래서 공작은 식사 시작까지는 아직도 한 시간이나 남았으며, 몇몇 손님이 아직 도착하지 않았다는 듯, 내게 엘스티르의 그림을 어떻게 생각하느냐고 물었다. 그러나 동시에 위경련이 일어나는 모습을 들키지 않으려고, 더 이상 일 초도 낭비하지 않기 위해 공작 부인과 협력해서 손님들을 소개하기 시작했다. 그제야 나는 지금까지 ─ 스완 부인의 살롱에서 훈련받은 걸 제외하고는 ─ 콩브레나 파리의 우리 어머니 집에서 부르주아 여인들이 나를 어린아이 취급하면서 낯을 찌푸리며 마치 후견인이나 보호자 같은 모습을 하던 데 익숙했던 내 주위에, 갑자기 파르시팔을 꽃의 소녀들*에게 데리고 간 일에 비교할 만한 환경의 변화가 일어났음을 깨달았다. 나를 둘러싼 여인들은 가슴을 다 드러낸 차림으로(여인들의 살이 미모사의 구부러진 가지 사이로 또는 장미꽃의 커다란 꽃잎 아래로 드러나는) 나를 향해, 단지 소심함 탓에 직접 키스는 하지 못하지만, 애무하는 듯한 긴 시선을 흘리며 인사했다. 그래도 품행이란 관점에서 그들은 대부분 정숙한 여인들이었다. 대다수가 그렇다는 거지, 전부가 그렇다는 말은 아니다. 왜냐하면 가장 정숙한 여인도, 품행이 가벼운 여인들에 대해 우리 어머니가 느꼈을 그런 혐오감은 갖지 못했을 것이기 때문이다. 게르망트네 세계에서는 정숙한 여인들로부터 비난받을 것이 확실한 그런 충동적인 행동도, 그들이 사회적 관계를 잘 유지할 줄만 안다면 덜 중요한 것처럼 보였다. 안주인의 몸이 그녀를 원하는 자의 손에서 마음대로 조종되는 경우에도, 그녀의 '살롱'이 그대로 유지되기만 하면 모두들 모르는 척했다. 공작은 초

────────────

* 바그너의 오페라 「파르시팔」(1882년 초연) 2막에서 마법사 클링조르는 단번에 그의 성을 파괴하고 아름다운 꽃이 핀 정원으로 바꾸며, 또 이 꽃의 소녀들은 성배를 찾는 기사들을 유혹한다.

대 손님들과는 전혀 불편해하지 않았지만(그들로부터, 또 그들에게 이미 오래전에 배울 것이나 가르쳐 줄 게 없었으므로) 나의 어떤 점이 뛰어난지 아직 알지 못했으므로 그 뛰어남이 조금은 루이 14세 궁정의 대귀족들에 대해 부르주아 장관들이 느꼈던 것과 같은 존경심을 불러일으켰는지 나를 무척이나 불편하게 여겼으며, 내가 그의 손님들을 알지 못한다는 사실이, 그의 손님들이 아니라면 적어도 내게 전혀 중요하지 않게 보였고, 공작 때문에 내가 그들에게 줄 인상을 걱정하는 동안에도 공작은 단지 손님들이 내게 어떤 인상을 줄지만을 걱정했다.

게다가 처음부터 작은 소동이 연이어 벌어졌다. 사실 내가 살롱에 들어서는 순간, 게르망트 씨는 공작 부인에게 인사할 틈도 주지 않고 어느 키 작은 부인 쪽으로 나를 끌고 갔는데, 공작은 그분을 놀래 주려는 듯 이렇게 말하는 것처럼 보였다. "자, 부인의 친굽니다. 도망가는 걸 간신히 붙잡아 왔어요." 그런데 공작에게 떠밀려 부인 앞에 이르기 전부터 부인은 내게 그 커다랗고 부드러운 검은 눈으로 옛 친구에게 짓는 미소를, 어쩌면 우릴 알아보지 못한 친구에게 보낼 때 짓는 그런 이해심 많은 미소를 줄곧 보내고 있었다. 그런데 그 상대가 바로 나였고, 나는 그녀가 누구인지 전혀 기억이 나지 않았으므로, 게르망트 씨의 소개를 통해 이런 거북한 상태에서 벗어날 때까지 그 미소에 응하지 않으려고 머리를 돌려 앞으로 갔다. 그동안에도 부인은 나에 대한 미소를 계속 불안정한 상태로 유지했다. 부인은 어서 빨리 이런 상태에서 벗어나, 내가 마침내 "아! 부인 그렇군요. 우리가 다시 만난 걸 알면 어머니가 얼마나 기뻐할까요!"라고 말해 주기만을 기다리는 것 같았다. 나는 부인의 이름이 무척 알고 싶었고, 부인 역시 내가 부인을 알아보고 부인을 잘 아는 상태에서 인사하여, 반올림한 '솔'마냥 무한히 계속되는 미소를 멈추게 해 주기를 바라는 듯했다. 그러나 게르망트 씨는 적어도 내 생각에는 처신이 조금 서툴렀으며 내 이름밖에 말하지 않은 듯 보였으므로, 나는 낯선 여인으로 추정되는 이 여인이 누구인지 여전히 알 수 없었고, 그녀 역시 우리의 친밀한 관계가 내게는 그토록 이해하기 힘들지만 그녀에게는 너무도 분명하여 자기 이름을 일러 주는 분별력도 갖지 못한 것 같았다. 어쨌든 내가 부인 가까이 다가갔을 때, 부인은 손도 내밀지 않고 친숙하게 내 손을 붙잡으면서 마치 부인이 마음속에서 떠올리는 좋은 추억을 나 역시 부인처럼 알고 있기라도 한 듯한 어조로 말했다. 알베르가 — 내가 그녀의 아들로 알아들은 — 오늘 오지 못한 걸 얼마나 애석해할까 하고 부인이 말했다. 나는 학교 친구들 중에 알베르라는 친구를 떠올려 보려 했지만 블로크밖에 생각나는 사람이 없었다. 그러나 내 앞에 있는 분이 블로크 어머니일 리는 없었다. 그의 어머니는 오래전에 돌아가셨으니 말이다. 나는 부인이 생각 속에서 참조하는, 부인과 내게 공통된 과거를 알아내려고 애썼지만 헛된 일이었다. 미소밖에 통과시키지 않는 그녀의 크고도 부드러운 눈동자의 그 반투명한 흑옥 너머로, 마치 햇빛에 타오르는 검정 유리창 뒤에서는 어떤 풍경도 식별할 수 없는 것처럼, 나는 우리의 공통된 과거를 엿볼 수 없었다. 부인은 내게 아버지께서 너무 피로하시지 않은지, 어느 날 내 몸이 좀 나아지면 알베르와 함께 극장에 가지 않겠는지 물었지만, 내 응답은 내가 처한 정신적인 어둠 속에 비틀거리면서 오늘 저녁은 몸이 별로 좋지 않다고 말할 때만 분명하게 울렸으며, 부인은 내 부모님의 친구들은 한 번도 보인 적 없는 열성을 보이면서 내게 손수 의자를 내밀었다. 드디어 수수께끼의 단서가 될 만한 단어가 공작의 입에서 나왔다. "부인은 자네가 매력적(charmant)이라고 생각한다네." 하고 내 귀에 속삭인 것이다. 낯설지 않은 단어였다. 빌파리지 부인이 할머니와 내게 뤽상부르 대공 부인을 소개할 때 했던 말이었다.* 그러자 모든 것이 이해되었다. 여기 있는 부인과 뤽상부르 대공 부인 사이에는 어떤 공통점도 없었지만, 부인을 내게 소개하는 공작의 언어에서 나는 그 동물의 종을 알아보았다. 부인은 왕족이었다. 부인은 내 가족과 나 자신에 대해 전혀 아는 것이 없었다. 그러나 가장 고귀한 혈통을 이어받고 세상에서 가장 큰 부를 소유한 부인은(파름 대공의 딸인 그녀는 역시 같은 왕족인 사촌과 결혼했다.) 조물주에 대한 감사의 마음에서 아무리 가난하고 보잘것없는 태생이라 할지라도 이웃을 멸시하지 않는다는 걸 보여 주고 싶어 했다. 사실 부인의 미소만 보고도 그 사실을 알아챘어야 했는데, 나는 뤽상부르 대공 부인이 바닷가에서, 마치 아클리마타시옹 공원에 있는 사슴에게 주듯이, 할머니에게 주려고 호밀 빵 사는 모습을 이미 보지 않았던

---

* 뤽상부르 대공 부인과 '매력적'이라는 단어의 사용에 대해서는 『잃어버린 시간을 찾아서』 4권 104쪽 참조.

가. 그러나 바닷가에서 소개받은 사람은 왕족의 피를 받은 이류 왕족에 지나지 않았으므로, 내가 위대한 왕족의 상냥함에 대한 보편적 법칙을 발견하지 못했다고 해서 그리 용서받지 못할 일은 아니었다. 게다가 그들 자신도 이런 상냥함에 대해 너무 기대하지 말라고 내게 미리 경고하는 수고를 하지 않았던가. 오페라좌에서는 손을 흔들며 그토록 인사를 잘하던 게르망트 공작 부인도 거리에서 내가 인사하면, 마치 누군가에게 단 한 번 1루이를 주고 나서 그걸로 영원히 의무를 다했다고 믿는 사람처럼 화난 표정을 짓지 않았던가. 샤를뤼스 씨로 말하자면 감정의 기복이 더 심했다. 어쨌든 나중에 보게 되겠지만, 나는 다른 종류의 왕족들과 폐하들을 알게 되었고, 그들 중에는 여왕 역할을 연기하면서도 그들과 같은 종족의 관습에 따라 말하지 않고 사르두 연극에 나오는 여왕처럼 말하는 이들도 있었다.*

게르망트 씨가 서둘러 나를 소개한 것은 이런 모임에 왕족이 모르는 인간이 있다는 사실은 결코 용납될 수 없으며, 또 그런 사실이 일 초라도 더 연장되어서는 안 됐기 때문이다. 생루가 할머니에게 자신을 소개해 달라고 조르던 것과 같은 서두름이었다. 게다가 사교적인 예절이라고 불리는 그런 가식적인 예절이 아니라, 오히려 밖에서 안으로 역행하여 겉이 본질이 되고 심오함이 되는 그런 궁정 생활로부터 물려받은 잔

---

* 사르두(Sardou, 1831~1908)의 연극에 나오는 클레오파트라나 테오도라, 페도라 여왕 같은 역사적 인물은 '벨 에포크'의 살롱에서 즐겨 풍자하던 대상이었다.(『게르망트』, 폴리오, 715쪽 참조.)

재에 의하여, 게르망트 공작과 공작 부인은 자비나 순결과 동정심과 정의와 같은 그들 중 누군가는 자주 소홀히 하는 의무보다는, 파름 대공 부인에게 말할 때는 삼인칭으로만 해야 한다는 엄격한 의무를 보다 본질적인 것으로 간주했다.

살아오는 동안 한 번도 파름-파르마(오래전부터 부활절 방학에 그토록 가고 싶어 했던)에 가 보지 못했던 내게, 다른 모든 세상으로부터 외따로 떨어진 이탈리아 소도시의 작은 광장에서의 그 바람 불지 않는 여름날 저녁처럼, 숨이 막힐 듯한 대기 속에 그토록 조밀하고도 부드러운 이름으로 반들거리는 벽 사이로 모든 것이 비슷해 보이는 유일한 도시에서 가장 아름다운 궁전을 가진(내가 그렇게 알고 있는) 대공 부인과의 만남은, 상상 속에 그려 보던 것을 파르마에 실제 존재하는 것으로, 단번에 일종의 단편적인 도착을 통해 여행도 하지 않고 바꾸어 놓은 듯했다. 이는 뭔가 조르조네*의 도시로 가는 여행이란 대수학에서 도시를 아는 것이 미지수인, 즉 파름 대공 부인을 아는 것이 그 문제를 푸는 일차 방정식인 그런 것과도 같았다. 그러나 내가 몇 해 전부터 이 파름 대공 부인이라는 이름에 수많은 보랏빛 향기를 스며들게 해 왔다면 ─ 마치 향수 제조인이 조밀한 지방 덩어리에 향수를 집어넣듯이** ─ 이와

---

* 『잃어버린 시간을 찾아서』 2권 348쪽 주석 참조. 조르조네의 도시란 베네치아를 가리킨다.

** 파르마에 대한 화자의 몽상은 공기가 통하지 않은 파름이란 단어의 발음과 스탕달의 『파르마의 수도원』이란 소설이 투영하는 부드러운 보랏빛 반사광에 연유한다.(『잃어버린 시간을 찾아서』 2권 342쪽 참조.)

반대로 내가 지금까지 스탕달의 소설에 나오는 산세베리나*와 비슷하다고 확신해 온 대공 부인을 눈앞에서 보자, 두 번째 화학 작용이 시작되었고(사실을 말하자면 이 작용은 몇 달 후에야 완성되었다.) 이런 새로운 작용 덕분에 나는 부인의 이름에서 온갖 바이올렛 정유와 스탕달풍 향기를 제거하고, 대신 자선 사업으로 분주한 검은 머리에 키 작은 부인의 이미지를, 그 겸손함과 상냥함의 이유가 금방 왕족의 자존심에 있음을 깨우치는 부인의 이미지를 갖다 놓았다. 게다가 약간의 차이를 제외하면 다른 귀부인들과 별로 다를 바 없는 그녀는 전혀 스탕달풍이 아니었는데, 이를테면 가령 파리의 '유럽 가'**에 있는 파르마 거리는 주변의 다른 길보다 더 파르마와 닮은 데가 없었으며, 파브리스가 죽은 수도원보다는 차라리 생라자르 역 대합실을 더 많이 연상시켰다.

파름 대공 부인의 상냥한 태도에는 두 가지 이유가 있었다. 그중 일반적인 이유는 군주의 딸로서 받은 교육을 들 수 있다. 부인의 어머니는(모든 유럽 왕족들과 친척이었으며, 파르마 공국의 집안과는 대조적으로 어느 통치자 대공 부인보다 더 부자였다.) 그녀에게 어린 시절부터 모든 일에 성경을 인용하는 것과 같은 오만하면서도 겸손한 속물근성의 교훈을 주입했다. 그래서 이제 이 딸의 모든 얼굴 모습이나 어깨 곡선과 팔의 움직임

---

* 스탕달의 『파르마의 수도원』에 나오는 인물로 『잃어버린 시간을 찾아서』 5권 169쪽 주석 참조.
** 파리 8구 유럽 광장을 중심으로 거리 이름이 모두 유럽 도시 이름으로 이루어진 구역이다. 근처에 생라자르 역이 있다.

은 되풀이해서 이렇게 말하는 것 같았다. "하느님이 널 왕좌로 가는 계단에서 태어나게 하고, 그분의 섭리로 네가 우월한 태생과 부를 가지게 되었다면(찬미받을지어다!) 이 점을 이용해서 그렇지 못한 자들을 멸시하거나 해서는 안 된다는 걸 잊지 말거라. 오히려 소인배들에게 친절히 대하도록 해라. 네 조상들은 647년부터 클레베와 율리히의 군주였단다.* 하느님은 친절하게도 네가 수에즈 운하의 거의 모든 주식과 에드몽 드 로칠드보다 세 배나 많은 로열더치** 주식을 소유하길 바라셨구나. 네 직계 혈통에 대한 계보는 서기 163년부터 족보 학자의 손에 의해 작성되었다. 네 올케 중에는 황후가 두 분이나 계신단다. 그러므로 너는 말을 할 때 이토록 큰 특권을 내세워서는 결코 안 된다. 그 특권이 일시적이어서가 아니라(그 무엇으로도 오래된 혈통을 바꾸지는 못한다. 우리가 늘 석유를 필요로 하듯이 말이다.) 네가 어느 누구보다도 훌륭한 태생이며 네 지위가 일류임을 모든 사람이 알고 있으므로, 구태여 그들에게 알려줄 필요가 없어서란다. 불행한 사람들을 돕도록 해라. 하느님의 선의가 그들을 네 발밑에 두는 은총을 베푸셨으니, 네 지위에서 추락하는 일 없이 그들에게 줄 수 있는 것은 모두 주도록 해라. 다시 말해 돈으로 도와주고 병자도 간호해라. 그러나 절대로 그들을 저녁 파티에 초대해서는 안 된다. 그들에게는 전

---

* 라인강 하류의 클레베와 율리히는 1609년 보헤미아 상속 전쟁의 시발점이 된 곳이다.
** 로열더치 또는 셸(Shell)은 영국과 네덜란드가 1890년에 만든 석유 회사로 프루스트도 이 회사의 주식을 소유했던 것으로 알려져 있다.

혀 도움이 되지 않을뿐더러 네 품위도 떨어뜨려 네 자비로운 행동의 효과를 지워 버릴 테니까."

그래서 선행을 베풀 수 없을 때조차도 대공 부인은 함께 있는 사람들에게 말로는 하지 않지만 온갖 외적인 표시를 통해 자신이 스스로를 대단한 사람이라고 결코 생각하지 않는다는 걸 보여 주려고, 또는 그렇게 믿게 하려고 애썼다. 대공 부인은 예의 바른 사람들이 그들보다 못한 사람들에게 보이는 그런 매력적인 예의로 그들 각자를 대하면서 매 순간 도움이 되고자 했는데, 자기가 앉은 의자를 밀어 자리를 넓히거나 내 장갑을 잡거나 하면서 거만한 부르주아 부인들에게는 어울리지 않지만, 군주나 예전에 하인이었던 자들이 본능적으로 그들의 직업적인 습성 때문에 하는 것과 같은 보살핌을 내게 기울였다.

파름 대공 부인이 내게 보여 준 상냥함의 또 다른 이유는 보다 특별했다. 하지만 나에 대한 어떤 신비로운 호감 때문은 아니었다. 그러나 그 순간 내게는 이 두 번째 이유에 대해 더 깊이 생각해 볼 여유가 없었다. 사실 사람들 소개를 서둘러 마치고 싶은 공작이 '꽃의 소녀들' 가운데 한 여인에게로 날 끌고 갔던 것이다. 그녀의 이름을 들은 나는 발베크에서 그리 멀지 않은 곳에 있는 그녀의 성관 앞을 지나간 적이 있었다고 말했다. "아! 당신에게 보여 주었다면 정말 좋았을 텐데요!" 하고 그녀는 보다 겸손하게 보이려는 듯 낮은 목소리로, 그러나 특별한 기쁨의 기회를 놓친 걸 후회하는 기색이 역력한 어조로 말하고 나서, 나의 환심을 구하는 눈길을 던지며 덧붙였다.

"모든 것이 끝난 게 아니기를 바라요. 아마도 당신은 브랑카 아주머니의 성관에 더 관심을 갖게 될 거예요. 망사르*가 건축했거든요. 그 지방의 보배예요." 성관을 보여 주고 싶어 한 건 자기만이 아니며, 브랑카 아주머니도 그녀의 성관에서 나를 접대할 수 있다면 무척 기뻐했을 거라고 그 귀부인은 단언했다. 필시 부인은 인생을 제대로 살 줄 모르는 금융업자의 손에 토지가 넘어가는 시대에서는, 명문 귀족이 예전에 봉건 영주가 했던 것과 같은 고상한 손님 접대의 전통을, 즉 아무것도 약속하지 않고 말로만 환대하는 전통을 유지하는 것이 중요하다고 생각했던 모양이다. 부인은 그녀와 같은 환경의 사람이 다 그렇듯, 대화 상대자에게 가장 큰 기쁨을 줄 수 있는 얘기를 하려고 애썼고, 상대방이 스스로를 높이 생각할 수 있도록 그의 편지를 받으면 좋아하고, 그의 초대를 받은 손님들은 영광으로 생각하며, 모두들 그와 사귀기만을 열망한다고 믿게 하려고 애썼다. 스스로에 대해 흡족하게 생각하는 마음을 타인에게 주고 싶어 하는 이런 욕망은, 사실 부르주아들에게서도 가끔씩 목격된다. 그들에게 역시 어떤 결점 대신 개인적인 장점을 늘어놓는 관대한 성향이 있지만, 그 성향은 애석하게도 가장 믿을 만한 남자 친구들보다는 가장 다정한 동반자에게서 더 많이 나타나며, 어쨌든 몇몇 여인에게서 개별적으

---

* 원문에는 Mansard라고 표기되었지만, 이 건축가는 프랑스 고전주의 건축가의 선구자이며 프루스트가 1907년 노르망디 체류 시 방문한 적 있는 발루아 성을 건축한 프랑수아 망사르(François Mansart, 1598~1666)를 가리키는 것처럼 보인다고 지적된다.(『게르망트』 2, GF-플라마리옹, 378쪽 참조.)

로 꽃을 피운다. 그러나 이와 반대로 대부분의 귀족 사회에서
는 이런 성격적 특징이 개별적인 것으로 그치지 않고, 교육에
의해 연마되어 겸손하게 대하는 법을 두려워하지 않고, 경쟁
자를 더 이상 알지 못하며, 상냥함으로 남을 기쁘게 해 줄 줄
알고 또 기꺼이 그렇게 하기를 좋아하는, 귀족 고유의 우월감
으로 유지되면서 계급 전체를 총칭하는 성격이 된다. 그리하
여 이와 너무 상반된 개인적 결점이 마음속에서 이런 성격적
특징을 지탱하지 못하는 경우에도 그들이 사용하는 어휘나
몸짓 속에 무의식적으로 그 흔적이 남는다.

"아주 좋은 분이라네." 하고 게르망트 씨가 파름 대공 부인
에 대해 말했다. "'귀부인'의 역할이 어떤 건지 누구보다 잘 아
는 분이지."

내가 여인들에게 소개되는 동안 한 신사가 몹시 불안해 보
이는 몸짓을 했다. 아니발 드 브레오테-콩살비* 백작이었다.
늦게 도착한 그는 손님들에 대해 물어볼 틈이 없었으므로 내
가 살롱에 들어왔을 때, 공작 부인의 세계에 속하지 않는 사람
임을 알아보고, 따라서 내가 여기 들어올 만한 극히 예외적인
자격을 갖춘 손님이 틀림없다고 여겨, 둥글게 휘어진 눈썹 밑
에, 내가 어떤 인간인지 간파하는 데 도움이 되리라고 믿으며
외알 안경을 끼워 넣었다. 그는 게르망트 부인이, 진짜 뛰어난
여인들의 소중한 전유물이라고 할 수 있는 소위 '살롱'이라는
걸 가졌으며, 다시 말해 새로운 치료법의 발견이나 걸작의 발

---

* 『잃어버린 시간을 찾아서』 5권 342쪽 주석 참조.

표로 최근에 주목받는 저명인사를 때때로 자기 세계 사람들에 추가한다는 사실을 알고 있었다. 포부르생제르맹은 아직도 공작 부인이 영국 왕과 왕비를 위한 연회에 드타유* 씨를 초대하기를 두려워하지 않았다는 사실을 인지하고 그 충격에서 벗어나지 못하고 있었다. 포부르생제르맹의 재치 있는 여인들은 이 괴상한 천재와 접촉하는 데 매우 관심이 많았으므로, 그 자리에 초대받지 못했다는 사실에 쉽게 마음을 달래지 못했다. 쿠르부아지에 부인은 그 연회에 리보** 씨도 와 있었다고 주장했는데, 이는 오리안이 남편을 대사로 임명하려고 한다는 것을 사람들에게 믿게 하려고 꾸며낸 말이었다. 마지막으로 이 모든 스캔들의 절정에는 게르망트 씨가 보통은 삭스 원수***가 한다고 여겨지는, 그런 여자의 환심을 사는 태도를 취하면서 코메디프랑세즈 휴게실에 나타나 라이헨베르크**** 양에게 왕이 보는 앞에서 시 낭송을 해 달라고 부탁했으며, 또 그 일이 진짜 실현되면서 대연회 역사에 전례 없는 사건으로 기록되었다. 브레오테 씨는 게르망트 씨의 이런 예기치 못한 언

---

* 에두아르 드타유(Edouard Detaille, 1848~1912). 프랑스 화가로 역사적 장면이나 군대 장면을 많이 그렸다.
** 알렉상드르 리보(Alexandre Ribot, 1842~1923)는 1890년부터 1893년 사이에 프랑스 외무부 장관을 지냈다.
*** Maréchal de Saxe. 작센 왕국의 아우구스투스 2세 아들로 프랑스의 직업 군인이 된 모리스 드 삭스(Maurice de Saxe) 원수를 가리킨다. 프랑스 국적을 취득했으므로 작센이라고 하지 않고 삭스로 표기한다.
**** 독일 라이헨베르크 가문에서 태어나 부르구앵 남작과 결혼한 프랑스 여배우이다.

행을 수없이 상기하면서(그는 게르망트 공작이 게르망트 공작 부인과 마찬가지로, 하지만 남자의 자격으로 살롱의 가치를 드높이는 장식품이라는 점에 전적으로 동의했다.) 내가 누구인지 물어보다가 그의 탐색 영역이 아주 넓게 열려 있다는 걸 깨달았다. 한순간 비도르*란 이름이 그의 마음을 스쳐 갔다. 그러나 오르간 연주자라고 하기엔 내가 너무 젊으며, 또 비도르 씨가 이곳에 '초대받을 만큼' 그렇게 유명한 것도 아니라는 데 생각이 미쳤다. 단지 누군가가 말했던 그 스웨덴 공사관에 새로 부임한 외교관으로 보는 편이 더 사실임 직해 보였다. 그래서 그는 여러 번 환대를 받았던 오스칼 왕의 소식을 내게 물어보려고 준비했다. 그러나 공작이 소개하려고 브레오테 씨에게 내 이름을 말하자, 그는 이 이름이 완전히 낯설다는 것을 깨닫고, 그때부터는 내가 틀림없이 저명인사여서 거기 있다고 생각하고는 더 이상 의문을 갖지 않았다. 오리안은 늘 똑같은 바보짓을 되풀이하고, 그녀의 살롱을 위해 남자들을, 그것도 물론 상위 1퍼센트에 속하는 남자들만을 끌어들일 줄 알았는데, 그렇지 않았다면 살롱의 위상이 틀림없이 추락했을 것이다. 그리하여 브레오테 씨는 그가 곧 하게 될 맛있는 저녁 식사뿐 아니라, 나의 참석으로 인해 한층 흥미로워질 모임의 성격과, 다음 날 샤르트르 공작과의 점심에 재미있는 대화 주제를 제공해 주리라는 기대로 식욕이 나는 듯 혀로 입술을 핥으며 식탐

---

* 샤를마리 비도르(Charles-Marie Widor, 1844~1937). 프랑스의 오르간 연주자이자 작곡가이다.

가득한 콧구멍을 벌름거리기 시작했다. 그래도 그는 아직 내가 암을 고칠 혈청을 새로 실험한 사람인지, 아니면 지금 연습 중인 국립 극장의 다음번 개막극을 쓴 작가인지 결론을 내리지 못했으므로, 뛰어난 지식인이자 대단한 '여행담' 애호가로서 연신 내게 경의를 표하면서 자기도 잘 이해한다는 표시를, 외알 안경으로 여과된 미소를 계속해서 보내왔다. 브레오테-콩살비 백작에게서 사상의 특권은 출생의 특권 못지않게 존귀하다는 사실을 이 훌륭한 인간에게 불어넣을 수만 있다면 그가 더욱 자신을 높이 평가해 주리라는 잘못된 생각 때문인지, 아니면 단지 내게 어떤 언어로 말해야 할지 몰라 자신의 만족감을 표현할 필요를 느끼면서도 그렇게 하는 게 어렵다고 느껴서인지, 어쨌든 그는 마치 자신이 탄 뗏목이 어느 낯선 땅에 상륙하여 그곳 '토착민' 중 한 사람과 대면하면 뭔가 이득을 취하려는 희망에 그들의 관습을 신기한 듯 관찰하면서도 우정의 표시를 멈추거나 그들처럼 커다란 환호를 지르는 일 없이 유리알 대신 타조 알이나 향신료를 교환하려고 애쓰는 사람 같았다. 그의 이런 기쁨에 최선을 다해 화답한 후 나는, 이미 빌파리지 부인 댁에서 만난 적이 있으며 내게 빌파리지 부인이 교활한 여인이라고 얘기했던 샤텔로 공작과 악수했다. 샤텔로 공작에겐, 전형적인 게르망트네 사람이라고 할 수 있는 금발과 매부리코 옆모습, 뺨 피부에 흠집을 내는 뾰루지 등, 16세기와 17세기가 남긴 이 가문의 초상화에서 이미 찾아볼 수 있는 특징이 모두 있었다. 하지만 더 이상 공작 부인을 사랑하지 않는 나는 이런 그녀의 화신을, 한 젊은 남자에게서 보면서도 별다른 매력을 느끼지 못했다. 샤텔로 공작의 그 갈고리처럼 휘어진 코도 내가 오랫동안 연구했지만 더 이상 내 관심을 끌지 못하는 어느 화가의 서명처럼 읽혔다. 곧이어 푸아 대공에게 인사를 하면서, 내 손가락 관절은 불행히도 상처가 날 정도로 꽉 붙잡혔다가 겨우 빠져나왔는데, 이번에는 노르푸아 씨의 친구인 파펜하임 대공의 냉소적인 혹은 호인인 척하는 미소와 더불어 독일식 악수로 조였다. 이들 사회에 고유한 별명을 붙이는 관습에 따라 그는 보통 폰(Von) 대공으로 불렸고, 자신도 '폰 대공' 또는 자신과 내밀한 사람들에게 편지를 쓸 때는 '폰'이라고 서명했다. 이런 생략은 그래도 엄밀히 말해 합성된 이름의 길이를 감안할 때 이해할 만했다. 하지만 다른 세계에서 키킴(Kikim)*이란 이름이 넘쳐나는 것과 마찬가지로, 왜 엘리자베트(Elisabeth)를 릴리(Lili)나 베베트(Bebeth)로 약칭하는지 그 까닭을 이해하기는 쉽지 않다. 대개는 한가하고 경박한 사람들이 시간을 낭비하지 않으려고 몽테스큐(Montesquiou)**를 그냥 키우(Quiou)라고 부르는 것이라고 설명된다. 그러나 그들 사촌 중 하나를 페르디낭(Ferdinand)이라고 부르는 대신 디낭(Dinand)이라고 부른다

---

* 인도네시아의 부족 이름을 말한다.
** 『잃어버린 시간을 찾아서』 2권 259쪽 주석 참조. 사실 Montesquiou의 정확한 발음은 몽테스키우이다. 그러나 반모음 [j]는 뒤따르는 모음과 합쳐 '유'로 적는다는 외래어 표기법에 따라, 또 몽테스키외(Montesquieu인 경우 ieu는 [jø]로 표기된다.)와의 혼동을 피하기 위해 몽테스큐로 적었다. 하지만 약칭인 경우에는 그냥 '키우'를 살리고자 한다.

고 해서 얼마나 시간이 절약되는지는 이해하기 어렵다. 그렇지만 게르망트네 사람들이 별명을 붙이는 일에 늘 동일 음절을 반복한다고 생각해서도 안 된다. 자매인 몽페루 백작 부인과 벨뤼드 자작 부인은 둘 다 엄청나게 뚱뚱했지만, '프티트(Petite)'와 '미뇬(Mignone)'*으로 불렸고, 또 이것은 아주 오래된 습관이었으므로, 그들은 이 말을 들어도 결코 화를 내지 않았고 아무도 비웃지 않았다. 몽페루 부인을 무척이나 귀여워하던 게르망트 부인은 만일 몽페루 부인이 심하게 아프기라도 하면, 눈물을 흘리며 그녀 동생에게 "프티트가 몹시 아프다고 하던데." 하고 물어보았을 것이다. 가르마를 가운데로 타고 양쪽 귀를 완전히 가리도록 머리를 옆으로 내린 레클랭 부인은 '굶주린 배'**라고 불렸다. 때로는 남편 이름이나 세례명에 a만을 붙여 아내를 기리는 경우도 있었다. 포부르생제르맹에서 가장 비열한 구두쇠이자 인정 없는 인간의 세례명이 라파엘인 까닭에 바위에 피어난 꽃처럼 매력적인 그의 아내는 언제나 라파엘라로 불렸다. 그러나 이런 예는 수없이 많은 규칙 중 단순한 본보기에 지나지 않으므로 기회가 되면 그중 몇 개를 설명하려고 한다.

그리고 나는 게르망트 씨에게 아그리장트 대공을 소개해

---

* 프티트(petite)는 작다는 뜻이며 미뇬(mignone)은 귀엽다는 뜻이다.
** 이 문장은 "배고프면 눈에 보이는 것이 없다."란 프랑스어 속담인 Ventre affamé n'a pas d'oreille(직역하면 '굶주린 배에는 귀가 없다.')를 풍자한 것이다. 배고픈 사람에게는 남의 말이 들리지 않으므로 양쪽 귀를 가린 레클랭 부인은 남의 말을 듣지 않는, 따라서 함께 얘기할 수 없는 상대란 뜻이다.

달라고 부탁했다. "뭐라고, 그 뛰어난 '그리그리'를 모른단 말인가?" 하고 게르망트 씨가 소리치더니 아그리장트 씨에게 내 이름을 말했다. 프랑수아즈가 자주 인용하던 이 아그리장트란 이름은 내게는 언제나 그 너머 금빛 태양의 비스듬한 햇살이 고대 도시의 장밋빛 대리석 입방체를 보랏빛 바닷가에 아로새기는 투명한 유리 제품으로 보였다. 나는 대공 자신이 — 짧은 기적적인 순간에 파리에 들른 — 빛나는 시칠리아, 고색창연한 영광스러운 도시의 실제 군주임을 믿어 의심치 않았다.* 그러나 서글프게도 공작이 소개한 그 천박한 풍뎅이는** 자신이 우아하다고 생각하는 인사를 하려고 건방지고 투박한 태도로 제자리에서 한 바퀴 빙 돌았는데 자신의 이름과는 아무 상관이 없는 것처럼 보였다. 마치 직접 소유하고는 있지만 한 번도 자기 몸에 그 반영을 간직하지 못한, 어쩌면 처다본 적도 없는 예술품처럼. 아그리장트 대공에게는 왕자다운 모습이나 이탈리아의 도시 '아그리젠토'를 연상시키는 것이 아무것도 없었으므로, 그와는 완전히 구별되고 그 사람됨과도 아무 관련이 없는 그의 이름이 오로지 그 인간에 대

---

* 아그리장트 대공은 마치 이탈리아 시칠리아의 아그리젠토(Agrigento)에 뿌리를 둔 가문의 일원처럼 묘사된다. 아그리젠토는 기원전 582년에 건설된 그리스 식민지로 도리아식 신전과 중세 성당이 있는 아름다운 도시이다.
** 풍뎅이(hanneton)는 검은빛 또는 붉은빛을 띠는 땅속 곤충이다. 아그리장트(Agrigente)라는 이름이 함축하는 '돈'이란 의미의 '아르장(argent)'과 '웃음'이란 의미의 '리르(rire)'가 갑자기 땅속에 사는 시커먼 풍뎅이와 대조를 이루면서 이름과 실재 사이에 존재하는 간극을 보여 주는데, 「되찾은 시간」의 '가면무도회' 장면에서 이런 아그리장트의 변신이 가장 두드러진다.

해 — 다른 인간도 마찬가지지만 — 가질 수 있는 온갖 시적
인 아련함을 이름 자체로 끌어들였으며, 이런 과정이 끝나자
그 시를 마술적인 음절 안에 가두는 힘을 가지게 되었다고 사
람들은 추측할 수 있었다. 만일 이런 과정이 실제로 이루어졌
다면, 아주 성공적인 것으로 여길 수도 있었겠지만, 사실인즉,
이 게르망트의 친척에게는 끌어낼 수 있는 매력이라곤 티끌
만큼도 남아 있지 않았다. 그러므로 그는 아그리장트 대공이
라는 이 세상의 유일한 존재이자 동시에 어쩌면 가장 그렇지
못한 존재였을 것이다. 더욱이 그는 자신이 아그리장트 대공
이라는 사실에, 마치 한 은행가가 수많은 광산의 주식을 소유
하면서 그 광산이 실제로 '아이반호'나 '프림로즈' 광산 같은
아름다운 이름에 일치하는지, 또는 단지 '프리미어(Premier)'
광산이라고 불리는지는 아랑곳하지 않고 그냥 만족하는 사람
같았다.* 그렇지만 이렇게 길게 서술한 소개도 실은 내가 살롱
에 들어서면서 시작되어 몇 분 안에 끝났으므로, 소개가 끝나
자 게르망트 부인은 거의 애원하는 어조로 내게 말했다. "바쟁
이 여기저기로 당신을 끌고 다녀 많이 피곤하겠어요. 우리 친
구들을 알게 되는 건 좋은 일이지만 무엇보다도 당신을 피곤
하게 하고 싶지 않군요. 우리 집에 자주 오기를 바라니까요."

---

* 이 문단에 나오는 광산의 주식 명은 월터 스콧의 소설 『아이반호』와, 플레르
와 카야베의 희곡 「프림로즈」(1911)(접시꽃이란 뜻이다.)를 환기한다. 프루스트
는 1909년에 아이반호 광산 주식에 관심을 가졌으며, 또 당시 일간지에는 '프림
로즈' 광산과 남아프리카의 프리미어 다이아몬드 회사 주식에 대한 언급이 있
었다.(『게르망트』, 폴리오, 715쪽 참조.)

그동안 공작은 약간 어색하고 수줍은 동작으로 식사를 내와도 된다는 신호를(내가 엘스티르의 그림을 보느라 소비한 한 시간 전부터 무척이나 하고 싶었던) 보냈다.

초대 손님 중 한 사람인 그루시 씨가 아직 오지 않았음을 말해야 하는데, 게르망트네 태생인 아내만이 혼자 와 있었다. 남편은 하루 종일 사냥하러 가서 거기서 직접 오기로 되어 있었다. 그는 워털루 전투 초기에 참여하지 않아 나폴레옹 패배의 주된 원인이라고 잘못 전해진 그 제1제정기의 그루시* 씨 후손으로 훌륭한 가문 태생이었지만, 이런 사실만으로는 귀족에 심취한 몇몇 사람들 눈에는 차지 않았다. 그래서 게르망트 공작은 — 몇 년 후에는 자신에 관해서는 덜 까다로워졌지만 — 이 무렵엔 조카딸들에게 노상 이렇게 말하는 습관이 있었다. "아이들을 하나도 결혼시킬 수 없었던 게르망트 부인은 (그루시 씨 부인의 모친인 게르망트 자작 부인은) 얼마나 불행했을까!" "하지만 아저씨, 맏딸이 그루시 씨와 결혼했는데요." "난 그런 작자를 남편이라고 부르지 않아. 어쨌든 프랑수아 아저씨가 막내딸을 달라고 했다니, 모두가 처녀로 늙는 건 아닌 모양이군."

식사를 내오라는 명령이 떨어지자 곧 겹겹이 이어진 거대한 문들이 동시에 돌아가면서 식당 문이 활짝 열렸다. 의식의

---

* 에마뉘엘 드 그루시(Emmanuel de Grouchy, 1766~1847). 제1제정기의 장군으로 그가 이끄는 3만 군사가 도착하지 않아 나폴레옹이 워털루 전투에서 패배한 것으로 알려졌다. 나폴레옹 시대의 귀족을 서민들과(프랑수아즈로 표현되는) 똑같이 취급하는 옛 귀족들의 습성이 엿보이는 대목이다.

주관자처럼 보이는 집사가 파름 대공 부인 앞에 몸을 기울이며, 마치 "마님께서 위독하십니다."라는 말을 전할 때와 같은 어조로 "부인, 식사가 준비되었습니다." 하고 알렸다. 하지만 이 소식은 거기 모인 사람들에게 어떤 슬픔도 야기하지 않았고, 손님들은 짝 지어 쾌활한 표정으로 마치 로뱅송*에서의 여름날처럼 서로의 뒤를 따라 식당 쪽으로 가더니 자기 자리 앞에 도착해서야 서로 떨어졌으며, 하인들이 그들 뒤로 의자를 밀어 넣었다. 게르망트 부인이 내가 부인을 식탁에 데려가도록 하려고 맨 마지막으로 다가왔지만, 나는 걱정했던 것만큼 수줍음을 타지 않았다. 근육을 움직이는 뛰어난 기술로 우아한 동작을 쉽게 하는 사냥꾼인 부인이, 아마도 내가 있어서는 안 되는 곳에 있는 걸 보았던지, 매우 능숙하게 내 주위를 한 바퀴 빙 돌더니 내 팔 위에 자신의 팔을 올려놓고 자연스럽게 정확하고도 고상한 동작의 리듬으로 나를 감쌌기 때문이다. 나는 부인의 이런 동작을 보다 편안한 마음으로 따를 수 있었는데, 게르망트네 사람들이 거기에 별 중요성을 두지 않는 모습이, 마치 진정한 학자가 지식을 별로 중요시하지 않아 이런 학자 옆에 있는 것이 무식한 사람 옆에 있는 것보다 덜 무섭게 느껴지는 것과도 같은 이치였다. 또 다른 문들이 열리면서 김이 나는 뜨거운 수프 그릇이 들어왔고, 저녁 식사가 교묘하게 장치된 '인형극'**에서 벌어지듯, 젊은 손님의 늦은 도착에 주

---

* 파리 근교 남쪽에 위치한 도시로 아름다운 공원이 있다.
** 원문에는 이탈리아어 pupazzi로 표기되어 있다.

인의 신호가 떨어지자마자 모든 장치가 작동하는 듯했다.

이처럼 군주의 위풍당당한 몸짓이 아닌 공작의 소심한 신호에, 거대하면서도 정교하고, 순종적이면서도 호화로우며, 기계적이면서도 인간적인 장치가 작동하기 시작했다. 그러나 이런 공작의 우유부단한 몸짓이 거기 복종하는 광경의 효과를 손상하는 것처럼 보이지는 않았다. 왜냐하면 그렇게 많은 그림을 보고 나서도 연달아 사람들을 소개받아 내가 쉬지도 못하고 지쳤을까 봐 게르망트 부인이 걱정한 것과 마찬가지로, 머뭇거리며 당황해하는 공작의 몸짓이 단지 나로 인해 만찬이 늦어졌으며 모두들 오랫동안 기다렸다고 내가 생각할까 봐 걱정하는 마음에서 우러나왔음을 느꼈기 때문이다. 그러므로 위대함과는 거리가 먼 이런 몸짓에서, 마찬가지로 자신이 가진 호사스러움에 무관심한 태도나, 반대로 아무리 하찮은 손님이라 할지라도 자기가 환대하고 싶은 손님이라면 그토록 배려하는 태도에서 공작의 진정한 위대함이 드러났다. 그렇다고 해서 게르망트 씨에게 평범한 점이 전혀 없다는 말은 아니며, 또 지극히 부유한 인간이 가지는 우스꽝스러운 점이나 벼락출세한 게 아닌데도 벼락출세한 사람들과 같은 거만함이 없다는 말은 전혀 아니다. 하지만 관료나 신부가 프랑스 행정부와 가톨릭교회와 같은 힘에 의지하면서 그들의 평범한 재능을 무한대로 확장하듯이(마치 파도가 뒤에서 밀려드는 바다로 그 힘을 커지게 하는 것처럼) 게르망트 씨는 다른 힘, 진정한 귀족의 예절에 의지했다. 이 예절은 많은 사람들을 제외했다. 게르망트 공작 부인은 캉브르메르 부인이나 포르슈빌

씨를 집에 받아들이지 않았다. 그러나 내 경우처럼 누군가가 게르망트네 세계에 들어갈 만한 사람으로 보이면, 이런 예절은 소박한 환대, 아직도 그런 것이 가능하다면, 오래된 살롱이나 거기 남아 있는 멋진 가구보다 훨씬 더 경이로운 그런 소박한 환대라는 보물을 드러냈다.

게르망트 씨에게는 누군가를 기쁘게 해 주고 싶을 때면, 그 누군가를 그날의 중요 인물로 만들기 위해 상황과 장소를 잘 활용할 줄 아는 특별한 기술이 있었다. 아마도 게르망트 씨의 '품위'나 '우아함'은 틀림없이 보통 사람과는 다른 모양을 취했을 것이다. 이를테면 만찬에 앞서 나와 둘이서만 산책하려고 마차에 말을 달도록 준비시켰을지도 모른다. 그의 품위와 우아함이 그러했으므로 사람들은 그의 태도에 감동했다. 마치 당시의 회고록을 읽으면서* 루이 14세가 그에게 청원하러 오는 사람들에게 웃음 띤 얼굴로 관대하게, 조금은 경의를 표하며 대답하는 태도에서 우리가 감동을 느끼듯이 말이다. 그렇지만 두 경우 다 이런 '예절'은 그 단어가 의미하는 것 이상을 넘어서지 못한다는 것을 알아야 한다.

루이 14세는(당시에 가장 귀족적인 가치에 심취했던 이들은 왕이 예절에 별로 신경을 쓰지 않는다고 비난했으며, 그리하여 필리프 드 발루아나 카를 5세 등과 비교해서 매우 서열이 낮은 군소 왕에 지나지 않았다고 생시몽은 전한다.)** 왕족의 피를 가진 이들과 대사

---

* 루이 14세 시대의 궁중 생활을 기록한 생시몽의 『회고록』을 가리킨다.
** 필리프 드 발루아(Philippe de Valois) 또는 필리프 6세는 프랑스 발루아 왕조의 초대 왕(1328~1350)으로 그 후임자가 카를 5세(또는 샤를 5세)이다. 카

들이 어떤 군주에게 우선권을 양보해야 하는지 알게 하려고 지극히 상세한 지침서를 작성하게 했다. 합의를 도출하기 어려운 몇몇 경우, 이를테면 루이 14세의 아들인 저하께서는 외국 군주의 접견을 야외에서 하기를 선호했는데, 이는 성 안에 들어갈 때 누가 먼저 들어가느냐에 관한 논쟁을 피하기 위해서였다. 또 팔라틴 선제후*는 만찬에 슈브뢰즈 공작이 참석한다는 걸 알자 그에게 상석을 내주지 않기 위해 아픈 척 침대에 드러누운 채 그와 식사를 함으로써 난관을 극복했다고 한다. 왕의 사촌인 '공작(Monsieur le Duc)'이 왕의 동생인 '므시외(Monsieur)'의 시중들기를 피하자, 동생을 무척이나 사랑한 형은 동생에게, 잠자리에서 일어나는 순간 사촌인 공작을 오게 하여 셔츠를 건네주는 시중을 들지 않을 수 없게 하라고 조언했다.** 그러나 깊은 감정이나 우리 마음의 일이 연루되면, 이처럼 완강한 예절의 의무도 변하기 마련이다. 루이 14세가 가

를 5세에 대해서는『잃어버린 시간을 찾아서』1권 16쪽 참조.

* 중세 독일에서 황제를 선거할 자격이 있는 제후를 선제후라고 하는데, 팔라틴 선제후인 바이에른의 카를 루이 1세는 프랑스 슈브뢰즈 공작을 하이델베르크에서 접견하면서, 아프다는 핑계로 침대에 드러누워 맞았다고 한다.(생시몽의 『회고록』3권 618쪽;『게르망트』, 폴리오, 717쪽 참조.) 슈브뢰즈 공작은 프랑스 명문가 출신 군인으로 루이 14세의 고문이었다. 그의 아들인 오노레 샤를, 몽포르 공작은 회고록 저자인 당조(Dangeau)의 딸과 결혼했으며, 또 그의 손자 샤를 필리프는 회고록 저자였다. 바로 이 샤를 필리프를 통해 생시몽은 자신의『회고록』의 밑거름이 되는 당조의 일기를 취득했다.

** 여기서 공작이라고 불리는 사람(Monsieur le Duc)은 부르봉콩데 루이 3세로, 루이 14세와 루이 14세의 동생 오를레앙 공작과 사촌지간이다. 루이 14세의 동생은 '므시외'로 불렸다.

장 사랑하던 사람 중 하나였던 이 동생이 죽은 지 몇 시간 후에, 몽포르 공작의 표현에 따르면 "동생의 시신이 아직 따뜻했을 때" 루이 14세는 오페라 곡을 노래했고, 부르고뉴 공작 부인이 비통함을 감추지 못한 채 슬퍼하는 모습을 보자 깜짝 놀라 다시 명랑한 모습을 되찾도록 명령했으며, 신하들이 다시 카드 게임에 돌아올 결심을 하도록 부르고뉴 공작에게 브를랑 게임을 지시했다고 한다.* 그런데 게르망트 씨에게서는 사교적으로 준비된 행동뿐 아니라, 무심코 사용하는 언어나 생각과 시간의 사용에서도 이런 대조적인 면이 드러났다. 즉 게르망트네 사람들은 다른 인간들 이상으로 슬픔을 느끼지 않았고, 오히려 그들의 진짜 감수성은 다른 사람들보다 더 깊지 않다고 할 수 있었다. 그렇지만 대신 엄청나게 많은 장례식 탓에 그들의 이름은 매일같이 《골루아》**의 사교계 인사 동정란을 장식했고, 혹시라도 그 장례식 명단에 자기들의 이름이 보이지 않으면 죄책감을 느꼈다. 여행자가 크세노폰과 사도 바울이 알았던 것과 비슷한, 흙으로 덮인 집과 테라스를 거의 예전 형태로 되찾은 것처럼,*** 상냥함으로 사람들을 감동시키

---

* 부르고뉴 공작 부인은 오를레앙 공작의 손녀로 오를레앙 공작이 사망하자 대단히 슬퍼했다고 한다. 하지만 다음 날부터 왕은 정부인 멩트농 부인과 더불어 노래하면서, 부르고뉴 공작 부인에게는 슬퍼하지 말고 다시 명랑함을 되찾으라고 명했고, 부르고뉴 공작에게는 브를랑 게임을 하도록 명했다고 한다.(생시몽의 『회고록』, 『게르망트』, 폴리오, 717쪽 참조.)
** 1867년에 창간된 우파 일간지로 1929년 《르 피가로》에 합병되었다.
*** 사도 바오르는 서기 1세기에, 기원전 4세기 크세노폰이 중동 지방을 원정했을 때와 같은 여정에 따라 그리스도교의 복음을 전했다.

고 냉혹함으로 불쾌하게 만드는 하찮은 의무의 노예이자 가장 신성한 약속도 헌신짝처럼 저버리는 인물인 게르망트 씨의 태도에서, 나는 두 세기 이상의 세월이 지난 오늘날에도 루이 14세 시대 궁정 생활 특유의 일탈을, 애정과 도덕성의 영역에서 느끼는 양심의 가책을 순전히 형식적인 문제로 바꾸는 일탈을, 예전 모습 그대로 발견했다.

파름 대공 부인이 내게 친절함을 보여 준 또 다른 이유는 보다 특별했다. 그것은 부인이 게르망트 공작 부인의 집에서 보는 것은 모두, 사람이건 물건이건 간에 자기 집에 있는 것보다 품질이 뛰어나다고 확신했기 때문이다. 그러나 사실을 말하자면 부인은 다른 사람들 집에서도 마찬가지로 행동했다. 아무리 간단한 요리나 평범한 화초에 대해서도, 대공 부인은 단지 감탄하는 데서 그치지 않고, 다음 날 바로 요리법을 배우기 위해 요리사를 보내거나 화초 종류를 알려고 우두머리 정원사를 보냈다. 많은 봉급을 받는 이런 인물들에겐 그들만의 마차가 있고 특히 직업적인 자부심이 대단했으므로, 그들이 지금까지 무시해 온 요리에 대해 알아보러 간다는 사실에, 또는 그들이 대공 부인의 정원에서 오래전에 재배해 온 카네이션의 절반만큼도 예쁘지 않고, '여러 빛깔을 혼합하여' 만든 카네이션처럼 '빛깔도 다양하지 않으며' 또 꽃송이 크기도 그렇게 크지 않은 변종 카네이션을 모델로 삼으러 간다는 사실에 매우 수치심을 느꼈다. 그러나 대공 부인 쪽에서는 이렇게 모든 이들 집에서 하찮은 것에도 보이는 놀라움이 억지로 꾸민 행동이었다면, 또 그것이 예전에 가정 교사들은 금하고 어머니는 감추었으며 또 신은 불쾌하게 여기는 오만함을 자신의 부(富)나 신분으로부터 끌어내지 않는다는 걸 보여 주기 위한 것이었다면, 이와 반대로 부인이 게르망트 부인의 살롱을 특권적인 장소로 간주한 것은 진심이었으며, 그리하여 그곳에서 부인은 놀라움과 환희의 순간을 교대로 맛보며 걸어갔다. 게다가 보다 일반적으로, 게르망트네 사람들이 다른 귀족 사회와 다르며, 더 귀중하고 드문 존재라고 말하는 것만으로는 이런 정신 상태를 설명하기에 충분치 않았으리라. 오히려 내가 그들에게서 받은 첫인상은 정반대였다. 나는 그들이 다른 남자들이나 여자들처럼 지극히 평범하다고 생각했는데, 그 이유는 발베크나 피렌체와 파르마와 마찬가지로 그들을 만나기 전에 이미 그들에게서 그 이름을 인지했기 때문이다. 물론 이 살롱에서 내가 예전에 작센 도자기 인형처럼 상상했던 여인들은, 대다수 여인들과 더 많이 닮아 있었다. 하지만 발베크나 피렌체와 마찬가지로 게르망트네 사람들은 그들의 이름보다는 그들과 신분이 비슷한 사람들과 더 흡사하여 내 상상력을 실망시켰지만, 그래도 다음 순간에는 아주 미세하게나마 그들을 식별할 수 있는 몇몇 특징을 내 지성에 제공해 주었다. 그들의 외모도, 때로 보랏빛마저 감도는 특이한 분홍빛 살갗이며, 남자에게서조차 지극히 섬세한 머리털이 거의 광채를 발하면서 부드러운 금빛 실 뭉치로 덩어리 진 모습이 마치 벽에서 서식하는 지의류*와 사자 털의 중간에 속하는 어떤 금

---

* 균류(菌類)와 조류(藻類)의 공생체로 바위나 나무껍질에서 서식하는 식물

발,(그 빛나는 광채는 지성의 번득임에 상응하는 듯 보였는데, 왜냐하면 게르망트네 사람들의 살갗과 머리칼을 논하는 것은, 모르트마르* ― 루이 14세 이전부터 가장 정교한 사교적 자질을 가진 것으로 알려졌으며 또 그들 자신이 이런 사교적 자질을 자랑하고 다녔으므로 모든 사람들로부터도 인정받아 온 ― 의 에스프리와 마찬가지로 게르망트의 에스프리를 말하는 것과 다를 바 없었기 때문이다.) 이 모든 것들이, 그들이 여기저기 끼어든 귀족 사회라는 질료 자체에서(아무리 귀중한 질료라 할지라도) 게르망트네 사람들을 쉽게 알아보고 식별할 수 있게 했으며, 또 마치 벽옥과 줄무늬 마노에 금빛 줄무늬를 그리는 광맥처럼, 아니, 흐트러진 머리칼 끝이 굴절하는 광선인 양 이끼 마노의 옆면에서 구르는 그 빛나는 머리칼의 유연한 파동처럼 그들을 쫓아가게 했다.

게르망트네 사람들에게는(적어도 이 이름에 합당한 이들에게는) 살갗이나 머리칼, 맑은 눈길이라는 멋진 장점만 있는 게 아니라, 일어서고 걷고 인사하고 악수하기 전에 바라보고 손을 잡을 때에도 그들만의 특별한 방식이 있었다. 이런 점에서 그들은 마치 사교계 인사가 작업복을 입은 농부와 다르듯이 여느 사교계 인사와도 달랐다. 그래서 그들의 친절한 태도에도 사람들은 이렇게 생각했다. 내색하지는 않아도 그들은 우리가 걷고 인사하고 외출하는 걸 보면서, 이 모든 몸짓을 자신

군이다. 이끼와는 다르며 석이버섯이 이에 속한다.

* 모르트마르(Mortemart)는 프랑스 리무쟁 주에 속하는 마을 이름이자, 이곳 영주였던 가브리엘 드 로슈슈아르를 가리킨다. 루이 13세의 최측근이었다.

들이 하면 제비가 날듯, 장미꽃이 기울어지듯 우아한 몸짓이 되기에 '저 인간들은 우리 게르망트네와는 인종이 달라. 우리는 지상의 왕자야.'라고 생각할 권리가 정말 있는 게 아닐까 하고. 훗날 나는 게르망트네 사람들이 사실 나를 다른 인종으로 생각했으며, 나 자신은 몰랐지만 그들에게서 유일하게 중요하다고 공공연히 말해 왔던 재능이란 걸 가졌다고 여겨 그들의 부러움을 자극했다는 사실을 알게 되었다. 또 나중에 나는 이런 신앙의 선언이 절반밖에 진지하지 않으며, 그들에게서 경멸이나 놀라움이 찬미와 부러움과 공존한다는 것도 알게 되었다. 게르망트네 사람들에게서 본질적이라 할 수 있는 신체의 유연성은 이중적이었다. 하나는 매 순간 활동하는 유연성 덕분에, 이를테면 게르망트네의 한 남자가 어느 귀부인에게 인사할 때면, 비대칭적인 동작과 또 그런 동작을 만회하려는 신경질적인 몸짓이 불안정한 균형을 이루었는데, 고의인지, 아니면 사냥에서 자주 삐었기 때문인지는 모르겠지만, 한쪽 다리가 끌리면 다른 쪽 다리로 따라잡기 위해 상반신을 구부리고 한쪽 어깨를 들어 올려 균형을 잡으려 했고, 반면 외알 안경을 눈에 끼웠으므로 인사를 하다 앞 머리칼이 내려올 때면 눈썹을 치켜세웠다. 또 다른 유연성은 파도와 바람과 배의 항적이 조가비나 배에 영구적으로 새겨 넣은 듯한 형태로, 말하자면 일종의 고정된 이동성으로 양식화된 것이었는데, 휘어진 매부리코가 푸른 통방울 눈과, 보통 여자라면 쉰 목소리가 나올 듯한 지나치게 얇은 입술 사이에 놓여 있어, 16세기 이 집안에 기생했던 어느 그리스 문화에 능통한 계보 학자들이 선의로 이 오래된 종족에 부여한 —— 그러나 그들의 주장처럼 신성한 '새'*에 의한 님프의 신화적 탄생을 기원으로 내세울 만큼 그렇게 오래되지는 않은 —— 그 전설적인 기원을 환기했다.

게르망트네 사람들은 신체적 관점에서뿐만 아니라 지적인 관점에서도 특별했다. 질베르 대공을 제외하고('마리질베르'의 남편인 그는 구식 사고를 하는 인간으로, 마차로 산책할 때도 같은 왕족이지만 자기보다 혈통이 열등한 아내를 —— 어쨌든 그는 예외적인 존재니까. —— 왼쪽에 앉히고 산책했으므로, 그가 없는 자리에서는 집안의 조롱거리이자 늘 새로운 얘깃거리의 대상이 됐다.) 게르망트네 사람들은 귀족만의 순수한 '상류 사회' 속에 살면서도 전혀 귀족들을 존중하지 않는 척했다. 게르망트 공작 부인의 이론은 —— 지나치게 게르망트 사람다운 탓에 어떤 점에서는 게르망트와는 다른, 뭔가 더 매력적으로 보이는 —— 다른 무엇보다도 지성을 높이 평가하고, 정치 분야에서는 지극히 사회주의적인 면이 있었으므로, 사람들은 부인의 저택 구석에 귀족 생활의 유지를 담당하는 수호신이 숨어 있어 늘 눈에 띄지는 않지만, 응접실이나 살롱과 화장실에 웅크렸다가, 작위 같은 걸 믿지 않는 부인의 하인들에게는 '공작 부인'이라고 말하게 하고, 오로지 독서하기만을 좋아하고 남들에 대한 체면 따위는 전혀 아랑곳하지 않는 부인에게는 8시가 울리면 사촌 동서 집 만찬에 가기 위해 가슴을 드러내는 드레스를 입게끔 환

---

* 제우스가 백조의 형태로 스파르타의 왕비 레다를 유혹해서 네 쌍둥이를 낳은 신화를 암시하는 듯 보인다.(『소녀들』, GF-플라마리옹, 380쪽 참조.)

기하는 게 아닐까 하고 물어보는 것이었다.

동일한 가문의 수호신은 게르망트 부인에게 공작 부인들의 사회적 신분이(적어도 그들 중에서 그녀처럼 일류이며 막대한 자산가인 경우) 시내에서의 따분한 차 모임이나 만찬과 대연회에 참석하기 위해 흥미로운 책을 읽었을지도 모르는 시간을 희생시키는 것을 비 오는 날처럼 따분하지만 불가피한 일로 제시했으며, 또 부인은 그에 대해 불평은 하면서도 자신이 받아들이는 이유를 따져 보는 데까지는 이르지 않았다. 어떤 신기한 우연의 일치 때문인지는 모르지만 게르망트 부인의 집사는 늘 부인을 '공작 부인'이라고 불렀지만, 그것이 지성만을 신뢰하는 이 부인의 기분을 상하게 한 것 같지는 않았다. 그녀는 단 한 번도 집사에게 단지 '부인'이라고만 부르라고 명할 생각은 하지 못했다. 이를 지극히 호의적으로 해석해 본다면, 부인은 다른 일에 정신이 팔려 '부인'이라는 말밖에 듣지 못했으며 거기 덧붙인 작위를 미처 인지하지 못했다고 할 수 있다. 그녀는 귀머거리인 척했지만 벙어리는 아니었다. 그래서 남편에게 전할 말이 있을 때마다 그녀는 집사에게 "공작님께 ……를 잊지 않도록 말씀드리세요."라고 말했다.

가문의 수호신은 이를테면 도덕성을 논하는 따위의 또 다른 임무를 맡고 있었다. 물론 게르망트네 사람들 중에는 특별히 더 지적인 사람들과 특별히 더 도덕적인 사람들이 있었으며, 이들은 보통 같은 인물이 아니었다. 그러나 지적인 인간은 ─수표를 위조하고 카드놀이에서 속임수를 쓰면서도, 모든 이들 가운데 가장 유쾌하고 온갖 새로운 정의로운 사상에 열려 있는 게르망트 사람이라 할지라도 ── 도덕적인 인간보다 도덕성 문제를 더 잘 다룰 줄 알았으며, 또 가문의 수호신이 이 문제를 빌파리지 부인의 입을 통해 표현하는 순간 이 노부인과 같은 방식으로 다룰 줄 알았다. 이와 같은 순간에 우리는 게르망트네 사람들이 갑자기 후작 부인처럼 예스러운 순박한 어조로, 아니 어쩌면 그들이 가진 매력 때문에 더 감동적인 어조로 하녀에게 이렇게 말하는 걸 들을 수 있었다. "근본이 착하다는 걸 느낄 수 있어. 평범한 애가 아니야. 틀림없이 좋은 집안의 딸일 거야. 늘 바른 길을 걸어온 게 분명해." 그 순간 가문의 수호신은 목소리의 억양으로 나타났다. 그러나 때로 이 수호신은 자세나 얼굴 표정, 그녀의 조부인 원수(元帥)와 마찬가지로 일종의 포착하기 힘든 미세한 경련으로도 나타났는데(바르카 가문의 카르타고 수호신인 '뱀'의 경련과도 유사한)* 예전에 게르망트 부인과 만나기를 기대하면서 아침마다 산책하는 도중에 우유 제품을 파는 작은 가게 안에서 부인이 날 바라본다고 느껴 가슴을 두근거리게 했던 것과 같은 경련이었다. 이 수호신은 게르망트가문뿐만 아니라, 이 가문의 분파이자 경쟁 상대인 쿠르부아지에 가문과도 무관하지 않은

---

* 플로베르의 소설 『살람보』의 10장 「뱀」에는 살람보가 키우는 검은 비단뱀에 대한 묘사가 나온다. 또 '가문의 수호신'은 플로베르가 생트뵈브의 『살람보』 서평을 읽고 보낸 답신에서도 찾아볼 수 있다.("나의 뱀에게서는 어떤 사악한 악덕이나 시시한 것도 찾아볼 수 없습니다. (……) 살람보는 집을 떠나기 전 집안의 수호신이자 가장 오래된 상징으로서 자기 나라의 종교를 품에 껴안았습니다.")(『게르망트』, 폴리오, 718쪽에서 재인용.) 가문의 수호신(le génie de la famille)이란 가문의 정신을 의인화한 일종의 은유적 표현이라고 할 수 있다.

상황에서 개입했다. 쿠르부아지에* 가문은 게르망트가문 못
지않게 좋은 혈통이었지만, 게르망트와는 아주 달랐다.(사실
게르망트네 사람들은 혈통과 귀족만이 이 세상에서 유일하게 중요
하다고 주장하는 게르망트 대공의 편견을 설명하기 위해 대공의 조
모인 쿠르부아지에 부인을 인용했다.) 쿠르부아지에 가문은 게
르망트네 사람들처럼 지성에 그다지 중요성을 부여하지 않았
으며, 또 지성에 관한 관념도 아주 달랐다. 게르망트 사람에게
있어(비록 어리석은 사람이라 할지라도) 지적인 존재란 남을 신
랄하게 비판하고 악의적인 말을 할 줄 알고 논쟁에서 이긴다
는 걸, 또 그림이나 음악과 건축에 관해 상대방에게 맞서고 영
어를 말할 줄 안다는 걸 뜻했다. 쿠르부아지에는 지성에 대해
이보다 호의적이지 않았으며, 만약 그들 세계에 속하지 않는
누군가가 지성인이라면, '필시 자기 아버지와 어머니를 죽일
놈이다.'란 의미와 그리 멀지 않았다. 쿠르부아지에에게 있어
지성이란 도적들이 사용하는 일종의 지렛대 같은 것으로, 그
덕분에 하와인지 아담인지도 전혀 알지 못하는 놈들이 가장
존경받는 살롱의 문을 부수고 들어오기 때문에, 따라서 이런
'부류'의 사람들을 받아들이다간 머지않아 반드시 후회하게
되리라 여겼다. 아무리 무의미한 말도 사교계 인사가 아니라
지적인 사람이 말하면, 쿠르부아지에 사람들은 그 말을 체계

---

* 게르망트가문과 경쟁 관계에 있는 쿠르부아지에 가문은 게르망트가문과 마
찬가지로 허구이다. 이 가문의 후손인 갈라르동 후작 부인의 조카 아달베르 자
작은 쥐피앵이 운영하는 유곽을 드나드는 성도착자이지만 모범적인 남편으로
나온다.

적으로 불신했다. 한번은 누군가가 "스완은 팔라메드보다 젊어요."라고 말하자 "그 사람이 그렇게 말했죠. 자기한테 득이 될 테니까 그렇게 말한 거예요. 틀림없어요."라고 갈라르동 부인이 대답했다. 게다가 게르망트네가 초대한 아주 우아한 두 외국 여인에 대한 얘기가 나왔을 때도, 그들이 그중 한쪽 나이가 많아 그 여인을 먼저 들어오게 했다고 말하자, 갈라르동 부인은 "정말 그 여자가 연장자였을까요?" 하고 그런 부류에게는 나이가 없다는 듯 긍정적인 의미로 묻지 않고, 아마도 호적이나 종교적인 신분, 확실한 전통도 없는, 마치 동일한 바구니 안에 담긴 작은 고양이들처럼 약간 차이야 있겠지만 그 차이는 수의사만이 구별할 수 있다는 듯한 어조로 물었다. 게다가 쿠르부아지에 사람들은 편협한 정신과 사악한 마음씨 덕분에, 어떤 점에서는 게르망트네 사람들보다 귀족 정신을 보다 온전한 상태로 유지한다고 할 수 있었다. 게르망트네 사람들이(그들에게는 왕족이나 리뉴 가문, 라 트레무이유* 가문 같은 몇몇 명문보다 아래에 있는 나머지 가문은 모두 막연한 잔챙이로 혼동되었다.) 그들 주위에 사는 오래된 가문 사람들에게 무례하게 대했다면, 그건 바로 그들이 쿠르부아지에 사람들이 무척이나 신경 쓰는 이류 가치 같은 것에 별로 주의를 기울이지 않았기 때문이다. 게르망트네 사람들은 이런 가치의 결핍을 별로 중요하게 생각하지 않았다. 시골에서 그다지 사회적 지위가 높지 않은 가문에서 자란 몇몇 여인들이 찬란한 결혼에 의해 부

---

* 『잃어버린 시간을 찾아서』 2권 128쪽 주석 참조.

유하고 아름다운 여인이 되어 공작 부인의 사랑을 받으면, 이들의 '아버지와 어머니'를 모르는 파리에서는 아주 훌륭하고 우아한 수입품이 된다. 비록 드문 일이긴 하지만 이런 여인들이 파름 대공 부인의 소개나 그들 자신의 매력 덕분에 몇몇 게르망트네 사람들 집에 초대받는 경우가 있었다. 그러나 이런 여인들에 대한 쿠르부아지에 사람들의 분노는 좀처럼 진정되지 않았다. 5~6시 사이에 사촌 집에서 그들 부모가 페르슈*에서 어울리기를 원치 않던 친척들과 만나는 일은 그들의 분노를 일으켜 끝없는 시 낭송의 기회를 만들었다. 이를테면 매력적인 G 백작 부인이 게르망트네 집에 들어온 순간부터 빌봉 부인은 정확히 다음과 같은 시구절을 낭송할 때 짓는 표정을 지어 보였다.

그리고 만약 단 한 사람밖에 남지 않는다면, 내가 바로 그 사람이리라.**

하기야 부인은 이 시를 알지 못했다. 쿠르부아지에 태생인 빌봉 부인은 거의 월요일마다 G 백작 부인으로부터 몇 발짝 떨어진 곳에서 크림으로 채운 에클레르를 먹어 치웠으나, 이 과자도 그녀를 받아들이는 데는 별 효과가 없었다. 또 빌봉 부

---

* 옛 프랑스 지명으로 현재는 상트르주(州)의 유르에루아르를 비롯한 여러 지역으로 분리되었다.
** 빅토르 위고의 『징벌 시집』(1853) 가운데 「마지막 말」이란 시에 나오는 끝 구절이다.

인은 샤토덩*에서 이류 사교계에도 들지 못하는 여인을 어떻게 사촌인 게르망트 부인이 초대했는지 모르겠다고 은밀히 털어놓았다. "정말이지 사촌은 자기가 사귀는 사람에 대해 까다롭게 굴 필요를 전혀 못 느끼나 보군요. 사교계 일에는 전혀 신경을 쓰지 않는 걸 보면요." 하고 빌봉 부인은 얼굴 표정을 바꾸면서, 이번에는 절망 속에서도 미소를 짓는 냉소적인 표정으로 결론을 내렸다. 이런 표정의 수수께끼를 풀 수 있는 또 다른 시구절이 있는데, 물론 백작 부인은 알지 못했다.

신들 덕분에 내 불행이 희망을 넘어섰도다!**

게다가 앞으로 있을 사건을 미리 말해 본다면, 여기 인용된 '희망(ésperance)'이란 단어가 다음 구절에서는 G 부인을 얕보려는 빌봉 부인의 끈기(persévérance)와 운을 이루는데, 이는 아무 의미가 없는 것만은 아니었다. 이 끈기가 G 부인의 눈에 빌봉 부인을 어떤 매력으로 치장했는지(하기야 순전히 허구적이다.) 당시 무도회에서 가장 예쁘고 부유한 G 부인의 딸이 신랑감을 고르는 데 있어 공작이란 자들을 모두 거절하는 걸 보고 사람들은 무척 놀랐다. 이는 그녀의 어머니가 샤토덩에서

---

* 파리 지역에서 남서쪽에 위치한 상트르주, 유르에루아르의 도청 소재지이다.
** 라신의 「앙드로마크」(1613) 5막 5장에 나오는 구절이다. 다음 구절은 "예! 하느님, 난 당신의 끈기를 찬미하나이다."이다.

의 일과 그르넬* 거리에서 매주 받은 모욕을 상기하면서, 딸의 신랑감으로 빌봉 부인의 아들만을 진심으로 원했기 때문이다.

게르망트와 쿠르부아지에가 유일하게 만나는 지점은 물론 다른 사람과의 거리감을 표시하는 기술이었다.(게다가 아주 다양하다.) 게르망트네 사람들의 태도가 모두 획일적인 것은 아니었다. 하지만 예를 들어 누군가가 당신을 진짜 게르망트네 사람에게 소개하는 경우, 그들이 당신에게 손을 내미는 모습은 그것이 마치 기사에게 칭호를 하사하는 일만큼이나 중요하다는 듯, 일종의 의식을 거행하는 듯 보였다. 그 게르망트란 작자가 아직 스무 살밖에 되지 않았다 할지라도, 그는 이미 조상들을 본받아 소개하는 사람 입에서 당신 이름이 발음되는 순간 아직 인사를 할 결심이 서지 않았다는 듯, 마치 당신 마음속 가장 깊은 곳까지 들여다볼 준비가 되었다는 듯, 보통은 언제나 강철처럼 차가운 푸른빛 눈길을 떨구었다. 게다가 게르망트 사람들은 그들 자신을 일류 심리학자로 판단하면서, 또 실제로 그렇게 행동한다고 믿었다. 이런 주의 깊은 관찰로 그들은 다음에 있을 인사의 상냥함을, 당신을 알고 난 후에 그에 합당한 보상으로 주어질 상냥함을 극대화한다고 믿었다. 이 모든 것이 검으로 응수하기에는 지나치게 가까운 거리로 보이지만 악수하기에는 먼 거리처럼 느껴져, 첫 번째 경우나

* 파리 7구에 속하는 거리로 포부르생제르맹 귀족들이 살던 곳이다. 근처에 오르세 미술관이 있다.

두 번째 경우나 다 사람들의 마음을 얼어붙게 했다. 그리하여 게르망트 사람들이 당신의 영혼과 신망에 대해 마지막 숨겨진 부분까지 재빨리 한 바퀴 빙 돌아보고 나서 당신이 앞으로 다시 만날 만한 인간이라고 판단했을 때, 당신을 향해 쭉 내민 팔 끝에 있는 손은 뭔가 기이한 결투를 위해 내민 검처럼 보였고, 그 손은 게르망트로부터 그때 얼마나 멀리 떨어졌는지 그가 머리를 숙이며 절하는 상대가 당신인지 아니면 그 자신의 손인지도 구별하기 어려웠다. 절제에 대한 감각이 결여되었거나, 또는 끊임없이 되풀이하지 않고는 못 배기는 몇몇 게르망트 사람들은 당신을 만날 때마다 이 의식을 과장하며 다시 시작했다. '가문의 수호신'이 그들에게 권한을 위임했으며 또 그들이 그 결과를 틀림없이 기억할 것이므로 더 이상 예비 심리 조사를 할 필요가 없는데도, 그들이 악수 전에 보내는 그 꿰뚫는 듯한 집요한 눈길은 그 눈길이 이미 습득한 자동 반사이거나, 아니면 그들 스스로가 소유했다고 믿는 마력의 재능이라고밖에는 달리 설명할 길이 없었다. 그들과 외모가 다른 쿠르부아지에 사람들은 상대방을 탐문하는 듯한 이런 인사를 자신의 것으로 만들고 싶었지만 잘되지 않았던지, 거만하게 뻣뻣한 자세를 취하거나 재빨리 방심한 척하는 태도로 방향을 돌렸다. 반대로 몇몇 극소수의 게르망트 여인들은 쿠르부아지에 사람들로부터 귀부인들이 하는 인사를 빌렸다. 사실 게르망트 네의 한 부인에게 소개되는 순간, 부인은 당신에게 다가오며 거의 45도로 머리와 상반신을 기울이지만, 몸 중심을 이루는 허리 부분까지의 하반신은(그녀는 매우 키가 컸다.) 꼼짝도 하지 않았다. 그런데 이처럼 상반신을 당신 쪽으로 내민다고 생각되는 순간에 갑자기 부인은 거의 같은 거리만큼 뒤로 물러서면서 수직적인 자세를 취하며 몸을 뒤로 젖혔다. 이런 연이은 반전은 당신에게 양도된 것처럼 보였던 것을 폐기하고, 당신이 확보했다고 여긴 공간을 결투에서와 마찬가지로 남아 있지 않게 하여 원래 자세를 그대로 유지했다. 이처럼 다시 거리감을 두면서 상냥함을 취소하는 행동은(이는 쿠르부아지에 가문에서 유래한 것으로, 첫 번째 동작에서 보인 은근한 접근이 순간적인 꾸밈에 지나지 않는다는 것을 보이기 위함이었다.) 게르망트나 쿠르부아지에 사람들로부터, 적어도 처음 그들과 사귀던 시절에 받은 편지에 분명히 드러나 있었다. 편지 '몸통'에는 친구 사이에서만 쓰는 구절이 담겼을지 모르지만, 그렇다고 당신이 편지를 보내온 귀부인과 친구라고 자랑하기는 어려웠다. 왜냐하면 편지는 "므시외"로 시작해서 "존경의 뜻을 표합니다."라는 구절로 끝났기 때문이다.* 그러므로 나머지 부분의 의미를 완전히 바꾸어 버리는 이런 냉담한 시작과 차가운 끝말 사이에(만약 이 편지가 당신이 보낸 애도의 편지에 대한 답장이라면) 게르망트네 여인이 여동생을 잃은 슬픔, 자매 사이에 있었던 내밀함, 휴양을 취하러 간 곳의 아름다움, 손자들의 어여쁜 모습에서 위안을 찾는 따위의 감동적인 묘사가 이어지겠지만, 이 모든 것은 이 편지가 이미 다른 서간집에서도 찾아볼 수 있는 것이며, 또 편지의 내밀한 성격도 당신과 편지의 저자 사이에,

---

* 프랑스어 원문은 Croyez, Monsieur, à mes sentiments distingués.이다.

만약 그 저자가 소(小) 플리니우스* 또는 시미안 부인**이라면 보여 주었을 그런 내밀함은 갖지 못했다.

물론 게르망트네 여인들 중에는 처음부터 "친애하는 친구에게" 또는 "내 친구에게"라고 쓰는 사람도 몇 명 있었다. 그러나 그들은 그들 중에서도 가장 소박한 여인들이 아니라, 왕들 사이에 살면서 조금은 '경박한 품행'을 지니게 된 여인들이었다. 그들은 자기들로부터 오는 거라면 뭐든지 사람들을 기쁘게 할 거라는 자만심이 있었고, 방탕한 생활로부터 오는 만족감에 자신들이 베풀 수 있는 거라면 뭐든지 인색하지 않게 베푸는 습관이 있었다. 게다가 루이 13세 치하에서는 공통 고조모가 있다는 사실만으로도 게르망트의 한 젊은이가 게르망트 후작 부인에게 '아당 아주머니'***라고 부르기에 충분했으므로, 게르망트네 가족 수는 무척 많았고, 그래서 이를테면 손님을 소개하는 인사 같은 아주 단순한 의식만도 매우 다양했다. 하위 그룹에서도 조금 세련된 그룹에는 그들만의 고유한 의식이 있어, 상처를 치료하는 약 처방이나 과일 잼 만드는 비

---

* 프랑스어로 Pline le Jeune(62~120)으로 표기되는 이 작가는 박물학자인 대(大)플리니우스의 조카이자 양자로 원래 이름은 카이우스 플리니우스 캐칠리우스 세쿤두스(Caius Plinius Caecilius Secundus)이다. 트라야누스 황제에 대한 연설로 유명하며, 베수비오 화산 폭발을 다룬 『서간집』(11권)이 높은 평가를 받았다.

** 시미안 부인에 대해서는 『잃어버린 시간을 찾아서』 4권 28쪽 참조.

*** 아당(Adam)은 남자 세례명이다. 그러나 여자도, 특히 미망인인 경우에는 보다 친밀하게 남편 세례명으로 불리는 경우가 종종 있었다. (『잃어버린 시간을 찾아서』 5권 377쪽 주석 참조.)

법마냥 부모로부터 자식에게 전해졌다. 이렇게 해서 사람들은 생루가 당신 이름을 듣는 순간 어떤 눈짓도 끌어들이지 않고 인사말도 덧붙이는 일 없이 자기도 모르게 손을 내미는 모습을 보곤 했다. 어떤 특별한 이유로 한 가엾은 평민이 생루가 속한 작은 그룹의 누군가에게 소개되는 경우 — 물론 지극히 드문 일이지만 — 그는 자기를 의도적으로 알아보지 못한 척하는 이런 갑작스러운 최소한의 인사에, 그 게르망트 남자인지 여자인지 하는 작자가 자신에게 무슨 반감을 품었는지 알아보려고 머리를 쥐어짜기도 했다. 때문에 그 게르망트네 남자인지 여자인지가 당신이 얼마나 그의 마음에 들었는지, 그래서 또다시 만나기를 희망한다는 뜻을, 자신을 소개한 사람에게 특별히 써서 보낼 정도로 적절히 판단했다는 걸 알게 되면 무척 놀라워했다. 생루의 기계적인 몸짓과 마찬가지로, 발을 엇갈리며 뛰는 피에르부아 후작의 그 복잡하고도 빠른 동작(샤를뤼스 씨는 우스꽝스럽다고 평했지만)과 게르망트 대공의 정중하고 절도 있는 걸음걸이도 특징적이었지만, 발레단의 규모 자체로 보아 여기서 게르망트네 안무의 풍요로움을 묘사하기란 불가능해 보인다.

쿠르부아지에 사람들이 게르망트 공작 부인에 대해 품은 반감에 대한 얘기로 다시 돌아가 보면, 그들은 공작 부인이 처녀 시절에 부유하지 않았다는 사실 때문에 조금은 그녀에게 동정과 위로의 감정을 품을 수 있었다. 그러나 불행하게도 일종의 '독특한(sui generis)' 연막 같은 것이 쿠르부아지에의 재산을 사람들 눈에 보이지 않게 가렸으므로, 그들의 재산은 아무리 많아도 알려진 것이 없었다. 한 부유한 쿠르부아지에 가문의 여인은 자신에게 상당히 유리한 결혼을 했지만, 그것은 그녀에게 아무 도움이 되지 못했다. 파리에서 그들만의 집을 갖지 못한 젊은 커플이 하는 수 없이 시부모 집에서 '묵으며' 나머지 시간은 시골에 내려가 순수하지만 화려하지 않은 사회에서 보내는 일은 흔했다. 그래서 재산이라곤 거의 빚밖에 없는 생루가 마차를 타고 동시에르의 주민들을 현혹하는 동안, 이 부유한 쿠르부아지에 남자는 시골에서 작은 전차만 탔다. 반대로(하기야 매우 오래된 일이긴 하지만) 그리 대단한 재산도 없는 게르망트 아가씨(오리안)가 입은 옷 스타일이 쿠르부아지에 사람들 전부를 합친 것보다 더 자주 사람들 입에 오르내리는 일도 있었다. 스캔들을 불러일으키는 그녀의 말 자체가 옷과 머리 스타일을 선전하는 광고 역할을 했다. 부인은 대담하게도 러시아 대공작에게 "그런데 저하, 저하께서는 톨스토이를 암살하고 싶으신 모양이군요."라고, 쿠르부아지에 사람은 단 한 명도 초대받지 못한 만찬에서 말했다. 쿠르부아지에 사람들은 톨스토이를 잘 알지 못했다. 게다가 그들은 그리스 작가도 잘 알지 못했는데, 오 년 동안 오리안(게르망트 공작 부인)이 방문해 주는 영광을 단 한 번도 누리지 못했던 미망인 갈라르동 공작 부인(당시에는 젊은 아가씨였던 갈라르동 대공 부인의 시어머니인)에게 누군가가 오리안이 오지 않은 이유를 묻자 "그녀는 사교계에서 아리스토텔레스(실은 아리스토파네스였다.)를 낭송한다나 봐요.* 우리 집에서 그렇게 한다면 난 결코 참을 수 없을 거예요."라고 대답한 것으로 미루어 보아도 잘 알 수 있었다.

톨스토이에 대한 게르망트 양의 '무례한 말'이 쿠르부아지에 사람들을 화나게 했다면, 반대로 게르망트네 사람들에게는 얼마나 많은 경탄을 자아냈는지 — 가까운 사이만이 아니라 먼 사이의 사람들에게서조차 — 상상이 갈 것이다. 센포르 가문에서 태어난 미망인 아르장쿠르 백작 부인은 끔찍한 속물을 아들로 두었지만 본인은 유식한 체하는 여류 문인으로 거의 모든 사람들을 집에 초대했는데, 문인들 앞에서 게르망트 공작 부인의 재담을 얘기하며 이렇게 말했다. "오리안 드 게르망트는 호박(琥珀)처럼 정교하고, 원숭이처럼 꾀가 많고 모든 일에 재능이 있어서, 위대한 화가 못지않게 수채화를 그리며 위대한 시인도 좀처럼 쓰지 못하는 시를 쓰는, 우리 집 안사람 중에서도 제일가는 사람이죠. 아시다시피 그분 조모가 몽팡시에 양**이잖아요. 공작 부인은 18대 오리안 드 게르망트로, 신분이 낮은 사람과는 한 번도 결혼한 적이 없는 프랑스에서 가장 순수하고 가장 오래된 혈통이랍니다."라고 덧붙였다. 그러자 아르장쿠르 부인이 초대한 가짜 문인들과 엉

---

* 게르망트 공작 부인이 그리스 문학에도 박학하다는 사실을 보여 주기 위해 아리스토텔레스를 인용했지만, 실은 그녀가 실제로 인용하고 싶었던 작가는 아리스토텔레스가 아닌 아리스토파네스(기원전 445~기원전 386)로, 소크라테스와 에우리피데스 등 아테네 학파를 비난하는 풍자극을 많이 쓴 이 시인이 민주주의에 맞서 귀족을 대변했기 때문이다.(『게르망트』 2권, GF플라마리옹, 381쪽 참조.)

** Mlle de Montpensier(1627~1693). 앙리 4세의 손녀로 그녀가 쓴 『회고록』은 17세기 궁중사를 알려 주는 소중한 자료이다.

터리 지식인들은 그들이 개인적으로 한 번도 만나 볼 기회조차 없는 오리안 드 게르망트를 마치 바드룰부두르* 공주보다 더 경이롭고 예외적인 존재로 상상했으며, 그토록 고귀한 분이 다른 무엇보다도 톨스토이를 찬양한다는 말을 듣고 그분을 위해서라면 언제 죽어도 좋겠다는 생각을 하게 되었고, 뿐만 아니라 그들 정신 속에서 새로운 힘이, 톨스토이를 향한 사랑과 러시아 황제에게 저항하고 싶은 욕망이 솟아나는 걸 느꼈다. 그러나 그들의 마음속에서 이런 자유주의 사상도 조금씩 약화되면서 감히 고백하지는 못했지만 그 매력을 의심하게 되었을 때, 갑자기 게르망트 양 자신으로부터, 이론의 여지없이 그토록 고귀하고 권위 있으며 머리를 이마에 납작 붙인(쿠르부아지에 아가씨라면 결코 그렇게 하지 않았을) 아가씨로부터 그토록 강력한 도움이 왔던 것이다. 몇몇 좋고 나쁜 현실은 우리에게서 권위를 갖고 있는 인물의 동의를 얻으면 힘을 받는다. 예를 들어 쿠르부아지에 사람들이 거리에서 보여 주는 상냥함의 의식은 보기 추하고 그 자체로도 전혀 상냥하지 않은 인사였지만, 그렇게 하는 것이 품위 있는 인사 태도인 줄 알고 사람들은 애써 자신의 미소와 환대하는 표정을 지우고 쿠르부아지에의 생기 없는 체조를 흉내 내려고 애썼다. 그러나 보통 게르망트네 사람들은, 그리고 특히 누구보다도 이런 의식을 잘 아는 오리안은, 마차를 타고 가다가도 당신

---

* 『천일야화』 중 「알라딘 또는 요술 램프」에 나오는 인물로 알라딘이 첫눈에 반한 공주이다.

을 보면 망설이지 않고 손을 흔들면서 상냥히 인사했고, 살롱에서는 쿠르부아지에 사람들이 부자연스럽게 뻣뻣한 인사를 하도록 그냥 내버려 두면서, 그들 자신은 친구를 대하듯 손을 내밀고 푸른 눈길로 미소를 짓는 그런 멋진 인사를 건넸다. 그리하여 게르망트 사람들 덕분에 지금까지 조금은 공허하고 말랐던 멋의 실체가, 우리가 자연스럽게 좋아했을 테지만 억지로 금지해 왔던 온갖 것으로, 참된 상냥함의 발로와 자발적인 환대로 보강되었다. 이는 마음속에서 형편없는 음악과 비록 시시하지만 뭔가 마음을 움직이는 쉬운 멜로디를 본능적으로 좋아하는 이들이, 교향악에 대한 소양 덕분에 이런 취향을 억제하기에 이르는 — 조금은 적절치 않은 명예 회복이긴 하지만 — 것과 같은 방식이다. 그러나 일단 이런 경지에 이르면, 그들은 리하르트 슈트라우스* 같은 음악가가 화려한 오케스트라의 빛깔로 오베르**에게나 어울리는 관대함과 더불어 가장 저속한 주제를 다루는 것을 보며 황홀해한다. 자신들이 좋아하던 것이 이처럼 권위가 높은 음악가에 의해 정당화되는 것을 갑자기 발견하고, 그리하여 오베르의 「왕관의 다이아몬드」에서는 즐기면 안 된다고 금지된 것이 슈트라우스의 「살로메」를 들으면서는 아무런 양심의 가책 없이 좋아할 수 있다는

---

* Richard Strauss(1864~1949). 요한 슈트라우스의 아들로 교향시 분야에 많은 업적을 남긴 독일 작곡가이다. 대표작인 「살로메」는 당시 동성애로 물의를 일으켰던 오스카 와일드의 작품을 대본으로 하여 많은 주목을 받았다.
** 다니엘 오베르(Daniel-François-Esprit Auber, 1782~1871). 희가극 작곡가로 「왕관의 다이아몬드」(1841)를 작곡했다.

사실에 매우 만족해서는 감사하는 마음이 두 배로 커진다.

사실이든 아니든, 게르망트 양이 러시아 대공작에게 퍼부었다는 폭언은 이 집에서 저 집으로 전해지면서 오리안이 그날 만찬 때 입은 옷을 과도한 우아함으로 포장하며 얘기하는 계기가 되었다. 그러나 비록 이런 사치가(쿠르부아지에 사람들로 하여금 접근하게 어렵게 만드는) 부(富)가 아닌 낭비벽에서 연유한다 할지라도, 그것이 부에 의해 유지될 경우 더 오래 지속되며, 또 이런 부는 낭비로 온갖 광채를 발휘한다. 그런데 오리안뿐만 아니라 빌파리지 부인이 귀족은 중요하지 않으며, 혈통을 중시하는 것은 우스꽝스러운 일이고, 재산이 행복을 만드는 것은 아니며, 다만 지성이나 마음씨와 재능만이 중요하다는 원칙을 공공연하게 주장하는 걸 들어 온 쿠르부아지에 사람들은, 오리안이 후작 부인으로부터 받은 교육에 따라 사교계 인간이 아닌 누군가와, 즉 예술가나 전과자, 가난뱅이와 자유사상가와 결혼해서 자신들이 '타락한 사람'이라고 부르는 인간들 범주에 결국은 그녀가 들어가게 될 거라고 기대했을 것이다. 빌파리지 부인은 이 무렵 바로 사회적인 관점에서 극복하기 어려운 위기를 겪고 있었으며(내가 그 집에서 만났던 드문 저명인사들은 아직 아무도 그녀 집에 복귀하지 않고 있었다.) 자신을 멀리하는 사교계에 심한 혐오감을 품고 있었던 탓에 쿠르부아지에 사람들의 기대도 자못 컸다. 빌파리지 부인은 그녀가 아직도 만나는 조카인 게르망트 대공에 대해 말할 때도, 대공이 자기 출생에 지나치게 심취해 있다고 계속 비웃어 댔다. 그러나 오리안의 남편을 찾는 일이 문제가 되었을 때,

그 일을 주도한 것은 백모와 조카딸이 표방하는 원칙이 아니라, 바로 그 신비로운 '가문의 수호신'이었다. 그리하여 한 치의 오차도 없이 빌파리지 부인과 오리안은 문학적 가치나 마음씨라는 장점 대신 연금 증서나 족보밖에 말한 적 없다는 듯이, 또 후작 부인이 며칠 만에 죽어 — 나중에는 그렇게 되겠지만 — 관에 넣어져서는 가문의 일원으로 그 개별성과 세례명은 제거된 채 콩브레 성당에 놓인 한 명의 게르망트에 지나지 않는다는 듯이, 관을 덮은 커다란 검은색 관포 위에 공작의 관이 그려지고 바로 그 밑에 새겨진 자줏빛 글자 G에 지나지 않는다는 듯이, 가문의 수호신은 이 지식인이자 불평분자이며 복음주의자인 빌파리지 부인에게, 가장 부유하고 가장 훌륭한 태생의 인간으로 포부르생제르맹에서 첫째가는 신랑감인 게르망트 공작의 장남 롬 대공을 조카의 남편으로 택하게 했다. 그래서 결혼식 날 두 시간 동안 빌파리지 부인 집에는 지금까지 그녀가 비웃었던 귀족들이 모두 모여들었고, 그녀는 자신이 초대한 몇몇 부르주아 친지들과 더불어 그 귀족들을 조롱했으며, 롬 대공은 이런 빌파리지 부인의 부르주아 친구들에게 명함을 주기는 했지만, 다음 해부터는 그들과의 '관계를 끊었다.' 쿠르부아지에 사람들에게는 설상가상으로, 지성과 재능을 사회적인 유일한 우월함으로 삼는다는 격언이 결혼식을 올리자마자 롬 대공 부인 댁에서 말해지기 시작했다. 지나는 길에 말해 본다면, 생루가 라셀과 함께 살며 그녀 친구들과 교제하고 그녀와 결혼하기를 바라면서 유지하던 관점에는, 게르망트네 아가씨 대다수가 지성을 찬미하고 인간 평등을 의심하는 일은 결코 용납하지 않는다고 주장하면서도 — 비록 가족들에게는 혐오감을 불러일으켰지만 — 결국 어느 시기에 가서는 이와 반대되는 원칙을 주장하는 것과 똑같은 결과, 다시 말해 지극히 부유한 공작과 결혼하는 결과에 이르는 그런 거짓은 포함되지 않았다. 이와 반대로 생루는 자신의 이론에 따라 행동했으며, 바로 이 점 때문에 사람들은 그가 잘못된 길에 들어섰느니 어쩌니 하는 말을 떠들어 댔던 것이다. 확실히 도덕적인 관점에서 본다면 라셸은 사실 만족할 만한 여자는 아니었다. 그러나 라셸보다 가치 없는 여자로서 공작 부인이거나 수백만의 재산을 소유했다면, 그래도 마르상트 부인이 그 결혼에 반대했을지는 확실치 않다.

그런데 롬 대공 부인 얘기로 돌아가 보면(시아버지의 사망으로 곧 게르망트 부인이 되었다.) 그녀의 이론이 순전히 말로만 그치고 행동으로 옮겨지지 않았다는 점이 쿠르부아지에 사람들의 불행을 가중했다. 왜냐하면 그렇게 함으로써 이 철학은(만약 그렇게 부를 수 있다면) 게르망트네 살롱의 귀족다운 우아함을 전혀 훼손하지 않았기 때문이다. 아마도 게르망트 부인 댁에 초대받지 못한 사람들은 자신들이 모두 충분히 지적이지 않아서 받아들여지지 못한다고 생각했는지, 책이라곤 파르니*의 오래된 시집 한 권 외에는 다른 책은 결코 가진 적도 펼친 적도 없는, 단지 '유행이어서' 자기 집 작은 거실 가구 위에 그 책

---

* Parny(1753~1814). 프랑스 시인으로 여성적인 섬세함과 고독을 노래한 그의 시는 훗날 낭만주의 시인 라마르틴을 예고한다.

을 올려놓은 어느 아메리카 여인은, 게르망트 공작 부인이 오 페라좌에 들어올 때면 연신 부인을 향해 불타는 눈길을 던지 면서 자신이 얼마나 정신적인 자질을 중시하는지를 보여 주 었다. 물론 게르망트 부인이 한 인간을 택하는 데는 진심으로 그 인간의 지성이 기준이 됐다. 부인이 어느 여인을 보고 '매 력적인' 여인이라고 하거나 남성을 보고 가장 지적인 사람이 라고 했다면, 게르망트가문의 수호신이 마지막 순간에 개입 하지 않아서, 매력이나 지성 외에 그들을 받아들이는 데 동의 할 만한 다른 이유가 있다고 생각하지 않았기 때문이다. 주의 를 게을리 하지 않는 이 가문의 수호신은 보다 깊숙한 곳, 게르 망트네 사람들이 판결을 내리는 지대의 어두운 입구에 도사리 고 앉아, 게르망트 사람들로 하여금 현재나 미래에 사교적인 가치가 없는 남자나 여자에게는 지적이거나 매력적이라는 말 을 하지 못하도록 했던 것이다. 학자로 알려진 남자는 사전 같 다느니, 아니면 반대로 외판원 정신을 가진 평범한 자라느니 했고, 귀여운 여자인 경우에는 취향이 끔찍하다느니, 또는 말 이 너무 많다느니 했다. 사회적 신분이 불확실한 사람에 대해 서는 끔찍한 속물이라고 하기까지 했다. 브레오테 씨의 성관 은 게르망트 씨 댁 가까이에 있었는데, 그는 왕족들하고만 교 제했다. 그러나 브레오테 씨는 왕족들을 멸시했고 미술관에 서만 살기를 희망했다. 그래서 게르망트 부인은 사람들이 브 레오테 씨를 속물로 취급하면 분노해서 이렇게 말했다. "속물 이라고요, 바발이! 당신 미쳤군요. 아! 그 가련한 친구는 정반 대랍니다. 그는 유명한 사람들을 아주 싫어해서 아무도 소개시켜 드리지 못해요. 내 집에서조차요! 그 친구와 함께 새로운 사람을 초대하기라도 하면, 오기는 오지만 계속 투덜댄답니다."

이 말은 실천적인 면에서도 게르망트네 사람들이 쿠르부아지에 사람들보다 지성에 더 많은 가치를 부여하지 않았다는 뜻은 아니다. 게르망트가문과 쿠르부아지에 가문 사이에 존재하는 이런 차이는 긍정적인 방식으로 이미 상당한 결실을 맺고 있었다. 멀리서 그토록 많은 시인들이 몽상하는 그 신비로움에 감싸인 게르망트 공작 부인은 이렇게 우리가 앞에서 언급한 연회를 베풀었는데, 영국 왕은 다른 어느 곳보다 그곳에서 더 즐거워했다. 왜냐하면 부인은 아무도 생각해 내지 못하는 기발한 아이디어와 모든 쿠르부아지에 사람들의 용기를 꺾는 대담함으로 앞에서 인용한 저명인사들 외에도, 음악가 가스통 르메르와 극작가 그랑무쟁을 초대했기 때문이다.* 그러나 특히 부정적인 관점에서 지성이 느껴졌다. 게르망트 공작 부인 집에 초대받기를 원하는 사람의 지위가 높을수록 지성과 매력의 필요 계수는 낮아져서, 왕관을 쓴 주요 왕족인 경우 그 계수는 거의 0에 가까웠다. 그러나 이와 반대로 왕족의 위치에서 밑으로 내려갈수록 그 계수는 높아졌다. 이를테면 파름 대공 부인 댁에는 부인이 어린 시절에 알던 사이라는 이유로, 또는 모 공작 부인과 친척이 된다는 이유로, 또는 모 군

---

* 가스통 르메르는 20세기 초 주로 대중적인 음악을 작곡했던 작곡가이며, 그랑무쟁은 애국 시를 쓴 시인이자 극작가로 당시 사교계에서 평판이 높았다.

주의 측근이라는 이유로, 비록 그 사람이 못생기고 더 나아가 따분하고 어리석은 사람이라 할지라도 받아들여지는 경우가 많았다. 그런데 쿠르부아지에 사람들에게는 "파름 대공 부인의 사랑을 받는다." 또는 "아르파종 공작 부인의 이모다." "해마다 스페인 여왕 댁에서 석 달 보낸다."와 같은 사실만도 이런저런 사람을 초대하기에 충분한 이유가 됐지만, 게르망트 부인은 십 년 전부터 파름 대공 부인 댁에서 그런 사람들의 인사를 공손히 받으면서도 한 번도 자기 집 문턱을 넘어서게 하지 않았다. 사회적 의미에서의 살롱은 물리적 의미에서의 살롱과 흡사하여, 별로 아름답지 않은 가구로 그저 자리를 채우고 부를 과시하기 위해 내버려 두면 추해지듯이 살롱도 마찬가지라고 생각했던 것이다. 이런 살롱은 마치 작가가 지식이나 재치와 달필을 과시하는 문장을 쓰지 않고는 못 배기는 저서와도 비슷하다. 한 권의 책이나 집처럼 '살롱'의 장점은 근본적으로 버리는 데 있다고 믿은 게르망트 부인의 생각은 옳았다.

파름 대공 부인의 많은 친구들은, 몇 년 전부터 게르망트 공작 부인의 예의 바른 인사를 받거나, 공작 부인이 명함은 주면서도 집에 초대하지 않거나, 또는 그들의 집에서 베푸는 연회에도 참석하지 않은 데 대해 대공 부인에게 은밀히 하소연했고, 그러면 대공 부인은 게르망트 씨가 혼자 그녀 집에 온 날 슬며시 그 점에 대해 한마디 했다. 그런데 교활한 영주인 게르망트 씨는 많은 정부를 두었다는 점에서는 나쁜 남편이었지만, 살롱의 원활한 운영에 관한 한(또 그 살롱의 주된 매력인 오리안의 재치에 관한 한) 불굴의 동지로서 이렇게 말했다. "제 아내가 그분을 아나요? 아! 그래요. 그럼 마땅히 초대했어야 죠. 하지만 부인께 진실을 말씀드리면, 오리안이 실은 여인들과의 대화는 그리 좋아하지 않는답니다. 그녀는 지성이 뛰어난 추종자들에게 둘러싸여 있어, 나도 그녀 남편이라기보다는, 첫 번째 시종에 불과해요. 아주 재치 있는 극소수 여인들을 제외하고는 여자들은 보통 그녀를 따분하게 하죠. 통찰력이 뛰어난 부인께서 설마 수브레 후작 부인이 재치 있다고 말씀하시는 건 아니겠죠. 그럼요, 저도 이해합니다. 대공 부인께서 그분을 선의로 받아들이신다는 것을. 게다가 대공 부인께서는 그분과 잘 아는 사이시잖아요. 오리안이 그 부인을 만났다고 하셨는데 가능한 일이에요. 하지만 조금밖에 보지 않았다는 건 확신할 수 있답니다. 그리고 부인께 말씀드리지만 제 잘못도 조금은 있어요. 제 아내는 무척 피곤하답니다. 그런데도 사람들에게 상냥하게 대하기를 좋아하는지라, 이대로 두었다간 사람들 방문이 끝나지 않을 거예요. 어제 저녁만 해도 아내는 열이 있는데도, 부르봉 공작 부인 댁에 가지 않으면 부인의 마음을 아프게 할 거라며 무척이나 걱정을 하더군요. 그래서 전 협박까지 하며 마차 준비를 금지해야 했어요. 자, 들어 보세요, 부인. 전 부인께서 수브레 부인에 대해 하신 얘기를 오리안에게 전하고 싶지 않습니다. 오리안은 부인을 무척 좋아하니 당장 수브레 부인을 초대하러 갈 테고, 그러면 방문이 하나 더 느는 셈이고, 또 그분 여동생의 남편과 잘 아는 사이인지라 그 여동생하고도 교제해야 하잖아요. 대공 부인께서 허락해 주신다면 오리안에게는 아무 말도 하지 않겠습니다. 그러면 많은 피로와 동요를 덜어 주게 될 겁니다. 그리고 단언하지만, 수브레 부인도 잃는 게 없을 겁니다. 그분은 도처에서 가장 화려한 장소에 가시는 분 아닙니까. 우리 집이야 초대한다고도 할 수 없고, 그저 아주 소박한 저녁 식사나 하는 정도이니, 수브레 부인 입장에서도 몹시 지겨우실 겁니다." 파름 대공 부인은 순진하게도 게르망트 공작이 그녀의 부탁을 공작 부인에게 전하지 않으리라고 믿었고, 수브레 부인이 원하던 초대를 얻어 내지 못한 건 섭섭하지만, 자신이 그처럼 드나들기 힘든 살롱의 단골인 것을 자랑스럽게 생각했다. 물론 이런 만족감 뒤에는 불편한 점도 따랐다. 이렇게 해서 파름 대공 부인은 게르망트 부인을 초대할 때마다, 공작 부인의 기분을 언짢게 할 만한 사람, 그리하여 다시는 부인을 오지 않게 할 사람을 초대하지 않으려고 머리를 쥐어짜야 했다.

보통 날에는(옛 습관을 유지하여 일찍 소수의 손님만을 초대하는 저녁 식사를 한 후) 파름 대공 부인의 살롱은 단골손님들과 대개는 프랑스와 외국의 대귀족에게만 열려 있었다. 식당을 나오면 대공 부인은 큰 원탁 앞에 놓인 긴 의자에 앉아 함께 식사한 부인들 가운데 가장 중요한 두 여인과 담소를 나누거나, '잡지'*에 눈길을 던지거나, 혼자서 파시앙스** 놀이를 하

---

* 원문에는 magazine으로 표기되었다. 영어에서 차용한 이 단어는 프랑스어의 '창고', '보관소'를 의미하는 magasin에서 유래하며, 20세기 초 일반화되었다.
** 일반적으로 뒤섞인 카드를 일정 순서로 맞추는 놀이를 가리키는데, 19세기

거나, 아니면 진짜 저명인사 또는 그렇다고 추정되는 저명인사를 파트너로 삼아 하든지, 카드놀이를 하는 것으로(혹은 독일 궁전의 관습에 따라 카드놀이를 하는 척하는) 연회가 구성되었다. 9시경이 되면 큰 거실 양문이 활짝 열렸다 닫혔다 다시 열렸다 하기를 멈추지 않으면서, 대공 부인의 연회 시간에 맞추려고 급히 네 명씩 짝을 지어 저녁 식사를 하고 온 손님들을(그들은 밖에서 식사를 하고 커피를 건너뛰고 다시 돌아오겠다고 말하면서, 대공 부인 살롱에 한 문으로 들어갔다 곧 다른 문으로 나오려고 마음을 먹고 있었다.) 들여보냈다. 대공 부인은 카드놀이나 담소에 정신이 팔려 거기 도착한 여인들을 못 본 척했으며, 그들이 부인 곁으로 아주 가까이 왔을 때에야 비로소 여인들에게 상냥한 미소를 지으며 우아하게 몸을 일으켰다. 여인들은 서 있는 대공 부인 앞에 절했고, 그렇지만 축 늘어진 아름다운 손에다 입술을 대고 키스하려고 무릎도 꿇었다. 그 순간 대공 부인은 자신이 잘 아는 이런 의전(儀典)에, 그렇지만 매번 놀란다는 듯, 무릎 꿇은 이들을 강제로 비할 데 없이 우아하고도 부드러운 몸짓으로 일어나게 하면서 그들의 뺨에 키스했다. 사람들은 이런 우아함과 부드러움은 방금 들어온 여인이 얼마나 겸손하게 무릎을 꿇느냐에 달렸다고 말할지도 모른다. 아마도 그럴 것이다. 또 평등 사회에서 예절은 곧 사라질 것처럼 보인다. 흔히 사람들이 생각하듯 교육이 부족해서가 아니라, 혹자에게는 권위에 대한 존경심이,(권위가 유효하려면 상상

에 유행했다.

의 산물이어야 하므로) 또 다른 이에게는 특히 관대함이 사라지기 때문이다.(관대함을 베푸는 사람은 관대함의 혜택을 받은 사람에게서 그것이 무한한 가치를 가진다고 느끼므로 관대함을 남발하거나 보다 세련된 형태로 표현하지만, 평등에 기초하는 사회에서는 단지 신용 가치만 있는 것은 모두 그런 것처럼 갑자기 무용지물이 되어 버린다.) 그러나 새로운 사회에서 예절이 사라질지 어떨지는 확실치 않으며, 또 우리는 이따금 예절의 현 상태가 유일하게 가능한 형태라고 지나치게 쉽게 믿는 경향이 있다. 지극히 훌륭한 지성인들은 공화국에서는 외교와 동맹이 존재할 수 없으며, 또 농민 계급은 정교 분리를 참지 못할 거라고 믿었다. 요컨대 평등 사회에서의 예절은 철도의 발달과 비행기의 군사적 이용보다 더 큰 기적일지도 모른다. 그리고 설령 예절이 사라진다 해도 그것이 불행이라는 증거는 아무 데도 없다. 끝으로 사회란 사실상 민주화되어 감에 따라 점점 더 은밀한 방식으로 서열화되어 가는 게 아닐까? 가능한 일이다. 교황의 정치적 권력은 교황이 국가도 군대도 가지지 않게 되면서 더 확대되었고, 대성당은 17세기 맹신도보다는 20세기 무신론자에게 더 많은 영향을 끼쳤다.* 만약 파름 대공 부인이 어느 나

---

* 프로테스탄티즘과 투쟁하던 17~18세기 대성당은 신도들에게 그리 큰 영향력을(미학적인 관점에서) 발휘하지 못했다. 프루스트는 자신이 번역한 『아미엥의 성서』 역자 주석에서 대성당의 진정한 아름다움은 예술 작품으로 간주하느냐, 또는 신앙의 도구로 간주하느냐에 따라 의미가 달라진다고 서술했다.(『게르망트』, 폴리오, 719쪽 참조.)

라의 군주였다면,* 아마도 나는 공화국 대통령에 대해 말하는 만큼만 말하고 싶었을 것이다. 다시 말해 아무것도 말하고 싶지 않았을 거라는 뜻이다.

대공 부인은 청원자의 몸을 일으키더니 키스를 하고 자리에 앉아 다시 파시앙스 카드놀이를 시작했다. 새로 온 손님이 저명인사일 경우, 손님을 안락의자에 앉히고 잠시 담소를 나누기도 했다.

살롱이 너무 붐비면 정돈하는 임무를 맡은 시녀가 살롱이 통하는 넓은 홀로 손님들을 안내하면서 공간을 만들었는데, 홀에는 초상화와 부르봉 왕가의 유물들이 가득했다. 그곳에서 대공 부인의 단골들은 손님을 안내하는 역할을 맡아 재미있는 얘기도 들려주었지만, 젊은이들은 고인이 된 여왕의 유품을 구경하기보다는 살아 있는 왕족들을 바라보는 데 더 정신이 팔려(기회를 보아 시녀와 시녀를 돕는 아가씨들로부터 왕족들을 소개받을 생각으로) 그 얘기를 참을성 있게 듣지 못했다. 그들은 다른 이들을 사귀거나 초대받을 일에만 몰두하여 왕정 시대의 자료를 모아 놓은 이 귀중한 박물관에 무엇이 있는지 몇 년이 지나도 전혀 알지 못했고, 선인장과 거대한 종려나무로 장식된 장소가 이런 멋의 중심을 아클리마타시옹 공원의 동물원과도 흡사하게 만들던 기억만을 어렴풋이 떠올렸다.

물론 게르망트 부인은 때때로 희생정신을 발휘하여 이런

** 부르봉 가문의 한 분가인 부르봉 파름-파르마 가문은 1859년 이후부터는 통치를 하지 못했다.

저녁이면 식사 후에 소화도 시킬 겸 대공 부인 댁을 방문했으며, 파름 대공 부인은 공작과 수다를 떨면서도 내내 공작 부인을 자기 옆에 붙잡아 두었다. 하지만 공작 부인이 저녁 식사를 하러 올 때면, 대공 부인은 단골손님들은 받지 않도록 조심하면서 식탁에서 일어서자마자 문을 닫았는데, 잘못 택한 손님들이 까다로운 공작 부인의 기분을 언짢게 할까 봐 걱정했기 때문이다. 이런 저녁에 미리 통고받지 못한 단골들이 대공 부인 댁 문 앞에 나타나면, 문지기는 "대공 부인 마마께서는 오늘 저녁 아무도 만나시지 않습니다."라고 대답했고 사람들은 돌아갔다. 하기야 대공 부인의 친구들 중 대부분은 이날 초대받지 못하리라는 걸 알고 있었다. 특별한 날로, 거기 들어가고 싶어 하는 많은 이들에게는 금지된 날이었다. 이날 모임에서 제외된 이들은 그 자리에 선택된 사람들의 이름을 거의 확실하게 댈 수 있었으며, 그래서 그들끼리 서로 가시 돋친 어조로 말했다. "오리안 드 게르망트는 참모들을 모두 거느리지 않고는 아무 데도 가지 않나 봐요." 대공 부인은 이런 참모의 도움을 받아 공작 부인을 방어벽으로 에워싸면서 좋은 인상을 주지 못할 거라고 의심되는 인물들과 맞서 싸우고자 했다. 그러나 공작 부인의 마음에 드는 사람들, 그 빛나는 참모 중 몇몇이들로부터 파름 대공 부인은 그다지 친절한 대접을 받지 못했으므로, 그들에게 친절함을 베푸는 일은 조금 거북하게 느껴졌다. 물론 파름 대공 부인은 사람들이 그녀의 사교 모임보다는 게르망트 부인의 모임에서 더욱 즐거워한다는 사실을 알고 있었다. 그녀는 공작 부인의 '방문일'에는 사람들이 밀어닥치며, 또 자기 집에는 겨우 명함을 놓고 가는 데 만족하는 왕족 서너명을 공작 부인 집에서는 자주 볼 수 있다는 사실도 인정해야 했다. 또 대공 부인은 오리안의 재담을 기억하고, 그녀의 드레스를 모방하고, 차를 낼 때 똑같은 딸기 파이를 곁들였지만, 아무 보람 없이 하루 종일 시녀와 외국 공사관의 참사관하고만 보내는 날도 종종 있었다. 그리하여(과거에 이를테면 스완이 그랬던 것처럼) 게르망트 공작 부인 댁에서 두 시간을 보내지 않고는 하루를 마치지 못하는 누군가가 파름 대공 부인 댁에는 이 년에 한 번만 방문하는 경우, 파름 대공 부인은 그것이 설령 오리안을 기쁘게 하는 일일지라도 스완과 같은 사람이라면 누구도 만찬에 초대하려고 먼저 '제안하고' 싶은 생각이 들지 않았다. 간단히 말해 공작 부인을 초대하는 일은 파름 대공 부인으로서는 매우 난처한 일이었으며, 그만큼 부인은 오리안이 모든 걸 나쁘게 생각할지도 모른다는 불안감에 시달렸다. 그러나 반대로 파름 대공 부인이 게르망트 부인 집에 저녁 식사를 하러 갈 때면 같은 이유로 모든 것이 완벽하고 근사하리라고 미리 확신했다. 단 하나 두려움이 있다면, 그건 자신이 이해하지도 기억하지도 관심을 끌 줄도 모르며, 다른 생각이나 사람들에게 완전히 동화될 줄 모른다는 사실이었다. 이 점에서 나의 존재는 식탁을 꽃줄기마냥 과일로 장식하는 새로운 방식처럼 대공 부인의 탐욕을 자극했는데, 특히 오리안이 베푸는 연회의 성공 비결이 식탁 장식 때문인지, 아니면 나란 존재 때문인지 이쪽도 저쪽도 확신할 수 없었던 부인은 의혹에 찬 나머지 다음 만찬에서 이 두 가지를 모두 시험해 보기로 결심했다. 게다가 대공 부인이 게르망트 부인 집에서 느끼는 그 황홀한 호기심을 완벽하게 정당화해 준 것은, 그녀를 일종의 두려움과 감동과 기쁨 속으로 빠뜨리는 희극적이고 위험하고 자극적인 요소로(마치 바닷가에서 '파도타기'를 할 때 해수욕장 안내원이 그들 중 아무도 헤엄을 칠 줄 모르기 때문에 위험하다고 경고할 때처럼) 거기서 나올 때면 부인은 활력과 행복과 젊음을 되찾았는데, 바로 사람들이 게르망트의 에스프리라고 부르는 것이었다. 게르망트의 에스프리는 — 자신이 그것을 가지고 있는 유일한 게르망트 사람이라고 자처하는 공작 부인에 따르면 네모난 원처럼 존재하지 않는 실체인 — 투르 지방의 리예트나 랭스의 비스킷만큼이나 명성이 높았다.* 물론(지적인 특징이 머리 빛깔이나 얼굴빛과 같은 방법을 통해 전파되는 것은 아니지만) 공작 부인과 같은 혈통은 아니지만 가까운 친구들 사이에도 이런 기지가 있는 사람이 몇 명있었고, 그에 반해 어떠한 기지도 거부하는 몇몇 게르망트네사람에게는 이 기지를 주입할 수 없었다. 공작 부인과 친척은아니지만 게르망트의 기지를 소유한 몇몇 사람들은 뛰어난경력의 소유자로서, 예술이나 외교, 국회에서의 연설과 군대경력보다는 자기들만의 그룹 생활을 더 선호하는 특징이 있었다. 어쩌면 이런 선호는 독창성이나 주도권의 결핍, 의지와

---

* 리예트는 돼지고기나 거위 고기를 잘게 볶은 것으로, 주로 샌드위치에 넣어 먹는데 파리 남서쪽 투르에서 만든 것이 유명하다. 랭스는 파리 동북쪽 샹파뉴 아르덴주에 위치하는 도시로 13세기에 지어진 고딕 성당이 유명하며, 이곳에서 생산되는 비스킷은 랭스의 분홍색 비스킷으로 불릴 정도로 오래된 명물이다.

건강과 행운의 결핍, 또는 어쩌면 속물근성으로 설명될 수도 있을 것이다.

몇몇 사람들에게서(비록 예외적인 경우라는 걸 인정해야겠지만) 게르망트 살롱이 그들의 경력을 가로막는 장애물이 되었다면, 이는 그들의 의지와 반대되는 것이었다. 이처럼 다른 많은 이들보다 재능이 뛰어난 의사나 화가나 외교관이 성공적인 경력을 수행하지 못한 이유는, 게르망트네 사람들과의 우정이 처음 두 사람은 멋쟁이로, 세 번째 사람은 반동가로 통하게 하여 이 세 사람 다 동료들로부터 인정받지 못하게 했기 때문이다. 대학 선거단이 아직도 입고 쓰는 고풍스러운 붉은 가운과 붉은 모자는 단순히 편협한 사상의 과거나 패쇄적 파벌주의의 외적인 잔존물만은 아니며, 아니 적어도 최근까지는 아니었으며, 챙 없는 원뿔 모양 모자를 쓴 유대인 대사제 마냥, 금색 술이 달린 모자를 쓴 '교수들'은 드레퓌스 사건이 일어나기 전에는 엄격한 바리새인의 사상에 갇혀 있었다.* 사실상 예술가인 뒤 불봉 의사는 사교계를 좋아하지 않았으므로 구제받았다. 코타르는 베르뒤랭 집에 드나들었지만, 베르뒤랭 부인이 그의 환자였고, 저속한 것으로부터 자신을 지킬 줄 알았으며, 또 그의 집에는 석탄산 냄새 감도는 만찬에 의과 대학 사람들 외 다른 사람들은 초대하지 않았다. 하지만 강하게 구축된 그룹에서의 엄격한 편견은 흠집 없는 명성과 드

---

* 바리새인들은 율법이나 규칙에만 집착하는 형식주의자로, 진정한 종교의 의미와는 거리가 멀었다. 여기서 '교수'는 대학 선거인단에 속하는 보다 넓은 의미에서의 거물들을 가리킨다.

높은 도덕적 관념을 위해 치러야 하는 대가에 지나지 않으며, 이런 도덕성은 보다 관대하고 자유로운 환경, 따라서 이내 타락하기 쉬운 환경에서는 흔들리기 마련이다. 총독 관저에 갇혀 사는 베네치아 총독(다시 말해 공작)*마냥 흰 담비로 속을 댄 붉은 새틴 가운을 입은 교수는, 그 역시 공작이며 탁월하지만 무서운 인물인 생시몽과 마찬가지로, 도덕적이며 고결한 원칙에 집착했지만 또한 온갖 이질적인 분자에 대해서는 가혹했다. 여기서 이방인이란 처신도 다르고 교우 관계도 다른 사교계 인사로서의 의사를 말한다. 우리가 지금 말하는 이 가련한 사람은 혹시 게르망트 공작 부인과 알고 지내는 사이임을 숨기면 동료들을 무시한다고 비난을 받을까 두려워, 그걸 피하기 위해 요령 있게 한답시고(이 얼마나 사교계 인사다운 발상인가!) 의학계 인사들을 사교계 인사들 속에 집어넣는 혼합 만찬회를 열어 동료들을 회유하려고 했다. 그러나 그는 그것이 자신의 파멸에 서명하는 길이라는 사실을 알지 못했다가, 아니, 10인 위원회(실제로는 좀 더 많겠지만)가 교수직 결원을 보충하게 되었을 때에야 그 사실을 깨달았다. 그리하여 운명의 투표함에서 나오는 것은 늘 정상적이고 보다 평범한 의사의 이름이며, 옛 의과 대학에서 "나는 반대한다(veto)."라는 소리가, 흡사 무대 위의 몰리에르를 곧바로 죽음으로 밀어 넣은 "나는 맹세한다(juro)."만큼이나 엄숙하고 우스꽝스러우며 끔

---

* 여기서 베네치아 총독으로 옮긴 doge의 어원은 우두머리란 뜻이지만 베네치아 방언으로는 공작을 가리킨다.

찍하게 울린다는 사실도 알게 되었다.* 이것은 영구히 '사교계 인사'라는 꼬리표를 받게 된 화가나, 예술에 전념하다 드디어 예술가라는 꼬리표를 받게 된 사교계 인사나, 반동분자들과 긴밀한 관계가 있는 외교관에게도 똑같이 해당되었다.

그러나 이런 경우는 대단히 드물었다. 게르망트 살롱의 근간을 이루는 그 훌륭한 인물들의 유형은 나머지 것은 모두 포기한, 즉 게르망트의 기지와 게르망트의 예절과 그 모호한 매력과(조금이라도 동질적인 사회 집단의 회원들에게는 가증스럽게 느껴지는) 일치되지 않는 것은 모두 의도적으로 포기한(적어도 그렇다고 믿는) 사람들이었다.

그리하여 공작 부인의 살롱을 드나드는 단골 가운데 한 사람이 지난날 '살롱'** 전람회에서 금메달을 받았으며, 다른 사람은 변호사 협회 총무로서 의회에 요란하게 진출했으며, 또 다른 사람은 대리 대사로서 프랑스를 위해 능숙한 수완을 발휘했다는 사실을 아는 사람들은, 그 후 이십 년이 지나도록 그들이 아무것도 이루지 못한 걸 보면서 낙오자라고 생각했을 것이다. 그러나 이런 사실을 '아는' 사람은 극소수였는데, 그것은 이해 당사자 자신이 게르망트의 기지 덕분에 그런 옛 증

---

* 1673년 몰리에르가 자신의 희곡 「상상병 환자」에 직접 배우로 출연하여 3막 막간극에서 의사가 되는 의식을 거행하던 중 "나는 맹세한다(juro)."라고 말하자마자 무대에서 쓰러져 열흘 후에 죽음을 맞이한 사실을 환기한다.
** 살롱(Salon)은 1667년 루이 14세 때 시작되어 오늘날까지도 계속되는 국립 미술 전람회이다. 현존하는 화가의 작품을 한데 모아 매해 정기적으로 개최되는 이 살롱에 낙선한 인상파 화가들이 낙선전을 개최했다는 일화는 유명하다.

명서들을 아무 쓸모가 없다고 생각하여, 좀처럼 그 사실을 환기하려 들지 않았기 때문이다. 신문에서 조금 엄숙하다고 또는 재담을 좋아한다고 칭찬해 대는 이런저런 저명한 장관에 대해서도, 만약 어느 집 여주인이 게르망트 부인 곁에 이들 중 하나를 앉히기라도 하면, 부인은 하품을 하며 참기 어렵다는 표시를 할 정도로 게르망트의 기지는 그 장관이 권위적이고 학자인 척하며, 아니면 반대로 가게 점원 같다는 꼬리표를 붙이지 않았던가? 일류 정치가라는 사실도 게르망트 공작 부인의 눈에는 대단한 추천장이 되지 못했으며, 자신의 '경력'이나 군대를 포기하고 의회에는 한 번도 모습을 나타내지 않는 부인의 친구들은, 그들의 위대한 여자 친구와 더불어 매일같이 점심 식사를 하고 담소를 나누며, 또는 그들로부터 높은 평가를 받지 못하는(적어도 그들이 그렇게 말하는) 왕족들의 집에서 공작 부인을 만나거나 하면서 그들 인생에서 가장 좋은 몫을 택했다고들 말했지만, 즐거운 자리에서조차 이따금 울적해 보이는 그 모습들은 이런 판단의 타당성과는 조금 모순되어 보였다.

그래도 게르망트네에서 보내는 세련된 사교 생활과 재치 있는 대화는 미미하지만 뭔가 현실적인 면이 있다는 걸 인정해야 한다. 어떤 공식적인 직함도 게르망트 부인이 총애하는 사람들의 매력보다 가치가 없으며, 가장 강력한 장관들도 자신들의 집으로 게르망트 부인을 끌어들이는 데 성공하지 못했다. 만약 이런 살롱에서 수많은 지적 야망과 고귀한 노력조차 매몰되어 영원히 사라져 버린다 해도, 적어도 그 먼지로부터 가장 진귀한 사교 정신은 피어났다. 이를테면, 스완 같은 재기 발랄한 사람들은 그들이 경멸하는 어느 훌륭한 인간보다 스스로를 탁월한 존재로 평가했는데, 이는 바로 게르망트 공작 부인이 다른 무엇보다도 지성이 아닌 기지를 — 부인에 따르면 지성의 탁월한 형태로서 지성보다 더 진귀하고 멋지며, 재능이 언어적인 종으로까지 승격한 — 높이 평가했기 때문이다. 예전에 스완이 베르뒤랭 댁에서 비록 브리쇼는 박학하며 엘스티르는 천재라는 걸 알면서도, 전자는 현학적이며 후자는 천박하다고 평가한 것은 바로 이런 게르망트의 기지가 스며들었기 때문이다. 어쨌든 스완은 공작 부인이 브리쇼의 장황한 연설과 엘스티르의 '허튼소리'를 어떤 표정으로 받아들일지 미리 알고 있었으므로, 이 두 사람을 공작 부인에게 감히 소개할 생각은 하지 못했다. 게르망트의 기지가 현학적이고 장황한 연설을, 그것이 진지한 장르에 속하든 익살의 장르에 속하든, 모두 견디기 어려운 어리석음의 범주로 분류했던 것이다.

살과 피를 나눈 게르망트 사람들에게 게르망트의 기지가 완벽하게 스며들지 못했다면 — 이를테면 문학 동우회 같은 데서 모두들 똑같은 방식으로 발음하고 표현하며 그 결과 똑같이 사유하는 것과는 달리 — 이는 아마도 사교계에서는 독창성이 보다 강력하며 따라서 모방을 방해한다는 이유 때문은 아닐 것이다. 모방의 조건은 절대적인 독창성의 부재뿐만 아니라, 나중에 우리가 모방하려고 하는 대상을 먼저 식별해 내는 비교적 정교한 귀를 필요로 한다. 그런데 몇몇 게르망트 사람들 가운데는 쿠르부아지에 사람들과 마찬가지로 이런 음악적 감각이 결여된 사람들이 있었다.

모방이란 단어의 다른 의미, 즉 '흉내 내기(게르망트네에서
는 '풍자하기'라고 부르는)'*라고 불리는 활동의 예를 들어 본다
면, 게르망트 부인은 아무리 멋지게 흉내를 내도 이렇다 할 소
득을 거두지 못했다. 쿠르부아지에 사람들은 공작 부인이 흉
내 내는 결점이나 억양을 결코 알아차리지 못했으므로, 부인
이 흉내 내는 것이 남자나 여자가 아닌 한 무리 토끼인지도 구
별하지 못했다. 공작 부인이 리모주 공작을 흉내 낼 때도 쿠르
부아지에 사람들은 이렇게 반박했다. "오! 아니에요. 그래도
그분은 그렇게 말하지 않아요. 어제 저녁에도 그분과 함께 베
베트 집에서 저녁 식사를 했는데, 그분은 저녁 내내 말씀하셨
지만 그렇게 말하지는 않았어요." 반면 그들보다 조금 더 교
양 있는 게르망트 사람들은 이렇게 외쳤다. "정말 오리안은
얼마나 익살스러운지 몰라요! 흉내 낼 때 가장 우스운 점은 오
리안이 그 흉내 내는 사람과 정말 닮았다는 거예요! 그분 목
소리를 듣는 것 같았다니까요. 오리안, 리모주 흉내를 조금 더
내 봐요." 그런데 이런 게르망트 사람들은(공작 부인이 리모주
공작을 흉내 낼 때 감탄하면서 "아! 그분과 똑같다고 할 수 있어요."
아니면 "정말 똑같다니까요."라고 말하는 아주 정교한 정신을 가진
이들까지는 포함시키지 않는다 할지라도) 비록 공작 부인의 말마

---

* 모방(imitation)은, 그리스와 로마의 위대한 작가의 모방을 최대 덕목으로 삼
는 고전 시학의 핵심 요소이다. 그러나 이 문단에서 말하는 모방은 이런 수사학
적인 의미가 아닌, 단순한 '흉내 내기(faire des imitation)'로서 게르망트 사람들
이 '풍자하기(faire des charges)'라고 부르는 것에 해당한다.

따나 재치가 없는 사람이라 할지라도(이 점에서는 부인의 생각이 옳았다.) 부인이 하는 재담을 듣고 남에게 얘기하다 보면 부인이 표현하고 판단하고 글로 '작문하는'*(스완이라면 공작 부인을 따라 이렇게 말했을 것이다.) 방식을 모방하게 되어, 그들의 대화 속에서 쿠르부아지에 사람들이 보기에는 오리안의 기지와 매우 흡사한 뭔가를, 또 그들 자신이 게르망트의 기지라고 여겨 온 것을 보여 주기까지 했다. 이런 게르망트 사람들은 부인의 친척인 동시에 찬미자였으므로, 오리안은(나머지 가족은 아주 멀리했으며 또 처녀 시절 받은 심술궂은 처사를 지금은 경멸로 복수하고 있었다.) 이따금 이들을 방문했으며, 날씨가 좋은 계절에 외출할 때는 보통 공작을 대동했다. 이런 방문은 하나의 사건이었다. 별로 큰 해가 없는 첫 번째 화재 불빛이나 예기치 못한 침략을 알리는 '정찰 부대'가 보일 때처럼, 멋진 못자를 쓰고 여름 향기가 비 오듯 떨어지는 양산을 기울이며 조금은 비스듬한 자세로 안마당을 천천히 건너는 게르망트 부인의 모습이 멀리서 보이면, 아래층 큰 살롱에서 손님을 접대하던 에피네 대공 부인의 가슴은 빠르게 고동쳤다. "어머, 오리안이군!" 하고, 그녀는 마치 "차렷!"이란 구호를 외치듯이 말했는데, 이는 방문객들에게 처신을 신중하게 하고, 질서 정연하게 나갈 틈이 있으니 당황하지 말고 살롱에서 물러가라고 경고하는 말 같았다. 그러면 거기 있던 사람들의 절반 정도는 감히

---

* 원문에는 rédiger로 표기되었다. 이 말은 대화에서도 글을 쓸 때처럼 공을 들여 작문하며 마무리한다는 것을 뜻한다.

그냥 있지 못하고 일어섰다. "어머! 왜 그러세요? 다시 앉으세요. 부인들을 좀 더 붙들어 둘 수 있다면 기쁠 텐데요."하고 대공 부인은 경쾌하고도 편안한 어조로(귀부인 흉내를 내려고) 말했지만, 그녀의 목소리는 이미 가성이었다. "저분과 하실 말씀이 있는 것 같아서요.""그래요. 정말 바쁘세요? 그렇다면 나중에 제가 댁으로 찾아뵐게요." 하고 여주인은 내심 떠나 주었으면 하는 사람들을 향해 그렇게 대답했다. 공작 부부는 몇 해 전부터 거기서 보아 왔지만 그렇다고 더 이상 알고 싶은 생각이 없는 사람들을 향해 공손히 목례를 했고, 그들은 조심스럽게 인사말이나 겨우 할 뿐이었다. 그들이 떠나자마자 공작은 상냥하게 그들에 관해 물어보았다. 운명의 가혹한 장난이나 오리안의 신경 상태가 그런 여자들과의 교제를 싫어해서 집에는 초대하지 않지만, 그들의 내면적인 가치에는 무척이나 관심이 있다는 듯이. "분홍색 모자를 쓴 그 키 작은 부인은 누구신가요?""아, 사촌도 종종 만난 적이 있어요. 투르 자작 부인으로 라마르젤 가문 태생이죠.""예쁘게 생긴 데다 재치도 있어 보이더군요. 윗입술에 작은 흠만 없다면 정말로 매력적일 텐데. 투르 자작이 있다면, 그렇게 지겨워하지는 않겠군요. 오리안, 그 여자의 눈썹과 머리칼 난 모양을 보고 내가 누굴 생각했는지 아오? 당신 사촌인 에드비주 드 리뉴*를 떠올렸다오."게르망트 공작 부인은 사람들이 그녀 외에 다른 여인의 아름다움에 대해 말하면, 그만 시무룩해져서는 대화를 중

---

* 리뉴(Ligne) 가문은 벨기에의 오래된 명문이다.

단했다. 그녀는 남편에게 그들 집에 오지 않은 사람들에 관해서도 정통하다는 걸 보이려는 취향이 있다는 사실을 잊고 있었는데, 그렇게 하면 아내보다 더 '진지한' 사람으로 보인다고 생각했던 것이다. 그는 갑자기 힘을 주면서 "그런데 방금 라마르젤*이라는 이름을 발음하셨죠. 의회에 있을 때 아주 훌륭한 연설을 들었던 기억이 나는군요." "공작께서 지금 본 그 젊은 여인의 아저씨랍니다." "오! 얼마나 재능이 대단하던지! 가지 마시오." 하고 그는 에그르몽 자작 부인에게 말했다. 게르망트 부인이 참지 못하는 이 에그르몽 자작 부인은 에피네 후작부인의 거실에서 움직일 생각도 하지 않고 스스로를 하녀라고 낮추면서(집에 돌아가서는 자기 집 하녀를 때릴지도 모르지만) 부끄러워하면서도 울먹거리며 남아 있었는데, 그래도 공작 부부가 그곳에 올 때면 거기 남아 외투를 받아 들고 도움이 되려고 애쓰며 조심스러운 듯 옆방에 가 있겠다고 말했다. "차는 준비하지 않으셔도 돼요. 조용히 얘기나 나누시죠. 우린 소박한 사람들이니 격식은 차리지 않아요. 게다가." 하고 그는 에피네 부인 쪽으로 얼굴을 돌리면서(얼굴을 붉히며 겸손해하면서도 야심이 많고 열성적인 에그르몽 부인을 그냥 내버려 둔 채로) 덧붙였다. "우린 댁에 십오 분밖에 있지 못해요." 이 십오 분은 공작 부인이 그 주에 말했던 재담을 나열하는 일로 다 채워졌다. 물론 공작 부인이 직접 인용하지는 않았지만, 공작이 그녀를 비난하

---

* 귀스타브루이 드 라마르젤(Gustave-Louis de Lamarzelle, 1852~1929). 프랑스 모르비앙 출신의 보수파 국회의원이다.

는 투로 아주 능란하게 그 재담을 야기한 사건을 꺼냈으므로, 공작 부인은 본의 아니게 되풀이할 수밖에 없었다.

에피네 대공 부인은 사촌인 게르망트 부인을 좋아하고 그녀가 칭찬에 약하다는 걸 알았으므로 그녀의 모자며 양산이며 재치를 칭찬하느라 정신이 없었다. "아내의 옷차림에 대해서는 원하시는 만큼 말씀하셔도 돼요." 하고 공작은 일부러 통명스러운 어조로 말했는데, 사람들이 자기 말을 곧이곧대로 믿지 않도록 약간 빈정거리는 미소를 지으면서 그 말의 의미를 약화시켰다. "하지만 제발 재치에 대해서는 말하지 마십시오. 이렇게 재치 있는 여자 없이도 난 잘 지낼 수 있을 겁니다. 아마 아내가 제 동생 팔라메드에 대해서 한 그 시시한 말장난을 생각하신 모양입니다만." 하고 그는 대공 부인과 집안 다른 사람들이 이 말장난을 아직 모른다는 걸 잘 알면서도 아내를 과시할 기회를 얻게 돼 기쁘다는 듯이 이렇게 덧붙였다. "우선 가끔 꽤 멋진 말을 하는 사람이 ― 저 자신도 인정하는 ― 이런 형편없는 말장난을 하는 게 과연 적절한 일인지 잘 모르겠네요. 더구나 예민한 제 동생과 관계되는 일이고 보니, 우리가 혹시 사이라도 틀어지면 어떻게 할지, 정말 그럴 필요가 있었는지 모르겠네요!"

"하지만 우리는 그 말을 모르는데요! 오리안의 말장난이라고요? 아주 멋진 말일 것 같군요. 말씀해 주세요."

"아뇨. 안됩니다." 여전히 공작은 화가 난 표정으로, 그러나 조금은 미소를 지으면서 말을 이었다. "아직 그 말을 모르신다니 다행이군요. 전 진심으로 동생을 좋아하거든요."

"제발, 바쟁." 하고 남편 말에 대답할 차례를 맞은 공작 부인이 말했다. "어째서 그 말이 팔라메드를 화나게 할 거라고 생각하는지 정말 모르겠네요. 이런 어리석은 농담에 화를 내기엔 팔라메드가 너무 총명해요. 마음이 상할 리 없어요. 남들이 들으면 내가 뭐 악의적인 말이라도 한 줄 알겠어요. 난 그냥 별로 우습지도 않은 시시한 말을 했을 뿐인데, 당신이 화를 내는 바람에 일이 커져 버렸어요. 당신을 이해할 수 없어요."

"우릴 무척 궁금하게 만드시는군요. 도대체 어떤 말인데요?"

"오! 물론 대단한 건 아니에요." 하고 게르망트 씨가 소리쳤다. "아마도 이미 들으셨을 테지만, 제 동생이 자기 아내가 소유하던 브레제 성관을 마르상트 누님에게 주려고 했어요."

"그래요. 하지만 마르상트가 원치 않았다고 누가 그러던걸요. 성관이 위치한 고장을 좋아하지 않으며, 또 그곳 기후가 자기에게 맞지 않는다고."

"그런데 바로 누군가가 이 모든 사실을 제 아내에게 말한 겁니다. 제 동생이 이 성관을 우리 누님에게 주려고 한 것은 누님을 기쁘게 하기 위해서라기보다는 깐죽대려고 그랬다는 거예요. 그 이유는 샤를뤼스가, 그 사람 말에 따르면, 정말 깐죽대기를 잘한다는 거죠. 그런데 아시겠지만 브레제는 정말로 왕가에 속하는, 수백만 프랑의 가치가 있는 왕의 옛 영지이자 프랑스에서 가장 아름다운 숲이 있는 곳이랍니다.* 많

---

* 브레제 성은 루아르강 유역 소뮈르 근처에 위치하며 11세기부터 언급되는 유

은 사람들이 그런 장난을 쳐 주기를 바랄 겁니다. 그래서 이처럼 아름다운 성을 주려고 한 샤를뤼스가 '깐죽대기'를 잘한다는 말을 들은 오리안은 본의 아니게 외쳤죠. 사실을 고백하지만, 절대 악의가 있어서 한 말은 아니고, 그저 섬광 같은 순간에 나온 말이었어요. '깐죽댄다고요? 그럼 오만한 깐죽 대왕(Taquin le Superbe)*이네!' 이해하시죠." 하고 그는 다시 퉁명스러운 어조를 취하며 아내의 재담이 야기한 효과를 확인하려는 듯 주위를 빙 둘러보았다. 게다가 공작은 에피네 부인의 고대사 지식에 관해 조금은 의문을 품고 있었다. "이해하시죠. 이 재담이 로마 왕이었던 '오만한 타르퀴니우스 대왕(Tarquin le Suberbe)'을 빗대서 한 말이라는 걸. 어리석죠. 오리안답지 않은 시시한 말장난이었어요. 그리고 아내보다 신중한 나는, 재치로 말하면 아내보다는 모자랄지 모르지만, 앞으로 있을 일을 생각하죠. 만일 불행하게도 누가 이 얘기를 동생에게 되풀이하기라도 한다면 한바탕 큰일이 벌어질 테니까요. 더욱이." 하고 그는 덧붙였다. "팔라메드는 지나치게 거만하고 따지기 좋아하고 험담하는 경향이 있거든요. 성관에 관한 문제

서 깊은 성이다.

* 여기서 '오만한 깐죽 대왕'이라고 옮긴 프랑스어 표현 Taquin le Superbe는 로마의 일곱 번째 왕이자 마지막 왕인 타르퀴니우스 수페르부스의 프랑스어 표현 Tarquin le Superbe와 발음이 유사하다는 점에 착안하여 게르망트 부인이 만든 재담이다.(수페르부스는 '교만한' 또는 '오만한'이라는 뜻이다.) 기원전 534~기원전 510년에 재위한 타르퀴니우스는 에트루리아인으로, 동생의 아내와 결혼하는 등 피로 얼룩진 역사를 썼으며 나중에는 로마 상층부의 반란으로 로마에서 추방되었다.

가 아니라도 '오만한 깐죽 대왕'은 그에게 잘 맞는 말이에요. 이 점이 부인의 재담을 살려 준 거죠. 아내는 거의 속된 말로 자신을 낮출 때에도 어쨌든 재기를 번득이며 사람들을 곧잘 묘사하곤 한답니다."

이처럼 한번은 '오만한 깐죽 대왕' 덕분에, 또 한번은 다른 재담 덕분에, 공작과 공작 부인의 친척 방문은 이야기 저장소를 다시 채웠으며, 또 이 방문이 야기한 감동은 재치 있는 여인과 그 흥행사가 떠난 후에도 오래도록 지속되었다. 우선 안주인은 그 축제에 참석했던 특권적인 사람들과(거기 남아 있는 사람들과) 더불어 오리안이 말한 재담을 즐겼다. "당신은 '오만한 깐죽 대왕' 얘기를 모르시나요?" 하고 에피네 대공 부인이 물었다. "아뇨, 알아요." 하고 바브노 후작 부인이 얼굴을 붉히면서 대답했다. "똑같은 말로는 하지 않았지만, 라로슈푸코 태생의 사르시나 대공 부인이 말해 줬어요. 물론 내 사촌 앞에서 그 말을 하는 걸 들었으면 훨씬 더 재미있었겠지만." 하고 마치 "작곡가 자신이 피아노 반주를 하는 자리에서 가수가 노래 부르는 걸 들었으면 더 좋았을걸."이라고 말하듯 덧붙였다. "우린 조금 전 이곳에 있었던 오리안의 최신 재담에 대해 얘기하고 있었어요." 하고 안주인은 한 시간 일찍 오지 못한 것을 후회할 방문객에게 말했다.

"뭐라고요? 오리안이 여기 있었어요?"

"그럼요. 좀 더 일찍 오셨으면 좋았을 텐데……." 하고 에피네 부인은 직접 비난하지는 않았지만, 늦게 온 사람이 자신의 미숙한 처신 때문에 기회를 놓친 걸 깨닫게 하려고 넌지시 그 점을 비추었다. 마치 우주 창조나 카르발로 부인*의 최근 공연을 보지 못한 게 그녀 탓이라고 말하는 듯했다. "오리안 의 최신 재담을 어떻게 생각하세요? 전 '오만한 깐죽 대왕'이 란 재담을 높이 평가해요." 이처럼 재담은 다음 날 점심 식사 때는 그 때문에 초대한 친구들 사이에서는 찬 음식으로 등장 했고, 주 중 다른 날에는 다양한 소스가 쳐져 다시 등장했다. 사실 에피네 대공 부인은 그 주에 파름 대공 부인에게 일 년 에 한 번 하는 방문을 했으며, 그 기회를 이용하여 대공 부인 께서 재담을 아는지 여쭈어 보고 그 얘기를 들려주었다. "아! '오만한 깐죽 대왕'이라고." 파름 대공 부인은 '미리' 감탄하면 서 눈을 크게 뜨더니 더 설명을 해 달라고 청했고, 이에 에피 네 대공 부인은 거절하지 않았다. "오만한 깐죽 대왕은 작문 이란 단어와 마찬가지로 무척 제 마음에 들어요." 하고 에피 네 부인은 결론을 내렸다. 사실 '작문'이란 단어는 이 말장난 에는 전혀 어울리지 않았지만, 게르망트 부인의 재치에 동화 되었다고 주장하는 에피네 대공 부인은, 이 '초고'나 '작문'이 란 표현을 오리안에게서 빌렸다. 파름 대공 부인은 에피네 대 공 부인이 추하고 인색하다고 여겼으며, 쿠르부아지에 가문 의 신념에 따라 심술궂다고 믿어 그렇게 좋아하지 않았는데, 게르망트 부인이 발음하는 걸 들었지만 혼자서는 어떻게 사 용할 줄 몰랐던 이 '작문'이란 단어를 그녀 말에서 알아보았

---

* Marie-Caroline Miolan-Carvalho. 1850년에 데뷔한 여가수로 구노의 오페 라를 주로 불렀다.

다. 대공 부인은 '오만한 깐죽 대왕'이란 근사한 재담을 만든 것도 바로 이 '작문'이란 단어 덕분이라는 생각이 들어, 그 못생기고 인색한 부인에 대한 반감을 완전히 잊어버리지는 않았지만, 그래도 게르망트의 재치를 이런 경지까지 터득한 여인에게 감탄하는 마음을 금할 수 없어 에피네 대공 부인을 오페라좌에 초대하고 싶은 생각까지 하게 되었다. 다만 어쩌면 게르망트 부인에게 먼저 상의해 보는 게 좋을지도 모른다는 생각이 대공 부인을 잠시 붙들었다. 에피네 부인으로 말하자면, 쿠르부아지에 사람들과는 달리 오리안에게 수없이 호의를 베풀고 좋아했지만 오리안의 친분 관계를 질투했으며, 또 조금은 게르망트 공작 부인이 모든 이들 앞에서 자신의 인색함에 대해서 한 농담에 화가 나 있었으므로, 자기 집에 돌아가자 파름 공작 부인이 '오만한 깐죽 대왕'이란 농담을 얼마나 힘들게 이해했는지, 오리안이 그처럼 우둔한 여자를 친구로 두는 걸 보면 속물임에 틀림없다고 말하는 것이었다. "내가 만나고 싶어 해도 파름 대공 부인을 자주 만날 수는 없을 거예요. 그분의 부도덕함 때문에 에피네 씨가 절대로 허락하지 않을 테니까요." 하고 만찬에 초대한 친구들에게 대공 부인이 방탕하다는 순전히 꾸며 낸 얘기를 넌지시 비추었다. "설령 남편이 덜 엄격하다 해도 전 그분을 자주 만나러 갈 수 없어요. 도대체 오리안은 뭣 때문에 그분을 늘상 찾아다니는지 모르겠어요. 난 일 년에 한 번 가는데도 끝까지 남아 있기가 힘들던데." 쿠르부아지에로 말하자면, 게르망트 부인이 에피네 부인을 방문할 때 그들은 빅튀르니엔 집에 가 있었는데, 사람들이 오리안에게 '지나칠 정도로 공손하게 인사하는 데' 그만 화가 나서 보통은 다른 집으로 도망쳤기 때문이다. '오만한 깐죽대왕' 얘기가 나왔던 날, 그 자리에 남은 쿠르부아지에 사람은 한 사람뿐이었다. 그는 이 농담을 완전히 이해하지 못했지만, 그래도 배운 사람이어서 반쯤은 이해했다. 그리하여 쿠르부아지에 사람들은 오리안이 팔라메드 시동생을 '오만한 타르퀴니우스 대왕'이라고 불렀다고 떠벌렸는데, 그들 말에 따르면 팔라메드를 아주 잘 표현해 준다는 것이었다. "하지만 오리안 일이라면 왜 그렇게 소란을 떨까?" 그들은 덧붙였다. "여왕을 위해서도 그 정도는 하지 않을 텐데. 도대체 오리안이 뭐길래? 게르망트가 오래된 가문이 아니라는 말은 아니지만, 쿠르부아지에 가문 역시 명성이나 오래된 것이나 혼인 관계로 따져도 뭐 하나 뒤지지 않는데 말이야. 영국 왕이 '황금 천 들판'*에서 프랑스 국왕인 프랑수아 1세에게 그곳에 있는 영주들 중 가장 높은 귀족이 누구냐고 물었을 때, 프랑스 국왕은 '폐하, 쿠르부아지에입니다.'라고 대답하지 않았던가." 게다가 쿠르부아지에 사람들이 모두 거기 남았다 해도, 그 농담을 야기한 사건을 대개는 아주 다른 관점에서 보았으므로 농담이 무슨 뜻인지 이해하지 못했을 것이다. 이를테면 한 쿠르부아

---

* 영국의 헨리 8세와 프랑스의 프랑수아 1세가 1520년 6월 7일, 프랑스 서북부 발도레에서 역사상 가장 호화로운 회담을 한 것을 가리킨다. 헨리 8세는 온통 황금빛으로 물결치도록 금빛 천막을 설치했는데, 이는 자신의 입지를 확고히 하는 동시에 스페인과 맞서기 위해서는 프랑스와의 동맹이 절대적으로 필요했기 때문이다.

지에 여인이 자기가 베푸는 연회에 의자가 모자라거나, 어느 손님이 누구인지 기억나지 않아 이름을 틀리게 말하거나, 또는 하인이 그녀에게 한마디 실언을 하면, 그 쿠르부아지에 여인은 극도로 당황해서는 얼굴을 붉히고 흥분하여 몸을 떨면서 이런 불의의 사고를 개탄했다. 또 어느 방문객을 맞는 중에 오리안이 올 예정이기라도 하면, 쿠르부아지에 여인은 불안한 어조로 급히 질문하듯 "오리안을 아세요?" 하고 물었는데, 만일 방문객이 오리안과 모르는 사이라면 오리안에게 나쁜 인상을 줄까 봐 겁이 났던 것이다. 그러나 게르망트 부인은 반대로 이런 사건을, 게르망트네 사람들을 눈물 나도록 웃게 만드는 얘기를 하는 기회로 삼았으므로 의자가 부족하고, 하인에게 했던 실언 또는 하게 내버려 둔 실언이나, 아무도 모르는 사람을 초대한 쿠르부아지에 여인을 사람들을 오히려 부러워할 수밖에 없었다. 흡사 위대한 작가들이 인간으로부터 고립되거나 여인으로부터 배신을 당해, 그 모멸감과 고통이 그들의 천재성에 대한 직접적인 자극제가 되지 않았다면 적어도 작품 소재가 되어 스스로 기뻐하지 않을 수 없는 것처럼.

쿠르부아지에 사람들은 또한 게르망트 부인이 사교 생활에 가져온 혁신 정신까지 높이 올라갈 수 없었고, 또 게르망트 부인은 이 혁신 정신을 그녀의 정확한 본능에 따라 그때마다의 필요에 맞춰 뭔가 예술적인 것으로 만들었지만, 반면 엄격한 규칙의 단순한 기계적인 적용은, 사랑과 정치 분야에서 성공하려고 자신의 삶에서 뷔시 당부아즈*의 뛰어난 솜씨를 문자 그대로 반복한 누군가처럼, 나쁜 결과를 낳았을 것이다. 쿠르부아지에가 친척끼리 또는 어느 왕족을 위해 만찬을 베푸는 경우, 재사(才士)나 그들 아들의 친구를 첨가하는 것은 가장 좋지 못한 효과를 자아낼 비정상적인 일로 생각되었다. 부친이 황제의 대사였던 어느 쿠르부아지에 여인이 마틸드 공주에게 경의를 표하려고 오후 모임을 준비해야 했을 때, 그녀는 기하학 정신**에 의거해 나폴레옹파 사람들밖에 초대할 수 없다는 결론에 이르렀다. 그런데 그녀는 나폴레옹파 사람은 거의 알지 못했다. 그래서 그녀와 교제하는 모든 우아한 여인들이나 마음에 드는 신사들은 가차 없이 배제되었는데, 쿠르부아지에 논리에 따라 정통 왕정파의 견해를 가졌거나 거기 제휴한 이들은 모두 공주님 마음에 들 수 없었기 때문이다. 그러나 포부르생제르맹의 뛰어난 인재만을 초대하는 공주는 쿠르부아지에 집에서, 소문난 식객으로 알려진 제정시대의 지사를 지냈던 이의 미망인과 우체국장의 미망인, 나폴레옹 3세에 대한 충성심과 어리석음과 따분함으로 알려진 몇몇 사람들밖에 보지 못하자 무척 놀랐다. 마틸드 공주는 그 못생긴 불운한 여

---

* Bussy d'Amboise(1549~1579). 앙주의 도지사이자 사랑과 결투로 모험가의 칭호를 받은 인물이다. 그가 몽소로 백작 부인을 유혹하고, 그 남편에게 죽음을 당한 얘기는 훗날 알렉상드르 뒤마의 소설 『몽소로 부인』에서 극화된다.
* 파스칼은 『팡세』에서 기하학 정신과 섬세한 정신을 구별했다. 기하학 정신이란 확실한 원칙에 의거하여 이성적으로 논리적 추론을 수행하는 기능을 말하며, 이에 반해 섬세한 정신이란 일상적인 여러 미묘한 일에 대해 직관적으로 판단하는 기능을 가리킨다.(『게르망트』, 폴리오, 721쪽 참조.)

자들에게 그래도 군주다운 우아함으로 관대하고도 부드러운 광채를 퍼뜨렸다. 한편 게르망트 공작 부인이 마틸드 공주를 초대할 차례가 왔을 때, 그녀는 이 못생긴 여자들을 초대하지 않으려고 조심했고, 보나파르트파에 대한 '선험적' 추론은 삼가면서 온갖 아름다움과 재능과 명성을 지닌 풍요로운 꽃다발로 대체했다. 비록 이들이 왕족 가문에 속한다 할지라도 이들의 후각과 촉각과 기량이 틀림없이 황제의 조카를 기쁘게 하리라고 느꼈기 때문이다. 거기에는 오말 공작도 빠지지 않았다. 그곳을 떠날 때 공주는 무릎을 구부려 손에 키스하려는 게르망트 부인을 일으켜 뺨에 키스하고는 이보다 즐거운 시간은 보낸 적 없으며, 이보다 성공적인 파티에도 참석한 적이 없다고 진심으로 말했다. 파름 대공 부인은 사회적 측면의 혁신을 꾀하기에 무능력하다는 점에서는 쿠르부아지에의 일원이었지만, 여타 쿠르부아지에 사람들과는 달리 게르망트 공작 부인이 지속적으로 야기하는 놀라움에 반감이 아닌 경탄을 느꼈다. 게다가 이 놀라움은 한없이 시대에 뒤진 대공 부인의 교양 탓에 더 컸다. 게르망트 부인 자신도 대공 부인이 생각하는 것보다는 훨씬 덜 진취적이었다. 하지만 게르망트 부인이 파름 대공 부인보다 앞서 있다는 사실만으로도 대공 부인은 충분히 놀라워했으며, 또 각 시대의 비평가란 그들 전임자가 인정한 진리에 반대 입장을 취하는 데 지나지 않으므로, 부르주아의 적으로 알려진 플로베르가 무엇보다 부르주아적인 작가이며, 혹은 바그너 작품에는 많은 이탈리아 음악이 들어 있다고 게르망트 부인이 말하는 것만으로도, 대공 부인은 마치 폭우

속에서 헤엄치는 누군가처럼, 극심한 노력을 새로이 시작하는 대가를 치른 후에 지금까지는 듣지도 보지도 못한 채 흐릿하게만 남아 있던 지평선에 도달한 듯한 느낌을 받았다. 이런 놀라움은 예술 작품뿐 아니라 그들이 아는 사람들과 사교적 활동에 관한 공작 부인의 역설적인 견해에서도 찾아볼 수 있었다. 물론 파름 대공 부인은 게르망트 사람들의 진정한 기지와 이런 기지를 습득한 초보적인 지식의 형태를 구별하지 못했다.(이 때문에 파름 대공 부인은 몇몇 게르망트 사람들, 특히 몇몇 게르망트네 여성들의 탁월한 지적 가치를 믿었지만, 훗날 공작 부인이 미소를 지으면서 이 여성들이 얼간이에 지나지 않는다고 하자 그만 얼떨떨해하고 말았다.) 바로 이것이 게르망트 부인이 남을 비판하는 소리를 들으면 파름 대공 부인이 놀라움을 느끼는 이유 중 하나였다. 그러나 또 다른 이유가 있었는데, 당시에 사람들보다는 책을, 사교계 인사보다는 문학을 더 잘 알던 나는, 사교 생활을 보내는 공작 부인의 무위도식과 무익함이 진짜 사회 활동과 가지는 관계가 마치 예술에서 비평과 창작과의 관계와도 비슷하다고 생각하면서 스스로 이렇게 설명했다. 부인은 자기 주변 사람들에게 따지기 좋아하는 사람의 불안정한 관점과 유해한 갈증을 확대하고 있으며, 지나치게 메마른 자신의 정신을 적시기 위해 아직도 새로운 거라면 아무 역설이나 찾으려 하고, 또 가장 아름다운 「이피게니」가 글루크의 작품이 아니라 피치니*의 작품이라고 주장하거나, 필요에 따라

---

* 삼 년도 안 되는 기간에 「토리드에서의 이피게니」(독일 명으로 「타우리데의

서는 진정한 「페드르」는 프라동*의 작품이라고 주장하는 것을 조금도 꺼리지 않을지도 모른다고.

어느 교양 있고 재치 있는 지적인 여자가 거의 본 적도 들은 적도 없는 한 소심하고도 무례한 남자와 결혼했을 때, 게르망트 부인은 어느 날 그 아내를 비난하는 일뿐만 아니라 남편을 새롭게 '발굴하면서' 어떤 지적인 쾌감을 느꼈다. 예를 들어 캉브르메르 부부의 관계에서, 만일 당시 게르망트 부인이 그들 환경 속에 살았다면, 캉브르메르 부인은 바보이며, 진짜 흥미롭고 섬세하며 제대로 평가받지 못하고, 수다스러운 아내 때문에 침묵을 지킬 수밖에 없지만 아내보다 천배나 가치 있는 사람은 바로 남편인 후작이라고 그녀는 단언했을 것이다. 그렇게 하면서 그녀는 칠십 년 전부터 「에르나니」를 찬미해 온 자들에게 「사랑에 빠진 사자」가 더 좋다고 고백할 때 비평가가 느끼는 것과 동일한 상쾌함을 느꼈을지도 모른다.** 게르망트 부인은 자기 멋대로 새로운 것이라고 평가하는 것에

이프히게니」)란 동일 제목으로 1779년에는 독일 작곡가 크리스토프 글루크(Christoph Willibald Gluck, 1714~1787)가, 1781년에는 이탈리아 작곡가 피치니(Niccolò Piccinni, 1728~1800)가 작곡한 오페라가 공연되었다. 따라서 이 두 작품 사이에 격렬한 논쟁이 벌어졌으며, 결국에는 글루크가 승리했다.

** 라신의 「페드르」는 1677년 1월 1일에 공연되었고, 이틀 후 프라동의 「페드르와 이폴리트」가 공연되었다. 라신의 작품을 실패로 몰고 가려는 프라동의 작전은 성공했지만 그리 오래가지는 않았다.

*** 「이피게니」와 「페드르」에 이어 세 번째 문학, 예술 논쟁 사례가 된 것이 바로 빅토르 위고의 「에르나니」이다. 1830년에 초연된 이 작품은 낭만파와 고전파 간에 일어난 '에르나니 논쟁'의 단초가 되었으며, 이런 위고의 승리에 맞서 프랑수아 퐁사르(François Ponsard)가 1866년 「사랑에 빠진 사자」를 공연했다.

대한 병적인 요구 때문에, 젊은 시절부터 진짜 성녀라고 할 수 있는 한 모범적인 여성이 어느 불량배에게 시집을 갔다고 사람들이 동정하는데도, 어느 날 드디어 이 깡패가 바람기는 있지만 마음씨가 착한 사람이며 오히려 지나치게 가혹한 아내의 엄격함 때문에 무분별한 짓을 저질렀다고 단언하고 말았다. 비평이란 여러 세기에 걸쳐 상이한 예술가들의 작품뿐 아니라 동일한 예술가의 여러 작품 중에서도 지나치게 오래 빛을 발하는 요소는 어둠 속에 다시 집어넣고, 영구히 어둠속에 파묻힌 듯 보였던 요소는 밖으로 나오게 한다는 것을 나는 잘 알고 있었다. 나는 벨리니와 빈터할터, 예수회파 건축가들과 왕정복고 시대 가구 제조인이, 우리가 기력이 다했다고 부르는 천재들의 자리를 대신하러 오는 것을 보았는데, 이는 마치 신경 쇠약 환자들이 항상 피로를 느끼고 변덕스러운 것처럼 단지 할 일 없는 지식인들이 이들 천재들에게 지쳤기 때문이다.* 뿐만 아니라 나는 사람들이 생트뵈브를 비평가이자 시인으로 번갈아 찬미하는 걸 보았으며, 뮈세는 시를 쓴 자로서는 거부당하고 별 의미도 없는 희곡 소품 몇 편을 쓴 이야기꾼으로서는 찬미받는 모습도 보았다.** 물론 몇몇 평론가들이 「르시드」나 「폴리왹트」의 유명한 장면보다, 옛 지도처럼 당대

---

* 벨리니에 대해서는 『잃어버린 시간을 찾아서』 1권 175쪽 주석 참조. 빈터할터에 대해서는 『잃어버린 시간을 찾아서』 3권 205쪽 주석 참조.

** 프루스트는 생트뵈브에 대해 그의 모든 산문보다 시 작품이 더 훌륭하다는 견해를 표명한 적 있으며, 파르나스파가 뮈세 시에 대해 적개심을 표명한 것과는 달리 뮈세를 위대한 시인으로 간주했다.(『게르망트』, 폴리오, 721~722쪽 참조.)

파리에 대한 자료를 제공해 주는 「거짓말쟁이」의 몇몇 긴 대사를 더 높이 평가하는 것은 잘못이지만,* 미의 주제란 측면에서는 정당화될 수 없으나 적어도 자료적인 관심을 유발한다는 점에서는 정당화되는 이러한 선호는, 부조리한 비평적 취향에서 보면 그래도 지나치게 합리적이라 할 수 있다. 코르네유의 「경솔한 사람」의 시 한 구절을 위해서라면 몰리에르의 전 작품을 주어도 좋으며,** 또 바그너의 「트리스탄」을 지루하다고 하면서도 사냥꾼 일행이 지나가는 장면의 '아름다운 뿔피리 곡조'***가 이를 보상해 준다고 생각하는 그런 비평에 비하면 말이다. 이런 타락한 취향이 게르망트 부인이 증명해 보이는 동일한 경향을 이해하는 데 도움이 되었는데, 부인은 그들 사회에서 선량하지만 바보로 인정받는 자가 사람들이 생각하는 것보다 훨씬 교활하고 이기적인 괴물이며, 관대하다고 알려진 자가 인색함을 상징하며, 착한 어머니가 아이들을 사랑하지 않으며, 사람들이 사악하다고 믿는 여자가 실은 가장 고결한 감정을 지녔다는 결론을 내렸다. 사교 생활의

---

* 17세기 비극 작가인 코르네유는 「르 시드」와 「폴리왹크트」 등 주로 비극적 운명의 인간을 묘사했으나, 「거짓말쟁이」는 그의 바로크적 희극 작품으로 1644년에 상연되었다. 그는 이 작품 2막 5장에서 당시 파리 모습을 묘사했다.

** 프루스트는 자크에밀 블랑슈(Jacques-Emile Blanche)에게 보낸 편지에서 초기작의 열정을 후기 작품에서 찾아볼 수 없다는 생트뵈브식 발언이, 구성에 대한 작가의 모든 작업과 노력을 무시하는 잘못된 견해라고 말하면서, 이는 마치 몰리에르의 걸작인 「인간 혐오자」보다 그의 초기작인 「경솔한 사람」이 더 나으며, 뮈세의 걸작인 「밤」보다 「달의 발라드」가 더 낫다고 말하는 것에 다름 아니라고 진술했다.(『게르망트』, 폴리오, 722쪽 참조.)

*** 바그너의 「트리스탄과 이졸데」 2막에 나오는 곡조이다.

공허함이 망가뜨린 게르망트 부인의 지성과 감성은 너무 자주 흔들리는 탓에, 뭔가에 열중하다가도 금방 싫증을 내고(그녀가 번갈아 추구하다 버린 지성의 유형에 또다시 끌려갈 준비가 되어 있는) 어느 마음이 착한 남자에게서 발견한 매력도 그 남자가 지나치게 자주 그녀 집에 드나들거나 그녀가 줄 수 없는 조언을 지나치게 그녀에게서 구하면 곧 귀찮다는 생각으로 바뀌었는데, 부인은 이런 귀찮음이 그녀의 찬미자 때문에 생겨난 것이라고 여겼지만, 실은 우리가 쾌락을 추구하는데도 쾌락은 얻지 못하고 그저 쾌락을 추구하는 것으로 만족해야 할 때 느끼는 무력감에서 비롯된 것이었다. 공작 부인에게서 판단의 변화는 그녀의 남편을 제외하고 모든 사람에게 해당되었다. 남편은 그녀를 한 번도 사랑한 적이 없었다. 그녀는 그에게서 언제나 강철 같은 성격, 그녀의 변덕에도 무관심하고 아름다움도 경멸하는 난폭한 성격, 결코 남에게 굽히지 않는 의지를 느꼈으며, 이런 의지의 지배를 받을 때에야 예민한 인간은 비로소 안정을 찾는 법이다. 한편 게르망트 씨는 늘 같은 종류의 여성미를 추구하면서도 정부들을 자주 바꿨고, 일단 정부들을 떠난 후에는 그의 옆에 지속적으로 남아 있는 동일한 동반자와 함께 그 정부들을 조롱했다. 부인이 수다를 떨어 좀 귀찮긴 했지만, 모든 사람들이 그녀를 귀족 사회에서 가장 아름답고 덕망 높고 총명하며 교양 있는 여인으로 인정하며, 이런 여인을 아내로 삼은 게르망트 씨야말로 행운아라고 생각한다는 것을, 또 그녀가 남편의 모든 방탕한 짓들을 덮어 주며, 어느 누구도 따라 할 수 없는 솜씨로 손님들을 접대하여 그들의 살롱을 포부르생제르맹에서 제일가는 살롱으로 유지한다는 것도 잘 알고 있었다. 이런 남들의 의견에 그 자신도 동조했다. 아내에 대해 기분이 나쁠 때도 자주 있었지만 아내가 자랑스러웠다. 사치스러운 만큼이나 인색한 그는 자선 사업이나 하인들을 위해서는 조금도 돈을 쓰려 하지 않았지만, 아내만큼은 가장 화려한 옷차림을 하고 가장 훌륭한 마차 장비를 갖추길 바랐다. 끝으로 그는 아내의 기지를 빛나게 해 주고 싶었다. 그런데 게르망트 부인이 그 친구들 중에 한 친구의 장점이나 단점을 갑자기 뒤집어 감칠맛 나는 역설을 새로 만들어 낼 때마다, 부인은 그 역설을 음미할 줄 아는 사람들 앞에서 시험하고 그 심리적인 독창성을 맛보게 하고 또 정교한 독설의 형태로 빛나게 하고 싶어 안달했다. 물론 이런 새로운 의견에는 보통 과거의 의견보다 많은 진리가 담겨 있지 않았으며, 사실은 더 적게 담겨 있는 것이 일반적이었다. 그러나 바로 이런 자의적이고 예기치 않은 점이 그 의견에 뭔가 지적인 면을 부여하여 남에게 전하고 싶을 만큼 감동적인 것으로 만들었다. 다만 공작 부인으로부터 심리 분석을 당하는 사람이 보통은 부인 자신의 발견을 전하고 싶은 측근 중 하나였고, 또 측근들은 그 사람이 더 이상 부인의 총애를 받지 못한다는 사실을 전혀 알지 못했다. 그런데 감성적이고 다정하며 헌신적이고 비할 데 없는 친구라는 명성 때문에 부인 스스로는 그 사람에 대한 공격을 시작하기 어려웠다. 그래서 부인은 자신을 도발하는 책임을 맡은 동업자를 진정시키고 겉으로는 그 말을 반박하면서도 실제로는 지지하는 대꾸를 하기 위해 기껏해야 억지로 마지못해 나중에 끼어든 것처럼 구는 것이었다. 게르망트 씨는 이런 동업자 역할을 함에 있어 뛰어난 기량을 발휘했다.

사교적 활동에 대해서도 게르망트 부인은 뜻밖의 판단을 내림으로써 자의적인 연극적 기쁨을 맛보았으며, 이 판단은 파름 대공 부인을 감미로운 놀라움으로 계속해서 자극했다. 하지만 나는 공작 부인이 느끼는 이 기쁨이 무엇인지를 이해하기 위해 문학 비평보다는 오히려 정치 생활과 의회 보고서에서 더 많은 도움을 받았다. 게르망트 부인은 주변 사람들에게 가치의 순서를 지속적으로 전복시키는 이런 연이은 모순된 판결이 더 이상 자신의 무료함을 충분히 달래 주지 않으면, 그녀 자신의 사회적 처신을 이끌어 가고 지극히 사소한 사교상의 결정을 알리는 방식에서 인위적인 감동을 맛보려고 애썼으며, 또 의원들의 감성을 자극하고 정치인들에게 필수적인 그 거짓 의무를 준수하려고 애썼다. 한 장관이 의회에서 보통 상식적인 인간도 이해하기 쉬운 단순한 행동 노선에 따라 바르게 행동했다고 믿지만, 다음 날 아침 신문에서 그 의회 보고서를 읽은 한 상식적인 독자가 장관의 연설이 격렬한 소동 속에서 이루어졌으며, 또 "아주 중대합니다."와 같은 비난의 표현으로 중단된 걸 알게 되면 갑자기 마음이 흔들려서는 자신이 장관을 지지한 일이 과연 옳은 일이었는지 묻기 시작한다. 그런데 이 비난은 한 의원이 발언한 것으로, 의원의 이름이나 직함이 너무 길고 지나치게 많은 몸짓이 그 말을 강조하기 위해 수반되었으므로, 장관의 연설이 완전히 중단된 동안에도 "아주 중대합니다."란 의원의 말은 무엇이 중대한지도 말하지 않고, 마치 12음절 시에서 6음절 후에 잠깐 쉬는 휴지만큼도 자리를 차지하지 못한 듯 눈에 띄지 않게 된다. 게르망트 씨가 아직 롬 대공이었던 시절 의회에 참석했을 때, 메제글리즈 선거구를 겨냥하여, 선거인들이 할 일 없이 침묵하는 대표에게 투표하지 않았다는 걸 보여 주기 위해 파리 신문에는 이런 기사가 실렸다.

"롬 대공이신 게르망트 부이용 씨, '이건 중대합니다.'"('잘했어, 잘했어!' 하는 소리가 의석 중간과 의석 오른쪽에서 튀어나오며 왼쪽 끝에서는 격한 탄성이 터져 나온다.)

상식적인 독자는 여전히 그 지혜로운 장관에 대해 일말의 충성심을 간직하고 있지만, 장관에게 응답하는 다음 연설가의 첫 번째 말에 가슴이 다시 뛰기 시작한다.

"놀라움과 경악을 금치 못한다는 말은 지나친 말이 아닙니다.(반원형 의사당 우측에서는 심한 동요가 일어난다.) 바로 이것이 아직도 정부의 일원이라고 추정되는 분의 연설이 제게 야기한 감정입니다……."(우레 같은 박수갈채. 몇몇 의원들은 장관석으로 몰려간다. 체신부 차관은 제자리에서 고개를 끄덕인다.)

이 "우레 같은 박수갈채"라는 말에 상식적인 독자의 마지막 저항이 무너진다. 독자는 그 자체로 무의미한 일의 진행 방식을 의회에 대한 지극한 모욕으로 간주한다. 필요한 경우 예를 들어 가난한 자들보다 부자들에게 더 많은 돈을 내게 하거나, 부정을 폭로하거나, 전쟁보다 평화를 선호하거나 하는 따위의 뭔가 정상적인 일도 파렴치하다고 여길 것이며, 또 거기서 그는 지금까지 사실상 한 번도 생각해 본 적 없고, 그의 가슴에도 새겨져 있지 않지만, 그들이 치기 시작하는 또 대다수의 밀집된 군중을 모이게 하는 박수 소리 때문에 그의 마음을 강하게 움직이는 몇몇 원칙들에 대한 모독을 보게 될 것이다.

게르망트네 환경과 다른 환경을 설명하는 데 도움이 되는 이런 정치가들의 미묘한 언행은 흔히 '행간을 읽다'라는 관용어로 표현되는 어떤 정교한 해석의 왜곡된 형태에 지나지 않는다는 것을 인정해야 한다. 만약 의회에서 이런 정교한 해석의 왜곡으로 엉뚱한 일이 벌어진다면, 모든 걸 문자 그대로 해석하는 일반 대중 사이에서는 정교함의 부재로 어리석은 일이 발생한다. 일반 대중은 고위 관리 하나가 면직되었다고 하면 그가 파면되었다는 사실은 모르고 '본인의 청'에 의해 그렇게 되었다고 생각해서는 "본인이 원했으므로 파면되었다고는 할 수 없네."라고 말하며, 마찬가지로 만일 러시아 군대가 작전상 그보다 더 강력한 진지를 미리 구축한 일본군 앞에서 후퇴하면 이를 패배라고 생각하지 않으며, 독일 어느 지방이 황제에게 독립을 요구했는데 만약 황제가 종교의 자유를 보장해 준다고 약속만 한다면, 그들 청원이 거부되었다고도 생각하지 않는다. 게다가 의회 일로 다시 돌아가 보면, 개회 중일 때는 의원들 자신도 의회 보고서를 신문에서 읽는 보통의 상식적인 사람들과 흡사하다. 그래서 파업 중인 노동자들이 장관에게 대표단을 파견했다는 소식을 들으면 "아! 서로 무슨 말을 했을까? 만사가 잘되기를 바랄 뿐이야." 하고 순진하게 생각했을지도 모른다. 그때 장관은 연단에 올라가 잠시 가식적인 감동을 자아내려고 깊은 침묵에 잠긴다. 그리하여 장관의 첫마디 말, "의원 여러분께 말씀드릴 필요는 없겠지만, 본인은 정부의 임무라는 것에 대해 무척이나 고결한 생각을 가지고 있으므로 제가 맡은 직책 밖에 있는 이런 대표단을 받아들일 수는 없습니다."라는 말은 극적인 효과를 자아낸다. 왜냐하면 이 말은 의원들의 상식으로는 전혀 생각해 보지 못했던 유일한 가정이었던 것이다. 그렇지만 바로 이런 극적인 반전 덕분에 그 말은 대단한 박수갈채를 받고, 사람들은 몇 분이 지나서야 겨우 장관의 말을 다시 듣게 되며, 장관은 제자리에 돌아가서 동료들의 축하 인사를 받는 것이다. 사람들은 장관이, 그를 반대하는 시 의회 의장으로부터 받은 대단히 큰 공식 연회의 초대를 소홀히 한 날만큼이나 감동하며, 그때나 지금이나 장관이 진짜 정치인답게 처신했다고 선언한다.

게르망트 씨는 이런 삶의 시기에 장관에게 축하 인사를 하러 간 동료 의원들과 자주 어울려 쿠르부아지에 사람들로부터 커다란 물의를 일으켰다. 나중에 들은 얘기지만 게르망트 씨가 의회에서 꽤 중요한 역할을 맡고 있어 그를 장관이나 대사에 임명하려는 움직임이 일었을 때, 한 친구가 공작에게 도움을 청하자, 그는 게르망트 공작이 아닌 여느 사람보다 훨씬 소박하게 대했고 정치적으로도 별로 중요하지 않은 사람인 척 행동했다고 한다. 왜냐하면 귀족이란 하찮은 존재이며 동료들도 그와 똑같이 평등한 존재라고 공작은 노상 말해 왔지만 마음속으로는 그 말을 한마디도 믿지 않았기 때문이다. 그는 정치적인 지위를 추구하고 높이 평가하는 척했지만 실은 경멸하고 있었다. 그리고 자신의 눈에 그는 어디까지나 게르망트 씨로 남아 있었으므로, 남들은 다가갈 수 없는 그런 요직에 걸맞은 뻣뻣한 태도를 취하지 않았던 것이다. 그렇게 함으로써 그의 자만심은 그가 표방하는 친숙한 태도뿐만 아니라, 그가 실제로 가지고 있을지도 모르는 진정한 소박함을 훼손하는 온갖 것으로부터 그를 보호해 주었다.

정치가의 결정처럼 그렇게도 가식적이며 감동적인 게르망트 부인의 결정으로 돌아가 보면, 그녀의 예기치 못한 판결에서는 귀족의 원칙 같은 걸 느낄 수 있어 그런 사실을 잊어버리고 기억하지 못하는 이들에게 더욱 강한 인상을 주었는데, 이런 판결은 게르망트네 사람들뿐 아니라 쿠르부아지에와 모든 포부르생제르맹 사람들, 또 어느 누구보다도 파름 대공 부인을 당혹스럽게 했다. 그리스 신임 공사가 가장 무도회를 개최한다고 하면, 모두들 그날 입고 갈 의상을 고르면서 공작 부인이 입을 의상에 대해 궁금해했다. 어떤 여인은 공작 부인이 틀림없이 부르고뉴 공작 부인으로 가장할 거라고 생각했고, 다른 여인은 아마도 데리야바르 공주일 거라고, 또 다른 여인은 프시케일 거라고 생각했다.* 마침내 한 쿠르부아지에 여인이 "오리안, 무슨 옷을 입을 거지?"라고 묻자, 어느 누구도 생각하지 못했던 특이한 대답이 들려왔다. "아무 옷도 안 입어요."

---

* 부르고뉴 공작 부인은 아마도 고베르(Gobert)가 그린 마리아델라이드 드 사부아(Marie-Adélaïde de Savoie, 1685~1712)를 가리키는 듯하며, 데리야바르 공주는 『천일야화』 중 「코다다드와 그의 형들 이야기」에 나오는 여주인공이며, 프시케는 그리스 로마 신화에서 에로스의 사랑을 받아 아프로디테의 질투를 야기하는 여인이다.

이 대답은 그리스 신임 공사의 진정한 사교적 위치와 공사에 대해 취해야 할 처신, 다시 말해 공작 부인으로서 신임 공사가 베푸는 가장 무도회에 '갈 필요가 없다'는 것을 짐작케 하는 의견의 표명으로, 많은 사람들 입에 오르내렸다. "알지도 못하는 그리스 공사 댁에 내가 왜 가야 하는지 모르겠어요. 그리스 사람도 아닌데 뭣 때문에 가야 하죠? 거기서 할 일도 없을 텐데." 하고 공작 부인은 말했다.

"모두가 가니까 그렇지. 아주 근사하다나 봐." 하고 갈라르동 부인이 말했다.

"하지만 자기 집 벽난로 옆에 있는 것도 근사한걸요." 하고 게르망트 부인이 대답했다. 쿠르부아지에 사람들은 깜짝 놀랐다. 그들은 게르망트네 사람들을 흉내 내지는 못했지만 그 말에는 동의했다. "물론 모든 사람이 오리안처럼 온갖 관례적인 것을 깨뜨릴 수 있는 위치에 있는 건 아니지만, 한편으로는 어디서 온지도 모르는 외국인에게 늘 비굴하게 구는 건 지나치다고 보는 오리안의 교훈도 잘못이라고 할 수는 없어."

물론 게르망트 부인은 어떤 처신을 해도 틀림없이 말이 많을 거라는 사실을 잘 알았으므로, 감히 그녀가 오리라고는 기대하지 못하는 파티에 나타날 때도, "모두가 가는" 파티 날 저녁에 집에 그대로 있거나 남편과 같이 극장에서 저녁을 보낼 때 느끼는 것과 같은 기쁨을 느꼈으며, 또는 뭔가 역사적인 고대의 작은 왕관을 쓰고 나와 가장 아름다운 다이아몬드마저 무색하게 만들 거라고 사람들이 생각할 때도, 보석 하나 없이, 또 그런 기회에 꼭 필요한 옷차림이라고 사람들이 흔히들 생각하는 옷차림이 아닌 다른 옷차림으로 나타났다. 그녀는 드레퓌스 반대파였지만(오로지 사상밖에 믿지 않으면서도 대부분의 시간을 사교계에서 보내는 것처럼, 드레퓌스의 결백을 믿으면서도 드레퓌스 반대파로 자처했다.) 리뉴 대공 부인의 파티에서 처음 메르시에 장군*이 입장하여 거기 모인 모든 부인들이 일어설 때는 가만히 앉아 있더니, 다음에 어느 민족주의 진영 연사가 연설을 시작할 때는 자리에서 일어나 큰 소리로 하인을 불러 큰 파문을 일으켰는데, 그렇게 함으로써 그녀는 사교계가 정치를 논하는 장소가 아님을 보여 주고자 했던 것이다. 성금요일 연주회에서 그녀는 볼테르** 지지자임에도 무대에 그리스도상을 설치하는 일이 무례하다고 생각하여 그곳을 떠나 거기 모인 모든 이들의 머리를 그녀 쪽으로 돌아가게 만든 적도 있었다. 최상의 사교계 여인들에게 있어 파티가 시작되는 계절이 무엇을 의미하는지 모르는 사람은 없을 것이다. 그리하여 아몽쿠르 후작 부인은 그녀의 심리적 괴벽인 말하고 싶은 욕구로, 또 감수성의 결핍으로 자주 바보 같은 말들을 내뱉었는데, 부친 몽모랑시 씨 사망에 조의를 표하러 온 어느 부인에게 이렇게 대답했다. "하필이면 거울 앞에 초대장이 수백 통

---

* 메르시에(Mercier) 장군은 1893년에서 1895년까지 국방부 장관을 역임했으며 1894년 드레퓌스를 군법 회의에 회부했다.
** 18세기 계몽주의 철학가인 볼테르는 무신론자라고까지는 할 수 없어도 기독교의 위선과 부패를 맹렬히 공격한 것으로 유명하다. 게르망트 부인도 이런 볼테르와 마찬가지로 이성을 숭배하는 자유사상가이지만, 동시에 전통을 중시하는 귀족으로 무대에 그리스도상을 설치하며 종교를 희화하는 따위의 행동은 용납하지 못한다.

쌓일 때 이런 불행한 일을 겪다니 그래서 더 슬프군요." 그런 데 이런 시기에 게르망트 공작 부인은 사람들이 그녀가 다른 곳에 초대받기 전에 서둘러 초대를 하면, 사교계 인사로서는 단 한 번도 생각해 본 적 없는 다음과 같은 유일한 이유로 거절했다. 즉 그녀의 관심을 끄는 노르웨이의 피오르*를 구경하기 위해 크루즈 여행을 떠난다는 것이었다. 사교계 사람들은 아연실색했고, 공작 부인을 흉내 내는 일 없이 부인 행동에서 일종의 안도감을 느꼈다. 그것은 흡사 칸트의 저술에서 가장 엄격한 방법으로 결정론이 증명된 후, 필연의 세계 너머에 자유의 세계가 있음을 발견할 때와 같은 안도감이었다. 우리가 한 번도 생각해 보지 못한 발명은 모두, 그것을 활용할 줄 모르는 사람마저 열광시키는 법이다. 증기선의 발명은, 사교계의 '시즌(season)'이라 할 수 있는 칩거의 시기에 증기선을 탄다는 의견에 비하면 아무것도 아니었다. 노르웨이의 피오르를 구경하기 위해 백여 차례의 만찬이나 시내에서의 점심 식사, 그보다 두 배는 많은 '차 모임', 세 배는 많은 저녁 파티, 오페라좌에서의 아주 멋진 월요일 공연, 코메디프랑세즈에서의 화요일 공연을 기꺼이 포기한다는 것은, 쿠르부아지에 사람들에게는 『해저 2만 리』**보다 더 설명할 수 없는 일로 보였지만 그만큼 자유의 감정과 매혹을 전달하기도 했다. 그래서 단 하루도 "오리안의 최신 재담을 아세요?"라는 말뿐 아니라 "오

---

* 빙하 작용으로 골짜기를 따라 해수가 침입해서 생긴 좁은 계곡을 말한다.
** 쥘 베른(Jules Verne, 1828~1905)의 '신비의 여행' 총서에 나오는 작품 중 하나로, 바다 밑 생활에 대한 탐험과 모험이 주를 이룬다. 1870년에 발간되었다.

리안의 최신판을 아세요?"라는 말이 들리지 않는 날이 없었다. 그리고 오리안의 최신 재담과 마찬가지로 오리안의 최신판에 대해 사람들은 "오리안답군요! 오리안식이네요! 오리안 그 자체로군요!"라고 말했다.

이 오리안의 최신판은, 예를 들면 애국자 협회의 이름으로 마콩의 주교(évêque de Mâcon)인 X 추기경('마스콩(Mascon) 씨'라고 부르는 것이 옛 프랑스식이라고 게르망트 씨가 보통 그렇게 부르는)에게 답장을 해야 했을 때 일과 관련이 있었다. 사람들은 저마다 편지가 어떤 형태로 쓰일지 상상해 보았는데, 첫머리가 '예하(Eminence)'나 '전하(Monseigneur)'일 거라는 생각은 쉽게 떠올랐지만 나머지 부분에 대해서는 전혀 짐작이 가지 않았다.* 그러나 오리안의 편지는 관례적인 옛 표현에 따라 '추기경 귀하(Monsieur le Cardinal)' 또는 '내 사촌에게(Mon Cousin)'**라고 시작하여 모두를 놀라게 했다. 이 단어는 하느님에게 '당신의 거룩하고도 고귀한 보호 아래' 거두어 주기를 바라면서 '교회의 왕자들'***과 게르망트 사람들과 군주들 사

---

* 현대에서 Monsieur(씨)는 모든 성인 남자에게 통용되는 호칭이나, 원래는 Mon(나의)과 Seigneur(영주 또는 왕)가 결합된 단어로 영주나 왕을 부르는 호칭이었다. 그리고 각각의 교구장을 가리킬 때는 (대개는 추기경인) Monsieur de 다음에 지역 이름을 썼으며, Mâcon이란 지역 이름에서 â의 옛 프랑스어 표기는 as였다.

** '내 사촌'이란 호칭은 동일한 혈연의 왕들뿐만 아니라 외국의 왕이나 추기경, 공작, 프랑스 원수, 스페인의 영주를 지칭할 때 쓰였다.

*** 교회의 왕자들(princes de l'Eglise)이란 표현은 물론 추기경이나 주교 등 고위 성직자를 가리키며 여기에는 프랑스 왕도 포함된다.

이에 쓰였던 말이다. 오리안의 최신판을 말하기 위해서는 파리의 온 명사들이 꽤 괜찮은 작품을 보려고 모인 극장에 가기만 하면 되었는데, 사람들이 파름 대공 부인과 게르망트 대공 부인 또는 게르망트 부인을 초대한 다른 부인들 칸막이 좌석에서 게르망트 부인을 찾고 있으면, 부인은 막이 오르기 직전 검은 옷에 아주 작은 모자를 쓰고 혼자 들어와서는 1층 오케스트라 좌석*에 앉았다. "들을 가치가 있는 작품은 여기가 더 잘 들리는걸요."라는 부인의 설명은 쿠르부아지에 사람들에게는 충격을 주었지만, 게르망트 사람들과 파름 대공 부인에게는 감탄을 자아냈다. 그들은 성대한 만찬에 참석하고 저녁 파티에 슬쩍 얼굴을 비치고 난 후 마지막 막이 시작될 때 나타나는 것보다, 연극이 시작될 때부터 듣는 게 보다 새로운 '멋'이며 더 독창적이고 지적으로 보인다는 사실을 새삼 깨달았던 것이다.(그것이 오리안이고 보니 별로 놀라운 일도 아니었지만.) 게르망트 부인에게 문학이나 사교계에 관한 질문을 던질 때면 이런 다양한 종류의 놀라움을 맞이할 준비를 해야 한다는 걸 잘 아는 파름 대공 부인은, 게르망트 공작 부인 집에서의 만찬 동안에는 아무리 시시한 주제에도, 두 '파도' 사이로 솟아오르는 해수욕객마냥 즐거워하면서도 불안한 경계를 하지 않고는 함부로 덤벼들려 하지 않았다.

포부르생제르맹의 선두 주자 격인 거의 대등한 두세 개의

---

* 보통 귀족들은 자기들만의 칸막이 좌석(loge)에 앉는 것이 관습이나, 이런 관습을 무시하는 게르망트 부인은 무대가 더 잘 보인다고 1층 무대 앞 오케스트라 좌석에 앉은 것이다.

살롱에 부재하며 그래서 게르망트 공작 부인의 살롱과 구별 짓는 요소들 가운데서 — 단자 하나하나가 전 우주를 반영하지만 거기에는 뭔가 특별한 것이 덧붙는다고 라이프니츠가 인정하듯이* — 그다지 유쾌하지 않은 요소로는, 보통 거기에 참석할 자격이라곤 오로지 미모밖에 없으며 또 게르망트 공작이 이미 자기 정부로 만든 적 있는 미인 한두 명을 들 수 있었다. 이들의 존재는 마치 다른 살롱에서 기대하지 않았던 그림을 보는 것과 마찬가지로 이 살롱에서도 남편이 여성미에 대한 열정적인 감상가임을 단번에 드러냈다. 여인들은 거의 비슷했다. 공작은 당당하고 도도하며 큰 키에, 「미로의 비너스」와 「사모트라키의 승리의 여신」** 중간쯤에 해당하는, 대개는 금발이고 드물게는 갈색, 때로는 붉은 머리인 여인을 좋아했는데, 가장 최근의 붉은 머리 여인으로는 이 만찬에 참석하는 아르파종 자작 부인이 있었다. 공작은 그녀를 얼마나 좋아했는지 오랜 기간을 거의 매일같이 전보를 열 통이나 보내라고 그녀에게 강요했고(그 때문에 공작 부인도 조금 화가 났다.) 게르망트 영지에 있을 때는 비둘기로 통신했으며, 드디어는 그녀 없이 오랜 시간 지낼 수 없게 되어, 파르마에서 보내야만 했던 어느 겨울에는 그녀를 보러 이틀씩 걸리는 여행을 하며

---

* 고트프리트 라이프니츠(Gottfried Wilhelm Leibnitz, 1646~1716). 이 문단은 각각의 단자가 독립적으로 존재하며 전 우주를 반영하지만(「단자론」) 최종적으로는 신에 의해 통합된다는 라이프니츠의 철학을 환기하고 있다.
** 루브르 박물관에 있는 일명 「사모트라키의 니케」라고도 하는 이 조각상에 대해서는 『잃어버린 시간을 찾아서』 2권 123쪽 주석 참조.

매주 파리에 돌아왔다.

이 아름다운 단역 배우들은 보통 공작의 정부였거나, 아니면 더 이상 정부가 아니거나(아르파종 부인의 경우처럼) 혹은 곧 정부이기를 그만둘 처지인 여인들이었다. 비록 이류이기는 하나 훌륭한 귀족 사회에 속했음에도, 공작 부인이 이들에게 행사하는 매력과, 부인의 살롱에 받아들여질지도 모른다는 기대감이 어쩌면 공작의 근사한 풍모나 관대한 아량보다 훨씬 더 이 여인들을 공작의 욕망에 복종하도록 결심하게 했는지도 모른다. 게다가 공작 부인은 이 여인들이 그녀의 집에 들어오는 데 그렇게 격렬한 저항을 보이지 않았을 것이다. 이 여인들 중 그녀를 도와줄 공모자가 한두 명은 있을 것이며, 또 이런 공모자 덕분에 그녀가 원하는 수많은 것들을, 그러나 게르망트 씨가 사랑에 빠지지 않았다면 가차 없이 거절했을 그런 수많은 것들을 얻을 수 있다는 걸 잘 알았기 때문이다. 그러므로 이런 여인들이 공작과의 관계가 꽤 깊어진 후에야 비로소 공작 부인의 살롱에 받아들여졌다면, 그 이유는 단지 공작이 사랑의 모험이라는 배에 탈 때마다 이 사랑이 일시적인 바람기에 지나지 않으며, 그 대가로 아내의 살롱에 초대하는 일이 조금은 과도하다고 느껴졌기 때문이다. 그런데 공작은 단지 첫 키스 같은 극히 사소한 일로는 이들에게 아내의 살롱에 초대하는 기회를 제공하지 않았는데, 그 이유는 그가 기대하지 않았던 저항에 부딪쳤거나, 아니면 그와 반대로 아무 저항도 만나지 못했기 때문이다. 사랑의 문제에서는 흔히 감사하는 마음이나 상대방을 기쁘게 해 주고 싶은 마음이, 희망과 호기심이 약속하는 이상의 것을 주기 마련이다. 하지만 그 경우에도 이런 초대를 실현하는 일은 여러 다른 일로 방해받았다. 우선 게르망트 씨의 사랑에 응답한 여인들은 모두, 또 때로는 아직 그에게 굴복하지 않은 여인들조차도 차례로 공작에 의해 집 안에 감금당했다. 공작은 이 여인들에게 아무도 만나지 못하게 했고, 대부분의 시간을 이 여인들 곁에서 보내면서 아이들의 교육을 맡았으며, 나중에 눈에 띄게 닮은 모습으로 미루어 그 아이들의 남동생이나 여동생인 듯한 아이를 만들어 주기도 했다. 다음으로 이 관계의 시초에는 게르망트 부인에게 소개받고 싶은 욕망이 — 공작으로서는 전혀 생각해 보지 못한 일이지만 — 정부의 마음속에 하나의 역할을 했지만, 이제는 이런 관계 자체가 정부의 관점을 변하게 했다. 정부에게 있어 공작은 파리에서 가장 우아한 여인의 남편일 뿐만 아니라, 새 정부인 자신이 사랑하는 남자이며, 자신에게 더 나은 사치 수단과 취향을 제공하며, 또 속물근성과 이해관계의 문제에서 예전에 중요하다고 생각하던 것의 순서를 뒤바꿔 놓은 사람이었다. 끝으로, 게르망트 부인에 대한 온갖 질투심이 정부들의 마음을 부추기는 경우도 있었다. 그렇지만 이런 경우는 매우 드물었다. 게다가 소개받을 날이 드디어 다가오면(보통 공작이 정부에게 무관심해졌을 때였는데, 공작의 행동은 모든 사람과 마찬가지로 첫 번째 동기가 더 이상 존재하지 않으므로 과거의 행동에 더 많이 지배를 받았다.) 오히려 게르망트 부인이 남편의 정부를 초대하려고 애썼고, 그 끔찍한 남편과 맞서기 위해서라도 그토록 소중한 공모자를 무척이나 만나고 싶어

하는 일이 흔했다. 그렇지만 공작 부인이 지나치게 말을 많이 하여 공작이 자기도 모르게 말이 새어 나오거나 특히 매섭게 침묵을 끼얹는 아주 드문 순간을 제외하면, 게르망트 씨는 아내에게 소위 사람들이 '예의'라고 부르는 것을 소홀히 하지 않았다. 그래서 게르망트 씨 부부를 잘 알지 못하는 사람들은 착각할 수밖에 없었다. 이따금 가을이 되면 도빌에서의 경마 대회와 온천장, 그리고 사냥을 하러 게르망트 영지로 돌아가는 사이 파리에서 보내는 몇 주 동안, 공작은 저녁 시간이면 공작 부인이 좋아하는 카페 콩세르에 부인과 함께 나타났다. 두 사람밖에 앉지 못하는 작은 야외 특별석에서 관객들은 금방 그 '스모킹'(프랑스에서는 조금이라도 영국적인 것이라고 생각하기만 하면 영국에서는 쓰이지도 않는 이름을 붙인다.)*을 입은 헤라클레스를, 눈에 낀 외알 안경과 약지 손가락에 사파이어가 번쩍거리는 두껍지만 잘생긴 손과, 이따금 연기를 내뿜는 굵은 시가와, 대개는 무대 쪽을 향하는 그의 시선을, 어쩌다 1층 뒷좌석을 향할 때면 아는 사람이 하나도 없는데도 온화하고 신중하며 예의 바르고 존경하는 빛으로 부드러워진 시선을 알아보았다. 노래 가사가 우스꽝스럽고 지나치게 외설적이지 않으면 공작은 미소를 지으며 아내를 돌아다보았고, 새로운 노래가 전해 주는 그 무고한 기쁨을 관대한 공모의 눈짓으로 아내와 나누었다. 그래서 관객들은 공작보다 더 좋은 남편은 없

---

* 영어로는 '디너 재킷'이라고 일컫는 것을 프랑스에서는 '스모킹 재킷'이라고 한다는 점을 풍자하고 있다. 영어로 스모킹 재킷은 실내복을 가리킨다.

으며, 공작 부인만큼 부러운 여인도 없다고 여길 정도였다. 그렇지만 공작에게서 삶의 모든 관심사는 그가 한 번도 사랑한 적 없으며 계속해서 배신해 온 이 여인의 외부 세계에 있었다. 공작 부인이 피로를 느끼기 시작하면, 사람들은 게르망트 씨가 자리에서 일어나 목걸이가 안감에 걸리지 않도록 바로잡아 주면서 손수 외투를 부인에게 입혀 주는 등 열성적이고 정중한 보살핌으로 출구까지 길을 내는 모습을 보았는데, 한편 부인은 이러한 남편의 보살핌에서 단순한 처세술의 표시만을 보는 듯 사교계 여인의 냉담한 표정으로 받아들였고, 때로는 더 이상 잃어버릴 환상이 남지 않은 미망에서 깨어난 아내의, 조금은 냉소적인 씁쓸함으로 받아들였다. 그러나 이런 겉모습에도 — 이미 지나간 먼 시절, 그러나 아직 살아 있는 사람에게는 그 흔적이 여전히 남아 있는 먼 시절로 마음속 깊은 곳의 의무를 표면으로 옮겨 놓은, 예절의 또 다른 부분인 이런 겉모습에도 — 공작 부인의 생활은 그리 순탄치 않았다. 게르망트 씨는 새로운 정부가 생길 때라야 다시 관대하고 인간다워졌으며, 또 정부는 흔히 공작 부인의 편을 들었다. 공작 부인은 이런 정부에게서 열등한 자에게 베푸는 관대함이나 가난한 자에게 베푸는 자선, 또는 자신에 대해서도 나중에 아주 멋진 새 자동차를 베풀 가능성을 보았다. 그러나 지나치게 순종적인 사람들을 볼 때면 게르망트 부인이 자주 느끼는 짜증스러운 마음은 공작의 정부들에 대해서도 예외 없이 일어났다. 이내 공작 부인은 이런 정부들에게 싫증을 냈다. 그런데 그즈음에는 공작과 아르파종 부인의 관계 역시 끝이 났다. 또 다른 정부가 나타나고 있었다.

물론 게르망트 씨가 이 모든 여인들에게 돌아가면서 느꼈던 사랑이 어느 날 되살아나는 일도 있었다. 우선 이 사랑은 죽어 가면서 그의 정부들을 주변 사람들에게 아름다운 대리석상으로 남겼고 — 공작에게서 이 여인들은 대리석 조각처럼 아름다웠으며, 그래서 그는 이 조각을 사랑했고, 또 자신이 사랑에 빠지지 않았다면 결코 느끼지 못했을 선(線)의 아름다움에도 민감했으므로 부분적으로는 예술가가 되었다고 할 수 있는 — 게르망트 부인의 살롱에서 오랫동안 적의 모습으로 지내며 질투와 갈등으로 시달리게 하다 마침내는 우정의 평화 속에 화해한 모습을 나란히 포개 놓았다. 다음으로 이 우정 자체도 실은 사랑의 효과로서, 게르망트 씨는 자신의 정부였던 여인들에게서 인간이라면 누구에게나 존재하는, 그러나 쾌락으로만 지각할 수 있는 미덕에 주목했다. 예전 정부가 우리를 위해 무슨 일이든 해 줄 수 있는 '좋은 친구'라는 말은, 의사나 아버지가 아닌 친구 같은 의사나 아버지라는 표현처럼 상투적인 표현에 지나지 않는다. 그러나 게르망트 씨에게 버림받기 시작한 여인은 처음 얼마 동안은 불평하고 언쟁을 벌이고 떼를 쓰고 까다롭고 무례하고 귀찮게 굴었다. 공작은 갑자기 그녀에 대해 혐오감을 느끼기 시작했고, 그러면 게르망트 부인은 공작을 귀찮게 구는 사람의 결점이 진짜인지, 아니면 상상 속의 것인지 밝혀야 했다. 착한 사람으로 알려진 게르망트 부인은 버림받은 여인의 전화나 속내나 눈물을 받아 주었고, 또 그런 사실을 불평하지도 않았다. 그러다가 처음엔 남편과, 다음에는 몇몇 가까운 친구와 더불어 그 버림받은 여인을 비웃었다. 그리고 불행한 여인에게 베푼 동정심 덕분에, 그 여인이 무슨 말을 하건 여인의 말이 공작과 공작 부인이 최근에 지어낸 우스꽝스러운 성격의 범주 안에 들어가고 나면, 비록 여인의 면전에서라도 여인을 놀려 댈 권리가 있다고 믿은 게르망트 부인은 그 여인을 야유하는 공모의 눈길을 거리낌 없이 남편과 교환했다.

한편 파름 대공 부인은 식탁에 앉으면서 외디쿠르 부인을 오페라좌에 초대하려고 했던 일이 떠올라 혹시 이 일이 게르망트 부인을 불쾌하게 하지나 않을지 알고 싶어 부인의 의향을 타진해 보기로 했다. 마침 그때 그루시 씨가 들어왔다. 기차가 탈선하는 바람에 한 시간이나 정차했다고 했다. 그는 최선을 다해 변명했다. 만일 그의 아내가 쿠르부아지에 사람이었다면 수치심으로 죽을 만큼 부끄러워했으리라. 그러나 그루시 씨 부인은 '그저' 게르망트네 사람인 것은 아니었다. 그녀는 남편이 늦은 것에 대해 변명을 늘어놓자 이렇게 말했다.

"그래요. 아주 작은 일에도 늦는 게 당신 집안의 전통이죠."*

"앉게나, 그루시. 당황하지 말고." 하고 공작이 말했다. "시대와 더불어 사는 나지만 워털루 전투에도 좋은 점이 있었다는 건 인정하지 않을 수 없군. 부르봉 왕가의 복고를, 그것도

---

* 204쪽 주석 참조.

인기 없는 방식으로 허용했으니까.* 그런데 자넨 정말 진정한 니므롯**이군."

"사실 근사한 걸 몇 마리 가져왔습니다. 내일 공작 부인에게 꿩 열두 마리를 보내 드리도록 하겠습니다."

어떤 기발한 생각이 게르망트 부인의 눈을 스쳐 가는 듯했다. 부인은 그루시 씨가 직접 꿩을 보낼 필요는 없다고 고집했다. 그러더니 내가 엘스티르의 그림이 있는 방을 나오면서 잠시 이야기를 나눈 적 있는 그 약혼한 하인에게 손짓하며 말했다.

"풀랭, 내일 백작님의 꿩을 찾으러 갔다가 곧바로 돌아오도록 하세요. 그루시, 내가 그걸로 작은 선물을 해도 괜찮겠죠? 바쟁과 내가 꿩 열두 마리를 다 먹을 수는 없을 테니까요."

"모레 와도 늦지 않습니다."라고 그루시 씨가 말했다.

"아니에요, 내일이 더 좋아요." 하고 공작 부인이 고집했다.

풀랭의 얼굴이 창백해졌다. 약혼녀와의 약속을 지키지 못하게 된 것이다. 공작 부인의 기분은 이걸로 충분히 풀렸지만, 부인은 모든 이들에게 인간적인 모습을 보이고 싶었다.

"내일이 당신 외출일이란 건 잘 알아요." 하고 부인은 풀랭에게 말했다. "조르주와 바꾸면 돼요. 조르주가 내일 외출하고 모레 집에 있으면 돼요."

** 1815년 워털루 전투로 나폴레옹이 몰락한 후 왕정복고기(1815~1848)에는 부르봉 가의 왕 세 명이 왕위에 올랐으나, 사회적 불만을 해소하는 데는 역부족이었다.

*** Nimrod 또는 Nemrod으로 표기되는 이 인물은 「창세기」에 나오는 노아의 손자로 용감한 사냥꾼이었다.

하지만 그다음 날엔 풀랭의 약혼녀가 자유롭지 않았다. 그러니 외출하든 말든 아무 상관이 없었다. 풀랭이 방에서 나가자마자 사람들은 저마다 공작 부인이 하인들에게 친절하다고 칭찬했다.

"아니에요. 사람들이 내게 해 주기를 바라듯 나도 그들에게 할 뿐이에요."

"바로 그거예요. 그들은 부인 댁에서 좋은 일자리를 얻었다고 말하겠네요."

"그렇게까지 좋다고는 할 수 없죠. 하지만 날 좋아하긴 하나 봐요. 저 사람은 조금 짜증스럽지만요. 연애하는 중에는 울적한 표정을 지어야 한다고 생각하나 봐요."

그때 풀랭이 들어왔다.

"사실." 하고 그루시 씨가 말했다. "웃는 표정이 아닌 것 같은데요. 저들에게는 친절하게 대해야 하겠지만 지나치게 친절해서도 안 됩니다."

"내가 무섭게 굴지 않는 건 인정해요. 저 사람은 댁의 꿩을 찾으러 갔다가 온종일 집에서 할 일 없이 자기 몫을 먹어 치우는 게 전부일 테니까요."

"많은 사람들이 그를 대신하고 싶어 하겠네요. 선망은 사람들의 눈을 멀게 하니까요." 하고 그루시 씨가 말했다.

"오리안." 하고 파름 대공 부인이 말했다. "며칠 전 댁의 사촌 되는 외디쿠르의 방문을 받았어요. 물론 지성이 뛰어난 여인이죠. 게르망트네 사람이니 다른 말은 필요 없겠지만요. 하지만 남을 힐뜯기 좋아한다고 누군가가 그러더군요."

공작은 부인에게 일부러 놀란 척하는 시선을 오래 보냈다. 게르망트 부인은 웃기 시작했다. 드디어 대공 부인이 그걸 알아챘다.

"하지만 내 의견에 동의하지 않나요……?" 하고 파름 대공 부인이 걱정하며 물었다.

"그런데 부인께서 바쟁의 안색까지도 신경 쓰시다니, 정말 친절하시군요. 이봐요 바쟁, 우리 친척의 나쁜 점을 넌지시 비추는 듯한 그런 표정일랑 짓지 마세요."

"당신 남편은 그분이 너무 심술궂다고 생각하나요?" 하고 파름 대공 부인이 활기차게 물었다.

"오! 전혀 그렇지 않아요." 하고 공작 부인이 반박했다. "그분이 헐뜯기 좋아한다고 누가 마마께 말씀드렸는지는 모르겠지만요. 오히려 그분은 한 번도 남을 비방한 적도, 남에게 나쁜 짓을 한 적도 없는 아주 훌륭한 분이랍니다."

"그래요." 하고 파름 대공 부인이 안심하며 말했다. "나도 그런 점은 전혀 느끼지 못했어요. 하지만 재치가 많을 때 남을 비방하지 않기가 힘들다는 건 알죠."

"아! 재치라뇨. 그분에게는 그런 건 더더욱 없는걸요."

"재치는 더더욱 없다고요?" 놀란 대공 부인이 물었다.

"이봐요, 오리안." 하고 공작은 재미있어하는 눈길을 좌우로 던지면서 투덜대는 어조로 말을 중단했다. "대공 부인께서 뛰어난 분이라고 말씀하시는 걸 듣지 않았소?"

"그렇지 않나요?"

"물론 뛰어나게 뚱뚱한 분이긴 하죠."

"저 사람 말은 듣지 마세요, 대공 부인. 진심이 아니에요. 그분은 '꺼-위처럼' 바보랍니다."* 하고 게르망트 부인은 약간 쉰 듯한 목소리로 크게 말했다. 공작보다 더 옛 프랑스의 매력을 간직한 공작 부인은, 공작이 그 옛풍을 풍기려고 하지 않을 때면 자신이 직접 그렇게 했는데, 하지만 남편의 레이스 가슴 장식이나 쇠락한 방식과는 반대되는 사실상 보다 정교한 방식으로 대지의 쓰디쓰고도 감미로운 맛을 지닌 거의 시골 아낙네의 발음으로 그 옛풍을 표현했다.

"세상에서 가장 훌륭한 분이에요. 그리고 그 정도를 가지고 그분을 어리석은 여자라고 부를 수 있는지는 저도 잘 모르겠어요. 여하튼 지금까지 그분과 비슷한 사람은 한 번도 본 적이 없어요. 의사에게는 연구 대상이 되는 분이죠. 그분에게는 뭔가 병적인 데가 있어요. 멜로드라마나 「아를의 여인」**에 나오는 듯한 일종의 '순진한 자'나 바보 또는 '지체아'라고나 할까요. 저는 그분이 이곳에 올 때면 그분의 지성이 깨어날 때가 되지 않았는지 늘 묻곤 하는데, 겁이 나서요." 대공 부인은 이런 표현에 감탄하면서도 그녀의 판결에 놀라움을 금치 못했다. "그분도 에피네 부인과 마찬가지로 내게 '오만한 깐죽 대

<hr />

* 여기서 '꺼-위처럼'이라고 옮긴 프랑스어 표현은 comme une oie(거위처럼)이다. 그러나 화자는 게르망트 부인이 comme un(heun) oie라고 발음한다고 지적함으로써 하나를 의미하는 une가 예전에는 혹은 시골에서는 아직도 eun(heun)로 발음되고 있음을 보여 준다.
** 알퐁스 도데(Alponse Daudet, 1840~1897)가 쓴 소설에 작곡가 비제가 곡을 붙인 관현악곡으로 1872년에 초연되었다. 이 곡의 주인공 프레디의 동생이 '순진한 자'라고 불린다.

왕'에 대한 부인의 재담을 말해 주더군요. 참 멋져요."하고 대공 부인이 대답했다.

　게르망트 씨가 내게 그 재담을 설명해 주었다. 나는 공작에게 나를 모른다고 우기던 그의 동생이 바로 그날 밤 11시에 나를 기다린다는 사실을 말해 주고 싶었다. 그러나 이 약속에 대해 말해도 좋은지 로베르에게 아직 물어보지 못했고, 샤를뤼스 씨가 이를 거의 혼자 정했다는 사실이 공작 부인에게 나를 모른다고 말한 사실과 모순되었으므로 입을 다무는 게 보다 신중한 행동일 거라고 판단했다.

　"오만한 깐죽 대왕이란 재담도 그리 나쁘지는 않지만."하고 게르망트 씨가 말했다. "아마도 외디쿠르 부인은 오리안이 요전 날 점심 식사에 초대해 준 데 대한 응답으로 그녀에게 한, 보다 재미있는 재담은 말씀드리지 않았겠죠?"

　"오! 하지 않았어요. 말씀하세요."

　"바쟁, 입 다물어요. 우선 그건 바보 같은 말이라 대공 부인께서 들으시면 내 얼간이 사촌보다 나를 더 형편없게 보실 거예요. 그런데 왜 내 사촌이라고 했는지 모르겠네요. 바쟁의 사촌인데. 저하고도 약간 친척이 되긴 하지만요."

　"오!"하고 파름 대공 부인은 게르망트 부인의 어리석음을 드디어 알게 될 거라는 생각에 소리를 질렀다. 그리고 그 어떤 것으로도 그 마음속에서 공작 부인이 차지하는 찬미의 정도를 떨어뜨리지는 못할 거라고 열렬히 반박했다.

　"그리고 우린 이미 조금 전에 그분에게서 정신적인 자질은 박탈해 버렸는걸요. 그런데 이 말은 그녀의 마음씨에 관한 몇몇 자질도 부정할 수 있으므로 적절하지 않은 듯하군요."

"부정한다고! 적절하지 않다고! 표현도 참 잘해!" 하고 공작은 사람들이 공작 부인을 찬미하도록 일부러 비꼬는 투로 말했다.

"여보 바쟁, 당신 아내를 놀리지 마세요."

"마마께 말씀드려야 합니다." 하고 공작이 말을 이었다. "오리안의 사촌이 뛰어나든 착하든 뚱뚱하든 뭐라고 해도 다 좋은데, 저어 뭐라고 할까, 돈을 헤프게 쓰지 않는다는 건 말씀드려야 합니다."

"그래요, 나도 알고 있어요. 아주 쩨쩨한 사람이에요." 하고 대공 부인이 말을 중단했다.

"저 같은 사람이야 감히 그런 표현을 쓰지 못하지만, 마마께서 아주 적절한 표현을 찾아내셨네요. 그분의 가재도구와 특히 음식에서 잘 드러나는데 음식 맛은 좋지만 조금은 절제하는 편이죠."

"그 점이 꽤 희극적인 장면을 야기하죠." 하고 브레오테 씨가 말을 끊었다. "그러니까 바쟁, 내가 외디쿠르 집에서 하루를 보낸 적이 있는데, 그때 그 댁에서는 오리안과 자네를 기다리고 있었다네. 이미 성대한 식사 준비가 다 끝났을 때, 오후에 하인이 와서 자네 부부가 오지 못한다는 전보를 가져왔지."

"놀라운 일이 아니군요!" 하고 그녀를 초대하는 일도 어려웠지만, 또 그 점을 남들이 알아주었으면 싶었던 공작 부인이 말했다.

"자네 사촌은 전보를 읽더니 애석해하면서 그 즉시 침착함을 잃지 않고 나처럼 별로 중요하지 않은 영주에게 불필요한 낭비를 해서는 안 된다고 생각했는지, 하인을 다시 부르더니 '닭고기는 그만두라고 요리장에게 이르게.'라고 외치더군. 또 저녁에는 집사에게 이렇게 말하는 것도 들었네. '그런데 어제 저녁에 남은 쇠고기는 식탁에 내놓지 않을 건가?'"

"하기야 그곳에서 대접하는 '성찬'이 흠잡을 데 없다는 건 인정해야죠." 하고 공작은 이런 표현을 쓰면서 자신이 앙시앵 레짐풍임을 보여 준다고 생각했다.* "저는 그보다 더 잘 먹는 집은 알지 못해요."

"그리고 그보다 더 적게 먹는 집도 알지 못하고요." 하고 공작 부인이 끼어들었다.

"저처럼 천한 시골뜨기라고 불리는 자에게는 아주 건강식 인 데다 더없이 적당하답니다." 하고 공작이 말을 이었다. "배 불리 먹지 못하니까요."

"아! 치료를 위해서라면 당연히 성대한 음식보다는 건강식 이 낫죠. 게다가 그렇게 맛있지도 않답니다." 하고 파리에서 가장 훌륭한 식탁이라는 호칭을 그녀가 아닌 다른 사람에게 부여하는 걸 그다지 좋아하지 않는 게르망트 부인이 말했다. "내 사촌은 십오 년에 한 번 1막짜리 희곡이나 한 편의 소네트

---

* 프랑스 대혁명 이전의 구제도를 가리키는 앙시앵 레짐에 대해서는 『잃어버린 시간을 찾아서』 1권 133쪽 주석 참조. 여기서 '성찬'으로 옮긴 프랑스어 chère는 일반적으로 친한 사람을 의미하나, 옛 프랑스어에서는 질 좋고 양 많은 식사를 의미했다는 것을 게르망트 공작이 환기하고 있다. 그러나 이 단어는 여전히 오 늘날에도 맛있는 음식이란 의미로 사용된다.

만을 생산하는 그런 변비 걸린 작가와도 같답니다. 사람들이 작은 걸작이라고 부르는, 한마디로 말해 아무것도 아닌 아주 작은 보석, 한마디로 말해 내가 가장 증오하는 거죠, 제나이드 집의 음식은 그리 나쁘지 않았고, 제나이드가 조금만 덜 인색 했다면 그냥 보통 먹는 음식을 접할 수 있었을 거예요. 그 집 요리장도 잘 만드는 음식이 있고 실패하는 음식이 있을 테니 까요. 저는 그분 댁에서, 다른 곳도 마찬가지지만, 아주 형편 없는 저녁 식사를 했어요. 다른 댁의 식사보다 해를 덜 끼쳤다 면, 그건 우리 위가 음식의 질보다는 양에 더 민감하게 반응하 기 때문이죠."

"그래서 끝으로." 하고 공작이 결론을 내렸다. "제나이드는 오리안에게 점심을 먹으러 오라고 졸랐고, 제 아내는 외출을 그다지 좋아하지 않았으므로 그 초대를 좀처럼 받아들이지 않으려 했고, 그래도 친한 사람들끼리 하는 식사라는 구실로 비열하게 성대한 연회에 끌어들이는 게 아닌지 알려고, 그 오 찬에 어떤 손님들이 오는지 물어보려고 애썼지만 허사였죠. '오세요, 꼭 오세요.' 하고 제나이드는 점심 식사에 나올 맛있 는 음식들을 자랑하면서 졸랐죠. '밤으로 만든 퓌레*가 나올 테고, 그 이상은 말할 필요도 없겠지만, 거기다 일곱 개의 작 은 부셰 아 라 렌**이 있어요.' '일곱 개의 작은 입이라고요?'

---

* 『잃어버린 시간을 찾아서』 1권 207쪽 주석 참조.
** 캐나다와 스위스에서는 볼오방(vol-au-vent)이라고 불리는 음식으로, 잘게 자른 닭고기와 야채를 함께 볶아 구운 파이다. 프랑스 로렌 지방의 명물인 이 요 리는 루이 15세의 부인이 각자에게 대접할 수 있도록 만들었다는 데서 그 이름

하고 오리안이 외쳤죠. '그럼 적어도 여덟 명은 되겠군요.'"

몇 초가 지난 후 드디어 대공 부인이 그 말뜻을 이해하고 천둥 같은 웃음을 터뜨렸다. "아! 그럼 여덟 명이라니, 멋져요! 정말 멋진 작문이에요." 하고 에피네 부인이 썼던 표현을 많은 노력 끝에 찾아낸 대공 부인이 말했는데, 이번에는 썩 잘 맞아떨어졌다.

"오리안, 대공 부인 말씀이 매우 근사하구려. '작문이 아주 잘 되었다.'라고 말씀하시니."

"여보, 당신이 가르쳐 주지 않아도, 난 대공 부인께서 재치가 넘치는 분이라는 걸 잘 알아요." 하고 게르망트 부인이 대답했다. 대공 부인이 그 말을 발음했을 때 그것이 동시에 자신의 재치를 칭찬해 주는 말이라는 건 그녀도 쉽게 음미할 수 있었다. "부인께서 저의 단순한 작문을 높이 평가해 주시다니 무척이나 자랑스러워요. 제가 그런 말을 한 적이 있는지는 잘 기억이 안 나지만, 만일 제가 그 말을 했다면 그건 아마도 사촌을 칭찬하기 위해서일 거예요. 사촌이 일곱 개의 '부셰(bouchée)'를 만들었다면, 그걸 먹는 입(bouche)은, 이렇게 표현하는 걸 용서해 주세요, 틀림없이 열두 개가 넘을 테니까요."

그동안 내게 식사 전에 자기 아주머니가 노르망디에 있는 성관을 보여 줄 수 있으면 무척이나 기뻐할 거라고 말했던 아르파종 백작 부인이, 아그리장트 대공 머리 너머로 특별히 나

_____

이 연유한다.('부셰 아 라 렌'은 '여왕에게 한 입'이란 뜻이다.)

를 코트도르*에 초대하고 싶다고 말했다. 바로 거기 퐁르뒤크에 그녀 집이 있다는 것이었다.

"성관에 있는 고문서들이 당신의 관심을 끌 거예요. 17세기와 18세기, 또 19세기의 모든 저명인사들 사이에서 오고 간 지극히 흥미로운 서신들이 있거든요. 전 거기서 아주 황홀한 시간을 보낸답니다. 과거 속에 사니까요." 하고 게르망트 씨가 내게, 문학에 아주 조예가 깊다고 미리 일러 준 백작 부인이 단언했다.

"그분은 보르니에** 씨의 원고를 다 가지고 있다나 봐요."라고 대공 부인은 외디쿠르 부인과의 교제가 타당한 이유를 더 돋보이게 하려고 외디쿠르 부인 얘기를 다시 꺼냈다.

"아마도 꿈에서 본 모양이죠. 그 여자는 보르니에 씨를 알지도 못할걸요." 하고 공작 부인이 말했다.

"특히 흥미로운 점은 그 서신이 여러 다양한 나라 사람들로부터 왔다는 점이죠."라고 아르파종 백작 부인이 말을 이었는데, 유럽의 주요 공작 가문과 군주 집안하고도 친척 관계인 부인이 기쁜 마음으로 그 점을 환기했다.

"아니, 알고 있소, 오리안." 하고 게르망트 씨가 뭔가 의도

---

* 프랑스 동부 부르고뉴주를 이루는 네 개의 데파르망 중 하나로, '코트도르(Côte-d'Or)'란 표현은 금빛 해안을 의미하나 실제로는 금빛 포도밭을 가리킨다.
** 앙리 드 보르니에(Henri de Bornier, 1825~1901). 프랑스 극작가로 「롤랑의 딸」이란 역사 드라마를 1875년 프랑스 국립 극장에서 초연했다. 프랑스에서 가장 오래된 문헌인(11세기 말~12세기 초엽) 무훈시 「롤랑의 노래」에 나오는 인물들이 등장한다.

를 가지고 말했다. "당신이 보르니에 씨 옆에 앉았던 만찬이 기억나지 않소!"

"하지만 바쟁." 하고 공작 부인이 말을 중단시켰다. "보르니에 씨를 아느냐고 묻는 거라면, 물론 그분이 나를 보러 여러 번 찾아오셨으니까 그렇다고 해야겠죠. 하지만 나는 한 번도 그분을 초대할 결심은 하지 못했어요. 매번 포르말린으로 소독해야 했을 테니까요. 그 만찬에 대해서는 너무도 잘 기억해요. 절대 제나이드의 집이 아니었어요. 제나이드는 보르니에를 한 번도 본 적 없고, 「롤랑의 딸」 얘기가 나오면 그리스 왕자의 약혼녀로 알려진 보나파르트 공주*에 관한 얘기라고 생각할 텐데요. 아니에요. 오스트리아 대사관이었어요. 매력적인 호요스**가 내 옆에 그 악취 풍기는 학사원 회원을 앉히면서 자기가 날 기쁘게 해 준다고 믿었거든요. 헌병 한 무리가 내 옆자리에 있는 것 같은 생각이 들 정도였다니까요. 저녁 식사 내내 온 힘을 다해 코를 막고 있어야만 했어요. 그뤼예르 치즈***가 나오면서야 겨우 숨을 쉴 수 있었지요."

은밀히 목적을 달성한 게르망트 씨가 손님들 얼굴에서 공작 부인의 말이 자아낸 효과를 몰래 살폈다.

---

* Marie Bonaparte. 나폴레옹 보나파르트의 형인 뤼시엥 보나파르트의 증손녀로 1907년 그리스의 요르요스 1세의 차남과 결혼했다.
** Hoyos-Sprinzenstein. 1883년부터 1894년까지 파리 주재 오스트리아 대사였다.
*** 유럽에서 가장 오래된 치즈 중 하나로 샐러드에 넣어 먹거나 스위스 퐁듀 요리의 재료로 쓰인다.

"게다가 전 서간집에 대해 특별히 매력을 느껴요." 하고 아그리장트 대공의 얼굴이 중간에 끼어드는데도, 자기 성관에 진기한 서신들을 소유하고 있다는 그 문학에 조예가 깊은 부인이 말을 계속했다.

"흔히 작가가 쓴 편지가 작품보다 우수하다는 점에 주목한 적 있으세요? 그런데『살람보』를 쓴 작가의 이름이 뭐라고 했지요?"

나는 이 대화를 길게 끌고 싶지 않아 대답하지 않으려고 했지만, 만일 내가 대답하지 않는다면『살람보』가 누구의 작품인지 잘 알면서도 순전히 예의상 그걸 말하는 기쁨을 내게 양보하는 척하는 아그리장트 대공이 크게 당황할지도 모른다고 생각했다.

나는 "플로베르죠." 하고 말하고 말았다. 그러나 대공의 머리가 보내는 동의의 표시가 내 대답을 가렸고, 그래서 질문한 여인은 내가 폴 베르라고 발음하는지 또는 필베르라고 하는지 그 이름들이 그녀를 충분히 만족시켜 주지 못한 듯 정확히 알지 못했다.*

"어쨌든." 하고 그녀는 말을 이었다. "그분 편지는 대단히 흥미롭고 그가 쓴 책들보다 훨씬 뛰어나요. 게다가 편지가 그

---

* 이 부분은 작가가 직접 체험한 일화에서 연유한다. 프루스트는 한 사교계 여인과 식사를 한 적이 있는데, 그 여인이 프루스트에게『살람보』의 저자가 누구냐고 물었다고 한다. 프루스트는 플로베르(Flaubert)라고 대답했지만 여인은 폴 베르(Paul Bert)인지 누구인지 잘 모르겠지만 여하튼 그 책에 감동을 받았다고 말했다고 한다.(『게르망트』, 폴리오, 723쪽 참조.)

점을 설명해 주죠. 책을 쓰면서 겪는 온갖 어려움에 대해 말하는 걸로 보아 그 사람은 진정한 작가나 재능 있는 작가는 아니었던 것 같아요."

"서간집에 대해 말씀하시는군요. 전 강베타*의 서간집이 놀랍다고 생각해요."라고 게르망트 공작 부인은 자신이 프롤레타리아나 급진파에 관심이 있다는 걸 보여 주기를 두려워하지 않는다는 듯 말했다. 브레오테 씨는 이런 대담함이 지닌 재치의 효과를 알아채고는 약간 술에 취한 감동의 눈빛으로 주변을 살펴본 후 외알 안경을 닦았다.

"아! 「롤랑의 딸」은 정말 따분했어요."라며 게르망트 씨는 자신의 우월감에서 비롯된 만족감으로 그가 지루하게 느꼈던 작품, 어쩌면 또 훌륭한 만찬 중 우리에게 다른 끔찍한 파티를 떠올리게 하는 그런 '수아베 마리 마그노(suave mari magno)'**의 심정으로 말했다. "그렇지만 아름다운 구절도 몇 개 있긴 하죠. 애국심도 보이고요."

나는 보르니에 씨에 대해서는 전혀 찬미하는 마음이 없다고 넌지시 말했다.

"아! 뭔가 비난할 거리라도 있나?"라고 누가 어떤 남자에 대해 나쁘게 말하면 개인적인 원한 때문이라고 생각하고, 어

---

* 프랑스의 정치가로 1909년에 서간집을 발간했다.(강베타에 대해서는 『잃어버린 시간을 찾아서』 2권 56쪽 주석 참조.)

** 로마 시인 루크레티우스의 『사물의 본성에 관하여』란 책에 나오는 "거대한 바다가 바람으로 요동칠 때 타인의 불행을 보는 일은 감미롭다."에서 처음 '거대한 바다가 바람으로 요동칠 때…… 감미롭도다.'를 뜻하는 구절이다.

떤 여자를 좋게 말하면 이제 막 시작된 열병 탓이라고 늘 생각하는 공작이 궁금한 듯 물었다.

"그 사람에게 원한이 있는 것 같은데, 그자가 자네에게 무슨 짓을 했나? 말해 보게. 그 사람을 비방하는 걸 보니 자네와 그자 사이에 무슨 일이 있었던 게 분명해. 길기는 하지만「롤랑의 딸」은 꽤 호소력을 풍기던데."

"'풍긴다'는 표현은 그처럼 냄새나는 작가에게 딱 맞는 말이네요."* 하고 게르망트 부인이 비꼬듯 말을 가로막았다. "만약 이 불쌍한 분이 그 작가와 함께 있게 된다면 나쁜 냄새가 코에 진동한다는 걸 금방 알아차릴 텐데."

"그런데 부인께 고백하지만." 하고 공작이 파름 대공 부인에게 다시 말을 걸었다. "「롤랑의 딸」을 제외하고 문학과 심지어는 음악에서도 아주 구식이어서 그런지 저는 옛 작품이 그렇게 싫지 않습니다. 아마도 제 말을 안 믿으실지도 모르겠지만, 저녁에 제 아내가 피아노 앞에 앉으면 오베르나 부아엘디외,** 심지어는 베토벤의 옛 곡을 청하는 일이 가끔 있죠. 바로 제가 좋아하는 곡들이니까요. 하지만 바그너의 음악을 들으면 바로 잠이 오더군요."

---

* 여기서 "꽤나 호소력을 풍기던데."라고 옮긴 프랑스어의 bien senti에는 '냄새가 난다'라는 의미도 있다.
** 다니엘 오베르(Daniel Francois Esprit Aubert, 1782~1871)는 대중적인 오페라 작곡가로「검은 도미노」를 작곡했으며, 프랑수아 부아엘디외((François-Adrien Boieldieu, 1775~1834)는 오베르의 선배로서「바그다드의 칼리프」와「백의의 부인」을 남겼다.

"그 점은 당신이 틀렸어요."라고 게르망트 부인이 말했다. "바그너 음악이 견디기 어려울 정도로 긴 건 사실이지만, 그래도 그는 천재예요.「로엔그린」은 걸작이고.「트리스탄」에도 여기저기 대단히 흥미로운 부분들이 있어요. 그리고「방황하는 네덜란드인」에서 실 잣는 소녀들의 합창은 일품이죠."*

"내가 옳지 않나, 바발?" 하고 게르망트 씨는 브레오테 씨에게 말했다. "우리는 이런 게 좋지 않은가?

고귀한 분과의 만남은
모두 이 매력적인 곳에서 이루어진다네.**

얼마나 감미로운가. 그리고「프라 디아볼로」,「마술 피리」,「산장」,「피가로의 결혼」,「왕관의 다이아몬드」. 바로 이런 게 음악 아닌가!*** 문학도 마찬가질세. 난 발자크를 몹시 좋아하네.『소의 무도회』와『파리의 모히칸족』을.****

"아, 여보, 당신이 발자크에 관해 논쟁을 시작하면 끝이 안

---

* 바그너의「방황하는 네덜란드인」2막 시작 부분에 나오는 노래이다.
** 발레곡과 희가극 작곡가 페르디난드 에롤드(Ferdinand Hérold, 1791~1833)의「프레 오 클레르」(1832)에서 지로와 니세트가 부르는 이중창이다.
*** 공작은 일반 대중 작품과 모차르트의 작품을 구별 없이 인용했다.「프라 디아볼로」와「왕관의 다이아몬드」는 오베르의 희가극이며,「산장」은 아돌프 아당(Aolphe Adam, 1803~1856)의 희가극이고,「마술 피리」와「피가로의 결혼」은 모차르트의 작품이다.
**** 『소의 무도회(Le Bal des Sceaux)』는 발자크의 단편 소설이며『파리의 모히칸족』은 1854년에 출간된 알렉상드르 뒤마의 네 권짜리 소설이다.

나니 메메가 방문하는 날을 위해 남겨 두시죠. 메메가 더 잘 알아요. 발자크의 소설을 외우고 있으니."

부인의 참견에 화가 난 공작은 잠시 위협적인 침묵의 불길로 그녀를 쏘아보았다. 한편 아르파종 부인은 파름 대공 부인과 더불어 비극 시와 그 외 것에 대해 얘기를 나누었는데 내 귀에는 분명히 들리지 않다가 드디어는 아르파종 부인이 이렇게 말하는 소리가 들렸다. "오, 부인의 말씀대로 전 그분이 추한 것과 아름다운 것을 구별할 줄 모르기 때문에 세상의 추한 모습을 보여 주려고 했다는 걸 인정해요. 어쩌면 참기 힘든 자만심 때문에 그분은 자신이 말하는 것은 모두 아름답다고 생각하는지도 모르고요. 저도 마마의 말씀에 동의해요. 문제의 작품에 우스꽝스러운 점이나 불분명한 점, 취향의 오류 같은 게 있다는 것을요. 러시아어나 중국어로 쓰인 것만큼이나 읽기 힘들고 이해하기 어려운 작품이죠. 확실히 우리가 보통 프랑스어라고 부르는 것과는 달라요. 하지만 그걸 이해하려고 노력한 사람은 충분히 보상받을 수 있어요. 그만큼 상상력이 풍부하니까요!" 나는 이 말의 처음 부분을 듣지 못했다. 아름다움과 추함을 구별하지 못하는 시인이 바로 빅토르 위고를 지칭하며, 러시아어나 중국어만큼 이해하기 힘든

　　아이가 나타나자 둘러앉은 가족이
　　소리를 지르며 박수를 치네.*

---

* 빅토르 위고의 『가을의 잎』에 나오는 열아홉 번째 시로 1830년 작품이다. 위

라는 시가 이 시인의 초기 작품으로,『세기의 전설』을 쓴 빅토르 위고보다 어쩌면 데줄리에르 부인의 작품과 더 유사할지 모른다는 것도 알게 되었다. 나는 아르파종 부인을 어리석다고 생각하기는커녕, 그녀를 정신의 눈으로 보았고(내가 대단히 환멸을 느끼며 앉아 있는 그곳에서 그렇게도 현실적이고 평범한 식탁 손님들 가운데서는 처음으로) 레뮈자 부인이나 브로이 부인 또는 생톨레르* 부인 또는 다른 모든 고상한 여인들이 쓴 것과 같은 레이스 모자를 쓰고 모자 밑으로 길게 땋은 머리에서 동그란 컬이 몇 올 삐져나온 모습도 보았다. 이 여인들은 모두 그들이 쓴 멋진 편지에서 소포클레스나 실러 또는 『그리스도의 모방』**을 그토록 박식하고도 적절한 방식으로 인용했지만, 흡사 스테판 말라르메***의 최근 시가 내 할머니에게 야기

고는 당시 스물여덟 살로, 서사적이고 철학적 명상이 담긴『세기의 전설』(1859)보다는 데줄리에르 부인의 서정적이고 목가적인 시와 유사한 어조의 작품을 썼다. 데줄리에르(Deshoulières, 1638~1694) 부인은 1688년『시』를 발표했고, 라신의「페드르」공연을 실패에 이르게 한 음모에 앞장섰다.

* 레뮈자(Rémusa, 1780~1821) 백작 부인은 조제핀 황후의 시녀로 소설 두 편과『여성 교육론』을 집필했다. 브로이 부인에 대해서는『잃어버린 시간을 찾아서』5권 458쪽 주석 참조. 생톨레르(Saint-Aulaire) 백작 부인은 로마 주재 루이필리프 대사 부인으로 1875년『추억』을 발표했다.

** 작자 미상의 이 책은 14세기 말 또는 15세기 초에 쓰인 것으로 추정되는데, 프랑스에서는 피에르 코르네유(Pierre Corneille)가 1656년에 번역해서 성경 다음으로 많이 팔린 작품이다. '그리스도의 모방'이란 개념에 대해서는 학자들 사이에 많은 논란이 일었지만, 일반적으로는 하느님의 형상인 그리스도를 닮기 위한 정신적이고 영적인 체험으로 간주된다.

*** 현대성의 표징으로 간주되는 말라르메와 영원한 진리를 보여 주기 위해서는 시간과 공간의 요소를 무시해야 한다고 주장하는 상징주의 시인들에 대해,

하는 그 불가분의 공포와 피로감 같은 것을 이 낭만주의 시인들의 초기작에서 느끼고 있었다.

"아르파종 부인은 시를 매우 좋아 하시나 봐요." 하고 그녀의 열정적 어조에 감동한 파름 대공 부인이 게르망트 부인에게 말했다.

"아뇨, 절대로 아무것도 이해하지 못해요." 하고 게르망트 부인은 아르파종 부인이 보트레이 장군이 제기한 반론에 대답하느라 정신이 팔려 그녀가 속삭이는 말을 들을 수 없는 틈을 타 낮은 소리로 대답했다. "저 여잔 버림받은 후부터 문인이 되었답니다. 마마께 말씀드리지만, 제가 이 모든 짐을 다 떠맡고 있어요. 바쟁이 자기를 보러 가지 않을 때마다, 말하자면 매일같이 제게 와서 하소연을 해요. 바쟁이 지겨워하는 게 제 잘못도 아니고, 또 제가 억지로 바쟁을 저 여자 집에 가게 할 수 있는 것도 아닌데, 바쟁이 저 여자에게 좀 더 충실했으면 좋겠어요. 그래야 저도 저 여잘 조금은 덜 볼 테니까요. 그런데 저 사람은 바쟁을 질리게 하나 봐요. 놀랄 일도 아니죠. 나쁜 사람은 아니지만 마마께서는 상상할 수도 없을 정도로 따분한 여자거든요. 저 여자 때문에 머리가 아파서 전 매일 피라미돈*을 한 알씩 먹어야 해요. 이 모든 게 다 바쟁이 일 년 동안 저 여자와 함께 날 속이며 재미를 느낀 탓이죠. 거기다 어

프루스트는 처음엔 이런 진리가 개인에게 있다는 사실을 간과한다고 비난했으나 나중에는 말라르메의 지적 감수성을 높이 찬미했다고 한다.(『게르망트』, 폴리오, 725쪽 참조.)
* 해열 진통제의 한 종류이다.

린 매춘부에게 반한 우리 집 하인이 내가 그 어린 여자에게 벌이가 좋은 거리 장사를 잠시 쉬고 우리 집에 차를 마시러 오라고 청하지 않는다고 싫은 얼굴을 하고 있으니! 오! 산다는 게 왜 이리 지겨운지 모르겠어요." 하고 공작 부인은 힘없이 결론을 내렸다. 아르파종 부인이 게르망트 씨를 특히 귀찮게 한 건 게르망트 씨가 최근에 다른 여자의 연인이 되었기 때문으로, 나는 그 여자가 쉬르지르뒤크 후작 부인임을 알게 되었다.

마침 외출을 하지 못하게 된 하인이 시중을 들고 있었다. 나는 그가 아직 슬픔에 젖어 시중드는 걸 무척 힘들어한다고 생각했는데, 샤텔로 씨에게 너무 서투르게 접시를 건네주어 공작의 팔꿈치가 여러 번 하인의 팔꿈치와 부딪치는 걸 보았기 때문이다. 젊은 공작은 얼굴을 붉히는 하인에게 전혀 화도 내지 않고 맑고 푸른 시선으로 웃음을 지으며 하인을 바라보았다. 손님 편에서의 이런 좋은 기분이 그가 착한 사람임을 보여 주는 증거인 듯했다. 그러나 계속해서 웃는 모습으로 보아 어쩌면 반대로 그가 하인이 실망한 얘기를 알고 어떤 사악한 기쁨을 느끼는 게 아닌가 하는 생각도 들었다.

"그렇지만 부인, 빅토르 위고에 대한 댁의 말이 전혀 새로운 발견이 아니라는 거 아세요?" 하고 공작 부인은 이번에는 이제 막 불안한 표정으로 고개를 돌리는 아르파종 부인에게 말을 걸며 계속했다. "빅토르 위고의 초기 작품을 알려주려고 하는 일 따위는 기대하지 마세요. 그에게 재능이 있다는 건 모두가 알고 있는 사실이니까요. 끔찍한 건 말년의 빅토르 위고예요. 『세기의 전설』인지 뭔지 제목도 모르는 작품 말예요. 하지만 『가을의 잎』이나 『황혼의 노래』는 진정한 시인의 작품이라고 할 수 있죠.* 『명상 시집』도 그렇고요." 하고 공작 부인이 말을 덧붙였다. 이 말을 듣던 사람들은 감히 반박하지 못했는데, 위고에 대해서는 아무것도 알지 못하는 그들로서는 당연한 일이었다. "여전히 아름다운 것들이 있어요. 하지만 전 『황혼의 노래』 이후에 쓰인 작품을 읽는 모험은 하고 싶지 않아요! 그리고 빅토르 위고의 아름다운 시를 읽다 보면 종종 어떤 사상을, 심오한 사상을 만나게 된답니다."

그러고는 정확한 감정으로, 그녀의 억양이 가진 온 힘으로 우수에 찬 상념을 나오게 하여 그 상념을 목소리 너머에 놓고 꿈꾸는 듯한 매력적인 눈길로 앞을 응시하면서 공작 부인은 천천히 읊었다.

"자, 들으세요.

고통은 열매로다, 신은 열매를 자라게 하지 않는다.
열매를 지탱하기에 너무도 연약한 가지에는.**

---

* 스무 살에 『오드와 발라드』(1822)를 발간하면서 화려하게 등단한 위고는 『에르나니』의 성공에 힘입어 서정적 어조의 『동방시집』(1829)과 『가을의 잎』(1831), 『황혼의 노래』(1835)를 발표했다. 그러나 나폴레옹 3세의 통치에 반대하여 영국에서 십구 년 동안 망명 생활을 하면서 보다 관념적이고 철학적인 작품을 집필했다. 이 시기의 작품이 『명상 시집』(1856), 『세기의 전설』(1859), 『레미제라블』(1862)이다. 게르망트 부인은 이런 말년의 위고보다는 초기 작품을 더 좋아한다고 말하고 있다.
** 위고의 『명상 시집』 1권 23편의 시에 나오는 마지막 구절이다.

그리고 또

죽은 자는 오래가지 않는다.
아! 슬프게도 그들은 관 속에서 먼지가 되며
우리 마음속에서는 더 빨리 사라진다!"*

 그리하여 미망에서 깨어난 미소가 고통스러워하는 입가를 우아하게 비틀면서 주름지게 하는 동안, 공작 부인은 아르파종 부인을 맑고 매혹적인 눈으로 꿈꾸듯 응시했다. 나는 그녀의 눈과 무겁게 질질 끌면서 쌉쓸한 맛을 풍기는 목소리를 알아보기 시작했다. 이 눈과 이 목소리에서 나는 콩브레 자연의 많은 걸 되찾을 수 있었다. 물론 목소리가 때때로 거친 대지를 나타내기까지는 여러 요소들이 작용했다. 거기에는 게르망트 가문의 한 분파로서 지방에 더 오래 남아 보다 대담하고 야생적이며 도발적인 가문의 지방색 짙은 근원이 있었으며, 품위란 것이 입술 끝으로 말하는 데서 오는 게 아님을 잘 아는 진짜 품위 있는 사람들과 지적인 사람들의 습관, 그리고 또한 부르주아들보다 그들 영지의 농민들과 더 가깝게 지내는 귀족들의 습관이 있었다. 이 모든 특징들은 게르망트 부인의 여왕과 같은 위치 덕분에 더 쉽게 전시되었고, 감추어진 모든 것들을 밖으로 드러나게 할 수 있었다. 게르망트 부인이 싫어하는 친자매들도 이와 목소리가 같았지만, 그들은 덜 지적이거나

---

* 위고의 시집 『가을의 잎』 중 「어느 여행자에게」에 나오는 구절이다.

또 거의가 부르주아식으로 결혼해서 — 시골에 틀어박혀 살거나, 아니면 파리의 별 활기 없는 포부르생제르맹 그룹에서 보내는 무명 귀족과의 결합을 지칭하는 데 이런 표현이 쓰인다면 — 가능한 한 그 목소리를 억누르고 수정하고 약화했다. 마치 우리 중 누군가가 자신의 독창성을 대담하게 밀고 나가기란 매우 어려우며, 또 자신이 가장 찬양하는 모델과 닮으려고 노력하지 않는 일도 드문 것처럼 말이다. 그런데 오리안은 자신의 여동생들보다 훨씬 더 지적이고 부유하고 특히 유행에 정통했으며, 롬 대공 부인이었을 때 이미 웨일스 왕자를 좌지우지했을 정도로 자신의 조화롭지 못한 목소리가 어떤 매력임을 인지했다. 그래서 그녀는 자신의 독창성과 성공에서 오는 대담함으로, 레잔이나 잔 그라니에* 같은 배우들이(물론 이 두 예술가의 가치와 재능과 비교하려는 건 아니지만) 연극계에서 목소리로 성취한, 경탄할 만하고 특이한 일을 사교계에서 해냈던 것이다. 물론 세상에 전혀 알려지지 않았던 레잔과 그라니에의 자매들은 아마도 그러한 것을 결점으로 여겨 은폐하려고 노력했을 것이다.

게르망트 부인이 지방색을 발휘하는 데는 그녀가 선호하는 작가들, 즉 메리메나 메이야크, 알레비**도 많은 기여를 했다. 그들이 '자연스러움'의 존중과 산문에 대한 취향을 제공하여 그녀는 그것으로 시적 표현에 이르렀고, 또 전적으로 한

---

* 20세기 초에 활동한 연극배우들이다.
** 『잃어버린 시간을 찾아서』 1권 164쪽, 4권 121쪽, 5권 71쪽 주석 참조.

사회 계층의 정신을 가지게 하여, 내 눈앞에 여러 다양한 풍경을 되살아나게 했던 것이다. 게다가 공작 부인은 그녀가 받은 이런 영향에 예술적인 탐색을 더해 자신이 쓰는 단어 대부분에서 가장 일드프랑스적이고 가장 샹파뉴적인 것으로 보이는 발음을 택할 수 있었다.* 그녀는 시누이인 마르상트 부인만큼은 아니지만, 그래도 옛 프랑스 작가가 썼을 법한 그런 순수한 어휘만을 사용했다. 그리하여 우리가 현대 언어의 잡다하고 뒤섞인 표현에 지칠 때면, 비록 게르망트 부인의 얘기가 별다른 것을 표현하지 않는다는 걸 알면서도 그녀의 한담을 듣는 일은 큰 휴식이 되었고, 만약 그녀와 단둘이 있으면서 그녀가 말의 흐름을 제한하고 더 맑게 할 때면 마치 옛 노래를 들을 때와 같은 휴식을 느꼈다. 그때 게르망트 부인을 바라보고 목소리를 들으면서, 나는 그녀 눈 속의 끝없이 고요한 오후 빛에 갇힌 일드프랑스와 샹파뉴의 하늘이 생루의 눈과 같은 각도로 비스듬하게 푸른빛으로 펼쳐지는 모습을 볼 수 있었다.

이렇게 게르망트 부인은 여러 다양한 가르침에 따라, 가장 오래된 프랑스 귀족 세계와, 나중에 브로이 공작 부인이 7월

---

* 일드프랑스는 '프랑스의 섬'이란 뜻으로 센강과 마른강, 우아즈강이 흐르는 사이로 토지와 숲이 많기 때문에 붙은 이름이다. 파리를 중심으로 퐁텐블로와 콩피에뉴 등의 넓은 삼림을 포함하는 지역이다. 샹파뉴 지방은 프랑스 북동부에 위치한 현재의 샹파뉴아르덴주를 가리킨다. 메로빙거 왕조 때 공작령(公爵領)이 되었으며, 유럽의 중심에 위치하는 지리적 특성 덕분에 12~14세기에는 유럽의 무역지로 번창했던 곳이다.

왕정하에서 빅토르 위고를 좋아하면서도 비난했던 태도와, 끝으로 메리메와 메이야크에서 비롯된 문학에의 강한 취향을 동시에 표현했다. 이러한 형성 과정 중 나는 첫 번째 단계가 두 번째 단계보다 마음에 들었으며, 또 그것은 내가 믿었던 모습과 지극히 다른, 포부르생제르맹으로의 여행과 도착이라는 과정에서 내가 느낀 환멸을 바로잡는 데 도움이 되었다. 그러나 두 번째 단계는 그나마 세 번째 단계보다는 나은 편이었다. 게르망트 부인이 자신도 의식하지 못하는 사이에 게르망트네 사람이었다면, 파유롱주의*와 뒤마 피스에 대한 부인의 취향은 의도적이며 심사숙고한 것이었다. 이런 취향은 내 취향과는 상반된 것으로, 부인이 포부르생제르맹 얘기를 할 때면 내 정신에 문학적 소재를 제공하는 듯했지만, 반대로 문학 얘기를 할 때면 그렇게 어리석은 포부르생제르맹네 사람은 본 적이 없는 느낌이 들 정도였다.

마지막 시구에 감동한 아르파종 부인이 소리쳤다.

"이 마음의 유품에도 먼지는 쌓이는구나!**

공작님, 이 시구를 제 부채에 써 주세요." 하고 아르파종 부인이 게르망트 씨에게 말했다.

"가련한 여인, 내 마음이 아파요!" 하고 파름 대공 부인이

---

* 프루스트가 프랑스 극작가 에두아르 파유롱(Edouard Pailleron, 1834~1899)의 이름으로 만든 신조어이다.
** 뮈세의 「가을의 노래」에 나오는 시구이다.

게르망트 부인에게 말했다.

"동정하지 마세요. 마땅히 받아야 할 걸 받는 것뿐이에요."

"그래도…… 이런 말을 하기는 미안하지만…… 그렇지만 저 여잔 정말로 그를 사랑하나 봐요!"

"전혀 아니에요! 그럴 수 없는 사람이에요. 실제로는 뮈세의 시를 낭송하면서도 이 순간 자기가 빅토르 위고의 시를 인용한다고 믿는 것처럼 그냥 사랑한다고 믿는 거예요. 들어 보세요."라고 공작 부인은 울적한 어조로 덧붙였다. "그게 진실된 감정이라면 나만큼 감동할 사람도 없을 거예요. 예를 들어 볼게요. 어제 저 여잔 바쟁과 심한 언쟁을 했어요. 대공 부인 마마께선 아마도 바쟁이 다른 여자를 사랑하고 더 이상 저 여잘 사랑하지 않아서 그렇다고 생각하시겠지만, 전혀 아니에요. 바쟁이 저 여자의 아들들을 조키 클럽에 소개하지 않았기 때문이에요. 이것이 사랑하는 여자의 태도라고 할 수 있을까요? 아니죠. 더 심한 말을 해 보면." 하고 게르망트 부인은 정확하게 덧붙였다. "저 여잔 아주 드물게 보는 무감각한 사람이에요."

한편 게르망트 씨는 아내가 '느닷없이' 빅토르 위고 얘기를 하면서 시 몇 구절을 인용하자 만족감이 번득이는 눈길로 아내의 얘기를 들었다. 공작 부인이 그를 자주 짜증 나게 하는 것은 사실이지만 이런 순간에는 아내가 자랑스러웠다. "오리안은 정말 대단해. 모든 걸 다 얘기할 수 있고, 모든 걸 다 읽었으니. 오늘 저녁의 화제가 빅토르 위고가 될 줄은 짐작도 못했을 텐데. 사람들이 어떤 주제를 꺼내든 그녀는 준비가 되어 있으며, 자기보다 박식한 사람과도 맞설 수 있으니 말이야. 저 젊은이도 정복되었을걸."

"우리 화제를 바꾸죠." 하고 게르망트 부인이 덧붙였다. "저 여잔 아주 예민해요. 당신은 내가 유행에 뒤진 사람이라고 생각하시겠죠?" 하고 부인이 내게 말을 걸었다. "시(詩)에서 사상을 좋아하고, 사상이 든 시를 좋아하는 게 오늘날에는 약점으로 간주된다는 건 나도 잘 알아요."

"그게 유행에 뒤진 거라고요?"라며 파름 대공 부인은 자신이 기대하지 않았던 이 새로운 물결에 가볍게 놀라며 말했다. 파름 대공 부인에게는 게르망트 부인과의 대화가 늘 이렇게 지속적인 감미로운 충격과 숨 막힐 듯한 두려움과 건전한 피로감을 주어, 그런 후에는 본능적으로 목욕탕에서 발을 담그고 싶은 생각과 '반작용'으로 빨리 걸어야겠다는 생각을 들게 했다.

"나는 그렇게 생각하지 않아요, 오리안." 하고 브리사크 부인이 말했다. "빅토르 위고의 시에 사상이 있다는 걸 비난하는 게 아니에요. 오히려 그 기괴한 것에서 사상을 찾는 걸 비난하는 거죠. 사실 문학에서 추함에 익숙해지도록 한 사람은 바로 위고니까요. 그렇지 않아도 이 세상에는 추한 것이 많은데 책을 읽는 동안만이라도 그런 걸 잊으면 안 되나요? 우리가 인생에서 외면하고 싶은 고통스러운 광경, 바로 이런 것에 빅토르 위고는 끌리나 봐요."

"그래도 빅토르 위고는 졸라만큼은 사실주의자가 아니잖아요?" 하고 파름 대공 부인이 물었다. 졸라라는 이름을 듣고도 보트레유 씨 얼굴은 근육 하나 움직이지 않았다. 장군의 반드레퓌스주의는 말로 표현하기에는 지나치게 심오했다. 사람들이 이런 화제에 이르렀을 때, 그의 관대한 침묵은, 마치 신부가 당신의 종교 의무에 대해 말하기를 피하거나, 재정가가 자신이 운영하는 사업을 추천하지 않으려고 노력하거나, 또는 헤라클레스 같은 장사가 당신에게 주먹질을 하지 않으려고 부드럽게 대할 때와 같은 신중함으로 문외한들을 감동시켰다.

"당신이 쥐리앵 드 라 그라비에르* 해군 대장의 친척이라는 걸 알아요." 하고 바랑봉 부인이 잘 아는 듯한 얼굴로 내게 말했다. 바랑봉 부인은 파름 대공 부인의 시녀로, 착하지만 꽉 막힌 여자였는데, 예전에 공작 모친의 주선으로 대공 부인의 시녀가 되었다. 그녀는 그때까지 내게 말을 건 적이 없었지만, 그 후에도 파름 대공 부인의 질책과 나의 항의에도 내가 전혀 알지도 못하는 그 한림원 회원인 해군 제독과 관계 있다는 생각을 머리에서 지우지 못했다. 나를 쥐리앵 드 라 그라비에르의 조카로 믿으려는 파름 대공 부인 시녀의 고집에는 그 자체로 뭔가 속된 의미에서 우스꽝스러운 점이 있었다. 하지만 그녀가 저지른 잘못은, 세상이 우리와 관련하여 작성하는 '분류표'에서 우리 이름을 따라다니는 수많은 오류들, 보다 경박하고 미묘하며 보다 고의적이고 무의식적인 오

---

* Jean-Edmond Jurien de La Gravière(1812~1912). 프랑스 해군 제독으로 해군 역사를 저술했으며 1888년에는 한림원 회원으로 선출되었다.

류 중에서도 가장 극단적이며 가장 생기 없는 본보기에 불과
했다. 게르망트 부인의 한 친구가 나와 교제하고 싶다는 소망
을 강하게 표명하면서 내가 그의 사촌인 쇼스그로 부인을 잘
안다는 이유를 댄 것이 기억났다. "매력적인 분이에요. 그분
은 당신을 아주 좋아해요." 그러나 나는 양심상 이 말에 착오
가 있으며 쇼스그로 부인을 잘 알지 못한다고 여러 번 말했지
만 헛수고였다. "그렇다면 당신과 아는 사람은 그분 동생이군
요. 같은 거죠, 뭐. 스코틀랜드에서 만났겠군요." 나는 스코틀
랜드에는 가 본 적도 없다고 상대방에게 솔직하게 털어놓았
지만 그 역시 소용없었다. 쇼스그로 부인 자신이 나를 안다고
말했고, 처음 착각한 후부터 계속 그 사실을 진심으로 믿었으
므로 나를 만날 때마다 그녀는 계속해서 손을 내밀었다. 요컨
대 내가 자주 어울리는 환경이 정확하게 쇼스그로 부인이 드
나드는 환경과 일치했으므로 나의 겸손함은 아무 의미가 없
었다. 내가 쇼스그로네 사람들과 친하다는 사실은 문자 그대
로 착오였고, 사회적 관점에서 보면 내 사회적 지위에 — 나
같은 젊은이에게 만약 지위라는 말을 붙일 수 있다면 — 상응
했다. 그러므로 제아무리 게르망트네 친구가 나에 대해 틀린
말을 했다 할지라도, 나에 대해 계속해서 가지고 있는 관념
속에서 그는 (사교계의 관점에서) 나를 낮게 평가하지도 높게
평가하지도 않았다. 만약 누군가가 당신에 대해 틀린 생각을
하여, 우리가 알지 못하는 부인과 교제한다고 믿거나, 아니면
우리가 한 번도 해 본 적 없는 멋진 여행 중에 친해졌다는 소
문이 떠돌 때면, 이는 결국 연극을 한 번도 해 본 적 없는 사

람이 언제나 같은 인물로 살아가는 게 지겨워 잠시 무대 위에 올라가 그 권태를 떨쳐 버리는 것과도 같다. 이런 실수는 수없이 저질러지지만, 그것이 파름 대공 부인의 멍청한 시녀가 나의 부인에도 불구하고 나를 줄곧 저 따분한 쥐리앵 드 라 그라비에르 해군 제독의 친척이라고 믿으면서 저질렀던, 또 평생 동안 계속해서 저지르는 실수와 같은 그런 굽힐 줄 모르는 완강함만 없다면, 별로 해로울 건 없다고 할 수 있다. "이런 일에는 그다지 뛰어난 사람이 아닐세." 하고 공작이 내게 말했다. "게다가 너무 술을 권하지 말게. 조금은 디오니소스의 영향을 받은 것 같으니." 사실 바랑봉 부인은 물밖에 마시지 않았지만, 공작은 자신이 좋아하는 관용어 쓰기를 좋아했다.

"하지만 졸라는 사실주의자가 아니에요, 부인! 그분은 시인이랍니다!" 하고 게르망트 부인은 최근 몇 년간 읽은 평론에서 영감을 얻은 의견을 자신의 개인적 재능에 따라 약간 조정하며 말했다. 오늘 저녁 그녀가 재치의 해수욕을 하는 동안, 특히 건강에 이로울 것처럼 보이는 이 물결치는 바다에서 해엄치는 동안 연이어 부서지는 역설의 파도에 몸을 내맡기며 그때까지 기분 좋게 떠밀려 오던 파름 대공 부인이 다른 어느 때보다도 엄청난 역설에 몸이 뒤집힐까 겁이 난 듯 펄쩍 뛰었다. 그리고 숨이 차는지 끊기는 목소리로 말했다.

"졸라가 시인이라고요?"

"물론이죠." 하고 공작 부인은 이런 숨 막힘의 효과가 즐거운 듯 웃으면서 대답했다. "마마께서는 졸라가 손에 닿는 것은 모두 웅장하게 만든다는 걸 주목하셨겠죠. 바로…… 행운을 가져다주는 것만 만진다고 생각하시겠죠. 하지만 그는 그걸로 뭔가 거대한 걸 만든답니다. 그는 서사시에서 말하는 진흙탕의 시인이에요! 분뇨담의 호메로스예요! 그 사람은 캉브론의 말을 쓰는 데 대문자가 충분치 않나 봐요."*

대공 부인은 심한 피로를 느끼는 중에도 굉장히 즐거웠다. 이토록 기분이 좋은 건 이번이 처음이었다. 그녀를 유일하게 기분 좋게 하는 쇤브룬 궁**에서의 체류도 이처럼 많은 재담으로 활력을 주는 게르망트 부인과의 멋진 만찬과는 바꾸지 않았을 것이다.

"졸라는 그걸 캉브론(Cambronne)의 대문자 C로 써요."라고

---

* 이 단락은 프루스트가 졸라에 대해 언급한 거의 유일한 부분이라고 할 수 있는데, 드레퓌스 사건 당시 졸라를 추종했음에도 프루스트는 졸라의 문학이 지나치게 저속한 것을 다루며, 그의 사실주의가 서사시적인 웅장함과 천박한 것의 조합으로 이루어졌음을 비난하고 있다. 이와 같은 프루스트의 해석은(게르망트 부인을 통한) 바르베 도르빌리의 의견을 반영한다고 지적된다. 도르빌리는 분뇨가 가득한 아우게이아스의 우리에 물줄기를 끌어들여 청소한 헤라클레스에 졸라를 비유하면서, 졸라의 『목로주점』에 대해 "졸라 씨는 단지 구역질 나는 것 속에서 작업하기를 원했다. 우리는 그 덕분에 인간의 배설물을 폭넓게 활용할 수 있으며, 그런 것으로 만든 책을 아름답다고 주장할 수 있다는 걸 알게 되었다. (……) 에밀 졸라 씨는 진흙탕 속에서도 위대한 예술가가 될 수 있다는 걸 보여 주었는데, 이는 마치 대리석을 가지고 위대한 예술가가 될 수 있다고 주장하는 것과 같다. 그의 전문 분야는 진흙탕이다. 그는 '진흙탕의 미켈란젤로'가 있을 수 있다고 생각한다."(바르베 도르빌리, 『근대 소설』, 르메르, 1902; 『게르망트』, 폴리오, 726쪽에서 재인용.) 또한 프루스트는 졸라가 추상 명사(자유나 인류 등)를 지나치게 자주 대문자로 쓰는 걸 풍자하고 있다. 캉브론(Cambronne) 장군과 똥을 의미하는 merde의 관계에 대해서는 『잃어버린 시간을 찾아서』 2권 264쪽 주석 참조.
** 오스트리아 빈에 있는 바로크식 궁전으로 18세기에 만들어졌다.

아르파종 부인이 소리쳤다.

"내 생각에는 오히려 메르드(merde)의 대문자 M으로 쓰는 것 같은데요, 부인." 하고 게르망트 부인이 대답하며 "정말 바보 같은 여자야!"라는 뜻이 담긴 눈길을 남편과 교환했다. "자, 마침." 하고 게르망트 부인이 나에게 미소가 담긴 부드러운 시선을 던지면서 말했다. 모범적인 여주인으로서 특히 내가 관심을 가진 화가에 대한 그녀의 지식을 보여 주고, 내가 원한다면 내가 가진 지식도 펼칠 기회를 주고 싶었기 때문이다. "자." 하고 그녀는 깃털 부채를 가볍게 흔들면서 말했다. 그 순간 그녀는 손님 환대의 의무를 완벽하게 수행하고 있음을 의식했고, 어떤 의무도 소홀히 하지 않으려고 나를 위해 무슬린 소스*를 친 아스파라거스를 다시 내오도록 손짓하면서 이렇게 말했다. "그런데 바로 졸라가 엘스티르에 관한 평론을 썼다나 봐요.** 조금 전에 당신도 그 화가의 그림 몇 점을 보았죠. 게다가 그 그림들은 엘스티르가 그린 것 중 제가 유일하게 좋아하는 거랍니다." 하고 그녀는 덧붙였다. 사실 그녀는 엘스티르의 그림을 싫어했지만, 자기 집에 있는 것은 모두 특별한 가치가 있다고 생각했다. 나는 서민들을 그린 작품에서 실크해트를 쓰고 등장한 신사가 누구인지*** 게르망트 씨에게 물어보았

---

* 생크림이나 거품을 낸 계란 흰자로 만든 네덜란드식 소스이다.
** 졸라는 1867년 에두아르 마네에 관한 평론을 썼다.
*** 여기서 '서민들을 그린 작품'이라고 옮긴 프랑스어 표현은 le tableau populaire로서, 다음에 나오는 화려한 옷차림의 초상화와 대립되는 개념이다. 모델 값도 비싸지 않은 일반 서민을 그렸으며 규모도 크다는 뜻이 함축되어 있다.

는데, 바로 그 그림 옆에 있던 게르망트네가 소장한 화려한 옷차림의 인물 초상화에서(엘스티르의 개성이 아직 다 드러나지 않은, 조금은 마네에게서 영향을 받은 시기와 거의 비슷한 시기의) 동일 인물을 알아보았기 때문이다. "저런." 하고 그가 내게 대답했다. "무명인도 아니고 그자의 전문 분야에서도 바보가 아니라는 건 알지만, 이름이 기억나지 않는군. 혀끝에서 이름이 맴돌긴 하는데…… 뭐더라……. 여하튼 중요한 건 아니고, 잘 모르겠는걸. 스완이라면 자네에게 말해 줄 텐데. 게르망트 부인에게 이런 것들을 사게 한 사람이 바로 그 사람이거든. 아내는 항상 너무 친절해서, 만약 거절하면 상대방의 기분을 언짢게 할까 걱정인지라. 우리끼리 하는 말이지만, 내 생각에는 그 친구가 우리에게 형편없는 그림을 떠맡긴 것 같네. 내가 자네에게 말할 수 있는 건, 그자가 엘스티르를 등단시켰고, 또 그림을 주문하면서 몇 번 어려운 처지에서 구해 준 적이 있는 일종의 후원자였다는 걸세. 그래서 감사의 뜻으로 — 그걸 감사의 표시라고 여긴다면 말일세. 취향에 따라 다르니까. — 나들이 옷으로 차려입은 사람을 꽤나 우스꽝스러운 효과를 자아내는 장소에서 그린 거지. 아주 박식한 거물일지는 모르지만 어떤 상황에서 실크해트를 써야 하는지는 모르는 게 확실한 듯하네. 모자를 쓰지 않은 아가씨들 한가운데서 실크해트를 쓴 모습이라니, 술에 취한 어느 시시한 시골 공증인 같아 보이지 않나? 그런데 어쨌든 자네는 그 그림에 푹 빠진 것 같군. 미리 알

실크해트를 쓴 신사에 대해서는 181쪽 주석 참조.

았다면 자네 질문에 대답할 준비를 해 뒀을 텐데. 하기야 엘스티르의 그림을 보기 위해서는 앵그르의 「샘」이나 폴 들라로슈의 「에두아르의 아이들」*을 볼 때처럼 머리를 쥐어짤 필요는 없네. 우리가 그의 그림에서 음미하는 건 정교하게 관찰되었고, 파리가 재미있게 그려졌다는 사실뿐, 나머지는 그냥 무시하지. 엘스티르의 그림을 감상하기 위해서는 딱히 박식할 필요도 없네. 그의 그림은 단순한 채색 스케치에 지나지 않으며, 그렇게 정교하게 작업된 것도 아니네. 스완은 뻔뻔스럽게도 우리에게 그가 그린 「아스파라거스 한 다발」**을 사게 하려고 했네. 그 그림은 여기 우리 집에 며칠 동안 있었네. 그림 속에는 자네가 지금 삼키는 것과 똑같은 아스파라거스 한 다발밖에 아무것도 없었지. 하지만 나는 엘스티르가 그린 아스파라거스를 삼키길 거절했네. 300프랑이나 요구했거든. 아스파라거스 한 다발에 300프랑이라니! 만물이라고 해도 20프랑이면 족한데 말이야! 아스파라거스 한 다발 값으로는 터무니없이 비싸다고 생각했네. 이런 것들에 그가 인물을 추가하기 시작

---

* 장 오귀스트 앵그르(Jean Auguste Dominique Ingres, 1780~1867). 19세기 프랑스 고전주의의 대표적 화가로 「샘」은 1856년에 그려졌다.(180쪽 주석 참조.) 폴 들라로슈(Paul Delaroche, 1797~1856). 낭만파의 한 사람으로 역사화나 초상화를 많이 그렸으며,「에두아르의 아이들」은 1831년에 전시되었다.
** 마네의 그림 제목이다. 그는 1880년에 또 다른 「아스파라거스」를 그렸는데, 그는 샤를 에프뤼시에게 「아스파라거스 한 다발」을 800프랑에 팔기로 했다.(에프뤼시에 대해서는 181쪽 주석 참조). 에프뤼시가 1000프랑을 보내와서 재기 넘치는 마네는 "당신의 아스파라거스 다발에 부족한 하나가 여기 있습니다."라는 글과 더불어 이 그림을 보냈다고 한다.(아스파라거스 묘사에 대해서는 『잃어버린 시간을 찾아서』 1권 215쪽 참조.)

하자 이번에는 뭔가 경박하고도 비관적인 면을 띠기 시작했는데, 내 마음에는 들지 않더군. 자네처럼 세련된 정신과 뛰어난 두뇌를 가진 사람이 그런 것들을 좋아하다니 좀 놀랍네."

"당신이 왜 그런 말을 하는지 잘 모르겠네요, 바쟁." 하고 사람들이 자기 살롱에 있는 것을 과소평가하는 게 싫은 공작 부인이 말했다. "엘스티르의 그림을 예외 없이 다 인정한다는 건 아니에요. 취할 것도 있고 버릴 것도 있죠. 하지만 항상 재능이 없는 건 아니에요. 또 사실을 말하자면 내가 산 그림들은 보기 드물게 훌륭한 것들이죠."

"오리안, 그런 그림이라면 우리가 수채화 전시회에서 본 비베르* 씨의 작은 습작품이 난 천배는 더 좋소. 물론 당신이 원한다면 그건 아무것도 아니라고 할 수 있소. 손바닥 안에 들어갈 정도니. 하지만 구석구석까지 재기가 넘친다오. 강아지를 재롱부리게 하는 그 마음 여린 성직자 앞에 선 삐쩍 마른 더러운 옷차림의 선교사 모습은 아주 섬세하면서도 깊이가 있는 한 편의 시라고 할 수 있소."

"엘스티르와 아는 사이시죠?" 하고 공작 부인이 내게 말했다. "유쾌한 사람이에요."

"지적인 사람이지." 하고 공작이 말했다. "그 사람과 얘기를 하다 보면 그의 그림이 왜 그렇게 저속한지 놀라게 된다네."

"지적인 것 이상이죠. 정말 재치가 넘친답니다." 하고 공작

---

* 주앙 조르주(Jehan Georges Vibert, 1840~1902). 프랑스 수채화가 협회의 창시자로 신부와 수도사를 그린 그림이 높은 평가를 받았다. 이 문단에서 말하는 작품은 「선교사의 이야기」(1883)이다.

부인은 그 분야에 정통한 사람이 보이는 감식가의 통달한 표정을 지으며 말했다.

"엘스티르가 당신 초상화를 시작하지 않았나요, 오리안?" 하고 파름 대공 부인이 물었다.

"네, 가재처럼 붉은색으로요." 하고 게르망트 부인이 대답했다. "하지만 그의 이름을 후세에 남기는 건 그 그림이 아닐 거예요. 끔찍해요, 바쟁이 없애 버리려고 했죠."

게르망트 부인이 자주 했던 말이다. 그러나 때로는 평가가 달랐다. "나는 그의 그림을 좋아하지 않아요. 하지만 예전에 그분은 내 초상화를 아름답게 그려 준 적이 있어요." 이 두 평가 중 하나는 공작 부인이 그녀 초상화에 대해 말하는 사람들에게 흔히 하는 말이었고, 다른 하나는 초상화에 대해 말하지 않는 사람들, 따라서 그녀의 초상화가 있다는 걸 알려 주고 싶은 사람들에게 하는 말이었다. 첫 번째는 어리광을 부리는 마음에서, 두 번째는 허영심에서 나온 말이다.

"당신 초상화를 흉물로 만들다니요! 그렇다면 그건 초상화가 아니라 모조품이에요. 난 붓을 잡을 줄도 모르지만, 만약 내가 당신을 그림으로 그린다면, 눈에 보이는 대로만 그려도 걸작이 될 것 같은데요." 하고 파름 대공 부인이 순진하게 말했다.

"엘스티르는 아마도 제가 저를 보듯이 저를 보는 모양이에요. 다시 말해 치장하지 않은 채로요." 하고 게르망트 부인은 동시에 울적하고 겸손하며, 어리광 부리는 눈길을, 엘스티르가 보여 준 그녀 모습과 다르게 보이는 게 더 적절하다고 여겨지는 그런 눈길을 던지며 말했다.

"갈라르동 부인에게는 그 초상화가 그리 불쾌하게 생각되지 않을 거요." 하고 공작이 말했다.

"그녀가 그림에 정통하지 않아서요?" 하고 게르망트 부인이 그녀의 사촌을 무척이나 멸시한다는 걸 잘 아는 파름 대공 부인이 물었다. "하지만 아주 착한 여자예요, 그렇지 않나요?" 공작은 매우 놀란 표정을 지었다.

"저런, 바쟁, 대공 부인이 당신을 놀리는 걸 모르나 봐요?(대공 부인은 그런 생각을 한 적도 없었다.) 대공 부인께서도 갈라르도네트가 늙은 '독종'인 건 잘 알고 계세요."* 하고 게르망트 부인이 말을 이었다. 게르망트 부인의 어휘는 보통 이런 예스러운 표현에 국한되어, 마치 매력적인 팡피유**의 요리책에는 있어도 실제로는 아주 드문, 젤리나 버터, 육수와 고기 완자가 진짜라서 섞인 것이 없고 소금도 브르타뉴에서 가져온 것만을 쓰는 요리마냥 무척이나 정취가 있었다. 억양이나 단어 선택에서 사람들은 게르망트 부인의 대화를 이루는 바탕이 직접 게르망트가문에서 나온 것임을 느낄 수 있었다. 이런 점에서 공작 부인은 새로운 사상과 표현에 젖은 조카 생루와는 전적으로 달랐다. 칸트의 사상과 보들레르에 대한 향

---

* 갈라르도네트는 갈라르동(Gallardon)의 애칭이다. 여기서 독종이라고 옮긴 프랑스어의 '독약(poison)'이 예전에는 '견디기 힘든 심술궂은 여자'를 뜻했음을 환기하고 있다.
** Pampille. 프루스트의 친구 레옹 도데의 사촌이자 아내인 마르트 알라르(Marthe Allard)의 필명이다. 음식과 의상에 관한 책을 썼다.

수로 혼란스러울 때 앙리 4세 시대의 세련된 프랑스어를 구사하기란 힘든 일이며, 따라서 공작 부인의 언어가 가진 순수함 자체도 실은 어떤 한계의 표시로 그녀에게서 지성과 감성은 온갖 새로운 것들에 닫혀 있었다. 이 점에서도 게르망트 부인의 정신은 바로 그것이 배제하고(바로 나 자신의 상념을 구성하는 질료인) 또 그것이 배제함으로써 간직할 수 있었던 것, 즉 우리를 진력나게 하는 성찰이나 도덕적인 배려와 신경증으로 왜곡되지 않은 그런 유연한 몸의 멋진 활기로 나를 기쁘게 했다. 내 정신보다 훨씬 이전에 형성된 부인의 정신은 해변에서 작은 무리의 소녀들이 걷는 모습이 내게 주었던 것과 유사했다. 게르망트 부인은 상냥함과 정신적 가치를 존중하는 데 길들어 그에 복종했지만, 콩브레 근방에 사는 귀족 가문의 잔인한 소녀로서 어릴 적부터 말을 타고 고양이 허리를 부러뜨리고 토끼 눈알을 빼는 에너지와 매력이 있으면서도 미덕의 꽃으로 남아 그 변치 않은 우아함으로 몇 해 전이었다면 사강 대공의 가장 빛나는 정부도 될 수도 있었으리라. 다만 부인은 내가 부인에게서 추구했던 것과 — 게르망트라는 이름에서 풍기는 매력 — 거기서 발견했던 아주 작은 것, 즉 게르망트에 남아 있는 시골 흔적에 대해서는 결코 이해할 수 없었다. 우리 두 사람의 관계는 이처럼 내 찬미가 그녀 자신이 생각하는 것보다 상대적으로 더 뛰어난 여인을 향해 보내지는 대신, 똑같이 평범하며 똑같이 자기도 모르는 사이에 매력을 발산하는 다른 여인 쪽을 향하면서 반드시 나타날 그런 오해에 기초했다. 그토록 자연스러운 오해는 몽상가인 젊은이와 사교계 여인 사이에 늘 존재할 것이며, 또 젊은이는 자기 상상력의 본질을 인식하지 못하고 연극이나 여행 또는 사랑에서마저 느끼듯이, 다른 존재들 옆에서 틀림없이 느끼게 될 그 불가피한 환멸을 받아들이지 않는 한 깊은 혼란에 빠진다.

게르망트 씨가(엘스티르의 아스파라거스 그림과, 피낭시에르*를 곁들인 닭 요리를 먹은 후에 이내 아스파라거스가 식탁에 나오자) 야외에서 자란 싱싱한 아스파라거스는, E. 드 클레르몽 토네르라는 필명의 매력적인 작가가 하는 익살스러운 표현마냥 "그들 자매처럼 그토록 인상적인 뻣뻣함이 없는" 아스파라거스는 달걀과 같이 먹어야 한다고 말하자, 이에 브레오테 씨가 대답했다. "한쪽에서 좋아하는 것을 다른 쪽에서는 싫어하고 혹은 그 반대이기도 하고. 중국 광둥 지방에서는 완전히 썩은 멧새 알을 제일 맛있게 친다는군요."《르뷔 데 되 몽드》에 실린 몰몬교도에 대한 연구의 저자인 브레오테 씨는 가장 귀족적인 사회만을 출입했고, 그중에서도 가장 지적 평판이 높은 사회만을 접촉했다. 그래서 그의 출석, 적어도 그의 꾸준한 참석 여부에 따라 사람들은 한 여인이 괜찮은 살롱을 이끌어 가는지 어떤지를 알 수 있었다. 그는 사교계를 증오한다고 주장하면서도 각각의 공작 부인에게는 따로 그녀의 재치와 아름다움 때문에 그녀를 찾았다고 말했다. 여인들은 모두 그 말을 믿었다. 파름 대공 부인 댁에서 열리는 대연회마다 그는 체념

---

* 송로와 올리브, 양고기나 송아지 고기 잘게 썬 것을 주 요리에 곁들인 것을 말한다.

한 듯 마지못해 갔으며, 용기를 얻기 위해 모든 여인들을 소환했고 그리하여 아주 가까운 사람들에 둘러싸인 채로만 나타났다. 그는 지식인으로서의 자기 명성이 사교계 인사의 명성보다 더 오래갈 수 있도록 게르망트 정신이 주는 몇몇 교훈을 실천하려고 우아한 부인들과 함께 무도회 시즌 동안에도 긴 학술 여행을 떠났고, 속물인 사람, 따라서 아직 사회적으로 출세하지 못한 사람이 사교계 도처에 나타나기 시작하면, 그 사람과 사귀고 싶은 또는 소개받고 싶은 생각이 들지 않도록 완강히 버텼다. 속물에 대한 그의 증오는 바로 자신의 속물근성에서 비롯되었고, 순진한 사람들, 다시 말해 모든 사람들로 하여금 자신은 거기서 제외되었다고 믿게 했다.

"바발은 항상 모든 걸 알아요!" 하며 게르망트 부인이 외쳤다. "유제품 장수가 정말로 썩은 달걀, 혜성의 해로 거슬러 올라갈 수도 있는 달걀을 판다는 걸 확인할 수 있는 나라라니 정말 멋져요. 거기에 버터 바른 빵을 찍어 먹는 내 모습이 여기서도 보이는 것 같네요. 마들렌 아주머니(빌파리지 부인) 댁에서도 가끔은 달걀을 포함해 썩은 음식이 나온다는 걸 말해야겠어요.(그러자 아르파종 부인이 말도 안 된다고 외쳤다.) 하지만 필리, 당신도 나만큼 잘 알잖아요. 달걀 속에 이미 병아리가 들어 있는걸요. 어떻게 그렇게 병아리가 얌전히 틀어박혀 있는지 모르겠어요. 그 댁에서 당신이 먹는 건 오믈렛이 아니라 닭장이거든요. 메뉴에는 안 들어 있었지만요. 엊그제 만찬에는 안 오길 잘하셨어요. 페놀에 절인 가자미가 나왔거든요! 마치 요리를 내오는 식탁이 아니라 전염병 환자의 식사 같더라고요. 정말이지 노르푸아는 영웅적이라고 할 정도로 충직하더군요. 그걸 더 달라고 해서 먹다니!"

"아주머니가 블로흐 씨에게 무례한 말을 한 그날 자네를 본 것 같은데.(게르망트 씨는 아마도 이스라엘 사람 이름에 이국적인 느낌을 더하려고 그랬는지 블로크(Bloch)의 ch를 k로 발음하지 않고, 독일어의 호흐(hoch)처럼 발음했다.) 그 사람이 어느 '씨인'에 대해, 누군지는 잘 모르겠지만, 숭고하다고 했다네. 샤텔로가 아무리 블로흐 씨의 정강이를 부러뜨려도 그는 알아차리지 못했고, 내 조카가 옆에 앉은 젊은 여인을 무릎으로 친다고 믿었다네.(여기서 게르망트 씨는 약간 얼굴을 붉혔다.) 블로흐 씨는 자신이 수없이 해 대는 온갖 '숭고'라는 말로 아주머니의 심기를 불편하게 하고 있다는 걸 깨닫지 못했네. 요컨대 마들렌 아주머니는 말이 모자란 분이 아닌지라 그의 말에 이렇게 대꾸했지. '그럼, 므시외 드 보쉬에*에 대해선 뭐라고 하실 건가요?'(게르망트 씨는 유명한 이름 앞에서는 '므시외'와 '드'를 붙이는 게 본질적으로 앙시앵 레짐풍이라고 생각했다.) 돈을 주고 보는 구경거리 같았네."

"그래 블로흐 씨는 뭐라고 대답했나요?" 하고 게르망트 부인은 그 순간 독창적인 생각이 떠오르지 않자 남편의 독일식 발음을 따라 해야 한다고 생각하며 건성으로 대답했다.

---

*자크 보쉬에(Jacques Bénigne Bossuet, 1627~1704). 루이 14세 시대의 신학자이자 정치가로 '왕권신수설'의 주창자였다. 그러나 귀족이 아닌 평민인 탓에 그의 이름에는 '드'가 없었다. 유명한 사람이면 누구나 귀족이라고 생각하는 게르망트의 무지와 맹목적인 신앙이 다시 한 번 폭로되는 부분이다.

"물론 블로흐 씨는 더 이상 기다리지 않고 그냥 도망쳤다오."

"그래요. 그날 당신을 본 게 기억나요." 하고 게르망트 부인은 자신이 기억한다는 사실이 나를 기쁘게 한다는 듯 강조하는 어조로 말했다. "아주머니 댁에는 언제나 재미있는 일이 많아요. 내가 당신을 만난 마지막 파티에서 우리 옆을 스쳐 간 그 나이 든 분이 프랑수아 코페*인지 당신에게 물어보고 싶었어요. 시인 이름이라면 다 아실 테니까요."라며 부인은 나와 시인들과의 관계를 진심으로 부러워하면서, 또 손님들 눈에 문학에 정통한 이 젊은이를 더욱 돋보이게 하려고 나에 '대해' 호감을 드러내며 말했다. 나는 공작 부인에게 빌파리지 부인의 파티에서 유명 인사는 한 사람도 보지 못했다고 단언했다. "뭐라고요!" 하고 게르망트 부인은 생각도 하지 않고 말했다. 이렇게 함으로써 문인에 대한 그녀의 존경심도, 사교계에 대한 경멸도, 그녀의 말이나 어쩌면 마음속 생각보다 훨씬 가식적인 것임을 드러냈다. "뭐라고요! 위대한 작가가 없었다고요? 정말 놀라운 일이네요. 그래도 그 자리엔 믿기 어려울 정도로 대단한 인물들이 있었는데요."

나는 그날 저녁 일을 아주 사소한 사건 때문에 또렷이 기억했다. 빌파리지 부인이 블로크를 알퐁스 드 로칠드 부인에게 소개하자, 내 친구는 그 이름을 잘못 듣고 조금은 정신 나간 늙은 영국 여자에게 붙잡힌 걸로 생각하고는 왕년의 미인이

* François Coppée(1842~1908). 프랑스의 시인으로 평범한 사람들의 일상적인 삶을 평이한 문체로 다루었다. 시집으로 『친밀함』과 『서민들』이 있다.

늘어놓는 장황한 말에 짧은 단음절로만 대꾸했는데, 그러던 중 빌파리지 부인이 그 부인을 다른 사람에게 소개하면서 이 번엔 분명하게 '알퐁스 드 로칠드 남작 부인'이라고 발음했다. 그러자 갑자기 블로크의 혈관 속으로 돈과 명성의 관념이 흘 러들었고, 신중하게 분리해서 생각해야 할 이러한 관념이 그 의 심장에 타격을 가하고 뇌를 흥분시켜 그만 상냥한 노부인 앞에서 "그걸 알았더라면!" 하고 외치고 말았다. 이렇게 바보 같은 고함을 지른 탓에 그는 일주일이나 잠을 이루지 못했다. 특별히 흥미로운 건 없었지만, 나의 기억 속에 블로크의 이 말 은, 사람들이 때로 삶에서 뭔가 예외적인 감동의 충격을 받으 면 생각하는 대로 말한다는 것을 보여 주는 증거로 남았다.

"빌파리지 부인은 전적으로…… 도덕적인 사람은 아닌가 봐요."라며 파름 부인은, 공작 부인이 아주머니 댁을 방문하 지 않는다는 사실을 알게 된 데다 또 부인이 방금 한 말로 미 루어 빌파리지 부인에 관해 자유롭게 얘기해도 된다고 생각 하고는 말했다. 그러나 게르망트 부인은 그 말을 인정하지 않 는 표정으로 이렇게 덧붙였다. "하지만 그 정도의 지성이라면 모든 걸 허락해 주는 법이죠."

"대공 부인께서는 제 아주머니에 대해 보통 사람들이 생 각하는 것처럼 생각하시나 봐요?" 하고 공작 부인이 대답했 다. "그건 아주 잘못된 생각이에요. 어제만 해도 메메가 그렇 게 말했어요." 그녀는 얼굴을 붉혔는데, 내가 모르는 나에 대 한 어떤 기억이 그녀의 눈을 흐리게 하는 듯했다. 나는 예전에 샤를뤼스 씨가 로베르를 통해 공작 부인 댁에 가지 말라고 말한 적이 있었으므로, 혹시 샤를뤼스 씨가 나를 부인에게 초대하지 말라고 한 게 아닌가 추측했다. 나는 공작이 동생 얘기를 하면서 어느 순간에 홍조를 띤 게 — 게다가 나로서는 이해하기 힘든 — 같은 이유만은 아닌 것 같다는 느낌을 받았다. "가엾은 내 아주머니! 아주머니는 앙시앵 레짐의 사람이며, 눈부신 지성을 가진 방탕한 여자라는 명성을 간직하시게 될 거예요. 아주머니 이상으로 부르주아적이고 진지하며 퇴색한 지성도 없어요. 아주머니는 예술가들의 후원자로 통하겠지만, 다시 말해 어느 위대한 화가의 정부였다는 말이죠, 그렇지만 그 화가는 그림이 무엇인지 아주머니에게 결코 이해시키지 못했을 거예요. 아주머니의 인생으로 말하자면, 아주머니는 타락한 사람이라기보다는 결혼이나 부부 생활을 위해 태어난 분인지라 한 남편과 끝까지 함께할 수 없게 되는 경우에도, 게다가 아주 형편없는 작자임에도, 아주머니가 합법적인 결혼처럼 똑같이 예민하고 똑같이 분노하며 똑같이 충실한, 모든 관계를 너무도 진지하게 받아들였죠. 그런 관계는 때로 너무도 진지해서 보통 위로를 받지 못하는 정부들이 남편 수보다 더 많은 법이죠."

"그렇지만 오리안, 당신이 방금 말한 시동생 팔라메드를 보세요. 세상의 어떤 정부가 고인이 된 샤를뤼스 부인만큼 애도를 받을 수 있다고 감히 꿈꾸겠어요."

"아, 대공 부인, 마마의 의견에 전적으로 동의하지 않는 걸 용서해 주세요." 하고 공작 부인이 대답했다. "사람들은 모두 같은 방식으로 애도받기를 좋아하지는 않는답니다. 각자 선호하는 게 다르니까요."

"부인의 사망 후에 그분은 진정으로 부인을 숭배하고 있어요. 살아 있는 사람들에겐 하지 않을 일을 이따금 고인을 위해서 하는 게 사실이지만!"

"우선." 하며 게르망트 부인은 빈정거림을 담은 실제 의도와는 대조를 보이며 꿈꾸는 듯한 어조로 말했다. "우리는 그들의 장례식에 가죠. 살아 있는 사람들에겐 절대로 하지 않는 일이지만요!" 게르망트 씨는 공작 부인의 재담을 들은 브레오테 씨가 웃음을 터뜨리게 하려는 듯 장난기 섞인 표정으로 그를 쳐다보았다. "하지만 솔직히 말하면." 하고 게르망트 부인이 말을 이었다. "만일 내가 사랑하는 남자로부터 애도받기를 원한다면, 시동생이 하는 것과 같은 방식은 아닐 거예요."

공작의 얼굴이 어두워졌다. 그는 아내가 함부로, 특히 샤를뤼스 씨에 대해 함부로 평가하는 걸 싫어했다. "까다로운 사람이군. 모두들 동생의 슬픔에 감동했는데." 그는 거만한 어조로 이렇게 말했다. 그러나 공작 부인에게는 남편에 대해 조련사와도 같은, 또는 미친 사람과 함께 살면서 약 올리기를 겁내지 않는 그런 대담함이 있었다.

"그래요. 당신이 그렇게 생각하기를 원한다면, 아니라고는 말하지 않겠어요. 아주 교훈적이니까요. 그 사람은 오찬에 몇 사람이 왔는지 말하려고 매일같이 묘소에 가고, 죽은 부인을 엄청나게 그리워한답니다. 하지만 사촌이나 할머니나 누이를 그리워하듯 그리워하죠. 그건 남편의 애도가 아니에요. 사실 그들은 두 명의 성인(聖人) 같았어요. 그래서 그 애도도 조금은 특별했죠." 아내의 재잘거림에 화가 난 게르망트 씨는 금방 폭발할 것 같은 눈동자를 무섭게 부릅뜨고 아내를 응시했다. "우리 불쌍한 메메에 대해 험담을 하려는 건 아니에요. 말이 나왔으니 말인데 메메는 오늘 시간이 없다고 하더군요." 하고 공작 부인은 말을 이었다. "메메처럼 착한 사람도 없다는 건 인정해요. 아주 매력적이고, 섬세하고, 보통 남자들이 가지지 못한 그런 마음씨를 가졌어요. 메메는 여자 같은 마음씨를 가졌어요!"

"당신은 말도 안 되는 소릴 하고 있소." 하며 게르망트 씨가 세차게 말을 가로막았다. "메메에게는 여성적인 면이 전혀 없소. 메메만큼 남자다운 사람도 없소."

"메메가 여자 같다는 말은 절대 아니에요. 내 말뜻을 좀 알아들으세요." 하고 공작 부인이 말을 이었다. "아! 저 사람은, 동생과 관련된 일이라고만 하면……." 하고 공작 부인은 파름 대공 부인 쪽을 돌아보며 덧붙였다.

"정말 좋아요. 듣기에도 참 즐겁네요. 형제가 서로 사랑하는 것처럼 아름다운 일도 없으니까요" 하고 파름 대공 부인은 대다수의 서민들이 말하듯이 말했다. 왜냐하면 인간은 혈통상 왕족에 속하면서도 정신적으로는 지극히 평범한 서민에 속할 수 있으니까.

"당신 가족 얘기가 나왔으니 하는 말인데, 오리안." 하고 대공 부인이 말했다. "어제 당신 조카 생루를 봤어요. 뭔가 당신에게 부탁이 있는 듯했어요." 게르망트 공작은 그의 제우스 같은 눈썹을 찌푸렸다. 누군가에게 도움을 주고 싶지 않을 때 아내가 그 일을 떠맡는 걸 그는 무척 싫어했다. 그것은 결국 마찬가지 일로, 공작 부인이 어쩔 수 없이 부탁을 하는 경우에도 남편 혼자서 부탁할 때만큼이나 부탁을 받은 사람은 부부 공동의 채무로 기록해 두리라는 걸 잘 알았기 때문이다.

"왜 그 애는 내게 직접 부탁하지 않았을까요?" 하고 공작 부인이 말했다. "어제 이곳에 두 시간이나 있었는데. 그 애가 날 얼마나 귀찮게 하는지는 하느님만 아실 거예요. 생루가 많은 사교계 인사들처럼 바보인 척할 줄 아는 지혜만 가졌어도 남보다 훨씬 덜 바보로 보였을 거예요. 그 애가 가진 지식의 겉포장은 끔찍하지만요. 그는 열린 지성을, 자신이 이해하지도 못하는 온갖 것에 열린 지성을 갖고 싶은가 봐요. 그가 모로코에 대해 말할 땐 정말 소름이 끼쳐요."

"라셸 때문에 모로코에 돌아갈 수 없는 거죠."라고 푸아 대공이 말했다.

"하지만 헤어졌는데요."라며 브레오테 씨가 끼어들었다.

"완전히 헤어지지는 않았어요. 이틀 전에 로베르의 아파트에서 라셸을 봤거든요. 사이가 틀어진 사람들 같지 않던데요. 정말이에요."라고 로베르의 결혼을 망칠 수 있는 소문이라면 뭐든지 퍼뜨리기 좋아하는 푸아 대공이 — 이미 끝난 관계가 간헐적으로 다시 맺어지는 걸 보고 속았는지는 모르지만 — 대답했다.

"바로 라셸이 당신 얘기를 하더군요. 아침에 샹젤리제를 지나가다 만났는데, 그녀는 당신이 말하는 것처럼 홀연히 사라지는 여자며, 당신이 부르는 것처럼 매춘부고 바람기 있는 여자고, 물론 비유적인 의미에서 하는 말이지만 일종의 '춘희'라고 할 수 있죠." 이 말을 내게 한 사람은 프랑스 문학과 파리 생활의 섬세함에 정통한 척 보이고 싶어 하는 폰 대공이었다.

"바로 모로코에 관한 건데⋯⋯." 하며 급히 연결점을 포착한 대공 부인이 외쳤다.

"모로코에서 그가 뭘 할 수 있다고 생각한 거죠?" 하고 게르망트 씨가 엄하게 물었다. "오리안은 이런 일에서는 아무것도 할 수 없어요. 조카도 그 점을 잘 알아요."

"그 애는 자기가 무슨 전술이라도 발명한 줄 아나 봐요." 하고 게르망트 부인이 말을 이었다. "지극히 단순한 일에도 어려운 말을 쓰면서 편지를 온통 잉크투성이로 만들어 놓는다니까요. 지난번에도 '숭고한(sublime)' 감자를 먹었다느니, '숭고한' 특별석을 빌렸다느니 하며 떠들어 대더라고요."

"그 앤 라틴어를 할 줄 알죠." 하고 공작이 한 술 더 떴다.

"뭐라고요? 라틴어라고요?" 하고 대공 부인이 물었다.

"제 명예를 걸고 드리는 말씀입니다만! 부인, 제 말이 과장인지는 오리안에게 물어보십시오."

"사실이에요, 대공 부인! 요전에도 그는 단숨에 '이렇게 지나가나니, 세상의 영광이란.(*Sic transit gloria mundi.*)'* 하고 한 구절로 말했는데, 그보다 더 감동적인 예는 알지 못해요. 제가 부인께 이 구절을 말씀드리는 것도 스무 번이나 '언어학자들'

---

* 『그리스도의 모방』에 나오는 구절이다.

에게 물어본 후에야 겨우 짜 맞출 수 있었던 덕분이죠. 그런데 로베르는 이 말을 숨도 돌리지 않고 단숨에 내뱉었으니, 그 안에 라틴어가 있는지 어떤지도 구별할 수도 없었다니까요. 그 아이는 마치 「상상병 환자」에 나오는 인물 같았어요! 그리고 이 모든 건 오스트리아 황후의 서거*에 대해 한 말이었고요!"

"가련한 분!" 하고 대공 부인이 외쳤다. "정말 매력적인 분이었는데."

"맞아요." 하고 공작 부인이 대답했다. "조금은 정신 나가고 조금은 무분별했지만, 그래도 매우 선량하고 친절하고 다정한 정신 이상자였어요. 내가 이해할 수 없었던 건 다만 왜 그분이 자신에게 꼭 맞는 틀니를 사지 않으셨나 하는 거죠. 늘 말이 다 끝나기도 전에 틀니가 벗겨져서는 그걸 삼키지 않으려고 말을 중단하셔야 했거든요."

"그 라셀이 당신에 대해 말하더군요. 생루가 자기보다 당신을 더 좋아한다고요."라고 진홍빛 안색의 폰 대공이 식인귀마냥 음식을 먹으면서 말했는데, 그칠 줄 모르고 웃어 대는 통에 치아가 다 드러났다.

"그렇다면 라셀은 절 질투하고 싫어하겠네요." 하고 내가 대답했다.

"천만에요. 당신에 대해 아주 좋게 말하더군요. 푸아 대공의 정부라면, 대공이 그녀보다 당신을 더 좋아한다면 틀림없

---

* 오스트리아 황후인 엘리자베스 폰 비텔스바흐(Elisabeth von Wittelsbach, 1837~1898)는 주네브에서 1898년 이탈리아 아나키스트에 의해 살해되었다.

이 질투했을 테지만 말입니다. 무슨 뜻인지 이해가 안 가나요? 나와 함께 돌아가시죠. 모든 걸 설명해 드릴 테니."

"그럴 수는 없습니다. 11시에 샤를뤼스 씨 댁에 가야 해요."

"어제 제게 오늘 저녁 만찬에 와 달라고 하면서는 10시 45분 이후에는 오지 말라고 하던데. 하지만 굳이 그 집에 가고 싶다면, 코메디프랑세즈까지라도 같이 가시죠. '그 외곽에 (dans la périphérie)' 있는 셈이니까요."라고 대공이 말했다. 대공은 이 단어가 아마도 '그 주위에(à proximité)' 또는 '그 중심에(le centre)'를 뜻한다고 생각하는 모양이었다.

하지만 크고 잘생긴 붉은 얼굴에 부릅뜬 눈이 무서워서 나는 친구가 데리러 오기로 했다는 말로 그 청을 거절했다. 이 대답이 그의 마음을 아프게 하리라고는 생각하지 않았다. 그렇지만 대공은 나의 이런 대답에 다른 느낌을 받았던지 다시는 말을 걸지 않았다.

"참, 나폴리 왕비*를 뵈러 가야겠어요. 얼마나 슬픔이 클까요!"라고 파름 대공 부인이 말했다. 아니, 적어도 그렇게 말하는 듯이 보였다. 더 가까이에서 들리는 폰 대공의 말소리 때문

---

* 마리 폰 비텔스바흐(Marie von Wittelsbach, 1841~1925). 1859년 나폴리와 시칠리아의 왕 프란체스코 2세와 결혼한 그녀는 일련의 비극적인 사건을 겪은 것으로 유명하다. 1894년에는 남편 프란체스코가 죽었으며, 1898년에는 언니인 엘리자베스가 살해되었고, 1897년에는 특히 여동생 알랑송 공작 부인이 파리의 자선 파티에서 화재가 나 아이들을 구하려다 죽었다. 이후 그녀는 파리로 망명하여 부르봉 왕족의 재건을 위해 노력했지만, 1차 세계 대전이 일어났을 때에는 독일 편을 들어 나폴리 왕국의 재건을 시도하다 스파이라는 오명을 쓰기도 했다.

에 부인의 말이 불분명하게 들렸던 것이다. 물론 폰 대공도 큰 소리로 말하면 푸아 대공이 자기 말을 들을까 걱정하여 아주 작은 소리로 말하긴 했지만.

"아! 아니에요."라고 공작 부인이 대답했다. "슬퍼하다니요. 그분은 전혀 슬프지 않을 거예요."

"전혀 슬프지 않다니, 당신은 늘 극단적이야, 오리안." 하고 파도에 맞서 싸울 때 파도 거품을 더 높이 솟아오르게 하는 절벽 역할을 맡은 게르망트 씨가 그 역할을 다시 수행하기 위해 말했다.

"바쟁은 내가 진실을 말한다는 걸 나보다 더 잘 알아요." 하고 공작 부인이 대답했다. "하지만 부인이 여기 계셔서 한층 근엄해야 한다고 생각하나 봐요. 제가 부인께 충격적인 소식을 전해 놀라게 할까 봐 두려운 모양이에요."

"오! 아니에요. 전혀 그렇지 않아요, 제발." 하고 파름 대공 부인은 자기 때문에 이 게르망트 공작 부인의 감미로운 수요일이, 스웨덴 왕비마저 아직 맛볼 권리를 갖지 못한 이 선악과의 맛이 조금이라도 변질될까 두려워 소리쳤다.

"하지만 바쟁이 왕비님께 그저 그렇게 슬퍼하는 표정으로 '왕비님께서는 상중이시군요? 어느 분의 상인가요? 폐하로 인한 슬픔인가요?'라고 묻자, 왕비님이 바쟁에게 직접 이렇게 대답하셨다나 봐요. '아뇨, 큰 장례는 아니고 작은 장례, 아주 작은 장례예요. 바로 내 여동생의 장례죠.' 사실인즉 왕비는 그처럼 즐거워하셨고, 바쟁도 그 점을 잘 알고 있었어요. 왕비님께서는 바로 그날 저녁 우릴 파티에 초대하셨고, 제게 진주

두 알을 주시기도 하셨죠. 저는 그분이 매일같이 동생을 잃었으면 하고 바랐다니까요! 그분은 동생의 죽음을 슬퍼하기는 커녕 오히려 웃음을 터뜨렸어요. 대공 부인께서는 아마도 로베르처럼 '이렇게 지나가나니(*Sic transit*).'라고 말씀하셨을 거예요. 그다음에 나오는 말은 모르겠지만요." 하고 게르망트 부인은 잘 알면서도 겸손하게 덧붙였다.

게다가 게르망트 부인은 이 경우 재담에 불과한 것을, 그럼에도 틀린 재담을 계속했다. 나폴리 왕비는 다른 가족들과 마찬가지로 비극적 상황에서 죽은 알랑송 공작 부인처럼 마음이 넓었고, 동생의 가족에게도 진심 어린 애도를 표했으니 말이다. 이런 사실을 무시하기에 게르망트 부인은 그녀 사촌인 바이에른의 고결한 자매들을 너무도 잘 알았다.

"그는 모로코에 돌아가고 싶지 않은가 봐요."라고 파름 대공 부인은 게르망트 부인이 궁지에서 벗어날 수 있도록 로베르의 이름을 다시 붙잡으며 말했다. "몽세르푀유 장군을 잘 아시죠?"

"잘 모르는데요." 하고 장군과 친한 공작 부인이 대답했다. 대공 부인은 생루가 원하는 걸 설명했다.

"저런, 만일 그분을 만나면요. 만날지도 모르니까요." 하고 공작 부인은 거절하는 것처럼 보이지 않으려고 대답했다. 몽세르푀유 장군에게 뭔가 부탁해야 할 일이 문제가 되자 장군과의 사이가 금방 멀어진 듯했다. 그렇지만 이런 애매한 태도만으로는 충분치 않다고 생각한 공작이 아내 말을 가로막았다.

"장군과 만날 수 없다는 건 당신도 잘 알잖소, 오리안." 하고 공작이 말했다. "그리고 이미 당신은 장군에게 두 가지를 부탁했지만 그는 들어주지 않았잖소. 내 아내는 사람들에게 친절하게 대하고 싶어 미칠 지경이랍니다." 하고 공작은 사람들이 공작 부인의 친절함을 의심하지 않으면서도 그 부탁을 거두어들이게 하려고, 파름 대공 부인이 이를 본래 화를 잘 내는 그의 성격 탓으로 돌리게 하려고 더 화를 내며 말했다. "로베르는 그가 바라는 것은 뭐든지 몽세르쾨유로부터 얻을 수 있을 겁니다. 그저 자기가 뭘 원하는지 알지 못하기 때문에 우리를 통하는 거죠. 일을 잘못되게 하는 데는 그보다 더 좋은 방법이 없다는 걸 잘 아는 거죠. 오리안은 몽세르쾨유에게 너무 많은 부탁을 했어요. 지금 오리안이 부탁한다면 그에게는 거절의 구실이 될 겁니다."

"아! 그렇다면 공작 부인은 아무것도 안 하는 편이 좋겠네요." 하고 파름 부인이 말했다.

"물론이죠." 하고 공작이 결론을 내렸다.

"그 불쌍한 장군은 선거에서 또 졌더군요."라고 파름 대공 부인이 화제를 바꾸기 위해 말했다.

"오! 별일 아니에요. 겨우 일곱 번인걸요." 하고 그 자신도 정치를 단념해야 했던 공작이 다른 사람의 낙선을 꽤나 즐기는 듯 말했다. "그 사람은 아내에게 또 다른 아기를 만들어 줌으로써 자신을 위로했죠."

"뭐라고요! 그 불쌍한 몽세르쾨유 부인이 또 임신했나요?" 하고 대공 부인이 외쳤다.

"그럼요." 하고 공작 부인이 대답했다. "거긴 그 불쌍한 장군이 단 한 번도 패한 적 없는 '지역구'랍니다."

나는 그 후에도 계속해서 내가 예전에 생트샤펠 성당의 사도들과 닮았다고 생각한 몇몇 손님들하고만 그곳 식사에 초대받았다. 그들은 초기 기독교인처럼 단순히 물질적인 (게다가 맛있는) 식사를 나누기 위해서만이 아니라 일종의 사교적인 성찬식을 나누려고 모여들었다. 그 결과 나는 몇 번 안 되는 만찬을 통해 이 댁 주인 부부의 친구들을 모두 알게 되었고, 주인 부부는 친구들에게 나에 대한 호감을 뚜렷이 드러내면서 나를 소개했으므로(그들이 언제나 부모와 같은 애정을 가진 누군가로) 그들 중, 무도회를 개최할 때마다 내 이름을 명단에 올리지 않으면 공작 부부에게 결례가 된다고 생각하지 않는 사람이 아무도 없었다. 또 동시에 나는 게르망트네 지하실에 보관된 이켐* 포도주를 마시면서 공작이 고안하고 조심스럽게 변화를 준 갖가지 요리법에 따른 멥새 요리를 음미했다. 그러나 이 신비로운 식탁에 여러 번 참석한 사람이라고 해서 반드시 멥새 요리를 먹는 데 참석하는 것은 아니었다. 게르망트 부부의 오랜 친구들은 저녁 식사가 끝난 후, 스완 부인이라면 '이쑤시개용 손님'**이라고 불렀을 그런 손님으로 느닷없이 찾아와, 겨울이면 큰 살롱 불빛 아래서 한 잔의 보리수 차를 마시거나, 여름이면 작은 장방형 정원 어둠 속에서 오렌지

---

* 보르도 지역에서 나는 특급 백포도주이다.

** 저녁 식사에 이어 베풀어지는 파티에 초대하는 손님으로 『잃어버린 시간을 찾아서』 2권 140쪽 참조.

주스를 마시곤 했다. 게르망트 댁 정원에서 행해지는 이런 식후 모임에서 사람들은 오렌지 주스만을 마셨다. 그것은 뭔가 의식과도 같았다. 거기에 다른 음료수를 첨가하는 것은, 마치 포부르생제르맹에서의 대연회에 연극이나 음악이 곁들면 대연회라고 할 수 없듯이, 전통을 왜곡하는 것처럼 보였다. 이를테면 — 500명이나 되는 사람이 모였다 해도 — 사람들은 단지 게르망트 대공 부인을 잠깐 방문하러 온 듯 행동해야 했다. 내가 이런 오렌지 주스에, 버찌 졸임과 배 졸임이 든 주스 병을 추가로 내오게 하자 사람들은 나의 영향력에 크게 감탄했다. 사실 이 일로 나는 아그리장트 대공에게 반감을 갖게 됐는데, 그는 인색하지는 않았지만 상상력이 결핍된 다른 모든 사람들과 마찬가지로 상대가 마시는 거라면 뭐든지 감탄하며 조금만 마시게 해 달라고 간청했다. 이처럼 아그리장트 씨는 매번 내 몫을 축내며 기쁨을 망쳤다. 이런 과일 주스는 갈증을 해소하기에는 언제나 양이 충분치 않았다. 과일이 빛깔에서 맛으로 변해 가는 모습을 바라보는 것만큼 질리지 않는 일도 없으며, 이렇게 익힌 과일은 꽃의 계절을 향해 거슬러 올라가는 듯했다. 봄의 과수원처럼 붉게 물든, 또는 과일나무 밑에 부는 산들바람마냥 빛깔 없는 신선한 주스는 한 방울 한 방울 향기를 맡으며 바라보아야 하는데, 아그리장트 씨는 매번 내가 마음껏 주스를 음미하지 못하게 방해했다. 이런 과일 졸임이 나와도 전통적인 오렌지 주스는 보리수 차와 함께 제공되었다. 이 같은 소박한 음료수 아래서도 사회적인 영성체는 여전히 거행되었다. 아마도 이런 점에서 게르망트 부부의 친구들은 그들의 실망스러운 외모가 지금 내게 떠올리는 것보다는 차라리 내가 처음 생각했던 것처럼 훨씬 보통 사람들과 다르다고 할 수 있었다. 많은 노인들이 늘 변하지 않은 음료수와 흔히는 별로 친절하지 못한 대접을 받기 위해 공작 부인 댁에 왔다. 그런데 그들 자신이 남들 못지않게 높은 지위에 있었으므로 속물근성 때문은 아니었다. 또 사치에 대한 애착 때문도 아니었다. 어쩌면 사치를 좋아했을지는 모르지만, 사회적 신분이 더 낮은 집에서도 화려한 생활은 누릴 수 있다. 바로 이날 저녁만 해도 어느 대재정가의 매력적인 부인은 스페인 왕*을 위해 이틀 동안 베푸는 호화로운 사냥에 이 게르망트의 친구들을 초대하려고 온갖 노력을 기울였다. 그렇지만 그들은 그 초대를 거절하고 게르망트 부인이 혹시나 집에 있을까 하여 찾아왔다. 이곳에서 자신들과 완전히 일치하는 의견을 듣거나 특별히 따뜻한 환대를 받을 수 있을지도 확신하지 못한 채로 말이다. 게르망트 부인은 가끔 드레퓌스 사건이나 공화국, 반종교적인 법률에 대해 얘기했고, 또는 작은 목소리로 이 게르망트 친구들의 신체적 결함과 그들과의 대화에서 느끼는 따분한 성격을 지적했지만, 이런 지적에 대해 그들 자신은 듣지 못한 척해야 했다. 아마도 그들이 이곳에 오는 습관을 그대로 간직했다면, 그것은 사교계의 미식가로서 받은 세련된 교육과, 사교 모임에서 그들에게 제공되는 요리가 완벽한 최상 품질이며, 맛이 익숙하고 안심할 수 있는 맛깔스러운 요리이

---

* 알폰소 13세로 1886년부터 1931년까지 스페인 왕이었다.

자 잡것이나 불순물이 섞이지 않은 요리, 그들에게 그것을 제공한 부인만큼이나 요리 준비 과정의 기원과 역사를 잘 아는 요리라는 데 대한 분명한 인식이 있었기 때문일 것이다. 그런 점에서 그들은 그들 자신이 아는 것보다 훨씬 더 '귀족으로' 남아 있었다. 그런데 만찬 후 내가 소개받은 방문객 중에는 그곳에 우연히 들른 몽세르푀유 장군이 있었는데, 그는 파름 대공 부인이 이미 얘기한 바 있는 게르망트 부인 살롱의 단골손님으로 오늘 저녁에 오리라고 기대하지 않았던 인물이다. 그는 내 이름을 듣고 마치 내가 최고군사회의 의장이라도 되는 듯 인사했다. 나는 공작 부인이, 자기 조카 일로 몽세르푀유 씨에게 부탁해 달라는 파름 대공 부인의 청을 거의 거절하다시피 한 것이, 오로지 공작 부인의 어떤 타고난 불친절함 때문이라고 믿게 되었으며, 또 이 점에서 공작도 아내에 대한 사랑 때문이 아니라면 정신적으로 자기 아내와 공범이라는 생각을 하게 되었다. 그리고 로베르의 임지가 위험해서 임지를 바꾸는 편이 보다 신중한 처사임을 파름 대공 부인의 입에서 새어 나온 몇 마디 말로 이해했다고 믿은 나는, 게르망트 부인의 행동이 비난을 받을 만큼 무관심한 처사라고 생각했다. 그러나 파름 대공 부인이 수줍게 자신이 생루를 위해 장군에게 직접 얘기하겠다고 하자 공작 부인이 얘기하지 못하도록 온갖 짓을 다 하는 걸 보면서, 나는 그녀의 사악한 진짜 모습에 분개했다.

"하지만 부인." 하고 공작 부인이 외쳤다. "몽세르푀유는 현 정부에서 어떤 신임도 받지 못하고 영향력도 없어요. 물에

다 칼질하는 거나 다름없어요."

"저분이 우리 말을 듣겠어요." 하고 대공 부인이 속삭이며, 공작 부인이 더 낮은 소리로 말하도록 유도했다.

"마마, 조금도 걱정하지 마세요. 저분은 완전히 귀가 먹었어요." 하고 공작 부인은 목소리를 낮추지 않고 말했으므로, 장군은 그 말을 다 들었다.

"생루가 별로 안심할 수 없는 곳에 있다는 생각이 들어서요." 하고 대공 부인이 말했다.

"할 수 없지요."라고 공작 부인이 대답했다, "남들도 다 같은 처지예요. 그들과 다른 점은 생루 자신이 그곳으로 보내 달라고 요청했다는 거죠. 그리고 그곳은 그리 위험하지 않아요. 그렇지 않다면 제가 왜 그 일을 안 맡았겠어요? 만찬 중에 생조제프에게 말했을 거예요. 그분은 영향력도 크고 일꾼이니까요! 보세요, 벌써 가셨네요. 게다가 모로코에 세 아들을 두고도 임지 변경을 요청하지 않는 장군에게 부탁하는 것보다는 이편이 덜 힘들 거예요. 장군께서는 반대하실지도 모르잖아요. 마마께서 원하시니 생조제프에게 말해 보지요……. 혹시 그분을 만나게 되면요. 아니면 보트레이에게 하든가. 하지만 제가 그들과 만나지 못하더라도 로베르를 너무 동정하진 마세요. 요전 날 누군가가 제게 그곳이 어떤 곳인지 설명해 줬어요. 그 애에겐 더없이 좋은 곳이라고 생각해요."

"참 예쁜 꽃이네요. 이런 꽃은 처음 봤어요. 오리안, 당신이 아니고는 이런 멋진 꽃을 구할 수 없을 거예요!"라고 파름 대공 부인은 몽세르푀유 장군이 공작 부인의 말을 들을까 겁이 나서 화제를 바꾸려고 했다. 나는 엘스티르가 내 앞에서 그렸던 것과 같은 종류의 화초를 알아보았다.

"이 꽃이 마마의 마음에 드신다니 무척 기쁘네요. 정말 매력적인 꽃들이지요. 목에 연보랏빛 벨벳을 두른 모습을 좀 보세요. 단 매우 아름답고 멋진 옷을 입은 사람들이 가끔 그렇듯이 꽃 이름이 추하고 향기도 안 좋아요.* 그래도 전 이 꽃을 아주 좋아한답니다. 하지만 조금 슬프게도 꽂어 죽어 가네요."

"하지만 화분에 심었는데요. 꺾어 온 꽃이 아니잖아요."라고 대공 부인이 말했다.

"그렇긴 하죠." 하고 공작 부인이 웃으며 대답했다. "하지만 결국엔 다 같아요. 이 꽃들은 모두 숙녀들이죠. 신사 숙녀가 같은 줄기에서 자라지 않는 그런 식물이에요. 저는 마치 암캐를 키우는 사람 같다니까요. 제 꽃을 위해선 남편이 필요해요. 그렇지 않으면 새끼 꽃을 가질 수 없거든요!"

"아주 신기하군요. 당신 말은 자연에서는……."

"그렇죠! 왕가에서 약혼자와 약혼녀가 한 번도 보지 못한 채 대리 결혼을 하듯이, 몇몇 곤충들이 결혼을 성사시키는 임무를 맡고 있어요. 확실히 말씀드리지만 전 하녀에게 될 수 있는 한 식물을 창가에 두라고 권해요. 때로는 안마당 쪽에서, 때로는 정원 쪽에서 그 일에 필요한 곤충이 날아올지도 모른

---

* 「소돔과 고모라」에서 보다 자세히 묘사될 난초 꽃, 즉 '오르키데'에 관한 암시이다.

다고 기대하기 때문이죠. 하지만 그러기 위해선 정말 어떤 우연이 필요한데 그건 거의 불가능해요. 만일 그 곤충이 같은 종류지만 성별이 다른 곤충을 보러 가야 하고, 또 방문한 표시로 집에다 명함을 놓고 갈 생각을 한다고 생각해 보세요. 그래서 우리 집까지 오지 못하고, 그러면 제 화초는 여전히 품행 바른 처녀라는 호칭은 받겠지만, 저 같으면 조금은 더 방탕한 편이 낫다고 생각할 거예요. 마당에 있는 저 멋진 나무도 마찬가지예요. 우리나라에서는 아주 드문 희귀종이어서 아이도 낳지 못하고 죽을 거예요. 저 나무는 바람이 결합 임무를 맡고 있는데, 우리 집 벽이 좀 높아서요."

"사실입니다." 하고 브레오테 씨가 말했다. "몇 센티미터만 담을 낮춰도 좋을 텐데요. 이런 일은 실행에 옮길 줄 알아야 합니다. 공작 부인이 조금 전에 우리에게 대접한 그 맛있는 아이스크림 속에 든 바닐라 향은 바닐라 나무*라고 불리는 식물에서 온 거랍니다. 그런데 이 식물은 암꽃과 수꽃을 수없이 만들지만, 꽃들 사이에는 단단한 칸막이 같은 게 놓여서 서로 왕래를 방해하죠. 그래서 어느 날 레위니옹 태생의 알비우스라는 젊고 순진한 흑인이 — 여담이지만 흑인에게는 좀 우스꽝스러운 이름이죠. 하얗다는 의미니까요. — 분리된 기관을 작

---

* 열대 지방에 나는 이 바닐라 나무의 꽃줄기 밑 부분에는 암꽃, 끝에는 수꽃, 중간에는 양성의 꽃이 달려 있는데, 1841년 레위니옹 섬의 한 흑인 노예가 바늘 끝으로 수태시키는 방법을 처음 발견했다고 한다.(『게르망트』, 폴리오, 728쪽 참조.) 레위니옹은 프랑스 해외령으로 아프리카 남동부 인도양에 위치하는 작은 섬이다.

은 바늘의 도움으로 연결하는 방법을 생각해 낼 때까지는 한 번도 열매를 맺지 못했지요."

"바발, 당신은 정말이지 굉장해요. 모든 걸 다 알고 있군요." 하고 공작 부인이 외쳤다.

"그렇지만 당신도 마찬가지예요, 오리안. 당신은 내가 생각해 보지도 못했던 것들을 가르쳐 주었어요." 하고 대공 부인이 말했다.

"마마께 말씀드리지만 제게 식물학 얘기를 많이 해 준 사람은 바로 스완이에요. 우린 때때로 차를 마시러 가는 일이나 오후 모임에 가는 게 귀찮으면 함께 시골로 떠났어요. 스완은 사람들의 결혼보다 훨씬 재미있는, 꽃들의 경이로운 결혼에 대해, '런치'도, 성당 제의실*에서의 절차도 없이 거행되는 꽃들의 결혼에 대해 들려주었죠. 멀리까지 가 볼 틈은 전혀 없었지만요. 지금처럼 자동차가 있었다면 정말 멋졌을 거예요. 불행히도 그사이에 스완은 꽃들보다 더 놀라운 결혼을 했고, 모든 걸 어렵게 만들어 버렸죠. 아! 대공 부인, 삶이란 건 정말 끔찍해요. 우리를 따분하게 하는 것들을 하면서 시간을 보내다가, 우연히 흥미로운 것을 함께 보러 갈 누군가를 알게 되면 스완처럼 그런 결혼을 하고 마니. 식물학 산책을 포기하는 일과 수치스러운 여인과 교제를 해야 하는 이 두 불행한 일 중에서 저는 앞의 것을 택했답니다. 게다가 실은 그렇게 멀리 갈 필요도 없었어요. 대낮의 내 작은 정원 끝자락에서만도, 밤의 불로뉴

---

* 혼인성사가 끝난 후 성당 제의실에서 혼인 증명서에 날인하는 의식이 있다.

숲에서보다 부적절한 일들이 더 많이 일어나니까요! 그 일이 눈에 띄지 않는 건 꽃들 사이에서는 아주 간단히 이루어지기 때문이죠. 작은 오렌지 꽃가루비가 내리거나, 아니면 먼지로 뒤덮인 파리가 꽃 속으로 들어가기 전에 발을 닦거나 샤워를 하거나 하면 그만이거든요."

"화초가 놓인 서랍장도 아주 멋있네요. 제1제정시대* 것 같은데요." 하고 다윈과 그 계승자들의 작업에 익숙하지 못한 대공 부인이, 공작 부인이 한 농담의 의미를 잘 이해하지 못하고 말했다.

"정말 멋지지 않나요. 대공 부인의 마음에 드신다니 기쁘군요." 하고 공작 부인이 대답했다. "훌륭한 거예요. 전 항상 제정시대 양식이 좋았어요. 그 양식이 아직 유행하기 전부터요. 게르망트 영지에서 바쟁이 몽테스큐로부터 물려받은 제정시대의 그 멋진 가구들을 모두 다락방에서 내려오게 해서 제가 살던 측면 건물을 장식하는 바람에 시어머니께 꾸중을 많이 들었죠."

게르망트 씨가 미소를 지었다. 그렇지만 그는 이 일이 매우 다른 방식으로 일어났다고 기억하는 것 같았다.** 그러나 대공이 아내에게 반했던 그 짧은 기간 동안에는 롬 대공 부인이 시어머니의 나쁜 취향에 관해 농담하는 게 거의 관례이다시피

* 『잃어버린 시간을 찾아서』 2권 258쪽 주석 참조.
** 『잃어버린 시간을 찾아서』 2권에는 오리안이 제정시대 가구를 끔찍한 것으로 여겨 게르망트 집 창고에 처박아 두었다는 얘기가 나온다.(『잃어버린 시간을 찾아서』 2권 259쪽 참조.)

했으므로, 아내에 대한 사랑이 식은 후에도 어머니의 지적 열등함에 대해 뭔가 경멸하는 마음이 남아 있었지만 그래도 이런 마음에는 많은 애정과 존경이 연결되어 있었다.

"이에나 사람들에게도 우리 집 것과 같이 웨지우드* 상감이 새겨진 소파가 있는데 매우 아름답죠. 하지만 전 우리 집에 있는 것이 더 좋아요." 하고 공작 부인은 이 두 가구 중 어느 것도 가지고 있지 않다는 듯 공정한 태도로 말했다. "게다가 이에나 사람들은 제게는 없는 다른 훌륭한 것들도 가지고 있어요. 인정해요."

파름 대공 부인은 침묵을 지켰다.

"하지만 사실이에요. 마마께서는 그들의 수집품을 알지 못하시죠. 오! 저하고 같이 언제 한번 꼭 가 보셔야 해요. 파리에서 가장 훌륭한 수집품 가운데 하나랍니다. 살아 있는 박물관이라고 할 수 있죠."

그런데 이 제안은 공작 부인으로서 가장 게르망트답고 대담한 행동이라고 할 수 있었다. 파름 대공 부인 눈에 이에나 사람들은 오로지 작위를 찬탈한 사람으로만 보였는데, 그들의 아들이 자기 아들과 마찬가지로 가스탈라 공작의 작위를 소유했기 때문이다.** 바로 그 때문에 게르망트 부인은 이 말을

---

* 조시아 웨지우드(Josiah Wedgwood, 1730~1795). 영국 도예가로 얇은 황색을 띠는 '여왕의 도기'를 만들었다. 고대의 도자기를 모방하거나 새로운 실험으로 19세기 영국 도자기를 대표하는 인물이었다.
** 1806년 파르마와 피아첸차를 병합한 후 나폴레옹은 가스탈라 공작 부인의 작위를 자신의 여동생인 폴린에게 하사했다. 그러나 1814년 나폴레옹 패배 이

내뱉었고(스스로의 독창성에 대한 애착이 파름 대공 부인에 대한 존경심보다 훨씬 더 강했다.) 다른 손님들에게도 재미있다는 듯 웃음기 어린 눈길을 던지지 않고는 못 배겼다. 손님들은 이 말을 듣고 놀랐지만 동시에 감탄하며 미소를 지으려고 애썼다. 특히 그들은 오리안의 '최신판'을 목격한 증인이자 이를 '따끈따끈한 채로' 남에게 얘기할 수 있다는 사실에 무척 기뻐했다. 그래도 그들은 절반밖에 놀라지 않았는데, 공작 부인이 보다 재미있고 보다 유쾌한 일생일대의 성공을 위해 쿠르부아지에의 온갖 편견들을 한 방에 날려 보내는 기술이 있다는 걸 알았기 때문이다. 최근 몇 년 동안 부인은 마틸드 공주와 오말 공작("우리 가문의 모든 남성은 용감하고 모든 여성은 정숙하도다."라는 저 유명한 편지를 마틸드 공주의 친오빠에게 보낸)을 화해시키지 않았던가.* 왕족들은 그들이 누구인지 잊어버리고 싶어 하는 것처럼 보이는 순간에도 왕족으로 남아 있는 법인데, 오말 공작과 마틸드 공주는 게르망트 부인 댁에서 얼마나 마음이 잘 맞았는지, 루이 18세가 그의 형을 죽이는 데 찬성한

후 파르마와 가스탈라는 나폴레옹의 두 번째 부인이자 오스트리아 황제 프란츠 1세의 장녀인 마리 루이즈에게 넘어갔으며, 그녀가 죽은 후에는 다시 부르봉-파르마 왕가로 돌아갔다.(『게르망트』, 폴리오, 728쪽 참조.)

* 프루스트는 마틸드 공주에 관한 글에서(1903) 보나파르트 가문과 루이필리프 가문의 관계를 환기한다. 1861년 마틸드 공주의 오빠인 제롬은 부르봉가와 오를레앙가를 비난했으며, 이에 앙리 도를레앙이라고 서명한 오말 공작은 「프랑스 역사에 관한 편지」에서 이를 반박했다.(오말 공작에 대해서는 『잃어버린 시간을 찾아서』 2권 136쪽 주석 참조.) 이 사건 이후 그들은 반목했지만 시간이 가면서, 또 알렉상드르 뒤마 피스의 중재로 화해 후 가까운 사이가 되었다.(Proust, *Essais et articles*, 452쪽; 『게르망트』, 폴리오, 729쪽 참조.)

푸셰*를 장관으로 뽑았을 때 증명해 보인 그 과거를 망각하는 능력과 더불어 이후에도 서로 왕래하는 사이가 되었다. 게르망트 부인은 이처럼 뮈라 공주와 나폴리 왕비를 화해시키려는 계획을 짜고 있었다.** 반면 파름 대공 부인은 누군가가 네덜란드 왕위 계승자인 오랑주 대공과 벨기에 왕위 계승자인 브라방 공작에게, 그 또한 오랑주 대공인 메이넬 씨와 그 또한 브라방 공작인 샤를뤼스 씨를 소개하려고 했을 때 느꼈을 그런 당혹감을 느꼈다.*** 하지만 스완과 샤를뤼스 씨(비록 후자는 이에나 사람들의 존재를 단호하게 무시했지만)가 많은 노력을 기울인 후에 드디어 제정시대 양식을 좋아하게 된 공작 부인이

---

* 조제프 푸셰(Joseph Fouché, 1759~1820). 루이 18세의 형인 루이 16세를 단두대로 보내는 데 찬성했고, 이후 1793년 발생한 리옹 폭동을 무자비하게 진압했다. 그러나 이어 로베스피에르를 배신하고 루이 18세의 경찰 장관이 되는 등 권모술수에 뛰어난 인물이었다.

** 나폴레옹은 나폴리 왕국을 1808년 조아생 뮈라 장군에게 하사했고, 이에 따라 나폴레옹의 동생으로 뮈라 장군과 결혼한 카롤린 뮈라 공주는 나폴리 왕비임을 주장했다. 나폴레옹의 침략 전에 나폴리는 바이에른의 비텔스바흐 가문에 속했으므로, 게르망트 부인은 이런 비텔스바흐 가문의 나폴리 왕비와 뮈라 공주를 화해시키려고 했다는 의미이다.

*** 복잡하게 얽혀 있는 유럽 귀족 가문의 가계도를 풍자하는 대목이다. 프랑스 프로방스 지방에 있던 오랑주 공국은 한편으로는 벨헬름 3세에 의해 네덜란드 왕위 계승자인 오랑주-나소 가문으로 이어지며, 다른 한편으로는 프랑스에 통합되어, 루이 14세는 1706년 루이 드 메이넬(Louis de Mailly-Nesle, 1689~1764)에게 오랑주 대공의 작위를 부여한다. 브라방 공작은 실제로 1840년 이후부터는 벨기에 왕위 계승자를 가리키는데, 프루스트는 샤를뤼스에게 이런 브라방 가문의 후손이라는 칭호를 부여하고 있다. 게르망트 가문이 메로빙거 시대의 주느비에브 드 브라방의 후손이라는 표현은 『잃어버린 시간을 찾아서』 1권 186쪽, 303쪽에 나온다.

먼저 외쳤다.

"솔직히 대공 부인께서 그걸 얼마나 아름답다고 여기실지는 말씀드릴 수 없네요. 제정시대 양식이 언제나 제 마음을 사로잡았다는 건 인정해요 하지만 이에나 사람들 집에 있는 것은 뭔가 정말로 환상적이에요. 이런 종류는 뭐라고 할까…… 이집트 원정의 썰물 같은. 우리 시대에 고대 문명으로까지 거슬러 올라가는 이 모든 것들이 이제 우리네 집으로 쳐들어오고 있어요. 안락의자 다리 밑에 웅크린 스핑크스며, 촛대에 감긴 뱀이며, 트럼프 놀이를 하는 당신을 위해 횃불을 들고 있거나 벽난로 위에 얌전히 놓인 채로 당신의 괘종시계에 팔꿈치를 괴고 있는 저 거대한 뮤즈상이며, 폼페이식 등잔이며, 나일 강에서 발견한 듯 보이는, 그래서 금방 모세가 나올 것 같은 나룻배 모양의 작은 침대며, 머리맡 탁자 옆을 따라 질주하는 듯한 저 고대의 이륜마차며……."

"제정시대의 의자에 앉는 건 그리 편치 않아요." 하고 대공 부인이 조심스럽게 말했다.

"그렇죠." 하고 공작 부인이 대답했다. "하지만." 하고 그녀는 미소를 지으며 강조하듯 덧붙였다. "전 불편해도 석류빛 벨벳이나 초록빛 실크로 덮인 마호가니 의자에 앉기를 좋아해요. 고대 로마의 고관 의자*만을 알고, 커다란 방 한가운

---

* 로마 시대의 의원들이 앉던 의자로 등받이가 없고 다리가 엑스(X) 자 모양인 접이식 의자를 가리킨다. 권력의 상징으로 여겨졌다.

데 막대기 다발 속에 도끼를 끼우고* 월계관을 쌓아 놓는 그런 병사들의 불편함도 좋아하고요. 이에나 댁에서는 한순간도 사람들이 어떤 식으로 의자에 앉는지는 생각하지 않는다고 장담할 수 있어요. 눈앞에 승리를 알리는 저 키 큰 무뢰한 여자가 벽화로 그려진 모습이 보이니까요. 제 남편은 저를 고약한 왕당파라고 생각할지 모르지만, 대공 부인께서도 아시다시피 저는 그저 관례를 따르지 않을 뿐이에요. 그 사람들 집에 가면 나폴레옹의 이니셜 N과 그 모든 꿀벌**들을 좋아하게 될 거라고 확실히 말씀드릴 수 있어요. 제법 오랜 시간이 지났지만 우리는 여러 왕들 밑에서 그렇게 많은 승리의 행운을 누려 보지 못했거든요. 이 안락의자 팔걸이에까지 달아 놓을 정도로 그렇게 많은 왕관을 가져온 병사들하며, 저는 그게 참 멋지다고 생각해요! 마마께서도 가 보셔야 해요."

"저런, 그렇게 생각한다면야." 하고 대공 부인이 말했다. "하지만 쉽지 않을 것 같네요."

"하지만 모든 게 다 잘될 거예요. 모두 좋은 사람들이고 멍청하지도 않아요. 그곳에 슈브뢰즈 부인을 모시고 간 적이 있는데……." 이런 사례의 위력을 잘 아는 공작 부인이 덧붙였

---

* 로마 시대에 박달나무로 만든 막대기 다발 속에 도끼를 끼운 것으로 권력의 상징이었다.
**나폴레옹이 1804년 대관식에서 붉은 벨벳에 금색 실로 꿀벌 문양을 수놓은 가운을 착용한 이래 꿀벌은 나폴레옹의 상징으로 간주된다.

다. "부인은 아주 좋아하셨어요. 아드님도 유쾌한 분이고. 좀 부적절한 말일지는 모르지만, 그 댁 아드님에겐 방 하나와 특히 내가 눕고 싶은 침대가 — 물론 그 아드님 없이 혼자서요. — 있더군요. 아니, 그보다 더 부적절한 표현인지는 모르겠지만, 한번은 그 댁 아드님이 병이 나서 잠들었을 때 그곳에 간 적이 있어요. 그런데 아드님 옆 침대 가장자리에 꼬리는 자개로 장식되고 손에는 연꽃 같은 걸 든 아름다운 사이렌 요정이 길게 누워 있는 모습이 조각돼 있었어요. 정말이에요." 하고 게르망트 부인은 아름다운 입술을 쨍긋하고 표현력이 풍부한 긴 손을 가늘어지게 하면서, 자신의 말에 보다 입체감을 더하려고 말투를 느리게 하고, 부드럽고 깊숙히 응시하는 눈길을 대공 부인에게 고정했다. "옆에 놓인 종려나무하며 금관하며 정말 감동적이었어요. 귀스타브 모로가 그린 「청년과 죽음」*과 똑같은 구성이었어요.(마마께서는 틀림없이 이 걸작을 아시겠죠.)"

파름 대공 부인은 화가의 이름조차 몰랐지만, 그림에 대한 감탄을 표하고자 머리를 격하게 흔들면서 열정적인 미소를 지었다. 하지만 그녀의 강렬한 흉내도 상대방이 하려는 말을 알지 못하는 한, 우리 눈에서 반짝이지 않는 그 빛을 대신하는 데는 이르지 못했다.

"미소년이겠죠?" 하고 대공 부인이 물었다.

---

* 프루스트는 귀스타브 모로의 그림 중에서 특히 「청년과 죽음」(1865)을 높이 평가했다.(Proust, *Essais et articles*, 135쪽, 418쪽.) 귀스타브 모로에 대해서는 『잃어버린 시간을 찾아서』 4권 106쪽 주석 참조.

"아뇨, 맥과의 포유류처럼 생겼어요. 눈은 마치 등잔 갓 때문에 불빛이 가려지듯 짙은 눈썹으로 가려진 오르탕스 여왕*과 흡사하고요. 하지만 아마도 남자에게서 이런 닮음을 강조하는 게 조금은 우스꽝스럽다고 여겼는지, 반짝거리는 바니시를 칠한 듯한 뺨 속으로 눈이 사라지더군요. 그러니까 꼭 맘루크** 대원 같더군요. 아마도 아침마다 마루에 윤을 내는 사람이 오나 봐요." 하고 부인은 젊은 공작의 침대 이야기로 돌아가서는 "스완은 사이렌 요정과 귀스타브 모로의 「청년과 죽음」이 비슷하다는 사실에 깊은 충격을 받았어요. 하지만 한편." 하고 그녀는 사람들을 더 웃기려는 듯 빠르지만 진지한 말투로 덧붙였다. "놀라실 필요는 없어요. 단순한 코감기였는데, 이제 그 청년은 아주 건강하답니다."

"그가 속물이라는 말이 있던데요?" 하고 브레오테 씨는 흥분해서 조금은 짓궂게 "오른손에 손가락이 네 개밖에 없다고 하던데 사실인가요?"라는 질문을 할 때와 똑같이 정확한 대답을 기대하며 물었다.

"저……런, 아니……에요." 하고 게르망트 부인은 부드럽게 너그러운 미소를 지으며 대답했다. "물론 겉보기에는 아주 약

---

* 오르탕스(Hortense Eugénie Cécile de Beauharnais)는 나폴레옹 1세의 황후인 조제핀의 딸이다. 조제핀의 첫 번째 남편은 마르티니크 섬에서 만난 부유한 청년 장교 알렉상드르 드 보아르네 자작으로, 조제핀은 그와의 사이에서 두 남매를 낳았다. 나폴레옹이 조제핀과 결혼한 후 그 딸은 오르탕스 공주이자 네덜란드의 여왕이 되었다.
** 이집트나 터키 등 이슬람 국가에서 어린 시절부터 군인으로 길러지던 백인 노예를 가리킨다.

간 속물처럼 보일지도 모르겠네요. 매우 젊으니까요. 하지만 그게 정말 사실이라면 좀 놀랄 일이에요. 지적인 사람이거든요." 하고 마치 그녀 견해로는 속물근성과 지성이 절대적으로 양립할 수 없다는 듯 덧붙였다. "섬세한 사람이에요. 또 저는 재미있는 분으로 봤어요." 하고 부인은 미식가이자 전문가인 듯한 표정으로, 또는 재미있는 사람을 판단하려면 쾌활한 표정을 지어야 한다는 듯, 또는 가스탈라 공작의 재담이 그 순간 머릿속에 떠올랐다는 듯 웃으면서 말했다. "하기야 사교계에 초대받는 법이 없으니, 그의 속물근성이 실행될 일은 없겠네요." 하고 부인은 이 말이 파름 대공 부인의 용기를 꺾게 할 줄은 꿈에도 생각하지 못한 채 말을 계속했다.

"게르망트 대공은 '드' 없이 그냥 이에나 부인이라고 부르던데 내가 그 집에 갔다는 걸 알면 뭐라고 할지 모르겠군요."

"뭐라고요?" 하고 공작 부인은 아주 격하게 소리쳤다. "부인께서도 아시다시피 바로 우리가 키우키우*로부터 물려받은 제정시대의 온갖 멋진 가구가 있는 놀이방을 질베르에게 양도했어요!(공작 부인은 지금에 와서는 그 점을 깊이 후회하고 있었다.) 이곳에 놓을 자리가 없어서이기도 했지만, 여기보다 질베르 집에 더 잘 어울릴 것 같아서였죠. 아주 아름다운 것들인데

---

* 샤를뤼스를 가리킨다. 샤를뤼스의 실제 모델인 로베르 드 몽테스큐의 가문은 (『잃어버린 시간을 찾아서』 2권 259쪽 주석 참조.) 제1제정시대의 역사와 깊은 관계가 있다. 그의 증조부는 1810년 나폴레옹의 시종장이었으며, 그의 증조모인 일명 '키우 엄마(Maman Quiou)'는 나폴레옹의 아들인 로마 왕의 공식 유모였다.

절반은 에트루리아* 거고 절반은 이집트 거예요······."

"이집트 거라고요?" 하고 에트루리아에 대해 잘 모르는 대공 부인이 물었다.

"그럼요. 조금은 양쪽 다죠. 스완이 그렇게 말해 주더군요, 스완이 설명을 해 줬는데, 아시다시피 제가 워낙 무식해서요. 그리고 실제로 생각해 봐야 할 점은, 제정시대의 이집트는 진짜 이집트와는 아무 관계가 없고, 제정시대의 로마인도 진짜 로마인과는 관계가 없으며, 제정시대의 에트루리아도 마찬가지죠······."

"정말로요!" 하고 대공 부인이 말했다.

"물론이죠. 우리가 루이 15세풍이라고 부르는 의상을 제2제정 때 입는 것과 같은 거죠. 예를 들면 안나 드 무시**나 저 친애하는 브리고드***의 모친이 젊었을 때 입었던 옷 말이에요. 조금 전에 바쟁이 베토벤 얘기를 했지만, 얼마 전 우린 베토벤 곡을 연주하는 걸 들었어요. 무척 아름답지만 조금은 차가운, 러시아적 주제가 담긴 곡이었어요. 그런데 베토벤이 그걸 러시아풍이라고 믿었다니 조금은 가여워요.**** 마찬가지로

---

* 지금의 이탈리아 토스카나 지방에 해당하는 곳으로 고대 문명의 보고이다. 1807년 나폴레옹에 의해 프랑스에 합병되었다.

** Anna de Mouchy(1841~1924). 조아생 뮈라의 손녀인 안 뮈라(Anne Murat)는 무시 공작(duc de Mouchy)이자 푸아 대공인 앙투안 드 노아유와 결혼했다.

*** Gaston de Brigode. 1850년생으로, 프루스트의 친구인 아르망 드 그라몽과 혼인으로 친척이 되었다.

**** 베토벤이 빈 주재 러시아 대사 라주모프스키에게 헌정한 세 편의 현악 사

중국 화가들은 벨리니의 그림을 모방한다고 믿었다나 봐요.* 하기야 같은 나라에서도 누군가가 조금이라도 새로운 방식으로 사물을 바라보면, 거의 대부분의 사람들은 그가 그들에게 보여 주는 것을 전혀 이해하지 못하잖아요. 그걸 판별하기까지 적어도 사십 년은 걸리니까요."

"사십 년이나요?" 대공 부인이 놀라서 외쳤다.

"물론이죠." 하고 공작 부인은 자신이 하는 말에, 마치 인쇄된 글자에서 사람들이 이탤릭체로 강조하는 것과 동일한 효과를, 발성법을 통해 덧붙이면서 말을 이었다.(그런데 그 말은 내가 한 말과 거의 같았는데, 이미 부인 앞에서 나는 그와 유사한 생각을 말한 적이 있었다.) "마치 아직은 존재하지 않지만, 곧 번식하게 될 종족으로부터 격리된 첫 번째 인간이, 당대의 인간이 가지지 못한 어떤 '감각'을 타고났다고나 할까요. 저를 예로 들기는 힘들 것 같네요. 왜냐하면 저는 남들과는 달리, 아무리 새로운 것이라 해도 처음부터 그 모든 흥미로운 표현들을 좋아했으니까요. 하지만 예전에 대공비 마마와 함께 루브르에 갔을 때 마네의 「올랭피아」** 앞을 지나간 적이 있어요. 지금은 그 그림을 보고 놀라

중주곡(작품 번호 59) 중 제7번 4악장에는 러시아 민요가 나온다. 그러나 이 민요는 순수한 러시아풍 민요라기보다는 베토벤식으로 재해석한 빠른 템포의 곡으로 간주된다.

* 1830년경 영국 교육을 받은 한 중국 화가가 아틀리에를 열어 서양 기법을 모방한 새로운 화풍을 창조하려고 시도했지만, 새로운 화풍은커녕 중국화의 모든 독창성마저 잃어버렸다고 한다.(『게르망트』, 폴리오, 730쪽 참조.)

** 마네가 그린 「올랭피아」의 혁신적인 성격에 대해 프루스트는 여러 번 언급했다. 이런 혁신적인 성격도 시간이 가면 고전주의의 정전이라 할 수 있는 앵그르

는 사람이 아무도 없지만요. 앵그르의 작품 같은 것이 되었잖
아요! 물론 중요한 사람의 작품이긴 하지만 그 그림의 전부를
좋아하지 않는 제가 그 때문에 얼마나 많은 논쟁을 벌여야 했
는지는 오직 하느님만 아실 거예요. 어쩌면 그 그림을 진열하
기에는 루브르가 적합하지 않은지도 모르고요."

　"대공비께선 잘 지내시나요?" 하고 마네의 모델보다는 러
시아 황제의 숙모 쪽을 더 친근하게 느끼는 파름 대공 부인이
물었다.

　"네, 부인에 대한 이야기도 했어요. 요컨대." 하고 아직도
자기 의견에 미련을 버리지 못한 공작 부인이 말을 이었다.
"사실은 제 시동생 팔라메드가 말했듯이, 우리는 모두 자신과
각각의 사람 사이에 외국어의 벽을 쌓죠. 하기야 질베르만큼
이 말에 꼭 들어맞는 사람도 없을 거예요. 혹시 재미 삼아서라
도 이에나 씨 댁에 가고 싶은 생각이 드시나요? 순진한 호인
이긴 하지만 결국은 다른 세계의 사고방식을 가진 사람인지
라 그 불쌍한 사람이 생각하는 대로 행동을 따라 하기엔 부인
이 너무 총명하세요. 저는 용맹왕 필리프나 뚱뚱보 루이 왕 시
대* 사람들이 생각했던 것들을 늘 참조하는 그 불쌍한 사람보
다는 우리 집 마부나 말들이 더 가까운 가족처럼 느껴진답니
다. 시골에서 산책할 때면 순진한 표정으로 '저리 가, 이 촌놈

와 같은 반열에 속하게 된다는 걸 지적하고 있다.
　* Philippe le Hardi(1245~1285). 필리프 3세로 카페 왕조의 일원이며 용맹왕
필리프로 불렸다. Louis le Gros(1081~1137). 루이 6세로 카페 왕조의 선조가
된다. 뚱뚱보 루이라는 별명으로 불렸다.

들아!' 하고 지팡이로 사람들을 쫓는 그 모습을 상상해 보세요. 저 자신도 그 사람이 하는 말을 들을 때면, 마치 고대 고딕풍 무덤에 '누워 있는 사람'의 말을 듣는 것 같아서 깜짝 놀란 다니까요. 이 살아 있는 묘석은 내 사촌이긴 하지만 그래도 겁이 나요. 그래서 한 가지 생각밖에 안 난답니다. 그 묘석을 그대로 중세에 두고 싶다는. 그 점을 제외하면 그가 결코 사람을 죽인 적이 없다는 건 인정해요."

"마침 전 빌파리지 부인 댁에서 그분과 함께 저녁 식사를 하고 오는 길입니다." 하고 장군은 게르망트 부인의 농담에 웃지도 동의하지도 않으며 말했다.

"노르푸아 씨도 거기 계시던가요?" 하고 도덕과학 아카데미를 늘 생각하는 폰 대공이 물었다.

"예." 하고 장군이 말했다. "당신 황제에 대한 얘기도 하더군요."

"벨헬름 황제께선 매우 총명한 분이지만 엘스티르의 그림은 좋아하지 않나 봐요. 그렇다고 그게 나쁘다는 말은 아니에요." 하고 공작 부인이 대답했다. "저도 황제처럼 생각하니까요. 비록 엘스티르가 제 초상화를 아름답게 그려 주긴 했지만요. 아! 모르세요? 저와 닮지는 않았지만 아주 기묘하답니다. 제가 포즈를 취하는 동안 엘스티르는 그래도 꽤 재미있었어요. 그는 저를 마치 노인처럼 그렸어요. 할스의 「하를럼 요양원의 여자 관리인들」*을 모방했죠. 제 조카인 생루의 친숙한

---

* 『잃어버린 시간을 찾아서』 2권 122쪽 주석 참조.

표현을 빌리자면, 그의 '숭고한 작품들'을 아실 거라고 생각해요." 하고 공작 부인은 검은 깃털 부채를 가볍게 치면서 내 쪽으로 몸을 틀며 말했다. 부인은 의자에 똑바로 앉는 것보다 더 고상하게 고개를 뒤로 젖혔는데, 항상 귀부인이면서도 조금은 귀부인인 척 연기했기 때문이다. "예전에 암스테르담과 헤이그에 간 적이 있지만, 시간이 제한되어 모든 걸 혼동하지 않으려고 하를럼*에 가는 건 포기했었죠." 하고 내가 말했다.

"아! 헤이그에 있는 미술관은 얼마나 훌륭하던지!" 하고 게르망트 씨가 외쳤다. 나는 게르망트 씨에게 그가 틀림없이 베르메르의 「델프트 풍경」**에 감탄했을 거라고 말했다. 하지만 공작은 박학하다기보다는 거만했다. 그는 매번 사람들이 그가 기억하지 못하는 미술관의 그림이나 '살롱'***에 출품된 작품 얘기를 할 때마다 거만한 어조로 이렇게 대답했다. "봐야 할 것은 다 봤소!"

"어떻게! 네덜란드로 여행을 가면서 하를럼에 가지 않을 수가 있죠?" 하고 공작 부인이 외쳤다. "십오 분밖에 시간이 없다 해도 할스의 작품들은 꼭 봐야 할 만큼 뛰어나요. 할스의 작품이 만약 야외에 전시되어 누군가가 전차에서 내리지 않고 전차 위 칸 높은 곳에서 내려다볼 수 있다면, 두 눈을 최대한 크게 뜨고 보라고 꼭 말해 주고 싶어요."

---

* 프루스트는 1902년 네덜란드의 암스테르담 미술관과 하를럼에 있는 프랑스 할스(Frans Hals) 미술관을 방문했다.
** 『잃어버린 시간을 찾아서』 2권 26쪽 주석 참조.
*** 246쪽 주석 참조.

이 말은 마치 예술적 인상들이 우리 마음속에 형성되는 과정을 무시하는 듯하여 내게 큰 충격을 주었는데, 이 경우 우리 눈은 단순히 스냅 사진을 찍는 기록 장치에 불과하다는 걸 의미하는 것 같았기 때문이다.

내가 관심을 가진 주제에 아내가 그토록 유창하게 말하는 것을 보고 만족한 게르망트 씨는 아내의 그 정평 높은 당당한 자태를 바라보며, 또 프란스 할스에 대한 이야기에 귀를 기울이면서 이렇게 생각했다. '아내는 모든 것에 정통해. 내 젊은 손님은 오늘날 어디서도 볼 수 없는 과거의 귀부인 — 이 단어가 내포하는 모든 의미에서 — 앞에 있다고 생각할걸.' 나는 이 두 사람을 게르망트라는 이름으로부터 분리해서 생각했다. 전에는 그들이 내가 생각도 할 수 없는 삶을 누린다고 상상했으나, 지금은 다른 남자들이나 다른 여자들과 비슷하며 단지 동시대 사람들에 비해 조금 뒤처진, 그러나 불균등하게 뒤처진 모습이었다. 즉 대다수 포부르생제르맹 부부들처럼 아내는 황금시대에 멈출 정도로 현명했지만, 남편은 과거의 척박한 시대로 내려갈 만큼 불운했으며, 다시 말해 아내는 여전히 루이 15세 시대에 머무르는 데 반해, 남편은 말만 화려한 루이 필리프 시대에 살고 있었다.* 게르망트 부인이 다른 여자들과 비슷하다는 사실에 나는 처음에는 일종의 환멸 같은 것을 느

---

* 루이 14세가 죽자 증손자인 루이 15세(1710~1774)가 다섯 살 나이로 왕위를 물려받았으며 그의 오랜 치세에서 프랑스는 경제적인 번영을 구가했다. 이에 반해 1830년 7월 혁명 후 왕이 된 루이필리프 시대에는 경제 위기와 사회 불안이 가중되었다.

껐지만, 지금은 그에 대한 반작용으로, 또 좋은 포도주의 도움을 받아 찬미하는 마음을 갖게 되었다. 돈 주앙 도트리슈*나 이사벨라 데스테** 같은 이들은 우리에게서 이름들의 세계에서만 존재할 뿐, 마치 메제글리즈 쪽이 게르망트 쪽과 소통할 수 없듯이 거대한 역사적 순간과 연결되지 않는다. 이사벨라 데스테도 아마 실제로는 아주 보잘것없는 공주에 불과하며, 루이 14세 치하 궁전에서 어떤 특별한 지위도 갖지 못했던 다른 공주들과 비슷하리라. 하지만 그녀가 유일한 본질, 따라서 어느 누구와도 비교할 수 없는 본질을 가진 듯 보이는 순간, 우리는 그녀를 루이 14세보다 위대하지 않다고 상상할 수 없으며, 따라서 루이 14세와의 야식은 단순한 흥밋거리를 제공하는 데 반해, 이사벨라 데스테에게서는 초자연적인 만남을 통해 우리 눈으로 소설 여주인공을 보는 듯한 느낌을 받게 될 것이다. 그런데 이사벨라 데스테를 연구하고 요정 세계에서 역사 세계로 인내심 있게 그녀를 옮기면서 그녀의 삶이나 사상에 그 이름이 암시하던 신비로운 낯섦성이 하나도 없다는 걸 확인하고 환멸을 느꼈을 때, 이 공주가 프랑수아즈식으로 말하면 '땅의 먼지보다 훨씬 낮은' 지식을 가졌다고 우리가 지금까지 경멸해 온 바로 그 공주가 만테냐의 그림에 대해 라프네

---

* Don Juan d'Autriche(1547~1578). 카를 5세의 사생아로 네덜란드의 총독이었다.
** Isabella d'Este(1474~1539). 유럽 살롱 문화의 선구자로 이탈리아에서 르네상스가 꽃피는 데 큰 역할을 했다. 만테냐의 작품을 수집한 것으로 유명하며 레오나르도 다빈치가 그린 초상화도 있다.

트르*에 버금가는 지식을 가졌다는 걸 깨닫고는 우리는 무한한 고마움을 느낀다. 게르망트라는 이름의 다가갈 수 없는 언덕을 올라갔다가 공작 부인의 삶이라는 내적인 비탈길을 내려오면서, 거기서 내게 친숙한 빅토르 위고나 프란스 할스의 이름을, 그리고 슬프게도 비베르**의 이름을 발견하면서, 나는 마치 중앙아메리카나 북부 아프리카의 작은 야생 골짜기를 여행하는 사람이 느끼는 것과 같은 놀라움을 느꼈다. 여행자가 그곳의 기이한 풍속을 상상하기 위해 지리적 거리감과 낯선 식물 명칭들을 참조한 후 거대한 알로에나 만치닐 나무*** 숲의 장막을 통과했을 때, 원주민들이(때로는 로마식 노천극장과 아프로디테에게 헌정된 원기둥 유적 앞에서) 볼테르의 「메로포」나 「알지르」****를 읽는 모습을 발견하고 느낄 법한 그런 놀라움이었다. 내가 알던 교양 있는 부르주아 여인들과 그토록 멀리 있고 그토록 뛰어난 게르망트 부인이 그녀가 평생 알지 못할 부르주아 여인들 수준으로 차후의 목적이나 야심도 없이 낮추려고 애쓰는 그 교양은, 뭔가 페니키아 고대 문명에 대한 학식이 정치가나 의사에게서 그러하듯, 쓸모가 없기에 더 가치 있는 그래서 거의 감동적이기까지 한 것으로 보였다.

---

* 조르주 라프네트르(Georges Lafenestre, 1837~1919). 《르뷔 데 되 몽드》의 예술 비평가이자 시인으로 활동했다. 『이탈리아의 회화』와 『브뤼헤와 파리의 프리미티프 화가들』이란 연구서를 발간했다.
** 319쪽 주석 참조.
*** 높이가 15미터나 되는 나무로 열대 아메리카에 서식하며 열매에 독이 있다.
**** 「메로프」(1743)와 「알지르」(1736)는 18세기 계몽주의 작가 볼테르의 비극작품이다.

"무척이나 아름다운 그림을 보여 드릴 수도 있었을 텐데."
하고 게르망트 부인이 상냥하게 할스 얘기를 하며 말했다.
"몇몇 사람들은 그의 가장 아름다운 그림이라고 주장하더군
요. 독일 사촌이 물려준 거랍니다. 불행히도 그 그림은 '봉토'
로 받은 거라서 성관에 부착되어 있어요. 이런 표현은 모르셨
죠? 저도 그래요." 하고 부인은 과거의 관습을 조롱하는, 그렇
지만 무의식적으로 또 집요하게 집착하는 그런 과거의 관습
을 조롱하는 취향과 더불어(그렇게 하는 것이 현대적이라고 생각
했는지) 덧붙였다. "내 엘스티르 그림들을 봐 주셔서 정말 기
뻐요. '봉토'로 물려받은 내 할스 그림을 보여 드릴 수 있다면
더욱 기쁠 거예요."

"전 그 그림을 압니다." 하고 폰 대공이 말했다. "헤센 대공
작이 소유했던 그림이죠."

"맞아요. 그분 동생이 제 누이와 결혼했어요."라며 게르망
트 씨가 말했다. "게다가 그분 모친은 오리안의 모친과 사촌이
랍니다."

"그런데, 엘스티르 씨에 관한 말인데요." 하고 대공이 덧붙
였다. "그의 작품을 잘 알지 못하니 별 의견은 없습니다만, 황
제께서 싫어하신다고 해서 똑같이 그를 싫어해야 한다고는
생각하지 않습니다. 황제께서 지성이 탁월하긴 하십니다만."

"그럼요. 저도 두 번이나 그분과 함께 저녁 식사를 했어요.
한번은 사강 아주머니 댁이었고, 또 한번은 라지빌* 아주머니

---

* 1412년까지 거슬러 올라가는 유서 깊은 리투아니아의 가문으로 레옹 라지

댁이었죠. 묘한 분이더군요. 단순해 보이지 않았어요! 오히려 뭔가 재미있는, 일부러 '꾸민' 점이 있었어요." 하고 게르망트 부인은 '꾸민'이란 말을 마치 초록색 카네이션*을 발음할 때처럼 강조하면서 말했다. "말하자면 나를 놀라게 하기는 하지만 딱히 마음에는 들지 않는, 어떻게 그런 걸 다 만들었을까 하고 놀라지만 만들지 않았어도 별 상관이 없는 그런 거죠. 제가 여러분을 놀라게 하지는 않았겠죠?"

"황제는 상상하기 어려운 지성의 소유자입니다." 하고 대공이 말을 이었다. "예술을 열정적으로 좋아하시죠. 예술품에 관해서도 확실한 심미안이 있는데, 틀리신 적이 한 번도 없습니다. 만일 아름다운 뭔가가 있다면, 황제께서는 곧 그걸 알아보시고 증오하시죠. 황제께서 뭔가를 증오하시면, 그건 틀림없이 훌륭한 겁니다." 모두가 미소를 지었다.

"안심이 되네요."라고 공작 부인이 말했다.

"저는 기꺼이 황제님을 베를린에 있는 늙은 '고고삭자'에 비교하고 싶습니다." 하고 고고학자란 단어가 '아르세올로그(archéologue)'라고 쓰이지만 '아르케올로그(arkéologue)'로 발음된다는 걸 알지 못하면서도 그 단어를 쓸 기회를 놓치지 않

빌은 프루스트의 친구였다.
** 영국 소설가 로버트 히친스(Robert S. Hichens, 1864~1950)의 작품 제목으로 오스카 와일드가 이 작품 속의 한 인물로 등장한다. 이 작품은 1894년 오스카 와일드가 동성애로 고발되어 이 년 형에 처해지기에 앞서 출판되었다.(『게르망트 쪽』, 폴리오, 731쪽 참조.) 빌헬름 황제의 동성애에 대해서는 『잃어버린 시간을 찾아서』 5권 484쪽 주석 참조.

은 대공이 말했다.* "아시리아의 옛 기념물들 앞에서 그 늙은 '고고삭자'는 울음을 터뜨립니다. 하지만 만일 그것이 현대적인 모조품이라면, 정말로 옛것이 아니라면 그는 울지 않습니다. 그래서 어떤 '고고삭적인' 작품이 정말로 옛것인지 알고 싶으면 사람들은 그 늙은 '고고삭자'에게 가지고 가지요. 그가 울면, 그들은 박물관을 위해 그 작품을 사들이죠. 하지만 '고고삭자'의 눈이 말라 있으면 그들은 작품을 상인에게 돌려보내고 그를 위조범으로 고소합니다. 그런데 매번 제가 포츠담에서 저녁 식사를 할 때마다 황제께서는 제게 "대공, 이건 꼭 봐야 하오. 천재적인 재능으로 가득하오."라고 말씀하시는 작품은 모두 가서 보지 않으려고 적어 둔답니다. 그리고 어떤 전시회에 대해 황제가 격노하는 소리가 들리면, 저는 가능한 즉시 그곳으로 달려갑니다."

"노르푸아는 영국과 프랑스의 협력 관계를 지지하지 않나요?" 하고 게르망트 씨가 말했다.

"그게 무슨 소용이 있습니까?"라며 영국 사람이라면 참지 못하는 폰 대공이 화를 내면서도 동시에 교활한 표정으로 물었다. "영국인들은 정말 '파보'예요.** 저자들은 군사로서 당신들에게 유용하지 않을 거예요. 어쨌든 저 장군들의 멍청함에 의거해서 판단해 볼 수 있죠. 제 친구 한 사람이 최근에 보타,*** 당신도 알지만 보어인들의 우두머리와 담소를 나누었답니다.

---

* 대공의 틀린 발음을 표시하기 위해 '고고학자'를 '고고삭자'로 옮겼다.
** 바보를 뜻하는 베트(bête)를 대공은 페트(pête)로 발음했다.
*** 루이스 보타(Louis Botha, 1863~1919). 남아프리카의 장군이자 정치가이다.

보타는 제 친구에게 이렇게 말했다는군요. '저런 식의 군대는 끔찍하오.' 어쨌든 나는 영국 사람을 좋아하는 편인데도, 한낱 농부에 불과한 내가 저들을 모든 전투에서 두들겨 팼으니. 최근 전투에서는 스무 배나 더 많은 적군 수에 어쩔 수 없이 항복했지만, 그래도 난 포로 2000명을 잡는 방법을 다시 발견해 냈소! 내가 한낱 농부들의 우두머리였으니 망정이지 만일 저 어리석은 놈들이 유럽의 진짜 군대와 겨뤘다면 어떤 일이 벌어졌을지 생각만 해도 몸이 떨리오!* 하기야 나처럼 당신들도 잘 아는 그들의 왕이 영국에서는 위대한 사람으로 통한다는 사실만 봐도 잘 알 수 있소만."

나는 노르푸아 씨가 내 아버지에게 하던 이런 이야기를 거의 듣지 않았다. 이런 이야기는 내가 좋아하는 몽상에 어떤 양분도 제공해 주지 못했다. 비록 그 이야기가 부족한 양분을 가졌다 할지라도, 내가 잘 손질된 머리와 셔츠 가슴 장식에 신경 쓰면서 표피적인 삶을 사는 동안, 다시 말해 삶에서 내가 기쁨으로 여기는 것은 하나도 느낄 수 없는 사교계에서 시간을 보내는 동안, 나의 내적인 삶을 깨우기 위해서는 무척이나 자극적인 성질의 것이 필요했으리라.

"아! 저는 당신과 의견이 달라요." 게르망트 부인은 독일 대공이 재치가 부족하다고 여기며 이렇게 말했다. "저는 에드워

---

* 남아프리카 전쟁이라고도 불리는 영국과 네덜란드의 자손인 보어인들 사이에 벌어진 이 전쟁(1899~1902)에서, 독일은 처음에는 보어인들을 지지하여 군대를 파견했으나 영국과의 협상 후 손을 뗐다. 보타 장군은 1900년부터 보어인 군대를 지휘했으며, 이 전쟁으로 영국은 남아프리카를 병합했다.

드 왕이 매력적이고 매우 소탈하며, 우리가 생각하는 것보다 훨씬 명석한 분이라고 생각해요. 그리고 왕비님 또한 아직까지는 제가 본 중 세상에서 가장 아름다운 분이시고요."

"하지만 공작 '푸인.'" 화가 난 대공은 다른 사람들이 자기를 불쾌하게 여긴다는 것도 알지 못한 채 이렇게 말했다. "그렇지만 웨일스 공*이 그냥 평범한 개인이라면 그를 제명하려는 클럽도 없을 테고 아무도 악수하는 데 동의하지 않을 겁니다. 왕비는 매력적이며 매우 온화하지만 머리가 좀 둔한 편입니다. 하지만 문자 그대로 신하들이 먹여 살리는 이 왕 부부에게는 그래도 뭔가 놀라운 게 있긴 합니다. 그들 자신이 지불해야 할 비용을 전부 부유한 유대인 금융업자에게 지불하게 하고, 그 대가로 그들을 '바로네'**로 만들어 주니까요. 뷜가리 대공***도 마찬가지지만⋯⋯."

"그 사람은 우리 사촌이에요." 공작 부인이 말했다.

"제 사촌이기도 합니다." 하고 대공은 대답했다. "하지만 그 사람이 '청직하다고는'**** 생각하지 않습니다. 아니에요. 여러분들이 정말로 가까워져야 할 쪽은 우립니다. 이는 황제의 가장 큰 소망이기도 한데, 황제께서는 그것이 진심에서 우러

---

* 영국의 황태자로 미래의 에드워드 7세를 가리킨다. 『잃어버린 시간을 찾아서』 1권 37쪽 참조.

** Baronnet(영어로는 Baronet). 준남작이란 뜻으로 영국에서 남작(baron)과 기사(knight) 사이의 계급을 가리킨다. 세습은 되지만 귀족에 속하지는 않는다.

*** 『잃어버린 시간을 찾아서』 5권 403쪽 참조.

**** 폰 대공의 독일식 발음이다. 정직한을 의미하는 브라브(brave)를 프라브(prave)로 발음했다.

난 것이기를 바랍니다. 황제께서는 이렇게 말씀하십니다. '내가 바라는 건 정말로 손을 잡고 악수하는 거요. 그저 모자로 인사하는 따위가 아니라.' 그렇게만 된다면 여러분은 무적의 존재가 될 겁니다. 그러는 편이 노르푸아 씨가 설교하는 영국과 프랑스의 협력 관계보다 더 실리적일 겁니다."

 "노르푸아 씨를 아시죠? 전 알아요."라고 게르망트 부인이 나를 대화 밖에 두지 않기 위해 말했다. 내가 그의 손에 입 맞추고 싶어 했다는 얘기를 노르푸아 씨가 한 것이 떠올랐다. 그는 아마도 이 이야기를 게르망트 부인에게 했을 것이며, 또 아버지와의 우정에도 불구하고 나를 우스꽝스럽게 만드는 걸 주저하지 않았던 만큼, 틀림없이 나에 대해서도 악의적으로 말했을 거라고 생각했지만, 그래도 나는 사교계 인사가 했을 그런 행동은 하지 않았다. 즉 사교계 인사라면 노르푸아 씨를 증오하고 그 점을 느끼게 했다고 말했을 것이며, 또 대사가 비방하도록 의도적으로 원인을 제공하려고 했다고 말했을 것이다. 그러면 그 비방은 이해타산에서 나온 거짓 앙갚음에 지나지 않았을 것이다. 그러나 나는 이런 사교계 인사와는 반대로 노르푸아 씨가 매우 유감스럽게도 날 좋아하지 않는 모양이라고 말했다. "잘못 알고 계시네요." 하고 게르망트 부인이 대답했다. "그분은 당신을 무척 좋아해요. 바쟁에게 물어보세요. 내가 너무 친절하다는 평가를 받는다면, 바쟁은 그렇지 않으니까요. 바쟁은 노르푸아가 어느 누구에 대해서도 당신에 대해서만큼 호감을 담아서 말하는 걸 들어 본 적이 없다고 말할 거예요. 또 최근 일인데 노르푸아는 당신에게 정부 부처에 꽤 괜찮은 자리를 마련해 주고 싶어 했어요. 그런데 당신 건강이 좋지 않아 수락하지 못한다는 걸 알고는 그가 높이 평가하는 당신 아버지에게도 자신의 친절한 의도를 말하지 않았답니다." 노르푸아 씨는 어떤 식으로든 내가 도움을 기대할 수 있는 마지막 사람이었다. 사실인즉 남을 조롱하길 좋아하고 꽤 악의적인 사람이지만 떡갈나무 아래서 재판하는 성 루이 왕* 같은 외모와 조금은 지나치게 조화로운 입술에서 튀어나오는 동정이 담긴 목소리에 나처럼 쉽게 속아 넘어갔던 사람들은, 지금까지 진심을 담아 말하는 듯 보였던 인간이 자신들에 관해 험담했다는 걸 알게 된 후엔 진짜 배신감을 느꼈다. 그는 이런 험담을 꽤 자주 했다. 하지만 이런 점이 그가 호감을 갖고, 좋아하는 사람들을 칭찬하고, 그들 일을 기쁘게 보살펴 주는 데 방해가 되지는 않았다.

"그 사람이 당신을 높이 평가하는 게 그리 놀랍지는 않아요."라고 게르망트 부인이 내게 말했다. "그분은 영리하니까. 또 나는 이해가 가요." 하고 부인은 다른 사람들에게 내가 알지 못하는 결혼 계획을 암시하면서 덧붙였다. "오랜 정부로서 이미 노르푸아를 즐겁게 해 주지 못하는 우리 아주머니가 새 부인으로서도 불필요하게 느껴졌겠죠. 게다가 이미 오래전부터 우리 아주머니는 그의 정부가 아니었어요. 아주머니는 말하자면 하느님하고만 관계를 가졌죠. 아주머니는 당신이 생각하는 것 이상으로 신앙이 독실하며, 그래서 보즈-노르푸아 영

---

* 『잃어버린 시간을 찾아서』 1권 113쪽 참조.

감은 빅토르 위고의 시구절처럼 이렇게 말할 수 있을 거예요.

나와 함께 오랫동안 잠을 자던 이가,
오! 주여, 당신과의 잠자리를 위해 드디어 내 곁을 떠났나이다!*

정말 내 가련한 아주머니는 평생 동안 아카데미와 싸워 오다가 말년에 가서야 자기들만의 작은 아카데미를 설립하는 전위적인 예술가나, 개인 종교를 다시 제조해 내는 환속한 수도사들 같아요. 차라리 수도사 복장을 그대로 간직하든가 아니면 동거를 하지 말든가 해야지. 하지만 누가 아나요?"하고 공작 부인은 생각에 잠긴 표정으로 덧붙였다. "어쩌면 과부가 된 모습을 예상해서 그런지는 모르겠지만, 공식적으로 상복을 입을 수 없는 장례식만큼 슬픈 것도 없답니다."

"아! 만약 빌파리지 부인이 노르푸아 부인이 된다면, 우리 사촌 질베르는 틀림없이 병이 날 겁니다."하고 생조제프 장군이 말했다.

"게르망트 대공은 매력적인 분이지만, 사실 출생과 예의 문제에 매우 집착한답니다."하고 파름 대공 부인이 말했다. "시골에 있는 그분 집에서 이틀을 보낸 적이 있어요. 마침 그때 불행하게도 부인이 병환 중이었죠. 전 프티트(몸집이 거대해서

---

* 빅토르 위고의 「잠든 보즈」(『세기의 전설』, 「시편」 45~46)는 구약성경 「룻기」에 나오는 보아즈(보즈)를 바탕으로 쓴 작품이다. 풍요로운 수확과 부성의 이미지를 노래한 작품이다.

사람들이 위놀스타인 부인*에게 붙인 별명이죠.)와 동행 중이었어요. 대공은 현관 앞 층계 아래까지 기다리러 와서는 '프티트'를 못 본 체하며 내게 팔을 내밀었죠. 우린 2층에 있는 살롱 입구까지 올라갔고, 거기서 대공은 내가 지나갈 수 있도록 몸을 비켜서면서 말하더군요. '아! 안녕하시오, 위놀스타인 부인.' (대공은 그녀가 남편과 헤어진 후로는 늘 그렇게 부른답니다.) 그제야 비로소 '프티트'를 본 척한 건데 아래층까지 인사하러 갈 상대가 아니라는 걸 보여 주려고 그랬던 거죠."

"조금도 놀라운 일이 아니네요. 대공 부인께는 말씀드릴 필요도 없겠지만." 하고 자신이 지극히 현대적이라고 믿으며, 어느 누구보다 출생을 무시하고 공화파라고까지 자처하는 공작이 말했다. "저는 제 사촌과 그다지 의견이 같지 않아요. 대공 부인께서도 우리 두 사람이 거의 모든 일에 대해 낮과 밤이 다르듯 서로 이해하지 못한다는 걸 짐작하셨을 겁니다. 그러나 만일 아주머니가 노르푸아와 결혼한다면, 그때만큼은 저도 질베르와 의견을 같이할 겁니다. 플로리몽 드 기즈**의 따님 되시는 분이 그런 결혼을 한다는 건, 그건 말하자면 암탉도 웃을 일이죠. 제가 무슨 말을 더 하기를 바라세요?" 하고 공작은 이 마

---

* 위놀스타인 부인은 로렌 지방의 오랜 귀족 가문으로, 앙시앵 레짐 때 장군을 지냈고 왕정복고 때에는 국회의원으로 활동한 필리페 위놀스타인(Philippe Antoine Vogt d'Hunolstein, 1750~1831)의 딸이며, 결혼 후에는 몽폐루 부인이 되었다.(앞에서는 몽폐루 부인으로 나온다. 201쪽 참조.) 전통을 중시하는 대공은 그녀의 이혼을 못마땅하게 생각해 부인을 처녀 시절 이름으로만 지칭한다.
** 사실 빌파리지 부인은 시뤼스 드 부이용의 딸로, 플로리몽은 그녀 할아버지의 세례명이다.(『잃어버린 시간을 찾아서』 5권 309쪽 참조.)

지막 구절을 자기가 하는 말 한가운데 늘 끼워 놓곤 했는데, 여기서는 전혀 쓸모가 없었다. 끊임없이 이 말을 해야 할 필요를 느끼던 그가, 다른 곳에서 자리를 찾지 못하자 자기가 하는 말 맨 끝에 붙였던 것이다. 그에게서 이것은 다른 무엇보다도 운율의 문제였다. "그렇지만." 하고 그는 덧붙였다. "노르푸아네 사람들은 출신지도 조상도 훌륭한 귀족들이긴 합니다만."

"이봐요, 바쟁. 질베르의 언어를 사용하면서까지 질베르를 조롱할 필요는 없잖아요." 하고 게르망트 부인이 말했다. 그녀에게 가문의 '훌륭함'이란, 게르망트 대공과 공작에게도 마찬가지지만, 포도주처럼 정확히 그 오래됨에 있었다. 그러나 사촌보다는 솔직하지 않고 남편보다는 정교한 그녀는, 담소 중에 게르망트의 재치를 저버리고 싶지 않아 행동으로는 서열을 존중하면서도 말로는 무시했다.

"그런데 그분하고 조금은 친척이 되지 않습니까?" 하고 생조제프 장군이 물었다. "노르푸아가 라로슈푸코 가문 태생의 딸과 결혼한 것 같은데요."

"그런 식으로는 전혀 친척 관계가 아니죠. 그 여자는 라로슈푸코 공작 가문의 한 분가에 속하거든요. 제 할머니는 두도빌 공작 가문 태생이시고요. 가문에서 가장 지혜로운 에두아르 코코*의 할머니 되는 분이시죠." 하고 지혜롭다는 것을 약간 가식적으로 보는 공작이 대답했다. "그런데 이 두 분가는

---

* 게르망트 공작이 라로슈푸코(『잃어버린 시간을 찾아서』 4권 73쪽 주석 참조.)에게 부여한 별명이다.

루이 14세 이후에는 한 번도 맺어진 적이 없습니다. 그래서 조금은 관계가 소원하지요."

"저런, 흥미로운데요. 그런 줄 몰랐습니다." 하고 장군이 말했다.

"하지만." 하고 게르망트 씨가 말을 이었다. "그 사람 어머니는 제가 알기로 몽모랑시 공작의 여동생인데, 처음에는 라 투르 도베르뉴가의 한 사람과 결혼했죠. 그러나 이 몽모랑시 사람들이란 게 거의 몽모랑시 사람들이 아니고, 라 투르 도베르뉴 사람들이란 것도 전혀 라 투르 도베르뉴 사람들이 아니랍니다. 이런 점에서 볼 때 저는 노르푸아가 대단한 가문 출신이라고는 생각하지 않아요. 그 사람 말이, 이 점이 더 중요한데, 자기가 생트레유* 가문 출신이라는 거예요. 우리도 이 가문에서 직계로 내려왔잖아요."

콩브레에는 생트레유라는 거리가 있었지만 나는 한 번도 그곳에 대해 다시 생각해 보지 않았다. 브르토느리에서 루아조 거리로 이어지는 거리였다. 잔 다르크의 동반자였던 생트레유가 게르망트가문의 한 여인과 결혼해서 콩브레의 백작령을 게르망트가문에 양도했고, 그래서 생트레유 문장은 생틸레르 성당의 채색 유리창 밑에서 게르망트 문장을 4등분하고 있었다. 내가 콩브레의 거무스름한 사암토 계단을 떠올리는 동안 어떤 어조의 변화가, 이 게르망트라는 이름을 내가 예전

---

* 생트레유(Jean Poton de Saintrailles)는 프랑스 장군으로 백년전쟁에 참여했으며 잔 다르크의 후원자였다.

에 들었다가 망각한 어조 속에, 내가 오늘 저녁 식사를 한 집의 친절한 주인들을 의미하는 것과는 아주 다른 어조 속에 환기했다. 게르망트 공작 부인이라는 이름이 내게는 어딘가 집합명사처럼 보였다면, 이는 역사 속에서 그 이름을 지녔던 모든 여인들을 합산한다는 의미뿐 아니라, 내 짧은 젊음을 통해 게르망트 공작 부인이라는 그 유일한 존재에 한 여인의 자리가 견고해지면 다른 여인이 사라지면서 수없이 많은 상이한 여인들이 겹쳐지는 걸 이미 보았다는 의미였다. 우리의 말은 몇 세기가 지나도 그 의미가 변하지 않는 데 반해, 이름은 몇 해도 안 되는 기간에 의미가 변한다. 우리의 기억과 마음은 누군가에게 충실하게 머무를 정도로 그렇게 크지 않다. 우리의 현재 상념에는 산 사람 옆에 망자를 간직할 자리가 충분치 않다. 그래서 우리는 예전에 존재하던 것 위에 새로이 집을 짓지 않으면 안 되며, 또 예전에 존재하던 것을 다시 발견하는 일은 지금 막 생트레유라는 이름이 열어 보인 것과 같은 종류의, 어떤 우연한 발굴에 달렸을 뿐이다. 나는 이 모든 걸 설명하는 게 불필요하다고 생각했으며, 또 조금 전 게르망트 씨가 "자네는 우리 고장을 모르지?" 하고 물었을 때 대답하지 않았으므로, 무언중에 거짓말까지 한 셈이 되었다. 어쩌면 게르망트 씨는 내가 그 고장을 안다는 걸 알면서도 자신이 받은 훌륭한 교육 때문에 더 이상 우기지 않았는지도 모른다. 게르망트 부인이 나를 몽상에서 꺼내 주었다.

"이 모든 게 지긋지긋해요. 하지만 우리 집 살롱이 항상 이렇게 따분한 건 아녜요. 오늘 저녁을 보상하는 의미에서 가까운 저녁에 식사하러 오세요. 그때는 족보 얘기 같은 건 없을 테니까요." 하고 공작 부인은 낮은 소리로 말했는데, 부인은 내가 그 집에서 어떤 매력을 발견하는지, 또 부인이 부끄럽게도 유행 지난 식물로 가득한 표본 상자로서만 날 기쁘게 한다는 것도 전혀 이해하지 못했다.

나를 실망시켰다고 믿은 게르망트 부인의 말이 실은 정반대로 파티 끝머리에 가서는 — 공작과 장군이 족보 이야기를 멈추지 않았으므로 — 저녁 시간을 완전한 환멸로부터 구해 주었다. 지금까지 나는 어떻게 환멸을 느끼지 않을 수 있었을까? 만찬에 초대받은 손님들이 그들의 신비로운 이름을 — 그 이름을 통해서만 내가 그들을 알고 멀리서 몽상해 온 — 내가 아는 모든 사람들과 비슷하거나 열등한 몸과 지성의 옷으로 감싸면서, 흡사 「햄릿」에 열광한 독자라면 엘시노르 성*이 있는 덴마크 항구로 들어갈 때 느끼는 그런 평범한 인상을 주었는데. 아마도 그들의 이름 속에 키 큰 나무숲과 고딕풍 종탑을 집어넣는 이런 지리학적인 지역과 오래전 과거가 어느 정도는 그들의 얼굴과 정신과 편견을 형성했을 테지만, 마치 결과 속 원인이 그러하듯, 다시 말해 지성의 힘으로는 파악할 수 있지만 상상력으로는 조금도 인지할 수 없는 그런 형태로만 그것은 거기에 존속했다.

그런데 과거로부터 온 이런 편견이 갑자기 게르망트 씨와 게

----

* 「햄릿」의 무대로 유명한 엘시노르 성은 덴마크의 헬싱괴르시에 있는 크론보르 성을 모델로 했다. 바닷가 언덕 위에 세워진 르네상스 양식의 고성이다.

르망트 부인의 친구들에게 갑자기 그들이 잃어버린 시적 정취를 돌려주었다. 물론 귀족들이 소유하고 있으며 그들을 말이 아닌 이름의 학자, 언어의 어원학자로 만드는 이런 개념들은, 우리가 만약 진실 속에 머무르기를 원한다면, 다시 말해 정신을 따르기 원한다면, 그것이 부르주아에게 주었을 그런 매력을 대귀족들에게는 전혀 주지 못했다.(부르주아 중에서도 중간 정도의 무식한 사람과 비교해서 하는 말이다. 왜냐하면 동일하게 평범한 사람이라 할지라도 맹신자는 자유사상가보다 종교 의식에 관한 대답을 더 잘할 수 있으며, 반대로 교권 반대자인 고고학자는 교구 사제에게 사제의 성당과 관계된 일에서조차 많은 걸 가르쳐 주는 일이 흔하기 때문이다.) 대귀족들은 아마도 기즈 공작 부인이 동시에 클레브와 오를레앙과 포르시엥 따위의 대공 부인이라는 사실을 나보다 더잘 알았을 것이다. 하지만 그들은 이런 이름에 앞서 이미 기즈 공작 부인의 얼굴을 알았고, 따라서 그 이름이 그들에게 반사되고 있었다. 나는 요정과 더불어 시작했고 — 비록 그 요정이 금방 사라져야 한다 할지라도 — 그들은 여인을 통해 시작했다.

부르주아 가정에서 동생이 언니보다 먼저 결혼하는 경우에는 종종 질투심이 유발된다. 특히 쿠르부아지에 사람들이 그러했지만 게르망트네 사람들도 마찬가지였는데, 이처럼 귀족 사회는 내가 책을 통해 먼저 알게 된 유치한 일로(내게는 귀족의 유일한 매력인) 귀족의 위대함을 단순한 가정사의 우월함으로 환원하고 말았다. 탈르망 데 레오*가 한 말은 로앙 가문

---

* 다음은 탈르망 데 레오(Tallemant des Réaux, 1619~1692)가 쓴 『일화집』에

이 아니라 게르망트가문에 대해 한 말이라고 할 수 있지 않을까? 그는 게메네 씨가 동생에게 "들어오게나, 여기가 루브르 궁전은 아니잖은가!" 하고 소리쳤으며, 또(클레르몽 공작의 사생아인) 로앙 기사에 대해서는 "적어도 왕자가 아니라고는 할 수 없잖은가!"라고 분명히 만족한 표정으로 말했다고 적었다. 그날 저녁 대화에서 내 마음을 유일하게 아프게 한 것은, 룩셈부르크 공국의 매력적인 후계자인 대공작에 대한 터무니없는 이야기를 생루의 동료들과 마찬가지로 이 살롱에 참석한 사람들도 꽤 많이 믿고 있었다는 것이다. 이는 물론 일종의 전염병 같은 것으로, 아마도 이 년이 채 지나기도 전에 사라지겠지만 그래도 모든 이들에게 확산되고 있었다. 사람들은 똑같이 틀린 얘기를 반복했고, 거기다 또 다른 얘기를 덧붙였다. 뤽상부르-룩셈부르크 대공 부인마저 조카를 변호하는 척하면서 공격 무기를 제공하고 있었다. "자네가 그를 변호하는 건 잘못이네." 하고 게르망트 씨는 내게 생루와 같은 말을 했다. "우리 친척들이 만장일치로 하는 말은 차치하고라도 우리를 가장 잘 아는 하인들 말을 들어 보게나. 뤽상부르 부인이 데리고 다니던 어린 검둥이 하인을 조카인 대공작에게 준 적이 있었네.

나오는 이야기이다. 첫 번째 일화는 게메네 대공이 동생인 아보구르에게 한 말이며, 두 번째 일화는 게메네 대공의 아들과 관계된 것으로, 게메네 대공은 아들인 로앙 기사를 가리키면서 "왕자가 아니라고는 할 수 없잖은가!"라고 외쳤다고 한다. 로앙 기사의 진짜 아버지는 바로 게메네 대공이자 루이 드 부르봉으로 수앙송 백작이다.(이 텍스트에서 말하듯이 클레르몽 공작이 아닌 것이다.)(『게르망트』, 폴리오, 731쪽 참조.)

그런데 검둥이 하인이 돌아와서 울며 하는 말이 '대공작이 절 때려요. 전 불량배도 아닌데, 대공작은 나쁜 분이에요. 놀라워요.'라고 말했네. 난 사정을 잘 알고 하는 말이라네. 그는 오리안의 사촌이니까."

게다가 그날 밤 나는 얼마나 여러 번 사촌과 사촌 자매라는 말을 들었는지 수를 셀 수 없을 정도였다. 한편으로 게르망트 씨는 상대방 입에서 누군가의 이름이 나올 때마다 "하지만 그분은 오리안의 사촌이에요!" 하고 외쳤는데, 이는 마치 숲속에서 길을 잃은 사람이 표지판 위에서 반대 방향을 가리키는 두 화살표 밑에 작은 숫자로 몇 킬로미터밖에 남지 않았다는 표시와 함께 '카지미르페리에 망루'와 '그랑브뇌르 십자가'*라고 쓰인 걸 읽고는, 자신이 제대로 길을 들어섰다는 생각에 즐거운 비명을 지르는 것과도 같았다. 다른 한편으로, 식사 후에 찾아온 터키 대사 부인은 이 사촌이라는 말을 매우 다른 의도로 사용했다.(이곳에서는 예외적인 일이지만.) 사교적인 야망에 불타며, 남의 지식을 자기 것으로 만드는 재능이 뛰어났던 대사 부인은, 만 명의 군사가 퇴각한 역사적 사실이나 새들에게 나타나는 성도착증에 관한 문제를 똑같이 쉽게 습득했다. 정치 경제학과 정신 착란, 자위 행위의 여러 형태, 에피쿠로스의 철학을 다루는 독일 학자들의 가장 최근 연구에 대해서도 모르는 게 하나도 없을 정도였다. 게다가 부인의 말에 귀 기울

---

* 파리 근교 퐁텐블뢰 숲에 있는 길 이름이다. 십자가를 이정표로 세우는 것은 아주 오래된 관습이다.

이는 것은 무척이나 위험한 일이었다. 왜냐하면 그녀는 지속적으로 오류를 범하고 있어, 나무랄 데 없이 정숙한 여인을 지극히 품행이 가벼운 여자라고 칭하는가 하면, 가장 순수한 의도로 말하는 신사에 대해서도 경계심을 불러일으킨다고 하면서 책에서 나온 듯한 얘기를 했는데, 내용이 진지하지 않아서가 아니라 사실임 직하지 않은 얘기를 한다는 점에서 그러했다.

당시 그녀는 거의 초대받지 못했다. 몇 주 동안은 게르망트 공작 부인과 같은 훌륭한 부인들의 집을 드나들었지만, 보통은 명문 귀족에게는 출신이 모호한 분가로 여겨져 어쩔 수 없이 게르망트네가 더 이상 사귀지 않는 그런 집만을 드나들게 되었다. 그녀는 사교계의 초대를 받지 못하는 그녀 친구들의 이름을 마치 대단한 사람인 양 인용하면서 완전히 사교계 인사로 보이기를 기대했다. 그러면 즉시 게르망트 씨는 그의 집에 자주 저녁 식사 하러 오는 손님인 줄 알고, 잘 아는 고장에 들어선 듯한 기쁨으로 몸을 떨며 동의하는 구호를 외쳤다. "하지만 그분은 오리안의 사촌이에요! 내 호주머니 속처럼 훤하게 아는 분이죠. 바노 거리에 사시죠. 그분 모친은 위제 양이셨고요."

대사 부인은 자신이 든 예가 '작은 동물로부터' 가져온 것임을 털어놓지 않을 수 없었다.* 대사 부인은 게르망트 씨의 말을 우회적으로 쫓아가면서 자기 친구들을 게르망트 씨의

---

* 라퐁텐의 우화 「사자와 생쥐」를 암시한다. 거대한 몸집의 사자가 아주 작은 생쥐의 도움을 받는다는 이야기로, 이 문단에서 말하는 '작은 동물'이란 보잘것없는 귀족들을 가리킨다.

친구들과 연결하려고 애썼다. "어느 분 얘기를 하시는 건지 잘 알겠네요. 실은 그분들이 아니라 그분들 사촌이에요." 그러나 가련한 대사 부인이 던진 이 썰물 같은 말은 금방 사라지고 말았다. 그 말에 동의하지 않은 게르망트 씨가 "아! 그럼 어느 분 얘기를 하시는 건지 잘 모르겠네요."라고 대꾸했기 때문이다. 이 말에 대사 부인은 한마디도 대답하지 못했다. 게르망트 씨가 말하는 사촌들을 알지 못했으며, 게다가 대사 부인이 말하는 사촌이라는 것도 보통은 친척이 아니었기 때문이다. 이번에는 게르망트 씨로부터 "하지만 그분은 오리안의 사촌이에요!"라는 새로운 밀물이 밀려왔다. 이 구절은 마치 라틴어 시인이 짓는 육각시(六脚詩)*에 하나의 긴 음절과 두 개의 짧은 음절로 구성된 장단단격이나 또는 두 개의 긴 음절로 구성된 장장격을 제공해 주는 몇몇 편리한 형용사처럼, 게르망트 씨에게도 각각의 문장을 꾸미는 데 똑같이 유용했다. "하지만 그분은 오리안의 사촌이에요."라는 말의 폭발은 게르망트 대공 부인에게도 물론 당연히 해당되는 듯 보였는데, 대공 부인은 사실 공작 부인의 매우 가까운 친척이었다. 대사 부인은 대공 부인을 좋아하지 않는 것 같았다. 그녀가 내게 작은 소리로 말했다. "저 여잔 바보예요. 그렇게 아름답지도 않고요. 불법적으로 강탈한 명성이죠. 게다가." 하고 그녀는 미리 생각해 둔 듯 역겨움을 담은 어조로 단호하게 덧붙였다. "내

---

* 여섯 음절로 구성된 그리스-라틴어 시를 가리킨다. 이를테면 호메로스의 서사시는 여섯 개의 운율 단위로 구성되는 육각시 형식을 취하는데, 장단단격(dactyle)과 장장격(spondée)으로 구성된다.

게도 지극히 적대적이에요." 그런데 이 사촌 관계는 상당히 멀리까지 확대되었다. 게르망트 부인은 적어도 루이 15세까지 거슬러가지 않고는 공통 조상을 발견하지 못하는 이들에 대해서도 '아주머니'라고 부르는 것을 자신의 의무로 여겼다. 그래서 시대의 불행 탓에 어느 대부호의 딸이 여느 대공과 결혼했을 때, 대공의 고조부가 게르망트 부인의 고조부처럼 루부아* 가문의 딸과 결혼한 관계로 이 대부호인 미국 여자는 게르망트 저택을 처음 방문할 때부터 부인에게 '아주머니'라고 부를 수 있어 무척 기뻤는데 ― 조금은 푸대접을 받았고 조금은 면밀한 조사를 받았지만 ― 부인은 또 부인대로 어머니다운 미소를 지으며 그렇게 부르도록 내버려 두었다. 하지만 게르망트 씨와 보세르퓌유** 씨에게 '출생'이란 것이 무엇을 의미하든 그것은 내게 별로 중요하지 않았다. 이 주제에 관한 그들 대화에서도 나는 오로지 시적인 기쁨만을 찾았다. 그들 자신은 그 기쁨을 알지 못한 채로 내게 제공했으며, 마치 농부나 뱃사람이 농사짓는 일이나 파도에 대해 그러하듯, 그들과 거의 분리되지 않은 현실인지라 그들 스스로는 음미할 수 없는 아름다움을 내가 개인적으로 끄집어내는 임무를 맡은 듯했다.

때로 이름이, 혈통보다는 어떤 특별한 사건이나 날짜를 떠올리게 하는 경우가 있다. 게르망트 씨가 브레오테 씨 모친이 슈아죌 가문 태생이며, 조모가 뤼생주 태생임을 상기하는 애

---

* 루이 14세 때 장관을 지낸 프랑수아 미셸 르 텔리에를 비롯한 여러 명사를 배출한 유서 깊은 집안이다.
** 때로는 생루의 상사인 몽세르퓌유 장군을 가리키는 듯 보인다.

기를 했을 때, 나는 단순한 진주 단추를 단 평범한 셔츠 밑으로 두 개의 둥근 크리스털 구체 안에서 피를 흘리는 성유물인 프랄랭 부인과 베리 공작의 심장을 보는 느낌이 들었다.* 또 다른 유물은 보다 관능적인 것으로 탈리앵 부인이나 사브랑 부인의 가늘고 긴 머리칼이었다.**

　때로 내가 보는 것은 단순한 과거의 유물만이 아니었다. 그 조상들이 어떤 사람이었는지 아내보다 더 잘 아는 게르망트 씨는, 진정한 걸작이라고는 할 수 없어도 평범하지만 장엄한 진짜 그림으로 가득한 옛 처소의 아름다운 분위기를 그의 대화에 더하는 추억들을 많이 간직하고 있었다. 폰 대공은 왜 오말 공작 얘기를 할 때면 '내 아저씨'라고 부르는지 아그리장트 대공이 물어보자, 게르망트 씨는 "폰 대공의 삼촌인 뷔르템베르크 공작이 루이필리프의 딸과 결혼했기 때문이라네."***라고

---

* 부아뉴 부인의 『회고록』에 나오는 두 개의 살인 사건을 환기한다. 1847년 8월 18일 세바스티아니 장군의 딸인 슈아죌 부인은 하녀와 눈이 맞은 남편 슈아죌프랄랭(Choiseul-Praslin, 1805~1847) 공작에 의해 비극적인 최후를 맞이한다.(『잃어버린 시간을 찾아서』 4권 145쪽 주석 참조.) 다른 하나는 1820년 2월 13일 베리 공작이 노동자의 칼에 찔려 살해된 사건이다. 숨을 거두기 직전 베리 공작은 자신이 영국에서 얻은 두 딸을 아내에게 부탁했으며, 이 두 딸은 나중에 뤼생주 대공 부인과 샤레트 백작 부인이 된다.(『게르망트』, 폴리오, 732쪽 참조.)

** Mme Tallien(1773~1835). 1794년 로베스피에르의 폭력 정치를 막 내리게 했으며, '테르미도르의 노트르담'이라는 별칭을 얻을 정도로 집정부 시대에 큰 영향을 미쳤다. 탈리앵과 이혼한 후에는 미래의 시메 대공인 카라망 백작과 결혼했다. Comtesse de Sabran(1693~1768). 루이 15세를 대신하여 섭정하던 필리프 도를레앙의 정부였다.

* 현재의 독일 바덴뷔르템베르크 주(독일 남서부)에 해당되는 이 공국의 원주

대답했다. 나는 카르파초나 멤링이 그린 것과 유사한 성골함*
을, 마리 공주가 오빠의 결혼식에 아주 단순한 정원용 옷차림
으로 나타나 그녀를 위해 시라퀴즈 대공에게 구혼하러 갔던
사절단을 물리친 데 대해 불편한 심기를 드러내는 첫 장면부
터,** 몇몇 가문에 버금가는 귀족적인 장소 '팡테지 성'에서 그
녀가 아들 뷔르템베르크 공작(지금 내가 만찬을 같이하는 대공의
아저씨)***을 출산한 마지막 장면까지 관조하고 있었다. 한 세대

<hr />

민은 켈트족으로 1871년 이후에는 독일 제국으로 편입되었다. 루이필리프의 둘
째 딸 마리 도를레앙(Marie d'Orleans, 1813~1839)은 1837년 알렉산더 드 뷔
르템베르크와 결혼했다. 오말 공작은 루이필리프의 넷째 아들인 앙리 도를레앙
이다.(『잃어버린 시간을 찾아서』 2권 136쪽 주석 참조.)

** 카르파초는 1490년에서 1496년 사이에 「성녀 우르술라의 전설」을 '성골
함'이 아닌 아홉 편의 연작 형태로 그렸으며, 플랑드르 화가인 한스 멤링(Hans
Memling, 1430~1494)은 1489년 「성녀 우르술라의 성골함」을 제작했다. 프루
스트는 이 두 작품을 각각 1900년 베네치아 방문과 1902년 네덜란드 방문 시
에 접했다.

*** 카르파초가 그린 「성녀 우르술라의 전설」에 나오는 처음 세 장면은 「브르
타뉴 왕을 찾아간 영국 사절단」, 「영국 사절단의 출발」과 「영국 사절단의 영국
귀환」이다.(이 그림에 대해서는 『잃어버린 시간을 찾아서』 4권 422쪽 주석 참
조.) 그런데 프루스트는 이런 '성녀 우르술라의 전설'에다 부아뉴 부인의 『회고
록』에 나오는 이야기를 중첩한다. 즉 나폴리의 시라퀴즈 백작(레오폴드 대공)은
형과의 다툼으로 프랑스에 안정을 취하러 왔다가 루이필리프의 딸인 마리 공주
에게 반한다. 그러나 나폴리 왕의 반대로 결혼은 성사되지 못하고, 삼 년 후 마
리의 동생 오를레앙 공작의 결혼식이 거행되었을 때, 마리는 무척이나 슬픈 표
정을 지었다고 한다.(『게르망트』, 폴리오, 733쪽 참조.)

**** 카르파초의 「성녀 우르술라의 전설」 중 여섯 번째 장면은 우르술라의 꿈
에 천사가 나타나 그녀의 순교를 알리는 장면이다. 그러나 프루스트는 부아뉴 부
인의 『회고록』에 적힌, 루이필리프의 아내인 마리아멜리 왕비가 상심한 마리 공
주를 위해 노력한 끝에 뷔르템베르크 공작을 남편감으로 찾아내고, 그리하여 마
리는 그와 결혼하지만 아들을 낳자마자 이 년 후에 사망한다는 얘기를 중첩하고

를 뛰어넘어 더 오래 존속하는 이런 장소들은 또 한 명 이상의 여러 역사적 인물과 결부된다. 특히 '팡테지 성'*에는, 그 성을 건축한 바이로이트 총독 부인의 추억과, 남편이 물려받은 성 이름을 마음에 들어했다고 전해지는 조금은 '기이한' 공주(오를레앙 공작의 여동생)**와 바이에른의 왕,*** 끝으로 폰 대공****의 추억이 나란히 살고 있다. 그런데 바로 그곳이 폰 대공의 주소였으므로 대공은 조금 전까지만 해도 게르망트 공작에게 거기로 편지를 보내 달라고 부탁했다. 그가 성을 상속받아 바그

있다. 『생트뵈브에 반하여』에서 이 공주의 이야기는 성골함에 그려지지 않고, 상상 속 채색 유리 형태로 제시된다.(『게르망트』, 폴리오, 733쪽 참조.)

* 팡테지 성(독일어로 Schloss Fantaisie)은 바이로이트 서쪽 5킬로미터쯤 떨어진 돈도르프 마을에 위치한다. 브란데부르크-바이로이트 프레데리히 3세 총독과 프리드리히 대제 딸인 소피 빌헬미네(Sophie Wilhelmine, 1709~1758)가 1761년 이탈리아 여행 후 수집한 예술품을 보관하기 위해 여름 별장으로 세운 이 성을, 그들이 사망한 후 딸이 상속하여 프랑스어로 '팡테지 성'(환상의 성)이라고 명명했다.

** 부아뉴 부인의 『회고록』에는 남편이 '팡테지'라는 기이한 성밖에 가진 것이 없다고 말하자 마리 공주가 아주 기뻐했다는 구절이 나온다.(『게르망트』, 폴리오, 734쪽.)

*** 바이에른의 루트비히 2세(Ludwig II, 1845~1886)는 열아홉 살에 왕위를 계승하여 예술적 감성이 돋보이는 세 개의 성을 지었다. 프루스트는 1908년 쓴 글에서 '팡테지 성'을 환기하며 기인인 루트비히 2세가 이상한 사랑을 한 후젊은 시절 이곳에서 사망했다고 적었다. 그러나 실제로 왕은 1886년 뮌헨 근처의 베르크 성 옆 슈타른베르크 호수에 빠져 죽었다고 한다.(『게르망트』, 폴리오, 734쪽.)

**** 게르망트 공작의 말대로 뷔르템베르크 공작이 폰 대공의 외삼촌이라면, 마리 공주의 아들은 폰 대공의 아저씨가 아니라, 그의 사촌이 된다.(『게르망트』, 폴리오, 734쪽.)

너 공연 동안만 또 다른 멋진 '기인'인 폴리냐크* 대공에게 빌려주었기 때문이다. 게르망트 씨가 자신이 아르파종 부인과 어떻게 친척이 되는지를 설명하기 위해, 그토록 멀리, 또 그토록 간단히 셋 또는 다섯 조상들의 계보와, 혼인을 통해 마리루이즈** 왕비나 콜베르***까지 거슬러 올라가야 했을 때도 마찬가지였다. 이 모든 경우, 역사적인 대사건은 그저 지나는 길에 영지 이름이나 여인의 세례명 속에 선택되어(루이필리프와 마리아멜리의 손녀 이름도 그들이 프랑스 왕이자 왕비여서가 아니라 단지 조부모로서 유산을 남길 가능성에 따라 선택되는) 은폐되고 변질되고 축소된 형태로만 나타났다.(또 다른 이유를 든다면, 발자크 사전에도 가장 유명한 인물들은 '인간 희극' 전체와 가지는 관계 안에서만 등장하는데, 이를테면 나폴레옹은 라스티냐크보다 비중이 작으며, 그것도 생시뉴 아가씨들에게 말을 건다는 이유만으로 등장한다.)**** 이처럼 뚫린 창이 거의 없는 무거운 건축물인 귀족

---

* 폴리냐크 대공(prince de Polignac, 1834~1901)은 진보적인 귀족으로 프루스트는 그를 감성이 뛰어난 음악가라고 극찬했다.(*Essais et articles*, 464~466쪽.)
** Marie-Louise d'Autriche(1791~1847). 나폴레옹의 둘째 부인으로 프랑스 황후이자 파르마 공작 부인이었다. 그녀의 어머니 마리 카롤린과 마리 앙투아네트는 자매지간으로 자주 마리 앙투아네트에 비유된다.
*** 장바티스트 콜베르((Jean-Baptiste Colbert, 1619~1683). 루이 14세 때 중상주의 정책을 실시한 재정 총감이었다.
**** 발자크의 '인간 희극' 전체를 통해 나폴레옹은 여섯 번밖에 나오지 않는다. 라스티냐크는 『고리오 영감』의 주인공이며, 생시뉴 아가씨는 『알 수 없는 사건』에 나오는 인물로, 이에나 전투 전날 왕당파에 동조하던 젊은 여인 로랑스 드 생시뉴는 '증오와 경멸의 대상'인 황제에게 모반자들의 사면을 요청한다.(『게르망트』, 폴리오, 734쪽 참조.)

사회는 빛이 거의 들어오지 못하고, 로마네스크 양식의 건축처럼 똑같이 날아오르는 듯한 모습도 없이, 그러나 똑같이 육중하고 맹목적인 힘을 보여 주면서 우리의 온 역사를 그 찌푸린 벽 안에 가두고 있었다.

그리하여 내 기억의 공간은 서로의 관계에 의해 배열되고 구성되며 점점 더 많은 관계를 맺어 가는 이름들로 조금씩 매워지면서, 마치 단 하나의 붓질도 따로 놀지 않고 각각의 부분이 나머지 다른 부분에 존재 이유를 부여하는, 또 자기 차례가 되면 다른 부분으로부터 존재 이유를 부여받는 그런 완성된 미술품을 모방하고 있었다.

뤽상부르-룩셈부르크 씨의 이름이 다시 화제에 오르자 터키 대사 부인은 한 젊은 여인의 할아버지가(밀가루와 국수로 엄청난 부를 축적한) 뤼상부르 씨를 오찬에 초대했고, 이에 뤽상부르 씨가 거절하는 편지를 보내며 봉투에 '방앗간 주인 선생'이라고 썼는데, 그러자 여인의 할아버지는 "매우 내밀한 분위기에서 식사를 하려고 했는데 못 오신다니 대단히 섭섭하군요. 아주 작은 모임으로 방앗간 주인과 그 아들, 그리고 선생만을 초대하는 자리였는데."라는 답장을 보냈다고 얘기했다. 내가 좋아하는 나소* 씨가 자기 아내의 할아버지를 '방앗간 주인'이라고 부르는 편지를 썼다는 게 도덕적으로 불가능함을 잘 아는 내가 듣기에 이 이야기는 너무 끔찍했고, 뿐만 아

---

* 뤽상부르-룩셈부르크 대공작은 나소(Nassau) 가문 출신이다. 35쪽 주석 참조.

니라 방앗간 주인이라는 호칭이 라퐁텐의 우화 제목을 환기하기 위해 끌어들인 게 명백했으므로, 첫 구절부터 어리석음이 확연히 드러나 보였다.* 그러나 포부르생제르맹에서는 악의가 더해지면 어리석음이 더 커지는 법. 그들은 이 일화가 아주 멋지다고 생각했는지, 금방 아내의 할아버지가 사위인 나소 씨보다 훨씬 뛰어나며 재치가 많은 분이라고 모두들 선언했다. 샤텔로 공작이 이 이야기를 이용해 내가 이미 카페에서 들은 적 있는 "모두가 납작 엎드렸다."라는 얘기를 하려고, 뤽상부르 씨가 게르망트 씨에게 자기 아내 앞에서 일어서야 한다고 주장한 얘기를 몇 마디 시작하자마자, 게르망트 공작 부인은 샤텔로의 말을 가로막으며 반박했다. "아니에요, 뤽상부르 씨가 어리석은 건 사실이지만 그 정도는 아니에요."** 나는 뤽상부르 씨와 관련된 이야기 대부분이 거짓이며, 그 이야기의 주범이나 증인을 만날 때마다 그 말을 부인하는 말을 듣게 되리라고 마음속으로 확신했다. 하지만 나는 게르망트 부인이 진실에 대한 배려로 그렇게 했는지, 아니면 자존심 때문에 한 짓인지 묻고 있었다. 어쨌든 그녀의 자존심이 악의에 굴복했는지, 부인은 웃으며 덧붙였다. "게다가 저도 작은 모욕을 당한 적이 있어요. 뤽상부르 씨가 저를 뤽상부르 대공작 부인에게 소개해 주겠다며 간식에 초대했었죠. 그분은 숙모에게 편지를 쓸 때면 자기 아내를 늘 대공작 부인이라고 부르는 좋

---

* 라퐁텐의 우화 「방앗간 주인과 아들과 당나귀」에 대한 암시이다.
** 뤽상부르 씨의 말은 하나의 주장에 불과하며, 게르망트 씨의 혈통이 뤽상부르 씨보다 열등하지 않다는 의미이다.

은 취미가 있답니다. 저는 거절하는 답장을 보내며 이렇게 덧붙였죠. '뤽상부르 대공작 부인'(따옴표를 붙이고)이 저를 보러 오고 싶다면 목요일마다 5시 이후에는 집에 있다고 전해 주세요. 저는 한 번 더 모욕을 받았어요. 룩셈부르크에 갔을 때 저는 그분에게 전화를 걸어 통화하고 싶으니 전화기에 나와 달라고 말했죠. 전하께서는 식사하러 가셨다 돌아오셨고, 또 두 시간이 지났지만 여전히 아무 대답이 없었고, 그래서 저는 다른 방법을 사용했죠. '나소 백작에게 여기 와서 말하라고 하세요.' 그러자 아픈 데를 찔렸는지 곧바로 달려오더군요." 모든 사람은 공작 부인의 얘기와 이와 유사한 것들을 들으면서 웃음을 터뜨렸다. 나는 이 이야기들이 거짓임을 확신했다. 왜냐하면 뤽상부르-나소 이상으로 총명하고 훌륭하며 세련되고 한마디로 말해 더 매력적인 인간은 본 적이 없었기 때문이다. 나중에 가면 내가 옳았다는 걸 알게 될 것이다.* 이 모든 '악의적인 비방' 가운데 게르망트 부인이 그를 위해 한마디 친절한 말을 집어넣었던 것은 나도 인정하겠다.

"그분이 항상 그랬던 건 아니에요. 미치기 전에는, 책에 적힌 것처럼 왕이 될 인간이라고 믿기 전에는 멍청하지도 않았고, 약혼 초기에는 호감 가는 말투로 자신의 약혼이 뜻밖의 행운인 것처럼 얘기하기도 했어요. '정말 동화 같아요. 요정이 끄는 마차를 타고 룩셈부르크 궁전으로 들어가야 하나 봅니다.'라고 삼촌인 오르네상에게 말했으니까요. 그러자 오르네

---

* 『잃어버린 시간을 찾아서』 후편에 가도 이에 관한 이야기는 나오지 않는다.

상은, 여러분도 알다시피 룩셈부르크는 그리 크지 않으니까, '요정이 끄는 마차를 타고는 들어가지 못할 거야. 차라리 염소가 끄는 마차를 타고 가려무나.'라고 대답했답니다. 이 말에 나소는 화도 내지 않고 우리에게 그 얘기를 첫 번째로 전해 주면서 웃기까지 했어요."

"오르네상은 재치가 많아요. 어머니를 닮았나 봐요. 모친 이름이 '몽죄',* 즉 '내 놀이'란 뜻이잖아요. 가련한 오르네상이 요즘은 별로 좋지 않은가 봅니다."

이 오르네상이라는 이름이, 무한정 계속될 것 같던 그 따분하기 그지없는 험담을 멈추는 효과를 가져왔다. 사실 게르망트 씨는 오르네상 씨의 증모조가 티몰레옹 드 로렌의 부인인 마리 드 카스티유 몽죄의 여동생으로, 따라서 오리안의 숙모가 된다고 설명했다. 그래서 대화는 다시 족보 얘기로 돌아갔고, 그동안 그 바보 같은 터키 대사 부인이 내 귀에 속삭였다. "게르망트 공작이 당신에게 매우 호감을 가진 것 같은데 조심하세요." 내가 설명을 요구하자, 그녀는 "다 말하지 않아도 알아들으실 테지만, 저분에겐 딸이라면 안심하고 맡길 수 있지만, 아들은 그렇게 할 수 없답니다."라고 속삭였다. 그런데 이와는 반대로 누군가 한 여인을 유일하게 열정적으로 사랑하는 사람이 있다면, 그건 바로 게르망트 씨였다. 하지만 그녀가 순진하게 믿는 이런 오류나 거짓이야말로 대사 부인에게는

---

* '몽죄(Montjeu)'라는 이름을 게르망트 공작은 '내(mon) 놀이(jeu)'로 풀이하면서 조롱하고 있다.

생명권과도 같은 것이어서 그것 밖에서는 결코 작동할 수 없었다. "게다가 저분의 동생 메메는 다른 이유로 해서(샤를뤼스는 대사 부인에게 인사도 하지 않았다.) 내게는 근본적으로 적대적이지만, 공작의 품행 때문에 몹시 슬퍼하더군요. 그들 고모인 빌파리지 부인도 마찬가지랍니다. 아! 나는 그분을 흠모해요. 그분이야말로 옛 귀부인의 진정한 전형으로 성녀 같은 분이니까요. 그분의 미덕 때문만이 아니라 신중함 때문이기도하죠. 그분은 노르푸아 대사를 매일같이 보면서도 여전히 '므시외'라고 부른답니다. 여담이지만 노르푸아 대사는 터키에서 아주 좋은 인상을 남겼어요."

나는 족보에 관한 이야기를 듣기 위해 대사 부인의 말에 대답조차 하지 않았다. 모든 족보가 다 중요하지는 않았다. 대화중 게르망트 씨는 내게 뜻하지 않은 결혼에 대해 얘기해 주었는데, 신분 낮은 사람과의 결혼이긴 했지만 매력이 없지는 않았다. 7월 왕정 때 게르망트 공작과 페장사크 공작을 유명한항해사의 아름다운 두 딸과 맺어 준 혼인은, 이 두 공작 부인에게 부르주아적인 이국 취향과 루이필리프풍의 인도 취향이라는 뜻밖의 짜릿한 멋을 제공했다.* 또는 루이 14세 통치 아

---

* 루이 18세의 서거 후 동생인 샤를 10세가 왕위에 오르나, 입헌 군주제를 지지하는 상층 부르주아는 7월 혁명을 통해 샤를 10세를 내쫓고 오를레앙 가문의 루이필리프를 왕으로 내세운다. 따라서 루이필리프는 부르주아와 결탁한 최초의 왕이자 프랑스의 마지막 왕으로 평가된다. 또한 루이필리프 시대에는 해양 탐험가 쥘 뒤몽 뒤르빌(Jules Dumont d'Urville, 1790~1842)이 남극 대륙의 인도양 쪽 해안에 상륙하여 남극 대륙 관측소를 설치했다.(『잃어버린 시간을 찾아서』 2권 267쪽 참조.)

래, 노르푸아 가문의 한 사람이 모르트마르 공작 딸과 결혼했는데, 그 저명한 호칭이 내가 지금껏 무미건조하다고 생각해왔으며 또 최근의 것이라고 여겨 온 노르푸아라는 이름을 아주 먼 시기 속에 주조하면서, 거기 오래된 메달의 아름다움을 깊숙이 새겨 놓았다. 하지만 이 경우에도 이름들의 연상으로 이득을 본 것은 별로 유명하지 않은 이름만이 아니었다. 오히려 지나치게 유명한 탓에 진부해진 또 다른 이름이 새로운 모습과 보다 모호한 모습 아래서, 마치 유명한 채색 화가가 그린 초상화 가운데 때로는 전부 검정색과 흰색으로만 칠해진 초상화가 그러하듯, 더 강렬한 인상을 주었다. 이 모든 이름들이 가진 것처럼 보이는 새로운 이동성은 — 아주 멀리 떨어져 있다고 생각했던 것들이 옆에 나란히 자리하는 — 내 무지의 탓만은 아니었다. 이름들은 내 머릿속에서, 하나의 작위가 항상 대지에 결부되어 한 가문에서 다른 가문으로 그 대지를 따라다니던 시대만큼이나 쉽게 교차 운동을 했다. 이를테면 느무르 공작이나 슈브뢰즈 공작의 작위가 만든 아름다운 봉건 시대의 건축물에서, 나는 마치 소라게*의 환대하는 처소에 있는 듯 기즈 공작과 사부아 대공과 오를레앙과 뤼인 같은 인물들이 웅크리고 있는 모습을 연이어 발견할 수 있었다.** 때로는 여러 이름이 하나의 동일한 조가비를 차지하려고 서로 다

---

* '운둔자 게'라고 불리기도 하는 이 게는 자라면서 점차 큰 조가비를 필요로 하여 전의 것은 버리고 새것을 취하는 특징이 있다.
** 여기 인용된 인물들은 모두 프랑스 역사에 나오는 실제 인물이다. 기즈 공작에 대해서는 『잃어버린 시간을 찾아서』 4권 51쪽 주석 참조.

투기도 했다. 오랑주 공국을 가지려고 네덜란드 왕가와 메이넬 가문이 다투었으며, 브라방 공작령을 두고는 샤를뤼스 남작과 벨기에 왕가가 다투었고, 이 밖의 다른 사람들은 나폴리 대공과 파르마 공작, 레지오* 공작의 작위를 가지려고 다투었다. 때로는 이와 반대로 오래전에 사망한 주인 때문에 조가비 안에 더 이상 사람이 살지 않아, 그 성관의 이름이 그리 멀지 않은 시기에는 어느 가문의 이름이었는지 모르게 될 때도 있었다. 이처럼 게르망트 씨는 몽세르푀유의 질문에 "아니죠. 내 사촌은 열렬한 왕당파였어요. 올빼미 당원들 전쟁**에서 한 역할을 한 페테른 후작의 딸이죠."라고 대답했다. 발베크에 체류한 이래 이 페테른은 내게 다른 무엇보다도 성관 명칭이었으며, 그래서 어느 가문의 이름이 될 수 있다고는 한 번도 상상해 보지 못했으므로, 나는 마치 작은 탑과 현관 앞 층계가 인간으로 변신한 요정 이야기를 읽을 때와 같은 놀라움을 느꼈다. 이런 점에서 역사는, 단순히 계보학적인 역사라 할지라도 오래된 돌에 생명을 입힌다. 파리 사교계에는 게르망트 공작이나 라 트레무이유 공작만큼 중요한 역할을 하며, 또 멋이나 재치라는 관점에서도 더 인기 있고 혈통도 똑같이 고귀한 사람들도 많았다. 하지만 이들은 오늘날 망각 속으로 추락했다. 후손이 없는 탓에 우리는 그들의 이름을 끝내 전해 듣지

---

* 1290년부터 에스테 가문에 속하는 이탈리아의 레지오 공작령은 바그람 전투 후 나폴레옹에 의해 우디노(Oudinot) 장군에게 주어졌다.
** 프랑스 혁명기 동안(1792~1804) 공화파와 왕당파를 대립시킨 시민전쟁으로 브르타뉴와 멘과 노르망디에서 일어났다.

못하고, 그리하여 그 이름이 우리 귀에 미지의 이름인 양 울리기 때문이다. 기껏해야 어느 성이나 먼 고장에 남아, 우리가 사람들의 이름을 발견하리라고는 결코 기대하지 않았던 곳에서 사물의 이름인 양 울리곤 한다. 어느 가까운 날 한 여행자가 부르고뉴 지방 깊숙이 샤를뤼스*라고 불리는 작은 마을의 성당을 방문하려고 발걸음을 멈추지만, 만일 그가 학구심이 부족하고 지나치게 바쁜 일이 많아 그 묘석을 자세히 살펴보지 않는다면, 그는 이 샤를뤼스라는 이름이 가장 위대한 사람들과 어깨를 나란히 했던 사람의 이름이라는 걸 결코 알지 못할 것이다. 이런 생각들은 내가 떠나야 할 시간임을 상기시켰다. 게르망트 씨의 족보 이야기를 듣는 동안 그의 동생과 만나기로 한 시간이 가까워졌던 것이다. 나는 계속 이런 생각을 했다. 어느 날 우연히 콩브레에서 걸음을 멈춘 고고학자가 질베르 르 모베의 채색 유리창 밑에서 테오도르**를 승계한 안내원의 말을 인내심 있게 듣거나, 콩브레 사제가 집필한 안내서를 읽는 일을 제외한다면, 게르망트라는 이름 자체도 하나의 지명에 지나지 않을지 누가 알 수 있겠는가? 그러나 위대한 이름이 소멸되지 않는 한, 그것은 그 이름을 가졌던 사람들을 찬란한 빛 속에 보존한다. 아마도 어떤 점에서 이런 가문의 명성이 내 눈에 흥미롭게 보이는 것은, 부분적으로는 현재에

---

* 실제로 샤를뤼스란 마을은 부르고뉴가 아니라 오베르뉴의 바시냐크 근처에 위치한다.
** 성당 관리와 안내를 맡은 인물로『잃어버린 시간을 찾아서』1권 115쪽 참조. 질베르 로 모베에 대해서는 1권 188쪽 주석 참조.

서 출발하여 14세기 너머로까지 이들 가문의 뒤를 좇아 단계
별로 거슬러 올라갈 수 있으며, 또 샤를뤼스 씨와 아그리장트
대공과 파름 대공 부인의 모든 조상들이 집필한 '회고록'과 서
간문을, 칠흑 같은 어둠이 부르주아 가문의 뿌리를 덮고 있는
먼 과거, 이름이라는 찬란한 회고적인 빛의 투사 아래 게르망
트 사람들이 가진 몇몇 신경증적인 특징이나 몇몇 악덕과 방
탕함의 기원과 지속을 먼 과거에서 식별할 수 있기 때문이다.
오늘날의 인물과도 병리학적으로 거의 유사한 그들은 이 세
기에서 저 세기로 그들과 서신을 교환한 사람들에게는 ─ 팔
라틴 공주와 모르트빌 부인* 이전의 사람이든 혹은 리뉴 대공
** 이후의 사람이든 ─ 늘 불안한 호기심을 유발해 왔다.

　게다가 역사에 대한 나의 호기심은 미학적 기쁨에 비하면
미약했다. 공작 부인의 손님들이 아그리장트 대공으로 불리
든 시스트리아 대공으로 불리든 간에 파티에서 그들의 이름
을 들었을 때, 그 이름은 그들의 육체에서 영혼을 분리하는 효
과를 자아내어 그 육체의 가면과 지적이지 못한 혹은 상투적
인 지성의 가면이 그들을 평범한 사람으로 변모시켰으므로,
결국 나는 이 집 현관의 신발 닦는 깔개에 발이 닿았을 때 믿
었던 것처럼 이름이라는 마술적 세계의 문턱이 아닌 그 종착
역에 상륙했던 것이다. 아그리장트 대공의 어머니가 모데나

---

* Mme de Morteville(1621~1689). 안 도트리슈 왕비의 시녀로 1723년에 발
간된 회고록의 저자이다.
** Prince de Ligne(1735~1814). 벨기에의 외교관이자 문인으로 유럽 각국을
여행하면서 볼테르와 루소, 괴테 등 당시 유명 인사들과 교류한 글을 남겼다.

공작의 손녀딸로 다마스 가문에 속한다는 말을 듣자마자,* 대공은 마치 불안정한 화학 합성물로부터 떨어져 나가듯 그를 인식하는 데 방해가 되었던 얼굴과 말로부터 떨어져 나가면서, 한낱 작위에 지나지 않는 다마스와 모데나로 무한히 매력적인 조합을 만들어 냈다. 각각의 이름이 내가 아무 관계도 없다고 생각하던 다른 이름에 이끌려 자리를 이동하면서, 그것이 내 머릿속에 차지하던 불변의 장소, 습관으로 빛이 바랜 장소를 떠나, 모르트마르와 스튜아르**와 부르봉 가문에 합쳐지면서, 그들과 더불어 보다 우아한 효과를 내며 갖가지 빛깔로 변하는 가지들을 그려 나갔다. 게르망트라는 이름마저 지금은 사라져 더욱더 열렬히 불타오르는 온갖 아름다운 이름들, 내가 이제 막 게르망트라는 이름이 거기 연결되었다는 걸 알게 된 이름들로부터 새로운 의미를, 순전히 시적인 의미를 부여받았다. 기껏해야 도도한 줄기로부터 새싹이 나 부풀어 오른 각각의 가지 끝에서, 마치 앙리 4세의 부친***이나 롱그빌 공작 부인****처럼 현명한 왕 또는 저명한 공주의 얼굴로 그 의미가

---

* 모데나 공작령은 이탈리아 북부에 위치했으며 1859년 이탈리아에 병합될 때까지 에스테 가문이 지배했다. 다마스(Damas) 가문은 프랑스의 오래된 명문으로 11세기부터 알려졌으며 부르고뉴에 뿌리를 두었다.

** 스튜아르(Stuart 혹은 Stewart) 가문은 1371부터 1714까지 스코틀랜드와 아일랜드와 웨일스를 지배했던 명문이다.

*** 앙리 4세의 부친인 앙투안 드 부르봉(Antoine de Bourbon, 1518~1562)은 나바르 왕이었다.

**** Duchesse de Longueville(1619~1679). '그랑 콩데(Grand Condé)'의 누이로 당시 유명했던 문학 살롱의 여주인이자 라로슈푸코의 정부였다.

피어남을 볼 뿐이었다. 이런 점에서 방 안에 있는 초대 손님들의 얼굴과는 다른 이 얼굴들은 어떤 물질적 경험이나 사회적 진부함의 잔존물로 빚어지지 않은 채, 아름다운 데생과 다채롭게 변하는 반사광 속에서 이름들과 동질적인 상태로 남았으며, 그 이름들은 규칙적인 간격을 두고 다른 빛깔로 게르망트네 족보 나무로부터 떨어져 나와, 반투명의 다채로운 빛깔이 서로 어긋나게 놓여 있는 싹들을 어떤 불투명한 이질적인 물질로도 방해하지 않으면서, 마치 예수님의 조상들을 그려 넣은 옛 '이새의 채색 유리'*마냥 유리 나무의 양쪽에서 꽃을 피웠다.

나는 이미 여러 번 그곳에서 빠져나오려고 했는데, 다른 어떤 이유보다도 내가 그토록 아름다울 거라고 상상해 왔던, 또 만약 나 같은 귀찮은 증인이 없다면 틀림없이 그렇게 되었을 모임을 나라는 존재가 무의미하게 만들고 있다는 생각이 들었기 때문이다. 나만 떠나면, 손님들은 이교도가 없으니 그들만의 비밀 집회를 구성할 수 있으리라. 그들은 물론 프란스 할스나 인색함에 대해 말하려고, 그것도 부르주아 사람들이 말하는 것과 같은 투로 말하려고 모인 것은 아니므로, 그들 모임의 목적인 비밀 의식을 거행할 수 있으리라. 그들이 시시한 얘기만 하는 것도 틀림없이 내가 거기 있어서이며, 그래서 그 모든 아름다운 여인들이 따로 떨어져 있는 모습을 보자, 나라는 존재

---

* '이새의 나무'는 다윗 왕의 아버지 이새(Jesse)의 나무줄기에서 예수님이 탄생한 계보를 그린 것으로 중세에 많은 채색 유리나 그림의 모티프였다.

로 인해 그들이 가장 품위 있는 살롱에서 포부르생제르맹의 신비스러운 삶을 누리지 못하고 있다는 생각이 들어 자책감마저 느껴졌다. 그러나 매 순간 내가 떠나려고 할 때마다, 게르망트 부부는 희생정신을 발휘해서 나를 만류했다. 보다 신기한 점은, 별처럼 반짝이는 보석을 달고 화려한 몸치장을 한 채 기쁜 마음으로 서둘러 달려온 몇몇 귀부인들이 내 잘못 때문에 포부르생제르맹이 아닌 다른 여느 곳에서 열리는 파티와 본질적으로 다를 바 없는 파티에 참석했으므로 — 마치 발베크에 가서도 우리 눈에 익숙한 도시와 별로 다르지 않다는 느낌이 들 듯이 — 마땅히 실망하는 기색을 보여야 하는데도 그러한 기색 없이 게르망트 부인에게 즐거운 저녁 시간을 보내게 되어 진심으로 고맙다고 하면서 물러갔다는 점이다. 마치 내가 거기 없는 다른 날도 별다른 일이 일어나지 않았다는 듯이.

정말로 오늘 저녁 같은 이런 만찬을 위해, 여기 모인 사람들은 그토록 몸단장을 하고 그토록 폐쇄적인 살롱에 부르주아들을 들어오지 못하도록 거부했던 것일까? 내가 없어도 별로 다를 바 없는 이런 만찬을 위해? 잠시 그와 같은 의혹이 들었지만, 말도 안 되는 일이었다. 상식적으로만 생각해도 이런 의혹은 충분히 떨칠 수 있었다. 게다가 내가 만약 이런 의혹을 인정한다면, 콩브레에서부터 이미 추락하기 시작한 게르망트라는 이름에 과연 무엇이 남는단 말인가?

게다가 이 '꽃의 소녀들'*은 이상할 정도로 쉽게 타인에게

---

* 186쪽 주석 참조.

만족했으며 또 타인의 마음에 들고 싶어 했다. 왜냐하면 그날 저녁 내내 두세 마디 밖에 건네지 못했고, 또 그 어리석음으로 인해 내 얼굴을 붉어지게 했던 여인들이 살롱을 떠나기 전 내게 와서는, 어루만지는 듯 아름다운 눈길로 나를 응시하며 가슴을 에워싼 난초꽃의 줄을 바로잡으면서, 알게 되어 얼마나 기쁜지 모르겠다며, 게르망트 부인과 상의해서 '날짜를 정한 후 뭔가 마련하겠다.'는 — 어렴풋이 저녁 식사를 암시하는 듯한 — 소망을 말했기 때문이다. 이 꽃 같은 여인들 중 파름 대공 부인보다 먼저 떠난 이는 한 사람도 없었다. 대공 부인의 존재는 — 어느 누구도 마마보다 먼저 나가서는 안 되므로 — 게르망트 부인이 그토록 내가 남아 있기를 끈질기게 바란, 내가 의심조차 해 보지 못한 두 가지 이유 중 하나였다. 파름 대공 부인이 자리에서 일어나자 마치 모두들 해방된 것처럼 보였다. 여인들 모두가 대공 부인 앞에 무릎을 꿇자 부인은 그들을 일으키면서 키스를 했으며, 그들은 이런 키스를 통해 마치 그들이 무릎을 꿇고 청원하는 강복(降福)마냥, 부인으로부터 외투와 하인들을 불러도 좋다는 허락을 받았다. 그러자 문 앞에서는 프랑스 역사에 등장하는 위대한 이름들을 큰 소리로 외치는 낭송회가 벌어지는 것 같았다. 파름 대공 부인은 게르망트 부인이 감기에 걸릴까 염려하여 현관까지 그녀를 모시고 내려오지 못하게 말렸고, 그러자 공작은 "오리안, 마마께서 허락하시니 제발 의사가 한 말을 기억하구려."라고 덧붙였다.

"파름 대공 부인께서는 자네와 함께한 저녁 식사에 '무척 만족하신' 모양이네." 이미 내가 알고 있는 표현이었다. 공작은 온 방을 가로질러 내 앞에 와서는 마치 내게 학위를 수여하듯, 또는 프티 푸르를 권하듯, 친절하고도 자신에 찬 어조로 그 말을 발음했다. 그러자 그 순간 그가 느낀 것처럼 보이는, 또 그의 얼굴에 잠시나마 그토록 온화한 표정을 띠게 했던 기쁨에서, 나는 그 일이 그가 목숨이 다할 때까지 수행해야 할 의무 같은 것임을, 노망이 들어도 계속해서 간직할 명예직이나 쉬운 직책 같은 것임을 느꼈다.

내가 떠나려는 순간 대공 부인의 시녀가 살롱 안으로 들어왔다. 공작 부인이 파름 대공 부인에게 드린, 게르망트 영지에서 보내온 아름다운 카네이션을 가져가는 걸 잊어버렸기 때문이다. 꾸중을 들었는지 시녀의 얼굴이 몹시 상기되어 있었다. 모든 사람에게 상냥한 대공 부인이지만 시녀의 바보짓만큼은 참지 못했던 모양이다. 시녀는 카네이션을 들고 빨리 도망치면서도 태연한 체하려고, 또는 장난기가 발동했는지 내 앞을 지나가며 이런 말을 던졌다. "대공 부인은 제가 늑장을 부린다고 생각해요. 이곳을 떠나고 싶어 하시면서도 카네이션을 갖고 싶어 하신다니까요. 정말로 내가 작은 새는 아니잖아요. 한 번에 여러 곳에 있을 수는 없지요!"

아! 유감스럽게도 내가 대공 부인보다 먼저 자리에서 일어나지 못한 이유는 그뿐만이 아니었다. 또 다른 이유 때문에 나는 바로 떠날 수 없었다. 쿠르부아지에 사람들은 알지 못하는 저 유명한 사치, 부유하고 또는 반쯤 파산한 게르망트 부부가 친구들을 즐겁게 하는 데 뛰어난 기량을 발휘하는 것으로, 내가 생루와 함께 여러 번 경험했던 그런 물질적 사치만이 아니라, 매력적인 말들과 친절한 행동과 진정한 내적인 풍요로움으로 부양되는 온갖 언어적인 우아함 때문이었다. 그런데 이런 내적인 풍요로움은 사교계의 한가로운 생활에서는 쓸모가 없었으므로, 이따금 덧없는 감정의 토로만큼 불안한 토로에서 표현의 기회를 찾는 듯했고, 게르망트 부인 쪽에서는 이것을 애정으로 착각했는지도 몰랐다. 부인은 게다가 애정으로 넘쳐나는 이런 순간 실제로 그 애정을 느끼고 있었다. 여자 친구나 남자 친구 늘과의 모임에서 전혀 관능적이라고 할 수 없는, 이를테면 음악이 몇몇 사람에게 주는 것과도 유사한 그런 도취감을 맛보았기 때문이다. 그녀 스스로 코르사주에서 꽃이나 메달을 떼어 내 함께 파티를 계속하고 싶은 누군가에게 주어 보지만 이런 시간의 연장도 활기찬 쾌락이나 덧없는 감동으로부터 전해지는 것은 아무것도 없으며, 또 그 뒤에 남는 나른함과 서글픔의 인상이 마치 봄의 첫더위와도 비슷한 그런 공허한 담소밖에는 어떤 것으로도 이르지 못할 것 같다는 우울한 느낌을 받았다. 그리고 남자 친구로 말하자면 이런 여인들이 입 밖에 내는, 예전에 들었던 말보다 더욱 그를 도취하게 만드는 약속에 속아 넘어가서는 안 되는데, 여인들은 한순간의 달콤함을 너무도 강렬하게 느낀 나머지 보통 사람들은 알지 못하는 그런 섬세하고도 고귀한 마음으로 이 순간을 호의와 친절의 감동적인 걸작으로 만들지만, 다른 순간이 찾아오면 그녀들에게서 줄 것이라곤 하나도 남아 있지 않기 때문이다. 그녀들의 애정은 애정을 토로한 열광의 순간 후에는 더 이상 지속되지 않으며, 또 당신이 듣기를 원하는 모든 것을 간파하고 그것을 입 밖에 내게 했던 그 섬세한 재치도, 며칠이 지나면 당신의 우스꽝스러운 점을 포착하여 그걸로 그들 방문객들 중 하나를 즐겁게 하면서, 그 방문객과 더불어 그토록 짧은 '음악적 순간'*을 음미할 것이다.

현관에서 나는 눈에 대비해 신고 온 장화를 갖다 달라고 하인에게 부탁했다. 눈이 조금 오면 금방 진흙탕이 되기 때문에, 장화가 우아하지 않다는 사실은 전혀 깨닫지 못하고 신고 왔는데, 모든 이들의 비웃는 미소를 보며 수치심을 느꼈고, 이 수치심은 아직 그곳을 떠나지 않은 파름 대공 부인이 내가 아메리카산 고무장화를 신는 모습을 본다는 걸 알았을 때에 절정에 달했다. 대공 부인이 내게로 돌아왔다. "오! 정말 멋진 생각이네요!" 하고 부인이 외쳤다. "얼마나 실용적이에요! 정말 영리하신 분이야. 우리도 이걸 사야 해요." 하고 부인은 시녀에게 말했다. 그러는 사이 하인들의 비웃음은 존경심으로 바뀌었고, 손님들은 어디서 이런 신기한 걸 샀는지 알려고 내 주위로 몰려들었다. "이것만 있으면 걱정할 게 하나도 없겠네요. 눈이 다시 와도, 먼 곳에 가도. 계절이란 게 더 이상 존재하지 않겠어요."라고 대공 부인이 내게 말했다.

"오! 그 점이라면, 마마께서는 안심하셔도 좋습니다." 하고 시녀가 교활한 표정으로 말을 가로막았다. "다시는 눈이 오지

---

* 우리말로는 「악흥의 순간(Momenta Musicaux)」으로 알려진 작품에 대한 암시로, 슈베르트가 1818년에 작곡한 여섯 개의 피아노 소품집이다.(『게르망트』, 폴리오, 736쪽 참조.)

않을 테니까요."

"어떻게 알죠?" 하고 시녀의 바보 같은 짓에만 기분이 상하는 인자한 파름 대공 부인이 날카롭게 물었다.

"마마께 장담할 수 있어요. 눈은 다시 올 수 없어요. 물리적으로 불가능해요."

"어째서요?"

"다시 내릴 수 없어요. 필요한 조치를 취했으니까요. 소금을 뿌렸거든요."*

그 순진한 부인은 대공 부인의 분노와 다른 이들의 즐거움은 알아차리지 못한 것 같았다. 왜냐하면 그녀는 입을 다무는 대신 쥐리앵 드 라 그라비에르 제독이 아니라는 나의 부인에도 아랑곳하지 않고 상냥하게 미소를 지으며 "게다가 무슨 상관이에요. 이분 발은 뱃사람 같을 텐데. 좋은 피는 속일 수 없는 법이죠."라고 말했던 것이다.

파름 대공 부인을 다시 모셔다 드리고 나서 게르망트 씨가 내 외투를 들며 말했다. "자, 외투 입는 걸 도와주겠네." 그는 이런 표현을 쓰면서도 미소조차 짓지 않았다. 아무리 저속한 표현이라고 해도 짐짓 소탈한 척 꾸미는 게르망트네의 말투 탓에 오히려 귀족적으로 보였으니까.

게르망트 부인 댁에서 나와 샤를뤼스 저택으로 가는 마차 안에서 나는 일종의 흥분 상태에 사로잡혔지만, 이런 흥분은

---

* 프루스트는 이 말을 마틸드 공주의 저택에서 들었다고 한다.(*Essais et articles*, 447쪽.)

인위적인 것이었으므로 우울해질 수밖에 없었다. 게르망트 부인도 그런 감정을 느꼈겠지만 아주 다른 방식이었으리라. 우리는 두 힘 중 하나를 선택해서 몰두할 수 있다. 하나는 우리 자신으로부터 오는, 우리가 받은 심오한 인상으로부터 오는 힘이며, 다른 하나는 외부에서 오는 힘이다. 첫 번째 힘을 동반하는 것은 기쁨으로, 창조자의 삶에서 발산된다. 또 다른 힘은 외부 사람들을 동요하게 만드는 움직임을 우리 안에 끌어들이는 것으로 즐거움을 동반하지 않는다. 그러나 우리는 이에 대한 반작용으로 인위적인 도취감을 느끼고 즐거움을 덧붙이지만, 이런 도취감은 금방 권태나 서글픔으로 바뀌곤 해서 그토록 많은 사교계 인사들의 얼굴이 울적해 보이며, 또 그토록 불안한 상태가 때로는 자살로 이어지는 것이다. 그런데 샤를뤼스 씨 댁으로 가는 마차 안에서 나는 이 두 번째 흥분 상태에 사로잡혔으며, 이는 내가 지난날 다른 마차를 타고 느꼈던 개인적인 인상과는 아주 다른 것이었다. 다시 말해 콩브레의 페르시피에 의사의 이륜마차 안에서 마르탱빌 종탑이 석양빛에 그려지는 모습을 보았을 때, 발베크의 빌파리지 부인의 사륜마차 안에서 나무로 뒤덮인 오솔길이 내게 떠올렸던 회상을 밝혀 보려고 했을 때와는 아주 달랐다.* 그러나 이 세 번째 마차 안에서 내 정신이라는 눈앞에 놓인 것은, 게르망트 부인의 만찬에서 그토록 지루하게 느껴졌던 대화들, 이를테면 독일 황제나 보타 장군과 영국 군대에 관한 폰 대공

---

* 『잃어버린 시간을 찾아서』 1권 309~312쪽; 4권 131~135쪽 참조.

의 이야기였다. 나는 그 이야기들을 지금 막 나의 내적 입체경 안에 끼워 넣었는데, 우리가 더 이상 우리 자신이 아닐 때, 사교계 인사의 영혼으로 우리 삶을 오로지 타인으로부터만 받으려고 할 때, 우리는 이 입체경을 통해 타인이 한 말과 행동을 뚜렷이 드러내 보인다. 술에 취한 사람이 자신의 시중을 든 카페 보이에 대해 다정함이 솟구쳐 오르는 걸 느끼듯, 빌헬름 2세를 잘 알며 그에 대해 매우 재치 있는 일화를 들려준 누군가와 함께 식사를 한 행운에 나는 감탄했다.(사실 그 순간에는 행운이라고 느끼지 않았지만.) 또 대공이 독일 억양으로 말해 준 보타 장군의 얘기를 떠올리며 크게 소리 내어 웃었는데, 마치 이 웃음이 나의 내적 존경심을 크게 해 주는 박수 소리인 양, 이야기의 희극적 면을 보강하기 위해서는 필수적이라는 듯 크게 웃어 댔다. 게르망트 부인의 의견 중 어리석게 보였던 것마저(예를 들면 프란스 할스의 그림을 전차에서 내려다봐야 한다는 지적 같은) 이런 확대경을 통하면 경이로운 삶과 깊이를 가진 듯 보였다. 그리고 금방 사라진다 해도 이런 흥분이 아주 엉뚱한 것만은 아니었다. 우리가 가장 경멸하던 사람이 우리가 사랑하는 소녀와 관계가 있어 우리를 그녀에게 소개해 줄 수 있고, 따라서 그 사람이 동시에 유용성과 기쁨을 — 그에게는 영원히 없을 거라고 믿었던 — 줄 수 있다는 걸 깨닫고 어느 날 행복을 느끼듯이, 우리에게 언젠가 득이 될 거라고 확신할 수 없는 대화나 교우 관계는 없다. 전차에서 보아도 흥미로운 그림이라고 한 게르망트 부인의 말은 틀렸지만, 그래도 내게는 훗날 소중한 진실의 한 부분을 담고 있었다.

마찬가지로 부인이 인용한 빅토르 위고의 시는, 위고가 단순히 새로운 인간 이상이 된 시기, 그의 진화 과정에서 보다 복합적인 기관을 갖춘, 지금껏 알려지지 않은 문학을 출현시킨 시기 이전에 속하는 작품이었다. 이런 초기 시에서 위고는 우리에게 자연과 마찬가지로 사유의 소재를 제공하는 데 그치지 않고 여전히 사유하는 인간으로 남아 있었다. 그때 그는 가장 직접적인 형태로 '사상'을 표현했는데, 이는 마치 게르망트 성의 대연회에 초대받은 사람들이 성의 방명록에 이름을 쓰고 난 다음, 철학적이고 시적인 성찰을 적는 일이 구식이며 불필요하다고 생각한 공작이 처음 오는 손님들에게 애원하는 어조로 "친구여, 그대 이름은 적지만 사상일랑 적지 말게."라고 말할 때와 같은 의미였다. 그런데 게르망트 부인은 바로 이런 빅토르 위고의 '사상'을 그의 초기 작품에서 좋아했다.(바그너의 2기 기법에서 '곡조'나 '선율'이 부재하는 것과 마찬가지로 『세기의 전설』에도 거의 부재하는.) 하지만 이는 아주 틀린 생각은 아니었다. 위고의 사상은 감동적이며, 이미 이런 사상 주위에 ── 훗날 깊이를 더하게 될 형식은 아직 갖추지 못했지만 ── 수많은 단어와 분절된 풍요로운 운율 들이 물결치면서, 예를 들면 코르네유에게서 발견되는 시구와 같은 것으로 볼 수 없게 했다. 코르네유의 시구에는 불연속적이고 억제된 낭만주의, 그래서 더욱 감동적인 낭만주의가 존재하지만, 그럼에도 삶의 물리적 근원까지 꿰뚫고 들어가지는 못했으며, 또 관념이 내재된 무의식적이고 일반화된 유기적인 조직을 바꾸지도 못했다. 그러므로 내가 지금까지 위고의 후기 시집에만 몰두한 것은 잘못이었다. 물론 게르망트 부인의 대화를 장식한 것은 초기 시집 중 극히 일부에 지나지 않았다. 하지만 이렇게 하나의 시구를 분리해서 인용하다 보면 흡인력은 몇 배로 커지기 마련이다. 이날 만찬 동안 내 기억 속에 들어온, 아니 돌아온 몇몇 구절들은 그 구절이 늘 끼어 있는 작품 전체를 얼마나 강력한 힘으로 끌어들이면서 자기(磁氣)를 띠게 했던지, 내 충전된 손은 『동방 시집』과 『황혼의 노래』를 한데 엮은 시집을 향한 힘에 마흔여덟 시간 이상을 버티지 못했다. 나는 프랑수아즈의 하인이 내가 가지고 있던 『가을의 잎』을 고향에 기증한 걸 저주하면서 한순간도 지체하지 말고 같은 책을 사 오라고 그를 보냈다. 나는 시집들을 처음부터 끝까지 다시 읽었고, 게르망트 부인이 인용한 시구가 부인이 잠기게 한 빛 속에서 나를 기다리고 있다는 사실을 갑자기 알아차리고서야 비로소 마음의 안정을 되찾았다. 이런 모든 이유에서 공작 부인과의 담소는 성의 서재에서 퍼 올리는 지식과도 흡사했는데, 우리는 그곳에서 시대에 뒤떨어지고 불완전하고 지성을 형성할 힘이 전혀 없으며, 우리가 좋아하는 것은 거의 없지만, 가끔은 우리 관심을 끄는 지식을 제공하고, 더 나아가 우리가 알지 못하는 아름다운 문장을 제공하여 나중에 그 문장을 알게 된 것이 영주의 아름다운 저택 덕분이었음을 떠올리며 행복해한다. 그래서 우리는 『파르마의 수도원』에 대한 발자크의 서문이나 주베르의 미발표 편지를 발견했다는 이유로, 성에서 보낸 삶의 가치를 과장하게 되고 하룻밤 요행으로

메마른 우리 삶의 경박함을 망각한다.*

 이런 관점에서 이 세계는 처음 순간 내 상상력이 기대했던 것에 부응하는 대신, 여타 세계와의 다른 점보다는 오히려 그 공통점으로 내게 강한 인상을 남겼다. 하지만 점점 이 세계의 다른 점이 뚜렷해져 가기 시작했다. 대영주들은 농부들과 마찬가지로 우리가 뭔가를 배울 수 있는 거의 유일한 사람들이다. 그들과의 대화는 사람들이 과거에 살던 토지나 주택, 오래된 관습, 돈의 세상이 깊이 알지 못하는 모든 것들로 장식된다. 자신의 시대와 보조를 맞추며 살아가는 지극히 소박한 소망을 가진 귀족조차도, 유년 시절을 회상할 때면 어머니나 삼촌과 대고모들을 통해 오늘날에는 거의 알려지지 않은 삶과 관계를 맺게 된다. 오늘날의 빈소에서 게르망트 부인은 별다른 지적은 하지 않았지만 전통적인 관습에 어긋난 점은 모두 그 즉시로 포착했을 것이다. 부인은 장례식에서 여자들만 별도로 거행하는 의식이 있는데도 여자들이 남자들과 섞여 있는 모습에 무척 놀랐다. '푸알(poêle)'이란 단어만 해도 신문

---

* 이 문단에서 발자크의 서문과 주베르의 편지는 우연한 인용이 아니라고 설명된다. 프루스트는 이 두 작가가 사교적인 활동이나 삶의 부차적인 요소를 위해 문학을 폄훼했다고 생각한다. 그러나 발자크에 관한 한 프루스트는 오류를 범하는 셈인데, 그의 이런 평가가 1840년《라 르뷔 파리지엔》에 발표되어 1846년부터『파르마의 수도원』서문으로 실린 발자크의 글을 대상으로 하지 않고, 스탕달이 동일 작품에 수록한 '주석'을 대상으로 했기 때문이라고 지적된다.(『게르망트』, 폴리오, 733쪽; 발자크가 스탕달을 칭찬한 일화에 대해서는『잃어버린 시간을 찾아서』4권 122쪽 참조.) 조제프 주베르(Joseph Joubert, 1754~1824)는 디드로의 비서이자 샤토브리앙의 친구로 어둠 속에서 활동하던 작가이며, 사후에야 서간문과 수필집이 발간되었다. 빌파리지 부인이 좋아한다.

의 장례식 기사에서 관포의 끈을 잡은 사람이 누구인지 언급한 사실 때문에 블로크라면 틀림없이 장례식과 관계된 단어라고 생각했겠지만, 게르망트 씨는 자신이 어렸을 때 메이넬씨 결혼식에서 사람들이 그 '푸알'을 신부 머리 위에 들었던걸 기억했다.* 생루는 카리에르** 그림과 현대식 가구를 사기위해 자신이 소장했던 귀중한 '가계도'를 부이용 가문의 옛 초상화들과 루이 13세의 편지와 함께 모두 팔아 버렸다. 반면 게르망트 씨 부부는 예술에 대한 열렬한 사랑이 어쩌면 별 역할을 하지 못해 그들을 지극히 평범한 사람으로 만드는 그런 감정에 의해 움직였을지는 모르지만 불***의 아름다운 가구들을 보존할 줄 알았고, 그래서 예술가들의 눈에 아주 흥미로운앙상블을 제공했다. 마찬가지로 어느 문학인 역시 게르망트부부와의 대화에 매료되었을 것이다. 그들과의 대화는 그에게 — 굶주린 자는 다른 굶주린 자를 필요로 하지 않는 법이므로 — '성 요셉풍 넥타이'나 '파란색에 바쳐진 아이들'처럼날마다 잊혀 가는 표현들이나,**** 오늘날 과거에 호의적이고

---

* 프랑스어 poêle은 보통 검정색 관포를 의미하지만, 예전에는 결혼식에서 신부머리 위로 친구들이나 젊은 남자들이 높이 들던 하얀 베일을 가리키기도 했다.
**『잃어버린 시간을 찾아서』 4권 194쪽 주석 참조.
*** 앙드레 샤를 불(André Charles Boulle, 1642~1732). 프랑스의 가구 제조인으로 베르사유 궁을 비롯하여 귀족들을 위한 많은 가구들을 제작했다. 대체로 무게가 나가는 가구로 거북 껍질이나 은의 상감을 이용했다.
**** 성 요셉풍 넥타이(cravates à la Saint-Joseph)란 표현이 정확히 무엇을 의미하는지는 아직 알려지지 않았으며, 프루스트 자신도 이에 호기심을 느꼈다고한다.(『게르망트』, 폴리오, 737쪽 참조.) 아마도 성 요셉이 예수를 든 모습이 그려진 넥타이가 아닐까 추정될 뿐이다. '파란색에 바쳐진 아이들'이란 성모 마리

친절한 보존자들에게서나 찾아볼 수 있는 표현들의 살아 있는 사전 같았으리라. 한 작가가 그의 동료들보다 게르망트 부부 옆에서 더 많은 기쁨을 느낀다는 데에는 위험이 따르기 마련인데, 왜냐하면 과거의 일이 그 자체로 매력이 있다고 생각되어 작품 속에 그대로 옮겨질 가능성이 있기 때문이다. 이 경우 작품은 처음부터 실패할 수밖에 없으며, 작가는 거기서 발산되는 권태감에 "이는 진실이므로 아름답다. 이렇게 말해진다."라면서 스스로를 위로할 것이다. 이 귀족들과의 대화는 게다가 게르망트 부인의 살롱에서 아름다운 프랑스어로 말해진다는 매력이 있었다. 바로 이런 이유로 생루가 "예언적인(vatique), 우주적인(cosmique), 피티아 무녀다운(pythique), 탁월한(suréminent)"*이란 말을 하는 걸 들으면서 게르망트 부인이 웃음을 터뜨린 것은, 마치 빙** 가게에서 산 생루의 가구들을 보면서 그런 것처럼 지극히 당연한 일이었다.

이 모든 것에도 내가 게르망트 부인 집에서 들은 얘기들은 산사나무 꽃 앞에서나 마들렌을 맛보면서 느꼈던 것과는 매우 달랐으므로 나로서는 낯설기만 했다. 잠시 내 몸 안에 들어와 나를 오로지 육체적으로만 사로잡은 그 얘기들은(개인적

아에게 바쳐진 아이들이란 뜻이다.

* '예언적인(vatique)'이란 신조어에 대해서는 『잃어버린 시간을 찾아서』 5권 200쪽 주석 참조. 피티아는 아폴론 신전의 여제관으로 보통은 예언 능력을 가진 무녀를 가리킨다.

** 지그프리트 빙(Siegfried Bing, 1838~1915). 독일의 미술품 상인으로 특히 1896년 파리에 '아르누보' 상점을 열어 아르누보의 유행과, 중국과 일본에 대한 취향을 전파하는 데 일조했다.

인 성질의 얘기가 아니라 사교적인 성질의) 나로부터 간절히 벗어나고 싶어 하는 것 같았다. 마차 안에서 나는 피티아 무녀처럼 몸을 떨었다. 나 자신이 폰 대공이나 게르망트 부인 같은 이가 되어 얘기할 수 있도록 다음 만찬을 기다렸다. 그동안 내 입술은 그 얘기들을 중얼거리면서 부들부들 떨렸고, 나는 현기증나는 원심력의 소용돌이에 휩쓸린 채로 정신을 차리려고 있는 힘껏 애를 썼지만 아무 소용이 없었다. 그리하여 마차 안에서 오랫동안 혼자서만 얘기하는 무게를 더 이상 감당할 수 없을 만큼 열기 어린 그런 초조함을 느끼면서 — 하기야 잠시 큰 소리로 외치며 대화 상대가 없음을 달래긴 했지만 — 나는 샤를뤼스 씨 집 문을 두드렸다. 나 자신과 긴 독백을 하거나 샤를뤼스 씨에게 할 얘기를 되풀이하면서 상대방이 내게 할 말은 거의 생각하지도 못한 채로 나는 하인이 들여보낸 살롱에서 마냥 시간을 보냈다. 사실 주위를 바라보기엔 너무 흥분한 상태였다. 내가 그토록 하고 싶었던 얘기들을 샤를뤼스 씨에게 들려주고 싶은 마음이 너무도 간절했으므로, 집주인이 어쩌면 자고 있을지도 모르며, 그렇다면 집으로 돌아가 이러한 말의 취기를 진정시켜야 할지도 모른다고 생각하자 몹시 실망스럽기까지 했다. 거실에 도착한 지 이십오 분이 지나자, 문득 샤를뤼스 씨가 나를 잊어버렸을지도 모른다는 생각이 들었다. 이 오랜 기다림에도 내가 이 거실에 대해 말할 수 있는 거라곤 기껏해야 거실이 엄청나게 크고 녹색 빛이 돌았으며 초상화가 몇 개 있었다는 사실뿐이었다. 말하고 싶은 욕구가 듣는 것뿐 아니라 보는 것도 방해해서, 이 경우 외부 환경에 대한 온갖 묘사의 부재는 이미 어떤 점에서 내적 상태를 묘사하기도 한다. 거실 밖에 나가 누군가를 불러 보고 아무도 없으면 응접실까지 가는 길을 찾아 문을 열게 하려고 막 자리에서 일어나 모자이크 무늬 마루를 몇 발짝 걷는데 시종이 걱정스러운 얼굴로 들어왔다. "남작님께서는 아직 손님과 면담 중입니다. 지금도 기다리는 분이 여러 분 계십니다. 만나실 수 있도록 최선을 다하겠습니다. 벌써 두 번이나 비서에게 전화를 드리게 했습니다만."

"아닙니다. 괜찮습니다. 남작님과 만날 약속이 있지만 이미 너무 늦었고, 오늘 저녁은 바쁘신 것 같으니 다른 날 다시 오겠습니다."

"오! 안 됩니다. 가지 마십시오." 하고 시종이 외쳤다. "남작님께서 언짢아하실 겁니다. 다시 한 번 노력해 보겠습니다." 나는 샤를뤼스 씨의 하인들이 주인에게 헌신적이라는 말을 들은 기억이 났다. 장관들이나 하인들 마음에 들려고 애썼던 콩티 대공이라고까지는 말할 수 없어도, 샤를뤼스 씨는 아무리 사소한 일을 하는 데도 마치 은총을 베푸는 것처럼 여기게 하는 능력이 얼마나 뛰어났던지, 저녁에 하인들이 거리를 두고 공손히 그의 주위에 모여들면, 그들을 한 바퀴 빙 둘러본 다음 "쿠아네, 촛대!" 혹은 "뒤크레, 잠옷!"이라고 말하는데, 다른 하인들은 주인 눈에 든 하인을 질투해서 부러움으로 투덜대며 물러날 정도였다. 서로 미워하는 두 하인도 저마다 남작의 총애를 차지하려고 엉뚱한 핑계를 대며 남작의 심부름을 하러 갔는데, 남작이 일찍 위층에 올라가면 오늘 저녁이야말로 촛대나 잠옷의 임무를 맡겠거니 하고 기대에 부풀었다. 심부름이 아닌 다른 일로 남작이 그들 중 하나에게 직접 말을 걸거나, 어느 겨울날 정원에서 마부가 감기 걸린 걸 알고 십 분이나 지나서야 "모자를 쓰게."라고 말하기만 해도, 다른 마부들은 그 마부에게 베풀어진 은총을 질투하여 보름이나 말을 걸지 않았다.

나는 십 분을 더 기다렸고, 남작께서 오래전에 만날 약속을 잡은 저명인사들도 여럿 돌려보낼 정도로 피곤하시니 너무 오래 있지 말아 달라는 부탁을 받은 후에야 비로소 남작 옆으로 안내되었다. 샤를뤼스 씨를 둘러싼 무대 연출은 형인 게르망트 씨의 순박함에 비하면 위엄이 덜해 보였다. 하지만 이미 문이 열려 있어 나는 중국풍 실내복을 입고 목을 드러낸 채 긴 의자에 드러누운 남작의 모습을 엿볼 수 있었다. 동시에 남작이 이제 막 외출에서 들어왔음을 암시하는 듯, '여덟 광택'* 을 셀 수 있을 정도로 반짝거리는 실크해트가 외투와 함께 의자에 놓인 걸 보고 깜짝 놀랐다. 하인이 물러갔다. 샤를뤼스 씨가 내 쪽으로 오겠거니 하고 생각했지만, 그는 꼼짝도 하지 않았으며 준엄한 눈길로 나를 응시했다. 그에게 가까이 다가가 인사했지만, 그는 손도 내밀지 않고 대답도 하지 않았으며 의자에 앉으라고도 하지 않았다. 잠시 후 마치 우리가 교양 없는 무례한 의사에게 하듯, 그에게 이대로 서 있을 필요가 있느냐고 물었다. 별 악의 없이 한 말이지만, 샤를뤼스 씨의 차가

---

* 검은 실크해트가 아주 반짝거린다고 말할 때 사용되는 프랑스어 표현이다.

운 분노는 더 커진 듯했다. 게다가 나는 그가 시골에 있는 그의 집에서, 샤를뤼스 성관에서, 그토록 왕 노릇 하기를 좋아하여 저녁 식사가 끝나면 흡연실 안락의자에 드러누워 주위에 손님들을 선 채로 내버려 두는 습관이 있다는 사실을 알지 못했다. 한 손님에게는 불을 청하고, 또 다른 손님에게는 여송연을 권하고, 또 몇 분이 지나면 "저런, 아르장쿠르, 앉게나. 저기 의자에 앉게, 내 친구여." 등의 말을 했다고 하는데, 의자에 앉는 걸 허락하는 일은 자신만이 할 수 있음을 보여 주려고 그토록 오래 서 있게 한다는 것이었다. "루이 14세풍 의자에 앉게." 하고 그는 내게 의자에 앉기를 권하기보다는 오히려 나를 자기로부터 멀리 떼어 놓으려는 듯 명령하는 투로 말했다. 나는 그리 멀지 않은 의자에 앉았다. "아! 자넨 그걸 루이 14세 의자라고 부르는 모양이군! 자네가 뭘 배운 젊은이인지 알겠군." 하고 그는 이성을 잃고 소리를 질렀다. 나는 얼마나 놀랐던지, 마땅히 그래야 하는 것처럼 그곳에서 물러가려 했지만, 또는 그가 바라는 대로 의자를 바꿔 앉으려고 했지만 전혀 몸을 움직일 수 없었다. 그는 나를 '므시외'라고 부르면서 '므시외'라는 단어의 두 자음을 마치 네 자로 발음하듯 하나하나 분리해서 모든 글자에 힘을 주며 아주 무례한 어조로 발음했다. "내가 이름 밝히기를 원치 않는 누군가의 부탁으로 자네에게 허락한 이 면담은 우리 관계에 마침표를 찍을 걸세. 내가 더 나은 걸 기대했음을 숨기진 않겠네. 자네에게 호감이 있었다고 말한다면, 어쩌면 조금은 말뜻을 왜곡할지도 모르므로, 말의 가치를 모르는 사람하고는, 아니 단지 자신에 대한 존경심에서라도 해서는 안 되는 말이겠지. 하지만 '자비심'이란 단어가 가장 효율적인 후원자를 뜻하는 거라면, 내가 지금 느끼는 것이나 보여 주고자 하는 것에 비하면 지나치지 않다고 생각하네. 발베크에서 파리로 돌아오자마자 내가 자네에게 나를 신뢰해도 된다고 하지 않았던가." 샤를뤼스 씨가 발베크에서 얼마나 무례하게 나와 헤어졌는지 기억하는 나는 몸짓으로 그 말을 부정했다. "뭐라고!" 하고 그가 분노하며 외쳤다.(하얀 얼굴에 경련이 이는 그는 평소 모습과는 달라 보였는데, 여느 때의 미소 짓는 수면 대신, 폭풍우 치는 아침의 물거품과 물보라로 수많은 뱀들이 득실거리는 바다 같았다고나 할까.) "자네는 나를 기억하라는 내 메시지를 ─ 거의 선언에 가까운 ─ 받지 못했다고 우기는 건가? 내가 자네에게 보낸 책 표지 둘레에 어떤 장식이 있었나?"

"아름다운 엮음 장식이었습니다." 하고 내가 대답했다.

"아!" 하고 그는 경멸하는 투로 대답했다. "프랑스의 젊은이들은 우리 나라 걸작에 대해서는 아는 게 거의 없는 모양이지. 베를린의 청년이 「발퀴레」*를 모른다고 하면 뭐라고 하겠나? 하기야 자네는 보지 않기 위해 눈을 가진 것 같군. 그 걸작 앞에서 두 시간이나 보냈다고 했으니. 자네는 가구 양식도 모르지만 꽃에 대해서도 아는 게 없군. 가구 양식에 대해서는 반박하지 말게." 하고 그는 격노한 어조로 날카롭게 외쳤다. "자네는 지금 자기가 어떤 의자에 앉아 있는지도 모르지 않는가. 자

---

* 바그너의 오페라로 『잃어버린 시간을 찾아서』 2권 11쪽 주석 참조.

네 엉덩이에는 루이 14세풍 안락의자 대신 집정부 시대*의 낮은 의자가 놓여 있지 않은가. 언젠가는 빌파리지 부인의 무릎을 세면대로 착각하고 무슨 짓을 할지 모를 일이군. 마찬가지로 자네는 내가 보낸 베르고트의 책 장정에서 발베크 성당의 물망초로 장식된 '린텔'**조차 알아보지 못한 건가? '나를 잊지 마시오.'라는 말을 그보다 더 투명하게 전하는 방법이 또 있단 말인가?"

나는 샤를뤼스 씨를 바라보았다. 물론 그의 당당하고도 혐오스러운 얼굴은 그 집안 어느 누구보다 빼어났다. 늙어 가는 아폴론이라고나 할까. 하지만 그의 악의적인 입에서는 녹갈색 담즙이 금방이라도 튀어나올 것 같았다. 그의 지성으로 말하자면, 게르망트 공작 같은 사람은 영원히 알지 못할 그런 많은 것들을 폭넓게, 마치 양끝을 넓게 벌린 컴퍼스마냥 알고 있음을 부정할 수 없었다. 그러나 자신이 품은 증오를 아무리 아름다운 말로 포장해도, 사람들은 그가 상처 받은 자존심이나 실연의 감정, 원한, 사디즘, 깐죽거리기, 고정 관념 같은 것 때문에 살인도 저지를 수 있으며, 하지만 뛰어난 논리와 아름다운 언어의 힘으로 자신의 행동이 옳다는 것을, 그래도 여전히 자신이 형이나 형수 등등보다 백배나 뛰어난 존재임을 증명해 보일 수 있다고 생각했다.

---

* 『잃어버린 시간을 찾아서』 2권 403쪽 주석 참조.
** 건축물 상층부에 수평으로 놓인 석재를 가리키는 건축 용어로 상인방이라고도 한다.

"벨라스케스의 「창들」*에서." 하고 그가 말을 이었다. "승리한 자가 가장 비천한 자를 향해 가듯이, 또 모든 고귀한 존재가 마땅히 그래야만 하듯이, 나는 전부고 자네는 아무것도 아니므로 내가 자네를 향해 먼저 나섰네. 위대한 행동이라고까지는 말하지 않겠네만 자네는 이 행동에 바보처럼 응답했네. 하지만 난 실망하지 않았지. 우리의 종교는 인내를 설교하니까. 내가 자네에 대해 보여 준 인내심이나, 또 무례한 짓이라고 비난받을 행동에 내가 미소로만 대했다는 것도 날 위해 충분히 고려되리라 기대하네. 자네에게 자네보다 몇 배나 우월한 사람에게 무례한 행동을 할 능력이 있다면 말일세. 하지만 여보게, 이런 건 아무것도 아닐세. 나는 우리 가운데 유일하게 저명한 분께서 과도한 친절의 시련이라고 부르는 것, 또 온갖 시련 중에서도 가장 끔찍한 시련으로 나쁜 씨앗에서 좋은 씨앗을 골라낼 수 있는 유일한 시련이라고 선언한 것에 자네를 처하게 했었네. 그런 시련을 견디지 못했다고 해서 자네를 비난하지는 않겠네. 그 시련에서 승리하는 사람은 아주 드무니까. 하지만 적어도 이것이 이 세상에서 우리가 나눌 최후의 말로부터 내가 꺼낼 권리가 있다고 주장하는 결론일세. 적어도 나는 자네의 중상모략으로부터 나를 보호하고 싶네."

---

* 디에고 벨라스케스(Diego Rodriguez de Silva Velazquez, 1599~1660)가 그린 이 그림의 원 제목은 「브레다의 항복」이지만 「창들」로 더 많이 알려졌다. 벨라스케스가 유일하게 역사적 주제를 그린 것으로, 1625년 네덜란드 접경 지역 브레다를 함락한 스페인 장군에게 도시 지휘관인 나소가 도시의 열쇠를 건네는 장면을 묘사했다.

나는 지금까지 샤를뤼스 씨의 분노는 누군가가 그에게 전한, 별로 호의적이지 않은 말 때문이라는 생각은 꿈에도 해 보지 못했다. 나는 내 기억에 물어보았다. 어느 누구에게도 그에 관한 얘기를 한 적이 없었다. 어느 나쁜 사람이 전부 꾸며 낸 말이었다. 나는 샤를뤼스 씨에게 정말로 그에 대해 아무 말도 하지 않았다고 항변했다. "게르망트 부인에게 당신과 친분이 있다고 말한 걸 가지고 화가 나신 건 아닐 거라고 생각합니다." 그러자 그는 경멸하는 미소를 지으며 목소리를 최고 음역까지 높이더니 거기서 천천히 가장 날카롭고 가장 무례한 소리를 냈다.

　　"오! 므시외." 하고 그는 지극히 느리게 자연스러운 억양으로 돌아가면서, 또 돌아가는 길에 이 내려가는 음계의 기이함을 즐기듯이 말했다. "우리가 '친분이 있다.'라고 말한 데 대해 자책하는 건 스스로를 해치는 일이라고 생각하네. 치펀데일*이 만든 의자를 로코코식 의자로 쉽게 착각하는 사람에게서 보다 정확한 언어 사용을 기대한 건 아니지만, 어쨌든 나는." 하고 그는 더욱 냉소적이며 어루만지는 듯한 목소리로 거기다 입술에 매력적인 미소마저 깃들이며 덧붙였다. "어쨌든 나는 자네가 '우리가 친분이 있다.'라고 말했거나, 그렇게 믿는다고는 생각하지 않네! 자넨 내게 '소개되었고' '나와 조금 얘기했고' 나를 조금 '알았고' 거의 부탁도 하지 않고도 언젠가

---

* 토머스 치펀데일(Thomas Chippendale, 1718~1779). 18세기의 영국 가구 제조자로 고딕이나 로코코 양식, 중국 취향의 가구를 제작했다.

내가 '후원해 줄 사람'이라는 약속을 얻었다고 자랑했는데, 나는 반대로 자네가 한 짓을 지극히 당연하고 현명하다고 생각한다네. 자네와 나 사이에 존재하는 많은 나이 차로 보았을 때, 그 '소개'나 '얘기,' 이런 '관계'의 모호한 시초가 자네에게 명예가 된다고는 직접 말하지 않겠지만, 어쨌든 적어도 이점이 된다고는 할 수 있지. 자네의 어리석음은 이런 이점을 누설한 게 아니라, 그걸 마음속에 간직할 줄 몰랐다는 점이네. 또 덧붙이자면." 하고 그는 분노를 내뿜던 오만한 모습에서 한순간 울음을 터뜨리지나 않을까 생각될 정도로 슬픔이 깃든 지극히 온화한 모습으로 갑자기 바뀌더니 "내가 파리에서 자네에게 했던 제안에 자네가 응답하지 않고 방치한 것은, 예의 바른 '부르주아의'(이 형용사를 말할 때만 그의 목소리에서는 작고 건방진 휘파람 소리가 났다.) 좋은 집안 태생처럼 보이는 자네에게는 도저히 있을 수 없는 엄청난 일이라고 생각되어, 나는 순진하게도 편지가 분실됐거나 주소가 틀렸으리라 상상하면서 온갖 일어날 수도 없는 착오가 생겼다고 믿었네. 내 순진함 때문이라는 건 인정하지만, 보나벤투라* 성인도 형이 거짓말했다고 믿기보다는 차라리 소가 훔쳐 갔다고 믿는 편이 더 낫다고 하지 않았나. 어쨌든 모두 다 끝난 일이고, 그 일이 자네 마음에 들지 않았으니 더 이상 없었던 일로 하세. 단지 내 나이를 고려해서라도(그의 목소리에는 정말로 울음이 섞여 있었다.)

---

* 자코모 보나벤투라(Giacomo Bonaventura, 1221~1274). 이탈리아의 성인이자 신학자이다. 그러나 이 일화는 보나벤투라가 아닌 토마스 아퀴나스와 관련 있으며, 소가 아닌 당나귀가 등장한다고 지적된다.(『게르망트』, 폴리오, 738쪽 참조.)

'편지 정도는 쓸 수 있지' 않았을까? 자네에겐 말하지 않았지만 나는 자넬 위해 한없이 근사한 일들을 계획했었네. 자네는 알려 하지도 않고 거절하는 쪽을 택했으니 그건 자네 일일세. 하지만 내가 말했듯이 언제라도 '편지 정도는 쓸 수 있지' 않았나? 내가 자네 입장이었다면, 아니 내 입장에서라도 나는 그렇게 했을 걸세. 그 때문에 나는 자네 입장보다는 내 입장을 선호하네. 그 때문이라고 말한 건, 모든 입장은 다 동등하고, 나는 숱한 공작들보다는 한 사람의 명석한 노동자에게 더 호감을 느끼기 때문일세. 그래도 내 입장이 낫다는 말은, 꽤나 오래전에 시작된 내 인생 전부를 통해 자네가 한 짓을 내가 결코 한 적이 없음을 알기 때문이지.(그는 어둠 속으로 얼굴을 돌렸고, 때문에 그의 목소리에서, 눈에서 눈물이 떨어지는 모습은 보이지 않았다.) 나는 자네를 향해 백 걸음 나아갔다고 말했는데, 그게 자네를 이백 걸음 뒤로 물러서게 하는 결과를 초래했네. 그러니 이제는 내가 멀어질 차례고, 우리 두 사람은 앞으로 모르는 사이가 되겠지. 나는 자네 이름을 기억하지 못할 테고, 하지만 인간에게는 정이란 것과 예의란 것이 있으며 적어도 다시없는 기회를 놓치지 않으려고 하는 지혜란 것이 있다는 걸 믿고 싶어지는 날이면, 그건 인간을 너무 높이 평가하는 일임을 환기하기 위해서라도 자네 경우를 잊지 않겠네. 아니, 자네가 나를 안다고 말한 게 사실이었을 때 ── 지금은 그런 사이가 되지 않으려고 하지만 ── 나는 그 사실을 당연하다고 생각했고, 또 그걸 나에 대한 경의의 표시로, 다시 말해 기분 좋은 표시로 생각했네. 그렇지만 불행하게도 자네는 다른 곳, 다른 상황에서 아주 다른 얘기를 했네."

"선생님, 맹세하지만 저는 결코 선생님을 모욕하는 말 따위는 한 적이 없습니다."

"누가 자네에게 모욕당했다고 했나?" 하고 그는 그때까지 꼼짝 않고 누워 있던 긴 의자에서 격하게 몸을 일으키며 외쳤다. 거품 이는 창백한 뱀의 얼굴이 경련을 일으키는 동안, 목소리는 귀를 멍하게 하는 그 맹위 떨치는 폭풍우마냥 번갈아 고음이 되었다 저음이 되었다 했다.(평소 힘을 주어 말할 때면 그는 밖에서도 낯선 사람들조차 뒤돌아보게 할 만큼 목소리가 백배는 커졌는데, 이는 마치 피아노로 '포르테'를 연주하지 않고 오케스트라에서 포르테를 연주하는, 게다가 이 포르테가 '포르티시모'로 바뀔 때와도 같았다. 샤를뤼스 씨가 고함을 질렀다.) "자네에게 나를 모욕할 권리가 있다고 생각하나? 그렇다면 자네는 지금 누구를 상대로 말하는지 모른다는 건가? 자네 친구들이, 500명이나 되는 꼬마 녀석들이 서로의 어깨에 걸터앉아 내게 독이 든 침을 뱉는다 해도 내 존엄한 발가락에나 닿을 수 있다고 생각하나?"

조금 전부터 샤를뤼스 씨에게 그에 대한 험담을 한 적도 들은 적도 없다고 설득하고 싶었던 내 소망은 그의 이런 말로 인해 — 내 생각에는 단지 그의 엄청난 자만심에서 비롯된 — 격앙된 분노로 바뀌었다. 아니, 어쩌면 적어도 그의 말의 일부는 이런 자만심의 효과였는지도 몰랐다. 그리고 대부분의 나머지 말은 아직 내가 모르는 감정에서 나온 것이었으므로, 따라서 그 감정을 고려하지 않는 건 내 잘못이 아니었다. 만약 내가 게르망트 부인의 말을 기억했다면, 이런 미지의 감정 대신 그의 자만심에 약간의 광기를 포함시킬 수도 있었으리라. 하지만 그 순간 내 머리에는 광기라는 관념 같은 건 전혀 떠오르지 않았다. 내가 생각하기에 그에게는 오로지 자만심만이, 내게는 분노만이 남은 것 같았다. 그 분노를(샤를뤼스 씨가 소리 지르기를 멈추고 자신의 존엄한 발가락 운운하면서, 당당하게 그를 모독하는 그 이름 모를 인간들에게 얼굴을 찡그리고 역겨움을 토했을 때) 더 이상 억제할 수 없었다. 충동적인 행동으로 뭔가를 부수고 싶었지만, 내게는 일말의 분별력이 남아 있었으므로 나보다 그렇게나 나이가 많은 분에 대한 존경심과 또 주위에 놓인 독일제 도자기들의 예술적 품격에 대한 존경심 때문에, 나는 남작의 새 실크해트에 달려들어 그것을 바닥에 내팽개치고 짓밟고, 산산조각 내려고 안감을 뜯고, 왕관 표시를 둘로 찢고, 계속 이어지는 샤를뤼스 씨의 울부짖는 소리에도 아랑곳하지 않고 그곳에서 빠져나오려고 방을 가로질러 문을 열었다. 그런데 놀랍게도 방문 양쪽에는 하인 두 명이 서 있었으며, 그들은 단지 심부름 가는 도중에 거기 우연히 들렀다는 듯 천천히 멀어져 갔다.(그 후 알게 된 바에 따르면, 이 하인들의 이름은 뷔르니에와 샤르멜이었다.) 나는 그들의 느린 발걸음이 내게 암시하는 설명에 단 한순간도 속지 않았다. 사실처럼 보이지 않기 때문이다. 그와는 다른 세 가지 설명이 그보다는 더 사실처럼 보였다. 하나는 남작이 맞이하는 손님들에 맞서 도움을 필요로 하는 일이 생길지도 모르므로(도대체 무슨 일로?) 가까이 구조대를 두는 게 필수적이라고 판단했다는 것이며, 다른 하나는 내가 그렇게 빨리 나올 줄 모르고 호기심에서 엿보고 있었다는 것이며, 세 번째는 이 모든 장면이 샤를뤼스 씨가 준비하고 연출한 것으로 그 자신이 구경거리를 좋아하는 데다 어쩌면 거기에 '교양을 쌓아라.(nunc erudimini.)'*라는 말을(모두들 거기서 이득을 취하는) 덧붙여서는 그들에게 직접 엿보라고 지시했는지도 몰랐다.

나의 분노는 남작의 분노를 진정시키지 못했지만, 내가 방을 나서는 게 그에게 심한 고통을 주었던지 그는 나를 부르면서, 또 하인을 시켜 부르게 하면서 조금 전에 '존엄한 발가락' 운운하며 자신의 신격화의 증인으로 삼으려고 했던 일도 다 잊어버리고 쏜살같이 달려와 현관에서 나를 붙잡으며 문을 막고 섰다. "자, 자." 하고 그가 말했다. "어린애처럼 굴지 말게. 잠시만 들어오게. 좋아할수록 벌을 주어야 한다는 말도 있지 않은가. 내가 자네를 벌한다면, 그건 자네를 좋아하기 때문이라네." 내 분노는 지나갔다. 나는 '벌'이란 단어도 지나쳐 버리고 남작 뒤를 쫓아갔고, 남작은 하인을 부르더니 자존심도 내팽개치고 찢어진 모자 조각들을 가져가 다른 모자로 바꿔 오게 했다.

"괜찮으시다면 샤를뤼스 씨, 신의도 없이 절 중상모략한 사람이 누구인지 말씀해 주실 수 있습니까?" 하고 나는 샤를뤼스 씨에게 말했다. "그 위선자를 알고 혼내 주기 위해 여기 남

---

* 「시편」 2장 10절에 나오는 구절이다. "이제 왕들이여, 깨달아라, 지상의 운명을 결정하는 이들이여, 교양을 쌓아라."(우리말 성경 번역본을 약간 수정해서 옮겼다.) 이 말은 타인의 경험이 모든 이들에게 유용하다는 의미이다.(『게르망트』, 폴리오, 739쪽.)

겠습니다."

"누구냐고? 그걸 모르나? 자네는 자네가 말한 것들을 기억하지 못하는가? 그런 말을 일러 준 사람이 먼저 내게 비밀로 해 달라고 청했다고는 생각지 않나? 또 내가 일단 약속한 비밀을 어길 거라고 생각하는가?"

"그럼 제게 말씀해 주실 수 없다는 겁니까?" 하고 도대체 내가 누구에게 샤를뤼스 씨 얘기를 할 수 있었는지 머릿속에서 마지막으로 찾아보며 물었다. (나는 아무도 찾지 못했다.)

"자넨 내가 제보자에게 비밀을 지키겠다고 약속했단 말을 듣지 못했나 보군." 하고 그는 맥 빠진 소리로 말했다. "자네의 비열한 언어 취향에 쓸데없는 고집을 더하려 하는군. 적어도 자네는 우리의 이 마지막 만남을 이용할 줄 알며, 또 정확히 하찮은 것이 아닌 뭔가를 말할 줄 아는 그런 총명함을 가져야 하네."

"선생님." 하고 나는 그에게서 조금 떨어지며 대답했다. "저를 모독하시는군요. 저보다 몇 배나 연세가 많으시니 어쩔 수 없지만 승부가 공정치 못하군요. 게다가 전 선생님을 설득할 수 없습니다. 아무 말도 하지 않겠다고 맹세했으니까요."

"그렇다면 내가 거짓말을 한다는 건가!" 하고 그는 무서운 어조로 외치더니 한 번 더 크게 펄쩍 뛰며 내 앞 가까이에 섰다.

"누군가가 선생님께 잘못 알려 드린 겁니다."

그러자 그는 부드럽고 다정하고 울적한 목소리로 말했는데, 마치 여러 부분을 끊지 않고 연주하는 심포니에서, 천둥처럼 내려치는 첫 부분에 사랑스럽고 목가적인 우아한 스케르초가 이어지는 것과도 같았다. "충분히 가능한 일일세." 하고 그가 말했다. "원칙적으로 반복해서 말해지는 말들은 거의 사실인 경우가 드물다네. 하지만 내가 제공한 기회를 자네는 이용하지 않았고, 또 서로 신뢰를 쌓게 하는 일상적인 열린 말들을 ― 자네를 배신자로 보이게 하는 말에 맞서 싸울 수 있는 최고이자 유일한 예방약인 ― 내게 하지 않은 건 잘못이라 할 수밖에 없네. 여하튼 그 말이 사실이든 거짓이든 이제 그것은 제 역할을 다 했네. 나는 그 말이 야기한 인상에서 벗어날 수 없네. 이제는 좋아할수록 벌을 주어야 한다는 말도 할 수 없게 되었네. 여러 번 벌했지만 내가 더 이상 자네를 사랑하지 않으니 말일세." 이런 말을 하며 그가 나를 억지로 앉히더니 초인종을 울렸다. 다른 하인이 들어왔다. "마실 것을 가져오고 마차를 준비하라고 하게." 나는 목이 마르지 않고 시간이 많이 늦은 데다가 마차를 가지고 왔다고 말했다. "아마도 이미 하인들이 자네가 가져온 마차 값을 지불하고 돌려보냈을 걸세." 하고 그가 말했다. "그런 건 신경 쓰지 말게. 자넬 데려다줄 마차를 준비시킬 테니…… 시간이 너무 늦어 걱정이라면…… 여기 방 하나를 내어줄 수도 있네……." 나는 어머니가 걱정하실 거라고 말했다. "아! 그렇군, 사실이든 거짓이든 그 말은 효력을 발휘했네. 조금은 철 이른 내 호감이 너무 일찍 꽃을 피웠나 보군. 자네가 발베크에서 그토록 시적으로 말하던 사과나무처럼 내 호감은 첫 서리를 견디지 못한 듯하네." 만일 나에 대한 샤를뤼스 씨의 호감이 멈추지 않았다 해도, 그는 똑같이 행동했을 것이다. 왜냐하면 우리 사이가 틀어졌다고 말하면서도 내게 조금 더 남으라고 하면서 술을 마시게 하고 자고 가라고 청하는가 하면 데려다주겠다고 했으니 말이다. 그는 나와 헤어지고 나서 다시 혼자가 되는 순간을 두려워하는 듯 보였는데, 이는 그의 형수이자 사촌 누이인 게르망트 부인이 바로 한 시간 전에 나를 조금이라도 더 붙잡아 두려고 했을 때 느낀 것과 같은 약간은 불안해하는 두려움, 나에 대한 일시적인 취향, 조금이라도 이 순간을 연장하려는 노력과도 같은 것이었다.

"불행하게도." 하고 그가 말을 이었다. "내게는 한번 깨진 것을 다시 꽃피우는 재능은 없네. 자네에 대한 내 호감은 완전히 죽었네. 어떤 것으로도 그 호감을 되살릴 수는 없어. 내게는 그 점을 안타깝게 생각한다고 고백할 자격이 충분히 있다고 생각하네. 난 항상 나 스스로가 자신이 조금은 빅토르 위고의 보즈 같다고 느낀다네. '나는 홀아비, 홀로 있네. 내 위로 저녁의 어둠이 떨어지네.'"*

나는 그와 함께 큰 녹색 살롱을 다시 지나갔다. 나는 우연히 그 살롱이 아름답다고 말했다. "그렇지 않은가?" 하고 그가 대답했다. "뭔가를 좋아해야 하네. 바가르**의 조각을 입힌 장식 판자라네. 매력적인 건 저 장식 판자가 보베 융단을 씌운 의자들과 콘솔을 위해 만들어졌다는 걸세. 장식 판자가 보베 의자와 콘솔과 동일한 모티프를 반복하는 게 보일 걸세. 이런 장식 판자가 있는 장소는 이제 두 군데밖에 없네. 루브르 궁과

---

* 369쪽 주석 참조.
** 『잃어버린 시간을 찾아서』 4권 144쪽 주석 참조.

이니스달 씨 저택*이지. 하지만 자연스럽게도 내가 이 거리에서 살기를 원하자마자 오래된 시메 저택**이 시장에 나왔네. 이 저택은 오로지 '나만을' 위해 이곳에 온 것이므로, 지금까지 어느 누구도 알아보지 못했네. 어쨌든 아름다운 집이지. 더 아름다운 집이 될 수도 있었겠지만 지금도 그리 나쁘진 않네. 그렇지 않은가? 꽤 괜찮은 것들이 있네. 미냐르***가 그린 폴란드 왕과 영국 왕의 초상화도 있는데, 내 숙부들이지. 아니, 내가 무슨 말을 하고 있지? 자네가 이 살롱에서 기다렸으니 자네도 나만큼은 알 텐데. 모른다고? 아! 그럼 자네를 푸른색 살롱으로 안내했나 보군." 하고 그는 나의 무관심에 무례한 표정으로, 또는 내가 어디서 기다렸는지 물어보지 않은 데 대해 개인적인 우월함을 과시하는 태도로 말했다. "보게나. 이 방에는 마담 엘리자베스****와 랑발 대공 부인*****과 마리 앙투아네트 왕비가 쓰던 온갖 모자가 있네. 관심이 없나 보군. 자네는 볼 줄 모르는 모양이야. 어쩌면 시신경에 염증이 생긴 걸 수도 있고. 만일 자네가 이런 아름다움을 좀 더 좋아한다면, 여기 터너 그

---

* 18세기에 지어진 이 저택은 파리 6구 바렌 거리에 위치한다.
** 1640년 망사르(Marsart)가 지은 저택으로 파리의 말라케 강변에 위치한다. 시메 공주에 대해서는 『잃어버린 시간을 찾아서』 4권 210쪽 주석 참조.
*** 피에르 미냐르(Pierre Mignard, 1610~1695). 프랑스 화가로 루이 14세 시대에 궁정 초상화가로 활동했다.
**** Élisabeth de France(1764~1794). 마담 엘리자베스라는 별명으로 불렸다. 루이 16세의 여동생이다.
***** Madame de Lamballe(1749~1792). 이탈리아 왕족으로 프랑스의 랑발 대공과 결혼했다.

림에 나오는 무지개가 렘브란트의 두 그림 사이에서 우리의 화해 표시로 반짝이기 시작하는 게 보이지 않나? 들리는가? 베토벤이 이런 무지개 그림에 합류하는군." 실제로 음악가들이 「전원 교향곡」 3악장 '폭풍우가 지난 뒤의 기쁨'*의 첫 화음을 우리와 멀지 않은 곳에서, 아마도 이 층인 듯한 곳에서 연주하는 소리가 들렸다. 어떤 우연으로 그 곡이 연주되며 또 그 음악가들은 누구인지 나는 순진하게 물어보았다. "아! 모르네. 정말 몰라. 눈에 보이지 않는 음악이니까. 아름답지 않은가." 하고 그가 조금은 무례한 어조로, 그렇지만 뭔가 스완의 영향과 말투를 연상시키는 듯한 어조로 말했다. "하지만 생선에게 사과를 주는 격으로 자넨 별 관심이 없겠지. 베토벤과 내게 경의도 표하지 않고 그냥 떠나려 하다니. 자넨 스스로에 맞서 판단하고 판결을 내리네." 하고 그는 내가 돌아갈 시간이 다가오자 다정하고 서글픈 표정으로 덧붙였다. "예의를 지키려면 데려다주어야겠지만 그러지 못하는 걸 용서하게." 하고 말했다. "다시는 자네를 보고 싶지 않지만, 오 분 정도는 더 같이 보내도 무방하네. 하지만 지금은 내가 피곤하고 할 일이 많아." 그렇지만 날씨가 좋은 걸 보고는 "좋아! 마차에 타야겠네. 멋진 달빛이군. 자네를 데려다주고 나서 불로뉴 숲으로 달빛을 보러 가야겠네. 어떻게 자네는 면도할 줄도 모르나. 밖에서 식사를 하는 저녁에도 털이 몇 개 남아 있다니." 하고, 말하자면 자기 편 두 손가락으로

---

* 실제로 베토벤의 「전원 교향곡」 3악장에는 폭풍우가 휘몰아치다 사라지고 목동들이 부는 평화로운 피리 소리가 울려 퍼진다.

내 턱을 만지며 이야기했고, 손가락은 잠시 주저하더니 이발사의 손가락마냥 내 귀까지 올라갔다. "아! 자네 같은 사람과 불로뉴 숲에서 '푸른 달빛'*을 구경하면 얼마나 즐거울까!" 하고 그는 갑작스레 의도하지 않은 듯 부드럽게 말하고 나서 다시 서글픈 표정을 지었다. "그래도 자네는 친절하니까, 어느 누구보다도 친절할 거야." 하고 내 어깨를 아버지처럼 인자하게 만지면서 덧붙였다. "예전엔 사실 자네를 별 볼일 없는 사람으로 생각했었네." 나는 그가 지금도 그렇게 여긴다고 생각해야 했을 것이다. 불과 삼십 분 전에 그가 내게 격노하면서 말할 때 모습만 떠올려도 충분한 일이었다. 그럼에도 나는 이 순간 그가 진지하며, 그의 선한 마음씨가 예민함과 자만심으로 미처 날뛰는 상태를 지배한다는 느낌을 받았다. 우리 앞에 마차가 있었지만 그는 여전히 대화를 이어 나갔다. "가세." 하고 그가 갑자기 말했다. "올라타게. 오 분 후면 자네 집에 도착할 걸세. 거기서 우리 관계를 영원히 청산하는 작별 인사를 하겠네. 어차피 영원히 헤어질 바에야, 음악에서 말하듯 으뜸화음으로 하는 편이 낫지 않겠나." 다시는 절대로 만나지 않을 거라는 이 엄숙한 선언에도, 나는 샤를뤼스 씨가 조금 전에 자제심을 잃은 사실에 대해 미안해하며 날 아프게 하지 않았는지 걱정하는 걸 보고, 그가 한 번 더 날 만나도 싫어하지는 않을 거라고 맹세할 수 있었다. 이런, 내 생각은 착각이 아니었다. 잠시 후 그는 "저런! 중요한 걸 잊었

---

* "지평선을 적시는 푸른 달빛"(빅토르 위고의 『명상 시집』 중 「테레즈 집에서의 축제」) 부분이다.

군. 자네 할머님에 대한 기념으로 세비녜 부인의 희귀본 하나를 장정하도록 했네. 그러니 이 만남이 마지막은 아니군. 복잡한 일을 하루 만에 정리하는 일은 드물다는 말로 위안을 삼아야겠군. 빈 회담이 얼마나 오래 계속되었는지 보게나."

"하지만 선생님을 방해하는 일 없이 그 책을 찾으러 갈 사람을 보낼 수도 있습니다." 하고 나는 공손하게 말했다.

"그 입 좀 다물지 못하겠는가, 이 바보 같은 녀석." 하고 그가 화를 내며 대답했다. "십중팔구 내게서 받게 될(확실히 라고 말하지 않는 건 어쩌면 시종이 자네에게 책을 전달할지도 모르기 때문이네.) 초대의 영광을 하찮게 여기는 그 기이한 태도는 좀 삼가도록 하시지." 그는 냉정을 되찾았다. "난 이런 말로 자네와 헤어지고 싶지 않네. 불협화음이 있어서는 안 되니까. 영원한 침묵에 앞서 딸림화음으로!"* 그는 자신의 신경 상태를 위해 심한 말다툼 끝에 즉시 침묵이 돌아오는 걸 두려워하는 듯 보였다. "자넨 불로뉴 숲까지 가고 싶지 않은가 보군." 하고 그는 묻는 말투가 아닌 단정적인 말투로 말했는데, 내가 보기엔 불로뉴 숲에서의 산책을 제안하고 싶지 않아서가 아니라, 거절당하면 자존심에 상처를 입을까 봐 겁을 내는 것 같았다. "그래, 좋네." 하고 그는 여전히 대화를 질질 끌며 말했다. "지금이 휘슬러의 말처럼 부르주아들이 집에 돌아가는 순간이며 (어쩌면 내 자존심을 건드리고 싶었는지 몰랐다.) 또 사물을 바라

---

* 딸림화음은 으뜸화음보다 5도 높은 솔시레 화음을 가리킨다. 그러므로 샤를뤼스는 기본 화음인 으뜸화음(도미솔)에서 시작하여 보다 움직임이 많은 딸림화음으로 자신의 말을 이끌어 가고 있다.

보기에 적합한 순간이지. 자네는 휘슬러가 누군지도 모르겠지만." 나는 대화를 바꾸어 이에나 대공 부인이 총명한 분인지 물어보았다. 샤를뤼스 씨는 내 말을 멈추더니 내가 그에게서 들어 본 것 중 가장 경멸하는 어조로 말했다.

"아! 자네는 나하고 아무 상관도 없는 인명록에 대해 언급하는군. 타히티 사람들 중에도 귀족은 있겠지만, 난 그런 귀족은 알지 못하네. 자네가 지금 발음한 이름이 이상하게도 며칠 전에 내 귀에 울렸었네. 누군가가 내게 젊은 가스탈라 공작을 소개해도 좋은지 물어 왔지. 나는 그 부탁을 받고 놀랐네. 왜냐하면 가스탈라 공작이야 내 사촌이고, 나와 늘 알고 지내는 사이라 내게 소개할 필요가 전혀 없었거든. 그는 파름 대공 부인의 아들이며 교육을 잘 받은 친척으로, 새해 첫날 인사도 한 번도 잊은 적 없지. 하지만 자세히 듣고 보니 그건 내 친척 얘기가 아니었고, 자네가 지금 관심을 보인 사람의 아들 얘기였네. 그런 이름의 대공 부인은 존재하지 않으니, 나는 아마도 이에나 다리 밑의 노숙자 여자가 이에나 대공 부인이라는 생동감 넘치는 호칭을 택한 게 아닌가 하고 짐작했네. 마치 사람들이 '바티뇰 표범'*이나 '강철 왕'**이라고 말하듯이 말일세. 하지만 아니었네. 그건 내가 어느 전시회에서 보고 감탄한 적 있는 아주 아름다운 가구를 소장한 부자의 이름이었네. 가구 주인의 이름보다는 가구가 진품이라는 점이 더 가치 있지만.

---

* 바티뇰 표범은 무정부주의자들의 클럽 이름으로, 1880년경 파리의 바티뇰 구역 레비 거리에 있었다.
** 미국의 강철 왕 앤드루 카네기(Andrew Carnegie, 1835~1919)를 가리킨다.

자칭 가스탈라 공작이라는 자로 말하자면, 아마도 내 비서의 주식 중개인일 걸세. 돈만 있으면 많은 걸 가질 수 있으니.* 아니, 황제가 그저 자신이 수여할 수 없는 작위를 그들에게 주면서 장난을 친 건지도 모르지. 어쩌면 권력이나 무지 혹은 악의의 표시로 줬는지도 모르고. 하지만 나는 특히 황제가 이처럼 본의 아니게 찬탈자가 된 이들에게 한 짓은 간악한 술책이라고 생각하네. 어쨌든 나는 이 모든 점에 대해 명확하게 설명해 줄 수 없네. 내 능력은 포부르생제르맹에서 일어나는 일에만 멈추며, 모든 쿠르부아지에 사람들과 갈라르동 사람들 사이에서 만일 자네를 소개해 줄 사람을 찾는다면 자네는 발자크 소설에서 일부러 꺼낸 듯한, 자네를 즐겁게 해 줄 고약한 늙은 여자들만을 보게 될 걸세. 물론 이 모든 것은 게르망트 대공 부인의 품위와는 전혀 관계 없는 것들로, 나와 내 '열려라 참깨'가 없다면 대공 부인의 저택에 접근하는 건 불가능하네."

"게르망트 대공 부인의 저택은 정말 아름답겠죠."

"오! 정말 아름다운 정도가 아니라, 가장 아름답지. 물론 게르망트 대공 부인보다는 못하지만."

"게르망트 대공 부인은 게르망트 공작 부인보다 더 뛰어난가요?"

"오! 두 사람은 전혀 다르네.(사교계 사람들은 약간의 상상력이 있기만 하면, 아무리 지위가 견고하고 안정된 듯 보이는 사람들에

---

* 1908년과 1910년 프루스트는 귀스타브 가스탈라라는 주식 중개인에게 일을 부탁한 적이 있다.(『게르망트』, 폴리오, 740쪽 참조.)

대해서도 자신의 호감도나 불화 정도에 따라 그들을 찬미하거나 격하한다는 점에 주목해야 한다.) 게르망트 공작 부인(샤를뤼스 씨가 공작 부인을 오리안이라고 부르지 않은 것은 아마도 그녀와 나 사이에 조금은 거리를 두려는 의도인 것 같았다.)은 매력적이고, 자네가 상상하는 것 이상으로 탁월한 분이지. 하지만 그녀의 사촌과는 너무 다르니 전혀 비교할 수 없네. 게르망트 대공 부인은 정확히 말하면, 파리 중앙 시장 사람들이 메테르니히 대공 부인은 이런 분이겠지 하고 상상하는 분이지. 하지만 메테르니히 부인은 빅토르 모렐을 알았고, 그래서 자신이 바그너를 세상에 등단시켰다고 믿었네.* 게르망트 대공 부인, 아니 대공 부인의 모친이 진짜 바그너와 '아는' 사이였는데도 말일세. 그건 대단한 특권이야. 놀랍도록 아름다운 부인의 미모는 또 어떻고. 거기다 에스더의 정원**만 해도!"

"방문할 수 없나요?"

"할 수 없네. 초대를 받아야 하지. 내가 개입하지 않는 한, '어느 누구도' 초대하지 않을 걸세." 하지만 이런 제안의 미끼를 던지자마자 다시 그 미끼를 거두어들이면서 그는 내게 손을 내밀었다. 마차가 우리 집에 도착했던 것이다. "이제 내 역

---

* Victor Maurel(1848~1923). 프랑스의 유명한 바리톤 가수로 파리가 아닌 런던에서 바그너 오페라를 불렀다. 바그너가 1860년에서 1861년 사이 파리에 왔을 때, 오스트리아 대사 부인 폴린 드 메테르니히(Pauline de Metternich, 1836~1921)가 나폴레옹 3세 황제에게 바그너의 후원자 역할을 했다고 한다.(『게르망트』, 폴리오, 740쪽 참조.)
** "바로 여기가 그 아름다운 에스더-에스텔의 정원이군요."(라신, 「에스텔」 3막) 부분이다.

할은 끝났네. 여보게, 몇 마디 말만 덧붙이지. 언젠가 오늘 내가 한 것처럼 누군가가 자네에게 호의를 보이는 날이 있을 걸세. 오늘의 사례가 자네에게 교훈으로 쓰이길 바라네. 호의를 무시하지 말게. 호의란 항상 귀중한 거야. 살다 보면 혼자서는 할 수 없는 것을 여럿이서 하게 되는 날이 있거든. 스스로 부탁하거나 행동하거나 원하거나 배울 수 없는 것들이 많기 때문이지. 발자크의 소설에서처럼 열세 명이나 필요하지도 않고,*『삼총사』처럼 네 명이 필요하지도 않네.** 잘 있게."

그는 피곤했는지 또 달빛을 보러 갈 생각도 단념했는지 마부에게 돌아가라는 말을 해 달라고 내게 부탁했다. 그러고는 이내 생각이 바뀌었는지 갑자기 몸을 움직였다. 하지만 나는 이미 그의 명령을 전한 후였고, 더 이상 지체하지 않으려고 우리 집 문 앞에 가서 초인종을 울렸다. 독일 황제나 보타 장군과 관계하여 샤를뤼스 씨에게 그토록 하고 싶었던, 조금 전까지만 해도 내 머리를 떠나지 않았던 얘기가 샤를뤼스 씨의 그 뜻하지 않은 무서운 환대에 그만 멀리 날아가 버려 생각조차 나지 않았다.

집에 돌아와 보니 프랑수아즈의 젊은 하인이 자기 친구에게 써 놓고 잊어버리고 간 편지가 내 책상에 놓여 있었다. 어

---

* 『13인의 이야기』는 1833년부터 1835년에 쓰인 발자크의 작품으로. 열세 명의 탁월한 남자들이 모여 일종의 비밀 결사단을 구성하고는 쾌락과 이기적인 환상을 추구한다는 내용이다.
** 알렉상드르 뒤마(Alexande Dumas, 1802~1870)가 쓴 『삼총사』(1844)에는 시골 청년 다르타냥이 이들 삼총사에 네 번째로 합류한다.

머니가 집에 안 계신 뒤로 이 하인은 아주 뻔뻔스럽게 굴었다. 봉투에 넣지 않은 편지를 읽는 것은 비난받아 마땅하지만, 편지가 활짝 펼쳐져 있었고, 내 유일한 변명 같지만 마치 내게 읽어 달라고 몸을 내맡기고 있는 것 같았다.

사랑하는 친구인 사촌 형님께
항상 건강하시기를 바라며, 온 가족이, 특히 제 어린 대자인 조제프도 건강하기를 바랍니다. 조제프는 아직 만나 볼 기쁨을 갖지 못했지만, 제 대자이니 형님 가족 모두보다 훨씬 더 사랑하게 되는군요. 마음의 유품에도 먼지가 쌓이기 마련이니 성스러운 유품에는 손대지 마시기 바랍니다.* 게다가 저의 사랑하는 친구인 사촌 형님과, 형님의 사랑하는 아내이자 사촌인 마리가, 내일이면 커다란 돛단배 꼭대기에 달라붙은 뱃사공들처럼** 바닷속 깊은 곳으로 떨어지지 않으리라고 누가 말할 수 있을까요? 우리 삶은 단지 어두운 골짜기에 지나지 않는답니다.*** 사랑하는 친구여, 요즘 저의 주된 관심사는 시(詩)입니다. 형님은 틀림없이 놀라겠지만, 요즘 저는 시를 아주 열렬히 사랑합니다. 어쨌든 시간을 보내야 하니까요. 그러니 사랑하는 친구여, 제가 형님의 지난번 편지에 답장을 보내지 않은 데 대해 너무 놀라지

* 이 편지는 유명 시인들(주로 뮈세)의 시를 패러디한 것으로, 문법적으로 틀린 표현이나 문장이 많은 것이 특징이다.
** 빅토르 위고의 『거리와 숲의 노래』 중 「1827년에 쓴 글」에 나오는 구절이다.
*** 뮈세의 「5월의 밤」에 나온다.

마세요. 용서할 수 없다면 그냥 망각하도록 하세요.* 형님도 알다시피 이곳 마님의 어머님께서는 이루 말할 수 없는 고통 속에서 세 분이나 되는 의사를 보셨으니, 그 고통에 무척이나 지친 모습으로 운명하셨답니다. 장례식 날은 아주 멋졌답니다. 주인님께서 아시는 분들이 모두 떼를 지어 오셨고, 뿐만 아니라 장관님들도 여러 분 오셨답니다. 산소에 가는 데만 해도 두 시간 이상이 걸렸어요. 우리 마을에서 그런 일이 있었다면 다들 눈이 휘둥그레졌을 거예요. 미슈 할머니가 돌아가신다 해도 그렇게 하지는 못할 테니까요. 이렇게 저의 모든 삶은 긴 오열에 지나지 않는답니다. 최근에 저는 모터사이클 타는 법을 배웠는데 아주 즐기고 있어요. 제가 레제코르까지 전속력으로 달려간다면, 사랑하는 친구들은 뭐라고 할까요? 그러나 그 점에 대해서는 더 이상 침묵을 지키지 않으렵니다. 불행에 취해 이성을 잃었으니까요.** 저는 게르망트 부인과, 우리의 무식한 고장에서는 이름조차 들어 본 적 없는 분들과 교제하고 있어요. 라신과 빅토르 위고의 책, 셴돌레***와 알프레드 드 뮈세의 시집을 즐거운 마음으로 보내 드릴게요. 제게 생명을 준 고장을, 숙명적으로 범죄에 이르게 될 그런 무지로부터 구하고 싶어서입니다. 긴 여정에 지친 펠리컨****처럼 더는 할 말이 없기에, 형님 부인과 제 대자, 형님의 여동생 로즈에게도 안부를 전합니다. 그리

---

*뮈세의 「10월의 밤」에 나온다.

** 뮈세의 「라마르틴에게 보내는 편지」에 나오는 구절이다

*** Chênedollé(1769~1833). 프랑스 시인으로 샤토브리앙의 제자이다.

**** 뮈세의 「시월의 밤」에 나오는 구절이다.

고 로즈에게는 '그녀는 장미여서 장미처럼 짧게 살았구나.'*
라는 말을 사람들이 하지 않게끔 해 주세요. 빅토르 위고와 아
르베르**의 소네트, 알프레드 드 뮈세가 말했듯이 말이에요.
이 모든 천재들은 천재라는 사실 탓에 잔 다르크처럼 장작더미
에서 화형에 처해졌어요. 형님의 다음 편지를 기대하면서 동생
이 보내는 키스를 받아 주세요.

조제프 페리고 올림.

우리는 미지의 것을 보여 주는 삶에, 마치 금방 깨지고 말
마지막 환상에 이끌리듯 마음이 끌리곤 한다. 그럼에도 게르
망트 대공 부인이 내가 아는 존재와는 아주 다른 특별한 존재
라는 걸 상상하게 해 준 샤를뤼스 씨의 신비로운 말들도, 게르
망트 공작 부인 댁 만찬에 다녀오고 나서 두 달 후 부인이 칸
에 가 있는 동안, 외관상 별다른 특징 없는 봉투를 열었을 때
거기서 "바비에르-바이에른 공작 부인 태생인 게르망트 대
공 부인께서 몇 월 며칠 댁에서 손님을 맞이함."이란 글이 인
쇄된 카드를 읽고 내가 느꼈던 놀라움을 충분히 설명해 주지
는 못했다. 이런 놀라움의 뒤를 이어, 곧 내가 초대받지 않고
간 저택 문 앞에서 내쫓기기를 바라는 누군가가 꾸민 음모의
희생물일지도 모른다는 두려움이 뒤따랐다. 아마도 게르망트

---

* 말레르브(François de Malherbe, 1555~1628)가 딸의 죽음을 애도하며 액
상프로방스의 한 귀족에게 쓴 시이다.
** Félix Arvers(1806~1850). 『나의 잃어버린 시간들』(1833)이란 시집의 저
자이다.

대공 부인 댁에 초대받는 일은 사교계 인사의 관점에서 보았을 때는 공작 부인의 만찬에 초대받는 것보다 어려운 일은 아니었을지 모른다. 또 문장학(紋章學)에 대한 내 하찮은 지식도 대공의 작위가 공작의 작위보다 높지 않다는 것을 이미 가르쳐 주었다. 그리고 사교계 부인의 지성이란 것도 샤를뤼스 씨가 주장하듯이 그녀와 유사한 부인들의 지성과 본질적으로 다르지 않으며, 더 나아가 어떤 여인의 지성과도 다르지 않다는 생각이 들었다. 하지만 내 상상력은, 마치 엘스티르가 물리학 개념은 전혀 고려하지 않고(다른 경우에는 사용했을지 모르지만) 원근법 효과를 내려고 했던 것처럼, 내가 알고 있는 것이 아니라 내 상상력이 보는 그대로의 것을 내게 그려 보였다. 상상력이 보는 것이란 곧 이름이 상상력에게 보여 주는 것을 말한다. 그런데 공작 부인을 알지 못했을 때도, 대공 부인이라는 작위 앞에 붙은 게르망트라는 이름은, 그 이름과 관계된 주변의 가치나 수학적 미학적 '기호'에 따라 대폭 수정된 음이나 색깔 혹은 분량처럼, 내게는 항상 다른 뭔가를 연상시켰다. 우리는 공작 부인이라는 작위와 더불어 그 이름을 특히 루이 13세와 루이 14세 시대의 회고록이나 영국 궁정과 스코틀랜드 왕비와 오말 공작 부인의 회고록에서 발견한다. 나는 게르망트 대공 부인의 저택을 롱그빌 공작 부인과 '그랑 콩데'가 자주 드나들던 저택이라고 상상했으며,* 이런 존재들 때문에

---

* 롱그빌 공작 부인에 대해서는 395쪽 주석 참조. '그랑 콩데'는 부르봉콩데 루이 2세(Louis II de Bourbon-Condé, 1621~1686)를 가리킨다. 30년 전쟁에서 세운 무훈으로 이런 별칭을 얻었다. 이 가문은 흔히 콩데 가로 불린다.(『잃어버

내가 그곳에 들어간다는 게 있음 직한 일이라고 생각되지 않았다.

샤를뤼스 씨가 말한 많은 것들이 내 상상력을 얼마나 활기차게 자극했던지, 나는 게르망트 공작 부인 댁에서의 현실이 내 상상력을 실망시켰던 것도 다 잊어버리고(고장의 이름과 마찬가지로 사람의 이름도) 이제 그것을 오리안의 사촌 쪽으로 돌렸다. 게다가 샤를뤼스 씨는 한동안 사교계 인사들에게서 상상력의 가치와 그 다양성에 대해 내게 잘못 알려 줬는데 그 자신이 있었기 때문이다. 그리고 어쩌면 그의 이런 태도는 그가 아무것도 하지 않고, 즉 글도 쓰지 않고 그림도 그리지 않고, 게다가 어떤 책도 진지하고 깊이 있는 방식으로 읽지 않았기 때문인지도 몰랐다. 그러나 그는 대화 소재를 사교계 인사들이나 그들이 보여 주는 구경거리로부터 끄집어내는 데는 그들에 비해 몇 단계 더 뛰어났으며, 그럼에도 그들로부터 이해받지는 못했다. 그는 예술가로서 말했으며 기껏해야 사교계 인사들의 허망한 매력을 드러나게 했을 뿐이다. 하지만 이런 매력을 드러낸 것도 오로지 예술가들을 위해서였고, 마치 순록이 에스키모에게 하는 것과 같은 역할을 그는 예술가들을 위해 할 수 있었다. 이 희귀한 동물은 에스키모를 위해 황량한 바위에서 지의류와 이끼류를 채취하는데, 에스키모인 스스로는 찾아낼 수도 이용할 수도 없는 이런 것들은 일단 순록이 소화시키고 나면, 북극 주민들도 섭취할 수 있는 음식이

린 시간을 찾아서』 5권 93쪽 주석 참조.)

된다.

한마디 더 붙인다면, 샤를뤼스 씨가 사교계에 대해 그리는 그림은 극심한 증오와 맹목적인 호감이 섞여 활기찬 생명력을 띠었다. 증오의 감정은 특히 젊은이들을 향했고, 찬미의 감정은 몇몇 여인들로부터 야기되었다.

이런 여인들 가운데서도 샤를뤼스 씨가 제일 높은 왕좌에 앉힌 여인은 게르망트 대공 부인이었으며, 그녀가 사는 '알라딘이 다가갈 수 없는 궁전'*에 대한 샤를뤼스 씨의 신비스러운 말들은 나의 놀라움을 설명하기에도 충분치 않았다.

나중에 말하게 되겠지만 한 인물을 인위적으로 확대할 때는 다양한 주관적 관점이 작용하는 법이며, 그럼에도 이 모든 존재들에게는 어떤 객관적 현실이 존재하며, 따라서 그들 사이에는 그래도 차이가 있다고 할 수 있다.

게다가 어떻게 차이가 없을 수 있단 말인가? 현재 우리가 드나드는 인간들의 세계가, 우리의 꿈과는 전혀 비슷하지 않지만 우리가 유명 인사들의 '회고록'과 서간문에서 묘사된 것을 읽으면서 알기를 욕망했던 바로 그 세계이며, 우리와 함께 식사하는 저 보잘것없는 늙은이가 1870년 전쟁에 관한 책에서 우리가 감동하며 읽었고 프리드리히 카를 왕자**에게 저 용감한 편지를 써서 보낸 바로 그 인물인데 말이다. 상상력이 함

---

* 알라딘이 사랑하는 바드룰부두르 공주가 사는 궁전을 가리킨다.(228쪽 주석 참조.)
** Friedrich Karl von Preußen(1828~1885). 프러시아의 왕자이자 군인인 그는 프랑스와 프로이센 전쟁 동안 패잔병들을 난폭하게 다룬 것으로 유명하다.

께 하지 않기에 우리는 저녁 식사를 하며 권태를 느끼고, 상상력이 함께하기에 책을 읽으며 즐거워한다. 그렇지만 문제의 인간은 항상 동일하다. 퐁파두르 부인이 그토록 많은 예술가들을 후원한 까닭에 우리는 부인을 알고 싶어 하지만, 결국 그녀 옆에서 느끼는 권태감은 현대의 예술 후원자들 옆에서, 너무 평범한 탓에 감히 그들 곁으로 다시 돌아갈 결심조차 하지 못하는, 그런 후원자들 옆에서 느끼는 바로 그 감정이다. 하지만 차이는 여전히 존재한다. 우리는 그들이 다 같은 친구라고 생각하지만, 우리를 대하는 모습에서 그들은 차이를 드러내며, 그러나 이 차이는 결국은 상쇄되기 마련이다. 내가 몽모랑시 부인을 알게 되었을 때, 부인은 내 마음을 불쾌하게 하는 것들을 얘기하길 좋아했지만, 그래도 내가 뭔가 도움을 필요로 하면 아주 효과적으로 그 무엇도 아끼지 않고 있는 힘껏 도와주었다. 이와 반대로 게르망트 부인 같은 이는 나를 아프게 할 만한 일은 원치 않고 나를 기쁘게 해 주는 것만을 말하면서 게르망트 사람들의 정신적인 삶이나 풍요로운 일상을 이루는 갖가지 친절로 만족시켜 주었지만, 혹시 내가 그 외의 하찮은 일로 부탁이라도 하면, 마치 자동차와 하인을 마음대로 부릴 수는 있지만 연회를 위해 예정된 것이 아니라면 사과주 한 잔도 얻지 못하는 그런 성에서처럼, 내 부탁을 들어주기 위해 한 발짝도 움직이지 않았을 것이다. 내 기분을 상하게 하는 일은 그렇게 즐거워하면서도 항상 나를 도와주고자 했던 몽모랑시 부인과, 남들이 내게 하는 아주 작은 불쾌한 일에도 괴로워하면서 내게 도움이 되는 노력은 아무것도 하지 않은 게르망트 부인 중 어느 편이 더 진정한 친구였을까? 한편 사람들은 게르망트 공작 부인은 늘 경박한 얘기만 하고, 부인의 사촌은 가장 평범한 정신의 소유자지만 늘 흥미로운 얘기를 한다고 말했다. 이런 정신의 형태는 문학에서뿐만 아니라 사교계에서도 얼마나 다양하고 상반된 모습으로 나타나는지, 보들레르와 메리메만이 서로를 경멸할 권리를 가진 것은 아니었다.* 이런 특징들이 모든 사람들에게서 시선이나 말과 행동 체계를 얼마나 일관되게 권위적으로 만드는지, 만일 우리가 이들 앞에 서기라도 하면 이 체계는 다른 어떤 체계보다 우월한 모습을 보인다. 게르망트 부인의 경우, 부인의 정신 유형이라는 정리(定理)명제에서 연역적으로 이끌어 낸 그녀의 말들은 내가 보기에 우리가 구사해야 할 유일한 말인 것 같았다. 그래서 게르망트 부인이 몽모랑시 부인은 멍청하며 자기가 이해하지도 못하는 온갖 일에 관심이 있다고 말하거나, 또는 몽모랑시 부인의 심술궂은 행동을 전해 듣고 "사람들은 그분을 훌륭한 부인이라고 부르지만, 전 차라리 괴물이라고 부르겠어요."라고 말했을 때, 나는 사실상 게르망트 부인의 의견에 동의했다. 그러나 우리 앞에 있는 현실의 횡포도, 이미 멀어진 새벽

---

* 이른바 현대적이고 퇴폐적인 보들레르와, 고전적이며 보수적인 메리메는 서로 상반된 의견을 가질 수밖에 없다. 그러나 『악의 꽃』이 풍기 문란으로 재판을 받을 당시 메리메는 보들레르를 옹호하는 청원서에 서명했고, 보들레르 또한 메리메를 들라크루아에 비교하면서 찬미했다. 그러나 메리메는 1869년 어느 지인에게 보낸 편지에서 "보들레르는 미쳤어요. 그는 빅토르 위고의 높은 기대를 한 몸에 받은 시를 쓴 후에 일반 풍습에 어긋나는 짓을 한 것 외에는 아무 기여도 하지 못하고 병원에서 죽었어요."라고 썼다.(『게르망트』, 폴리오, 742쪽 참조.)

빛을 단순한 추억마냥 희미하게 만드는 등잔불의 명백한 증거도, 내가 게르망트 부인 옆에서 멀어지거나, 여느 부인이 나와 동등한 위치에서 공작 부인을 우리보다 훨씬 못한 인물로 낮추면서 "오리안은 사실 어떤 것에도 어느 누구에게도 관심이 없어요."라고 말하거나, 심지어는 "오리안은 속물이에요."라고 말할 때면, 그만 사라져 버렸다.(게르망트 부인 앞에서는 부인 자신이 그 사실을 부정했으므로 믿기 어려웠지만.) 어떤 수학적 개념도 아르파종 부인과 몽팡시에 부인을 동일한 양으로 전환시키지 못했으므로, 누군가가 만일 이 두 사람 중 어느 편이 우월하냐고 물었다면, 나는 아마 대답하지 못했을 것이다.

그런데 게르망트 대공 부인의 살롱 고유의 여러 특징 가운데 가장 많이 인용되는 것은 부분적으로는 대공 부인의 왕족 태생에서 연유하는 배타성과, 특히 대공의 귀족적 편견에서 연유하는 거의 화석화된 엄격함이었는데(공작 부부가 내 앞에서 거리낌 없이 조롱해 마지않는) 이처럼 왕족과 공작 들만을 우선시하고 만찬 때마다 루이 14세 시대라면 마땅히 자신이 앉았을 자리에(역사와 족보에 관한 풍부한 학식 덕분에 자신만이 유일하게 알아볼 수 있는) 앉지 못했다고 시비를 거는 사람이 나를 초대했다는 사실이 나는 더욱 사실처럼 생각되지 않았다. 이런 특징 탓에 많은 사교계 인사들은 공작 부부와 그 사촌 부부를 구별 짓는 차이를 공작 부부에게 유리한 쪽으로 잘라 말했다. "공작 부부가 더 현대적이고 더 똑똑해요. 남들처럼 4등분한 방패용 문장 수가 얼마나 많은지 따지지도 않고, 그분들 살롱이 사촌의 살롱보다 삼백 년이나 앞섰어요."라는 말이 사람들이 보통으로 하는 지적이었으므로, 이 말에 대한 기억이 지금 초대장을 보면서도 보낸 사람이 사기꾼일 가능성에 더 무게를 실어 주는 듯하여 나를 전율케 했다.

게르망트 공작 부부가 칸에 가 있지만 않았다면, 내가 받은 초대장이 진짜인지 아닌지 확인해 볼 수 있었을 텐데. 나의 이 의혹은 아무리 사교계 인사라 해도 — 잠시 내가 그렇게 생각하며 우쭐했던 — 느끼지 못할 감정은 아니며, 따라서 작가가 작가라는 점 외에 비록 사교계에 속하는 인물이라 할지라도 그 사교계에 대해 전적으로 '객관적'이기 위해서는 각각의 계층을 달리 묘사해야 한다고 생각했다. 사실 나는 최근에 어느 흥미로운 '회고록'에서 대공 부인의 초대장 때문에 내 마음에 스쳐 갔던 것과 유사한 불확실성의 기록을 읽은 적이 있다. "조르주와 나는(또는 엘리와 나인지, 지금 책이 내 손에 없어 확인하지 못하겠만) 들레세르 부인 살롱에 들어갈 수 있기를 바라면서 얼마나 애태웠던지 정작 부인의 초대를 받고 나니, 혹시 뭔가 만우절 같은 데 속은 건 아닌지, 둘 다 각자 자기편에서 확인해 보는 편이 더 신중하다고 생각했다." 그런데 이 이야기를 한 화자는 다름 아닌 오송빌 백작이었고(브로이 공작 딸과 결혼한) '자기편에서' 속임수에 놀아난 게 아닌지 확인해 보려고 했던 또 다른 젊은이는 이름이 조르주나 엘리였음을 감안할 때, 오송빌 백작의 절친한 두 친구인 아르쿠르 씨 또는 살레 대공이 틀림없었다.

게르망트 대공 부인 댁에서 저녁 파티가 열리던 날, 나는 공작 부부가 전날 밤 파리에 돌아왔다는 걸 알게 되었다. 대공 부인의 무도회뿐이었다면 칸에서 돌아오지 않았을 테지만, 그들 사촌의 병세가 매우 위중했고, 또 공작은 그날 밤 열릴 무도회에서 자신은 루이 11세로, 아내는 이자보 드 바비에르*로 출현하는 일에 몹시 집착하고 있었다. 나는 아침에 공작 부인을 보러 가기로 결심했다. 하지만 그들은 아침 일찍 외출해서 아직 돌아오지 않은 상태였다. 처음에는 망보기에 좋은 장소라고 생각되는 작은 방에서 그들의 마차가 도착했는지 엿보았다. 그러나 실제로는 관측소를 잘못 선택했던지, 그 지점에서는 안마당을 거의 식별할 수 없는 데다 다른 집 안마당이 보여 내게는 도움이 되지 않았지만 그래도 잠시 기분 전환을 시켜 주었다. 이렇게 화가들의 마음을 사로잡는, 한 번에 여러 집이 보이는 전망은 베네치아뿐 아니라 파리에도 있다. 베네치아를 언급한 것은 우연이 아니다. 파리의 몇몇 가난한 동네를 생각나게 하는 베네치아의 빈민가에서, 아침이면 그 벌어진 높은 굴뚝이 아침 햇살을 받아 지극히 강렬한 분홍빛으로, 선명한 붉은빛으로 물들 때면, 집들 위로 그토록 다양하고 미묘한 빛깔의 꽃들이 피어나는 정원은, 마치 도시 위에 세워진 델프트나 하를럼의 튤립 애호가들의 정원인 듯 보인다. 게다가 동일한 안마당을 향해 반대 방향으로 나 있는 창문 달린 집들은 또 얼마나 가까이 붙어 있던지 각각의 유리창이 서로에게 액

---

* Isabeau de Bavière(Élisabeth de Wittelsbach-Ingolstadt, 1371~1435). 샤를 6세와 결혼하여 프랑스 왕비가 되었다.

자가 되어, 그 액자 안에서 한 요리사는 땅을 내려다보며 꿈을 꾸고, 조금 떨어진 곳에서는 그늘이 져 잘 식별할 수는 없지만 얼굴이 마녀 같은 노파는 소녀의 머리를 빗겨 준다. 이처럼 각각의 안마당이 이웃집에 거리를 두고 소음을 없애며 닫힌 창문의 장방형 유리를 통해 무언의 몸짓을 보여 주면서, 수많은 네덜란드 유파의 그림을 포개 놓은 전시회장으로 만든다. 물론 게르망트 씨 저택에는 이런 전망은 없었지만, 그래도 내가 서 있는 곳에서는 신기한, 특히 기이하다고까지 할 수 있는 삼각형 전망을 볼 수 있었다. 내가 모르는 게르망트 씨 사촌들로, 아주 지체 높은 실리스트리 대공 부인과 플라사크 후작 부인 저택이 이루는 높은 지대까지, 그 앞에 놓인 비교적 공터인 땅이 가파른 비탈길로 이어지면서 시야를 가리는 게 아무것도 없었다. 그 저택까지(실은 두 부인의 부친인 브레키니 씨 저택이었지만) 별로 높지 않은 건물들이 아주 다양한 방향으로 들어앉아 시야를 중단하지 않고 그 경사진 면으로 거리를 길게 늘리고 있었다. 프레쿠르 후작이 마차를 넣어 두는 보관소에 달린 작은 붉은 기와 탑은 아주 높은 첨탑으로 이어졌으며, 첨탑은 몹시 뾰족하고 아무것도 가리지 않아, 마치 산기슭에 외따로 솟은 스위스의 아름다운 오래된 산장들을 연상시켰다. 이 모든 아련하고도 다채로운 전망들이 플라사크 부인의 저택을 여러 길과 많은 버팀벽으로 떨어진 것보다 훨씬 더 멀리 보이게 했으므로, 실은 꽤 가까이 있는데도 마치 알프스 풍경처럼 아득하고 몽환적으로 보이게 했다. 천연 수정 꽃잎인 양 햇빛에 반짝이는 네모난 창들이 청소를 위해 열렸을 때, 뚜렷이 알아볼 수는 없어도 하인들이 여러 층에서 양탄자를 털려고 먼지떨이를 이리저리 움직이는 모습을 쫓아가노라면, 마치 생고타르* 산의 여러 다양한 고도에서 마차 탄 여행자나 안내원을 그린 터너나 엘스티르의 풍경화를 볼 때와 같은 기쁨이 느껴졌다. 그러나 내가 서 있는 곳의 '전망'에서는 게르망트 씨나 게르망트 씨 부인이 돌아오는 모습을 보지 못할 위험이 있어, 나는 오후에 다시 망볼 틈이 생기자 그냥 계단에 서 있었다. 이곳이라면 대문이 열리는 걸 놓칠 리 없었다. 비록 내가 서 있는 계단에서는 하인들이 멀리서 작게만 보여, 한참 청소 중인 브레키니 저택이나 트렘 저택의 찬란한 알프스풍 경치는 보이지 않았다. 그런데 이 계단에서의 기다림은 내게 아주 중요한 결과를 낳게 될 것이며, 또 나로 하여금 더 이상 터너풍 풍경이 아니라 아주 중요한 정신적인 풍경을 발견하게 할 테지만, 이 이야기는 잠시 뒤로 미루고, 내가 게르망트 부부가 돌아왔다는 소식을 듣고 그들을 방문한 얘기부터 먼저 하는 편이 좋을 것 같다. 서재에서 나를 맞이한 사람은 공작 혼자였다. 내가 서재에 들어가려는 순간, 작은 키에 초라한 기색의 백발 남자가 나왔는데, 그는 콩브레의 공증인과 내 할아버지의 몇몇 친구들이 매는 작은 검정 넥타이를 매고 있었지만, 그들보다 수줍은 모습으로 내게 정중하게 인사를 하면서 내가 계단을 지나갈 때까지는 결코 내려가려 하지 않았다. 공작이 서재에서 내가 이해하지 못하는 뭔가를 외치자, 그 남자는 벽에다 대고 다시 인사

* 스위스 중남부 알프스 산맥의 한 산지로, 긴 터널이 있다.

를 하며 대답했다. 공작이 볼 수 없는데도 그는 끝없이 인사를 반복했는데, 그 모습은 마치 전화에서 당신과 얘기하는 사람이 짓는 그 불필요한 미소와도 같았다. 그의 목소리는 가성이었지만, 그는 장사꾼의 공손함으로 내게 다시 절했다. 콩브레의 장사꾼인지도 몰랐다. 그곳의 별 볼일 없는 노인들에게서나 찾아볼 수 있는 그토록 시대에 뒤진 온순한 시골 사람의 모습이었으니까.

"조금 후면 오리안을 만나게 될 걸세."라고, 내가 들어가자 공작은 말했다. "스완이 몰타 기사단*의 동전에 관한 연구 교정본을, 더 심한 경우에는 동전 양면을 복사한 거대한 사진을 오리안에게 주려고 조금 후에 올 거야. 오리안은 만찬에 가는 순간까지 스완과 같이 있으려고 미리 옷을 입어 두고 싶어 했네. 우리 집은 이미 어디 놓을지도 모를 물건들로 꽉 차 있는데, 그 사진을 어디에 처박아 놓을 건지 물어보고 있었네. 하지만 아내는 너무 다정하고 남을 기쁘게 해 주기를 너무 좋아해서, 로도스 섬에서 발견한 메달들에 새겨진 기사단 지도자들을 나란히 보게 해 달라고 부탁하면, 스완이 기뻐할 거라고 생각하는 모양일세. 조금 전에 내가 몰타 섬이라고 말했는데

---

* 십자군 원정 때 성지와 순례자 보호를 위한 기사단으로 1113년 예루살렘에서 창설되었으나(성 요한 병원 기사단) 기독교 세력이 약해지면서 로도스섬으로 옮겨졌다가, 이후 이탈리아의 몰타섬에 자리 잡았다. 그러나 1789년 나폴레옹이 이 섬을 정복하면서 본부가 로마로 옮겨져, 현재도 영토를 제외하고 독립국으로서의 성격을 확보하고 있다. 이 기사단은 성 요한 병원 기사단, 로도스 기사단, 몰타 기사단 등 다양한 이름으로 불린다.

실은 로도스 섬이라네. 하지만 그건 모두 예루살렘의 성 요한 기사단을 지칭하지. 사실 오리안이 거기 관심을 보이는 것도 오로지 스완이 그걸 연구하기 때문이라네. 우리 가문은 이 기사단과 관계가 깊은데, 자네가 아는 내 동생만 해도 지금까지 그 몰타 기사단의 고위직을 맡고 있다네. 오리안에게는 이런 얘기를 해도 들으려고조차 하지 않을 걸세. 반대로 '성전 기사단'*에 관한 스완의 연구(한 종교의 신자가 타인의 종교를 연구하는 열정은 상상을 초월하지만)가 이 성전 기사단의 후계자인 로도스 기사단의 역사 쪽으로 그를 이끌자, 오리안은 즉시 그 기사들의 얼굴을 보고 싶어 했네. 기사들은 우리가 직계로 내려온 키프로스의 왕인 뤼지냥** 가문에 비하면 별 볼일 없는 자들일세. 그런데 지금까지는 스완이 뤼지냥 가문을 다루지 않았으니, 오리안 역시 그 가문에 대해 알려 하지 않았네." 나는 공작에게 내가 온 이유를 곧바로 말할 수 없었다. 사실 실리스트리 부인과 몽로즈 공작 부인과 같은 친척이나 친구들이 만찬에 앞서 손님들을 자주 접대하는 공작 부인을 방문했고, 지금은 부인이 보이지 않자 잠시 공작과 함께 남아 있었다. 이 여인들 가운데 첫 번째 여인은(실리스트리 대공 부인은) 마른

---

* 성전 기사단이라고 불리는 이 기사단은 몰타 기사단과 더불어 서양에서 조직된 기사단 가운데 가장 유명한 조직 중 하나다. 예루살렘으로 성지 순례를 가는 많은 서구인들을 보호하기 위해 1119년에 창설되었다. 십자군 전쟁과 더불어 빠르게 성장했지만 탐욕과 부도덕함으로 필리프 왕의 박해를 받다가 1311년 해산되었다. 성 요한 병원 기사단이 이들 재산을 대부분 승계했다.
** 뤼지냥(Lusignan) 가문은 1192년부터 1489년까지 키프로스 섬을 지배했다.

체형에 단순한 옷차림을 하고 상냥한 모습으로 지팡이를 손에 들고 있었다. 나는 처음에 그 부인이 어딜 다쳤거나, 불구일지도 모른다고 걱정했다. 이런 내 생각과 달리 부인은 매우 활기찼다. 부인은 공작의 사촌 되는 분에 대해 — 이런 일이 가능할지는 모르겠지만, 게르망트 쪽이 아니라 게르망트가문보다 더 찬란한 가문에 속하는 — 얼마 전부터 건강 상태가 좋지 않다가 갑자기 악화되었다고 비통한 어조로 말했다. 하지만 공작은 사촌을 동정하며 "불쌍한 마마, 참 괜찮은 녀석인데."라고 되풀이하면서도 긍정적인 진단을 내리는 것 같았다. 사실 공작은 즐거운 만찬에 갈 예정이었고, 다음에 갈 게르망트 대공 부인의 대연회도 그리 따분하게 여기지 않았으며, 특히 새벽 1시에는 아내와 함께 성대한 야식 모임과 가장 무도회에 갈 예정이었는데, 이 무도회를 위해 그는 루이 11세 의상을, 공작 부인은 바비에르 이자보의 의상을 준비해 둔 터였다. 공작은 이런 여러 오락거리를 아마니앵 도스몽*의 병 때문에 망치고 싶지 않았다. 지팡이를 든 두 여인, 즉 브레키니 백작의 두 딸 플라사크 부인과 트렘 부인이 바쟁을 방문하여, 사촌인 마마의 상태가 더 이상 희망이 없다고 알렸다. 공작은 어깨를 으쓱한 다음 화제를 바꾸기 위해, 저녁에 마리질베르의 집에 갈 것인지 물었다. 그녀들은 거의 임종이 가까운 아마니앵의 상태 때문에 가지 않겠다고 말하면서, 뿐만 아니라 공작이 가려고 하는 만찬도 취소했다고 말하고는, 그 만찬에 참석할

---

* 프루스트는 이 가문의 손자인 오스몽 후작과 아는 사이였다.

테오도시우스 왕의 동생과 스페인 공주 마리아 콘셉시온 등등 손님들 이름을 늘어놓았다. 그녀들에게 오스몽 후작은 바쟁보다 먼 친척이었으므로, 공작은 그녀들의 '불참'을 자신의 행동에 대한 일종의 간접적인 비난으로 느껴 그들에게 다정하게 대하지 않았다. 이처럼 브레키니 저택의 높은 곳으로부터 공작 부인을 보기 위해 내려왔음에도(아니, 오히려 그들 사촌의 위중한 병 상태를 알려 주기 위해, 또 친척으로서 사교 모임에 나가는 일이 적절치 않음을 알려 주기 위해) 발퓌르주와 도로테(그들의 세례명이다.)는 오래 머무르지 않고 등산용 지팡이를 들어 꼭대기로 가는 가파른 길로 다시 접어들었다. 나는 포부르생제르맹의 일부 저택에서 그토록 자주 보이는 지팡이가 무슨 용도로 쓰이는지 게르망트 부부에게 물어볼 생각을 하지 못했다. 어쩌면 부인들은 이 모든 교구를 자신들의 영지로 생각하고 삯마차를 타기 싫어 오랫동안 걸어 다녀서, 아니면 사냥을 너무 많이 해서 거기 흔히 동반되는 낙마로 과거에 뼈가 부러져서, 아니면 센강 좌안*의 습기와 오래된 성의 습기 탓에 류머티즘에 걸려서 지팡이가 필요한 걸지도 몰랐다. 어쩌면 이 동네에서 아주 먼 곳으로 원정을 떠난 게 아니라, 단지 과일 졸임에 필요한 과일을 따러 정원에(공작 부인의 정원과 그리 멀지 않은 곳에 있는) 내려왔다가 집에 돌아가기 전에 정원 전지용 가위나 물뿌리개까지는 차마 가져오지 못했지만 게르망

---

* 포부르생제르맹은 실제적으로는 파리의 센강 좌안 7구에 속하지만 경우에 따라서는 센강 우안에 위치하기도 한다.(『잃어버린 시간을 찾아서』 5권 50~51쪽 주석 참조.)

트 부인에게 저녁 인사를 하러 들른 건지도 몰랐다. 공작은 자기가 돌아온 바로 그날 내가 방문했다는 사실에 감동한 듯했다. 그러나 내가 대공 부인이 실제로 나를 초대했는지 그의 부인에게 알아봐 달라고 부탁하러 왔다고 하자 얼굴이 이내 어두워졌다. 게르망트 부부가 하고 싶어 하지 않는 그런 부탁 중 하나를 내가 막 건드렸던 것이다. 공작은 너무 늦었다고 말하면서, 대공 부인이 내게 초대장을 보내지 않았다면 자신이 초대장을 부탁해야 하는데, 이미 사촌 부부가 거절한 적이 있어 그들의 초대 명단에 참견하는 듯한 모습을 가까이서나 멀리서나 보이고 싶지 않으며, 또 '간섭하고' 싶지도 않다고 말했다. 또 자신은 아내와 함께 시내에서 식사를 하고 곧바로 집에 돌아올지도 모르니, 만약 돌아오지 못하는 경우 대공 부인의 파티에 가지 않는 최고의 핑계는 파리에 돌아온 걸 숨기는 거라고 했다. 그런 일만 없다면 서둘러 대공 부인에게 나에 대해 쪽지를 보내거나 전화로 알리겠지만, 모든 가정을 해 봐야 대공 부인의 초대 명단이 마감된 게 확실하니 그 일도 너무 늦은 게 확실하다고 말했다. "자네는 대공 부인과 그리 사이가 나쁘지 않은 모양이군." 하고 그는 의혹을 담은 표정으로 말했다. 게르망트 부부는 최근 일어난 불화에 대해 알지 못할까 봐, 또 화해시킬 책임을 모두 그들이 떠맡을까 봐 걱정했다. 아무튼 공작은 친절하게 보이지 않을 것 같은 결정은 모두 자기 책임으로 돌리는 습관이 있었으므로 "여보게, 젊은 친구." 하고 갑자기 어떤 생각이 머리에 떠오른 듯 내게 말했다. "나는 자네가 말한 이 모든 것에 대해 오리안에게 한마디도 하고 싶지 않네. 자네도 오리안이 얼마나 상냥한지 잘 알잖나. 게다가 자네를 무척이나 좋아하니 내가 아무리 말려도 사촌 집에 사람을 보낼 걸세. 또 저녁 식사 후에는 아무리 피곤해도 핑계 거리가 없으니 분명히 파티에 갈 테고. 정말이지 오리안에게는 말하지 않겠네. 물론 잠시 후에는 자네도 오리안을 만나겠지만, 이 일에 대해서는 한마디도 하지 말게. 부탁하네. 자네가 내 사촌 집에 가기로 결정했다면, 자네와 함께 저녁을 보내는 게 얼마나 기쁜지는 두말할 필요도 없고." 인간적인 동기란 너무도 성스러운 것이어서 진실이라고 믿든 안 믿든 그런 동기를 내세우는 사람 앞에서는 굴복하지 않을 수 없다. 내가 초대받는 일과 게르망트 부인이 느낄지도 모르는 피로를 잠시라도 저울질하는 모습을 보이고 싶지 않았던 나는, 게르망트 씨가 내게 연출한 작은 연극에 확실히 속아 넘어간 척하면서, 내 방문 목적을 부인에게 말하지 않겠다고 약속했다. 나는 공작에게 대공 부인 댁에서 스테르마리아 부인을 볼 수 있을지 물어보았다.

"천만에." 하고 그는 그 일에 정통한 사람의 표정을 지으며 말했다. "클럽 명단에서 자네가 말한 사람의 이름을 봐서 아네만, 질베르의 집에 갈 만한 부류는 전혀 아니라네. 그곳에는 무척 품위가 있지만 지나치게 따분한 사람들, 이미 사라졌다고 여기는 작위를 그런 기회에 꺼내서 들고 온 공작 부인들과 모든 나라의 대사들, 많은 코부르크* 사람들과 외국 왕족들을

---

* 원래는 바이에른의 소지방 코부르크의 작은 영주 가문이었지만, 작센-코부

보게 될 걸세. 하지만 스테르마리아 부인은 그림자도 기대하지 말게. 질베르는 자네가 그런 가정을 하는 것만으로도 병이 날 걸세. 자네가 그림을 좋아하니 내가 사촌에게 산, 정말이지 우리가 좋아하지 않는 엘스티르의 그림 일부와 교환한, 대단한 그림을 보여 드리지. 필리프 드 샹파뉴*의 그림이라고 해서 샀는데, 나는 더 위대한 화가의 작품이라고 생각하네. 내 생각을 듣고 싶은가? 벨라스케스의 전성기 작품이라는 생각이 드네만." 하고 공작은 내 인상을 살피기 위해서인지 아니면 그 인상을 확대하기 위해서인지 내 눈 속까지 들여다보며 말했다. 하인이 들어왔다.

"공작 부인께서는 아직 준비가 되지 않아, 혹시 공작님께서 스완 씨를 접대해 주실 수 있는지 부탁드려 보라고 하셨습니다."

"스완 씨를 들어오시도록 하게." 공작은 시계를 보며 그 자신이 옷을 갈아입으러 갈 때까지 아직 몇 분이 남았다는 걸 확인하고 이렇게 말했다. "물론 아내는 스완에게 오라고 말했지만 아직 준비가 안 됐겠지. 스완 앞에서 마리질베르의 파티에 관해 말할 필요는 없네."라고 공작이 말했다. "스완이 초대받았는지 어떤지도 모르니까. 질베르는 스완이 베리 공작의 서출 손자라고 생각해서 매우 좋아한다네. 얘기하자면 길지.(그

르크-고타 가문으로 불리면서 19세기 유럽사에서 막강한 힘을 발휘했다. 벨기에, 불가리아, 영국의 왕위를 획득했으며 현재의 영국 왕실도 바로 이 가문에 속한다.

* Philippe de Champagne(1602~1678). 프랑스 고전주의 화가로 종교적 주제의 그림을 많이 남겼다.

렇지 않고야 생각해 보게나! 100미터 앞에서 유대인만 봐도 발작을 일으키는 사람인데.) 요즘은 드레퓌스 사건 때문에 상황이 더 악화됐지만, 스완은 다른 누구보다도 그런 사람들과 관계를 끊어야 한다는 걸 잘 알 거야. 그런데 오히려 듣기 거북한 말만 하고 다니니."

공작은 하인을 다시 불러 사촌 오스몽네 집에 보낸 자가 돌아왔는지 물어보았다. 사실 공작의 계획은 이러했다. 그는 당연히 사촌이 죽어 간다고 생각했으므로 임종하기 직전, 즉 어쩔 수 없이 장례를 치러야 하는 순간에 가서야 그 소식을 접하고 싶었다. 아마니앵이 아직 살아 있다는 게 공식적으로 확인되면 만찬으로, 대공이 베푸는 파티로, 자신이 루이 11세로 분장할 무도회로 재빨리 도망칠 것이다. 게다가 무도회에서는 새로운 정부를 만나기로 한 흥미진진한 약속을 했으므로, 쾌락이 끝나는 내일까지는 환자의 소식을 알기 위해 사람도 보내지 않을 생각이었다. 만약 사촌이 밤중에 죽는다면, 그때는 장례를 치러야 하겠지만. "아닙니다, 공작님, 아직 돌아오지 않았습니다." "빌어먹을! 이 집에서는 왜 마지막 순간에 가서야 일을 처리하는 거야."라고 공작은, 아마니앵이 석간 신문 마감 전에 '죽어 버려' 가장 무도회를 망칠지도 모른다고 생각하며 말했다. 그는 《르 탕》을 가져오라고 했지만, 그에 관한 소식은 없었다.

나는 아주 오랫동안 스완을 보지 못했으므로 한순간 스완이 콧수염을 잘랐는지, 스포츠형 머리를 하지 않았는지 생각하고 있었다. 스완이 뭔가 변한 듯 보였기 때문이다. 그런데 실은 몸이 몹시 아픈 탓에 모습이 많이 '변한' 것이었다. 병이란 수염을 기르고 가르마 타는 자리를 바꾸는 것과 마찬가지로 얼굴에 심한 변화를 일으킨다.(스완의 병은 그의 어머니를 데려간 것과 같은 병으로, 그의 어머니 역시 스완 나이에 그 병에 걸렸었다. 사실 우리 삶은 유전에 의해, 마녀들이 실제로 존재하기라도 하듯, 신비로운 숫자와 주문으로 가득 채워진다. 또 인간에게는 일정한 수명이 주어진다는 듯 특별히 어느 가족에게는, 다시 말해 가족 중 서로 닮은 사람에게는 일정한 수명이 주어진다.) 스완은 우아하게 옷을 입었고, 그의 아내와 마찬가지로 지금의 그를 예전의 그와 연결해 주는 멋진 옷차림을 하고 있었다. 연회색 프록코트를 몸에 딱 맞게 입어 큰 키와 날씬한 몸매가 더욱 돋보였고, 검은 줄무늬가 있는 하얀 장갑을 꼈으며, 들리옹*이 이제는 스완이나 사강 대공, 샤를뤼스 씨와 모덴 후작, 샤를 아스 씨와 루이 드 튀렌 백작을 위해서만 만드는 조금은 벌어진 회색 실크해트를 쓰고 있었다.** 내 인사에 응하는 스완의 매력적인 미소와 다정한 악수를 접하며 나는 깜짝 놀랐다. 그토록 오랜 시간이 흘렀으므로 그가 나를 알아보지 못할 거라고 생각했던 것이다. 그에게 나는 놀라움을 토로했다. 그는 이 말에 나를 알아보지 못할 거라고 생각한 일이 마치 그의 완벽한 두뇌나 감정에 담긴 진정성을 의심하는 일이라도 되는 듯 웃음을 터뜨리고 조금은 화난 표정을 지으면서 다시 악수를 청했다. 그렇지만 실상

---

* 파리 카퓌신 대로에 있는 모자 가게이다.
** 모덴 후작은 앞에 나온 모데나 공작과는 다른 인물로, 스완의 모델이 되는 샤를 아스처럼 파리 사교계의 멋쟁이 신사 그룹에 속했다. 루이 드 튀렌(Louis de Turenne) 백작은 프루스트의 친구로 멋쟁이 군인이었다.

은 다음과 같았다. 훨씬 나중에 알게 된 일이지만, 그는 몇 분 후 내 이름이 불리는 걸 듣고서야 날 알아보았다고 한다. 그러나 그의 얼굴이나 말투, 그가 내게 한 말에는 어떤 변화도 없었고, 게르망트 씨가 내게 던진 한마디 말로 날 알아보았음에도 전혀 내색하지 않았다. 그는 그렇게도 사교적인 삶의 유희에 능란했고 자신감이 있었다. 거기에 대해 게르망트 사람들을 특징짓는 것과 같은, 자발적인 태도와 개인적인 주도권을 ― 옷차림에서조차 ― 갖고 있었다. 이렇게 해서 이 나이 든 클럽 회원이 나를 알아보지 못한 채로 한 인사는, 사교계 사람들이 순전히 형식적으로 하는 차갑고 경직된 인사가 아니라, 게르망트 공작 부인의 인사처럼(누군가를 만나면 부인은 상대방이 인사하기도 전에 먼저 자신이 미소를 짓기까지 했다.) 다른 포부르생제르맹 부인들의 기계적이고도 습관적인 인사와는 달리 정말로 다정하고 진정한 우아함이 넘쳤다. 이제는 점점 사라져 가기 시작하는 관습에 따라 그가 자기 옆 마룻바닥에 놓아 둔 모자 또한 녹색 가죽으로 덧대어져 있었는데, 사람들이 보통은 하지 않는 것으로, 그는 모자를 더럽히지 않기 위해서라고 말했지만, 실제로는 그렇게 하는 편이 더 잘 어울렸기 때문이다.

"자, 샤를. 당신은 대단한 전문가니 그림을 좀 봐 주시오. 그런 후 내가 옷을 갈아입는 동안 두 사람이 함께 잠시 있어 주시게. 하긴 오리안은 그렇게 늦지 않을 거요." 그리고 공작은 스완에게 자신의 '벨라스케스' 그림을 보여 주었다. "이 그림을 아는 것 같은데요." 하고 스완은, 말하는 것만으로도 피로를 느끼는 병자마냥 얼굴을 찌푸리며 말했다.

"그렇소." 하고 전문가가 감탄하는 말을 지체하는 걸 본 공작이 정색하며 말했다. "아마도 질베르의 집에서 봤을 거요."

"아! 그렇군요. 기억이 납니다!"

"어떻게 생각하오?"

"질베르의 집에서 보았다면, 아마도 당신네 '조상님들' 가운데 한 분이겠죠." 하고 스완은 위대한 사람을 무시하는 게 무례하고도 우스꽝스러운 일이지만, 좋은 취미에서 그저 '장난 삼아' 말한다는 듯, 냉소적이고 경의를 표하는 말투로 말했다.

"물론이오." 하고 공작은 거칠게 말했다. "보종이오. 게르망트 가문에서 몇째 가는 사람인지는 모르겠지만. 하지만 상관없소. 알다시피 난 내 사촌처럼 봉건적인 사람은 아니니까. 리고, 미냐르, 벨라스케스*의 이름이 언급되는 것도 듣긴 했소만!" 하고 공작은 스완의 생각을 읽는 동시에 그의 대답에 영향을 미치려고, 심문하는 자와 고문하는 자의 눈길로 스완을 쏘아보았다. "어쨌든." 하고 공작은 결론을 내렸다.(그는 자기가 원하는 의견을 억지로 말하게 하고 나서, 몇 분 후에는 그것이 자발적으로 나온 의견이라고 믿는 능력이 있었다.) "자, 듣기 좋은 소리는 그만하고, 이 그림이 내가 방금 말한 위대한 거물 중 한 사람의 작품이라고 생각하시오?"

"아, 아, 아닌데요." 하고 스완이 말했다.

---

* 리고(Rigaud)는 18세기 프랑스 판화가로 베르사유 궁전을 주로 그렸다. 미냐르(Mignard)는 17세기 화가로 몰리에르의 친구이며 왕족 초상화를 많이 그렸다. 벨라스케스에 대해서는 415쪽 주석 참조.

"그렇다면 나는 그림에 대해서는 문외한이라 어느 작자의 그림인지는 결정할 수 없소. 하지만 당신은 예술 애호가이고 그 방면의 대가가 아니오. 누구의 작품이라고 생각하시오?"

스완은 그림 앞에서 잠시 망설였는데 분명히 형편없는 그림이라고 여기는 것 같았다. "악의적인 의도*의 작품입니다!" 하고 웃으면서 공작에게 대답하자, 공작은 분노가 치솟는 걸 억제하지 못했다. 분노가 조금 진정되자 공작은 이렇게 말했다. "두 사람은 여기서 잠시 오리안을 기다려 주시오. 연미복을 입고 다시 돌아오겠소. 당신들이 여기서 기다린다고 내 부르주아 여인에게 말하리다."**

나는 스완과 드레퓌스 사건에 대해 잠시 얘기를 나누고 나서 어쩌다 게르망트 사람들이 전부 드레퓌스 반대파가 되었는지 물었다. "우선 그 사람들 모두가 사실은 유대인 반대파기 때문이라네." 경험상 그중에는 그렇지 않은 사람도 있다는 걸 잘 아는 스완이, 하지만 그렇게 대답했다. 그는 확고한 신념을 가진 사람들이 대부분 그렇듯, 상대방이 자신과 같은 견해를 공유하지 않은 것을 설명하기 위해 논란의 여지가 있는 이유를 대기보다는, 우리가 어쩌지 못하는 선입관이나 편견이 상대방에게 있다고 가정하는 편을 더 좋아했다. 게다가 너무 일찍 삶의 끝에

---

* 조르주 드 포르토리슈(Georges de Porto-Riche, 1849~1930)가 쓴 「과거」라는 희곡에 나오는 대사이다. 여주인공이, 서명 없는 한 시시한 그림을 사고 친구에게 누구의 그림이냐고 묻자 "악의적인 의도의 그림이라고 말하고 싶은데요."라고 대답했다고 한다.
** 게르망트 부인이 서민들처럼 말하며 즐기는 습관을 풍자하고 있다.

이른 그는 괴롭힘에 시달리느라 지쳐 버린 짐승마냥, 이런 박해를 증오하고 조상들의 종교적인 품으로 돌아가고 있었다.

"게르망트 대공에 대해서는, 사실 유대인 반대파라는 말을 들었습니다만." 하고 나는 말했다.

"아! 그 사람에 대해서는 말하지 않겠네. 대공이 장교였을 때 극심한 치통을 앓은 적이 있는데, 그 지역 유일한 치과 의사가 유대인이어서 그에게 진찰받기보다는 차라리 혼자서 고통을 참을 정도였지. 또 나중에 그의 성관 한쪽 측면에 화재가 나 이웃집 펌프를 빌려 써야 했지만, 이웃이 로칠드 가의 성관이어서 다 타도록 내버려둘 정도였다네."

"혹시 오늘 저녁 대공 댁에 가십니까?"

"가지." 하고 그는 대답했다. "몹시 피로하긴 하지만, 그분이 내게 할 말이 있다고 미리 알려 주려고 속달을 보내왔거든. 요즘은 몸이 몹시 아파 그 댁에 가거나 그분을 맞이하는 일만으로도 무척 동요하는 터라 금방 해치우는 게 낫다고 생각했네."

"하지만 게르망트 공작은 유대인 반대파는 아닌데요."

"그가 유대인 반대파라는 건 자네도 잘 알지 않나. 드레퓌스 반대파니까." 하고 스완은 자신이 논점 선취의 오류*를 범했음을 깨닫지 못한 채 그렇게 대답했다. "그래도 그 사람을 — 아니, 내가 뭐라고 한 거지, 그 공작을 — 실망시켜 마음이 아프네. 소위 미냐르의 작품인지 뭔지에 감탄하지 않아서."

---

* 증명해야 할 것을 미리 전제로 내세우는 오류이다.

"하지만." 하고 나는 드레퓌스 사건으로 화제를 돌리며 말했다. "공작 부인은 지적인 분이시잖아요."

"그렇지. 매력적인 분이지. 내 생각으로는 롬 대공 부인이라고 불렸을 때가 더 매력적이었지만. 부인의 정신에 하여튼 뭔가 모난 점이 더 생겼지. 젊었을 때는 이 모든 게 훨씬 부드러웠어. 어쨌든 남녀노소를 불문하고 그 사람들은 인종이 다르다네. 천년 동안의 봉건주의가 그들의 핏속에 아무 해도 안 끼쳤을 리는 없지 않은가. 당연히 그들은 그것이 그들 의견과는 무관하다고 생각하겠지만."

"하지만 로베르 드 생루는 드레퓌스파인데요?"

"아! 그거 잘됐군. 그의 어머니가 극단적인 반대파라서 더 잘됐군. 생루가 드레퓌스파라고 사람들이 말을 해 댔지만 나는 확신할 수가 없었네. 정말 기쁘네. 놀랍지도 않아. 생루는 워낙 총명한 친구니까. 그건 대단한 걸세."

드레퓌스 지지가 스완을 지극히 순진한 사람으로 만들어 그의 사물을 보는 방식에, 지난날 오데트와 결혼했을 때보다 더 현저하게 충동적이고 일탈적인 양상을 부여했다. 이런 최근의 계급 이탈은 실은 자기 계급으로의 복귀라고 불러도 좋을 만큼 그에게는 명예로운 일이었으며, 그리하여 조상들이 걸어온 길, 귀족들과의 교제로 이탈했던 길로 그를 다시 돌려보냈다. 스완은 그토록 명철한 순간에도, 조상들로부터 물려받은 자질 덕분에 사교계 사람들에게는 보이지 않는 진실을 볼 기회가 있는 그런 순간에도, 조금은 희극적이고 무분별한 행동을 했다. 그는 자신의 찬미와 경멸의 온갖 기준을 드레퓌스주의라는 새로운 기준에 맞춰 재정립했다. 드레퓌스 반대파라는 이유로 봉탕 부인을 바보로 간주하는 것도 결혼 초에 봉탕 부인을 총명하다고 평가했던 것만큼이나 놀라운 일이 아니었다. 또 이 새로운 물결은 그의 정치적 판단에도 영향을 끼쳐, 클레망소*를 타산적인 사람 또는 영국 간첩으로(게르망트 사회가 만들어 낸 엉뚱한 소문인) 평가했던 기억은 잊어버리고, 언제나 그를 코르넬리** 같은 양심의 목소리, 철의 인간으로 여겨 왔다고 선언했는데 이는 그리 진솔해 보이는 모습은 아니었다. "아닐세. 나는 결코 다르게 말한 적 없네. 혼동한 모양이야." 그런데 이런 물결은 정치적 판단을 넘어서서 스완의 문학적인 판단과 그 판단을 표현하는 방식까지 바꾸어 놓았다. 그가 말하기를 바레스***는 모든 재능을 상실했으며, 젊은 시절 작품조차 내용이 너무 빈약해서 다시 읽기가 힘들다고 했다. "한번 시도해 보게나. 끝까지 읽을 수 없을 테니. 클레망소와는 얼마나 다른지 몰라! 개인적으로 난 반교권주의자는 아니지만, 클레망소에 비하면 바레스에겐 뼈대가 없다는

---

* 1892년 '애국자 동맹'을 창설한 데룰레드는 당시 국회의원이자 《라 쥐스티스》 발행인이던 클레망소가 파나마 운하 사건 때 코르넬리우스 헤르츠(Cornelius Herz)로부터 돈을 받았다고 고발했다. 이에 헤르츠는 영국으로 도망갔고, 사람들은 클레망소를 영국의 스파이라고 비난했다.(클레망소에 대해서는 『잃어버린 시간을 찾아서』 5권 409쪽 주석 참조.)

** 쥘 군르넬리(Jules Cornély, 1845~1907). 프랑스 기자로 처음에는 왕당파 신문에서 일했지만 드레퓌스를 지지하는 기사를 내서 해고당한 뒤에는 《르 피가로》에서 활동했다.

*** 『잃어버린 시간을 찾아서』 3권 22쪽 주석 참조.

걸 깨닫게 되네! 클레망소 영감은 매우 위대한 사람이야. 정말로 자기 언어를 알지!" 하기야 드레퓌스 반대파들 역시 이런 미친 짓을 비난할 권리가 있는 건 아니었다. 그들은 누군가 드레퓌스파인 것은 유대인 태생이기 때문이라고 설명했으니까. 사니에트 같은 진짜 신앙 활동을 하는 가톨릭 신자가 드레퓌스 재심에 찬성한 것도, 완강한 급진파로 활동하는 베르뒤랭 부인의 농간 때문이었다. 베르뒤랭 부인이 다른 무엇보다도 '성직자들에게' 반대했기 때문이다. 사니에트는 나쁜 사람이라기보다는 어리석은 사람이고, 그래서 '여주인'이 자기를 해롭게 하는 걸 알지 못했다. 누군가가 브리쇼 또한 베르뒤랭 부인의 친구이면서도 '프랑스 애국자 동맹'의 일원이 아니냐고 반박할지 모르지만. 브리쇼는 사니에트보다는 영리한 사람이었으니까.*

"생루를 가끔 만나십니까?" 하고 나는 스완에게 생루 이야기를 꺼내면서 말했다.

"아닐세. 만난 적 없네. 요전에 조키 클럽에 들어갈 수 있도록 무시** 공작과 몇몇 사람들에게 자기를 지지하는 투표를 해 달라고 부탁하는 편지를 보냈더군. 하기야 우체통에 편지를 넣듯 통과되기는 했지만 말일세."

"드레퓌스 사건에도 불구하고요!"

"그 문제는 건드리지 않았네. 그 모든 일 후에는 더 이상 그

---

* 브리쇼와 사니에트는 베르뒤랭 부인의 살롱을 드나드는 인물이다. 『잃어버린 시간을 찾아서』 2권 114~135쪽 참조.
** 355쪽 주석 참조.

장소에 발을 들여놓지 않았지만."

게르망트 씨가 들어왔고 곧이어 준비를 마친 부인도 들어왔는데, 스커트 가장자리에 금박으로 장식한 붉은 새틴 드레스를 입은 부인은 키가 크고 도도해 보였다. 머리에는 자줏빛으로 물들인 커다란 타조 깃털을 꽂고 어깨에는 같은 붉은색 망사 스카프를 두르고 있었다. "모자에 초록색을 덧대다니 참 멋져요."라며 무엇 하나 놓치지 않는 공작 부인이 말했다. "게다가 샤를, 당신은 모든 게 다 멋져요. 옷 입는 거나 말하는 거나 읽는 거나 행동하는 거나 모두 다." 그러나 스완은 부인의 말이 들리지 않는 듯, 대가의 그림이라도 감상하는 듯, 공작 부인을 바라보면서 "와우!"라고 말하려는 듯 입술을 삐죽이며 부인의 눈길을 찾았다. 게르망트 부인이 웃음을 터뜨렸다. "제 옷차림이 마음에 드나 보죠. 정말 기쁘네요. 하지만 사실 제 마음에는 별로 안 든답니다." 하고 부인은 울적한 표정으로 말을 이었다. "정말로 집에 있고 싶을 때 옷을 입고 외출해야 하는 게 얼마나 지겨운지 모르겠어요."

"아, 정말 아름다운 루비들이군요!"

"아, 샤를. 적어도 당신은 무엇에 관해 말하는지 잘 아시네요. 이게 진짜인지 물어보는 저 교양 없는 몽세르퓌유와는 달라요. 저도 이렇게 아름다운 건 처음 봐요. 대공 부인의 선물이에요. 제 취향에는 조금 너무 큰 것들이라 마치 술잔 윗부분까지 가득 채워진 보르도 와인 잔 같아요. 오늘 저녁 마리질베르의 집에서 대공작 부인을 뵙게 되어서 한 거랍니다." 하고 게르망트 부인은 이 말이, 공작이 내게 앞서 한 말을 취소하는 줄도 모르고 덧붙였다.

"대공 부인 댁에서 무슨 일이 있나요?" 하고 스완이 물었다.

"별것 아니오." 하고 스완의 질문을 들은 공작이 그가 초대 받지 않은 줄 알고 서둘러 대답했다.

"뭐라고요, 바쟁? 우리 세계의 사람들은 모조리 불렀답니다. 엄청나게 혼잡할 거예요. 그래도 괜찮은 건." 하고 부인은 섬세한 눈길로 스완을 보며 덧붙였다. "금방 쏟아질 것 같은 폭우만 내리지 않는다면 멋진 정원을 볼 수 있다는 거죠. 당신도 그 정원을 아시잖아요. 한 달 전에 라일락 꽃이 필 때 갔었는데. 얼마나 아름다운지 상상도 할 수 없을 정도였어요. 게다가 분수는, 마치 파리 안에 베르사유를 갖다 놓은 듯하더라니까요."

"대공 부인은 어떤 여인입니까?" 하고 내가 물었다.

"이미 아시잖아요. 우리 집에서 보셨으니까. 대낮처럼 아름 답고 조금은 바보 같지만 매우 친절하고, 게르만족의 온갖 오만함에도 불구하고 정이 많고 실수도 곧잘 하는 사람이죠."

스완은 게르망트 부인이 이 순간 '게르망트식 기지'를 별다른 노력 없이 발휘하려고 한다는 것을 눈치챌 만큼 아주 예민했다. 부인이 예전에 했던 재담을 그때보다 조금 불완전한 형태로 되풀이했기 때문이다. 그렇지만 그는 재미있게 하려는 부인의 의도를 이해했으며, 또 실제로 그녀가 재미있었다는 걸 증명해 보이려고 조금은 억지 미소를 지었는데, 이렇게 유별나게 불성실한 태도는 내게, 지난날 부모님이 뱅퇴유 씨와 더불어 몇몇 사회의 타락한 양상에 대해 얘기하는 걸 들었을 때와 똑같은 거북함을,(몽주뱅을 지배하는 타락상이 더 심하다는 걸 알면서도) 또는 르그랑댕이 바보들 얘기를 할 때면 정교하게 말투를 달리하면서 부자이거나 멋쟁이지만 무식한 사람들은 결코 이해할 줄 모르는 그런 드문 수식어를 골라 쓰는 걸 들었을 때와 똑같은 거북함을 불러일으켰다.

"이봐요, 오리안. 무슨 말을 하는 거요."라며 게르망트 씨가 말했다. "마리가 바보라고? 그녀는 모든 책을 다 읽었고 또 대단히 훌륭한 음악가요."

"오! 한심한 바쟁, 당신은 금방 태어난 아기 같아요. 모든 걸 가졌지만 동시에 바보일 수 없다는 듯이. 아니, 바보란 말이 좀 지나쳤을 수는 있겠네요. 그래요. 그녀는 뭔가 정신이 흐릿해요. 헤센다름슈타트*이며 신성 로마 제국이지만 또 바보랍니다. 그녀가 발음하는 것만 들어도 짜증이 난다니까요. 하지만 매력적인 미친 여자인 건 저도 인정해요. 우선 독일 왕좌에서 내려온 여인이 한 평범한 개인과 '부르주아처럼' 결혼할 생각을 했다는 것부터가. 그녀가 그를 택한 게 정말이라니까요! 아! 정말이에요!"라며 부인은 내 쪽으로 돌아서며 말했다. "당신은 질베르를 모르시죠! 그가 어떤 사람인지 알 수 있게 해 드리죠. 질베르는 내가 지난번 카르노** 부인 댁에 명함을 놓고 왔다고 해서 침대에 드러누웠는데……. 그런데 샤를." 하며 공작 부인은 카르노 부인 댁에 명함을 놓고 온 얘기에 게

---

* Hessen-Darmstadt. 독일의 유서 깊은 가문으로 10세기 말부터 19세기 초까지 계속된 신성 로마 제국의 제후 가운데 하나였다.
** 프랑스 대통령 사디 카르노(Sadi Carnot, 재임 기간 1887~1904)의 부인으로 엘리제 궁전에서 사교적인 연회를 많이 베풀었다.

르망트 씨가 화난 걸 보고 화제를 바꾸려고 말했다. "제가 당신 덕분에 좋아하게 된 우리의 로도스 섬 기사들 사진을, 당신이 보내 주지 않은 걸 아세요? 전 그 기사들을 알고 싶어요."

공작은 그동안 아내를 계속 주시했다. "오리안, 얘기를 하려면 사실대로 전부 해야지 반이나 잘라먹지 말고. 그러니까." 하고 공작은 스완에게 말을 걸면서 바로잡았다. "당시 영국 대사 부인은 매우 좋은 집안 출신이었지만 조금은 달나라에 사는 사람들 같은, 그런 실수를 했는데, 우릴 대통령 부부와 함께 초대하는 괴상한 생각을 했다오. 우린, 심지어 오리안조차도 깜짝 놀랐소. 그도 그럴 것이 대사 부인은 우리와 같은 부류니, 그런 벼락 출세자 모임에 우릴 초대해서는 안 된다는 사실 정도는 잘 알았을 테니 말이오. 그중에는 도둑질했던 장관도 있고, 이 모든 것에 대해 더 이상 거론하지 않겠소만, 여하튼 미리 알려 주지 않아 우린 함정에 빠졌다오. 물론 모두들 공손했다는 점은 인정하오. 그래도 그뿐이라면 괜찮소. 게르망트 부인은 대체로 나와 의논하지 않는 사람이라서, 그 주에 엘리제 궁에 명함을 놓으러 가야 한다고 믿었으니까. 질베르가 그 일로 우리 가문에 오점을 남겼다고 생각한 건 어쩌면 좀 지나친 일일지 모르지만. 그러나 정치 문제는 제외하고라도 아주 적절하게 자기 자리를 잘 지키는 카르노 씨가, 단 하루 만에 우리 가문의 사람들을 열한 명이나 죽인 혁명 재판소 일원의 손자라는 사실을 잊어서는 안 되지 않겠소."*

---

* 카르노 대통령의 조부인 라자르 카르노는 수학자이자 물리학자로 혁명 재판

"그렇다면 바쟁, 왜 당신은 매주 샹티이 성*의 만찬에 가는 거죠? 오말 공작도 혁명 재판소 일원의 손자가 아닌가요? 물론 카르노는 선량한 사람이고, '평등한 필리프'**는 끔찍한 불량배라는 게 다르지만요."

"말씀을 끊어서 죄송하지만 전 사진을 보내 드렸는데요." 하고 스완이 말했다. "왜 아직까지 사진을 전해 받지 못하셨는지 이해가 가지 않는군요."

"별로 놀라운 일도 아니에요." 하고 공작 부인이 말했다. "하인들은 그들이 적절하다고 판단하는 것만 말하니까요. 아마도 성 요한 기사단을 좋아하지 않나 보죠." 그녀는 초인종을 울렸다.

"당신은 내가 샹티이 만찬에 별 열의 없이 간다는 걸 알잖소."

"별 열의는 없지만, 대공이 자고 가라고 할 경우를 대비해서 잠옷을 가지고 가잖아요. 물론 모든 오를레앙 사람들처럼 그 역시 천박한 사람이라 자고 가라고 한 적은 거의 없지만요. 생퇴베르트 부인 댁에서 우리가 누구와 함께 식사하는지 알

_____

소의 위원이었다.
* 11세기 이전부터 존재하는 샹티이 성은 프랑스 북쪽 피카르디주에 위치한다. 1830년에는 루이필리프의 아들인 오말 공작(앙리 도를레앙)이 이 성을 물려받았다.
** Philippe-Egalité(Louis Philippe Joseph d'Orléans, 1747~1793). 프랑스의 마지막 왕인 루이필리프의 아버지이자 5대 오를레앙 공작인 그는 혁명이 일어나자 스스로 '평등한 필리프(Philippe-Egalité)'로 이름을 바꾸고 혁명 재판소 일원이 되어 루이 16세의 사형에 찬성했지만 그 역시 단두대에서 죽음을 맞이했다.

아요?"하고 게르망트 부인이 남편에게 물었다.

"당신이 아는 손님들 외에, 테오도시우스 왕의 동생이 만찬 끝날 무렵에 오실 거요."

이 소식에 공작 부인은 만족한 표정을 지었지만, 그녀의 말은 따분함을 표현했다. "아, 또 대공이로군요."

"하지만 친절하고 지적인 분이죠."라며 스완이 말했다.

"완전히 그런 건 아니에요." 하고 공작 부인은 자기 생각에 뭔가 새로움을 주려고 단어를 찾는 듯한 표정으로 대답했다. "대공들 중에는 아무리 상냥하다 해도 완벽하게 상냥한 사람은 없지 않나요? 정말이에요. 제가 맹세해요. 그들은 언제나 모든 것에 대해 자기 의견을 말하지 않고는 못 배겨요. 그런데 실은 가진 의견이 아무것도 없기 때문에, 그들은 처음에는 우리의 의견을 묻는 데 인생을 보내고, 다음에는 그 의견을 우리에게 다시 전해 주는 데 허비하죠. 그들은 기어코 이건 좋은 연주였다, 저건 좋지 않은 연주였다라고 말해야 직성이 풀리니까요. 다를 게 하나도 없는데 말이죠. 테오도시우스의 동생이(이름이 잘 생각나지 않네요.) 한 오케스트라의 모티프에 대해 그게 무언지 제게 물었죠. 그래서 전 대답했어요."라고 공작 부인은 반짝이는 눈과 아름다운 붉은 입술로 웃음을 터뜨리면서 말했다. "'아, 물론 그건 오케스트라의 모티프라고 불리는 거죠.'라고요. 사실 그는 내 말에 만족하지 않았나 봐요. 오 내 친구 샤를!"하고 게르망트 부인이 말을 이었다. "시내에서 식사하는 건 너무 권태로워요! 죽는 편이 더 나을 것 같은 저녁도 있어요! 하긴 죽는 게 뭔지 모르니까 그것도 어쩌면 권태로울지 모르겠네요."

제복을 입은 하인이 나타났다. 문지기와 싸움을 했다가 공작 부인의 선의로 표면적으로만 화해한 그 약혼자였다.

"오늘 저녁 오스몽 후작님의 상태가 어떤지 여쭈러 갈까요?"하고 그가 물었다.

"절대로 안 되네. 내일 아침까지는 절대로 가면 안 돼! 오늘밤 자네가 여기 있는 것조차 싫으이. 자네가 아는 그 집 하인이 직접 자네에게 소식을 전하러 와서 우리를 모시고 오라고 할지도 모르니 말이야. 그러니 외출하게. 원하는 대로 가게. 마음껏 먹고 마시고 밖에서 자고 오게. 내일 아침까지는 여기 있지 말게."

하인의 얼굴에 큰 기쁨이 넘쳤다. 문지기와 한 번 더 언쟁을 벌인 후, 공작 부인이 또 다른 언쟁을 피하려면 차라리 외출하지 않는 편이 낫겠다고 친절하게 설명한 후부터는 거의 약혼녀를 만나지 못했는데, 드디어 그녀와 긴 시간을 보낼 수 있게 된 것이다. 드디어 자유로운 저녁을 보낼 수 있다고 생각하니 행복 속에서 헤엄을 치는 기분이었다. 공작 부인이 이를 주목하고 이해했다. 부인은 자기 모르게 숨어서 맛볼 이런 행복의 모습에 화도 나고 질투도 나서 그만 가슴이 죄어들고 온몸이 가려운 듯한 느낌이 들었다. "안 돼요, 바쟁. 이곳에 남아 있어야 해요. 집에서 움직이면 안 돼요."

"하지만 오리안, 그건 당치 않은 소리요. 당신 사람들은 여기 다 있고, 자정이 되면 가장 무도회를 위한 분장사와 의상 담당자도 올 거요. 저자가 여기서 할 일은 하나도 없소. 저자만이 유일하게 마마의 하인과 친구이니. 오늘 저녁에는 여기서 멀리 내보내는 게 좋겠소."

"여보, 바쟁. 내게 맡겨 두세요. 오늘 저녁 안으로 저 사람에게 뭔가 시킬 일이 있을 거예요. 일 분도 여기서 꼼짝하지 마요." 하고 부인은 절망한 하인에게 말했다.

공작 부인 댁에는 언제나 분쟁이 있었고, 그래서 하인들은 오래 머무르지 못했다. 이 지속적인 분쟁의 원인은 문지기가 아닌 종신직 공작 부인에게 있었다. 물론 힘든 일이나 처벌 같은 가장 골치 아픈 임무, 주먹다짐으로 끝나는 싸움의 막중한 하수인 역할은 문지기에게 맡겼다. 게다가 문지기는 자신에게 맡겨진 역할을 꿈에도 의심하지 못한 채 그 역할을 해냈다. 하인들과 마찬가지로 문지기는 공작 부인의 관대함에 감탄했다. 똑똑하지 못한 하인들은 일을 그만두고 나서도 프랑수아즈를 종종 찾아와서는, 공작 댁에 문지기만 없다면 파리에서 제일 좋은 자리였을 거라고 말했다. 공작 부인은 사람들이 오랫동안 교권주의와 프리메이슨, 유대인의 위험을 이용했던 것과 같은 방식으로 문지기를 이용해 왔다. 하인 한 사람이 들어왔다.

"어째서 스완 씨가 보내온 상자를 올려 오지 않나? 그런데 참,(샤를, 자넨 마마가 몹시 아프다는 건 알고 있겠지.) 오스몽 후작 소식을 물어보러 갔던 쥘은 돌아왔는가?"

"금방 돌아왔습니다, 공작님. 그분들은 후작님께서 이제나저제나 돌아가시지 않을까 기다리고 계신답니다."

"아! 살아 있군." 하고 공작은 안도의 숨을 쉬면서 소리쳤다. "기다린다고, 기다린다고, 사탄조차도.* 목숨이 붙어 있는 한 희망이 있지."라며 공작은 즐거운 표정을 지었다. "사람들은 마마가 이미 죽어서 매장된 사람인 양 얘기했다네. 하지만 일주일 후에는 나보다 더 건강한 모습일걸."

"오늘 밤을 못 넘길 거라고 의사 선생님들이 말씀하셨답니다. 그중 한 분은 밤에 다시 오겠다고 하셨고. 우두머리 의사는 소용없다고 하셨어요. 후작님께서는 벌써 돌아가실 뻔했지만 켐퍼** 기름으로 관장한 덕분에 겨우 연명하고 있습니다."

"입 다물어, 이 바보 같은 녀석." 하며 화가 머리끝까지 난 공작이 외쳤다.

"누가 그걸 물었나? 그들이 자네에게 한 말의 의미를 전혀 이해하지 못했군."

"제게 한 말이 아닙니다. 쥘에게 한 말입니다."

"입 다물지 못하겠나?"라며 공작은 소리를 지르더니 스완에게 말했다. "살아 있다니 얼마나 다행스러운 일이오! 점차 기운을 되찾을 거요. 그런 고비가 있었는데도 살아 있다니. 그것만 해도 이미 대단한 일이오. 한 번에 모든 걸 다 바랄 수는 없잖소. 켐퍼 기름으로 관장하는 것도 나쁘지만은 않은 모양

* 공작의 말장난이다. '사람들이 기다린다'는 뜻의 프랑스어인 '옹 사탕(On s'attend)'에서 사탕(s'atttend)이 마귀(Satan)처럼 발음되는 것으로 말장난을 하고 있다.
** 켐퍼는 강한 방향성 냄새가 나며 녹나무에서 발견되는 물질로, 의학에서는 지방유에 녹여 흥분제나 강심제와 관장제로 사용된다.

이오." 그러고는 손을 비비면서 말했다. "그가 살아 있다는데 더 이상 뭘 바라겠소? 그렇게 고비를 넘긴 것만 해도 참으로 대단한 일이야. 그런 체질인 게 부러울 뿐이오. 아! 환자들에 게는, 우리 자신에게는 하지 않는 세밀한 주의를 기울이는 법이오. 오늘 아침만 해도 요리장 녀석이 양고기 넓적다리에 베아른 소스를 곁들인 요리를 만들었는데, 대단한 성공작인 건 인정하지만, 바로 그 때문에 너무 많이 먹어서 아직까지도 내 위에 남아 있다오. 그렇다고 해서 아마니앵에게 하듯이 내게 병문안 오는 사람은 하나도 없소. 아마니앵에게는 병문안 가는 사람이 너무 많아요. 그게 그 사람을 지치게 하지. 숨 좀 쉬게 내버려 두어야 하오. 끊임없이 소식을 알리고 사람을 보내는 게 오히려 그 사람을 죽이고 있소."

"그런데." 하며 공작 부인은 물러가려는 하인에게 말했다. "스완 씨가 내게 보내온 사진 꾸러미를 가져오라고 했을 텐데."

"공작 부인 마님, 그게 실은 너무 커서 문을 통과할 수 있을지 어떨지 몰라 그냥 현관에 놓아두었거든요. 마님께서는 올려 오길 바라십니까?"

"아닐세! 그렇다고 말했어야지. 그렇게 크다면 이따가 내려가면서 보도록 하지."

"마님께 또 말씀드리는 걸 잊었습니다만, 몰레 백작 부인께서 오늘 아침 공작 부인 마님께 명함을 놓고 가셨습니다."

"뭐라고, 오늘 아침에?"라며 공작 부인은 아침부터 그렇게 젊은 여자가 명함을 놓으러 다니는 게 못마땅했는지 불만스러운 투로 말했다.

"10시경에 오셨습니다, 공작 부인 마님."

"명함을 보여 주게."

"여하튼 오리안, 마리가 엉뚱하게도 질베르와 결혼할 생각을 했다고 말하다니."라고 공작이 처음 화제로 돌아가서 말했다. "당신이 가문의 역사를 얘기하는 방법은 아주 특이하구려. 만약 이 결혼에서 멍청한 사람이 있다면, 그건 우리에게 속하는 브라방 가문의 이름을 찬탈한 벨기에 왕과 그토록 가까운 친척 여자와 결혼한 바로 그 질베르라오. 한마디로 우리는 헤센 가문과 같은 핏줄인 데다가 장자 혈통이라오. 자기 가문 이야기를 하는 건 언제나 바보 같지만." 하고 공작은 내게 말을 걸었다. "어쨌든 다름슈타트뿐 아니라 카셀*에서도, 또 황제 선거권이 있는 헤센의 전 지역을 돌아다닐 때조차 제후들은 우리가 장자 혈통이라고 해서 한 걸음 양보하며 첫 번째 자리를 내주려 했다오."

"그런데 바쟁, 스웨덴 왕과 약혼했던 사람이 자기 나라에서 모든 연대의 명예 총사령관이었다는 건 얘기하지 않네요."**

"아, 오리안. 조금은 지나치군. 당신은 우리가 지난 구백 년 동안 유럽에서 최고 자리를 차지했을 때, 스웨덴 왕의 조부***가

---

* 독일 중부에 있는 도시로, 1277년부터는 헤센령이 되었다.

** 게르망트 대공 부인은 헤센다름슈타트 대공국의 공주로 자기 나라의 명예 총사령관이다. 따라서 그녀가 게르망트와 결혼하기 전에 사람들은 한때 그녀를 스웨덴 왕과 결혼시키려 했으며, 이에 대해 게르망트 공작은 자기 집안도 이에 못지않으며 오히려, 혁명기 동안 한 평범한 이등병을 양자로 맞이한 스웨덴 왕의 가문보다 월등하다고 주장하고 있다.

*** 스웨덴 왕 오스카 2세의 조부 베르나도트(Bernadotte, 1763~1844)

포 지방 땅을 경작했다는 사실은 알지 못하는 것처럼 얘기하는구려."

"그래도 만약 거리에서 누군가가 '저기 좀 봐, 스웨덴 왕이야.'라고 말하면 모두들 구경하려고 콩코르드 광장까지 달려가겠지만 '게르망트 씨야.'라고 말하면 아무도 모를걸요."

"맞는 말이오."

"그리고 브라방 공작이란 작위가 이미 벨기에 왕실로 넘겨졌는데, 당신이 어떻게 그 권리를 주장할 수 있다는 건지 잘 모르겠네요."

하인이 몰레 백작 부인의 명함, 아니 그녀가 명함이라며 놓고 간 것을 가지고 돌아왔다. 백작 부인은 수중에 명함이 없다는 핑계로 자기가 받은 편지를 주머니에서 꺼내 편지는 간직하고 "몰레 백작 부인"이라고 이름이 적힌 봉투 귀퉁이를 접고는 놓고 갔던 것이다. 그해에 유행하던 편지지 크기에 따라 봉투도 꽤 컸으므로, 손으로 쓴 이 '명함'도 보통 명함보다 거의 두 배는 컸다.

"이게 사람들이 몰레 부인의 소박함이라고 부르는 거군요."라며 공작 부인은 조롱하듯 말했다. "그녀는 명함이 없다는 걸 믿게 하면서 자신의 독창성을 보이고 싶었던 거죠. 하지만 우리는 그 사실을 다 알고 있어요. 그렇지 않나요, 샤를? 사교계에 나온 지 겨우 사 년밖에 안 된 젊은 여자에게서 재치를 배

_____

는 프랑스 남쪽 지방 포에서 태어난 평범한 병사로, 혁명기 동안 두각을 나타내어 프랑스 총사령관이 되었으며 스웨덴 왕의 양자가 1818년 왕위를 계승했다.

우기엔 우리가 너무 늦었고, 우리 자신이 너무 독창적인 건지도 모르죠. 그 여잔 매력적이긴 하지만, 그래도 명함 대신 봉투를, 그것도 아침 10시에 놓고 가면서, 그런 값싼 생각으로 사람들을 놀라게 할 수 있다고 생각하는 걸 보니 역시 그릇이 모자라요. 그 점에 대해서는 나이 든 엄마 쥐가 더 많이 안다는 걸 보여 줄 거예요."

스완은 몰레 부인의 성공에 조금은 질투를 느끼는 공작 부인이 '게르망트의 기지'에 따라 그 방문객에게 뭔가 엉뚱한 대답을 찾아낼 거라고 생각하며 웃지 않을 수 없었다.

"브라방 공작의 작위에 대해서는 당신에게 백번은 말하지 않았소, 오리안." 하며 공작은 다시 말을 꺼냈지만 공작 부인은 듣지도 않고 말을 끊었다.

"하지만 샤를, 당신 사진이 무척 보고 싶어요."

"아! 용을 물리친 자여, 저 짖어 대는 아누비스를.(*extinctor draconis labrator Anubis.*)"* 하고 스완이 말했다.

---

* 프루스트 연구가들 사이에 논란이 있는 구절이다. '용을 물리친 자(*extinctor draconis*)'란 라틴어 표현을 게르망트 부인이 말한 다음 문장("아, 베네치아의 성 제오르지오와 비교해서 한 이 말은 참 근사해요.")과 연관 짓는다면, 베네치아에 있는 카르파초의 그림 「성 제오르지오와 용」(중세 때 많은 그림의 주제가 되었다.)에 대한 암시로 해석될 수 있다. 그리고 짖어 대는 아누비스(*labrator Anubis*)란 표현은 비르길리우스의 『에네이드』("나일강의 괴물 같은 신들과 짖어 대는 아누비스는 포세이돈과 아프로디테와 아테나에 대항하여 싸운다.")에 나온다. 이 두 표현의 결합을 플레이아드는 러스킨의 『산마르코 성당의 휴식』 3장 '짖어 대는 아누비스'를 통해 설명한다.(『게르망트』, 플레이아드 II, 1837~1838쪽 참조.) 하지만 문맥적인 의미로 풀이해 본다면 죽음이 임박한 스완이 자신의 죽음을 재촉하면서 개처럼 짖어 대는 게르망트 공작에 대한 분노를 은유적으로

"아, 베네치아의 성 제오르지오와 비교해서 한 이 말은 참 멋져요. 그런데 거기에 왜 '아누비스'가 나오는지 이해가 안 돼요."

"바발(Babal)의 조상은 어떤 사람이오?" 하고 게르망트 씨가 물었다.

"당신은 그자의 낯짝(baballe)을 보고 싶은 거죠."* 하며 게르망트 부인은 자신이 이런 말장난을 경멸한다는 걸 보여 주려고 짧게 말했다. "전 메달에 새겨진 얼굴 전부를 보고 싶어요." 하고 게르망트 부인이 덧붙였다.

"이봐요, 샤를, 마차가 나올 때까지 내려가서 기다립시다." 하고 공작이 말했다. "당신은 현관에서 우릴 방문한 셈이 될 거요. 당신이 가져온 사진을 볼 때까지는 아내가 우리를 가만두지 않을 테니. 사실을 말하자면 나는 조금도 초조하지 않소."라며 공작은 만족한 표정으로 덧붙였다. "나는 침착한 사람이라오. 하지만 아내는 그 사진을 놓치느니 차라리 우리를 죽이려 할 거요."

"당신 의견에 전적으로 동의해요, 바쟁." 하고 공작 부인이 말했다. "현관으로 가요. 적어도 우리가 왜 당신 서재에서 현관으로 내려가는지는 알지만, 어떻게 해서 브라방 백작 가문으로부터 내려왔는지는 결코 알지 못할 거예요."

"그 작위가 어떻게 해서 헤센 가문에 들어오게 되었는지 당

표현한 것이라고 할 수 있다.

* 게르망트 부인은 바발(Babal)이라는 브레오테 씨의 이름과, 속어로 얼굴을 의미하는 바발(baballe)이라는 단어로 말장난하고 있다.

신에게 백번은 말했을 텐데." 하고 공작이 말했다.(사진을 보러 가는 동안 나는, 스완이 우리가 콩브레에 있을 때 가져다준 사진을 생각했다.) "1241년 브라방 가문의 한 일원이 튀링겐*과 헤센의 마지막 영주 딸과 결혼했기 때문이오. 그래서 브라방 공작 작위가 헤센 가문에 들어가지 않고 헤센 대공 작위가 브라방 가문에 들어오게 된 거라오. 게다가 당신도 기억하겠지만 우리 가문의 전투 구호는 브라방 공작의 구호로 '림부르크**를 정복한 자에게 림부르크를.'이었소. 브라방 가문의 문장을 게르망트 문장과 교환할 때까지 말이오. 나는 그게 잘못이었다고 생각하오만, 그라몽 가문의 사례만 보아도 이런 내 생각에는 변함이 없소."***

"하지만." 하고 게르망트 부인이 대꾸했다. "림부르크를 정복한 사람은 벨기에 왕인걸요……. 게다가 벨기에 왕의 후계자는 브라방 공작이라 불리고요."

"아니오. 당신 말은 이치에도 안 맞고 근본부터 잘못되었소. 비록 찬탈자에게 영지를 뺏겼다 할지라도 작위를 가질 권리는 완벽하게 존속한다는 걸 당신도 잘 알잖소. 이를테면 스페인 왕도 자칭 브라방 공작이라고 하는데, 우리보다는 오래되지 않았지만 벨기에 왕보다는 더 오래된 소유권을 주장하

---

* 독일 중부에 위치하며 여러 소국으로 나뉘었다가 1920년에 튀링겐주로 통합되었다.
** 독일 중부, 헤센주의 도시이다. 13세기 중엽에 건축된, 로마네스크 양식에서 고딕 양식에 이르는 성당이 있다.
*** 그라몽 가문은 1534년 동맹을 맺은 아스테르 자작의 문장을 채택했다.

고 있잖소.* 또한 스페인 왕은 부르고뉴 공작 및 서인도와 동
인도의 왕이며 밀라노 공작이라고 불린다오. 그런데 내가 브
라방을, 헤센 대공이 브라방을 소유하지 않는 것처럼, 스페인
왕 역시 부르고뉴나 인도나 브라방을 소유하지 않는다오. 스
페인 왕이 예루살렘 왕이고, 오스트리아 황제도 마찬가지로
예루살렘 왕이라고 하지만, 두 사람 다 예루살렘을 소유하지
는 않소."

공작은 '현재 진행 중인 사건' 때문에 예루살렘이라는 이름
이 스완을 당황하게 했을까 봐 거북한 듯 잠시 말을 멈추었지
만, 그만큼 빨리 말을 이어 나갔다.

"당신이 하는 말을 다른 것에 대해서도 똑같이 할 수 있소.
우리는 한때 오말 공작이었소. 그런데 이 공작령은 주앵빌과
슈브뢰즈 가문이 알베르 가문으로 옮겨 갔듯이 프랑스 왕가
에 합법적으로 옮겨 갔다오.** 그래서 우리가 더 이상 그 작위
를 주장하지 않게 된 거요. 우리 작위였다가 합법적으로 라 트
레무이유 것이 된 누아르무티에 후작 작위도 마찬가지요. 그
렇지만 양도된 것 중 몇 개가 유효하다고 해서 다른 모든 것도
유효한 건 아니오. 예를 들어." 하며 공작은 나를 향해 돌아서
면서 말했다. "내 처남 댁 아들은 아그리장트 대공이라는 작위

---

* 벨기에는 스페인의 영토였다가 1789년부터는 프랑스의 지배를 받았으며 워
털루 전투 후에는 네덜란드에 병합되었다가 1830년에 가서야 겨우 독립을 쟁
취했다.
** 알베르 드 뤼인(Albert de Luynes) 가문은 주앵빌 대공이자 슈브뢰즈 작위
를 갖고 있었다.

를 갖고 있는데, 이는 '광녀 후아나'* 여왕에게서 나온 것이라네. 마치 라 트레무이유 가문이 타랑트 대공이라는 작위에서 나왔듯이 말일세.** 그런데 나폴레옹은 이 타랑트라는 작위를 한 병사에게 주었네. 물론 훌륭한 병사에게 말일세. 그는 이렇게 해서 자기에게 속한 권한을 마음대로 사용했네. 그에 비하면 나폴레옹 3세가 몽모랑시 공작을 만든 것은 그래도 권한을 덜 남용한 거라고 할 수 있지.*** 적어도 페리고르의 모친이 몽모랑시 출신이었으니까. 하지만 나폴레옹 1세의 타랑트는 그렇게 만들고자 한 나폴레옹의 의도 외에는 다른 어떤 것도 없었네. 그럼에도 셰데스탕주****가 재판에서 당신 백부인 콩데를 암시했으므로 난 경찰총장에게 혹시 몽모랑시 공작 작위를 뱅센 성의 도랑에서 줍지 않았는지 물어보았네."*****

"그런데 바쟁, 당신을 따라 뱅센 성의 도랑과 타랑트까지

---

* 후아나(Joanna, 1479~1555) 여왕은 남편 펠리페 1세와의 불화로 정신이 이상해져 '광녀 후아나'라는 별칭을 얻었다. 수도원에 유폐된 채로 생을 마감했다.
** 뒤크 드 타랑트(Duc de Tarente, 1765~1840). 원래는 스코틀랜드 출신의 맥도널드 중사였으나, 바그람 전투에서 혁혁한 공을 세워 나폴레옹이 1810년 타랑트 공작 작위를 수여했다.
*** 1862년 상속에 의해 알다베르 드 탈레랑 페리고르(Aldabert de Talley-rand-Périgord)는 몽모랑시 공작 작위를 취득했으며 1864년 나폴레옹 3세가 이를 승인했다.
**** 귀스타브 셰데스탕주(Gustave Louis Chaix d'Est-Ange, 1800~1876). 당시 유명했던 변호사이자 정치인이었다.
***** 콩데 가문은 몽모랑시 공작 및 앙기엔 공작으로 불리는데, 1804년 나폴레옹에 반대하는 음모를 꾸몄다 하여 마지막 후손인 앙기엔 공작이 뱅센 성의 도랑에서 총살되었다. 1830년에는 루이필리프의 아들 오말 공작이 이 성을 물려받았다.

가야 하다니 더 바랄 게 없네요. 그건 그렇고 샤를, 당신이 베네치아의 성 제오르지오 얘기를 하는 동안 내가 하고 싶었던 말은, 바쟁과 내가 이번 봄을 이탈리아와 시칠리아에서 보내려 한다는 거예요. 당신이 함께 간다면 모든 게 얼마나 달라질까요! 당신을 만나는 기쁨만 말하는 게 아니에요. 상상해 봐요, 노르망디 사람들이 정복한 유적과 고대 유적에 대해 당신이 그토록 많은 얘기를 해 주셨는데, 당신과 함께 여행을 한다면 그 모든 게 어떻게 될지 좀 상상해 보세요! 바쟁도, 내가 뭐라고 했지, 아니, 질베르도 얻는 게 많을 거예요! 로마네스크 양식의 오래된 교회나, 프리미티프 그림에 나오는 것 같은 높은 곳에 있는 작은 마을에서 당신의 설명을 듣는다면, 나폴리 왕의 계승자인지 뭔지 하는 것조차 모두 제 관심을 끌 거예요. 우선 보내 주신 사진부터 보기로 하죠. 포장을 풀어 봐요." 하고 공작 부인이 하인에게 말했다.

"그렇지만 오리안, 오늘 저녁은 안 돼요! 내일 보시오."라고 거대한 사진 규모를 보며 이미 내게 겁에 질린 표정을 지어 보였던 공작이 애원했다.

"하지만 샤를과 함께 보게 되다니 즐겁잖아요." 하고 그녀는 탐나는 듯하면서도 동시에 심리적으로 잘 계산된 거짓 미소를 지으며 말했다. 스완에게 다정하게 대하고 싶은 마음에서 부인은 사진을 바라보며 느낄 기쁨을, 마치 병자가 오렌지를 먹으며 느낄 기쁨처럼, 또는 친구들과 몰래 도망칠 계획을 짜고 그녀에게 아첨하는 취미가 있는 전기 작가에게 미리 알려 주는 기쁨처럼 말했다.

"그렇다면 샤를이 당신을 보러 시간을 내서 오면 되지 않겠소." 하고 공작이 단언하자 부인은 양보할 수밖에 없었다. "그게 그렇게도 재미있다면 그 앞에서 함께 세 시간이라도 보내구려." 하고 공작은 냉소적으로 말했다. "그렇지만 저만 한 장난감을 어디에 놓을 생각이오?"

"내 방에 두죠. 눈앞에 두고 보고 싶어요."

"아! 원한다면 그렇게 놓구려. 당신 방에 있으면 내가 그걸 볼 기회는 결코 없을 테니." 하고 공작은 그들 부부 관계의 부정적인 면을 그토록 경솔하고도 의도치 않게 폭로하고 말았다.

"포장을 조심스럽게 풀도록 해요." 하고 게르망트 부인은 하인에게 명령했다. (스완에 대한 상냥함의 표시로 그녀는 그 명령을 여러 번 되풀이했다.) "봉투도 망가지지 않게 해요."

"봉투까지도 소중히 다루어야 하는군!" 하며 공작은 두 팔을 올리며 내 귀에 대고 말했다. "그런데 스완." 하고 공작이 덧붙였다. "나는 평범하고 산문적인 남편에 지나지 않아서 그런지 저런 크기의 봉투를 찾아냈다는 사실이 감탄스럽군. 도대체 어디서 찾아낸 거요?"

"이런 물건을 자주 발송하는 사진관이죠. 그렇지만 발송한 사람이 무식해서 봉투 겉면에 '게르망트 공작 부인 귀하'라고 적지 않고 그냥 '게르망트 공작 부인'이라고 적었군요."

"괜찮아요." 하고 공작 부인이 건성으로 말하더니 갑자기 어떤 생각이 떠올랐는지 즐거운 표정으로 가벼운 미소를 억누르며 재빨리 스완 쪽으로 돌아와서는 말했다. "이탈리아에 우리와 함께 가지 않으시겠어요?"

"부인, 가능하지 않을 것 같습니다."

"몽모랑시 부인은 나보다 운이 좋네요. 당신은 그녀와 함께 베네치아와 비첸차*에 가셨죠. 그녀가 말하길 당신과 함께 가지 않았으면 결코 보지 못했을 것들을, 아무도 예전에 언급한 적 없는 것들을 많이 보았으며, 또 당신은 그녀에게 전대미문의 것들을 보여 주었고, 게다가 아무리 알려졌다 해도 당신 없이는 그 앞을 스무 번 지나가도 주목하지 못했을 그런 세세한 것들을 이해할 수 있게 되었다고 하던데요. 정말이지 그녀는 우리보다 더 특혜를 받았어요⋯⋯. 스완 씨의 거대한 사진 봉투를 들어요."라고 부인은 하인에게 말했다. "봉투 한 귀퉁이를 접어 오늘 밤 10시 반에 인사 표시로 몰레 백작 부인 댁에 두고 와요."

스완은 웃음을 터뜨렸다. "그래도 알고 싶어요." 하고 게르망트 부인이 스완에게 물었다. "어떻게 열 달 전에 여행이 불가능하다는 걸 알 수 있는지."

"공작 부인, 부인께서 그렇게 알고 싶으시다면 말씀드리죠. 우선 보시다시피 제가 몹시 아픕니다."

"그렇군요, 샤를. 안색이 무척 좋지 않군요. 당신 안색이 마음에 들지 않아요. 하지만 제가 당신에게 함께 가 달라고 부탁하는 건 일주일 후가 아니라 열 달 후의 일이잖아요. 열 달이면 건강을 보살피기에 충분한 시간 아닌가요."

---

* 이탈리아 베네토주에 있는 도시로 르네상스 후기 건축가 팔라디오가 남긴 대성당이 유명하다.

그때 하인이 마차가 준비되었다고 알리러 왔다. "자, 오리안. 마차에 오릅시다."라며 마치 그 자신이 거기 기다리는 말이기 라도 한 듯 조금 전부터 초조해서 발을 구르던 공작이 말했다.

"그런데 한마디로 이탈리아에 못 가시는 이유가 뭔가요?" 하고 공작 부인이 우리와 헤어질 인사를 하려고 일어서면서 물었다.

"사랑하는 친구여, 제가 몇 달 안에 죽을 테니까요. 연말에 저를 진찰한 의사가 지금 제가 앓고 있는 병이 금방이라도 목숨을 빼앗아 갈 수 있으며 어쨌든 서너 달 이상은 살지 못할 거라고 하는군요. 그것도 길어야 그런 거고." 하고 스완이 미소를 지으며 대답했다. 한편 하인은 공작 부인이 지나갈 수 있도록 현관 유리문을 열었다.

"그게 도대체 무슨 말이에요?" 하고 공작 부인이 외쳤다. 마차 쪽으로 가던 걸음을 잠시 멈추고, 그녀는 푸르고 우수 어린, 하지만 불확실성으로 가득한 아름다운 눈을 들며 소리쳤다. 난생처음으로 밖에서 식사하기 위해 마차를 타든가, 아니면 죽어 가는 사람에게 연민의 정을 보이든가 해야 하는 아주다른 두 의무 사이에 처한 부인은, 그녀의 예의 법전에서 자신이 따라야 할 사항을 가르쳐 주는 것을 아무것도 발견하지 못했고 그래서 어느 쪽을 우선시해야 할지 알지 못했으므로, 지금은 노력이 적게 드는 첫 번째 의무를 따르기 위해 두 번째 의무는 제시되지도 않은 것처럼 믿는 척해야 했으며, 또 이런 갈등을 해결하기 위한 최선의 방법은 갈등을 부정하는 일이라고 생각했다.

"농담하시는 거죠?"하고 부인은 스완에게 말했다.

"제 말이 농담이라면 취향이 멋진 농담이겠군요." 하고 스완은 냉소적으로 대답했다. "제가 왜 이런 말을 하는지 모르겠습니다. 지금까지 제 병에 대해 말씀드리지 않았으니까요. 하지만 부인께서 물어보셨고, 또 지금은 제가 언제 죽을지 모르니…… 무엇보다도 저는 부인이 밖에서 하는 저녁 식사에 늦지 않기를 바랄 뿐입니다." 하고 그는 남들에게는 그들 자신의 사교적 의무가 친구의 죽음보다 우선한다는 걸 알았으며, 또 그 자신도 예의가 바른 탓에 그들 입장에 자신을 두고 생각하면서 그렇게 말했다. 그런데 공작 부인도 예의가 바른 탓에 그녀가 가려고 하는 만찬이 스완에게는 자신의 죽음보다 덜 중요할 거라는 데 어렴풋이 생각이 미쳤다. 그리하여 마차 쪽으로 걸음을 계속 옮기면서도 어깨를 축 늘어뜨린 채 말했다. "만찬 걱정은 하지 마세요. 전혀 중요하지 않아요." 하지만 이 말에 기분이 상한 공작이 소리쳤다. "오리안, 수다는 이제 그만 떨고, 스완과의 한탄도 그만하시지. 생퇴베르트 부인이 우리가 8시 정각에 식탁에 앉기를 바란다는 걸 당신도 잘 알잖소. 나는 당신이 뭘 원하는지 좀 알아야겠소. 당신 말〔馬〕들이 기다린 지도 이미 오 분이나 지났소. 샤를, 용서하시오." 하고 공작은 스완 쪽으로 몸을 돌리며 말했다. "벌써 8시 십 분 전인데, 오리안은 항상 늦는다오. 생퇴베르트 노인네 집에 가려면 오 분 이상이 걸리는데 말이오."

게르망트 부인은 결연히 마차 쪽으로 가면서 스완에게 마지막 작별 인사를 되풀이했다. "그 일에 대해서는 다시 얘기하기로 해요. 저는 당신이 한 말은 하나도 믿지 않아요. 그래도 함께 얘기해야 해요. 의사가 바보처럼 겁을 준 거예요. 당신이 원하는 날 언제라도 점심 식사 하러 오세요.(게르망트 부인에게는 모든 것이 언제나 점심 식사로 해결되었다.) 원하는 날짜와 시간만 말해 주세요."라며 그녀는 붉은 스커트 자락을 들어 올리면서 한쪽 발을 발판 위에 올려놓았다. 부인이 마차 안으로 들어가려는 순간, 그 발을 본 공작이 매서운 목소리로 외쳤다. "오리안, 도대체 어쩌려는 거요, 이 불쌍한 여자야. 검정 구두를 신다니! 빨간 드레스에! 빨리 올라가서 빨간 구두로 바꿔 신고 오구려. 아니면." 하고 공작은 하인에게 외쳤다. "당장 마님의 하녀에게 일러 빨간 구두를 가지고 내려 오도록 하게."

"하지만, 여보." 하고 우리 앞에 있는 마차를 먼저 보내려고 나와 함께 밖으로 나온 스완이 이 말을 들었으리라는 생각에 마음이 불편해진 부인이 부드럽게 대답했다. "우리가 이미 늦었으니······."

"아니오. 시간은 충분하오. 아직 십 분 전이오. 몽소 공원까지 가는 데는 십 분도 안 걸리잖소. 게다가 어떡하겠소. 8시 반이 되더라도 그들이 기다려야지, 뭐. 그렇다고 해서 빨간 드레스에 검정 구두를 신은 채로 갈 수는 없잖소. 하기야 우리가 맨 마지막으로 도착하는 사람은 아닐 거요. 사스나즈 부부도 있으니까. 그들이 9시 20분 이전에는 절대로 도착하지 않을 건 당신도 알잖소."

공작 부인은 자기 방으로 다시 올라갔다.

"하지만." 하고 게르망트 씨는 우리에게 말했다. "사람들은 한심한 남편들을 웃음거리로 만들지만 그들에게도 좋은 점은 있다오. 만일 내가 없었다면 오리안은 검정 구두를 신고 만찬에 갔을 거요."

 "그렇게 보기 흉하지 않던데요." 하고 스완이 말했다. "검정 구두가 눈에 띄긴 했지만 전혀 거슬리지 않던데요."

 "당신 말이 틀렸다는 건 아니오." 하고 공작이 대답했다. "하지만 드레스와 같은 빛깔의 구두가 더 우아하오. 그리고 안심하구려. 아내는 그곳에 도착하고 나서야 알게 될 테고, 그러면 내가 구두를 가지러 돌아와야 할 거요. 난 9시나 돼서야 저녁을 먹을 테고. 잘 가시오, 친구들." 하고 공작은 우리를 슬며시 밀며 말했다. "오리안이 다시 내려오기 전에 가도록 하시오. 오리안이 당신 두 사람을 보기 싫어해서가 아니라, 반대로 지나치게 보고 싶어 하는 게 문제요. 당신들이 그때까지 있으면 그녀는 다시 말하기 시작할 테고, 그렇게 되면 이미 지친 그녀가 만찬에 도착할 즈음엔 거의 초죽음이 되어 있을 거요. 그리고 솔직히 털어놓자면 나는 배가 고파 죽을 지경이오. 오늘 아침 기차에서 내리면서 점심 식사를 제대로 하지 못했다오. 그 망할 놈의 베아른 소스 때문에, 그래도 식탁에 다시 앉는 게 싫지는 않지만. 8시 오 분 전이라니! 아, 여자들이란! 아내가 우리 두 사람의 위장을 모두 해롭게 할 거요. 아내는 사람들이 생각하는 것보다 훨씬 건강하지 않다오."

 공작은 죽어 가는 사람에게 아내와 자기 몸의 불편함에 대해 얘기하면서도 전혀 거리낌이 없었다. 그것만이 그의 관심을 끌었고 다른 무엇보다 중요하게 생각되었기 때문이다. 그래서 우리를 집 밖으로 친절하게 내쫓고 나서야 공작은 그가 받은 예의 바른 교육과 즐거운 기분 덕분에, 이미 안마당에 나가 있는 스완을 향해 낭송하듯 우렁찬 목소리로 외쳤다.

"의사들의 그 저주받을 바보 같은 소리에 기죽지 마시오. 멍청한 자식들이오. 당신은 퐁뇌프* 다리만큼 오래 버틸 거요. 당신이 우리 모두를 묻어 줄 거요!"

3편「게르망트 쪽」끝
4편「소돔과 고모라」에서 계속

---

* 1607년에 지어진 이 다리는 '새로운 다리(Pont-Neuf)'라는 단어 뜻에도 불구하고 파리 센강에서 가장 오래되었다.

작품 해설

1 '벨 에포크' 시대의 사회 소설

1913년 「스완네 집 쪽으로」의 초간 당시 「잃어버린 시간을 찾아서」는 「게르망트 쪽」을 거쳐 「되찾은 시간」에 이르는 삼분법적인 구조로 예고되었으며,* 이러한 구성에서 「게르망트」는 「스완」과 더불어 「되찾은 시간」에 이르기 위한 필수적인 통과 의례라는 점에서 그 중요성이 강조되었다. 그러나 전쟁(1차 세계 대전)이나 병과 개인적인 비극(아고스티넬리의 죽

---

* 이하에서는 『잃어버린 시간을 찾아서』는 『잃어버린 시간을 찾아서』, 「스완네 집 쪽으로」는 「스완」, 「꽃핀 소녀들의 그늘에서」는 「소녀들」, 「게르망트 쪽」은 「게르망트」, 「소돔과 고모라」는 「소돔」, 「사라진 알베르틴」은 「알베르틴」으로 각각 약칭하고자 한다. 「게르망트」의 인용은 본문에서 역서의 권수와 쪽수만을 표기하고자 한다.

음)은 이렇게 세 편으로 계획된 작품을 일곱 편으로 확대하게
했고, 그리하여 「게르망트」는 "「스완」과 「소녀들」의 시적 아
름다움이나, 「소돔」의 풍속 연구, 「갇힌 여인」과 「알베르틴」
의 심리 분석, 「되찾은 시간」의 철학"*보다는 상대적으로 주
목을 덜 받았다고 서술된다.

　그러나 혼돈된 세계와 마주하여 그 모든 단편적이고 불연
속적인 조각들을 한데 통합하는 미학적인 매개물의 발견에
중요성을 부여하던 구조주의 움직임과 더불어, 프루스트가
첫 습작품인 『장 상퇴유』를 포기하고 단순한 인과 관계나 연
대기적 구성이 아닌, 비의지적 기억에 의해 체험한 단편적인
황홀의 순간들을 한데 모아 거대한 건축물로 완성할 수 있었
다면, 그것은 바로 이름, 다시 말해 고유 명사의 발견에 있다
고 바르트가 단언한 이래,** '게르망트'란 이름은 단순히 포부
르생제르맹의 귀족 사회를 대표하는 이름에서 작품 전체를
관통하는 열쇠가 된다. 왜냐하면 스완 부인이 포르슈빌 부인
으로, 스완의 딸인 질베르트가 생루 부인으로 각각 이름을 바
꾸면서 스완이란 이름은 소설 무대에서 퇴장해도, 게르망트
는 작품의 첫머리를 장식하는 마술 환등기의 주느비에브 드
브라방에서 마지막 「되찾은 시간」의 게르망트 대공 부인 댁에
서 열리는 가면무도회에 이르기까지 화자의 긴 여정을 동반
하는 마술적인 이름이기 때문이다.

---

* 「게르망트」, 플레이아드 II, 1988, 1491쪽.
** Barthes, "Proust et les noms", *Le degré zéro de l'écriture, suivi de Nouveaux essais critiques*, Seuil, Point, 1972, 124쪽.

게다가 바르트가 1978년 콜레주 드 프랑스에서 발표한 「오랜 시간, 나는 일찍 잠자리에 들어 왔다」*는 「게르망트」 연구에 커다란 전환점을 마련한다. 바르트에 따르면 프루스트는 더 이상 말라르메나 조이스 같은 언어의 파열을 체험한 모더니즘 작가가 아닌 백과사전적인 지식을 다루는 19세기의 위대한 작가로서 발자크나 바그너, 디킨스, 졸라와 같은 우주 생성론자의 반열에 합류한다고 표현된다.** 이와 같은 선언은 『잃어버린 시간을 찾아서』을 구성하는 여러 작품 중에서도 문학 이론이나 철학을 다루는 「되찾은 시간」을 무엇보다도 강조해 오던 현실에서, 세기말 사회를 재현한 「게르망트」로 연구 방향을 전환했다는 점에서 프루스트 연구에 새로운 빛을 부여한 것으로 평가된다. 바르트의 말처럼 리얼리즘에서 중요한 것이 세계의 모방이나 재현이 아닌 백과사전적인 지식의 무대화에 있으며, 그리하여 모든 종류의 지식을 담당하는 문학은 그 지식들을 혼합하고 극화하여 "지식은 글쓰기를 통해 더 이상 인식론적 담론이 아닌 극적 담론에 의해 끊임없이 지식 위에서 반사한다."***라고 설명된다면, 「게르망트」는 19세기 말에서 20세기 초반에 이르는 그 현란한 '벨 에포크(아름다운 시대)'의 현실을 총체적으로 구현한 작품으로 높이 평가된다. 그

---

* Barthes, "Longtemps je me suis couché de bonne heure", *Le bruissement de la langue*, Seuil, 1984, 322쪽.
** 바르트의 뒤를 이어 앙투안 콩파뇽은 프루스트를 19세기와 20세기 사이 작가로 규정한다(Compagnon, *Proust entre deux siècles*, Seuil, 1989).
*** 바르트, 「텍스트의 즐거움」, 김희영 옮김, 동문선, 1997, 125쪽.

리하여 그것은 어원학이나 문장학, 살롱 등 지금은 역사의 뒤안길로 사라진 귀족 문화에 대한 지난 세기의 유물들을 되찾게 해 줄 뿐만 아니라, 전기 자동차, 기차, 비행기, 사진의 발명으로 인한 진보의 개념과 인상파나 바그너, 오페라, 러시아 발레 등 예술에 대한 집중적인 조망으로 특징 지워지는 '벨 에포크' 시대의 미학적, 심리적, 사회적 감수성으로 우리 시선을 향하게 한다. 1889년 에펠탑 건설이나 1898년 드레퓌스 사건; 또는 1900년 만국 박람회 등 '벨 에포크' 시대가 언제 시작되었는지에 대해서는 학자들마다 의견이 다르지만, 그 종착역이 1차 세계 대전이 발발한 1914년이라는 데는 이론의 여지가 없는 이 시기는, 대체적으로 프루스트가 살았던 시기(1871~1922)와도 일치한다. 특히 1870년 보불 전쟁의 패배로 탄생한 제3공화국은 사회주의자들의 평등주의가 귀족들의 살롱을 종식시키는데 기여했지만, 다른 한편으로는 드레퓌스 사건(1894~1906)을 촉발하여 왕당파와 공화파, 반유대주의파와 유대인 지지파, 민족주의자와 지식인들 사이에 극심한 분열과 갈등을 초래했다. 이처럼 진보와 예술에 대한 강한 믿음과, 드레퓌스 사건과 전쟁은 이 작품의 의미 작용에 커다란 영향을 미치지 않을 수 없었으며, 따라서 오랫동안 화자의 몽상의 대상이었던 귀족 사회에 대한 꿈(이름의 시대)이 구체적인 현실과의 접촉에서 환멸로 드러나면서(말의 시대) 마침내는 글쓰기를 통한 자아의 발견과 세계의 인식에 이르게 되는(사물의 시대) 긴 노정이 곧 『잃어버린 시간을 찾아서』이라고 정의할 수 있을 것이다.

「게르망트」는 『잃어버린 시간을 찾아서』에서도 가장 긴 작품이다. 프루스트는 이 책에 대해 "아직은 적절한 책입니다."*라고 말하면서, 이 책이 청년기에서 성년기로, 감성에서 지성으로 넘어가는 '중간 단계'임을 밝히고 있다. 이 말은 「게르망트」가 배움의 과정에 필수적인 환상과 환멸, 꿈과 깨어남을 다룬다는 점에서 긍정적으로 평가되며, 또 「게르망트」 이후 전개될 담론이 통상적이고 규범적인 것과는 거리가 먼 거대한 정념과 질투와 광기의 소용돌이가 될 것임을 시사하고 있다. 그러나 프루스트의 말처럼 「게르망트」가 진정 순결한 청년기만을 투영할까? 작품 전체를 유령처럼 감돌고 있는 죽음의 이미지는 과연 무엇을 의미할까? 그것은 이미 「게르망트」부터 뭔가 삐거덕거리고 있으며 작품이 다른 것을 향해 나아가고 있음을 보여 주는 것은 아닐까? 물론 프루스트는 처음 화자의 사교계 진출과 성공을 한 권의 책으로 묶으려고 했으며 편집 과정에서 두 부로 쪼개졌다고는 하나, 할머니의 병과 죽음을 「게르망트 I」(1920)과 「게르망트 II」(1921)로 쪼개어 출판한 사실과, 지금의 「소돔과 고모라 I」에 해당하는 샤를뤼스와 쥐피앵의 만남이 프루스트 생전에 발간된 1921년 판본에는 「게르망트 II-소돔과 고모라 I」로 한데 묶여 출판되었으며, 그 이유가 동성애라는 지나치게 새로운 주제에 독자들을 미리 친숙하게 하려는 작가의 의도 때문이었다는 사실을 고

---

* *Correspondance*, t. XIX, 514쪽; 『게르망트』, 폴리오, 1988, 서문 VII에서 재인용.

려한다면, 전통적인 성장 소설의 도식을 통해 작품을 해석해 오던 시각에 문제를 제기한다. 게다가 「게르망트」 1부와 2부 대부분을 차지하는 빌파리지 부인 댁에서의 오후 모임과 게르 망트 댁에서의 만찬이 수많은 인물들과 에피소드를 나열하고 있음에도, 드레퓌스 사건과 동성애라는 커다란 두 축 주위에서 맴돌고 있다는 사실은, 이 작품이 지금까지 서구 문학의 전통적 인 의식 구조를 지배하던 흐름과는 다른 유형의 흐름을 향해 나 아가고 있음을 말해 준다. 「스완네 집 쪽으로」와 「게르망트 쪽」 이란 제목이 말해 주듯이, 『잃어버린 시간을 찾아서』이 필연적 으로 스완이 표현하는 부르주아 세계와 게르망트가 표현하는 귀족사회의 대립과 갈등을 다룰 수밖에 없다면, 그 핵심 인물인 스완이 유대인이며 샤를뤼스가 동성애자라는 사실은 작가의 글쓰기가 바로 이 두 주제 주위에 설정되어 있으며, 이런 맥락 에서 프루스트의 다음과 같은 발언에는 중요한 의미가 있다.

아무리 마네가 자신의 「올랭피아」를 고전이라고 주장해 봐 야, 그리고 그것을 쳐다보는 사람들에게 "바로 이것이 당신이 거장들에게서 찬미하는 것"이라고 말해 봐야 소용없는 짓이다. 관객은 거기서 웃음거리만을 보았으니까. 그러나 오늘 우리는 「올랭피아」 앞에서 그것을 둘러싸고 있는 더 오래된 걸작들이 주는 것과 동일한 즐거움을 느낀다. 보들레르를 읽으면서 라신 을 읽을 때와 같은 즐거움을 느끼듯이.*

---

* Proust, "Classicisme et romantisme," *Contre Sainte-Beuve*, Pléiade, 1971,

위 인용문은 프루스트에게서 고전의 진정한 의미는 인식론적인 단절로 작용하는 작품의 혁신적인 성격에 있으며, 이 새로움은 항상 마네의 「올랭피아」나 보들레르의 「악의 꽃」처럼 시간적인 거리감을 가진 후에야 인지된다는 것을 뜻한다. 이처럼 고전이 '작품의 초시간성'이 아닌, 자신의 시대와는 일치되지 않는, 그 불협화음이 후세에 가서야 인정되는 그런 작품을 가리킨다면, 과연 어떤 새로움이 프루스트로 하여금 고전 인용이나 은유적인 글쓰기 같은 우회적이고 간접적인 길을 택할 수밖에 없게 한 것일까? 마치 베르고트가 라신의 장세니스트적인 기독교의 얼굴 아래 변태적이고 히스테릭한 이교도적인 또 다른 얼굴을 간파하고, 이런 라신의 혼미를 "장세니스트적인 창백함(pâleur janséniste)"(3권 36쪽)이라고 표현했듯이, 「게르망트」의 세계도 어떻게 보면 '흐릿한, 얼룩진 순결성'으로 정의될 수 있지 않을까? 그리하여 「게르망트」는 한나 아렌트의 지적처럼 그동안 억압되고 배제되어온 세기말의 가장 어두운 부분인 유대인과 동성애라는 악의 발견을 가능하게 해 주었으며, 또 바르트의 말처럼 이 작품에서 절대적인 고통의 순수성을 극화한 '할머니의 죽음'이야말로 문학이란 바로 이런 감동적인 외침인 파토스의 공간이며, 작가의 개별적인 몸에서 우러난 감동만이 진실의 순간을, 작품의 생명력을 담보해 준다는 점에서, 「게르망트」는 문학 연구에 새로운 지평을 연 작품으로 높이 평가되어야 할 것이다. 따라서 우리는

617쪽.

게르망트라는 이름을 둘러싼 신화와 스노비즘의 관계, 작품을 유령처럼 감싸고 있는 할머니의 죽음, 그리고 드레퓌스 사건을 통한 악의 태동이라는 관점에서 이 작품의 의미를 추적해 보고자 한다.

2 신화의 소멸과 스노비즘

「게르망트」 1부에서 화자는 오랫동안 몽상의 대상이었던 게르망트 부인이 사는 파리 게르망트 저택의 별채로 이사한다. 아침마다 거리에서 부인을 엿보던 화자는 드디어 오페라좌에서 사랑에 빠지고, 이런 그녀에게 보다 가까이 다가가기 위해 그녀의 조카이자 친구인 생루를 찾아 군사 도시인 동시에르로 간다. 브뤼헬이 그린 북쪽 겨울 풍경마냥 아스라하게 펼쳐지는 동시에르에서 화자는 갖가지 군사 이론과 군인들의 행렬, 그들과의 우정 어린 대화에 매혹된다. 생루의 권유로 화자는 최근에 설치된 전화로 파리에 있는 할머니와 통화하며 목소리를 통해 할머니의 부재를 절감한다. 서둘러 파리에 돌아온 화자는 휴가 나온 생루와 함께 생루의 애인 라셸을 만나러 간다. 그런데 그녀는 뜻밖에도 질베르트와의 결별의 아픔을 잊기 위해 찾아갔던 사창가의 매춘부로, 지금은 극장에서 시시한 단역 배우로 일하고 있다. 화자는 빌파리지 부인의 오후 모임에 참석하고 게르망트 공작 부인을 비롯한 포부르생제르맹의 여러 귀족들을 만난다. 샤를뤼스와의 약속 때문에 먼저 나가려는 화자에게 빌파리지 부인은 의혹의 눈길을 던지고, 샤를뤼스와의 산책 중 화자는 그로부터 기이한 제안을 받는다. 집에 돌아온 화자는 할머니가 편찮으신 걸 알게 되고, 바깥 공기를 쐬라는 의사의 말에 따라 할머니를 모시고 샹젤리제로 나간다. 할머니가 쓰러진다.

2부에서 화자는 샹젤리제 근처에 있는 의사의 진료실로 할머니를 모시고 갔다가 할머니의 병이 가망 없음을 알게 된다. 처절한 죽음과의 사투가 시작된다. 요독증으로 환각 증세를 보이는 할머니의 단말마의 고통, 화자와 가족을 위로하기 위해 베르고트와 게르망트 공작이 찾아온다. 장례식이 끝나고 화자는 텅 빈 마음으로 새로운 삶을 맞이할 준비를 한다. 이런 그를 알베르틴이 뜻하지 않게 방문한다. 발베크에서는 키스도 거부하던 그녀가 이제는 그를 받아들일 준비가 되어 있다. 그러나 스테르마리아 부인과의 만남에 대한 기대로 한껏 부푼 그에게 알베르틴과의 만남은 별 감흥을 주지 못하며 스테르마리아 부인과의 만남도 수포로 돌아간다. 그를 위로하려는 듯 생루가 짙은 안개 속에 나타나 레스토랑에서 그의 귀족 친구들과 즐거운 시간을 마련한다. 드디어 화자는 그토록 열망하던 게르망트 부인이 베푸는 만찬에 참석한다. 만찬이 끝나 샤를뤼스 댁을 찾아간다. 게르망트 부인을 방문한 스완은 자신이 병으로 곧 죽을 거라고 말하지만, 이 충격적인 소식도 파티 참석에만 정신이 팔린 공작 부부에게는 한낱 소음으로만 들린다.

이와 같은 작품의 줄거리에서 1부는 이름에 대한 몽상, 오페라 장면, 동시에르에서의 체류, 빌파리지 부인의 오후 모임, 샤를뤼스와의 산책, 할머니의 병을 중심으로 구성되며, 2부는 할머니의 죽음, 알베르틴의 방문, 레스토랑에서 생루와 친구들과의 만남, 게르망트 댁의 만찬, 샤를뤼스 댁 방문, 공작 부인의 빨간 구두라는 여섯 장면을 중심으로 구성된다. 처음 보기에 1부와 2부 사이에는 별 연관이 없는 듯 보이지만, 각각의 장면은 일종의 물음과 응답의 체계를 구축하고 있다. 이를테면 1부의 이름에 대한 몽상과 오페라 장면은 이름의 소멸로 끝나는 2부의 빨간 구두 장면으로, 동시에르에서의 생루와 군인 친구들과의 만남은 레스토랑에서의 생루와 귀족친구들과의 만남으로, 빌파리지 부인의 오후 모임은 게르망트 댁의 만찬, 할머니 병은 할머니 죽음, 샤를뤼스와의 산책은 샤를뤼스 댁 방문으로 연결되면서 대칭을 이룬다. 이러한 구조에서 알베르틴의 방문은 작품의 통일성에서 벗어나는 듯 보이지만 다음 작품과의 유기적인 조화를 이루도록 집필 과정에서 추가되었다는 점을 고려한다면 그 중요성은 차후에 논의될 것이다.

우선 이름에 대한 화자의 몽상은 게르망트란 이름이 함유하는 봉건 시대에 대한 강한 매혹에서부터 출발한다.

그곳에는 성주 게르망트 공작과 공작 부인이 살았으며, 그들이 실제 인물이며 현존한다는 것도 알았지만, 내가 그들을 떠올릴 때면 때로는 우리 성당에 걸린 「에스더의 대관식」에 나오는 게르망트 백작 부인처럼 장식 융단 속 인물이라 상상하거나, 때로는 성수를 찍으려고 할 때나 자리에 앉을 때 양배추의 초록빛에서 푸른 자두 빛으로 변하는 채색 유리 속 질베르 르 모베처럼 미묘한 분위기로 둘러싸인 인물이라 그려 보거나, 또 때로는 마술 환등기가 내 방 커튼 위로 돌아다니게 하고 천장 위로 올라가게도 하는 게르망트가문 조상인 주느비에브 드 브라방의 이미지처럼 전혀 만질 수 없는 대상이라 상상했다. 말하자면 언제나 메로빙거 왕조 시대의 신비에 둘러싸여, '앙트(antes)'라는 음절에서 발산되는 오렌지 빛 석양에 잠긴 모습으로 그려 보았던 것이다.(1권 297쪽)

오랫동안 화자를 사로잡았던 이 게르망트라는 이름에서 '앙트(antes)'란 음절의 '앙'은 주느비에브 드 브라방과 오렌지(프랑어로는 오랑주) 빛에도 공통된 것으로, 때로는 사악한 골로의 농간에 의해 숲에 버려져 홀로 아이를 키우는 전설 속 인물 주느비에브 드 브라방의 노란 빛깔로, 때로는 장식 융단 속 에스더로, 때로는 채색 유리에 그려진 질베르 르 모베의 모습으로 투사된다. 이런 주느비에브 드 브라방이 구현하는 버림받은 여인과, 이스라엘을 구원한 영광스러운 여인인 에스더와, 질베르 르 모베로 표현되는 사악한 인간의 이미지는, 어쩌면 게르망트 공작 부인이 소설 속에서 보여 주게 될 여정을 미리 예고하는 것으로, 그녀는 뛰어난 기지와 지성으로 사교계에서 찬미받는 여인이면서도 남편의 바람기 때문에 계속 버림을 받으며, 이런 욕구 불만을 살롱에서의 재담이나 약혼자를 만나러 외출하려는 하인의 즐거움을 빼앗는 오락거리를 통해 해소하는 사악한 여인이다. 이처럼 화자에게 성경의 신화적 시대나 중세의 메로빙거 시대 또는 17세기로 거슬러 올라가게 하는 이름은 다른 무엇보다도 역사의 '육체적 흔적'에 다름 아니다.

이런저런 일상적인 표현이 농부의 입에서 나오면 그걸 말하는 당사자도 모르는 어떤 지역적 전통의 잔존물이나 역사적 사건의 흔적을 보여 주는 듯하여 우리를 기쁘게 하는 것처럼, 파티가 계속되는 동안 게르망트 공작이 내게 표하는 예절은 마치 몇 세기에 걸친 관습, 특히 17세기 관습의 유물인 양 보여 나를 매혹했다.(6권 175쪽)

우선 게르망트(Guermantes)라는 이름은 프랑스 센에마른에 위치하는 17세기에 세워진 게르망트 성과도 연관이 있는 듯 보인다. 루이 14세 때 세워진 이 성은 르네상스 양식의 대표적인 건축물로 프랑스 최고의 왕실 건축가였던 망사르(Mansart)와 조경 예술가인 르 노트르(Le Nôtre)의 작품이다. 물론 프루스트는 빌봉, 가르망트, 바그너의 「파르시팔」의 성배 찾기에 나오는 원로 기사인 구르네망츠에 이르기까지 다양한 모색과 집필 과정을 통해 이 이름에 이른 것처럼 보인다. 그러나 파름 대공 부인의 이름이 스탕달의 『파르마의 수도원』과 바이올렛이 반사하는 이탈리아의 실제 도시인 파르마에서 연유하듯, 이제 게르망트라는 이름은 프루스트가 부여하는 황금빛 석양 속에 사라진 중세의 이미지와, 게르망트의 끝소리 'ㅡ'로 상기되는 귀족의 이미지를 반사하면서 프랑스 귀족 사회를 상징한다. 그러나 이런 이름에 대한 매혹은 화자의 가족이 게르망트 저택의 별채로 이사 오면서 그만 사라지고 만다.

그렇지만 만약 우리가 이름에 상응하는 현실 속 인물에 다가가면 요정은 사라지기 마련인데, 이름이 인물을 반사하기 시작하면서 요정다운 것이 인물에 하나도 남지 않기 때문이다. 그러므로 우리가 현실의 인물로부터 멀어지면 요정은 다시 태어날 수 있다. 하지만 우리가 인물 곁에 있으면 요정은 완전히 소멸되고, 마치 멜뤼진이 사라지던 날 뤼지냥 가문이 소멸되었듯 요정과 더불어 이름도 사라진다.(5권 18쪽)

반은 인간이고 반은 뱀인 멜뤼진이 그녀를 바라보지 말라는 부탁에도 남편이 금기를 깨고 바라보는 순간 용이 되어 날아가 버렸듯이, 화자가 게르망트라는 실제 인간을 접하는 순간 이름이라는 '관념의 육체'는 그만 산산조각 나고 요정도 자취를 감추어 버린다. 이 문단에서 말하는 요정이란 이처럼 봉건 시대와 역사에 대한 강한 매혹, 귀족 사회의 미학적인 취향과 섬세함, 자유분방함과 실제 생활에 대한 경멸(직업, 노동, 돈……)을 의미하는 것으로, 이제 화자는 게르망트 공작이 잠옷 바람으로 면도하는 모습을 보면서, 또는 게르망트 부인이 가게에서 치즈를 고르는 모습을 보면서 그 일상적이고 산문적인 풍경에 놀라움을 금치 못한다.

사실 내 정신은 어려움에 부딪혀 어쩌할 바를 몰랐고, 예수 그리스도의 몸이 성체 안에 있다는 사실도, 이 센강 우안에 위치한 포부르생제르맹의 첫째가는 살롱이자 아침마다 가구 먼지를 떠는 소리가 들려오는 이곳에 비하면, 그리 오묘한 신비로 생각되지 않았다. 그러나 나와 포부르생제르맹을 가르는 경계선은 순전히 관념적인 것이기에 더욱 현실적으로 보였다. 나는 적도 저편에 펼쳐진 게르망트 댁의 신발 닦는 깔개, 어느 날 그 집 문이 열렸을 때 나처럼 깔개를 본 어머니가 형편없이 낡았다고 감히 말했던 그 깔개가 이미 포부르생제르맹의 일부를 이루고 있음을 깨달았다.(5권 50~51쪽)

게르망트 저택이 위치하는 포부르생제르맹(Faubourg Saint-Germain)은 돈이 지배하는 세계에서 유일하게 남아 있던 귀족 사회의 마지막 흔적이다. 1870년 제3공화국의 사회당 정부 수립과 더불어 더 이상 공식적인 지위를 갖지 못한 귀족들은 그럼에도 1차 세계 대전까지는 여전히 존재했으며, 그들의 살롱 또한 온갖 지성과 예술의 구심점으로 기능했다. 그러나 앞의 인용문에 나오는 "센강 우안"이라는 표현은 전통적인 포부르생제르맹의 지형도와는 모순되는 것으로(파리 좌안의 포부르생제르맹에는 옛 귀족이, 엘리제 궁전이 있는 파리 우안의 포부르생토노레에는 벼락부자가 살던 발자크 소설과는 달리) 아마도 프루스트 소설에서 포부르생제르맹은 귀족 정신이 존재하는 곳이라면 어디든지 가리키는, 보다 확대된 의미로 사용된 듯하다. 이렇게 이름에 대한 몽상 속에서 '적도' 너머 다른 세계에 위치한다고 믿었던 포부르생제르맹이란 요정이 형편없이 낡아 빠진 '신발 닦는 깔개'로 추락하는 순간, 그들이 가졌다고 믿었던 예술적 취향마저 허상임이 밝혀진다. 이런 맥락에서 오페라 장면은 계시적이다.

화자는 아버지 지인인 A. J. 모로 씨가 준 표 덕분에 오페라 좌에 간다. 그런데 이 모로는 신화나 성서를 모티프로 한 환상적이고 신비로운 인물들을 많이 그린 상징주의 화가 귀스타브 모로를 암시하는 것으로, 화자가 오페라좌에서 목격하는 것은 온통 푸른빛 조명에 감싸인 '신화 속의 왕국'이다.

> 그 순간 미소를 띤 그 특별한 시선과 그토록 단순한 말들이 가능한 행복과 어렴풋한 매혹의 더듬이로 내 마음을 번갈아 어루만졌다.(어떤 추상적인 몽상이 할 수 있는 것 이상으로.) 그는 적어도 개찰원에게 그 말을 하면서 내 일상적인 삶의 평범한 저녁에 새로운 세계를 향한 어떤 가능성의 길을 끌어들였다. 아래층 특별석을 의미하는 '욕조'라는 단어를 방금 발음한 그에게 누군가가 가리키는 복도, 그래서 그가 접어든 복도는 축축하고 금이 간 바다 동굴과 물의 요정들이 사는 신화 속 왕국으로 연결되는 것 같았다.(5권 63쪽)

게르망트 대공 부인이 앉아 있는 아래층 특별석을 의미하는 프랑스어 '욕조(baignoire)'라는 단어가 물의 이미지와 연결되면서 온갖 바다 요정들을 불러들이고, 신들의 축제인 올림푸스 산을 그린 천장 벽화가 공작 부인과 대공 부인을 신들의 반열에 오르게 하고, 무대에서는 라 베르마가 연기하는 페드르가 "반은 이교도적이고 반은 장세니스트적인 고뇌의 실로 짜여"진(5권 80쪽) 몸짓으로 우리를 청동기 시대의 미케네 문명으로 옮겨 가지만, 거기에는 동시에 "축축하고 금이 간" 오페라좌의 복도와 개찰원이 존재하고 있다. 사실 「게르망트」와 「소돔」에는 여러 예술 장르 중에서도 연극적 요소가 가장 많은 자리를 차지한다. 작품의 본격적인 시작이라 할 수 있는 오페라좌 연극 장면이나, 작품 맨 마지막에서 파티 의상을 입고 분장한 모습으로 외출하는 공작 부부의 모습은 이 작품이 연극적인 기호 아래 위치하며, 이런 맥락에서 스완의 죽음도 어떻게 보면 게르망트 살롱에서 더 이상 배역을 맡지 못한 배우가 쓸쓸히 퇴장하는 모습에 지나지 않는지도 모른다. 빌파리지 부인의 살롱도 다른 무엇보다 부인이 꽃을 그리는 모습이 잘 보이도록 꾸며진 무대이다. 그런데 연극이란 다른 무엇보다도 위 문단이 말해 주듯, "내 일상적인 삶의 평범한 저녁에 새로운 세계를 향한 어떤 가능성의 길"을 열어 주는 그런 변화나 변신의 공간이다.

이처럼 연극이 우리를 일상에서 벗어나게 하고 다른 존재로의 탈바꿈을 통해 상상력을 위한 도약대를 마련한다면, 포부르생제르맹의 살롱에서는 이런 연극도 자신의 살롱에 손님을 모으기 위한 도구로만 활용된다. 빌파리지 부인은 그녀가 경멸하는 유대인 연출가 블로크를, 단지 다음번 자기 집 오후 모임에 출연할 배우들을 그가 공짜로 제공해 줄 거라는 기대 때문에 초대한다. 또 게르망트 공작 부인은 라셀을 초대해 달라는 생루의 부탁에 뭔가 난해한 상징적인 작품을 자신의 살롱에서 보여 줌으로써 그녀의 예술적 안목이 다른 사람들보다 뛰어나다는 점을 확인시키려 한다. 그러나 그녀의 다음과 같은 말은 이런 그녀의 예술적 안목이 얼마나 관습적이며 자기중심적인가를 단적으로 보여 준다.

게다가 난 그 낭독을 들어 볼 필요도 없었어요. 백합꽃을 들고 온 것을 본 것만으로도 충분했으니까요. 난 백합꽃을 보고 금방 그녀에게 재능이 없다는 걸 알아차렸죠. (5권 378쪽)

라셸이 공연하도록 초대받은 「일곱 공주」(1891)는 벨기에 작가인 메테를랭크의 초기작으로 병든 왕과 병든 왕비, 병든 일곱 공주라는 구도 아래 왕자가 찾는 공주가 너무 오래 기다린 탓에 무대에 드러누워 죽는다는 상징주의적 색채가 짙게 풍기는 작품이다. 그러나 게르망트 공작 부인은 가시적 세계와 비가시적 세계의 분리를 거부하는 작가의 의도와는 정반대로, 라셸이 들고 온 백합꽃에서(프랑스 왕가를 상징하는) 단지 자신이 왕족임을 알고 이런 자신에게 아첨하려고 들고 왔다는 아전인수 격 해석만을 하며, 자신이 이해하지 못하는 것은 모두 "대단한 스노비즘이로군요."(5권 375쪽)라고 말하는 아르장쿠르 백작처럼 데카당하고 전위적이며 맹목적으로 유행을 추종하는 속물적인 행동으로 폄훼한다.

게르망트 공작의 미학적 취향 역시 지극히 관습적이며 부르주아적이다. 그는 엘스티르의 그림에 대해 "앵그르의 「샘」

이나 폴 들라로슈의 「에두아르의 아이들」을 볼 때처럼 그렇게 머리를 쥐어짤 필요는 없네. 우리가 그의 그림에서 음미하는 건 정교하게 관찰되었고, 재미있게 파리가 그려졌다는 사실뿐, 나머지는 그냥 무시하지."(6권 317~318쪽)라고 말한다. 이미 고전으로 인정된 앵그르의 그림과 별 가치 없는 역사 화가인 들라로슈의 그림을 구별하지 못하는 안목의 부재나, 근대 서양회화를 지배하는 유사성에 근거한 재현 논리만을 중요시하여 다른 것은 모두 부차적이라는 견해, 예술의 목적이 다른 무엇보다는 우리를 기분 좋게 해 주는 데 있으므로 우리에게 친숙한 것만을 그려야 한다는 인식, 더욱이 20프랑이면 진짜 아스파라거스를 사는 데 충분한데 '단순한 채색 스케치'에 지나지 않은 엘스티르의 「아스파라거스 한 다발」을 사기 위해 300프랑이나 되는 돈을 지불하는 것은 터무니없는 짓이라는 따위의 발언은 예술의 의미가 무엇인지도 모르는 무교양의 극치로서, 르네상스 시대에 뛰어난 안목과 예술가에 대한 존중으로 예술 발전과 문화 부흥에 많은 기여를 했던 귀족들의 이미지와는 거리가 먼, 오히려 예술 작품의 교환 가치만을 따지는 지극히 부르주아적인 세계관을 반영한다. 이렇게 해서 공작은 귀족들에게 유일하게 남아 있던 특권인 부르주아를 경멸하는 특권마저도 파기해 버린다.

이런 예술의 죽음은 우정의 죽음으로 이어진다. 화자는 매일같이 게르망트 부인을 엿보는 데 지쳐 생루에게 그녀를 소개시켜 달라는 부탁을 하려고 동시에르에 간다.

발베크 해변에서 가까운 그곳은 광막한 들판에 둘러싸인 작고 귀족적인 군사 도시로, 화창한 날씨에는 멀리서 끊어지듯 이어지는 음향 안개가 떠돌면서(……) 훈련 중인 부대의 이동을 드러내고, 길과 거리와 광장의 대기조차 끊임없는 군대 음악의 진동으로 물들며(……) 나팔 소리의 아련한 호출로 이어진다.(5권 112~113쪽)

이 '작은 귀족적인 군사 도시'는 프루스트가 1889년에서 1890년까지 오를레앙에서 자원병으로 근무했던 자전적 체험과도 관계되지만, 보다 일반적으로는 나폴레옹 때 베르사유 근처에 세워진 생시르(Saint-Cyr) 육관사관학교를 환기한다. 발베크 해변에서 소녀들이 거니는 여름 풍경과는 대조적으로 남성적인 활기와 우정이 넘쳐나는 이 동시에르의 겨울 풍경은 화자의 마비된 감수성을 깨어나게 하여 온갖 청각적이고 시각적인 울림에 반응하게 한다. "병사들의 얼굴은 갑자기 가을에서 초겨울로 껑충 뛰면서 북쪽으로 더 많이 기울어진 듯한 도시에서, 마치 브뤼헐이 그의 쾌활하고 먹고 마시기 좋아하는 동상 걸린 농부들에게 부여하는 그런 새빨간 얼굴을" 떠올리면서, 화자는 밤마다 생루와 그의 군인 친구들과 더불어 포도주 한 잔을 놓고 우정을 나눈다. 나폴레옹 시대의 전술과 카르타고의 한니발 전술을 논하면서 합일의 기쁨을 맛보는 이 매혹의 시간은 화자에게 주변 사물이나 존재와도 공감의 폭을 넓혀 준다. 특히 생루의 현란한 군사 지식과 유연한 몸, 뛰어난 지성, 특히 매일 밤 낯선 방에서 홀로 보내야 하는 두려움을 잊게 하는 그의 따뜻한 마음씨는 화자로 하여금 우정의 참된 의미에 눈뜨게 한다. 그러나 할머니를 보러 파리로 돌아가겠다고 갑자기 결심한 화자가 인사를 하지 못한 채 떠날까 봐 마음 졸이다 거리에서 우연히 만나 인사하자, 생루는 마치 모르는 병사에게 하듯 지극히 차갑고 기계적인 몸짓만을 한다.

마침 마차가 내 옆을 스쳐 갔으므로 옆으로 비켜섰다. 한 준사관이 외알 안경을 끼고 마차를 몰고 있었다. 생루였다. 그 옆에는 그를 점심에 초대한 친구가 있었는데, 로베르가 저녁 식사를 하는 호텔에서 본 적이 있는 친구였다. 다른 사람과 같이 있었으므로 로베르를 부르진 못했지만, 나는 로베르가 마차를 세워 태워 주기를 바라면서 마치 낯선 이에게 하듯 크게 인사를 하며 그의 주목을 끌려고 했다. 로베르가 근시인 건 알았지만, 나를 보기만 하면 틀림없이 알아볼 거라고 생각했다. 그런데 그는 분명 내가 인사하는 걸 보았을 텐데 답례를 하면서도 마차는 멈추지 않았다. 그리고 전속력으로 마차를 몰면서 미소도 짓지 않고 얼굴 근육도 전혀 움직이지 않은 채, 마치 자신이 알지 못하는 병사에게 답한다는 듯, 군모 가장자리에 잠시 손을 올릴 뿐이었다. (5권 222~223쪽)

이 수수께끼 같은 생루의 인사는 그의 동성애적 취향을 알리는 효시이기도 하지만, 그보다는 우정에 대한 근본적인 물음을 제기하는 계기가 된다. 사실 화자가 동시에르에 간 것

도 군대에 있는 생루를 보기 위한 순수한 마음에서 우러났다
기보다는 게르망트 부인 댁에 초대받으려고 친구를 이용하는
타산적인 마음에서 비롯되었으며, 또 생루가 화자에게 파리
에 있는 할머니에게 전화를 걸도록 유도하여 파리로 떠나도
록 결심하게 만든 것도, 어쩌면 화자의 너무 긴 체류에 짜증이
나서 화자로부터 해방되기 위해 의도적으로 꾸민 행위인지도
모른다. 그런데 우정이란 철학과 마찬가지로 다른 무엇보다
감각과 관념을 공유하는 지성의 작업이며, 이런 지적인 교류
에는 자주 이기적이고 타산적인 이해관계가 작용하기 마련이
라는 들뢰즈의 말이 사실이라면, 우정은 사랑과는 달리 결코
진정한 사유의 깊이에는 이르지 못하고 지극히 "추상적인 규
약적인 진리"만을 제공할 뿐이다.*

이처럼 이름과 예술과 우정의 죽음으로 나타나는 일련의
환멸 과정은 지마가 말하는 스노비즘(snobisme)에 의해 부분
적으로 설명될 수 있다.** 제3공화국의 수립과 더불어 귀족들
은 정치적, 경제적 권력을 모두 상실했으나 부르주아들은 이
런 귀족들의 역사적 패배를 부인하고(빌파리지 부인의 살롱의
단골인 사학자가 연구하는 프롱드 난은 귀족들의 저항이 실패로 끝
난 첫 번째 역사적 사건을 환기한다.) 그들의 사회적 명성이나 미
학적 취향을 모방, 답습하려고 한다. 지마는 이처럼 존재하지
않는 계급에 대한 욕망을 '신화에의 욕망'이라고 규정하고, 실

---

* 들뢰즈, 『프루스트와 기호들』, 서동욱·이충민 옮김, 민음사, 1997, 58~59쪽.
** P. Zima, *Le désir du mythe*, Nizet, 1973; C. Bidou-Zachariasen, *Proust sociologue*, Descartes & Cie, 1997, 187~194쪽 참조.

체가 없는 계급의 영속성을 열망하는 부르주아들의 모방 욕
망을 스노비즘이라고 명명한다. 이 작품에 자주 등장하는 속
물 또는 스노브(snob)는 이처럼 신화적인 존재로서의 포부르
생제르맹에 편입되기를 열망하던 일련의 부르주아들을 가리
키는 것으로 르그랑댕이나 스완, 블로크, 어쩌면 화자까지도
모두 이에 해당한다고 볼 수 있다. 스노브(snob)의 어원인 sine
nobilitate가 케임브리지 대학에서 워털루 전쟁 후 들어온 부
르주아의 자식을 가리키기 위해 귀족들이 부르던 호칭이라
면, 이 작품은 "유복한 부르주아에 속하는 지극히 지적인 젊은
이가 가장 귀족적인 사회를 드나들기를 꿈꾸다 책의 마지막
에 드디어 거기 이르게 되는 이야기"*라고 표현될 정도로, 오
랫동안 프루스트-스노브라는 왜곡된 이미지를 형성하는 데
일조했다. 스노비즘은 19세기 말 독점 자본주의 아래서 특히
중요해진 유한계급의 금리 생활자들과 그들의 수동적인 삶을
반영하는 것으로, 이런 실체가 없는 계급에 대한 욕망은 필연
적으로 환멸과 허무의 인식으로 이어질 수밖에 없으며, 따라
서 할머니의 죽음은 이런 신화의 소멸을 형상화한 것으로 해
석된다. 「게르망트」의 1부를 마감하고 2부를 시작하며, 또 스
완으로 2부를 마감하는 '죽음'은 그러므로 이 작품의 핵심적
인 요소이다.

---

* 이 표현은 미셸 레몽의 것으로 『게르망트』, GF플라마리옹, 1987, 서문 29쪽
에서 재인용.

3 할머니의 죽음

「게르망트」에서 프루스트는 죽음의 문제를 다룬다. 늙음과 병으로 인한 인간의 심리적이고 육체적인 변화, 그리고 살아남은 자의 고통과 이기심을 얘기하는 할머니의 죽음은 동시에르 전화국에서 할머니의 목소리를 들으며 느끼는 부재의 감정을 다룬 '전화국의 아가씨들'과 샹젤리제에서 할머니가 쓰러지는 장면, 그리고 할머니 죽음과 장례식, 이 세 단계를 통해 지극히 구체적이고 사실주의적인 필치로 묘사된다. 프루스트는 「게르망트」에 대해 이 작품이 도스토옙스키의 소설처럼 내적인 통일성에 의해 한 번에 총체적으로 구성되어 있으며, 앞의 두 편보다 작품 전체에서 분리될 수 있는 시적 단편들은 덜 포함하지만 '전화국의 아가씨들'과 '할머니의 죽음'만은 예외라고 말한다.* 우선 '전화국의 아가씨들' 장면을 살펴보면 지극히 단조롭고 산문적인 시작이("어느 날 아침 생루는 내 소식을 알려 주려고 할머니에게 편지를 써 보냈는데, 그 편지에서 동시에르와 파리 사이에 전화가 개통되었으니 할머니께 나와 통화를 해 보라는 제안을 했다고 털어놓았다.")(5권 213쪽) 눈에 보이지 않는 이의 시간과 공간으로 이어지면서 환상적인 울림을 자아낸다.

나는 전화로 인한 갑작스러운 변화 속에 아주 짧은 순간이

---

* 『게르망트』, 폴리오, 1988, 서문 VIII에서 재인용.

나마 눈에는 보이지 않지만 현존하는 이가 우리 옆에 나타나는 그 경이로운 마술이 충분히 빨리 실현되지 않는다고 생각했다. 우리가 말하고 싶어 하는 존재가 자신이 사는 도시의 식탁에서,(내 할머니 경우는 파리였지만) 다른 하늘 아래서 반드시 똑같지 않은 날씨에 우리가 모르는 상황이나 근심 속에 있다가, 우리의 변덕스러운 기분이 명하는 순간 수천 리를 뛰어넘어(그 존재와 그 존재를 담고 있는 모든 환경과 더불어) 우리 귓가에 느닷없이 옮겨지는 그런 마술이. 그때의 우리는 마치 인물이 표현하는 소망에 따라 마법사가 초자연적인 빛 속에 책을 뒤적이거나 눈물을 흘리거나 꽃을 꺾는 할머니나 약혼녀의 모습을, 바라보는 이의 눈 아주 가까이, 하지만 마법사가 실제로 있는 아주 먼 곳에 나타나게 하는 그런 동화 속 인물과도 같다.(5권 214쪽)

이렇게 해서 상이한 공간과 상이한 날씨 속에 살고 있는 두 존재가 전화라는 전이의 매개체를 통해 하나가 된다. 그러나 이 만남은 화자에게 합일의 감정보다는 사랑하는 이의 자명한 진실, 어쩌면 영원히 어둠 속으로 사라질지도 모른다는 두려움을 더 많이 투사하는지도 모른다. 왜냐하면 사랑하는 이가 있는 파리의 식탁과, 전화박스가 있는 동시에르의 어두운 방이라는 공간의 이중화가, 책을 읽는 할머니와 꽃을 꺾는 젊은 시절의 '약혼녀'였던 할머니의 모습이라는 시간의 이중화로 겹쳐지면서, 사랑하는 이를 마치 카메라의 줌마냥 가까이, 하지만 마법사가 실제로 존재하는 '아주 먼 곳에' 나타나게 하여,' 존재하지 않는 초자연적 세계의 '동화 속 인물'이나 추억 속 인간으로 기재하기 때문이다. 이처럼 전화는 현존과 부재, 삶과 죽음이 마주하는 공간으로, 그 경계에 위치한 전화국 아가씨들은 부재하는 이를 기적적으로 불러오는 '전능한 여신들'이다.

부재하는 이를 갑자기 우리 옆에 솟아오르게 하면서 그들 모습은 보여 주지 않는 '전능한 여신들', 끊임없이 음향의 항아리를 비웠다 채우고 또 옮기는 그 눈에 보이지 않는 세계의 '다나이데스,' 어느 누구도 우리 말을 엿듣고 싶어 하지 않으면서도 우리가 한 여자 친구에게 속내이야기를 속삭이는 순간 잔인하게도 "난 듣고 있어."라고 외쳐 대는 냉소적인 '복수의 여신들,' 늘 화가 나 있는 '신비'의 시녀들, '눈에 보이지 않는 세계'의 까다로운 무녀들, 전화국의 '아가씨들'을!(5권 214~215쪽)

그러나 끝없이 음향의 항아리를 채우다가 비우는 전화국 아가씨들의 몸짓이 이처럼 지옥에서 바닥없는 항아리에 영원히 물을 채워야 하는 형벌에 처해진 다나이데스에 비유되어 우리를 아득히 먼 태곳적 시간으로 인도한다면, "냉소적인 복수의 여신들"이란 어쩌면 어머니 없이 홀로 밤을 지새우는 어린 화자를 보면서 비웃던 콩브레 시절의 그 프랑수아즈를 가리키는 것은 아닐까? 그리하여 전화국의 아가씨들은 더 이상 삶과 죽음의 교차로에서 우리를 지켜 주는 수호천사가 아닌, 콩브레의 프랑수아즈마냥 우리 말을 엿듣거나 비웃으며 온갖

저주와 악담을 퍼붓는 "복수의 여신들," "까다로운 무녀들"이
된다.

　나는 "할머니, 할머니!" 하고 외쳤으며 할머니에게 키스하
고 싶었다. 하지만 내 옆에는 할머니가 돌아가셨을 때 어쩌면
나를 방문하러 다시 올지도 모르는, 그 손으로 만질 수 없는 유
령 같은 존재인 목소리밖에 없었다. "말씀하세요!"라고 부르짖
었지만, 할머니의 목소리는 나를 더욱 혼자 내버려 두더니 갑자
기 들리지 않았다. 이제 할머니는 내 목소리를 듣지 못했고 나
와 소통하지도 않았으며, 우리가 서로를 보며 목소리를 듣는 것
도 아니어서, 나는 어둠 속을 더듬거리며 할머니를 계속 불러
댔고, 할머니가 나를 부르는 소리 역시 길을 잃고 헤매는 것 같
았다. 아주 먼 유년 시절 (……) 우리가 지금까지 말하지 못했던
것이나 우리가 불행하지 않다는 확신을 그토록 전하고 싶은 이
에게, 내가 그 말을 하는 날 느낄지도 모르는 고뇌와도 흡사했
다. 내가 조금 전 망령들 사이로 헤매게 내버려 둔 것이 이미 사
랑하는 이의 망령이었다는 생각이 들었으며, 그리하여 나는 홀
로 전화기 앞에서 "할머니, 할머니." 하고, 마치 홀로 남은 오르
페우스가 죽은 아내의 이름을 되풀이하듯 계속 불러 봤지만 헛
된 일이었다.(5권 218~219쪽)

　이처럼 화자는 할머니를 절규하지만 돌아오는 것은 유령
같은 존재인 '할머니'라는 메아리뿐, 전화 속 목소리는 마치
화면이나 음향이 점차 희미해져 가듯 어둠 속에 사라져 간

다. 그런데 "사랑하는 이가 온갖 접촉에서 물러난 것처럼 보이는 고통스러운 시련"인 이런 목소리의 '페이드 아웃'은 스완이 오데트를 찾아 온 파리를 헤매던 날 이미 느꼈던 버려짐의 고뇌에 다름 아니다. "목소리의 속성은 죽는다는 것이기에 (……) 그러므로 나는 사랑하는 이의 목소리를 내 귀와는 무관한 저기 내 머릿속에서 기억된, 회상된, 죽어 있는 상태로밖에는 알지 못한다."*라는 바르트의 말대로 전화기 저편에는, 발베크 호텔의 칸막이 벽 뒤에서처럼 내게 응답해 줄 사람은 아무도 없다. 이렇게 영원히 혼자가 된 나는 스스로 오르페우스가 되어 어둠을 헤치고 빛을 향해 올라가야 하며, 마치 오르페우스가 죽은 후에도 그의 머리는 여전히 아내 '에우리디케'의 이름을 불렀다는 전설마냥, 홀로 망자들의 영혼을 달래 줄 진혼곡을 불러야 한다. 그러나 이런 목소리의 사라짐으로 인한 죽음의 전조나 버려짐의 감정도 아직은 일회성에 지나지 않는다는 듯, 이 문단의 끝은 희극적인 어조로 마무리된다.

그러나 그 변덕스러운 '문지기 아가씨들'은 경이로운 문을 열어 주려 하지 않았고, 또 어쩌면 그렇게 할 능력이 없었는지도 몰랐다. 그들은 관습에 따라 우리의 존경하는 인쇄술 발명가와 인상파 그림의 애호가이자 자동차 운전사인 젊은 대공(보로

---

* 롤랑 바르트, 김희영 옮김 『사랑의 단상』(동문선, 2004), 165쪽. 바르트의 '페이딩(페이드 아웃)'이란 단상은 프루스트의 이 부분을 다시 쓰기 한 듯한 느낌을 줄 정도로 프루스트의 영향이 크게 느껴진다.

디노 중대장의 조카인)의 이름을 계속 헛되이 불러 댔지만, 이 구텐베르크와 바그람은 그들의 애원에도 대답하지 않았고, 그래서 나는 그들을 부르는 '그 눈에 보이지 않는 자'가 듣지 못한 채로 그냥 거기 있으리라고 생각하며 그곳을 떠났다.(5권 219~220쪽)

신비로운 세계를 감시하는 수호천사들이 이처럼 '문지기 아가씨'로 추락하면서, 또 전화국이 위치한 파리의 거리 이름이(인쇄술 발명가인 구텐베르크와 나폴레옹 시대의 장군이었던 바그람의 이름을 딴) 환기되면서, 조금 전 목소리의 '페이드 아웃'이 야기하던 그 비극적이고 신화적인 아름다움은 모두 사라져 버린다. 그런데 왜 화자는 하필이면 구텐베르크란 거리 이름을 상기한 것일까? 어쩌면 르플라트르의 말처럼 글쓰기에 의한 구원의 가능성을 암시하는 것은 아닐까? 구텐베르크와 바그람은 물론 전화국이 위치한 파리 시내의 거리 이름이긴 하지만, '인쇄술 발명가와 인상파 그림의 애호가'란 표현이 말해 주듯, 이제 그것은 화자가 오르페우스가 되어 망자의 세계라는 그 경이로운 문을 열 것이며, 그리하여 그 흔적이 인쇄된 종이처럼 혹은 인상파 그림처럼 남게 될지도 모른다는 희망을, 기대를 말해 주는 것은 아닐까? 어쩌면 "글쓰기는 비록 그것이 진정한 삶이라 할지라도, 어쩌면 우리 가슴을 찢어 놓는 비가를 반복할 수밖에 없다는 그런 실패의 감정은 아닐까? 어쩌면 그것은 어둠 속에서 절망적으로 더듬거리며 어느 곳으로도 이르지 못하는 길 위에서 격렬하게 내던져지는 목소리는 아닐까?"*

이제 죽음의 전조는 샹젤리제에서 할머니의 쓰러짐으로 구체화된다. 그러나 샹젤리제 화장실에서 할머니가 쓰러지는 일화는 조금은 당혹스러운 것이다. 왜냐하면 화자는 바로 그곳에서 질베르트와 더불어 쾌락을 맛보았으며, 또 "뺨에 덕지덕지 분을 칠하고 붉은 가발을 쓴 나이 든 관리인 여자가"(3권 122쪽) 화자에게 찬바람을 쐬지 말라고 권하면서 어린 소년에게 관심이 있는지 "남자들이 스핑크스처럼 웅크리고 있는 네모난 석실 지하 문을"(3권 123쪽) 열어 주겠다고 제안했던 곳이기 때문이다. 쾌락에 대한 화자의 무의식적인 죄의식의 표현일까? 어쨌든 이런 지하 세계로의 하강을 감시하는 샹젤리제 여인의 언급 후, 화자는 할머니의 마비된 모습을 목격하고, 아버지의 친구인 의사에게 할머니 병이 가망 없다는 말을 들으면서 귀가한다. 벽에 드리운 석양빛이 폼페이의 장엄한 비극을 재현한다.

해가 기울었다. 우리가 사는 거리에 도착하기 전 마차가 쫓아가야 하는 그 끝없는 벽을 불태우던 석양빛은 말과 마차의 그림자를 벽에 투사하면서 마치 폼페이의 구운 점토에 그려진 영구차마냥 붉은 바탕에 검은빛으로 뚜렷이 드러나게 했다.(6권 17쪽)

---

* O. Leplatre, "L'aura de la voix", *Poétique*, No. 136, 2003.(http://www.cairn.info/article.php?ID_ARTICLE=POETI_136_0405, p.10)

삶의 종말과 낭만주의적 멜랑콜리를 표상하는 석양빛의 마지막 불꽃과 병자를 운반하는 마차의 이미지가 할머니의 쾌유를 바라는 화자의 갈망을 끝없는 벽의 이미지와 폼페이의 붉은색 점토에 그려진 검은 영구차로 축조된다. 이처럼 할머니의 마비가 기원전 1세기 베수비오 화산의 붉은 불길과 화산재의 검은 잔해로 표상되면서 그 비극적이고 운명적인 양상이 강조된다면, 이는 마치 죽음이 유리피데스나 소포클레스와 같은 고대 그리스 비극 작가들이 즐겨 다루던 소재이며, 따라서 죽음이란 바로 이런 고대 비극 작가들로부터 탄생했다는, 죽음의 연극적이고 비극적인 기원을 환기하는지도 모른다. 더욱이 이 붉은색과 검은색이 책 맨 마지막을 장식하는, 공작 부인의 빨간 드레스와 검정 구두를 통해 되풀이될 때, 그것은 할머니 죽음과 게르망트라는 신화의 소멸 사이의 연관성을, 더 나아가 돌이킬 수 없는 죽음의 실체에 대한 화자의 고통스러운 탐색을 깨닫게 해 준다.

사실 할머니의 죽음은 프루스트 개인이 체험한 어머니의 죽음(1905)을 근거로 한다. 프루스트의 어머니는 1905년 요독증으로 사망했으며, 신장에 이상이 생겨 노폐물이 몸 안에 쌓이는 이 병은 현기증이나 구토, 기억력 저하, 경련 등 다양한 증상이 나타나는 것으로 알려져 있다. 이런 할머니의 죽음은 베르고트(「갇힌 여인」)와 알베르틴의 죽음(「사라진 알베르틴」)으로 이어지면서 그 인식론적인 깊이를 더해 가지만, 「게르망트」에서처럼 그토록 구체적이고 처절한 묘사는 어느 곳에서도 찾아볼 수 없다. 이제 임종 시의 고통(agonie)은 사랑하는 이를 짐승과도 같은 본능적인 존재로 환원하면서 어떤 저항이나 부인의 몸짓도 불가능하게 만든다.

우리는 방으로 들어갔다. 침대 위에는 동그랗게 몸을 반쯤 구부린, 할머니가 아닌 어떤 다른 존재가, 짐승과도 같은 존재가 머리털로 뒤덮인 채 침대 시트 속에 드러누워 헐떡거리고 신음하면서 경련으로 담요를 뒤흔들고 있었다. 눈꺼풀은 감겼고, 아니 열렸다기보다는 꼭 닫히지 않은 흐릿한 눈곱 낀 눈동자 한 구석이, 단지 시각 기관에 지나지 않는 눈의 어둠과 내적 고통을 투영하듯 살짝 보였다. 이 모든 동요는 할머니가 보지도, 알아보지도 못하는 우리를 향한 것이 아니었다. 하지만 저기서 몸부림치는 것이 짐승에 불과하다면, 도대체 할머니는 어디로 갔을까? 그렇지만 우리는 이제 얼굴 나머지 부분과 균형을 이루진 못하지만 코끝에 난 점이 그대로 붙어 있는 할머니 코의 형체를 알아보았고, 예전에는 담요가 불편하다는 의미였지만, 지금은 아무 의미도 없는 몸짓으로 담요를 걷어 내는 할머니 손도 알아보았다.(6권 45~46쪽)

이처럼 죽어 가는 사람은 할머니가 아니며, 더욱이 인간도 아닌 그저 "짐승과도 같은 존재"에 불과하다. 듣지도 보지도 못하는 할머니의 육체는 자신의 몸짓을 스스로 통제하지 못하고 그저 본능이 시키는 대로 담요를 걷어차고 신음 소리를 내는 꼭두각시일 뿐이다. 눈은 있지만 흐릿한 눈동자가 시각을 상실하고, 목소리는 있지만 뜻 모를 신음 소리만을 내며,

코는 있지만 얼굴 다른 부분과 균형을 이루지 못하고, 손은 있지만 아무것도 의미하지 않는 몸짓만을 하는 할머니의 육체는 더 이상 세계와의 관계를 설정하고 의식이 활동할 수 있는 기반을 마련해 주는 그런 온전한 행복한 육체가 아니다. 그것은 눈, 목소리, 코, 손으로 조각난 파편화된 세계이며, 이처럼 손상되고 훼손되고 파괴되어 가는 육체는 프루스트에게서 죽음이 추상적이고 관념적인 요소가 아니라 물리적이고 구체적인 현실이며, 그리하여 이런 감각의 뒤틀림은 이제 선사 시대의 본능적이고 야만적인 묘지기의 모습으로 나타난다.

할머니 모습은 마치 조소(彫塑) 시간에 나머지 모든 것은 무시하고 우리가 아는 것과 전혀 닮지 않은 어떤 특별한 모델에 부합되는 모습을 빚으려고 전념하는 것 같았다. 이런 조각가의 작업이 끝나자 할머니의 얼굴은 동시에 축소되고 굳었다. 얼굴을 관통하는 핏줄은 대리석 결이 아닌 꺼칠꺼칠한 돌의 결처럼 보였다. 호흡이 힘들어 늘 앞으로 기울어지고, 피로로 구부정한 할머니의 닳고 오그라든 그 끔찍하게도 표현적인 얼굴은, 원시 시대 혹은 거의 선사 시대 조각에 나오는 거칠고 붉은 머리에 보랏빛이 도는 어느 미개한 묘지기 여자의 절망한 얼굴과도 흡사했다. 그러나 작업은 아직 완전히 완성된 게 아니었다. 이제 할머니는 이런 선사 시대의 조각을 부수고 지금까지 그토록 고통스럽게 단단히 수축된 얼굴에 간직해 왔던 무덤 속으로 내려가야 한다.(6권, 26쪽)

이렇게 할머니의 몸은 오그라들고 수축되어 돌덩이로 변한다. 죽음은 마치 조소 시간에 조각품을 빚어 내듯 육체를 돌처럼 부동의 것으로 만드는 석화 현상에 지나지 않는지도 모른다. 그러나 그것은 더 이상 아름다운 대리석으로 축조된 죽음이 아니라, 질료 자체로 환원된 "꺼칠꺼칠한 돌"이자 묘석이며, 선사 시대의 석상에 새겨진 묘지기의 얼굴이다. 이처럼 돌로 변한 할머니의 얼굴은 조금 전 "그녀의 커다란 보랏빛 이마에는 땀방울이 흘러내렸고 하얀 머리털도" 들러붙었던 얼굴과는 달리 살아 있는 움직임이라곤 전혀 찾아볼 수 없는 돌 그 자체이다. 이 문단은 어느 연구가의 지적처럼 프루스트에게서 죽음을 상징하는 요소들을 모두 포함하고 있다. "끔찍하게도 표현적인 얼굴"이란 말은 죽음의 과장된 연극적인 의식을, 조소나 조각가는 인간이 돌로 변하는 석화 현상, 그리고 '내려간다(descendre)'란 동사는 지하 인간으로서의 인간의 기원을 환기한다는 것이 그러하다. 마치 지하 어디에선가 온 듯한 낯선 느낌을 주기 위해 배우들이 가면을 쓰던 그리스 비극에서처럼 "내려간다"란 동사가 이런 인류 기원으로의 회귀를, 원시 상태로의 회귀를 뜻한다면, 이 문단에서 말하는 "거칠고 붉은 머리에 보랏빛이 도는 얼굴"의 묘지기 여자는 미게 올라니에에 따르면, '빨간 머리의 피라'로 해석될 수 있다고 설명된다.* 오비디우스의 '인류의 기원'에 나오는 이 '빨간 머리의 피

---

* M. Miguet-Ollagnier, *La mythologie de Marcel Proust*, Les belles Lettres, 1982, 166쪽.

라(Pirrha la rousse)'는 올림포스 신들에 의해 만들어진 최초의 여인인 판도라의 딸이자 프로메테우스의 아들 데우칼리온의 아내로, 제우스가 대홍수를 일으켜 인간들을 멸망시킬 때 인간 편인 프로메테우스의 도움으로 남편과 함께 살아남아, 제우스가 남편에게 원하는 것을 묻자 인간을 선택하며, 그리하여 어머니 뼈를 던지라는 말을 돌로 잘못 이해하고 남편이 던진 돌에서는 남자가, 그녀가 던진 돌에서는 여자가 나타났다는, 인간의 기원이 돌임을 환기하는 신화 속 인물이다. 그런데 라틴 신화가 환기하는 이런 돌의 이미지는 이미 할머니의 피를 뽑는 장면에서 제시된 바 있다.("내가 할머니 방에 들어갔을 때 할머니 목덜미와 관자놀이와 귓바퀴에는 검고 작은 뱀들이 마치 메두사의 머리처럼 들러붙어 피투성이가 된 할머니의 머리털 속에서 꿈틀거렸다.")(6권 43쪽) 물론 메두사의 눈을 보는 인간은 모두 돌로 변한다는 메두사 신화나 빨간 머리의 피라는, 모두 죽음을 향한 인간의 몸이 생명이나 움직임을 상실하고 차가운 돌처럼 딱딱하게 굳는다는, 따라서 육체가 고체화되어 가는 과정을 보여 준다는 점에서 지극히 사실주의적 인식을 반영하지만, 다음과 같은 갈대 피리의 기체화 현상과는 대조를 이룬다.

산소와 모르핀의 이중 작용으로 헐떡임에서 벗어난 할머니의 숨결은 더 이상 힘겨워하거나 신음 소리를 내지 않고, 감미로운 흐름을 향해 활기차고 가볍게 스케이트를 타듯 미끄러져 갔다. 어쩌면 갈대 피리에 부는 바람처럼 무감각한 입김에 보다 인간적인 숨결이, 임박한 죽음에서 해방되어 더 이상 지각하지 못하는 이들에게 괴로움이나 행복의 인상을 주는 보다 인간적인 숨결이 몇 개 섞여 있는 이 노래에서, 이제 그 숨결이 가벼워진 가슴으로부터 산소를 찾아 오르고 더 높이 오르다 떨어지고 다시 튀어 오르면서 죽어 가는 사람의 긴 악절에 리듬의 변화를 주지 않고도 한층 더 운율적인 억양을 덧붙였는지도 모른다.(6권 52~53쪽)

산소나 숨결 소리와 헐떡임이 노래와 갈대 피리와 바람과 악절로 이어진다는 표현은 처음 보기에는 죽음의 고전적인 도식, 즉 인간의 육체는 죽지만 영혼은 하늘로 올라간다는 기독교적인 세계관을 반영하는 듯 보인다. 그러나 할머니의 숨결이 산소와 모르핀이라는 인위적인 수단에 의한 것이며, 또 이런 할머니의 모습이 평생 동안 할머니를 짓누르던 중압감에서 벗어나기 위한 해방의 몸짓이라는 언술은 다른 해석을 가능하게 한다. 할머니의 숨결이 헐떡임에서 벗어나 "갈대 피리에 부는 바람"이 된다는 것은, 어쩌면 할머니가 최초의 모습으로 콩브레 시절의 할머니로 돌아간다는 것을 의미하는 지도 모른다. 사실 『잃어버린 시간을 찾아서』 전체를 통해 바람을 지배하고 실행하는 책임을 맡은 인물은 바로 할머니다. 할머니는 할아버지가 술을 너무 마신다는 가족들의 비난과 질책을 피해 "겨우 숨 쉴 것 같구나!"(1권 29쪽)라고 말하면서 바람이나 폭우 속을 쏘다녔으며, 발베크 호텔에서도 바닷바람을 조금이라도 더 맞으려고 식당 문을 활짝 열어 놓아 손님들에게 원성을 샀던 인물이다. 그러므로 이런 할머니의 숨결이 바람으로 변했다는 것은, 늙음과 병으로 짐승이나 다를 바 없던 할머니가 콩브레 시절의 한 줌 바람으로 돌아가 다시 예전의 첫인상을 회복했다는 것을 의미한다.

그렇게 오랜 세월 동안의 고통으로 새겨진 주름살이나, 오그라들고 부풀어 오른 살, 팽팽하거나 늘어진 살로부터 해방된 얼굴은 이제 다시 젊음으로 돌아가 있었다. 아주 오래전 할머니의 부모님이 남편을 골라 주던 날처럼 할머니의 이목구비는 순수함과 순종으로 섬세하게 새겨져, 뺨에는 세월이 점차 파괴해 버린 순결한 희망과 행복에의 꿈, 결백한 즐거움마저 빛나고 있었다. 할머니로부터 조금씩 물러가던 삶은, 삶에 대한 환멸마저 앗아 가 버렸다. 할머니 입술에 미소가 떠오르는 듯했다. 장례 침상에서 죽음은 중세의 조각가처럼 할머니를 한 소녀의 모습으로 눕히고 있었다.(6권 60쪽)

그러나 이런 고체화 현상은 육체가 돌처럼 딱딱하게 굳어 가는 단순한 석화 현상과는 달리, 존재의 불멸성을 구현하기 위해 중세의 조각가가 재현하는 죽음의 찬란한 의식과 닮았다. 그러나 아직 화자는 할머니의 죽음이란 개별적인 사건을 기억 속에 저장하고 내재화하여, 거기서 보편적인 진실된 목소리를 이끌어 내고 그 흔적을 글쓰기로 남기는 데는 이르지 못하며, 따라서 할머니가 비록 처녀 시절의 순수하고 순종하는 모습을 되찾는다 할지라도, 이 평온한 죽음은 순전히 '산소와 모르핀'이라는 수단에 의거한 지극히 인공적인 죽음이며, 할머니의 죽음 뒤에는 아무것도 존재하지 않는다는 지극히 허무주의적인 시각이 자리한다. 그러므로 이런 돌이킬 수 없음의 감정은 갑작스럽고도 격렬한 죽음으로 폭발할 수밖에 없는 필연성을 지닌다.

갑자기 할머니가 몸을 반쯤 일으키더니 자기 목숨을 지키려는 사람처럼 격렬한 노력을 했다. 프랑수아즈는 이 광경을 더 이상 참고 볼 수 없었던지 울음을 터뜨렸다. 나는 의사의 말이 생각나 프랑수아즈를 방 밖으로 나가게 하고 싶었다. 그 순간 할머니가 눈을 떴다. 부모님이 환자에게 말하는 동안, 나는 프랑수아즈의 울음을 감추려고 그녀에게 달려들었다. 산소의 쉬익거리는 소리가 그쳤고, 의사는 침대에서 멀어졌다. 할머니께서 돌아가셨다.(6권 60쪽)

이처럼 갑작스러운 죽음이 앞의 공기와도 같은 평온한 죽음과 대조를 이루면서, 환자의 격렬한 몸짓과 의사의 차디찬 선고, 산소 용기의 정지, 프랑수아즈의 오열, 장례식 장면 등 지극히 산문적이고 사실적인 묘사가 이어진다. 어떤 방법을 써도 만회할 수 없는 할머니의 삶이 이제 영원히 절대적인 무의 세계로 내던져진 것이다. 그러므로 이런 할머니를 망각하지 않기 위해서는, 바타유의 말처럼 불연속적인 존재가 자신의 연속성을 확보하기 위해서는, 또는 바르트의 말을 따르면 사랑하는 이의 영속성을 구현하기 위해서는, 예술이라는 수단에 의지하지 않을 수 없으며, 그리하여 그것은 "프루스트에게서 글을 쓴다는 것은 구원을 의미하며, 자신의 죽음이 아니라 사랑하는 이를 죽음에서 물리치는 것을 의미한다. 그들을 증언해 주고 영속시키고 망각 밖에 위치하게 함으로써만 그 일은 가능해진다. 바로 그런 이유로 『잃어버린 시간을 찾아서』에는 많은 인물들이 존재하지만, 거기에는 단 하나의 형상(Figure), 즉 어머니-할머니라는 형상만이 있다"*라고 표현된다.

4 드레퓌스 사건과 악의 태동

1894년에 시작되어 1906년에 막을 내리는 드레퓌스 사건이 1898년 1월 졸라의 "나는 고발한다"와 앙리 소령의 자살(8월)로 정점에 이르렀다면, 이 사건이 작품에서 본격적으로 거론되는 빌파리지 부인 댁에서의 오후 모임은 작품의 내적 연대기에 의해 대략 1898년에 일어난 일로 추정되면서 그 울림이 증폭된다.** 독일 대사관에 군사 정보를 팔았다는 혐의로 포병 대위 드레퓌스(Dreyfus)가 종신형에 처해지고, 이런

---

* Barthes, La préparation du roman I et II, Seuil/IMEC, 2003, 34쪽.(롤랑 바르트, 변광배 옮김, 『롤랑 바르트, 마지막 강의』(민음사, 2015), 37쪽 참조.)
** 이것은 어디까지나 추정일 뿐이다. 『프루스트 사전』에는 할머니의 죽음이 1899년 여름에 일어난 일로 표기되나(『프루스트 사전』 216쪽) 최근 작성된 연대기는 이 죽음을 1898년에 일어난 일로 추정하고 있다.(*Philosophie*, "Proust A la recherche du temps perdu," jan-fév, 2013, 16쪽)

드레퓌스를 구하기 위해 피카르 중령과 졸라를 위시한 많은 지식인들의 노력으로 진범이 밝혀지나, 1898년 1월 재판 때 졸라는 군을 모독한 죄로 유죄 선고를 받는다. 그러나 조작된 증거의 제출자인 앙리 소령이 8월에 자살함으로써 드레퓌스 사건의 재심이 이루어지지만, 1899년 고등 법원은 렌에서 드레퓌스에게 유죄를 선고하고 일주일 후 대통령에 의한 특별 사면 형식으로 사건은 마무리되며, 1906년에 가서야 드레퓌스는 완전히 무죄로 확정된다. 이런 사건의 개요에서 우리의 주목을 끄는 것은, 드레퓌스 사건이 빌파리지 부인 댁에서 거론되었을 무렵에는 포부르생제르맹이 아직은 유대인을 공개적으로 배척하지 않았다는 점이다.

사실 사회적 만화경은 돌아가는 중이었고, 드레퓌스 사건은 유대인들을 사회 계급의 최하층으로 떨어뜨리려 했다. 그러나 한편으로 드레퓌스의 폭풍이 아무리 맹위를 떨친다 해도, 성난 파도가 최고조에 달하는 것은 폭풍우가 불어닥치는 첫 순간이 아니므로 아직은 별 의미가 없었다. 그리고 빌파리지 부인은 그녀의 일가 전체가 유대인에게 신랄한 공격을 퍼붓는데도 지금까지는 드레퓌스 사건에 전적으로 무관심했으며 거의 신경도 쓰지 않았다. 끝으로 유대인 쪽을 대표하는 주요 인사들이 이미 위협을 받는 데 반해, 사람들에게 전혀 알려지지 않은 블로크 같은 젊은이는 그들 눈에 띄지 않고 넘어갈 수 있었다.(5권 304~305쪽)

화자의 어린 시절 친구이자 「게르망트」에서는 연출가로 활동하는 유대인 블로크를 빌파리지 부인이 초대한 이유는 그가 공짜로 살롱에서 연극을 공연해 줄 것이라는 기대 외에도 다른 이유가 숨어 있다. 19세기에 세계의 수도였던 파리, 그중에서도 세기말의 권태와 지루함에 시달리던 포부르생제르맹의 살롱은 유대인이든 동성애자든 그들을 즐겁게 해 줄 오락거리를 제공해 주는 사람이라면 누구든지 다 받아들였다. 그런데 앞의 문단이 말해 주듯이 거기에는 이미 프랑스 문화에 동화해서 그들과 다를 바 없는 스완 같은 엘리트 유대인이 있는가 하면(따라서 그들에게는 경쟁과 위협의 대상이 되는) 아직은 사람들에게 알려지지 않은 우스꽝스러운 인물인 블로크와 같은 이국적인 유대인이 있다. 그런데 "끊임없이 낯설고 이국적이며 위험한 것을 찾아 나서다가 세련됨과 기괴함(실제적이든 환상적이든)을 동일시하고"* 그리하여 에드거 앨런 포의 소설이나 모파상의 소설에 나오는 강신술마냥 뭔가 신비롭고 무한에 대한 비밀을 간직하는 것이라면 뭐든지 환호하는 포부르생제르맹 사람들에게 있어, 블로크의 이국적인 모습이나 그가 연출하는 새로운 무대는 더없이 좋은 구경거리였다. 1889년 파리 식민지 박람회에 등장한 실론 사람이나 발베크 해변에서 만난 세네갈 검둥이처럼, 블로크는 기이한 옷차림과 낯선 언행으로 스완을 위시한 엘리트 유대인들이 채워 주지 못하는, "이국

---

* Hanna Arendt, *Les Origines du totalitarisme*, Gallimard, 2002, 318쪽. 아렌트는 유대인과 동성애자와 예술가를 이런 이국 취향적인 호기심의 대상으로 분류한다.

취향의 애호가"인 그들의 호기심을 충족해 준다.

그러나 블로크의 몸은 '포부르생제르맹'의 체조로 유연해지지 않았고, 영국이나 스페인과의 교접으로 귀족 같은 기품도 갖추지 못했으므로, 이국 취향의 애호가 눈에는 유럽인 옷은 입었지만 여전히 드캉이 그린 유대인마냥 낯설고 재미있는 구경거리로 남아 있었다. 종족의 놀라운 힘이 시대 깊숙한 곳으로부터 나타나 현대적인 파리로, 우리의 극장 복도로, 사무실 매표소 뒤로, 장례식장으로, 거리로, 하나의 온전한 밀집 군단을 진출시켜 그들의 현대적인 머리 스타일을 바꾸고, 그들이 입은 프록코트를 흡수하고 망각하게 하고 단련해, 결국은 수사의 다리우스 궁전 문 앞에 있는 건축물의 프리즈에 그려진 예복 입은 아시리아 율법사들의 옷차림과 비슷하게 만든다.(5권 306쪽)

마치 황색 인종이 유럽을 위협하는 시대가 올지도 모른다는 두려움의 표현인 황화론(péril jaune)이 동시에 신기하고 새로운 것에 대한 매혹을 표현하듯이, 이 아시리아의 율법사 또는 사수처럼 긴 예복을 걸치고 수염을 휘날리는 괴물인 블로크는 '낯설고 재미있는 구경거리'로서 포부르생제르맹 사람들을 열광시킨다. 그런데 '아시리아'란 단어는 앙투안 콩파뇽에 따르면, 19세기 말에는 '수염 기른 남자,' 더 나아가 유대성이란 함의를 담고 있었다고 지적된다.* 즉 1898년 앙리 소

* A. Compagnon, "Le profil assyrien ou l'antisémitisme qui n'ose pas dire son

령의 자살로 사건의 진상이 드러났으면서도 여전히 국익 보호라는 미명 아래 고등 법원에서 드레퓌스에게 유죄를 선고하던 시기에 유대성을 우회적으로 표현하는 도구였다는 것이다. 당시의 프랑스인들에게서 유대인과 아랍인과 페니키아인, 아시리아인의 구별은 무의미했으며, 그들은 단지 르낭의 뒤를 이어 인도 유럽인과 셈족만을 구별했고, 그리하여 다리우스 궁전을 지키는 아시리아 율법사의 긴 수염과 예복을 걸친 셈족인 블로크가 프랑스 문화에 완벽하게 동화된 스완이나 로칠드, 레이디 이스라엘 같은 엘리트 유대인을 대체하기에 이르렀다는 것이다.

이런 엘리트 유대인에서 이국적인 유대인으로의 이행은 우선 프루스트가 말하는 사회적 만화경과 관계된다. 드레퓌스 사건으로 인해 초래된 새로운 판단 기준과 변화는 지금까지 존경받던 유대인 명사들을 사회 최하층으로 추락시키고, 따라서 유대인과 결혼한 스완 부인은 이런 치욕으로부터 벗어나기 위해 가장 열렬한 민족주의자로 변신하며, 반대로 예전에 유대인을 배척했던 부르주아 베르뒤랭 부인은 이제 졸라와 피카르를 지지하는 드레퓌스파의 선봉에 나선다. 이처럼 프루스트는 드레퓌스 사건을 통해 사회 전반에 스며드는 파급 효과와 그로 인한 사회 계층의 구조 변화에 주목한다. 그러나 이런 사회적 만화경 너머로 또 다른 의미망이 그려진다. 한나 아렌트의 지적처럼 드레퓌스 사건을 계기로 유대성은 더

---

nom : les libéraux dans l'affaire Dreyfus", Collège de France, 2011, 3쪽.

이상 범죄가 아닌 악으로 전환된다는 것이다.

세기말의 사회에서 유대인이 한 역할 중 가장 중요한 사실은 드레퓌스 사건을 동반한 반유대주의가 그들에게 문호를 개방했고, 또 사건의 종말 즉 드레퓌스의 무죄에 대한 발견이 그들의 사회적 성공에 종지부를 찍었다는 점이다. 달리 말해 유대인들이 그들 자신에 대해 또는 드레퓌스에 대해 어떻게 생각하든, 유대인은 그들이 배신자의 종족에 속한다는 사실을 확인하는 한에서만 그들에게 부여된 사회적 역할을 수행할 수 있었다.*

정치적 사건으로서의 드레퓌스 사건은 군부의 은폐나 조작이 밝혀지면 해결될 단순한 범죄였지만, 이제 이런 범죄가 예전부터 통용되어 오던 유대인 기질이라는 악으로 전환되면서, 대량 학살이라는 전대미문의 사건을 위한 씨앗을 배태한다. 앞의 인용문에서도 알 수 있듯이 블로크가 다리우스 궁을 지키던 아시리아의 율법사와 유사하다는 말은 유대인에 대한 고전적인 도식, 즉 유대인은 배신자라는 도식을 그대로 반영하는 것으로, 페르시아인의 전신인 아시리아인은 바로 기독교 성지인 예루살렘을 파괴한 주범 아닌가? 이처럼 유대성이 인종적인 기질이나 결함으로 각인되면서, 그토록 세련된 언어와 영국식 옷차림으로 게르망트 부인의 총애를 받던 스완 역시 다른 유대인과 마찬가지로 "희극적이고 무분별한" 사람

---

* 한나 아렌트, 앞의 책, 323쪽.

이 된다.

　드레퓌스 지지가 스완을 지극히 순진한 사람으로 만들어 그
의 사물을 보는 방식에, 지난날 오데트와 결혼했을 때보다 더
현저하게 충동적이고 일탈적인 양상을 부여했다. 이런 최근의
계급 이탈은 실은 자기 계급으로의 복귀라고 불러도 좋을 만큼
그에게는 명예로운 일이었으며, 그리하여 조상들이 걸어온 길,
귀족들과의 교제로 이탈했던 길로 그를 다시 돌려보냈다. 스완
은 그토록 명철한 순간에도, 조상들로부터 물려받은 자질 덕분
에 사교계 사람들에게는 보이지 않는 진실을 볼 기회가 있는 그
런 순간에도, 조금은 희극적이고 무분별한 행동을 했다. 그는
자신의 찬미와 경멸의 온갖 기준을 드레퓌스주의라는 새로운
기준에 맞춰 재정립했다.(6권 460쪽)

　스완이 진실을 엿볼 기회나 능력을 가졌음에도 "그의 조상
들로부터 물려받은 기질 덕분에" 유대인 기질로부터 벗어나
지 못한다는 지적은, 바로 포부르생제르맹이 유대인에 대해
가진 일반 견해를 반영한다. 드레퓌스가 스파이 짓을 했건, 하
지 않았건 그것은 포부르생제르맹 사람들에게 중요한 문제
가 아니었다. 드레퓌스 사건은 단지 그들에게서 유대인 기질
의 모든 잠재적 가능성과 더불어 배신자로서의 유대인이라
는 악을 고착하는 결과만을 자아냈으며, 이런 맥락에서 드레
퓌스가 유대인이자 알자스 출신이며, 귀족들이 다니던 생시
르 육군사관학교 출신이 아닌 부르주아들이 드나들던 폴리테

크니크 출신이라는 사실은 많은 것을 시사해 준다. 알자스는 1870년 보불 전쟁 이후 프랑스인에게는 다시는 기억하고 싶지 않은 뼈아픈 패배의 상흔이며, 게다가 부르주아에 대한 귀족 사회의 경멸은 폴리테크니크 출신에 대한 맹목적인 배척으로 나타날 수밖에 없었다. 또 스완처럼 예외적인 유대인이건 희극적인 블로크이건 유대인이라면 그들은 모두 배신자 집단에 속하는 까닭에 드레퓌스는 희생양이 될 수밖에 없는 모든 충분조건을 갖추게 되는 것이다.

국가와 사회의 조건이 불투명하고 모호한 서부 유럽 및 중부 유럽에서 유대인이 교육받고 세속화되고 동화된 곳이라면 어디든지, 그들의 유대적 기원은 종교적이고 정치적인 함의를 상실하고 심리적 특성이 되어 유대성으로 변모했다. 그리하여 이 특성은 필연적으로 미덕이나 악덕의 범주 안에 분류되었다. (……) 이처럼 유대적 기원이 그 종교적이고 민족적이고 사회 경제적인 의미를 상실하면 할수록, 유대성은 더욱더 강박적인 것이 되어 갔다. 유대인은 사람들이 보통 육체적 결점이나 장점에 대해 몰두하듯 자신의 유대성에 몰두했으며, 또 사람들이 악덕에 전념하듯 거기 전념했다.*

아버지 블로크의 속임수나 인색함과 더러움, 아들 블로크의 무례함과 과장된 언행이 이처럼 인종적인 기질로 주조되

---

* 앞의 책, 320~321쪽.

면서(셰익스피어의 「베니스의 상인」에 나오는 샤일록처럼) 유대
성은 범죄가 아닌 악으로 전환되며, 그리하여 혐오와 증오의
대상이 된다. 이런 맥락에서 프루스트의 작품에서 발견되는
예외적인 유대인에서 이국적인 유대인으로의 이행은 중요한
의미를 갖는다. 그것은 스완을 위시한 엘리트 유대인들이 오
랫동안 포부르생제르맹 귀족 사회에 동화되어 그들로부터 존
경과 찬미를 받았다면, 그래서 드레퓌스 사건으로 인해 그들
에 대한 혐오와 증오가 포부르생제르맹 사람들에게 뭔가 거
북함을 야기한다면,(책 마지막 장면에서의 공작 부인처럼) 괴상
하고 희극적인 블로크의 출현은 이런 불편한 의식을 한 방에
날려 버리고 그들에 대한 경멸을 정당화하는 좋은 구실이 된
다. 이처럼 어리석고 무례한 인종에 대한 분노는 지극히 타당
하며, 그들의 인종적 결함에 대해서도 더 이상 세련되게 억압
하거나 숨길 필요 없이 마음껏 조소와 경멸을 보낼 수 있다.
이렇게 엘리트 유대인에서 이국적인 유대인으로, 범죄에서
악으로의 전환은 드레퓌스로 촉발된 반유대주의가 프랑스를
넘어서서 전 유럽으로 확산될 단초를 마련하며, 그리하여 1차
세계 대전과 2차 세계 대전의 집단적인 광기를 예고한다.

한나 아렌트가 읽는 프루스트 소설이 우리에게 드레퓌스
사건을 통해 유대인 배척주의란 범죄가 어떻게 악으로 내재
화되어 가는지를 밝혀 준다면, 그녀가 말하는 악의 평범성이
란 개념은 「게르망트」를 읽는 데 또 다른 빛이 될 수 있다. 수
백만 유대인을 학살한 홀로코스트의 아이히만이 '뿔 달린 괴
물이 아니라' 실은 자신의 의무에 충실했던 지극히 평범한 인

간에 지나지 않으며, 그가 저지른 그 전대미문의 범죄가 자신이 하는 일에 대한 의식이나 성찰 없이 주어진 임무에만 충실하게 기계적으로 복종하는 데서 비롯했다는 아렌트의 외침은, 악이 우리로부터 멀리 떨어진 곳에 있는 것이 아니라 우리가 매일같이 행하고 말하는 일상의 먼지에서 생겨난다는 걸 말해 준다.

그러나 문서 담당자인 그리블랭과의 대질 심문이 그가 처음 야기했던 이런 호의적인 인상을 완전히 지워 버렸죠. 약속을 잘 지키는 이 늙은 직원이(노르푸아 씨는 진지한 확신을 가지고 다음에 나오는 말을 힘차게 강조했다.) 상관을 똑바로 쳐다보며 상관을 안달 나게 하는 것도 두려워하지 않고, 대꾸도 허용하지 않은 말투로 '저기 중령님, 제가 한 번도 거짓말한 적이 없다는 걸 잘 아시잖습니까? 제가 이 순간에도 언제나처럼 진실을 말한다는 걸 잘 아시잖습니까?'라고 말하는 걸 사람들이 보고 들었을 때는 바람의 방향이 완전히 바뀌었습니다. 피카르 씨가 온갖 수단을 다 동원했지만 아무 소용도 없이 완전히 실패로 끝났죠.(5권 397쪽)

이 "약속을 잘 지키는 늙은 직원"의 말 한마디가 드레퓌스 사건에 대한 "바람의 방향"을 완전히 바꾸어 놓았으며(졸라의 「나는 고발한다」보다 더) 그리하여 진실을 규명하려는 피카르의 온갖 노력을 무산시켜 버렸다는 노르푸아 씨의 말을 통해, 악의 근저에는 끔찍한 잔혹이나 광기가 아닌, 그저 자신의 의

무에만 충실히 따르는 무비판적인 태도가, 사유의 불가능성이 자리한다는 아렌트의 논지를 확인할 수 있다. "상관을 똑바로 쳐다보며" 말하는 늙은 직원의 결백한 시선에 감동한 군중은 이제 "유대인에게 죽음을!"이라고 외칠 준비가 되어 있으며, 그리하여 그들의 집단적인 분노를 악의 화신인 유대인을 향해 터뜨리기 시작하는 것이다.

「게르망트」의 맨 마지막 일화인 '공작 부인의 빨간 구두' 장면은 이런 악의 평범성을 극명하게 보여 주는 사례다. 그토록 절친했던 스완이 면전에서 곧 병으로 죽게 될 거라고 말하자 이에 놀란 공작 부인은 잠시 머뭇거리나, 파티에 갈 생각에만 정신이 팔린 공작은 아내를 재촉하고, 그러다 아내가 빨간 드레스에 검정 구두를 신은 모습을 보고는 빨간 구두로 바꿔 신을 시간이 충분하니 빨리 가서 바꿔 신고 오라며 앞의 말을 무효화하면서도 동요하는 빛을 조금도 보이지 않는다. 이런 공작의 모습에서, 우리는 아렌트가 말하는 "타인의 입장에서 생각하는 능력의 결여", "자신의 이상을 위해서라면 어떤 것이든 특히 어떤 사람이라도 희생할 각오가 된 사람", "사유의 진정한 불능성"*의 울림을 발견한다. 공작은 죽음을 목전에 둔 사람 앞에서도 상대방에게 자신의 말이 어떤 상처를 줄지 전혀 생각하지 않는 뻔뻔한 인간이다.

---

* 한나 아렌트, 김선욱 옮김, 『예루살렘의 아이히만』(한길사, 2006), 37, 97, 106쪽.

공작은 죽어 가는 사람에게 아내와 자기 몸의 불편함에 대해 얘기하면서도 전혀 거리낌이 없었다. 그것만이 그의 관심을 끌었고 다른 무엇보다 중요하게 생각되었기 때문이다. 그래서 우리를 집 밖으로 친절하게 내쫓고 나서야 공작은 그가 받은 예의 바른 교육과 즐거운 기분 덕분에, 이미 안마당에 나가 있는 스완을 향해 낭송하듯 우렁찬 목소리로 외쳤다.

"의사들의 그 저주받을 바보 같은 소리에 기죽지 마시오. 멍청한 자식들이오. 당신은 퐁뇌프 다리만큼 오래 버틸 거요. 당신이 우리 모두를 묻어 줄 거요!"(6권 486~487쪽)

그러나 이와 같은 끝맺음은 우리를 당혹스럽게 한다. 지금까지 그토록 장황하게 공작과 공작 부인의 어리석음을 관찰하고 묘사하던 화자는 도대체 어디로 간 것일까? 공작의 뻔뻔함에 아연실색하여 더 이상 말을 잇지 못하고 그리하여 침묵을 지키는 것일까? 무엇이 이렇게 이야기를 불가능하게 만드는 것일까? 스완에게 사회적으로 신체적으로 죽음이 선포되는 이 순간은, 또한 공작 부인과 공작의 도덕성에 대한 죽음의 선고가 떨어지는 순간이기도 하다. 게르망트라는 이름의 요술 방망이 덕분에 신화적인 존재가 되었던 공작 부인이 실은 친한 친구마저도 헌신짝처럼 내팽개치는 사악한 빨간 구두 여인이며, 그토록 찬란한 가문과 역사의 광휘를 뽐내던 공작역시 실은 자신의 쾌락을 위해서라면 죽어 가는 사촌이나 친구마저도 부정하고 희생하는 잔인하고도 이기적이며 방자한 인간임을 폭로하는 순간이다. 그러나 이것은 또한 죽음과 마주한 인간이 자신을 위협하는 죽음을 무슨 수를 써서라도 부정하고 배척하는, 따라서 현실을, 인간 조건을 부정하는 절망적인 몸짓의 표현이기도 하다. "당신은 퐁뇌프 다리만큼 오래 버틸 거요. 당신이 우리 모두를 묻어 줄 거요." 이처럼 이야기는 그 자체로 멈추면서 마침표와 공백과 긴 침묵이 내도한다. 마치 다음에 올 「소돔과 고모라」의 남자-여자의 출현이 지금 이야기의 빈 공간을 채우지 못한다는 듯, 아니면 확실히 존재하지만 말로는 할 수 없는 무엇이 존재한다는 듯, 어쩌면 이런 침묵의 은유는 라캉이 말하는 실재(le réel)와 흡사한지도 모른다. 그토록 게르망트 부인을 꿈꾸어 왔던 욕망의 실체가 드러나는 순간, 뭔가 분노와 확실성이 자리하지만 말로는 할 수 없다는 절망만이 전해져 오는 이 강렬한 순간은 과연 무엇을 의미할까?

화자의 오랜 몽상의 대상이었던 게르망트, 그러나 이제는 환멸의 대상이 된 게르망트는 현대를 향한 문턱에서 드레퓌스 사건이라는 전대미문의 갈등과 분열을 겪으면서 좌초하는 존재의 불안과 고뇌를 담고 있다. 이처럼 세기말의 어두운 사회를 사로잡았던 유대성과 동성애라는 악덕을 소설적 글쓰기로 승화한 프루스트는 다른 어느 작가보다, 아니 어떤 사회학자나 역사학자보다도 더 '벨 에포크' 시대의 현실을 가장 잘 구현한 작가로 높이 평가된다. 그러나 공쿠르식 "복사할 수 있는 표면적인 외적 현실"의 나열이나 기록을 넘어서서, 화자의 의식이나 감각과 기억에 와 닿는 내적 현실까지도 포착하려고 했다는 점에서 19세기 문학의 통상적인 리얼리즘과는 차이를 보인다. 게다가 프루스트가 관찰하는 포부르생제르맹과 드레퓌스 사건은 단순한 역사적 사건의 기록이 아닌, 작가 자신의 실존적 양상과도 깊은 관계를 맺고 있다. 프루스트의 어머니는 유대인이다. 그리고 아들인 프루스트는 동성애자이다. 이런 "고백하고 싶지 않은 어머니의 비밀" 혹은 "어머니 앞에서 고백할 수 없는 비밀"이 주는 중압감으로부터 해방되기 위해 그는 글을 쓰지 않을 수 없었으며, 그것만이 그를 침묵의 광기로부터 구원해 주는 것이다. 그러므로 이제 우리는 또 다른 불가능의 지평인 "어머니 앞에서 고백할 수 없는 비밀"을 얘기하는 「소돔과 고모라」를 향해 시선을 옮기고자 한다.

2015년 겨울
김희영

참고 문헌

1 불어 텍스트

A la recherche du temps perdu, édition établie sous la direciton de Jean Milly, GF Flammarion, 1984~1987.

A la recherche du temps perdu, édition établie sous la direciton de Jean-Yves Tadié, Gallimard, Pléiade, 1987~1989.

Le Temps retrouvé, Texte présenté par Pierre-Louis Rey et Brian Rogers, établi par Pierre-Edmond Robert et Brian Rogers, et annoté par Jacques Robichez et Brian Rogers, Gallimard, Pléiade, 1989.

Le Temps retrouvé, édition présentée par Pierre-Louis Rey, établie par Pierre-Edmond Robert, et annotée par Jacques Robichez avec la collaboration de Brian G. Rogers, Gallimard, Folio, 1990.

Le Temps retrouvé, édition présentée, établie et annotée par Eugène Nicole, Le livre de Poche, 1993.

Le Temps retrouvé, édition corigée et mise à jour par Bernard Brun, GF Flammarion, 2011.

Contre Sainte-Beuve précédé de *Pastiches et mélanges* et suivi de *Essais et articles*, Gallimard, Pléiade, 1971.

Marcel Proust Lettres, sélection et annotation revue par Françoise Leriche, Plon, 2004.

Dictionnaire Marcel Proust, publié sous la direction d'Annick Bouillaguet et Brian G. Rogers, Honoré Champion, 2004.

2 한·영 텍스트

「되찾은 시간」,『잃어버린 시간을 찾아서』, 김창석 옮김, 정음
사, 1985.

Finding Time Again, In Search of Lost Time, Translated and with an
Introduction and Notes by Ian Patterson, Penguin Books, 2003.

3 작품명과 약어 목록

『잃어버린 시간을 찾아서(À la recherche du temps perdu)』→
『잃어버린 시간』

1편「스완네 집 쪽으로(Du côté de chez Swann)」→「스완」

2편「꽃핀 소녀들의 그늘에서(À l'ombre des jeunes filles en
fleurs)」→「소녀들」

3편「게르망트 쪽(Le côté de Guermantes)」→「게르망트」

4편「소돔과 고모라(Sodome et Gomorrhe)」→「소돔」

5편「갇힌 여인(La Prisonnière)」→「갇힌 여인」

6편「사라진 알베르틴(Albertine disparue)」→「알베르틴」

7편「되찾은 시간(Le Temps retrouvé)」→「되찾은 시간」

옮긴이 **김희영**   Kim Hi-young. 한국외국어대학교 프랑스어과를 졸업하고 프랑스 파리 3대학에서 마르셀 프루스트 전공으로 불문학 석사와 박사 학위를 받았다. 서울대 불어불문학과 및 대학원 강사, 하버드대 방문교수와 예일대 연구교수, 한국외국어대학교 서양어대 학장 및 프랑스학회와 한국불어불문학회 회장을 역임했다. 「프루스트 소설의 철학적 독서」, 「프루스트의 은유와 환유」, 「프루스트와 자전적 글쓰기」, 「프루스트와 페미니즘 문학」 등의 논문을 발표했고, 『문학장과 문학권력』(공저)을 썼으며, 롤랑 바르트의 『사랑의 단상』과 『텍스트의 즐거움』, 사르트르의 『벽』과 『구토』, 디드로의 『운명론자 자크와 그의 주인』을 번역 출간했다. 현재 한국외국어대학교 명예 교수로 있다.

잃어버린 시간을
찾아서 6

게르망트 쪽 2

1판 1쇄 펴냄 2015년 12월 4일
1판 16쇄 펴냄 2023년 12월 8일

지은이   마르셀 프루스트
옮긴이   김희영
발행인   박근섭·박상준
펴낸곳   (주)민음사

출판등록   1966. 5. 19. 제16-490호
주소   서울특별시 강남구 도산대로1길 62(신사동)
           강남출판문화센터 5층 (우편번호 06027)
대표전화   02-515-2000 | 팩시밀리 02-515-2007
홈페이지   www.minumsa.com

© 김희영, 2015. Printed in Seoul, Korea

ISBN   978-89-374-8566-4 (04860)
       978-89-374-8560-2 (세트)